Berlin.

M.K.III 8575
en
ndenburger Tor.
Berl. Jllustr.

Auto mit Maschinengewehre
s Arbeiter- und Soldatenrates am Bra

nstage in Berlin.
tzung im Hofe des Schlosses.

Revoluti
Ø 8. Panzerautomobilbes

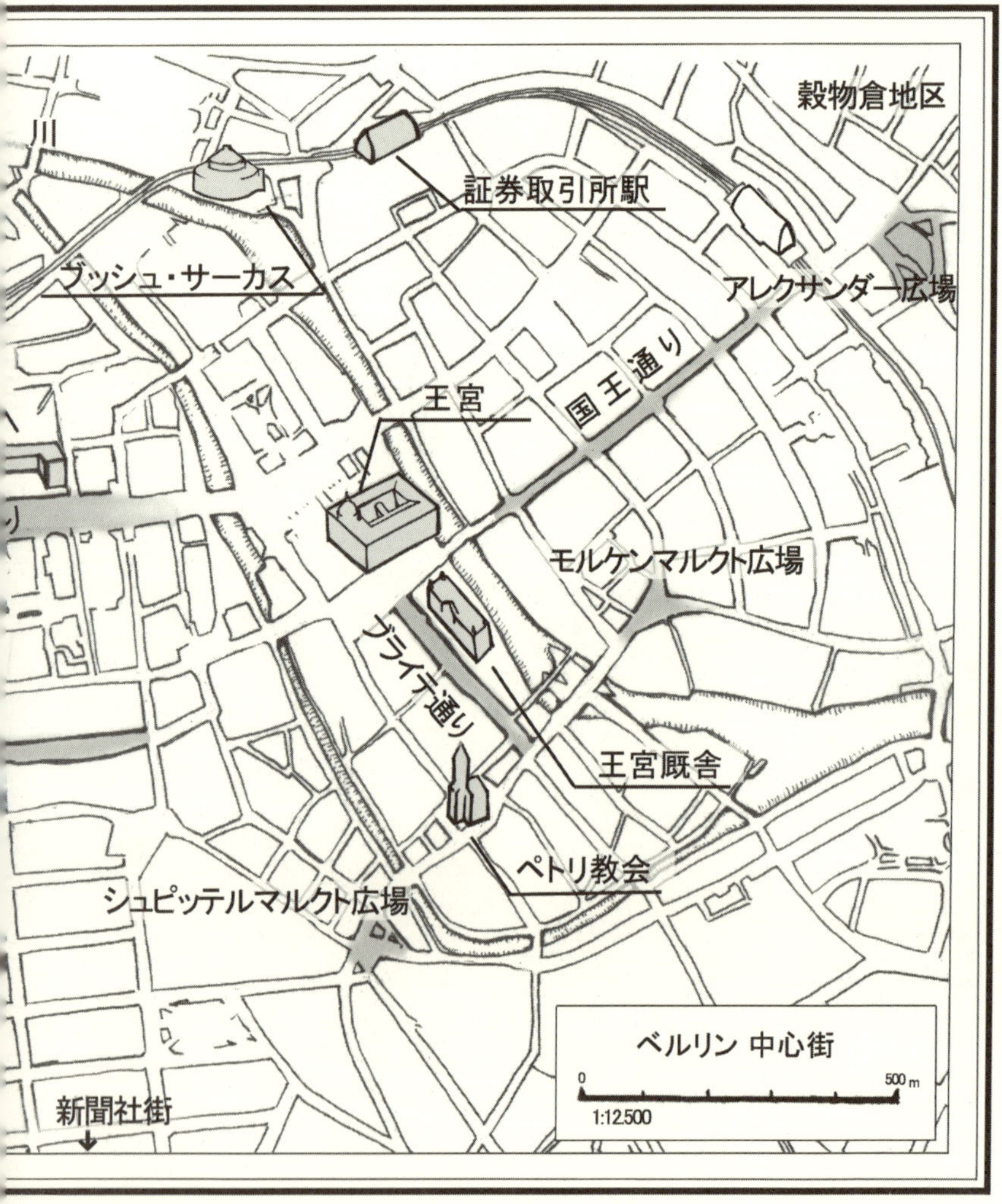
穀物倉地区
川
証券取引所駅
ブッシュ・サーカス
アレクサンダー広場
国王通り
王宮
モルケンマルクト広場
ブライテ通り
王宮厩舎
ペトリ教会
シュピッテルマルクト広場
ベルリン 中心街
0
500 m
1:12.500
新聞社街

地図©関野 綾

慈愛病院
ヴェディンク地区
シュプレー
帝国議会議事堂
ベルリン大学
ウンター・デン・リンデン通
ブランデンブルク門
ティアガルテン
猟師通り
帝国宰相官邸
ヴィルヘルム通り
フリードリヒ通り
ライプチヒ広場
ポツダム広場

主な登場人物

ヘルムート・ゲープハルト（愛称ヘレ）……この物語の主人公。十三歳
ルディ……ヘレの父さん。第一次世界大戦に従軍し右腕をなくす
マリー……ヘレの母さん
マルタ……ヘレの妹
ハンスぼうや……ヘレの弟
エルヴィン……二年前にインフルエンザで死亡したヘレの弟
オスヴィン……掘っ立て小屋に住む手回しオルガン弾き。父さんのトランプ仲間
シュルテばあさん……屋根裏部屋に住みスリッパの内職をつづけるおばあさん
ナウケ（本名エルンスト・ヒルデブラント）……シュルテばあさんに間借りする男。スパルタクス団員
トルーデ……AEG社で働くナウケの恋人。スパルタクス団員
モーリッツ・クラーマーおじさん……父さんの元同僚で親友。スパルタクス団員
アッツェ……ヘレのアパートのとなりに住む若い労働者。スパルタクス団員
エーリヒ・ハンシュタイン（愛称エデ）……落第してクラスメートになったヘレの友人
アウグスト・ハンシュタイン……エデの父親。新聞『赤旗』に記事を書く
ロッテ……エデの妹。老咳にかかる
アディ……エデの弟
ハインリヒ・シェンク（愛称ハイナー）……黒髪の水兵

アルノ・シュリヒト……赤毛の大男の水兵
フリッツ・マルクグラーフ……水兵にあこがれる、ギムナジウムに通うヘレの友だち。父親が皇帝派
アンネマリー・フィーリッツ（愛称アンニ）……結核を病んだ十四歳の少女。半地下に住む
アンニの母親……夜の酒場で給仕をしている
フィーリッツ……アンニの父親。二年前に戦死
ヴィリ、オットー……アンニの弟
ギュンター・ブレーム……ヘレの級友
のっぽのハインツ……ヘレの級友
フランツ・クラウゼ……ヘレの級友
ベルティ……ヘレの級友
ペーター・ボンメル……ヘレの級友
フレヒジヒ先生……生徒から慕われている教師
フェルスター先生……元兵士で横暴な皇帝派の教師
ガトフスキー先生……温和な女の教師
ノイマイヤー校長……フェルスターに近い校長
ちびのルツ……ヘレとおなじアパートに住む少年。食べ物をねだるお調子者
レレ……ナウケのあとに入ったシュルテばあさんの間借り人
フレーリヒ先生……貧民街で診療所を営む医師
パウル・クルーゼ……父さんの元戦友

ベルリン1919

クラウス・コルドン　酒寄進一＝訳

理論社

装丁：坂川栄治＋田中久子
（坂川事務所）

ベルリン1919●目次

邦訳中の＊は原注を、▼は訳注を示し、それぞれ章末にまとめた。

これは戦争が終わり、革命がついえるまでの物語だ。一九一八年の凍《い》てつく十一月にはじまり、一九一九年の寒い冬の半ばに幕を降ろす。

舞台はベルリン。ドイツ帝国の首都だったベルリンとその郊外には、二十世紀のはじめ、二百万人をこす人々が暮らしていた。ベルリン市はいくつもの地区に分かれ、豊かな者と貧しい者が住み分けていた。ベルリンの中でもとくに貧しいのがヴェディンク地区だ。そしてそのヴェディンク地区の中でも一番貧しいのがアッカー通りだ。そこはこの百年来、うらぶれたアパートでのみじめな暮らしにもめげず、懸命《けんめい》に人生を生き抜こうとする人々のいることで知られていた。

この物語の主人公は、そのアッカー通り三十七番地に暮らしていた。もちろん架空《かくう》の人物だ。だが、たしかにそこに生きていた。

第一章

不《ふ》穏《おん》な空気

千日

風に吹かれ、木々に残っていた枯《か》れ葉が落ちて、通りに舞《ま》っている。ヘレはアッカー通りに曲がる前に、上着の襟《えり》を立てて、帽子を目深《まぶか》にかぶりなおした。アッカー通りには街路樹がないので、いつも風が強く吹きすさぶ。ゴミが目に入ったら大変だ。

カリンケの食料品店に行列ができている。列を作っているのは、女の人、年とった男の人、若者、そして子どもたちだ。

アンニの母親もいる。母親は、だぶだぶの軍用コートを着込んだ小柄《こがら》なおばさんと話している。なにか文句をいっているようだ。もちろん戦争のことと食料がないことに決まっている。行列ができると、決まってその話になる。

三十七番地の前で、子どもたちが追いかけっこをしている。みんな、大騒ぎで逃げまわり、だれかがつかまると歓声をあげた。

奥につづく中庭も子どもでいっぱいだ。最初の中庭には絨毯《じゅうたん》を干《ほ》すための鉄棒があり、子どもたちがぶらさがっている。二番目の中庭では、けんけん遊び。三番目の中庭では、数人の少年が輪になって古いパイプを回しのみしていた。といっても、パイプにつめているのは本物のタバコではなく、道ばたに落ちている枯れ葉だ。ひどいにおいがする。けれど少年たちは、なんとも思っていないようだ。

仲間のだれかがむせたりしようものなら、みんなで大喜びする。もちろん、ちびのルツもその輪に入っていた。ヘレを見かけると、駆けよってきて、すこしいっしょに歩いた。毎度のことだ。そして、決まってこういう。

「腹ぺこだよ！」

ルツはほかの連中がいっしょのところでは絶対にいわない。いうのは、だれかとふたりきりになったときだけだ。ふたりだけになれば、だれ彼かまわずそういう。そして寄り目で物欲《ものほ》しそうにする。腹をすかしているのはヘレもおなじだ。いや、ヴェディンクじゅう、街じゅう、国じゅうが飢《う》えている。それも昨日今日にはじまったことではない。ヘレは日数を数えてみたことがある。戦争がはじまって四年がすぎた。そして腹をすかすようになって少なくとも三年。日数でいえば、じつに千日！　だから、腹をすかしていないというのがどういうことなのか、とっくにわからなくなっていた。それでも、ヘレは申し訳なさそうにいった。「なにもないんだ」返事はいつも決まっていた。答えはわかっているのに、ルツはいつもしょんぼり立ち止まる。

四番目の中庭はすこし静かだった。アパートの一番奥の庭で、一番狭《せま》く、荒れ果てていた。中庭の壁に張りつくようにして建つオスヴィンの掘《ほ》っ立《た》て小屋が場所をふさいでいた。

「ねえ、ねえ、ヘレ！」

半地下の住まいの窓から、アンニが顔を出している。アンニは十四歳。ヘレより一歳上なのに、十二歳くらいにしか見えない少女だ。そのくらいやせ細っていて、青白い。

ヘレは半地下の住まいの前でしゃがみこみ、アンニを見下ろした。

「学校、行かなかったの？」

「だめ、また咳《せき》がひどくなって」

アンニは、家の中でもコートを着ている。半地下の住まいはじめじめしていて、アンニは胸を病んでいた。アッカー通りの子はみんな、血色がよくないが、最近のアンニは本当に顔色が悪い。

「夜、すごい夢を見たのよ」

アンニはいつもすごい夢を見る。それが本当の夢ではなく、願望だということは、ヘレもとっくに気づいていたが、気づかないふりをした。

「どんな夢、見たの？」

「あのねえ、夏だったわ。父さんが帰ってきて、グリューナウに泳ぎにいくの」

アンニの父親が子どもたちと泳ぎにいくことは二度とありえない。父親はいつも機嫌《きげん》が悪く、半地下の住まいに引きこもって、文句ばかりいっていたので、アパートでは「へそまがりのフィーリッツ」と呼ばれていた。家から出るのは酒場に行くときくらい。たまに金を稼《かせ》ぐと、やさしい気持ちになり、ちょっとした土産《みやげ》を買って帰ることもある。けれども、めったにそんなことはなかった。そして二年前の夏、戦死して帰らぬ人となった。最後の休暇《きゅうか》を終えて、三週間後のことだった。

「水は温かかった？」

「とっても」

アンニは笑おうとして、せき込んだ。額《ひたい》の左右に浮かんでいる小さな青い血管がふくらみ、目が涙でうるんだ。笑ったせいで、息がつまってしまったのだ。

アンニは結核《けっかく》だった。ヴェディンク地区では大人だろうと、子どもだろうと、結核はめずらしくない。せき込んで、痰《たん》をはくと、うっすらと赤くなるから、それとわかる。診療所《しんりょうじょ》のフレーリヒ先生は、アンニを入院させようとして、ずいぶん前から八方手をつくしているが、なかなかベッドが空かなかった。仮に空きがあっても、もっと重体の人が優先されてしまう。

「きみのお母さんを見かけたよ」そういえばアンニの咳がおさまるとでも思ったのか、ヘレはいった。

「カリンケの店に並んでいたよ」

アンニは咳がおさまった。

「早く帰ってこないかしら。そしたら、オスヴィンおじいさんのところに行けるのに」

オスヴィンは、昼間、自分のベッドを使ってもいいとアンニにいっていた。手回しオルガン弾《ひ》きのオスヴィンは一日じゅう、家を留守にしている。アンニにベッドの番をしてもらえれば、安心だ。オスヴィンはそういっていた。オスヴィンの掘《ほ》っ立《た》て小屋もたいして暖かくなかったが、半地下の住まいほどじめじめしてはいない。

「そろそろ、上にあがらなくちゃ。シュルテばあさんが待ってるから」

「じゃあね」アンニは、ヘレが中庭の側面にあるドアをしめるのを見ながらいうと、窓から離れた。

ヘレは、階段を一、二段飛ばしながら駆けのぼった。そうすると汗をかき、しばらくのあいだ空腹を忘れられる。四階につくと、家のドアをあけて、ランドセルを玄関に投げだし、またドアをしめて、シュルテばあさんの住む屋根裏部屋に通じる狭《せま》くて急な階段をのぼった。

「ぼくだよ。ヘルムート！」

ドアはそのまま、シュルテばあさんの台所に通じている。ばあさんはヘレの声を聞きつけた。ドアの向こうにいるのがだれかわからないうちは、絶対にドアをあけようとしない。いくらドアをたたいてもむだだ。

「ずいぶん帰りが遅かったじゃないか」シュルテばあさんはヘレをじろっと見た。「居残りさせられたのかい？」

「まさか」

ヘレは段ボール箱に腰かけた。台所には、スリッパの材料を入れた段ボール箱がところ狭しと置かれている。シュルテばあさんは、スリッパをぬいあわせる仕事をしている。もう何十年もつづけている内職だ。

「なにも隠すことないじゃないかね」

すこしでも遅く帰ってくると、ばあさんは決まって、居残りさせられたかたずねる。

「居残りじゃないってば」

「じゃあ、なんで遅かったの？」ヘレの妹マルタがふりかえっていった。眠気《ねむけ》を払おうとしてか、薄汚《うすよご》れた顔を腕でごしごしこすっている。

「ケンカだよ」

「なぐりあったのかい？」

シュルテばあさんは、ヘレの唇《くちびる》が腫《は》れているのに気づいたのだ。だが仕事の手を休めはしなかった。ばあさんはしゃべったり、ほかのものを見ながらでも、仕事ができる。月曜日から土曜日まで毎日十二時間、ミシンに向かいっぱなしだ。ほうっておいても手は動く。稼《かせ》ぎは週に五マルク。食っていくのにやっとの稼ぎだけど、なにも口に入らないよりましさ、とばあさんはいっている。仕事をくれる会社に文句をいえば、すぐにミシンを取りあげられてしまうだろう。アッカー通りだけでも、ミシンが回ってきて内職ができるのを首を長くして待っている女が二、三百人はいる。シュルテばあさんは墓に入るまで文句をいうつもりはないらしい。それに死んでしまえば、どうせ文句はいえなくなる。

「おいいよ」ばあさんはメガネを上にあげて、怖《こわ》い顔をした。

なぐりあいのケンカをしたのだ。ことの起こりはつまらないことだった。ボンメルが、エデのことをいつもぼんやりしていて、とんまだとからかったからだ。自分でもなぜかわからなかったが、ヘレはかっとなって、エデにあやまれとボンメルにせまった。ボンメルはおじけづいたが、みんなの手前、あやまろうとしなかった。

「学校の前で果たしあいだ」とボンメルは意地になっていった。そういうわけで、放課後、クラスメートの輪の中で、ボンメルとなぐりあいのケンカをした。ボンメルに勝ち目はなかった。ボンメルにもわかっていたことだ。ヘレに押したおされて、あっさり降参《こうさん》した。それでも、ケンカがはじまり、片《かた》がつくまで三十分かかってしまった。

ヘレはケンカしたことを白状したが、わけは話さなかった。シュルテばあさんは別にわけを知りたがりはしなかった。気に入らないことがあれば、ケンカをする。それは少年にとってあたりまえのことだと、ばあさんは思っていたのだ。

「午後、ふたりをまた預けてもいい？　一時間くらい出かけなくちゃいけないんだ」

マルタがヘレをじろっとにらんだ。午後、シュルテばあさんのところに預けられれば、スリッパの箱詰めを手伝わされることになる。そしてヘレのいう一時間は、二時間だということを、マルタは経験で知っていた。だがばあさんは、アパートの子どもたちから守衛《しゅえい》の丸帽子《まるぼうし》と呼ばれている丸く束《たば》ねた髪に、だまって編《あ》み針《ばり》を通していた。

「またケンカかい？」

「友だちのうちに行くんだ」

シュルテばあさんは腰をあげると、毛布の上で寝ているハンスぼうやの鼻を洗いざらしのハンカチでぬぐって、やさしく抱きあげ、ヘレに渡した。

「かまわないよ。あたしは、ふたりとも好きだからね」

そうはいっても、本当に好きなだけで、ふたりを引き受けてくれるわけはなかった。午前中、ハンスぼうやとマルタの面倒をみるかわりにマルタが内職を手伝うことになっていた。アッカー通りでは、だれもただではなにもしてくれない。シュルテばあさんもおなじだ。

見知らぬ男

「またおばあちゃんのところに行くなんて、あたし、いやよ！」マルタは、皿についているスープの残りをなめながら、文句をいった。皿でマルタの顔はほとんど見えない。かろうじて、皿の縁《ふち》から目が見えた。

「いやよ、いやよ」ヘレがマルタのまねをした。「でも、用事があるんだからしょうがないだろ！　いつもいつも留守番なんかしていられるか」

午後、台所で妹と弟の面倒をみるのがヘレの日課だった。表で遊ぶことも、友だちと会うこともできない。もちろんヘレひとりの問題ではない。多くの少年や少女がそういう境遇《きょうぐう》におかれていた。だが、みんなおなじだといっても、がまんできるものではない。

「友だちって、だれのところに行くのよ？」

「フリッツのところさ。なんか話があるらしいんだ。大事な話だっていってた」

「なんの話かしら？」

「さあね、秘密なんだってさ」

フリッツは本当に、秘密を打ち明けるといっていた。放課後、学校の前でヘレに声をかけてきた。厚手のコートを着て、中高等学校《ギムナジウム》の帽子をかぶったフリッツは、学校の前の歩道に立って、ヘレが出てくるのを待っていた。市立学校のみんなとは顔見知りなのに、校内に入ってこようとしなかった。なぐりあいのケンカが終わると、ヘレはフリッツのそばに行った。ほかの少年たちは近づこうとせず、遠くから様子をうかがっていた。市立学校と中高等学校《ギムナジウム》のあいだには深い溝《みぞ》があった。そこを飛び越えようとする者は、変な奴だとレッテルをはられる。オスヴィンがいつもそういっている。

「うそよ」

マルタがいった。うそではない。フリッツはかなり興奮していたが、その場ではなにももらさなかった。

「うそに決まってるわ！」

マルタはわざと食ってかかった。ヘレを困らせるのが好きなのだ。ヘレは、なめ終わった皿をマルタから取りあげた。

「うるさいなあ。復活祭がくれば、学校にあがれるだろ。そうしたら、もうシュルテばあさんのところに行かなくてすむじゃないか」

「復活祭？　復活祭になるまでに死んでるわ」シュルテばあさんから教わった決まり文句だ。

「くだらないことをいうなよ！　おまえみたいな子ネズミは、しぶとく生きるものさ」ヘレはハンスぼうやをひざにのせて、食べ物を口に運んだ。ハンスぼうやはおなかをすかして、大きな目でヘレを見ていた。

「お兄ちゃんみたいにデブなら、なおさらね！」マルタはしばらくなんといいかえそうか考えあぐねてから、そうどなった。

「それはよかったじゃないか。それなら、ぼくら、ふたりともおじいさん、おばあさんになれる」

マルタは鼻くそをほじくりながら考えた。マルタは、おじいさん、おばあさんに会ったことがない。母さんの両親がまだ生きていて、それほど遠くないところで暮らしていることは、話に聞いていた。でも、母さんと縁《えん》を切ったおじいさん、おばあさんは、一度も家を訪ねてきたことがない。ふたりは昔、母さんを郵便局で働く公務員と結婚させようとしたという。それなのに、両親の反対を押し切って、アッカー通りに住むぬり壁職人をしていた父さんと結婚してしまったのだ。母さんの両親は、それを絶対に許そうとしなかった。

「あたしが学校にあがったら、ハンスぼうやがおばあちゃんの手伝いをするのかな？」

「大きくなったら、手伝うことになるだろうな」

自分の名前が話題にされたのが気になったのか、ハンスぼうやは口をあけるのを忘れて、マルタを見た。マルタは目をぎょろりとさせて、両手で下唇《したくちびる》を下に引っぱり、あかんべえをした。ハンスをおどかそうとしたのだ。ハンスぼうやはあかんべえを怖《こわ》がる。だがこのときは、なにも反応せず、口をあけて、おとなしく食事をした。

「でも、そしたら、午後、ハンスぼうやの面倒をみるのはあたしになるのね」マルタは未来を夢見はじめた。椅子《いす》を後ろに傾《かたむ》け、うっとりした顔をしている。

「だけど、ちゃんと面倒をみるんだぞ。昼寝をしたらだめだからな」

午後になると、マルタはいつも昼寝をする。昼食がすんで、ソファに横になったかと思うと、すぐに寝息《ねいき》をたてる。

「おばあちゃんの手伝いをしなかったら、こんなに疲れないわよ」

「わかってないね。学校は遊びにいくところじゃないんだぞ！」

シュルテばあさんの内職の手伝いがけっこうきついことは、ヘレもよく知っていた。だから、マルタがかわいそうだと思っていた。けれども、そういうそぶりを見せるわけにはいかない。さもないと、朝、ふたりをばあさんのところに連れていくとき、マルタはだだをこねるに決まっている。

「がっこう！　かっこう！　ぶかっこう！」

そんなおかしな掛詞《かけことば》を歌いながら、マルタは椅子をがたがた揺《ゆ》らした。

「うるさいぞ！」

外の階段で足音がした。やけに重そうな足取りだ。木の階段がミシミシいっている。ヘレは、午後のあいだ、ずっと台所にいることが多かったので、上ったり下りたりする住人の足音を全部知っていた。しかしいま、下からひびいてくる足音には聞き覚えがない。

マルタも椅子を揺らすのをやめて、けげんそうにヘレを見つめた。足音がヘレたちの住まいの前で消えたのだ。

ドアをノックする音がした。

ヘレはハンスぼうやをそっと床に置いて、ドアに駆けより、ほんの少しあけてみた。

ドアの前に男が立っていた。軍用コートを着ている。顔はひげだらけだ。

「だれに用ですか？」

「だれに用かだって？　おまえや、母さんや、マルタにだよ！」男が弱々しく笑った。

父さん？　この人が、父さん？

「中に入れてくれないか？」

ヘレは見知らぬ男を家に入れたくなかった。思い出の中の父さんはまったくちがっていた。だが男はがまんできなくなったのか、ドアを押して、玄関に入ってきた。台所のドアから男を盗み見たマルタは、おびえて寝室に逃げこんだ。男は一瞬立ち止まると、マルタが逃げこんだ部屋のドアをあけて、声をかけた。

「マルタ！　怖《こわ》がらなくていいんだ。父さんだ」

返事をするかわりに、マルタはベッドの下にもぐりこんだ。

「たいした歓迎ぶりだな」父さんは、ヘレのほうをふりかえっていった。

ヘレは視線をそらすようにして玄関のドアをしめた。

「会ってもすぐにはわからないだろうと思ったが、怖《こわ》がられるとはな……」

ヘレは台所に入って、ハンスぼうやを抱きあげた。まんまるの大きな目で、ハンスぼうやは、台所のドアいっぱいに立った、見たことのない大きな男をじっと見つめた。泣いていいものかどうか、自信がなかったようだ。

父さんも、どうしていいかわからなかった。ハンスぼうやに会うのははじめてだったのだ。

「ハンスぼうやか？」

ヘレがうなずくと、父さんは二本の指でやさしくハンスぼうやのほおをなでた。

ハンスぼうやがびくっとふるえて、大声で泣きだした。だがヘレはなだめることも、やさしくゆすることも、見知らぬ大男が父さんだと説明することもしなかった。父さんは、ハンスぼうやのほおをなでるのに左手を使った。右腕のそでの中が空っぽだった！

「ハンスぼうやはいくつになるんだ？」

「九か月」

「九か月か！　このあいだ休暇《きゅうか》で帰ったときは、まだ母さんのおなかの中だったものな。休暇で帰ったのがいつか覚えているかい？」

「クリスマス」

ヘレはちゃんと覚えていた。そのとき、父さんはまだひげをはやしていなかった。両腕ともそろっていた。一日じゅうベッドにひっくりかえって、マルタと遊んでいた。マルタを投げあげては受け止めたのだ。マルタはキャーキャーはしゃいで、父さんになついた。

「おまえはいくつになる？　もうすぐ十三だよな？」

ヘレは唇《くちびる》をぎゅっとかんだ。泣きそうだったけど、涙を見せたくなかった。

「その、腕だけど……なくなっちゃったの？」

「ああ、やられちまったよ！」父さんは窓際《まどぎわ》のベンチに腰をおろし、向かいの屋根を見つめた。「フランスの榴弾《りゅうだん》だった。……戦友がふたり、吹っ飛ばされた。父さんは運がよかったほうさ。たった一メートル、わずか一メートル離れていたおかげで……手紙が書けなかったんだ。なくなったのが右手だったからな」

マルタが玄関に出てきた。台所に入りたい気持ちはあるが、まだその勇気がないようだ。

「こっちにおいで！」父さんが声をかけた。「いつもいっしょに遊んだじゃないか。忘れたのかい？」

マルタはヘレを見た。

ヘレがうなずくと、マルタはおそるおそる父さんに近寄った。父さんはマルタをそっとひざにのせた。

「一年も顔を見ていなかったんだからな。無理もない。あのとき、マルタは五歳だったよな。もうすぐ六歳か。大きくなったな」

「あたしの誕生日がいつか知ってる？」

「ああ、知ってるとも。クリスマスだ。おまえは、うちのキリストさまだ」

マルタはようやく、父さんのコートに顔を押しつけた。ひげ面《づら》の男が父さんだとやっと確信したのだ。

ヘレはハンスぼうやをかかえたまま台所のソファにすわり、ハンスぼうやに食事をさせていた。

「スープが冷めちゃうから」ヘレはそう言い訳をした。

父さんはその様子を見ながらいった。

「一日じゅう小さい子の世話をするのは大変だろう」

「午後だけだから平気だよ。午前中はシュルテばあさんが見てくれるんだ」

「シュルテばあさんはいまでも、スリッパをぬっているのかい？」

ヘレはだまってうなずいた。するとマルタが顔を輝かせていった。

「あたし、手伝ってるのよ」

父さんはマルタの髪をなでた。

「それはいい子だ」

ハンスぼうやはもう食べたがらなかった。父さんを見つめたまま、口をあけようとしない。ヘレがスプーンをいくら口に入れようとしても、顔をしかめて、いやがる。

「がんこだな！」父さんがにやっと笑った。

ヘレはコツを心得ていた。鼻をつまむと、ハンスぼうやは、空気を吸おうとして口をあけた。そこを狙《ねら》って、すかさずスプーンを押しこむ。ハンスぼうやは怒って泣きだし、目に涙を浮かべ、結局スープを飲みこんだ。

「うまいな」父さんが大きな声で笑った。マルタをひざから降ろすと、コートを脱いで、玄関にかけてから、またもどってきた。「なにか食べるものはないか?」

「うちにはなんにもないんだ」ヘレは情けなさそうにいった。なにか食べさせたかったが、本当になにもなかった。

「今晩はなにを食べるんだ?」

「母さんがなにも持ってこられなかったら、なにも食べないんだ」見たくないのに、なぜか腕のない右のそでに目がいってしまう。「でも、きっとなにか持ってくるよ。いつも朝のうちに市場に寄ってから出勤するんだ」

父さんはブリキのコップをとって、蛇口《じゃぐち》から水を出すと、窓辺《まどべ》で中庭を見下ろしながら水を飲んだ。

「母さんは、いまでもベルクマンの工場で、ボール盤工作機を動かしているのかい?」

「そうだよ」

父さんはだまりこんだ。それから、ふりかえらずにたずねた。

「エルヴィンの墓参りはしてるか?」

弟のエルヴィンは父さんのお気に入りだった。お気に入りだとはっきり口に出していったことはないし、母さんもそのことには触れないが、ヘレにはずっと前からわかっていた。エルヴィンはヘレとはちがって、小柄《こがら》で太っていて、いつも陽気だった。父さんは、エルヴィンのことを「突貫小僧《とっかんこぞう》」と呼んでいた。戦地から送って寄こす手紙にも「マルタとヘレと突貫小僧によろしく」と書いてきたほどだ。

そのエルヴィンが二年前の冬、インフルエンザにかかって死んだとき、父さんはしばらく手紙を書いてこなかった。そのとき母さんは、エルヴィンの世話をちゃんとしなかったことを父さんが怒っていると思ったほどだ。エルヴィンのかわりにヘレが死んだほうがよかった。父さんはきっとそう思っていると、ヘレは思いこんでいた。

もちろんそんなはずはない。父さんはヘレのことも好きだ。態度で示したことだって、何度もある。ただヘレは年上で、エルヴィンほど陽気ではないし、なんにでも首をつっこむ子ではないだけだ。

父さんがふりむいた。返事がなかったからだ。

ヘレは顔を赤らめ、あわてていった。

「母さんが三、四週間に一度、日曜日に墓参りをしているよ。マルタとぼくもときどきいっしょに行くけど」

ヘレはそれ以上いわなかった。母さんといっしょに墓参りするのが好きなこともいわなかった。ヘレたちは、墓にたむける花を買う金がないとき、墓の掃除《そうじ》をして、雑草を抜き、エルヴィンのことを思った。

父さんはヘレに近寄ると、頭を抱いた。ヘレは一瞬、頭を父さんに押しつけようとしたが、すぐに身をほどき、食器洗いの湯を沸《わ》かすためにかまどに立った。

軍艦《ぐんかん》カード

ローゼンタール広場を抜けて、ヴァインベルク通りを進み、横道に入った左手。ヘレは集合住宅の前に立った。フリッツが住んでいる家だ。中庭に入ると、ヘレは口笛を吹いた。

すぐに三階の窓があいた。

「来ないかと思ったよ」

「父さんが帰ってきたんだ」ヘレが叫んだ。

「あがっておいでよ！」フリッツが手招《てまね》きした。

ヘレはどうしようか迷った。フリッツの両親は、息子がヘレとつきあうのを快く思っていない。フリッツが中高等学校《ギムナジウム》に進学する前からそうだった。フリッツの両親がまだ傷病兵《しょうびょうへい》通りに住み、ふたりがおなじクラスに通っていたときのことだ。

「だれもいないから。あがってきて平気だよ」

ヘレは通りに面した棟《とう》に入った。階段の手すりには天使の頭がついている。中庭に向いた窓には、木や動物や古い衣装を着た人々を描いたステンドグラスがはめてある。ステンドグラスは色がついているので、外の光があまりささない。だが、心配はない。電灯がついているからだ。ここに住んでいる人々は、高い電気料金を払える金持ちなのだ。

住まいの入り口に、真鍮《しんちゅう》の表札《ひょうさつ》がある。飾り文字でF・W・マルクグラーフと書いてある。FとWはフリードリヒ・ヴィルヘルムの略だ。フリッツと父親はおなじ名前なのだ。

フリッツがすぐにドアをあけた。

「お父さんは休暇《きゅうか》をもらったの？」

「ちがうよ。除隊して帰ってきたんだ」ヘレは住まいに入ったが、フリッツのそばを離れなかった。

「負傷したんだ。腕をなくしちゃってさ」

フリッツはびっくりした顔をしたが、すぐにいった。

「死ぬよりましじゃない」

父親が負傷したと話すと、みんな、おなじことをいう。

ヘレはいままでに一度しかフリッツの住まいに入ったことがない。かれこれ一年半がたつ。後にも先にもこんな住まいを見たことがない。縦長《たてなが》の窓、通りに面したバルコニー、フリッツの母親がこしらえたという、たくさんの白いテーブルクロス、花束をもった半裸《はんら》の女性や、やさしく見下ろす天使を見上げる金髪でほっぺたの赤い子どもを描いた壁の絵、それから、いままでかいだこともないにおい。そうしたものに、ヘレは圧倒された。

「なにを見せてくれるんだい？」

レース飾りのついたクッションがいくつものっているソファまで行くと、フリッツは、ひざをついて、ソファの下から箱を出した。そこには鉛《なまり》の兵隊や積み木などが入っている。そして忘れてならないのがノートだ。そこに、タバコのおまけについている軍艦《ぐんかん》カードがいっぱいはってある。

「また三枚増えたんだ」

フリッツは居間にある大きな丸いテーブルにつくと、ノートをひらいて、新しく手に入れた三枚をヘレに見せた。戦艦ルイトポルト摂政《せっしょう》号、戦艦ケーニヒスベルク号、重巡洋艦《じゅうじゅんようかん》モルトケ号。

フリッツは船乗りにあこがれていて、いっしょに小学校に通っていたころから、海を見にいきたいとさかんにいっていた。そして船のペナントや、船や探検家の本を集め、いつも水兵の服を着ていた。といっても、子どもが水兵の服を着るのはめずらしいことではない。たくさんの少年が着ているし、女の子でも着ている子がいる。だがフリッツは、水兵の服とおそろいの水兵帽をたくさん持っていた。水兵帽にはいろんな軍艦の名前が書いてあった。その水兵帽がフリッツの自慢だ。ほかの少年たちはみんな、うらやましがっていた。ヘレもそんなひとりだった。

いつか海を見たいと夢見ていたのは、ヘレもおなじだ。どうせ軍隊に入るなら、帝国海軍がいいと思っていた。ほとんどすべての少年の夢だ。けれども昨年、シュルテばあさんの甥《おい》が乗る潜水艦《せんすいかん》Uボートが、イギリス海軍の巡洋艦がはなった魚雷《ぎょらい》で沈められたと聞いてから、ヘレの夢はいっぺんにしぼんでしまった。

「何枚集まった?」

「もう三十二枚になったよ。おなじのが二枚あるのは、たった四種類だけさ」ヘレがあまりおどろかないので、フリッツはがっかりした。「きみもこれから集められるね。お父さん、タバコを吸うだろ？」

「父さんはパイプなんだ」ヘレは、父さんのことを話題にしたくなかった。「それより、内緒の話ってなに？」

「それがさあ」フリッツは、だれかに聞かれたら大変だとでもいうようにあたりをきょろきょろした。

「本当に秘密なんだ。国家機密さ。だれにもいっちゃだめだぞ」

「早くいえよ！」ヘレは早く用事をすませて、家に帰りたかった。疲れて、横になっている父さんが待っている。「約束したんなら、行ってこい。父さんはいなくなりはしないんだから」父さんからそういわれなかったら、出かけたりしなかっただろう。

そして、ヘレがマルタとハンスぼうやをシュルテばあさんのところに連れていこうとすると、父さんはいった。

「ふたりは、父さんが見ているよ。ずっと会っていなかったんだ。ゆっくりおしゃべりでもしよう」

けれども、マルタがじゃれついたら、父さんは休めないじゃないか。それにハンスぼうやのおむつをどうやって替《か》えるんだろう。片腕しかないのに。

ヘレがそんなことを考えていると、フリッツが声を殺してささやいた。

「父さんが台所で母さんにいってたんだ。偶然、耳にしたんだよ。父さんは、国家機密だからだれにもいうな、もらしたら首になるって、母さんにいってた」

「で、なにを話してたの？」

「キールで水兵がストライキを起こしたんだってさ」(▼1)

「帝国海軍の？」

「そうだよ。もう船に乗らないっていいだしたんだって」

「でも、それはいけないことだろう。それって、反乱じゃないか！」

「そう、反乱だよ！　反乱を起こした水兵の一部は逮捕《たいほ》されたんだけど、ほかの軍艦《ぐんかん》にもストライキが広がっているらしい。父さんの話だと、その水兵たちはみんな、社会主義者で、臆病風《おくびょうかぜ》にふかれているんだってさ」

ヘレは首をかしげた。

「臆病ってことはないんじゃない？　反乱は死罪《しざい》だよ」

「それじゃ、なんで戦うのをいやがるのさ？」

「戦争を終わらせたいからじゃないかな。労働者も、戦争をやめさせるためにストライキをしているし」

「でも、ストライキをする人間は敵を助けるから、犯罪者だって、父さんはいってるよ」

「きみのお父さんはなにもわかってないんだ」ヘレは腰をあげた。「だって、戦争はもう終わったほうがいいじゃないか。腕を一本なくしたら、考えが変わるさ」

「どう考えが変わるというんだ？」

フリッツの父親だ！　居間の入り口に立っていた。まだコートを着ていて、頭には山高帽《やまたかぼう》をかぶっている。

「さあ、いうんだ。どう考えが変わるんだ？」

ヘレはわきをすり抜けようとしたが、逃げ道をふさがれた。

「国に残ったわれわれは皇帝（▼2）と国民と祖国への義務を怠《おこた》っているとでもいうのか？　われわれは犠牲《ぎせい》を払っていないとでもいうのか？」

口ひげをはやした小さな顔が、怖《こわ》い目でヘレをにらんだ。

ヘレは一歩あとずさった。フリッツの父親がつかみかかってきたら、頭からおなかに体当たりするつもりだった。以前、酔っぱらいにからまれたときは、その手でうまくいった。それは路上でのことだった。酔っぱらいはもんどりうってひっくりかえり、後頭部を石畳《いしだたみ》にしたたかに打ちつけた。そばを通りかかった人たちは、いいざまだといった。フリッツの父親をひっくりかえすのはむずかしいだろう。それでも、不意をつけるはずだ。

フリッツの父親はヘレの考えがわかったのか、すぐわきにどいていった。

「うせろ！　二度とここには来るな。息子はおまえのような奴とはつきあわせない」

「ヘレはぼくの友だちだよ！」フリッツは、軍艦《ぐんかん》カードを守ろうとするかのようにノートをしっかり胸に抱きしめていた。「親友なんだ！」

「杖《つえ》を持ってこい。おまえの友だちがだれか、わたしが教えてやる」

「なにも悪いことをしてないよ」フリッツは叫んだ。

「杖を持ってこいといったんだぞ！」フリッツの父親は帽子を脱ぐと、テーブルに置いた。ヘレは居間から飛びだすと、狭《せま》いフロアを走った。途中、洋服ダンスにぶつかったが、住まいから逃げだして、ほっと胸をなでおろした。

いまごろ、フリッツは折檻《せっかん》されているだろう。しかし、助けることはできない。だれにも、フリッツを助けられはしない。

ナウケの魚

ゆっくりと日が落ちた。父さんとヘレは台所にすわっていた。暗くてろくに物が見えないが、石油ランプをつけようとはしなかった。配給される石油は量が限られていたし、不必要に明かりをともすのは無駄遣《むだづか》いだ。

オスヴィンが小屋で金づちをたたいている。トントンとクギを打つ音がヘレたちの住まいまで聞こえてくる。

ヘレは体をのばして、閉じた窓から中庭を見下ろした。オスヴィンの小屋の小さな窓から淡《あわ》い光がもれている。なにをしているんだろう？　前の年のクリスマスに、オスヴィンは板切れと古い車輪でちびのルツに車を作ってやった。ルツはそれに乗って、中庭や通りを引っぱってもらって大喜びした。今年はまた別の子を喜ばせようとしているようだ。それとも商売道具の手回しオルガンを修繕《しゅうぜん》しているんだろうか？　オスヴィンの手回しオルガンはオンボロで、よく車輪がとれる。

「母さんはいつもこんなに遅いのか？」

「たいていね。行列にどのくらい並ぶかによるね」

ヘレは、父さんが帰ってきたことを知らせに母さんの働く工場に行こうとしたが、父さんに止められた。片腕をなくしたことをヘレがしゃべってしまうのではないかと、父さんは心配だったのだ。なにも知らせないほうがいい。

ヘレはいまだに父さんになじめなかった。父さんを見るのがつらく、すぐに目をそむけてしまう。それで、闇《やみ》に包まれた中庭を見下ろしていたのだ。

この奥まった棟《とう》にも、ずいぶんたくさんの人が住んでいるものだ！　中庭から見える窓辺《まどべ》に、石油ランプを囲む人々の姿が見える。どの窓にも少なくとも四、五人。たいてい母親と子どもたちだ。みんな、おしゃべりをしたり、口げんかをしたりしている。アッカー通り三十七番地のアパートは、中庭が縦に四つ並んだ作りになっている。その四つの中庭を囲む棟に住む人が全員、ひとつの中庭に集まったら、きっと缶詰《かんづめ》のイワシみたいになるだろう。

そのとき、中庭で足音がした。

「母さんか？」父さんがたずねた。

ヘレは窓をあけて、聞き耳をたてた。

「そうだよ」

父さんは石油ランプに火をともしてから、芯《しん》をさげて、明かりを小さくした。母さんに、中身が空っぽのそでを見られたくなかったのだ。

台所のソファで眠りこんでいたマルタが目を覚ました。目をこすり、父さんが横にいるのに気づくと、もたれかかって、また眠ろうとした。

ヘレは住まいのドアをあけて待った。母さんはまだ四階まであがっていなかった。夕方、いつもくたくたになって帰ってくる。工場からアッカー通りまで歩いて三十分。最後に階段を三つのぼるのが本当にしんどいようだ。

「どうしたの？　待ってた？」母さんがようやくのぼってきた。

「母さんを待ってる人がいるんだ」ヘレは、父さんにいわれたとおりにいった。

「シュルテばあさん？」母さんはフロアでコートを脱ぐと、エプロンをつけた。

「お母さん！　お母さん！　お父さん……」

台所から聞こえたマルタの声が途中でとぎれた。母さんはゆっくりふりかえると、台所のドアをあけた。淡《あわ》いランプの光の中、父さんはソファでマルタの口をふさぎ、真剣なまなざしで母さんを見ていた。

母さんは敷居《しきい》の上で立ちつくした。ひげ面《づら》の男が父さんかどうか、自信がなかったようだ。

「ルディなの？」母さんがたずねた。

「そうだよ」

父さんがそういうと、母さんはようやくそばに寄っていった。

父さんはマルタをひざから降ろすと、立ちあがって、母さんに手をまわした。

「もどったよ」父さんは静かにいった。「今度は……ずっとここにいられる」

「ずっと？」

母さんはランプの芯《しん》を高くした。そしてふらっとよろめいた。父さんの片腕がないことに気づいたのだ。

父さんは、母さんをしっかりつかんだ。

「マリー！　ひどい話だ。だけど、世の中、もっとひどいことばかりだ。こうやって生きていられるだけでもよしとしなければ」

母さんは、父さんの胸に顔をうずめた。

「ひどい！」うめくようにいうと泣きだした。

マルタもつられて泣きだした。ヘレによりかかって、鼻をすすった。

「喜ばなくちゃだめだ！」ヘレはマルタにささやいた。「喜ばなくちゃ！」ヘレも、必死で涙をこらえていた。

母さんがすこし落ち着くと、父さんといっしょに台所のソファに腰かけた。母さんは父さんを抱きしめ、何度も父さんの顔を見つめた。父さんが帰ってきたことがまだ信じられないようだ。それとも父さんの顔になにかをさがしているのだろうか？

「これでも運がよかったほうさ」父さんは母さんを慰《なぐさ》めた。「この一年で戦友がどれだけ死んでしまったことか。いまでも若い連中が毎日、たくさん戦死している」

父さんは、最後の休暇《きゅうか》からこれまで体験したことを洗いざらい話した。父さんの話は、母さんもヘレもたいてい知っていることだったが、母さんはまったく口をはさまなかった。女たちが工場や家や隣人から受けとる戦没者《せんぼっしゃ》通知書の数はどんどん増えていた。

「名誉《めいよ》ある戦死」

通知書にはそう書かれている。その戦没者が戦場であげた功績《こうせき》をたたえる勲章《くんしょう》が同封されていることもよくあった。

父さんの話が終わると、今度は母さんが話しはじめた。前の冬に、女子どもや年寄りがおおぜい、餓《が》死《し》したり、凍死《とうし》したり、インフルエンザにかかって死んだりしたという話だ。母さんは、その人たちのことも「戦没者」と呼んだ。理由はヘレにもわかる。戦争のせいで、みんな、ひもじい思いをし、凍《こご》えているのだ。このみじめな暮らしの責任は戦争にある。もし飢《う》えて、弱っていなければ、インフルエンザにだってそう簡単にかかるはずがない。

父さんがまた母さんを慰めた。

「それでもまた家族がいっしょになれた」父さんは母さんにキスをした。「きっと万事うまくいくよ」

父さんの言葉が聞けて、母さんはうれしそうだった。これでもう気張《きば》って生きなくてすむ。そう思っているようだ。

そのとき、母さんがハンスぼうやのことを思いだした。

「うちの泣き虫はもう見た？」

母さんはわざと、泣き虫といった。母さんは、ハンスぼうやをちゃんと世話してきたことが自慢なのだ。顔にそう書いてある。最近、まともなものを食べられず、小さな子どもがおおぜい病気になって死んでいた。

「ああ、いい子じゃないか」父さんは母さんの鼻にキスをすると、それから口づけした。

母さんは喜んだが、顔は真剣なままだった。

「でも、育てるのは大変。牛乳も野菜も卵もバターもマーガリンも手に入らないんだから。手に入っても、二十グラムがせいぜい。あたしたちの食べ物といったらカブくらい。カブのジャム、カブの粥《かゆ》、カブのスープ。カブと水だけのスープよ！　だけど赤ん坊には栄養が必要なの。カブのスープじゃぜんぜん足りないわ」

父さんは母さんをなでた。やさしくなでて、キスをした。母さんはそれでもしゃべりつづけた。すべてをはき出すように。

「それに、店でなにか売りに出ても、あたしたちには手に入らない。あたしは一日じゅう働かなくてはならないし、ヘレは午前中、学校で、午後は子どもたちの世話をしなくてはならないでしょ。だから日中、だれも行列に並べない。そして夕方には全部売り切れ。あたしたちにはもう、ひもじくないというのがどういう感覚かわからなくなっているわ」

「父さんも腹ぺこなんだよ」ヘレがいった。「移動中、なにも口にしてないんだってさ。家に帰ってきたとき、カブの粥はもう食べ終わっちゃってたし」

「そうよね。あなたもおなかをすかしているに決まってるわ!」母さんは、そのことに気づかなかった自分にショックを受けていた。「だけど、なにも手に入らなかったの。オートミールがちょっとだけ」

「それじゃ、オートミールをもらうからいいさ。おまえたちがそれを食べるのなら、父さんも食べるよ。おまえたちが腹をすかすときは、父さんもいっしょに腹をすかすさ」

「ひもじいというのがどういうものか、あなたにはわかってないわ、ルディ。前線にいたあなたたちにはそれでも食料があったでしょう。あたしたちはもう三年以上、ひもじい思いをしつづけているのよ。戦争の犠牲者《ぎせいしゃ》は前線よりも銃後《じゅうご》のほうが多いかもしれないわ」

「シュルテばあさんに聞いてみようか? なにか食べるものを持っているかもしれない」ヘレがいった。

「そうね。なにか分けてもらえないか聞いてきて。借りは返すっていってね」母さんがいった。

「よさないか! オートミールがあればいいさ」父さんがいった。

母さんがなんと答えたか、ヘレにはわからなかった。すでに住まいから飛びだし、暗い階段を駆けのぼっていた。

だが、階段の途中で、足を止めた。なにか匂《にお》わないか?

魚だ! 焼き魚の匂いだ! 階段じゅうに、おいしそうな焼き魚の匂いが漂《ただよ》っている。匂いはシュルテばあさんの屋根裏部屋からしている。いま、ドアをたたいて、食べ物を分けてくれといったら、シュルテばあさんは匂《にお》いにひかれてきたと思うかもしれない。

だけど、父さんが腹ぺこなんだ！

ヘレは控《ひか》えめにドアをノックした。

「ぼくだよ、ヘルムートだけど」

シュルテばあさんがドアをあけた。手に持っているランプで、ヘレの顔を照らした。

「どうしたね？　なにかあったのかい？」

「父さんが帰ってきたんだ。母さんが聞いてこいって……」

「おやじさんがもどったのかい？　それはまた、いい知らせじゃないかね」

「それで、おばあさんのところで、なにか食べ物を分けてもらえないか聞いてこいって母さんにいわれたんだ。父さん、ものすごく腹ぺこなんだ。二日間、なにも口にしてなくて」

「あらあら、なにをいうんだね。いまどき、腹をすかしていない者なんているもんかい。お上《かみ》は、うちらからなにもかも取りあげちまったからね」シュルテばあさんはため息をついた。「まあ、入っておいで」

ばあさんはランプを手に、台所にもどった。

台所には、屋根裏部屋を間借《まが》りしているナウケがいた。ナウケの手元の皿には大きな焼き魚がのっていた。シュルテばあさんの分らしいもう一枚の皿にも、おなじくらい大きな焼き魚がのっている。

「自分で釣《つ》ったんだ！」ナウケがにやりとした。

ナウケは北港で働いている。シュプレー川に入ってくる艀《はしけ》の荷物を降ろす仕事だ。仕事はいつも夜中なので、シュルテばあさんとふたりでうまく部屋をやりくりしていた。朝、ナウケが仕事からもどってくる前に、シュルテばあさんは起きだして、シーツを替《か》える。そう、ふたりはベッドを交互に使っていたのだ。

たまに夜の仕事がないときもあるが、そういうとき、ナウケはスリッパの入っている段ボール箱の上で眠った。シュルテばあさんのベッドも、おなじくらい硬《かた》いからへいちゃらさ、とナウケは目配《めくば》せしながらいっていた。

「ナウケ！」シュルテばあさんが懇願《こんがん》するようにいった。「今日のごちそうはあきらめておくれ。ルディ・ゲープハルトが戦地から帰ってきたんだってさ。何日もまともなものを口にできなくて、腹ぺこだっていうんだ」

ナウケはすでにナイフとフォークを手にしていた。

「ルディ・ゲープハルト？　それは、おまえのおやじさんかい？」

ナウケはヘレの父さんを知らなかった。屋根裏部屋に住み着いたのはこの春からだ。けれども、アパートの住人とは、ずっと昔から知っていたように仲がいい。子どもともすぐに友だちになった。ばあさんのところに引っ越してきたその日に、子どもたちと中庭でサッカーをして遊んだほどだ。サッカーといっても、もちろんボロ布で作ったボールもどきをけって遊んだだけだが、みんな、大騒ぎしてはしゃいだ。

「また魚を釣《つ》ればいいじゃないか、ナウケ」ばあさんは自分の皿をヘレのほうにすべらした。「あいにくジャガイモはないけどね」

ヘレは、自分が泥棒《どろぼう》になった気がした。焼き魚があると知っていたら、食べ物を分けてくれなんて頼みにこなかった。

「まあ、いいさ。腹をすかしている他人から食べ物をもらうなんて、図々《ずうずう》しいにもほどがある。十分もすれば、このごちそうもなくなっちまう。食べたと思えばいいんだ」ナウケは腰をあげると、上着に腕をとおし、首にショールを巻いた。

「あんたの気持ち、神さまはけっして忘れないよ」シュルテばあさんはうれしそうにいった。

ヘレは二枚の皿を手にとる勇気がなかった。

「父さん、片腕をなくしたんだ」ヘレはぽつりといった。

シュルテばあさんはびっくりして、十字を切った。

ナウケは帽子を手にしたまま立ちつくした。

「フランスでか？」

ヘレはだまってうなずいた。

「さあ、早く持っておいき！」シュルテばあさんが文句をいった。「冷めちまうじゃないか」

感動したところを見せたくないとき、シュルテばあさんはいつも文句をいう。ナウケもそのことは先《せん》刻承知《こくしょうち》だ。だから目配《めくば》せをして、おなじように文句をいった。

「このすっとこどっこい、悪魔野郎！　さっさとそいつを持って消えちまえ」

だがそれはやりすぎだった。シュルテばあさんはまた十字を切った。

「ナウケ！　口をつつしみなさい」

「なんでだい？」ナウケはシュルテばあさんをからかった。「神さまに怒られるかい？　心配するなって。こんなところでなにが起ころうと、神さまはなんとも思わないさ。雲の上に腰かけてのんきに足をぶらぶらさせてるに決まってる。いい気なもんさ」

シュルテばあさんはとても信心深《しんじんぶか》いが、従順なわけではない。ナウケとふたり、よく口げんかをする。教会のこと、愛すべき神のこと、この世界のこと、その他あらゆること。しかし収拾《しゅうしゅう》がつかなくなるほどいがみあうことはない。アパートの住人はみんないっている。ふたりは共に相手をさがし、見いだしたんだ、と。早くに未亡人となって子どもがいなかったシュルテばあさんは、母親か祖母のようにナウケに接していた。だから家賃《やちん》もものすごく安かった。ナウケにとっても、シュルテばあさんは母親代わりだった。ナウケは母親を早くになくし、孤児院《こじいん》で育ったからだ。そして実際、なにかせしめてくると、かならずばあさんと山分けしたし、ばあさんがスリッパ作りの内職で忙《いそが》しいと、カリンケの店で行列に並んでやることもあった。夏には、ばあさんが自然に触れることが少ないといって、ナウケは女友だちのトルーデといっしょにトレプトウまで連れだし、シュプレー川沿いに散歩をしたこともある。

シュルテばあさんは、「愛すべき神さま」の話になると、ナウケがへそをまげると知っていたので、くるっと背を向けると、汚《よご》れたフライパンをすすぎはじめた。そしてひとりで、「まったくひどい話だよ。老婆《ろうば》の信仰を茶化《ちゃか》すなんて」とぶつぶついいつづけた。

「それじゃあ、また明日の朝に会おう！」

ナウケはもう一度、目配《めくば》せすると、ヘレに皿を持たせて、階段に押しだした。

ヘレは焼き魚の礼をいいたかったが、うまい言葉が見つからず、「ありがとう！」とだけいった。ちょっと言葉が足りないが、なにをいってもこっけいな気がした。

ナウケがすかさずいった。

「いいってことさ！　魚を作ったのは愛すべき神さま。だれがそれを食うかも、神さまの思《おぼ》し召《め》しだってこと。で、おれのことを、天上のお方はことのほか嫌っている。シュルテばあさんにひどい口のきき方をするからな」

真っ赤なうそ

「本当に夕食をゆずってくれたのか？」父さんは二枚の皿を見つめた。ヘレが持ってきたものを自分が食べていいとは、どうしても信じられないようだった。

「ナウケなら、気にしなくて平気だよ」

ヘレは焼き魚から目をそむけた。魚の匂《にお》いにつられて、口の中につばがたまっているのを、父さんに気づかれたくなかったのだ。

だがマルタは食卓にくっつくほど近づき、物欲《ものほ》しそうに大きな目で父さんを見ている。父さんは、魚をすこし切ると、マルタの口に入れた。マルタは顔を輝かして、もぐもぐ口を動かした。

「こっちへおいで」父さんはヘレを手招《てまね》きした。

ヘレは首を横にふった。

「いいから、ほら！　おまえも、腹ぺこだろう」

ヘレは窓辺《まどべ》のベンチにすわって、足をかかえた。

父さんはしょうがないなという顔をして、母さんのほうを向いた。

「食べるだろう？」

「ええ」

以前、父さんの働く建設現場に昼食を持っていったときのことを、ヘレは思いだしていた。戦争がはじまる前のことだ。母さんは家で、一日じゅうぬい物や洗濯《せんたく》の内職をし、父さんは毎朝、すり切れた革カバンを持って働きに出かけた。放課後になると、母さんは父さんのところに昼食を持っていくようヘレに頼んだ。昼食はたいていジャガイモとカッテージチーズ、あるいはジャガイモのスープだ。たまにはニシン一尾《いちび》にパンということもあった。父さんは仕事仲間と昼休みをとる。冗談をいって笑ったり、おしゃべりをしたりする。ヘレはいつもその中にまじって、話を聞いた。父さんと仲のいい仕事仲間のモーリッツ・クラーマーおじさんがいったことがある。

「ヘレって言葉には、明晰《めいせき》って意味があるじゃないか。実際、ヘレは、おれたちの話がわかる。頭がいいぜ」

といっても、いつもわかるわけではなかった。だが、誉《ほ》められると悪い気がしない。その頃、ヘレはまだ幼《おさな》かったし、クラーマーおじさんは父さんの親友だった。

「あなたも食べて！」母さんは魚をひと切れ手にとると、父さんの口に押しこんだ。父さんは魚をかみしめ、ほほえんだ。

父さんは魚を一尾《いちび》まるまる食べた。といっても、少なくともその半分はマルタの口に入った。片手なのに、父さんはとても器用だった。フォークで魚をほぐすと、ひと切れさして、マルタの口か自分の口に運ぶ。それから皿のわきにフォークを置いて、舌の先にある魚の骨を指でとった。

「けっこうやれるものだろう？」父さんはほほえんだ。「食べるくらいはできるが、それ以外のことは片腕でどうするかね？　建設現場じゃ、使い物にならないだろう」

「それなら、ほかの仕事をさがしたらどう？」

「なにをしろっていうんだ？　おれには学《がく》がない。頭を使って働くのは無理だ。ずっとこの腕で仕事をしてきたんだ」

父さんがいまいったことは、ヘレもずっと考えていたことだ。父さんは、母さんとの再会の喜びをだいなしにしたくなかったので、将来の不安をずっと口にしていなかっただけだ。

「うちの工場で雇《やと》ってもらったら？」母さんがいった。「人手《ひとで》が足りなくて困っているんだから」

「なにをしろっていうんだ？　片手で機械が動かせるか？」

「いまなら雇ってくれるわ。いまなら、ネコの手も借りたいくらいだもの。女だろうが、年寄りだろうが、半人前の子どもだろうが、片腕だろうが」

「いまならか！」父さんはいらいらした。「戦争が終わって男たちが前線からもどってきたらどうなる？　それまで働いていた連中はお払い箱か？　障害者もお払い箱だろうな。おれには手回しオルガンを弾《ひ》くくらいしか能がないよ」

「障害者だなんていわないで」母さんがいった。「腕が一本なくなったって、あなたはあなたよ」それから静かにこうつづけた。「なんでそんなに心配しているの？　あたしがついてるでしょ？　この四年間、女手ひとつで三人の子を養ってきたのよ。食い扶持《ぶち》がひとり増えたからって、たいしたことじゃないわ」

「そうだな。命があることを喜ばなくちゃな」しかし、父さんはまた愚痴《ぐち》をこぼした。「負傷兵になったのは自業自得《じごうじとく》だ。おれは、意気揚々《いきようよう》と戦場に出かけた。おれたち社会民主主義者は、戦争をするのも、戦争を煽《あお》るのもよくないと警告してきたのに、いざ戦争になると、祖国愛と皇帝への忠誠心《ちゅうせいしん》の前でまったく無力だった」

四年前、母さんといっしょに父さんの出征《しゅっせい》を見送ったときのことを、ヘレはよく覚えている。八月のある晴れた日だった。戦争はまだはじまったばかりだった。母さんは、出征する父さんのために着飾り、何度も口づけをした。父さんはヒモでゆわえた箱を片手に持ち、服のボタンに出征兵士の印である黒白赤の国旗（＊1）の色をあしらった小さなリボンをつけていた。そして、母さんから「英雄」と呼ばれて笑っていた。

あの日、父さんとおなじようにたくさんの若い男たちが通りを行進して出征《しゅっせい》した。みんな、小さな旗をふり、「セルビアをたたき潰《つぶ》せ」「ドイツ帝国万歳《ばんざい》」と口々に叫んでいた。

アンニの父親も、そのときいっしょに出征した。アンニとその母親は、駅まで見送った。アンニは髪の毛に黒白赤のリボンをつけ、列車に手をふる人々を見た。駅の前では軍楽隊が演奏していた。

男たちは列車に乗りこみ、女子どもは手をふる。母さんはすこし涙を浮かべていたが、哀《かな》しいというより、誇《ほこ》らしく、感動している様子だった。父さんが死ぬかもしれないという不安を、母さんはまったく持ち合わせていなかった。

そのとき、母さんはいった。

「きっとすぐにもどってくるわよ」

それは、みんなの口癖《くちぐせ》だった。ところがクリスマスになっても、戦争は終わる兆《きざ》しすらなく、母さんはしだいに口数が少なくなっていった。

「だけど、あたしたちのリーダーであるエーベルト(＊2)たちだっていったじゃない。祖国を守る必要があるって。ほかにどうしようもなかったわ。だれかを信じるしかなかったでしょ」母さんは、父さんに自分を卑下《ひげ》してほしくなかった。しっかりしてほしかったのだ。

「問題はそこだよ！　おれたちのリーダー、あいつらにだまされたんだ。なにもかもまったく根拠《こんきょ》のない、恥知《はじし》らずなうそだったんだよ」

「それじゃ、なんで戦争なんて起こったの？」ヘレは、ずっと気になっていたことをたずねた。

学校では、敵国がドイツの成功、つまりドイツの労働力と勤勉さと忍耐力に嫉妬《しっと》して、むりやり剣をにぎらされたと教えている。

父さんは食器戸棚《とだな》のそばに行き、なべをとると、逆さまにして食卓に置いた。

「これをケーキだと思ってくれ」

マルタが笑った。

父さんは、その「ケーキ」を指で切り分けた。

「これはイギリスの分、これはフランス、そしてこれはドイツの分だ。なにか気づかないか？」

「ぼくらの分はずっと小さい」

「そのとおりだ。それじゃ、このケーキが世界だとする。イギリス、フランス、ドイツは世界じゅうの国々を取りあっている」

「植民地のこと？」

「そうだ。そもそもフランス人にも、イギリス人にも、ドイツ人にも、縁《えん》のない国々だ。ドイツ政府は、イギリスとフランスが一足先に大きな切れ端を自分のものにしたのが気にくわなかったんだ。それで、イギリスやフランスが取ったケーキをすこしくすねてやろうとしたってわけさ」

「だけど……そうしたら、嫉妬しているのは、ぼくらのほうじゃない！」

「そういうことさ！　この二十年間、ドイツは新しい植民地を手に入れようと、あっちこっちに軍隊を送ってきた。わが国の皇帝と将軍たちがサーベルをふりまわして、戦争になりかけたことがいままでにも二、三度あったんだ。だけどオーストリア・ハンガリー帝国の皇太子がセルビアで暗殺されたとき、オーストリアがついにセルビアに宣戦布告したんだ」

「それって、ぼくらに関係ないじゃない？」

父さんがなんと答えるか、ヘレは気になってしかたなかった。これまで戦争のことを本気で話してくれる人はひとりもいなかった。たいていの人が、ののしるか、ため息をもらすか、嘆《なげ》き悲しむか、その程度だったのだ。

「オーストリアは同盟国なのよ」母さんがいった。「でも、友だちがシュプレー川に飛びこんだからって、まねをすることはないのに」

父さんはうなずいた。

「ドイツが戦争に突入したのは、オーストリアの肩を持つためでもないし、ドイツを嫉妬《しっと》する連中にそうしむけられたからでもない。ちょうどいい口実になったからさ。オーストリアのフェルディナント皇太子の暗殺は、ほかの国にとっても都合がよかったんだ。みんな、狼《おおかみ》のように群がって、自分の勢力圏の確保に走ったってことさ」

父さんはなべをわきにやると、椅子《いす》の背にもたれかかり、真剣な目でヘレを見た。

「父さんが、当時からなにもかもわかっていたと思っちゃいけない。もしわかっていたら、出征《しゅっせい》するよりも、牢屋《ろうや》につながれるほうを選んだな」

マルタがすっかり静かになった。父さんの話がちんぷんかんぷんだったのだ。それでも、なにかまじめな話をしていて、邪魔《じゃま》をしたり笑ったりしてはいけないことはわかったようだ。

「だけど、ドイツのケーキが大きくなったからって、ぼくらはなにかもらえるの？」ヘレはまだいまひとつはっきりわかっていなかった。アフリカの一部がドイツのものになろうが、どうでもいいことだ。

「おまえも父さんも、母さんもマルタも、ハンスぼうやも、オスヴィンもシュルテばあさんも、みんな、なにも得しないさ。皇帝と将軍たちも得はしない。勢力圏が広がるだけさ。戦争で本当に得をするのは、資本家たちだ！　戦争はいい商売になる。武器と弾薬《だんやく》はすぐに消費するから、どんどん新しいのがいる。作るのは工場、買うのは軍隊だ。新しい大砲《たいほう》と弾薬が次々と前線に送られる。そしてその武器で、外国を征服《せいふく》するんだ。だけど、父さんやおまえや、母さんやマルタには関係ない。外国を占領《せんりょう》して、おれたちになんの得がある？　得をするのは、またしても資本家さ。そこには石炭や鉄や畑がある！　それにもちろん、製品を売る市場がある！　つまり搾取《さくしゅ》するってことだ。そこから奪いとったものを、そこで売るわけだからな。戦争はじつのところ、ただの略奪《りゃくだつ》行為さ。だけど、そんなことは口が裂《さ》けてもいっちゃいけない。そんなことがばれたら、みんな、略奪につきあうのはいやだといいだすからな。おれたちがまぬけで、なんでも信じてしまうから、敵が先に襲ってきた、皇太子の敵討《かたきう》ちだ、とデマを流すのさ。そしておれたちは行進する！　ひたすら行進しつづけるんだ！　お偉《えら》い方々のために吹き飛ばされ、命と健康を犠牲《ぎせい》にする。おれたちには、金がかからないからな」

父さんは怒りをあらわにしながら話した。そして食卓をたたいた。

「そしてフランスとイギリスの兵隊たちも、おなじ話を吹きこまれるのよね」母さんが、父さんのかわりにいった。「ドイツの兵隊は命令されるがままに、イギリスとフランスの兵隊を撃《う》ち、イギリスとフランスの兵隊は命令されるがままに、ドイツの兵隊を撃つ」

「それも金儲《かねもう》けのためさ。ただただ金儲けのため」父さんがにがにがしそうにいった。「野戦病院にいたとき、うわさを聞いた。ドイツの軍需《ぐんじゅ》産業は、武器に使う原料や弾薬《だんやく》を敵国にも売っているっていうんだ」

ヘレは信じられないという顔をした。

「フランスやイギリスに？」

「もちろん直接じゃない。迂回《うかい》させてな。ドイツと戦争状態に入っていない国に売ってるんだが、その国々がフランスやイギリスにその武器を売っているのをちゃんと知っているっていうんだ。このうわさ（＊3）はうそじゃないと思う。もしそうだとすれば、おれたちの政府もそのことを知っているはずだ。政府に内緒でこんな取引ができるはずないんだ」

武器や弾薬が敵に流れているとしたら、父さんの腕を吹き飛ばした榴弾《りゅうだん》につめてあったのも、ドイツの爆薬だったかもしれないってことだ。信じられないことだが、本当のことのようだ。父さんが、理由もなく、そんなことを考えだすはずはない。

「エーベルトたちも、知っていたはずだ！　あいつらも、知っていたんだよ！」父さんはまた食卓をたたいた。「仮にはっきりと知らなかったとしても、予想はついていたはずだ。だけど、おれたちには、くだらないスローガンを叫びつづけた。あいつらがいったことはなにもかも、真っ赤なうそだったんだ」

「この世を支配するのは金なのね」母さんは、眠たそうにあくびをしているマルタをひざにのせた。「金のためなら平気でうそをつく。そしてあたしたちをだますのに、特別な芸当《げいとう》なんていらない」

「あいつらの言いなりになっているかぎりはな」

「どうしろというの？」

「ストライキさ。上の連中がこの殺し合いを終わらせるまで、働くのをやめるんだ」

「ストライキは考えているわ。でも、迷っている人が多いのよ。まだ早いって。政府にもう一度チャンスをやろう。交渉の余地はあるっていうの」

父さんはなにか考えてから、静かにいった。

「そんなことを期待してもむだだよ。いまの政府と和平を結ぶ国はどこにもない。政府を倒さないかぎり、平和はこないんだ」

「どうして？」ヘレがたずねた。戦争を終わらせないといけないと、みんながいっている。けれども、政府を倒さないかぎり、平和がこないというのは初耳《はつみみ》だ。

父さんはじっとヘレを見つめた。そして口をひらいた。

「なんでいまの帝国政府とだれも和平交渉をしないか、ひとつだけ例をあげよう。じつに恥《は》ずべきことだがな。戦争当事国は戦争で毒ガスを使ってはいけないという国際条約があるんだ。毒ガスはあまりに残酷《ざんこく》な兵器だからだ。ドイツ政府もその条約を批准《ひじゅん》している。ほかの国はこの条約を守った。なのに、おれたちは先に毒ガスを使っちまったんだ。(▼3)そのために数千人の兵士が盲目《もうもく》になった。わかるな。ひとつでも約束を守れない奴は、ほかの約束も守れない。当然だ。つまりおれたちの政府は、だれにも信用されないってことさ」

「だけど、どうやって新しい政府を作るのさ?」

「方法はふたつある。いま、政府にいる連中が自分からやめるか、やめさせられるかだ。あとのほうを革命っていうんだ」

革命という言葉を、ヘレも最近何度か耳にした。ナウケも口にしていた。だが、これほどはっきり理解したことはなかった。

革命とは、皇帝を追いだし、戦争を終わらせることなのだ。だけど、戦わずに革命はできないだろう。ということは、また撃《う》ち合いが起こるということだ。

「合図《あいず》がいるわ」母さんがいった。「だれかが合図をしないと。労働者も騒いでいるわ。だれかがはじめれば、みんな、立ちあがるわ」

「水兵のストライキって、その合図になる?」ヘレがぽつりといった。

「水兵? どこの水兵だい?」

ヘレは、フリッツから聞いた話をした。だれにも言わないとフリッツに約束したので、すこし良心《りょうしん》がとがめたが、だまっていられなかったのだ。

父さんは母さんを見た。

「聞いてないのか？」

「はじめて聞いたわ」

「本当なら、それが引き金になるぞ！」父さんがいった。

「だけど、なんでその情報がないのかしら？」

「ヴィルヘルム通り（＊4）の連中が、ストライキが一人歩きするのを恐れているからさ。エーベルトとシャイデマン（＊5）の手におえなくなるのが心配なんだ」父さんがいった。「連中は、できるだけ時間稼《かせ》ぎをしたいのさ。そしておれたちはみんな、おとなしく働かなくちゃいけない……」

ハンスぼうやが泣いた。目を覚まして、ひとりぼっちで寝室にいることに気づいたのだ。母さんは、ひざで眠っているマルタを寝室にかかえていき、ハンスぼうやのおむつを替《か》えにいった。台所にいるのは、父さんとヘレだけになった。

ヘレは、風で揺《ゆ》れるランプの炎《ほのお》を見つめた。ひとつだけ、まだよくわからないことがある。皇帝といまの政府を追いだしたら、だれが国を治めるのだろう？

「おれたちが国を治めるんだ」ヘレの質問に、父さんはそう答えた。「それとも、おれたちの中にそんなに頭の回る奴はいないっていうのか？」

ヘレは考えた。それでもまだひっかかることがある。

「だけど……だけど戦いになるなら、革命も戦争の一種ってことにならない？」

父さんははっとして、眉毛《まゆげ》をあげた。

「まあ、そうだな。一種の内戦だ」

ヘレはだまった。

「いいか」父さんは静かにいった。「戦争を終わらすには戦争をするしかないってこともあるんだ」

ヘレは、その言葉をなかなか飲みこめなかった。シャツを脱ぐと、流しで体をふきはじめた。父さんはその様子をじっと見ている。だが、もうなにもいわなかった。なにか別のことを考えているようだった。

手を出せ！

その夜、ヘレはなかなか眠れなかった。父さんの眠る場所を確保するため、マルタといっしょのベッドに眠ることになり、お互い寝返りをうつたび、目が覚めてしまったからだ。だが眠れない理由はそれだけではなかった。ヘレはいやな夢を見た。腕をなくして、うめき苦しむ父さん……目が見えなくなって、戦場をさまよい歩く兵士……水兵がいなくなった軍艦《ぐんかん》……。

ヘレは、母さんに起こされても、なかなか目が覚めなかった。「ちゃんと目が覚めた？」

「うん、起きたよ」

「父さんを起こしたくないから、マルタとハンスぼうやをシュルテばあさんのところに連れていってね。いいわね？」

ヘレは元気なくうなずいた。だが母さんが住まいを出ると、ヘレは起きあがった。横になっていると、寝過ごして、学校に遅刻してしまうかもしれない。教師のフェルスターは、遅刻した生徒に容赦《ようしゃ》ない。

外はまだ真っ暗だった。だが、ハンスぼうやはもう目を覚ましていた。石油ランプの明かりの中、ベッドがわりの台所のソファからヘレを見つめた。ハンスぼうやが夜中にソファから落ちないように、母さんがソファのわきに寄せていた椅子《いす》をどかし、ハンスぼうやを抱きあげ、すこしあやして、ソファにもどした。そして蛇口《じゃぐち》から水を出した。

水は冷たいが、目が覚める。だが排水口《はいすいこう》がくさい。流しの下から臭《にお》ってくる。ヘレは食卓からランプをとって、排水口のあたりを照らした。まえからネズミがよく穴をあける床板《ゆかいた》にまたしても穴があいている。ヘレは、あとで父さんに相談することにした。どこかでセメントを手に入れて、穴をふさがなくては。

顔を洗うと、寝室にもどって、マルタを起こそうとした。ところが、マルタはいつのまにか父さんのベッドにもぐりこんでいた。父さんの腕に頭をのせて、そのまま寝ていたいというそぶりをした。ヘレはマルタの腕をつかんで引っぱりあげた。マルタはヘレの手を払って、ささやいた。

「泣いちゃうから！」

「いいよ、泣けよ！」ヘレはかまわずマルタを引っぱった。「そうすれば、おまえがひどいだだっ子だって、父さんにもわかるからさ」

「だだっ子はお兄ちゃんでしょ！」

マルタは蛇口《じゃぐち》をすこしだけひねると、指先に水をつけてそそくさと顔を洗い、横目でヘレの様子をうかがった。かっとしたヘレは、マルタの頭をつかむと、蛇口の下に持っていき、思いっきり水を出した。

マルタが悲鳴をあげると、ヘレは手をはなした。

「いじわる！」マルタはそういって、泣きわめいた。

「どうしたんだ？」

父さんが台所の入り口に立っていた。父さんの下着のそでが、くるっと結んであった。ヘレとマルタはその結び目に目を奪われた。しばらくして、ヘレがマルタにタオルを渡した。

「マルタが、顔を洗おうとしなかったんだ」

「そんなことないわ！」マルタが叫んだ。

ハンスぼうやは、ヘレとマルタを交互に見た。なにをどなりあっているのかわからず、泣いたほうがいいのか、笑ったほうがいいのか迷っているようだった。

父さんはソファに腰をおろして、ハンスぼうやを抱きあげた。

「なにを食べるんだ？」

「オートミールだよ」ヘレは戸棚《とだな》からオートミールの袋を出した。

「水でか？」

「そうだよ」

マルタはソファに乗って、父さんにくっついた。

「あたし、おばあちゃんのところに行きたくない。お父さんといっしょがいいの」

「ここにいたらいいさ」

「だけど、ふたりをシュルテばあさんのところに連れていくように、母さんからいわれているんだ」ヘレは火かき棒でかまどの灰をどかして、紙をほうりこんだ。その上に、昨日オスヴィンが市場ホールで手に入れてきた木箱の切れ端をのせた。紙に火がついた。

「父さんは、ぐっすり寝なくちゃ」ヘレはいった。

「もう疲れていないさ」

「だけどマルタは、シュルテばあさんを手伝うことになっているんだ」ヘレは、なべに水を入れながらいった。

「あとで、父さんがシュルテばあさんのところに行くよ。魚の礼もいわないといけないからな」

ヘレはなべをかまどにかけると、父さんからハンスぼうやを受けとり、ぬれタオルでハンスぼうやの顔をふいた。

ハンスぼうやはいやがったが、ヘレのほうが上手《うわて》だった。

「父さんのひげも剃《そ》ってくれるかい?」父さんはひげに手をやった。「これだけひげが濃いと、左手じゃうまくできそうにない。一回、きれいに剃っちまえば、左手で剃れるように練習するよ」

「いいよ、やってみても」

ヘレはハンスぼうやをふたたび父さんのひざにのせると、オートミールの粥《かゆ》を作りはじめた。粥ができあがると、父さんがハンスぼうやに食べさせた。おなかにハンスぼうやをのせて、右腕の付け根でおさえた。ハンスぼうやがじっとしていれば、うまくいくはずだった。しかしハンスぼうやが泣きだしたので、結局ヘレが抱きあげ、泣きやむのを待って、食べさせることになった。

「まだ、父さんが怖《こわ》いか。もうすこし時間がかかるな」

ヘレはハンスぼうやに食べさせると、自分の分の粥をかきこみ、カバンと上着をとり、「行ってくるね」といって階段を駆けおりた。

通りはまだ暗かった。ガス燈《とう》の明かりが水たまりに映《うつ》っている。ヘレは駆けだした。通りの角からエデがあらわれるのを見て、走るのをやめた。

「父さんが帰ってきたんだ」

「怪我《けが》もなく?」

「いいや、榴弾《りゅうだん》に腕を吹っ飛ばされた」

エデは「死ぬよりましだ」とはいわなかった。そもそもなにもいわなかった。ヘレはおどろかなかった。エデはふだんからとても無口なのだ。学校では、休み時間になっても口をひらかないことがあるくらいだ。毎朝、登校前に郵便配達をしているので、朝の四時には起きている。そのせいで、学校に行くころにはもうへとへとに疲れている。だが放課後になると、俄然《がぜん》元気になる。口うるさいといったらない。この界隈《かいわい》ではだれより口が悪いだろう。たとえば「あほ野郎」なんてありきたりのことは絶対にいわない。「おまえ、ゾウのしょんべん、頭からかけられたんじゃないか」そういうユニークな悪態をつく。調子のいいときは、もっととんでもない悪口を連発する。

だがその朝のエデはまるで元気がない。

「昨日のボンメルとのケンカだけどさ」エデがいった。なんだか口が重い。「あんなことしなくてよかったのに。自分のことは自分で始末するよ」

もちろん、エデならできるに決まっている！　ヘレも、ボンメルとケンカをするなんて、つまらないことをしたと思っていた。それに、ボンメルのいうことを真《ま》に受けるなんてどうかしていた。ボンメルは口が軽い。自分でも思っていないようなくだらないことばかりしゃべる奴だ。それでも、エデがだれかにからかわれると、守ってやらなくちゃと思うのだった。だからといって、ふたりは親友というほどの仲ではない。せいぜい顔見知りという程度だ。エデは四月に落第して、おなじクラスになった。それで、すこしは親しくなったが、腹をわってつきあうほどにはなっていない。エデは、クラスのだれとも親しくならないように距離を置いていたのだ。

「あのくだらない歌、暗記した？」

ヘレはうなずいた。マルタとハンスぼうやの世話があるので、午後、ほとんど外に遊びに出られない。だから退屈しのぎに学校の宿題をするだけだ。興味があるかないかは関係ない。

「ぼくはだめだ。ほかにすることがあって覚えられなかった」エデがいった。

エデが忙《いそが》しいことは、ヘレもよく知っていた。エデの家族は不運つづきだ。一月のストライキを組織したかどで父親が捕《つか》まった。政府は騎馬《きば》警官に、サーベルを抜いてストライキをしている市民を蹴散《けち》らすよう命じたのだ。エデの父親はそのとき怪我《けが》をして、逮捕《たいほ》された。いまだにアレクサンダー広場の拘《こう》置所《ちしょ》に入っている。父親が家族の面倒をみられなくなったため、エデの母親は途方《とほう》にくれ、仕事の最中、不注意にも型押《かたお》し機にはさまれ、指を二本なくしてしまった。型押し機が怖《こわ》くて、作業ができなくなった母親は社員食堂にまわされ、収入が減ってしまった。しかも間の悪いことに、エデの妹ロッテが病気にかかってしまった。診断では労咳《ろうがい》(＊6)だという。だとすれば、もう助からない。

日中、家にいられるのはエデだけだ。だから、なにもかもひとりで背負わなければならなかった。買い物の行列に並ぶこと、妹を見舞うこと、弟のアディの世話をすること、料理に洗濯《せんたく》、そして午後には馬糞《ばふん》集め。家庭菜園をしている人たちは、バケツ一杯の馬糞に五ペニッヒくれる。といっても、新鮮でなければならない。古くては肥料にならないからだ。

学校のチャイムが鳴った。ヘレとエデは急いだ。二列になったクラスの一番後ろにぎりぎりで並ぶことができた。チャイムが鳴り終わると、赤レンガの校舎に通じる大きな門がひらき、クラスごとに担任に引率されて教室に向かうことになっている。

ボンメルがいらないことをいった。

「もう一分遅けりゃ、フェルスターが喜んだのに」

ボンメルは目に隈《くま》ができている。だがヘレのことを根に持ってはいなかった。その逆で、仲直りしたいのか、にやにや笑いかけてきた。

教師がふたり、門から出てきた。ダブルFだ。フェルスターとフレヒジヒ。似たところなどひとつもないのに、ただ名字の頭文字がおなじというだけで、ふたりはダブルFとあだ名されていた。フェルスターのほうは、教師としては最低の奴だ。フレヒジヒは問題ない。

フェルスターは、エデのように早朝から新聞配達で階段をいくつものぼりおりして、授業中居眠りしてしまう生徒にとってはやっかいな教師だった。新聞や牛乳やパンの配達をして疲れ切って学校に来るのは自業自得《じごうじとく》だと思っている。それにひきかえ、フレヒジヒは、そういう生徒を大目に見てくれた。

フレヒジヒは自分のクラスの子に「おはよう」というと、すぐに教室に引率した。

フェルスターはまずクラスの列をざっと閲兵《えっぺい》し、列を押したりひっこめたりしてから、生徒にあいさつをする。

「諸君、おはよう！」

「おはようございます！」生徒はいっせいに返事をする。

「おはよう！」フェルスターがもう一度いった。

「おはようございます！」生徒たちが大声でどなった。

声の大きさに満足していいか、フェルスターはしばし考えた。そして今朝は一回くりかえしただけでよしとし、クラスの前に立って校舎に向かった。

フェルスターは兵士だった。二年前、榴弾《りゅうだん》の破片《はへん》が尻《しり》に刺さり、傷痍《しょうい》軍人として除隊したのだ。以来、足を引きずっている。ボンメルの話では、いまでも破片《はへん》が尻《しり》に刺さったままだという。本当かどうか定かではない。フェルスターは戦争や英雄的な行為について話すのが好きだが、自分の戦争体験についてはなにひとつ語ろうとしないからだ。ただ一度だけ、自分が負傷したときのことを話題にしたことがある。フェルスターは、祖国のために犠牲《ぎせい》になったといった。

教壇《きょうだん》の後ろの壁に、皇帝の肖像画《しょうぞうが》がかかっている。その上に「全身全霊をかけて感謝します、わが祖国よ」と書いてある。

フェルスターは、朝の祈りをするとき、いつもきっちりその肖像画の下に立つ。それはなんともこっけいな光景だ。フェルスターは皇帝とおなじ、先っぽをぴんと立てたカイゼルひげだったからだ。自分を皇帝に似せようとして一生懸命《けんめい》なのだ。しかし、笑うわけにいかない。授業中に笑い声をあげるのは重罪だった。

「着席！」

生徒たちは席についた。ギュンター・ブレームが一瞬、遅れた。フェルスターは、ギュンターがすわるとき立てた音が癇《かん》にさわったのか、顔をしかめた。

「起立！」

生徒たちは立ちあがった。

「着席！」

今度はうまくいった。みんな、同時にすわり、耳ざわりな音は聞こえなかった。

フェルスターは人差し指でひとりの生徒をさした。

「クラウゼ！　『おお、ドイツに誉《ほま》れあれ』を暗唱《あんしょう》しろ」

フランツ・クラウゼが立ちあがると、直立不動の姿勢になって、あわてて詩を棒読みした。

フェルスターは満足しなかった。

「ハンシュタイン！　『おお、ドイツに誉れあれ』。節《ふし》をつけろ！」

エデが立ちあがった。手で額《ひたい》の髪を払うと、途方《とほう》にくれてあたりをきょろきょろした。

「おお、ドイツに誉れあれ」ヘレがささやいた。

「おお、ドイツに誉れあれ……」

「忠誠《ちゅうせい》をつくすべき、汝《なんじ》、聖なる国！」

「忠誠をつくすべき、汝、聖なる国！」

「いざ、光を放たん、汝が輝かし名誉《めいよ》……」

「いざ、光を放たん、汝が輝かしき名誉……」

「ゲープハルト！」フェルスターはヘレにつめ寄って、耳を引っぱった。

「なにをするんですか？」

「前で立っていろ！」

にこりとしそうなのをこらえながら、ヘレは前に出て、教室のすみに立った。

「つづけろ、ハンシュタイン！」フェルスターはエデの目の前に立ってどなった。

エデは口をつぐんだ。

「つづけろ、ハンシュタイン!」

「その先は覚えていません」

「ちゃんと答えろ!」

「わたしはその詩の先を覚えていません」

「ほう、そうかね? まあ、知っていたら奇跡ではあるがな」フェルスターは席のあいだを歩きながら、いつもの説教をはじめた。ドイツの偉大さが危機に瀕《ひん》していること、前線や銃後《じゅうご》での義務の遂行《すいこう》について、そして聖なる国家の価値を破壊しようとする良心《りょうしん》のかけらもない輩《やから》のこと。

「自分たちに期待されているものがなにかわからず、自分の居場所に気づけない若者がいる。そういう若者のせいで、ドイツは滅《ほろ》びるんだ」説教をそうしめくくると、ロッカーに行って、竹のムチを出し、バシンと教卓をたたいた。

「起立!」

クラス全員が立ちあがった。

「おお、ドイツに誉《ほま》れあれ。全員で暗唱《あんしょう》しろ!」

「おお、ドイツに誉れあれ」生徒全員が声をそろえて暗唱しはじめた。そのあいだ、フェルスターはムチで教卓をたたきながらリズムをとった。

「着席!」

ちゃんと暗唱できた者が少なかったので、フェルスターは不満だった。

「秩序と勤勉と清潔、使える人間の基本だ」

そういって、次の説教がはじまった。

説教はいつもおなじだ。聞き飽《あ》きて、ヘレは耳を傾《かたむ》ける気もしなかった。エデのほうを向いて、ほほえんだ。エデも、笑いかえした。

フェルスターは、エデの笑《え》みを見逃さず、すぐにヘレの前に立った。

「手を出せ！」

ヘレは両手を前に出して、歯をかみしめた。フェルスターがムチをふりあげると、ちょっとだけ両手をひっこめた。

「手を出せ！」

ヘレは目を閉じて、両手をぐっと前に出した。ムチがふりおろされ、指に激痛が走った。目に涙が浮かんだ。気持ちをおさえて唇《くちびる》をかんだ。

「手を出せ！」

ヘレはもう一度、両手を出した。それから四回、フェルスターはムチをふりおろした。

「復唱《ふくしょう》しろ！　答えをこっそり教えるのはいけないことです」

「答えをこっそり教えるのは……いけないことです」

「わたしは前に立たされたとき、笑ったりしません」

「笑ったり……しません」

「ちゃんと復唱《ふくしょう》しろ！」

「わたしは……前に立たされたとき……笑ったりしません」

「席にもどれ！」

ヘレは席にもどるとき、だれの顔も見ようとしなかった。哀《あわ》れんでいるか、ざまをみろとほくそ笑《え》んでいるかどちらかだ。いつもおなじことのくりかえしだ。

「読本《とくほん》をあけろ！」

フェルスターはムチで指揮《しき》をとった。

「一、二、三」

一で読本を出す。二で読本を高くかかげる。三で机に置く。今回は、ベルティがもたもたしてしまった。

「まだまともにできんのか！」

フェルスターはもう一度、号令をかけた。

ヘレの熱くほてった指にみみず腫《ば》れができた。こっそり息をふきかけ、すこしでも痛みを和らげようとした。

「読本をあけろ！　三十八頁《ページ》」

少年たちはいっせいに読本をひらいた。

愛するエーリヒ

ボンメルがヘレの前に来て、唇《くちびる》をつきだしながらフェルスターのまねをした。

「ちゃんと復唱しろ、ゲープハルト！」

それからこういった。

「わたしのケツをなめてください、フェルスター先生！」

少年たちは笑った。その気はなかったのに、ヘレも笑った。いままでにどれくらい学校で体罰《たいばつ》を受けたかしれない。だがギュンター・ブレームのように、体罰を受け入れることができなかった。ギュンターは、「体罰なんてそのときだけさ。ちゃんちゃらおかしいよ」という。学校を怒らせても意味がないことはわかっていたが、ヘレは無性にくやしかった。

エデは、ヘレがみんなと別れてひとりになるのを待って声をかけてきた。

「ちょっといっしょに来ないか？　いいものがかっぱらえるところを知ってるんだ」

「なにがかっぱらえるんだい？」

「小麦粉とか砂糖とかトウモロコシだよ」

ヘレも、よくかっぱらいをする。二週間ほど前、ナウケといっしょに、ジャガイモを満載《まんさい》したトラックに乗りこんだばかりだ。アルザス通りをプレンツラウ大通りに向かうそのトラックは、十字路でちょうど停車したところだった。ヘレたちはローゼンタール広場からプレンツラウ大通りの角まで荷台に乗って、ズボンや上着のポケットからシャツの中にまでジャガイモを詰めこんだ。そして歩いて帰るのが大変そうになったところで、トラックの荷台から飛びおりた。

エデは脇道《わきみち》に入ると、門から中をうかがい、入っていった。

「だれかに声をかけられたら、パウルおじさんに会いにきたっていうんだ」エデはヘレにささやいた。「パウル・ハンシュタインだ」

そこは、ふつうのアパートの中庭とちがっていた。都会の農家といった作りだ。ほとんどの馬小屋がずいぶん前から空っぽのままのようだが、いまだに馬糞《ばふん》の臭《にお》いがする。馬小屋の上は納屋《なや》になっていて、荷の積み卸《おろ》しをする穴があき、そこから滑車《かっしゃ》の支柱がつきでている。

エデは横の入り口から建物に入り、急な階段をのぼった。古ぼけた、いまにも壊《こわ》れそうな木の扉《とびら》の前で立ち止まると、ドアの板を一枚はずして、壁に立てかけた。つづいて残りの板もはずして、納屋にもぐりこむ隙間《すきま》をつくった。薄暗がりの中、袋がいくつも置いてあるのが見える。ヘレは袋にさわってみた。

「たまげたな、エンドウ豆じゃないか!」

エデはヘレにランドセルを持たせると、袋の口をあけて両手でエンドウ豆をすくい、教科書やノートの上に直接こぼした。自分のランドセルが豆でいっぱいになると、エデはいった。

「さあ、今度はきみの番だ」

ヘレはランドセルを降ろすと、教科書の上から豆をざらざら落とした。それがすむと、エデは袋の口をしめて、ほかの袋と大きさがおなじに見えるように、けとばして形を整えた。それから階段の踊り場にもどり、ドアの板をはめ、ゆっくりと階段を降りた。

ヘレは駆けだしたくなるのを必死でがまんした。駆けると目立ってしまう。

ふたりが中庭に出ると、ちょうど馬車が中庭の入り口にあらわれた。御者《ぎょしゃ》がうさんくさそうにふたりを見た。

「ここはだれの持ち物なんだい？」御者が追いかけてこないのを確かめてから、ヘレはたずねた。

「ブリーゲルだよ。運送業者さ。ぼくのおじさんは、そいつのところで御者をしてたんだ」エデは、ブリーゲルがけちんぼで、自分はもうけているのに、従業員にまともな給料を払わないといった。

「おじさんが戦死したとき、おばさんは食うものにも困る暮らしをしていたのに、ブリーゲルはひと握りのオートミールも分けてくれようとしなかったんだ。前にパウルおじさんが荷物の出し入れをするのを手伝ったときのことを思いだしてさ、ちょくちょく食い物をいただきにきてるんだ。もともとブリーゲルは生活に困っていないし、あいつに荷物を運んでもらっている連中もおなじさ」

エデは道ばたの井戸の前に立ち止まると、ヘレがポンプを動かすのを待った。すぐに冷たい水が流れだした。エデは水を飲み終わると、今度はポンプを動かして、ヘレに水を飲ませた。

「うちに来る？」

エデにそういわれたが、ヘレは迷った。エデの妹が労咳《ろうがい》にかかっているのを思いだした。エデにも、ヘレが考えていることがわかったようだ。

「心配するなって。ロッテは入院してるし、アディはとなりのおばさんに預かってもらってる」

「病気なんか怖《こわ》くないさ。死人を見るのだって平気だよ。だけど、やっぱり病気がうつるのはごめんだ」

エデにも、それはよくわかっていた。ほかの答え方をしたら、ヘレは頭が悪いことになる。

公園通りはアッカー通りとそっくりで、ほとんどちがいらしいところはない。エデの住んでいる裏手のアパートも、中庭が薄暗いところや、ひと棟《むね》ごとにトイレがひとつしかないところまで瓜《うり》ふたつだ。エデの住まいの台所まで、ヘレのところと似ている。ただ、ソファのあるところに、エデの住まいでは木のベンチが置いてあった。そのベンチの上の壁に、楕円《だえん》のフレームにおさめられた一枚の小さな写真がかけてある。壁の飾りといえばそれくらいだ。

「お父さんは?」ヘレはたずねた。

エデは写真を見ずにいった。

「もう一年近くアレクサンダー広場の拘置所《こうちしょ》に入ってる」

「会いにいった?」

「子どもは会えないんだ。会えるのは母さんだけだ」

エデは食卓の上でランドセルをひっくりかえした。エンドウ豆がいくつか、床にこぼれた。ヘレが豆をひろうのを手伝っていると、ふいにエデが顔をあげた。

「このあいだ父さんから手紙をもらったんだ。見せようか？」

「手紙をもらったの？」

つまらない質問なのはわかっている。だがヘレは、エデがいったことにおどろいて、どう答えていいかわからなかったのだ。

エデは食器戸棚《とだな》から手紙を持ってきて、食卓に置いた。ヘレはズボンで手をふくと、手紙を手にとって文面を読んだ。手紙は、とても大きな字でていねいに書かれていた。


愛するエーリヒ！


もうおまえとも、まる一年会っていないことになる。母さんから、おまえががんばっている様子を聞いて、とても誇《ほこ》りに思っている。おまえが、自分のすべきことをこれからもちゃんと自分で考えるだろうと信じている。だが、もしわからなくなったら、母さんに聞くんだ。

学校はうまくいっているか？　わたしのせいで、いやな思いをしているんじゃないか？　もし学校の先生たちがいやがらせをしているとしたら、それはまちがったことだ。父さんがしたことが正しいことだろうと、まちがったことだろうと、そのことで、おまえが責任を負う必要はない。

母さんの話では、おまえは、わたしが逮捕《たいほ》されてからとても引っこみ思案《じあん》になっているというじゃないか。おまえには友だちがいないとも聞いている。愛するエーリヒ、友だちがいないのはよくないことだ。なにか困ったとき、はじめてわかることだ。もしわたしがひとりぼっちで、おまえたちがいなかったら、また牢屋《ろうや》の中や外に同志や友がいなかったら、なにもかも耐《た》えられないだろう。

わたしのほうはあいかわらずだ。健康だし、元気いっぱいだ。

母さんとロッテとアディによろしく伝えてくれ。

父より

ヘレはだまって、手紙を置いた。なぜエデが手紙を見せたのか、よくわかった。

「ねえ、馬糞《ばふん》集めを手伝うよ。もちろん、ただでね」

エデは手紙を封筒にもどした。

「今日はだめなんだ。ロッテの見舞いにいかなくちゃいけない。明日はどう?」

ヘレはランドセルを手にとった。

「いいよ、じゃあ、明日!」

エデは住まいの玄関までヘレを送ったが、なにもいわなかった。そしてヘレが中庭に走りでたとき、エデが窓をあけて叫んだ。

「だけど、もうけは山分けだからな! 半分こだ。いいかい?」

「いいよ」

アッカー通りのオスヴィン

中庭で弾《ひ》いている手回しオルガンの音色《ねいろ》が通りまで聞こえた。ヘレは音楽の聞こえるアパートの門をくぐって、最初の中庭の壁によりかかった。手回しオルガン弾きは、オスヴィンだ。この界隈《かいわい》では「アッカー通りのオスヴィン」で知られている。

オスヴィンはまず『ベルリンの空気』を弾き、それから童謡や民謡を演奏した。ほかの手回しオルガン弾きとちがうのは、声をあげて歌うところだ。だがお世辞《せじ》にもうまくない。それどころか、やかましいほどだ。それでも、人々は喜んで、たんまり駄賃《だちん》をはずんでくれる。ところが今日はいくら歌ってもだめだった。だれも窓をあけて、古新聞につつんだ小銭《こぜに》を投げてくれない。

「昔は、貧乏人ほど金を出してくれるといったもんだがな」オスヴィンは不機嫌《ふきげん》そうにヘレにいった。「いまは、貧乏人ですら金をけちる。世も末だよ」

ヘレは、オスヴィンが手回しオルガンを通りに引っぱりだすのを手伝った。門の前で、オスヴィンはすこし考えてからいった。

「今日は店じまいにしよう。これ以上やっても意味がない」

「今日はどこに行ってたの？　ヴェディンク地区のこの界隈《かいわい》だけ？」

「この界隈だけかだと？　わしは二十五の若者じゃないんだ。そんなに遠くまで行けるもんじゃない。しかし今日はどうなってるんだ？　どこのアパートに行っても、死んだようにひっそりしている。なにかあるぞ。感じるんだ」

「革命が起こるってこと？」

「知ってたのか？　革命がうれしいか？　おもしろそうだとか思ってるんだろう？　だがな、哀《かな》しいことなんだぞ」オスヴィンは手回しオルガンの台車についている引き出しをかきまわして、嚙《か》みタバコを口にほうりこんだ。「革命！　聞き飽《あ》きたよ！　このあいだの革命ではなにもできなかった。血を流し、人が犠牲《ぎせい》になっただけだ」

オスヴィンはすでに七十歳をすぎている。だが、垢《あか》じみた帽子の下の髪はまだ白髪になっていない。まだまだ黒い髪がまじっている。よく帽子を脱いで、自慢そうに髪を見せることがある。それでも、ふさふさの口ひげは真っ白だ。正確には、白と黄色。嚙みタバコのせいでひげが黄色に染まっているのだ。オスヴィンは、嚙みタバコをかまないときはパイプをふかす。ヘレの父さんとおなじだ。だがオスヴィンの吸うパイプのタバコはすさまじい臭《にお》いがする。自分の小屋の上で採集した草で作ったもので、「悪魔のにおい」と呼んでいる。

「なんていう革命？」

「一八四八年の革命さ。聞いたことないか？」

「知らないな」

「まあ、学校で教えるわけないわな。教えたとしても、嘘八百《うそはっぴゃく》に決まっている。だがな、これからわしが補講《ほこう》をすると思ったら、とんでもない勘違《かんちが》いだぞ。あれは長い話になる。聞きたければ、あとで小屋に来るんだな」

「うん、そうするよ」

ヘレは、オスヴィンの小屋に遊びにいって、いろいろ話をしてもらうのが好きだ。もっともオスヴィンは話すのがゆっくりで、ときどき話の筋を忘れるし、百が千に誇張《こちょう》されることもある。それでも、オスヴィンの声を聞くのは楽しい。古くさい言葉を使うので、昔に帰ったような気分になれるのだ。

ふたりはだまって、アッカー通りを歩いた。ヘレは手回しオルガンについているラベルに目をとめた。優雅《ゆうが》な書体の金文字で製造元が書かれている。G・バチガルーポ、シェーンハウス大通り五十七番地。

「手回しオルガンていくらぐらいするの？」

「わしは中古を買ったからな。新品がどのくらいするかは知らんね。ジョバンニに聞いてみるしかないだろう」オスヴィンはそういって、ラベルに書いてあるGをさした。「こいつはイタリア人なんだ。手回しオルガン作りじゃ指折りだな。演奏者としても一流だ。だけど、借りることもできるんだ。もちろん借り賃《ちん》を払わにゃならんけどな。つまりもうけは少ないってこった。だからオルガンを借りてる連中はあわれなもんさ。みんな残らずな」

オスヴィンは、はじめから手回しオルガン弾《ひ》きではなかった。若い頃は屋根葺《やねふ》き職人で、各地を転々とわたり歩き、見聞を広めていた。ところが五十歳のある日、不幸がおとずれた。三階建ての家の屋根から落ちて、両足を折ってしまったのだ。怪我《けが》が治ってから、また屋根葺《やねふ》き職人に復帰しようとしたが、今度は足がすくんで、屋根の上から下も見られないありさまだった。

そんな職人を、親方《おやかた》が使ってくれるはずがない。オスヴィンは観念した。それでも、屋外で働きたかったので手回しオルガン弾《ひ》きに転職したのだ。

「父さんが帰ってきたんだ。でも、片腕をなくしちゃって」

オスヴィンがおどろいて立ち止まり、嚙《か》みタバコで褐色《かっしょく》に染まったつばを路上にはいた。

「ルディがもどったって？　いつのことだい？」

「昨日だよ」

「それなのに、わしにはひと言のあいさつもなしか？」

「父さん、疲れ切ってたから」ヘレはうそをついた。父さんがだれにも会いたがらなかったとはいえない。

「片腕をなくしたとはな！」オスヴィンは首をふりながら、手回しオルガンをふたたび押しはじめた。

「あの犯罪者どもめ！　戦争が終わらないのは、あいつらのせいだ。あいつらを首《くび》にする潮時《しおどき》だな」

「革命がだめなら、ほかにどうやって首にするのさ？」

オスヴィンが、うっとつまった。

「小賢《こざか》しいことをいうな！　おいぼれをからかうもんじゃない」オスヴィンは上着のポケットに手をつ

っこみ、新聞をヘレの手に渡した。「なにもかも、ここに書いてあるよ。ルディにやってくれ。これを読んだら、ルディも喜ぶだろう」

「父さんがいってたよ。戦争は戦争でしか終わらせられないって」

ヘレは新聞を受けとると、上着につっこんだ。それは『前進』という名の、父さんも以前、読んでいた社会民主党の新聞だった。

「そんなことをいったのか？　あのルディが？　もう戦争にうんざりしているんじゃないのか？」

「うんざりしているさ」

「それなのに、新しい戦争をはじめようってのか？」

「ちがうよ。戦争を終わらせたいんだよ」

「別の戦争をはじめて終わらせるっていうんだろ？　革命を起こすってことか？　おまえのおやじさんも、ずいぶん変わったもんだ」

オスヴィンは不機嫌《ふきげん》そうに手回しオルガンを押しつづけ、三十七番地の一番奥の中庭にたどりついた。

オスヴィンの小屋の横にある絨毯《じゅうたん》たたき用の鉄棒にフリッツが足をかけているのを見て、オスヴィンの表情が変わった。

「ほら、友だちが来てるぞ！」

オスヴィンはそういった。フリッツが会釈《えしゃく》をしたので、オスヴィンは帽子をとってうやうやしくおじぎした。

ヘレもフリッツのとなりに足をかけてたずねた。

「昨日、大変だった？」

「ううん、たいしたことなかったよ」

ヘレは以前、フリッツがどんな折檻《せっかん》をされるか聞いたことがあった。たたかれるよりもつらいのは、ズボンを降ろされ、椅子《いす》に横たわらないといけないことだ。フリッツの父親は、ただなぐるだけでなく、フリッツを礼儀正しい人間に育て上げようとしているのだ。

「きみのお父さん、昨日はなんであんなに早く帰ってきたの？」

「具合が悪いっていってたけど、ちがうと思う。本当は不安だったんだ」

「なにが？」

フリッツは、オスヴィンが小屋に入り、扉《とびら》をしめるのを待ってささやいた。

「水兵たちがベルリンに来るんだ」

「キールで蜂起《ほうき》した水兵が？」

「今晩にも到着するらしいよ」フリッツはあたりをうかがいながらいった。「皇帝を退位させて、自分たちで国を治めるつもりらしいって、父さんがいってた。あいつらはとんでもないごろつきで、人の命なんてなんとも思っていないともいってた」

「そんなのうそだよ！　水兵たちは戦争にうんざりしているんだ。それだけだよ」

「父さんがいったことをいっただけだよ」

「だから、なんだよ？　きみのお父さんがいうことを信じるのか？」

フリッツは首を横にふったが、あまり力がこもっていなかった。

「水兵たちが来るって話が本当だとすると、戦争はもうすぐ終わるな。これで、食べ物も手に入るようになる」ヘレがいった。

「なんでそんなことがわかるんだい？」

「父さんから聞いたんだ」

フリッツは意味ありげにだまった。ヘレにも、理由はわかっていた。父親の言葉を受け売りしているのは、ふたりともおなじだ。

「そういってるのは、ぼくの父さんだけじゃないさ。ちょっと頭の切れる人なら、みんないってるよ」

「ヘレ！」フリッツは鉄棒から飛びおりた。「おねがいだ。ぼくがいったことを、だれにもいわないでくれ。父さんにばれたら、なぐり殺される」

「都合の悪いことは国民に知らせない政府……いったい、どういう政府だよ？」

「ヘレ！　約束してくれ。だれにもいわないって」

「いいよ、約束するよ」

「誓ってくれ」

「誓うよ」

フリッツはほっとすると、鉄棒の横にとめていた自分の自転車に乗り、中庭をぐるっと一周した。

「あいつら、皇帝を銃殺《じゅうさつ》するかな？」フリッツがたずねた。

「だれが？　水兵たちがかい？　なんのために？　皇帝を捕《つか》まえて、追放するかもしれないけど、銃殺はしないだろう。わからないけど」

「水兵たちのこと、怖《こわ》くないの？」

「怖くないさ。なんで、怖いんだよ？」

「だって、そこいらで銃を撃《う》ちまくったらどうするのさ？」

「水兵たちが銃を撃つとはかぎらないだろう。それに、撃つとしても、ぼくのことは狙《ねら》わないさ」

「なんで？」

「ぼくは水兵の味方をするもの」

「なんだって？　水兵の味方をするの？」フリッツは自転車の向きを変えて、ヘレのそばに走ってきた。

「そう、ぼくは水兵の味方さ。戦争は終わってほしいもの」

「だけど、敵か味方か、どうやって見分けるんだい？」

「ぼくが皇帝や将軍に見える？」

フリッツには反論のしようがなかった。そして聞いた。

「日曜日はどうする？」

「まだわからないや」

「迎えにきていいよ。きみを乗せて、自転車をこぐよ」

「きみのお父さんはだいじょうぶ？」

「かまわない。下で待ってるから」

ヘレはすこし迷った。自転車には乗りたい。自分の自転車を持つのがヘレの夢だ。だが夢はかなわないだろう。だからフリッツの自転車に乗せてもらえるのがうれしかった。ヘレの知っている子どもで、自分の自転車を持っているのはフリッツだけだ。

「どうしようかな。時間がないかもしれないし」ヘレはいった。

しかし、時間があることはわかっていた。

「待ってるよ」フリッツが通りに向かって自転車をこぎだしながらいった。「十一時頃おいでよ」

ヘレは、フリッツを見送ると、自分の住まいにあがった。

ただの冗談

台所は見ちがえるようになっていた。父さんがかまどの煙突《えんとつ》を修繕《しゅうぜん》し、南京虫《なんきんむし》のあけた穴をつくろい、ネズミの穴をうめた。食器棚《だな》もがたぴしいわなくなり、かまどの天板《てんばん》もきれいになり、火も元気よくあがっていた。

父さんはソファにすわって、マルタをひざにのせていた。ひざを揺《ゆ》らしながら歌を歌ってきかせていた。

おお、なんとのんびり、
鉄道馬車。
一頭は、列車をひかず、
もう一頭も腰砕《こしくだ》け。
御者《ぎょしゃ》はお手上げ、
車掌《しゃしょう》もげんなり、
いつまでたっても、
列車はとまりっぱなし！

ヘレもその歌を知っている。父さんの母親ゲープハルトおばあさんがよく歌ってくれたものだ。おばあさんが子どもの頃は、電車などまだなく、鉄道馬車ばかりだったという。

「もう一度歌って」

マルタがせがんだが、父さんはいやがった。

「三回も歌ったんだから、もういいだろう」

父さんはいまだにそでを結んだシャツを着ている。マルタをひざから降ろそうとすると、マルタが父さんにしがみついた。

ヘレは『前進』を食卓に置いた。

「オスヴィンからだよ」

そういうと、ヘレはマルタをかかえあげ、父さんが食卓に広げておいた、ハンスぼうや用の毛布の上にマルタをのせた。ハンスは木のスプーンでブリキの皿をたたいていた。マルタは舌を出して、台所から駆けだすと、寝室に飛びこんだ。

「そっとしておくんだ！」父さんがいった。「今日はちょっと甘やかしすぎたかな」

ヘレはランドセルから教科書とノートを出すと、なべにエンドウ豆をあけた。

「それ、どうしたんだ？」

ヘレは、エデのおじさんが御者《ぎょしゃ》をしていたという運送会社で盗みをはたらいたことを打ち明け、緊張した面持《おもも》ちで父さんを見つめた。

しかし父さんは肩をすくめただけだ。

「ふつうなら、よくないことだが、いまはふつうじゃないからな。盗むのも、飢《う》え死にしないためだ。ブリーゲルはやくざな奴さ。自業自得《じごうじとく》だ」

父さんは新聞を手にとると、一面を読みだした。

ヘレは教科書をランドセルにもどし、食器棚《だな》と壁のあいだに押しこんだ。

「オスヴィンに、父さんがもどったっていったよ」

父さんは聞いていなかった。新聞を指でつつきながらいった。

「おまえの友だちがいったとおりだ。キール軍港の水兵たちが出動命令を拒否したんだ」

ヘレは、なま暖かい粥《かゆ》の入ったなべをとって、父さんのいる食卓についた。フリッツから聞いたばかりの話を父さんに教えたかったが、内緒にすると誓ったばかりだ。

「それで?」ヘレはたずねた。「ストライキはまだつづいているの?」

「まあ、そんなところだ。水兵たちは、ノスケ(▼4)になだめられているようだ」

「ノスケ?」

「グスタフ・ノスケだよ。労働者のリーダーを自称している奴さ。政府が事態の収拾《しゅうしゅう》をはかるため、そのノスケをキールに派遣《はけん》したのさ。だが、そんなことをしても、むだだろう。シュトゥットガルトでもストライキがあったってここに書いてある。月曜日にシュトゥットガルトじゅうがストに入ったようだ」

父さんは新聞をわきにやるとたずねた。

「オスヴィンは、ストライキのことをなんていってた?」

「そのことは話さなかったからわからない。でも、オスヴィンはほかのことを心配しているみたいだよ。だれも、お金をくれなくなった。貧乏人までけちるようになったってぼやいてた」ヘレはそこで一度、言葉を切った。「オスヴィンは、中古の手回しオルガンを買ったんだってさ。新品が欲しかったら、シエーンハウス大通りに住んでるイタリア人のところにあるって。でも、手回しオルガンを借りることもできるっていってた」

「なんでそんな話をするんだ？」

ヘレは粥をすくった。

「だって、いってたじゃない……」

「あれは冗談だよ！」父さんの声は鋭《するど》かった。「父さんはまだ四十にもなってないんだぞ。手回しオルガン弾《ひ》きで人生を終わらせてたまるか」

ヘレは頭をさげて、またスプーンを口に入れた。

「オスヴィンの場合は、ちょっと事情がちがうからな。あいつは昔ながらの地方回りの職人だった。工場で働きたくないんだ。新鮮な空気が吸える暮らしこそ自由だと思っているんだ。だが、父さんにとっての自由はちょいとちがう。権利を勝ち取って、もうすこし人間らしく働けるようにしなくちゃいけない。それでも結局、手回しオルガンくらいしか仕事が見つからないかもしれない。だがいまはまだ希望を捨てたくない」

ヘレは空っぽになったなべをすすいで、かまどにのせた。

「ひげを剃《そ》ってくれるかい？」

「いいよ！」

「じゃあ、やってもらおうか！」

父さんはハサミ、ひげ剃り用の乳鉢《にゅうばち》とブラシ、粉石けん、ナイフをとってきて、食卓に並べた。それからナイフを研《と》ぐための革帯《かわおび》を壁のクギにひっかけ、もう一方をヘレに持ってもらって、ナイフをリズミカルに研ぎはじめた。それが終わると、なべに水を入れて火にかけ、椅子《いす》を窓辺《まどべ》に持っていってすわり、ヘレにナイフを渡した。

ヘレは慎重にひげを剃《そ》りはじめた。左手で父さんのひげを引っぱり、右手のナイフで切りとる。ハンスぼうやはスプーンでブリキの皿をたたくのを忘れ、口をあけたまま、ヘレと父さんをじっと見つめた。

「口ひげはそのままにしてくれ。さもないと、毛焼きされたブタみたいに見えてしまう」

ヘレが笑って、父さんの顔からナイフをはなした。そのとき、父さんがヘレの手をつかんだ。みみず腫《ば》れに気づいたのだ。

「どうしたんだ？」

「フェルスターにやられたんだ」

「教師か？」

「うん」

「なんでだ？」

「エデに答えを教えたからさ」

「いまだにこんなことをしてるのか？」

父さんが心配そうな顔をしたので、ヘレはうれしかった。

「もう平気さ」ヘレはひげを切りながらいった。

「革命が成功したら、まず学校をなんとかしないといけないな。みんな、学校で骨抜きにされてしまう」

ヘレは父さんのひげを剃り終わった。

父さんは鏡を見て、大きな声で笑った。顔が、切り株の残っている畑のようだった。父さんは、かまどから湯の沸《わ》いたなべを降ろすと、乳鉢《にゅうばち》にすこしだけ湯を注ぎ、粉石けんをブラシで泡《あわ》だて、右ほおに泡をつけた。それからまた椅子にすわると、ひげを剃るときは手で皮膚《ひふ》をぴんとはらせてから、泡とひげをいっしょにナイフでこそぐんだと、ヘレに教えた。

「気をつけてやってくれよ。父さんには家族がいるんだから」

白猫と黒猫

カリンケ食料品店前の行列はどこまでもつづいていた。いよいよ寒くなってきた。ヘレは上着のポケットに両手をつっこみ、首をひっこめながら、並んでも意味があるんだろうかと何度も思った。ジャガイモとドングリの粉を売ってると、シュルテばあさんがいっていた。だが、ヘレの番がくるまで残っているだろうか？　行列に並んで、かれこれ一時間になる。

アンニの母親も、行列に並んで、となりの女の人に話しかけている。アンニが元気になるのに必要なものを数えあげている。バター、本物の牛乳、ハチミツ、たくさんの新鮮な果物、たくさんの新鮮な野菜、そしてときどきは肉も。すべて手に入らないものばかりだ。

「処方箋《しょほうせん》にバター百グラムって書いてくれないか、フレーリヒ先生に頼んでみたことがあるんだけど、だめだっていわれちゃったわ。そんなことをしたら、ヴェディンクじゅうで、おなじ処方箋を書かなくちゃならないっていうのよ」

行列に並んで人の話を注意深く聞いていれば、フレーリヒ先生という名をよく耳にすることに気づくだろう。フレーリヒ先生はアッカー通りの医師で、この界隈《かいわい》の人はみんな、なにかしら世話になっている。

ヘレはアンニの母親のことを思った。日中、子どもたちの世話をしなければならないので、夜、酒場で給仕《きゅうじ》をしている。「エルトマンの穴」という地下の酒場で、もう地の底からはいあがれないと思うことがあると、よくこぼしている。自分の仕事のことをぼやき、「エルトマンの穴」にたむろする酔っぱらいのことをののしり、自分の酒場を「水面下千ミリメートル」と宣伝する酒場の主《あるじ》エルトマンじいさんのことも悪くいう。

ナウケが通りを歩いてきた。女友だちのトルーデもいっしょだ。トルーデはブルンネン通りにあるA《アー》EG《エーゲー》社の大型機械工場で働いている。担当が大きなフライス盤なので、彼女のことをよく知らない人からは、体つきが華奢《きゃしゃ》なのにだいじょうぶかと心配される。

ナウケとトルーデはお似合いのカップルだ。ふたりとも陽気で、仲がいい。それでも、ときどき意見が食いちがうらしく、大声で口げんかするときがある。シュルテばあさんはほんのちょっとだけトルーデにやきもちを焼いていた。結婚したら、ナウケが出ていくんじゃないかと心配なのだ。それでもシュルテばあさんもトルーデが好きだった。

ふたりがヘレの前で立ち止まった。

「やあ」ナウケが声をかけてきた。「順番はまだかい？　なにか手に入りそうか？」

「さあね」

「ローストチキンふたつにクッキーを五百グラム、買ってきてくれよ」

行列に並んでいた人たちが笑った。はじめから、ナウケがからかう気だとわかっていたのに、うまくひっかかってしまった。

灰色の髪の男がナウケに一歩近づいて、にらみつけた。

「あんた、昨日、ビラを配っていなかったか？　スパルタクス団に入っているだろう」

「もちろんさ！」ナウケは答えた。「昼間はいつもビラ配りしているよ。朝早く、ベッドの中でも配ってるさ」

スパルタクス団に入っているか、という質問にナウケは答えなかった。

行列に並んでいる人たちがまた笑った。しかし灰色の髪の男は顔を真っ赤にして怒った。

「勝手にいってろ！　敵にやられているだけでもさんざんなのに、仲間にまで裏切られるとはな」

「なによ、それ！」トルーデが食ってかかった。「人殺しを先にはじめたのはどこのどいつよ？　この四年間、前線で毎日何千人も死んでいるのはだれのため？　スパルタクス団のせいなの？」

「戦争を終わらせたいなら、勝つために前線で戦うんだな。銃後《じゅうご》で人を扇動《せんどう》してもしょうがないだろう」

そういうと、ナウケがなぐりかかってくると思ったのか、男は腰をかがめた。だが、ナウケにその気はなかった。

「四年も戦争してるのに、まだそんな世迷《よま》い言《ごと》をいう奴がいるとはねえ。人は経験から学ぶと思っていたんだがなあ」

「青臭《あおくさ》いことをいうな！」男が興奮してどなった。

ナウケはトルーデに顔を向けて、行列に並んでいるみんなに聞こえるように大きな声でいった。

「あぜんだよな。なんでみんなひもじい思いをしているか、ぜんぜんわかってないんだからな。この悲《ひ》惨《さん》な暮らしがだれのせいか、最後のひとりがわかるまで待っていたら、手遅れになっちまうよな」

「ほうっておきなさいよ」トルーデがいった。「この方、これから勝利のために前線で戦うそうだから。お手並みを拝見したら？」

「おれは戦争で負傷したんだ」男がそういって、自己弁護しようとしたが、すでに遅かった。まわりでまた笑い声があがった。ヘレの後ろにいた女がいった。

「あたしらはね、口に入るものが欲しいだけなんだ！」

まわりで、そうだ、そうだ、という声があがった。

ナウケがそのとき、ヘレの上着の襟《えり》から毛玉をとるようなふりをして、顔をよせると小声でいった。

「ちょっと来てくれないか。トルーデがかわりに並んでくれるからさ」

ナウケとトルーデはすでに申しあわせていたらしく、トルーデが列に入って、後ろの女とおしゃべりをはじめた。

カリンケ食料品店の騒ぎが聞こえないくらい離れると、ナウケはタバコに火をつけてたずねた。

「おれたち、知りあってどのくらいになるかなあ？」

いきなりそんな質問をされて、ヘレはびっくりした。なにか大事な頼みがあるんだとすぐに気づいた。

「半年かな」

「おれを信頼してるか？」

「うん」

ナウケはヘレの肩に腕をまわすと、さらに二、三歩、店から離れた。

「あのさあ、白猫が必要なんだよ」

「白猫？」

「本当の猫じゃないさ。人間だよ。でも白いやつ。猫にも白と黒があるんだ。聞くのはじめてか？」

「聞いたことないよ」

ナウケはまたヘレをからかおうというのだろうか？　だが、今度は真剣だった。

「白猫っていうのは伝令《でんれい》のことさ。情報やなんかを伝える役。おれたちがなにを計画しているか知る必要がないただの伝令を、そう呼んでいるんだ」

「本当にスパルタクス団なの？」

「あたりまえさ」ナウケがにやっと笑った。

スパルタクス団のことは、いろいろ話にきいている。フェルスターは、国に弓をひく犯罪人と呼んでいる。スパルタクス団が権力をにぎったら、ドイツは滅《ほろ》びるという。だが母さんはちがう意見だ。社会民主党はいま、三つの党派に分かれているという。ひとつはドイツ社会民主党（SPD）で、エーベルト、シャイデマンを中心とする最大の党派だ。ふたつ目は前の年、皇帝に忠誠《ちゅうせい》をつくす社会民主党から袂《たもと》をわかった独立社会民主党（USPD）。母さんが支持する政党だ。そして三つ目が独立社会民主党が設立される前から独自のグループを作り、考えが近いのに独立社会民主党に加わらなかったスパルタクス団。母さんの働く工場では、この社会民主主義者たちが三つ巴《みどもえ》になって、内輪《うちわ》げんかばかりしている、と母さんはよく笑うが、「たまには団結しないと、やれることもやれないわ」と愚痴《ぐち》をもらすこともあった。

「それで、ぼくはなにをしたらいいの？」

「小包を運んでほしいんだ。おれが自分で運んでもいいんだが、危険すぎるんだ。家が監視されているかどうかはっきりしなくてな。それに、おれは知られすぎているし。おまえなら、万一捕《つか》まっても平気だ。おれから小包を預かっただけで、なにも知らないっていえばいいんだからな」

「ナウケはどうなるの？」

「おれを捕まえにきても手遅れさ。おれは雲隠れしてるからな。おれは反対の通りから様子を見ているよ。おまえが家から出てくれれば、成功。警察が来たら、おれはとんずらする」

「小包の中身はなんなの？」

「紙さ！　でも大事な紙だ。人の命を救える紙さ」

ヘレは待ったが、ナウケはそれ以上いわなかった。

「どこにあるの？」

ナウケはタバコの吸い殻《がら》を足で踏んだ。

「三階の廊下《ろうか》にゆるんだ床板《ゆかいた》があって、そこに隠してある。四階にあがる階段のちょうど四つ手前だ。今晩、暗くなったら持ちだして、ダンツィヒ通り十二番地のアパートの一番棟《とう》に住んでいるW・ヴェゼロフスキーのところに運んでほしいんだ。最初にドアを二回ノックして、二、三分待って、今度は一回だけノックする。わかったか？」

「ダンツィヒ通り十二番地、一番棟、ヴェゼロフスキー、ノックは最初が二回、次が一回」

「だけど前もって小包を取りだすなよ。床下にあるかぎり安全だ。おまえが上着に隠したときから、すべてはおまえしだいになる」

ヘレはだまってうなずいた。

ナウケはほほえんだ。

「おまえなら頼《たよ》りになると思っていたよ。だけど、これはだれにも内緒だぞ。知っている人間はひとりでも少ないほうがいい」

「それで、ナウケも白猫なの？」

ヘレは、カリンケの店にもどる途中でたずねた。

「おれは黒猫さ」

「黒猫はなにをするの？」

ナウケは意味ありげな表情をした。

「黒猫っていうのは、爪があって、自分の身の守り方を知っている奴をいうのさ」

トルーデとヘレが場所を交代した。順番は店のショーウィンドウのすぐ目の前まで来ていた。

ナウケとトルーデは、ヘレにさよならをいうと、腕を組んで離れていった。ふたりが三十七番地に姿を消すまで、灰色の髪の男は憎々《にくにく》しげにふたりを見ていた。

「あいつらが権力をにぎったら、なにもかも分配する気だ。あいつらの望みは、なにもかもみんなで分けあうことなんだ。ロシアとおなじにな」(▼5)

「それがどうしたのよ？」アンニの母親がいった。「そうすれば、あたしたちも分け前がもらえるじゃない。もう飢《う》えに苦しむのはうんざりよ」

男がなにかいいかえそうとしたとき、行列の前のほうが騒がしくなった。カリンケのおばさんが店の前に出てきた。

「今日はもうなにもないよ。売り切れだよ」

それでも、並んでいた人たちは動かなかった。

「みんな、聞こえただろ。もうなにもないんだ」

カリンケのおばさんがもう一度いった。

「それじゃ、あたしら、なにを食べたらいいんだい？」ものすごくやせこけた女が叫んだ。「窓枠《まどわく》のパテでも食えっていうのかい？」

カリンケのおばさんは腰に手をあてた。

「あたしに、どうしろっていうんだい？　あたしはヴィルヘルム皇帝かい？」

人々はぶつぶついいながら、その場を離れていった。そのとき、やせた若い女が、灰色の髪の男をつかんでいった。

「あんたのその大口《おおぐち》にはうんざりだよ。スパルタクス団が正しいね。すべてをみんなで分けあえば、世界ももっとましになるよ」

男は女の腕をふりほどいて、だまって歩いていった。

そこにいる意味がなくなったので、ヘレも自分のアパートの中庭を駆けぬけ、急いで三階まであがって、耳をすました。なにも聞こえないのを確かめてから、ひざをついて、床をさわってみた。四階にあがる階段の手前、四枚目の板に隙間《すきま》があり、指を入れて、持ちあげることができた。

たしかに包みが隠してある！　茶色い包み紙にくるまれて、ぐるぐるにヒモがゆわえてある。書類カバンの厚さくらいだ。ヘレはその包みを手にとってみた。表にはなにも書いてない。けれどもヘレは、ひと目見れば、中になにが入っているかだれにでもわかるのではないかと思った。

W・ヴェゼロフスキー

ダンツィヒ通りはとても幅が広く長い通りだ。だが小さい数字の番地は中心街に近い。十二番地なら、それほど歩かなくてすむ。その十二番地をいったん通りすぎ、三軒《けん》ほど先の、街灯《がいとう》の光がとどかない暗がりで、ヘレはあたりの様子をうかがった。

十二番地は警察に見張られているんだろうか。いろんな人が歩いている。身なりのいい人、みすぼらしい人。その中にスパイがいるのだろうか。二時間ここで観察していてもわからないだろう。いや、わかったときは手遅れかもしれない。

ヘレはもう一度、包みにさわった。下着の中につっこんであるから、肌にじかに触れていた。もし落とすようなことがあればすぐにわかる。ヘレは通りをゆっくりもどって、十二番地に近づいた。

玄関がきしんだが、暗い廊下《ろうか》は静まりかえっている。明かりをつけるべきか、闇《やみ》の中を手探《てさぐ》りで階段をあがるべきか迷った。ヘレは玄関の横にあるスイッチをさがした。黄色い淡《あわ》い光がともった。もし闇の中を手探りしているところを見つかったらまずいと思ったのだ。

入り口に住人の名前の入った木の表札《ひょうさつ》があった。

W・ヴェゼロフスキー、一番棟《とう》三階

階段の踊り場に入った。フリッツの住まいとおなじように、なにもかも清潔で、作りがしっかりしている。匂《にお》いまでおなじだ。しかし階段を踏むと、ぎしぎし音が鳴った。ヘレは立ち止まって、聞き耳をたてた。

どこかで声がしてないか？　男たちの声だぞ？

今度ははっきり聞こえた。なにか争っているようだ。三階か四階の住まいのドアがあいているようだ。

「声をあげるな！」男がいった。

「そうかい？　なんでかね？　なにか都合が悪いのかい？」

もうひとりはわざと大きな声を出しているようだ。なにが起こっているか、だれかに伝えたいのだろう。ヘレはそっと向きをかえて、階段を降りた。上のほうでドアがしまる音がした。走っちゃだめだ。聞こえてしまうかもしれない。そしたら、追いかけられてしまう。

上から男たちが降りてくる足音がひびいた。ヘレは、あんなに足音をたてているなら、もうすこし速く歩いてもだいじょうぶだろうと思った。

階段は果てしなく長く感じた。やっとの思いで一階に降りると、路面電車の線路にそってつづく鉄の手すりを飛び越えて走った。

上で大きな声を出していたのはヴェゼロフスキーにちがいない。ヘレは運がよかった。ものすごい強運だ！　あと十分早かったら、いや、五分早くても……。

一階の玄関から男が出てきた。黒いコートを着ていて、フリッツの父親とおなじように山高帽《やまたかぼう》をかぶっている。男は周囲を見まわし、ヘレをじっと見た。ヘレは手すりにのってだれかを待っているようなふりをした。

山高帽の男は玄関を大きくひらくと、手招《てまね》きをした。男がふたり出てきた。ひとりは最初の男とおなじように、黒いコートを着ていて、山高帽をかぶっている。もうひとりは帽子をかぶっていない。山高帽のふたりは、帽子をかぶっていない男をはさむようにして通りを歩いた。ふたりは、男を連行しているんだ。まちがいない。ヘレは体を起こすと、男たちのあとをつけた。

連行されていく男は、こっそりわからないようにあたりを見ている。気のせいだろうか。いや、そんなことはない。しきりにきょろきょろしている。白猫が来ることを知っていて、危険を知らせようとしているんだ。伝令《でんれい》がふたりの山高帽に捕《つか》まるのを心配して、それであんな大きな声を出したんだ。

ヘレは男の顔を確かめたかった。そうすれば、ナウケに報告ができる。ナウケなら、それがW・ヴェゼロフスキーかどうかわかるだろう。

ヘレは男たちを追い越してからふりかえった。だが、男たちから離れすぎていて、顔がわからない。一瞬、街灯《がいとう》の下を通ったが、それでも顔が確かめられなかった。

ふたりの山高帽と連行される男が、黒い乗用車の前でとまった。ヘレは通りを渡って急いだ。連行される男が自動車に押しこまれようとしている。

ヘレは、いきなり発作にみまわれたみたいに大きな咳《せき》をした。男がふりむいた。ヘレはびっくりした。

男の顔を知っていたのだ。もうずいぶん長く会っていなかったが、すぐにわかった。クラーマーおじさんだ。父さんの昔の同僚《どうりょう》で、ずっと仲がよかった。

クラーマーおじさんの顔はすこしも変わっていなかった。そのまま車に乗ると、一度も後ろをふりかえらなかった。

自動車はすぐに走り去った。ヘレは立ち止まって、車を見送った。

クラーマーおじさんは、ヘレがわからなかったんだろうか。それとも、警官に気づかれないように、わざと知らんぷりをしたんだろうか。

自動車はシェーンハウス大通りに曲がって、そのまま見えなくなった。ヘレは、十二番地の家をふりかえった。

クラーマーおじさんはそこに住んでいたんだろうか？　それとも、W・ヴェゼロフスキーはおじさんの偽名《ぎめい》なのだろうか？　その可能性はある。けれども、クラーマーおじさんがW・ヴェゼロフスキーでなければ、ヴェゼロフスキーはいまでもヘレが来るのを待っているはずだ。

いきなり背後でブラインドのおりる音がしたので、ヘレは飛びあがっておどろいた。もう一度上にあがって確かめるしかない。クラーマーおじさんがW・ヴェゼロフスキーかどうかはっきりさせなくては。

ヘレは数歩進んでから、また立ち止まった。もし警察が住まいに残っていたらどうする？　ヘレがやってくるのを待ちかまえているとしたら？

包みを持ったまま玄関に入るのはまずい。包みを持っていなければ、なにもされないはずだ。

それだ！　ヘレは包みをどこかに隠して、十二番地が安全かどうか調べることにした。隠し場所はすぐに見つかった。道ばたに舗装《ほそう》用の石が積んであった。戦争がはじまる前からほうったらかしなのだろう。砂やゴミがまじっている。

ヘレはその石積みに腰かけると、靴ひもを結ぶふりをした。そしてあたりの様子をうかがい、見られていないのを確かめてから、ふところの包みをつかんだ。すこし手間取ったが、包みをうまく取りだすと、石のあいだにつっこんだ。それからほかの石をその隙間《すきま》にさしこむと、両手をポケットに入れて、十二番地に向かった。玄関を入ると、すぐに明かりをつけ、軽く口笛を吹いた。

表札《ひょうさつ》に、モーリッツ・クラーマーの名はなかった。

ヘレは口笛を吹きながら階段をあがった。しかし内心はびくびくで、うまく口笛が吹けない。三階につくと、W・ヴェゼロフスキーの名前が書いてあるドアがあった。ヘレは耳をすましてみた。ドアの向こうでは、なんの物音も聞こえない。ドアをノックしてみるか？　だけど、もしもだれかが住まいの中で待ちかまえていたら、なんて言い訳をする？　なにかうまい言い訳を考えておかなくちゃだめだ。ヘレは、もうひとつのドアに顔を向けた。ヨハネス・ニーマンと表札に書かれている。ヘレは、先にそっちをノックしてみることにした。

すぐに足音がして、ドアがあいた。とがったあごひげの老人がけげんな顔つきでヘレを見た。

「友だちのうちをさがしているんです。ペーター・ボンメルっていって、ここに住んでるはずなんですけど、どこをさがしても見つからなくて」

「ボンメル？」小柄《こがら》な老人はうさんくさそうな顔をしている。「そんな名は知らんな」

「そうかあ。おとなりなら知ってるかもしれませんね」ヘレはすぐにとなりのドアに行って、ノックをした。合図《あいず》のノックはしなかった。危険すぎる。ヘレがふりかえってみると、老人はもうドアをしめていた。

しばらくして、足音が近づいてきた。ヘレはすこしあとずさって、いざというときはすぐに逃げられるように、階段のそばに立った。

ドアが勢いよくあいた。男はコートを着ていないし、山高帽《やまたかぼう》もかぶっていないが、クラーマーおじさんを連行したふたりとなんとなく雰囲気が似ている。男はヘレに一歩近づいたが、そこで立ち止まった。

「ヴェゼロフスキーさん？」ヘレは一歩さがった。すぐ後ろが階段で、それ以上はさがれない。

「そうだが？」男の言葉は歯切れが悪かった。だれかを待ちかまえていたが、それは子どもではないという顔つきをしている。

「すみません」ヘレはフェルスターに話すときのように、ていねいな口調でいった。「ぼくはクラスの友だちの家をさがしているのです。ペーター・ボンメルといって、十三番地だって聞いてたのですが、この家のどこをさがしてもいないのです」

男はヘレをじっと見つめてからいった。

「十三番地？　ここは十二番地だが」

「ああ、そうですか！　ぼくがまちがっていたのですね。となりの家をさがします」

ヘレは急いで階段を駆けおりた。

通りに出ると、ほっと息をついた。ドアをあけた男はW・ヴェゼロフスキーじゃない。あいつは変装して、あの住まいの住人のふりをしているだけだ。

ヘレはそう直感した。その直感を信じるしかなかった。まさか面と向かって、そうたずねるわけにはいかない。

ようこそ、お帰り

台所にいた父さんはパンツ一枚で、上半身裸になって、体をふいていた。徹底的に体をふくために、お湯が沸《わ》かしてある。

ドアをあけてくれたマルタにつづいて、ヘレが台所に入ると、父さんがいった。

「いやあ、気持ちいい。ずっと体をふいていなかったからな」

ヘレは、腕の付け根の赤い傷あとを見つめた。直接見るのははじめてだ。マルタも、腕のなくなった付け根にある肉の塊《かたまり》から目をはなせずにいる。父さんが動くたび、その肉の塊がぷるぷるふるえた。

「このプルプルフィリップをよく見ておくんだ」ヘレとマルタがおどろいているのに気づいて、父さんがいった。「見慣れてもらうしかない。おれも、はじめはショックだったよ」

「それ、どうなってるの?」ヘレがたずねた。父さんのいうとおり、慣れるしかない。

「ちゃんとは知らないんだ」父さんは体をふき終わり、ズボンをはきながらいった。「おれは麻酔《ますい》をかけられていたからな。まあ、つぶれた腕を切りとって、そのあとをぬいつけたってことだ」

マルタが台所を飛びだして、寝室に逃げこんだ。

「すまんな。だが、ほかにいいようがない」

ヘレは近寄って、腕の付け根の肉の塊を見た。

「なんでそんなにぶよぶよしているの?」

「骨がないからさ。こなごなになっちまったから、とるしかなかったらしい」

そのとき中庭で、手回しオルガンの音楽が聞こえた。

「オスヴィンだ!」ヘレが窓をあけて、暗い中庭を見下ろした。

オスヴィンは小屋の前にいた。手回しオルガンの上に石油ランプを置いて、ヘレのほうを見上げながら、ハンドルをまわしている。父さんが顔を出すと、オスヴィンは歌いだした。


ようこそ、お帰り、われらがふるさとへ!

ようこそ、お帰り、わが家へ!


そして帽子をとって、ふりまわした。

父さんが笑った。

「あがってこいよ！」

オスヴィンはうなずくと、手回しオルガンを小屋にもどした。

ヘレはクラーマーおじさんのことが脳裏《のうり》によみがえった。おじさんとは、オスヴィンも知り合いだ。クラーマーおじさん、オスヴィン、父さんの三人は、トランプの遊び仲間だった。クラーマーおじさんが逮捕《たいほ》されたことをいえないのはつらい。話していいかナウケに聞いてからでなければ、いうわけにはいかない。けれども父さんは、クラーマーおじさんを裏切りはしないだろう。皇帝を追いだし、戦争を終わらせたい。父さんもそのことでは、ナウケやクラーマーおじさんとおなじことを望んでいる仲間なのだ。

ヘレはフロアに行き、上着から包みを出して、寝室に隠すことにした。本当は階段手前の床下《ゆかした》にもどしたかったが、ちょうど人が来たため、そのまま自分の住まいに持ちかえったのだ。

ヘレはそっと寝室をうかがった。隠すところをマルタに見られたらまずい。食べ物だと思って、あけてしまうだろう。

マルタはなにも気づかなかった。ベッドにうつぶせになって泣いている。ヘレは、洋服ダンスの裏に包みを押しこむと、ベッドにすわって、マルタの背中をなでた。

「父さんは生きているんだから、よかったじゃないか」

「でも、ものすごく痛かったんじゃない？」

たしかに、とんでもなく痛かったはずだ。考えただけで、ぞっとする。けれども、もっとひどい怪我《けが》をした人はいっぱいいる。通りに出れば、あちこちでそういう人を見かける。両腕のない人、キャスターつきの板にのって動きまわる両足のない人、顔のつぶれた人、目の見えない人。こうした傷痍《しょうい》軍人を皇帝は路上で見たくないらしいが、それでも彼らは物乞《ものご》いするのをやめない。彼らもどうにかして生きていかなければならないからだ。

傷痍軍人を見かけると、ヘレはついじっと見入ってしまう。じろじろ見るのはよくないといって、フリッツは目をそむけるが、ヘレは好奇心に勝てなかった。恥《は》ずかしいことだが、傷痍軍人をかわいそうだと思ったことはない。そう思うには、あまりにおおぜいだったからだ。だが自分の父さんとなれば、話は別だ。

「お父さんが……かわいそう！」

マルタはむせび泣いた。ヘレは妹を抱きしめた。

「でも、生きて帰ってきたじゃないか！　たくさんの人が戦死しているんだ。知っているだろ！　父さんは生きている……そして戦争はもうすぐ終わる。また食べ物が手に入るようになるぞ。シュルテばあさんのところに行かなくてもすむんだ」

マルタの気持ちがすこし落ち着いた。泣くのをやめていった。

「お父さんの腕をとった奴の腕を切り落としてやらなくちゃ！」

「本気かい？」

「だって、ひどいじゃない」

ヘレは昨日の話を思いだして、大砲《たいほう》を撃《う》った人も、父さんとおなじ立場だとマルタに説明した。

「もしかしたら、父さんもだれかの腕や足を撃ったかもしれないだろ。だれかを撃ち殺したかもしれない」

マルタがヘレの腕から離れた。

「お父さんが？」

「命令されたら、やるしかないじゃないか」

「そんなことを命令するなんて、どこのどいつよ？」

「将校《しょうこう》のだれかさ」

「そいつが、そんなことを望んだの？」

「ちがうよ！」ヘレは息を吸った。こんな話をするんじゃなかったと、後悔していた。「その将校も上から命令されているのさ。将軍からね」マルタが次になにを質問するかわかっていた。「そして将軍がそう命令するのは、政府がそう望んでいるからだよ。そして政府は、資本家たちが物を売るために国を広げたいから、そういう命令を出すんだ。そして資本家たちが国を広げたいのは、そこに石炭や鉄や畑があって、ドイツのために働いて、物を買ってくれる人間がいるからさ」

昨日の晩、父さんと話をしてから、ヘレはずいぶん長いあいだ考えた。そしていま、なにもかもわかった気がした。

マルタがいった。

「じゃあ、そいつらが悪い奴なのね。そんなことをしようとするなんて、ひどい奴にちがいないわ」

「とにかく、自分たちが豊かになれれば、ぼくらがどうなろうと知ったこっちゃないのさ」

ヘレは立ちあがった。オスヴィンがドアをノックするのが聞こえた。ヘレは、ひさしぶりに会うふたりといっしょにいたかったのだ。

父さんとオスヴィンはランプの明かりの中、向かいあって立っていた。父さんはシャツを着て、靴下もはき、体をふくのに使ったお湯も捨てていた。ヘレは窓辺《まどべ》のベンチにすわって、静かにしていた。

「よくもどったな」オスヴィンはそういうと、上着のポケットからビールを出して、食卓に置いた。ふたりはすわると乾杯をして、ゆっくりとビールを飲んだ。

「『前進』を息子にことづけてくれて、ありがとうな」父さんは口についたビールの泡《あわ》を手でふいた。

「いろいろおもしろい記事がのっていたよ」

「そうだろう」オスヴィンも手の甲《こう》で口をぬぐった。「戦争ももうすぐ終わりそうだな」そういって、途中で結んである父さんのそでをさした。

「まあな。だが、勝手に終わるものじゃない」

「なんでだい？　人民政府(＊7)があるじゃないか。わしらの仲間も議員になってる。彼らが、目を光らせているさ」

「だれが目を光らせているだって？　エーベルトかい？　それともシャイデマン？　オスヴィン、気づかないのか？　人民政府が聞いてあきれる！　あんなのインチキさ。政府のだれが人民なんだ？　ドイツ社会民主党のふたりなんて、ただの看板《かんばん》だよ。皇帝のたんつぼ係にもなれない連中さ。いまごろ、救い主としてしゃしゃり出てきた。オスヴィン！　皇帝はふらふらじゃないか。ちょっとつつけば、すぐにひっくりかえるさ」

「だけど、彼らも、皇帝の退位を求めているぞ」

「ああ、そうだとも、だけど、あいかわらず皇帝といっしょにシャンペンを飲んでいる」

父さんの言い方はどんどんきつくなり、オスヴィンは押しだまった。

「あいつらのどこが、労働者の指導者なんだい？　エーベルトとシャイデマンはいままで皇帝の言いなりだった。四年間の戦争、死者と負傷者だらけ。飢《う》えと貧しさ、もう限界だ！　それなのに交渉してばかり。そのあいだ犠牲《ぎせい》を払うのはおれたちだ」

「そこまでいわなくても」

「なにをいってるんだ、オスヴィン」父さんはすわっていられなくなった。「上の連中がまっとうな考えをするようになるのを待つっていうのか？　これだけ待ってもできないんだから、無理に決まっている。戦争を終わらせたいと本気で思っているのは、おれたちだ。それもこれも、おれたちの生き死にがかかっているからさ」

オスヴィンは上着のポケットから小さく折りたたんだ新聞を出して、食卓に置いた。

「これは党中央委員会の呼びかけだよ。ここになにもかものっている」オスヴィンの声はいらいらしていた。「わしらはただ指をくわえて待っているわけじゃない。ちゃんと要求をしているんだ。政府と皇帝がこの要求に答えなければ、わしらは労働者たちと歩調を合わせる。それでもだめなときは……そのときは革命だ」

父さんは新聞を手にとって広げると、さっと目を通してもどした。

「革命だって？　ここに書いてあるけど、おれたちにエーベルトとシャイデマンを信頼しろって書いてある。これまで何度となく裏切ってきた連中を信じろっていうのか？　オスヴィン！　いくらなんでも、馬鹿にしすぎじゃないか？」

「わしだって、古い政府がなくなったほうがいいと思ってるさ」オスヴィンの口調が激しくなった。「だが血を流さずに政府を転覆《てんぷく》させられるなら、そのほうがいい」

「そりゃ、おれだって、そのほうがいい。だけど、上の連中が進んで引退するとは思えない。最後まで保身《ほしん》に走るに決まってるんだ。誓ってもいい。エーベルトとシャイデマンはそのことをちゃんと知ってる。そして原則として、それでいいと思ってるんだ。おまえたちがなにもしないなら、こっちもなにもしない。あとでゆっくり交渉しよう。そういうことさ」

オスヴィンはビールのジョッキを手でくるくるまわした。

「ルディ、あんた、スパルタクス団に入ったのかい？」

「さあどうかな。ただひとつだけはっきりしていることは、シャイデマンの社会民主党はもうおれの社会民主党じゃないってことさ」父さんが笑った。「おれたちが前線でシャイデマンをなんて呼んでいるか知ってるかい？　糞野郎《シャイセマン》だよ」

オスヴィンは笑わなかった。

「オスヴィン！」父さんはオスヴィンの腕に手を置いた。「前線の兵士たちはもううんざりしてるんだ、わかるかい？　もう戯《ざ》れ言《ごと》なんてだれも信じない。やけどをした子は火を怖《こわ》がるもんだ。そして工場の労働者たちも限界にきている。どんなことになっているか、マリーに聞いてみろよ」

オスヴィンは新聞をとると、ていねいにたたんで、上着のポケットに入れた。それからビールを飲み干《ほ》し、悲しげにいった。

「なにかほかの話をしないか？　再会の喜びがだいなしだ」

しばらくだれも口をきかなかった。それから父さんがいった。

「そうだな、オスヴィン。本当にひさしぶりに会えたのに、ケンカをするなんて。仕事はどうだい？　ヘレから聞いたけど、みんな、しみったれているんだってな」

オスヴィンは仕事がうまくいかないとこぼした。だが、口が重い。父さんのことが理解できなかったというより、父さんの言葉にショックを受けていたのだ。

父さんも、オスヴィンがつまらなそうに答えていることに気づいていた。オスヴィンを元気づけようとして、昔の話をしたり、共通の知り合いの消息を聞いたり、思い出話に花を咲かせようとしたが、結局、会話ははずまなかった。オスヴィンが帰るといいだし、父さんは玄関まで送っていった。

「オスヴィンにはすまないことをした。おれがもどったことをあんなに喜んでくれたのに。おれだってうれしかった。だけど、うそをつくわけにいかない」父さんは食卓にもどると、ヘレを見つめながらいった。「おれたちは、ぜんぜんちがう体験をして、ぜんぜんちがう道を進んでしまったんだ。それをなかったことにするわけにはいかない」

＊1　**黒白赤の国旗**　ドイツ帝国時代の国旗。

＊2　**エーベルト**　フリードリヒ・エーベルト（一八七一年―一九二五年）、ドイツの政治家。一八八九年ドイツ社会民主党入党、一九一三年同党幹部会議長。第一次世界大戦中にドイツ帝国政府に入閣。ドイツ帝国政府によって宰相に任命され、一九一九年から一九二五年までドイツ大統領をつとめた。

＊3　**ドイツと戦争状態に入っていない国に売ってるんだが、その国々がフランスやイギリスにその武器を売っているのをちゃんと知っているっていうんだ。**ドイツの企業は、ドイツ政府黙認のもと、爆薬などの軍需物資をデンマークやノルウェーを経由して敵国に販売していた。

＊4　**ヴィルヘルム通り**　ドイツ帝国政府の所在地。

＊5　**シャイデマン**　フィリップ・シャイデマン（一八六五年―一九三九年）、ドイツの政治家。一八八三年ドイツ社会民主党入党。第一次世界大戦でドイツの敗北が決定的になったとき、帝国政府に入閣し、戦後、エーベルト大統領のもとで共和国初代首相となった。

＊6　**労咳**　第一次世界大戦中、食糧難と医療の不備により疫病となった。すでに有効な治療法があったにもかかわらず、ベルリンでは一九一六年、一八八六年当時に匹敵する犠牲者が出た。犠牲者の大多数は女子どもであった。

＊7　**人民政府**　ドイツ帝国の敗色が濃くなったとき、帝国政府は休戦交渉を働きかける。だが一九一七年から参戦した米国が非民主的なドイツ政府との交渉を拒否したため、社会民主党員の協力を得て、表向き民主的な政府として樹立したもの。

▼1　**「キールで水兵がストライキを起こしたんだってさ」**一九一八年十一月三日、平和を求める水兵たちがキールで蜂起し、ドイツ革命の口火を切った。

▼2　**皇帝**　ヴィルヘルム二世（一八五九年―一九四一年）、ドイツ皇帝兼プロイセン王(在位一八八八年―一九一八年)。対外膨張政策を積極的に推し進め、これが第一次世界大戦の遠因となる。第一次世界大戦中、政治の実権を軍部ににぎられ、一九一八年十一月、ドイツ革命が起こると、オランダに亡命して退

位。

▼3　**おれたちは先に毒ガスを使っちまったんだ。**　第一次世界大戦中の一九一五年四月二十二日、ドイツ軍は西部戦線のイープル戦で、フランス軍に対しはじめて塩素ガスを化学兵器として使用。投入された塩素ガスは百八十トン、死者は約三千人、負傷者七千人といわれる。戦後の一九二五年、毒ガス等使用禁止ジュネーブ議定書が戦争参加国のあいだで署名される。

▼4　**ノスケ**　グスタフ・ノスケ（一八六八年－一九四六年）、ドイツの政治家。一八八四年ドイツ社会民主党入党。一九〇六年帝国議会議員、陸海軍・植民地問題の専門家。第一次世界大戦では積極的に戦争に協力、一九一八年十二月末には人民代表委員会で軍事を担当、一九一九年一月のスパルタクス団の蜂起を鎮圧。

▼5　**ロシアとおなじ（ロシア革命）**　一九一七年三月、ロマノフ王朝の帝政が倒され、ブルジョア勢力を中心とする臨時政府が成立（二月革命）、同年十一月、レーニンの指揮下ボルシェヴィキが蜂起してソビエト政権を樹立し、世界初の社会主義革命となる（十月革命）。

第二章

皇帝の亡命

腕は一本でいくらか？

カリカリと紙をこするペンの音がしている。ガトフスキー先生が、数学の課題を読みあげていた。ヘレはインクつぼにペン先を入れて、ちらりとエデのほうをうかがった。エデは一生懸命《けんめい》だ。口でなにかぶつぶついいながら、計算をしている。エデががんばっているのは、ガトフスキー先生だからだ。女の先生で、エデのお気に入りだった。いや、みんな、ガトフスキー先生のことが好きだった。

先生が新しい課題を読みあげた。

「フランスはシャンパーニュ地方の冬の戦いで十八万人中、四万五千人を失いました。何パーセントになるでしょう？」

この時間が終わったら、またフェルスターの授業だ。ヘレは、エデといっしょで、フェルスターに目をつけられている。運が悪ければ、またムチ打ちの刑だ。手を出せといわれても出さなかったら、あいつはどうするだろう。

「一九一五年二月五日までのイギリスの戦死者は十万人」ガトフスキー先生が次の課題を読みあげてい

る。「それまでイギリスは九十万人の兵士を前線に送っています。戦死者は何パーセントでしょう？」

戦死者はいつも敵国ばかり。ドイツ軍の戦死者は課題に出されたためしがない。どうせ課題を出すなら、こういうのはどうだ。ひとりの兵士が右腕をなくしました。その兵士の体の何パーセントでしょう。

A、その兵士が労働者で、仕事に両手が必要な場合。

B、その兵士が公務員で、左手で文字が書けるようにならなければならない場合。

C、その兵士が金持ちで、人に指示を与えるだけでいい場合。

あるいは、こんなのはどうだ？　クラスメート二十三人中、父親が死んだのが九人、父親が身体障害者になったのがふたり、もうひとりは戦争に反対して刑務所送り。

A、父親が死んだ生徒は何パーセントでしょう。

B、父親が身体障害者になった生徒は何パーセントでしょう。

C、父親が刑務所にいる生徒は何パーセントでしょう。

「さあ、次で最後よ。潜水艦《せんすいかん》U九号は魚雷《ぎょらい》三発で、イギリスの巡洋艦《じゅんようかん》を三隻撃沈《せきげきちん》しました。魚雷一本の値段は一万五千マルク。巡洋艦は弾薬《だんやく》を抜きにした価格が三千六百五十万マルク。魚雷一本で、敵にいくらの損害を与えたでしょう？」

「あの、腕は一本いくらなんですか？」

「えっ？」

ヘレは立ちあがった。おもわず口をすべらせてしまった。だがいってしまった以上、大きな声で聞くしかない。

「腕は一本いくらになるのですか？」

「腕？　なんでそんなことを質問するの？」

「ヘレのお父さんが戦地からもどってきたんです」ベルティがいった。「片腕をなくしちゃって」

ガトフスキー先生は教科書を閉じた。

「お父さんが負傷したことは残念だわ。でも、あなたの質問が、わたしにはまだよくわからないんだけど？」

ヘレは、父さんがいったことを思いだしていった。

「武器を手に入れるには、お金を払わないといけないわけでしょ。武器にはお金がかかるけど、人間にはかからないってことですか？」

「なんてことをいうの？　人の命はかけがえのないものよ。それがわからないの？」

「それじゃ、腕や足はどうなんですか？」

みんなが、先生を見た。

ガトフスキー先生をやりこめてしまったことで、ヘレは胸がいたんだ。

「ぼくはただ、いつも武器の値段やイギリスとフランスの戦死者の割合ばかり計算して、人間の値段を計算しないのが気になったんです」

ガトフスキー先生は背を向けて、すすり泣いた。ヘレはいたたまれなくなって、自分のノートを見た。

ガトフスキー先生は戦争がはじまった年に将校《しょうこう》として戦死した婚約者のことを思いだしているのかもしれない。ガトフスキー先生はそのせいでいまでも教師をしているのだ。婚約者が戦死せず、ふたりが結婚したら、学校をやめなければならなかった。女の先生は結婚していてはいけないことになっていたからだ。

ガトフスキー先生は黒板の前に立ってチョークをとると、そのまま席のあいだを歩いた。生徒たちはそわそわしだし、紙をめくったり、足で床をこすったりする音がした。

「こんな課題に答えるのはつらいかもしれないわね。あなたたちのお父さんが……。でも、これは教科書にのっているものなの。わたしたち教師は、あなたたちにその課題を出す義務があるの」

「いまだにですか?」ギュンター・ブレームが聞いた。

「どういう意味かしら?」

「だって、戦争はもうすぐ終わるんでしょう。それに……もしかしたら政府が新しくなるっていうじゃないですか」

ガトフスキー先生がぎょっとした。

「ギュンター! いまのは聞かなかったことにします」

「なぜですか? みんな、いっていることですよ」

ガトフスキー先生はチョークを黒板にもどして、また席をまわった。「その質問に答えたいのはやまやまだけど、禁止されているの。数学の課題で潜水艦《せんすいかん》を汽船《きせん》に変更するのはだめ。榴弾《りゅうだん》をナシに変えるのもだめ。さもないと、首《くび》になってしまうのよ」

授業終了のチャイムが鳴った。いつもなら授業から解放されてうれしそうな顔をするのに、みんな、じっとだまっていた。

「ギュンターのいうとおりかもしれないわね。もうすぐなにもかも変わるかもしれない。でも、まだ変わってはいないのよ」ガトフスキー先生は教科書とノートをまとめて、なにか考えこみながら教室を出ていった。

ボンメルはそれを待ちかまえていたように教壇《きょうだん》に立つと、中指と親指でガトフスキー先生がかけているメガネをまねていった。

「指の爪はいくらかしら？　耳たぶはいくらかしら？　おならはいくらかしら？」

だが、だれも笑わなかった。のっぽのハインツがボンメルにとびかかって、思いっきりなぐった。

「ふざけただけだよ！」ボンメルが叫んだ。「ちょっとふざけただけじゃないか！」

たしかにちょっとふざけただけ、だがおふざけがすぎた。だれもボンメルをかばおうとしなかった。

次の時間のチャイムが鳴った。フェルスターの時間だ。生徒たちはみんな、ノートと教科書を机にきれいに並べた。さもないと、先生がまた真っ赤になって怒りだす。

ところが、二分がたち、三分がたっても、フェルスターはやってこなかった。クラスのみんなはそわそわしだしたが、席を立とうとしなかった。フェルスターが授業に遅れたことは一度もない。ドアの向こうで、だれかががまんできなくなって立ちあがるのをじっとうかがっているのかもしれない。

だが、なにも起こらないまま、さらに数分がすぎた。生徒たちは互いの顔を見た。なにかおかしい。ようやく廊下《ろうか》から足音が聞こえた。だが、近づいてくる足音はフェルスターではない。フェルスターなら、足をすこし引きずっているが、それでもズシンズシンと力強く床を踏みしめるようにして歩いてくる。だがいま、聞こえるのはパタパタとずっと軽やかな、心はずむ足音だった。だがそれは音だけのこと。みんな、だれの足音か知っていた。教室にやってきたのは、頭がはげあがった小太りのノイマイヤー校長だった。

クラスのみんなが立ちあがった。みんな、背筋をのばして、机の横に立った。

校長は教室に入るといった。

「諸君、おはよう」

「おはようございます、校長先生!」

ノイマイヤー校長は、フェルスターが急に病欠したため、この日最後の授業は休講になるといった。そして生徒たちをひととおり見まわすと、チョッキのポケットから金の懐中時計《かいちゅう》を出した。生徒を帰すのに早すぎはしないかと思ったのだろう。それからフランツに、クラス全員まとまって校舎を出るよう指示して、教室を出ていった。

みんなは、歓声をあげるのをじっと待った。ベルティが半分あいたままのドアから、校長が階段を降りていくのを確認すると、みんな、いっせいに飛びはねて喜んだ。

「フェルスターは逃げたんじゃないか?」ギュンターが大きな声でいった。「革命がはじまるからさ」

「それに決まりだな」のっぽのハインツがうれしそうにいった。「あいつ、皇帝をまねたカイゼルひげをいまごろ剃《そ》っているんじゃないかな。まちがえられたら大変だもんな」

そしてハインツは机に飛び乗って、歌った。

ヴィルヘルム皇帝、シルクハットかぶってお発ちなり、
アウグステ皇后《こうごう》は、ジャガイモさがし、
これでめでたく、戦争は終わりなり。

H・G＋A・F

「今日の馬糞《ばふん》集めはやめにするよ」エデは街灯《がいとう》にもたれかかりながら、ぼんやり空を見つめていた。「ロッテの具合がよくないんだ。病院に見舞いにいかなくちゃ」

ヘレはなにもいわなかった。なにをいおうが、気休めにもならないだろう。

「じゃあ、今度いっしょに集めようよ、ね？」

「いいともさ！」

エデがゆっくり歩きだした。ヘレもしばらく並んで歩いた。

「すべて終われば、もう苦しむことはないから、ロッテのためにはそのほうがいいって、母さんはいってる」

「エルヴィンが死ぬとき、ぼくの母さんもそういっていたよ」

通りの角でおおぜいの人がポスターの前に集まっていた。ヘレとエデも、いっしょにポスターを見た。「通告」と大きな文字で書いてある。

法にそむいて、ロシアの例にならい労働者・兵士評議会を作ろうと画策《かくさく》するグループがいる。かくのごとき組織は、国家秩序を乱すものであり、公共の安全を危険に陥《おとしい》れるものである。戒厳《かいげん》令《れい》法第九条bに基づいて、かくのごとき組織を作ること、およびそれに参加することを禁ずる。

ブランデンブルク邦《ほう》軍最高司令官

フォン・リンジンゲン陸軍中将

ヘレはエデのそでを引っぱった。将校《しょうこう》がふたり、群衆に近づいてくる。ふたりとも、コートの上から見えるところに拳銃《けんじゅう》をさげている。ふたりが通りすぎると、ひとりの女がどなった。

「ごらんよ、さっそく武器を持っている。ああすれば、あたしたちがおじけづくと思っているんだよ」

「静かに！」別の女がいった。「聞こえるじゃないの」

「あいつら、コガネムシ連隊だ」男がいった。「あいつらとは、つきあえないね」

ヘレは、ふたりの将校《しょうこう》の後ろ姿を見送った。コガネムシ連隊の駐屯地《ちゅうとんち》はショセー通りがはじまるところにある。コガネムシ連隊というのは近衛歩兵《このえほへい》連隊のことだ。昔、コガネムシのような奇妙な軍服を着ていたため、このあだ名が生まれた。彼らは皇帝への忠誠心《ちゅうせいしん》が高く、ことのほか勇敢《ゆうかん》だといわれている。

「それより、これはどういう意味だ？」さっき「静かに」といった女が「ロシアの例にならい」という箇所《かしょ》を指さしてたずねた。

「知らないのかい？」ヘレのアパートのとなりに住んでいる、ナウケと親しい若い労働者アッツェが、おどろいて女を見た。「ロシアで革命があったんだ。皇帝も将軍もいなくなったのさ」

「それをいうならツァーだろ」ふたりの将校をコガネムシ連隊と呼んだ男がいった。「ロシアでは皇帝をツァーって呼んでいるんだ」

「ツァーだろうが、スルタンだろうが、シャイフだろうがなんだっていい」アッツェがいった。「とにかくロシアでは労働者が国を治めているのさ。おれたちのドイツでも、リューベック、ハンブルク、ブレーメン、シュトゥットガルトで革命の機運が高まっている。出遅れているのはベルリンだけだ。ベルリンはまだ寝ている。前線では毎日二万人の兵士が死んでいるっていうのに、おれたちはストーブにあたってぬくぬくしながら、初雪が降るのを待っている。こんなんでいいのかね？」

数人の女たちが興奮して、ひじをつつきあっている。

アッツェがにやっと笑った。

「もしベルリンが目を覚ませば、ヴィルヘルム皇帝もおしまいさ。下水道にでももぐって、運河のネズミの数でもかぞえてもらおうじゃないか。ひとりで大変なら、息子たちに手伝ってもらえばいい。すこしは世のためになるってもんだ」

群衆の中の一番臆病《おくびょう》そうな人たちまで、アッツェの言葉に笑った。だがヘレは、ポスターにこめられた敵意を感じずにはいられなかった。父さんがやろうとしていることは、まさに最高司令官が禁じていることだ。命令にそむくのは危険きわまりないことだ。

だが、エデはそんなことは露《つゆ》ほども感じていないようだ。急に元気を出して、「急いでいるから」といって、その場を立ち去った。ヘレはしばらくエデの後ろ姿を見送ってから、歩きだした。

すべて赤い糸でつながっているんだろうか。ナウケに頼まれた包み、クラーマーおじさんの逮捕《たいほ》、フエルスターの休講、ポスターの通告、そして水兵。

フリッツの父親は本当のことをいっていたのかもしれない。水兵たちはすでにベルリンに到着しているんだ。皇帝と将軍たちが「ロシアの例にならうこと」を恐れているのはそのためにちがいない。けれども、恐れているなら、あらゆる手段を講《こう》じて、革命をつぶそうとするはずだ。そうしたら、前線だけでなく、国の中で内戦になる。

最初の中庭にある絨毯《じゅうたん》たたき用の鉄棒に、ちびのルツがのっていた。ヘレを見かけると、くるっと後ろに回転して足だけでぶらさがり、ふたたび鉄棒をつかんで勢いよく飛ぶと、ヘレのそばに駆けよった。

「腹ぺこだよ！　なにかない？」

「なにもないよ。わかってるだろ？」

ルツはすごすごと離れていった。ヘレは良心《りょうしん》がいたんだ。うそをついてしまった。ヘレのうちには、エンドウ豆がある。だが、今日はエンドウ豆のスープがあるといってどうする？　ルツには分けてやれない。ルツは、ちょっとでいいから分けてくれというだろう。それを断るほうがもっとかわいそうだ。自分たちの食べ物にもこと欠いているのに、ほかの家の子に分けてやる余裕はない。

四番目の中庭で、アンニがかがんでなにかしていた。大きなショールを首に巻き、チョークで石畳《いしだたみ》になにか描《か》いている。ヘレを見ると、あわてて立ちあがり、描いたものを靴底で消そうとした。

「なにを描いてたんだい？　ちょっと見せてよ」

ヘレはアンニをわきにどかした。アンニは顔を真っ赤にして、チョークを投げ捨てると、オスヴィンの小屋に逃げこんだ。ヘレは絵をのぞきこんだ。ひとりは少年で、もうひとりは少女らしい。スカートをはいている。ふたりは手をつないでいた。結んだ両手の下にハートのマークがあった。矢がつきさったハートの中に、H・G＋A・Fとイニシアルが書いてある。ヘルムート・ゲープハルトとアンネマリー・フィーリッツのことだ。

だから、アンニは逃げだしたんだ！　ヘレはオスヴィンの堀《ほ》っ立《た》て小屋を見た。

「いじわる！」

ヘレには、アンニの姿が見えなかった。だが声は聞こえた。

「なんで？」

「そんな、そんなひどいこと、するものじゃないわ」

ヘレは、アンニが隠れているところを見つけた。オスヴィンが集めたボロ布の山の裏にいる。オスヴィンはボロ布を集めていたが、売るためではなかった。それでぬいぐるみの人形やランプのかさを作っていたのだ。

「なんでだい？」ヘレはもう一度たずねると、そっとアンニのそばに近寄った。アンニが顔をあげなければ、ヘレが見えないはずだ。そして居場所を知られないために、アンニは顔をあげないはずだ。

「見てもいいか、最初に聞くのが礼儀でしょ」

アンニは本気で怒っているわけではなかった。怒っていたら、もっとすごい声を出すはずだ。ヘレは静かにランドセルを降ろし、井戸のポンプの柄《え》にかけた。

「ヘレ？　ヘレ！　まだそこにいるの？」

「いるよ！」ヘレはボロ布の山に飛びのって、アンニをつかまえると、いっしょにボロ布の中をころげまわった。

「いや！　痛いじゃないの」

ヘレはアンニをはなした。ふたりは、息を荒《あら》らげながら横たわった。

「ふざけただけよ」アンニがいった。

「なんのこと？」

「ハートのマーク」

「ああ、そうなんだ」

アンニの目がうるんでいた。ひどい熱だ。

「それとも、本気だとでも……」

「なにが？」

「だから、あたしが、あんたのことを好きだって」

「そんなこと、思うわけないよ」

「本当？」

「ああ」

「でも、本気で好きだとしたらどうする？」

ヘレは肩をすくめた。どう答えたらいいだろう？

「うれしい？」

「怒ったほうがいいの？」

「それじゃ、うれしいのね？」

ヘレがぽっと赤くなった。顔を赤くしたくないと思えば思うほど、赤くなった。そのことに気づくと、アンニは前かがみになって口づけをした。

あっというまの出来事だったので、ヘレはアンニの唇《くちびる》をほんの一瞬感じただけだった。それでも、びっくりして、どうしていいかわからなくなった。アンニは跳《は》ね起きて逃げようとしたが、すぐに体をふせ、ヘレにくっついた。

「母さんだわ」

堀《ほ》っ立《た》て小屋の扉《とびら》に足音が近づいてきて、扉のきしむ音がした。

「アンニ？　アンニ？　どこにいるの？」

アンニがさらに身を寄せてきた。アンニの息が顔にかかった。

「アンニ！」

アンニは立ちあがった。これ以上隠れているわけにはいかない。このままでは、ふたりでいるところを見つかってしまう。

「あたしはここよ。どうしたの？」

「ひとりなの？」

「そうよ」アンニはそういって、母親のほうへ歩いていった。

ヘレは息をひそめた。ポンプの柄《え》にランドセルがかかったままだ。アンニの母親に見られてしまう。

「オスヴィンのベッドで横になるの？　それとも、自分の寝床《ねどこ》にもどる？」

「あたし疲れていないわ」

「疲れていなくても、病気なのよ」アンニの母親はそういうと、すこし声を低くした。「もうすこし聞き分けよくしてね、アンニ」

「だけど、フレーリヒ先生、新鮮な空気を吸うようにいっていたじゃない！」アンニは大きな声で口答えした。ランドセルに気づかれないようにしているんだと、ヘレは気づいた。

「新鮮な空気はいいわよ。だけど、こんなじめじめと寒い日に外に出なくても！」母親はアンニを引っぱって、さらになにか小言をいった。

カギをまわす音がヘレのところまで聞こえた。そして静かになった。ヘレはもうしばらく横になったまま様子を見た。それから起きあがって、ランドセルをとり、忍び足で窓のほうへ行った。

中庭にはだれもいなかった。そっと窓の留《と》め金《がね》をはずし、外に出た。それから窓をしめて、建物の横にある階段を駆けのぼった。

父さんはすでにヘレの帰りを待っていた。すぐにフックにかけているコートをはおってヘレにいった。

「出かけてくる。豆を温めて食べるといい」

「どこに行くの？」

「ちょっと街の様子を見てくる。なにが起こっているのか知りたいんだ」

父さんは家を出た。ヘレはランドセルを降ろすと、台所に入った。

ハンスぼうやが毛布の上にしゃがんで、積み木遊びをしている。ヘレを見ると、小さな腕をあげた。

ヘレはハンスぼうやを抱いて、すこしあやした。マルタはソファに寝転がって、ヘレをじっと見ていた。

「どうしたの？　具合が悪いのかい？」ヘレがたずねた。

「ちがうわ。考えてるの」

「なにを？」

「教えるもんですか」

「別にいいさ」ヘレはハンスぼうやを毛布にもどした。そのとき、玄関をノックする音がした。父さんがなにか忘れ物をしたのかもしれない。

だが父さんではなかった。ちびのルツがいつになくしおらしく玄関でもじもじしていたのだ。

「おやじさんにいわれて来たんだ。豆のスープを食べさせてくれるって」

あきれた奴だ。ルツは、父さんにまで食べ物をせがんだんだ。

「まあ、入れよ」

ルツはすぐに台所へ行き、鼻をくんくんさせた。

「豆のスープは肉入りなの？」

「うちは億万長者かい？」

ルツはハンスぼうやのそばにしゃがんで、顔をにこにこさせた。ハンスぼうやもにこにこと笑顔を返した。

マルタは考え事をしていたことを忘れた。

「なんでこいつがいるの？」

「今日はルツもいっしょさ」ヘレはもう一枚皿を出して、食卓にのせた。

「なんで？」

「腹をすかしているからさ」

マルタは、信じられないという目つきをした。腹をすかしているという理由だけでルツがいっしょに食べるのなら、ヘレはアッカー通りじゅうの人を招待しなければならないだろう。腹をすかしているのはみんなだ。

ルツはまったく動じなかった。

「よかったら、何度でも食べにくるよ」

「いいともさ！」ヘレはあきれて首をふりながらいった。「おいでよ！　食べ物がありすぎて、どうしていいかわからないんだ」

「ぼくのこと、怒ってる？」

「そんなわけないだろう！　おまえが悪いわけじゃないものな。それとも、戦争をはじめたのは、おまえかい？」

「ちがうよ！」ルツはすぐに元気を取りもどし、マルタを見つめた。「きみの分まで食べたりしないからさ」

マルタはルツを見た。ルツはマルタよりも年が上だったが、体の大きさはほとんどかわらなかった。

明日、ことを起こすぞ

ナウケが中庭を歩いていく。窓辺《まどべ》のベンチにすわって、暗い中庭をながめていたヘレは、あわてて窓をあけた。ナウケが気づくと思ったが、急いでいるのか、すぐに三つ目の中庭に通じる通路に姿を消した。

ヘレはいらいらしながら、窓をしめた。昨日、ダンツィヒ通りからもどったあと、ヘレは、ナウケに危険を知らせようと必死だった。アパートの入り口に立って、通りの向かいにならぶ家並みをながめていた。

ナウケは、ダンツィヒ通りが警察に見張られていないか、外からうかがっているといっていた。しかし、ナウケの姿は通りになく、シュルテばあさんの家にももどってこなかった。

父さんは帰ってこなかった。出ていってから、もう六時間以上もたっている。ヘレははじめ通りで待っていたが、あきらめて家にもどった。そして台所を行ったり来たりした。

マルタはソファで寝ていた。今日はシュルテばあさんの仕事が遅れた分を午後まで手伝わされたので、くたくたに疲れて、そのまま寝てしまったのだ。ハンスぼうやも寝ている。食卓の下にしいた毛布の上でぐっすり眠っている。

ようやくだれかが中庭を歩く足音がした。ヘレは窓辺《まどべ》に駆けよって、外を見た。母さんだ。

母さんはまっすぐ台所に入ると、石炭入れの木箱の上に腰かけ、靴を脱いで、痛む足をもんだ。

「おまえたちだけなの？」母さんは、マルタとハンスぼうやを起こさないように静かにたずねた。ヘレも、父さんは街の様子を見に市内に出かけたと小声でいった。

「そんなことだろうと思ったわ。ほどほどにしてほしいものね」母さんはハンスぼうやをかかえて、おしりにさわった。「おしめがぬれているじゃないの！　替《か》えたのはいつ？」

ヘレは、おむつを替えるのをすっかり忘れていた。きまり悪そうに毛布をひろいあげると、食卓に広げた。母さんは石油ランプの横の毛布の上にハンスぼうやをのせると、おむつを脱がしはじめた。おむつをはずすと、ハンスぼうやがいきなりおしっこをした。ぴゅうっと弧《こ》を描いたおしっこが毛布をびしょぬれにした。

「あらやだ！」母さんがいって笑いだした。「飲み物はちゃんとあげたってわけね」

「食事もさせたよ」

「そんなにふてくされなくてもいいでしょ」

母さんはハンスぼうやにおむつをつけると、積み木のあいだに寝かせた。それから石油ランプの芯《しん》を出して、マルタを起こした。

マルタがあくびをした。

「お父さんはどこ？」

「出かけているのよ。でも、もうすぐ帰ってくるからね」

以前だったら、母さんが帰ってくると、マルタは抱きついてキスをしたものだ。そしてひと晩じゅう、母さんに甘えた。母さんの時間がないときは、本当に悲しそうな顔をした。それがいまは、母さんに見向きもしない。

「なんなんだ、こいつは！　母さんがいるじゃないか！」

「だって、お父さんがいいんだもの」マルタがへそをまげていった。

「やめなさい、ヘレ」母さんがいった。「そういうものなのよ。あたしは一日じゅう出かけて、父さんはずっとここにいるんだから。小さな娘にとって、父親は特別なものなのよ。それに、この子は疲れているし、一日じゅう、ミシンのそばに立っていたわけでしょ」

マルタはソファから降りると、ヘレに舌を出し、寝室で寝るために、わざわざヘレの前を通って台所を出ていった。

「父さんになついてくれて、よかったわ」母さんはいった。「父親が長いあいだ戦場に行っていたせいで、なつけなくなった子がたくさんいるからね。父さんに夢中になってくれるほうが、あたしにはありがたいのよ」

ふたたび中庭で足音がした。ヘレは窓辺に駆けよって、下を見た。今度は父さんだった。だが父さんはオスヴィンの小屋の前で立ち止まり、ふたりでなにか話をはじめた。はじめは静かに話していたが、そのうち父さんが声を荒《あら》らげ、ふたりの影は別れ、オスヴィンは小屋にもどっていった。

ヘレは石油ランプの明かりを強くして、玄関に出た。父さんは、コートの下になにかかかえていた。ヘレと簡単なあいさつを交わすと、台所に入り、コートの中からビラの束《たば》を出した。

「読んでみろ！　できたてほやほやだ」

ヘレは食卓にすわると、ビラを一枚とって読んでみた。


労働者諸君、兵士諸君！

ついに諸君たちの時が来た。長いあいだ耐《た》え忍び、沈黙の日々を過ごしてきたが、ついに立ちあがる時が来たのだ。こういっても過言ではないだろう。いまこのとき、世界が諸君を見ているのだ。世界の運命は諸君の手の内にある。


ずっとあとのほうにはこう書いてあった。


労働者諸君、兵士諸君！

諸君の戦いの次なる目標は以下の通りである。
一、一般市民と軍人の逮捕者《たいほしゃ》を全員解放する。
……

一般市民と軍人の逮捕者を全員解放するだって？　ということはエデの父親も解放されるってことじゃないか。ヘレは急いでビラを最後まで読んだ。

労働者諸君、兵士諸君！
諸君が強いことを示すのだ。権力をにぎれるだけの知恵があることを示すのだ。

そしてビラはこうしめくくられていた。

インターナショナル・グループ（スパルタクス団）（▼6）
　カール・リープクネヒト
　エルンスト・マイヤー

スパルタクス団？　ヘレはビラを持つ手を降ろした。
「父さんはスパルタクス団に入っているの？」
「スパルタクス団は本気で革命を望んでいる唯一のグループなんだ」父さんは興奮した。席にもつかずコートの前をはだけたまま台所を歩きまわった。「おれたちの利害を本当に代表しているのはスパルタクス団だけさ。リープクネヒト（＊8）を見てみろ。はじめから、戦争がわれわれを破局に導くといっていたじゃないか」

ヘレも、そのことは聞いていた。リープクネヒトは二年半前の五月デモのとき、ベルリンのポツダム広場で「戦争反対！　政府を打倒しろ！」と叫んで逮捕《たいほ》され、監禁されていた。リープクネヒトはもっと演説をつづけようとしたが、警官隊に取りかこまれて、連行されてしまったという。裁判所はこのわずかな言葉だけで反逆罪であると断定し、リープクネヒトを二年半、そしてのちに四年の禁固刑《きんこけい》に処《しょ》したのだ。しかし、労働者が釈放《しゃくほう》を求めてストライキをくりかえしたため、リープクネヒトは数日前に自由の身になっていた。

「だけどスパルタクス団だけで革命をやるには、頭数《あたまかず》が足りないんじゃないの？」やはりビラに目を通していた母さんがいった。

「政府を倒して、戦争を終わらせるくらいは、スパルタクス団だけでもできるさ。『平和とパン』という目標が、戦争と飢《う》えにうんざりしている人々をひとつに結集させるだろう」

父さんは蛇口《じゃぐち》に行き、コップに水を注いで、一気に飲み干《ほ》した。

「そのあとどうなるか、よくわからないけどな」

「ビラには、あたしたちがもう権力をにぎったみたいに書いてあるけど。これは本当のことじゃないわね」母さんがいった。

「このビラは明日の朝早くばらまくことになっているんだ。すべての工場と駐屯地《ちゅうとんち》の門前でな。それから、権力を持っているというのはうそじゃない。権力を持っていると自覚した瞬間、権力はおれたちのものなんだ」

　父さんは声を低くしてつづけた。

「いよいよ、明日、ことを起こすぞ」

「明日？」

「ゼネストは月曜日に計画していたんだが、連中、月曜の計画書を持っている仲間を逮捕したんだ。だから、ことを早めなくちゃならなくなったのさ」

「あなたは？」母さんがたずねた。「まさかあなたも、ビラまきをするつもり？」

「おいおい、まさか火にくべるために持ってきたと思っているんじゃないだろう？」

「でも、あなたは片腕がないのよ！」

「おれたちはひとりでも仲間が必要なんだ。片腕でもな。片腕にはぬり壁職人もできないし、フライス盤を動かすこともできないが、ビラまきくらいはできるさ。ビラを入れた袋をコートに入れておけばいいんだ」

「どこでまくつもりなの？」

「コガネムシ駐屯地の前さ」

　コガネムシ駐屯地の前？　よりによってコガネムシ駐屯地の前で？　拳銃《けんじゅう》を構えていたふたりの将校《しょうこう》が、ヘレの脳裏《のうり》によみがえった。

「銃を撃《う》ってきたらどうするの？」

「おれも兵士だったんだぞ。傷痍《しょうい》軍人だ。戦友がおれのことを撃《う》つものか」

母さんはしだいに心配そうな顔になった。

「さっき家に帰る途中、部隊の行進を見かけたわ。街じゅう、兵隊でいっぱいよ」

「おれも見たよ」父さんは落ち着いていた。「将軍たちは、これからなにがあるかわかっているようだな」それから父さんは母さんを抱きよせて、キスをした。「心配するな。武力衝突《しょうとつ》が起こるとは思えない。仮に起こったとしても、おれたちは孤立《こりつ》無援《むえん》じゃない。キールで蜂起《ほうき》した水兵たちがベルリンにせまっているんだ」

「水兵?」ヘレがその言葉を口に出した。

「ああ。昨日ついていたんだが、ベルリン市内に入れなかったらしい。だが、明日はだれも押しとどめられないだろう」

フリッツの父親がいっていたことは本当だったのだ。水兵たちはベルリンにせまっている!

「死人が出なければいいんだけど」母さんはため息をついた。「死人が出るのは、もううんざりだわ」

しばらくのあいだ、父さんはだまっていた。それから言葉を選びながらこういった。

「あのなあ、マリー、おれはこの数年間、たくさんの死体を見てきた。死体を見ても、なんとも感じないほどだ。革命をすれば、ひとりやふたりは命を落とすかもしれない。だがな、前線でこれ以上、無意味な戦死者を出さないためなんだ」

「ひとりやふたり?」母さんがぐぜんとしていった。「それがあなただったらどうするのよ?」

父さんはかがみこんで、ハンスぼうやをひざにのせ、顔にほおずりをした。

「覚悟はしているさ、マリー。だけど、犠牲《ぎせい》を恐れていたら、なにもできない。……それに、火中《かちゅう》の栗《くり》をほかの奴に拾わせて、のうのうとしているなんて、おれにはできないんだ」

「わかってるわよ」母さんは静かにいった。「それでいいんだと思うわ。だから、あたしはあなたと結婚したんじゃない」

「なんで兵隊が父さんを撃つと思うの？」ヘレがたずねた。「父さんも兵隊だったんでしょ」ヘレは、父さんがいったことに一縷《いちる》の望みを託《たく》した。

「撃つように命令されたらおしまいなのよ」母さんが答えた。「兵隊は命令に従うものだもの」

「たしかにそのとおりだ」父さんはいった。「だけど、見落としていることがひとつあるぞ。みんな、もう戦争にうんざりしているんだ。とくに前線を経験した連中はな。それに賭《か》けるしかないんだ」

これからは公然としゃべっていいんだ

ヘレはマルタと自分のために残った豆のスープを温め、自分の分をなべから直接すくって食べた。それから、ムースをグラスにとって、ハンスぼうやに食べさせようとした。ところがその日にかぎって、ハンスぼうやは食べたがらなかった。いつものやり方で、ヘレは鼻をつまんで、ムースを飲みこませようとしたが、ハンスぼうやがむせてしまい、ヘレは弟をかかえて、背中をたたいてやらなくてはならなかった。ハンスぼうやはひとしきりせき込むと、食欲が出たのか、ムースをきれいにたいらげた。そんな騒ぎをしているうちに、まだちゃんと目が覚めていなかったマルタが、食卓についたまま眠ってしまった。ヘレはマルタを起こして、ぶつぶついわれるのをじっとがまんした。

玄関に出ると、マルタは大声で泣きだした。鼻水がたれた。マルタは鼻水を両手でぬぐうと、エプロンになすりつけた。

「いいかげんにしろよな！」

「いやよ！」マルタはじだんだを踏んだ。

「だけど今日は、父さんと遊べないんだぞ。父さんはもうすぐ出かけるんだから」ハンスぼうやを腕にかかえながら、ヘレはあいている手でマルタを引っぱり階段をあがった。

「お父さんはどこへ行くの？」

「革命を起こすんだってさ。父さんは、皇帝を追いだして、平和を取りもどすつもりなんだ」マルタにわかるように説明するにしても、これ以上に簡単にするのは無理だ。

マルタは感動した。

「お父さんて、やっぱりいい人なのね」

「あたりまえだろ！　ちがうと思っていたのか？」

マルタが疑っているはずがない。だが考えることがいっぱいできてしまったので、ヘレにいいかえすことはしなかった。

「いやあ、なんてことだろうね！」ヘレがマルタとハンスぼうやを連れていくと、シュルテばあさんがため息をついた。「今日は街じゅう、むちゃくちゃだよ。ナウケは昨日の晩からおかしくてね。なんて世の中になっちまったんだろうね！」

ヘレは、シュルテばあさんの話につきあっているひまがなかった。もうだいぶ時間に遅れていた。学校に遅れないためには急がなければならない。今日は時間通りに登校したかった。フェルスターのためじゃない。授業がはじまる前に、午後に会う約束をするため、エデと話がしたかった。ふたりして市内に出かけて、なにが起こっているのか自分の目で確かめたかったのだ。しかし途中でエデには会えなかった。校庭で二列になって並んでいるクラスメートの中にも姿はなかった。

少年たちの中には、ひそひそささやきあっている者もいれば、だまりこんでいる者もいる。だが、ひとしなみに落ち着きがなかった。みんな、今日、ストライキがあることを知っているのだ。多くの父親や母親が参加するはずだ。こんな日に学校で勉強をする気になどなれるわけがない。

チャイムが鳴った。

ヘレはもう一度後ろをふりかえった。だがやはりエデの姿はなかった。教室のドアがいっせいにひらくと、先生たちが出てきて、生徒たちを教室に連れていった。

フェルスターはその日もあらわれず、ガトフスキー先生が代わりをつとめた。先生は生徒たちと連鎖《れんさ》比《ひ》計算をした。生徒は全員立って、永遠につづく計算をいっしょにしなければならない。先生はときどきヒントをくれる。正しい答えを出した生徒から、すわることができた。しかし今日のガトフスキー先生は気もそぞろだった。なにか予感するようにそわそわと教室のドアばかり見ている。

二時間目には、フレヒジヒ先生が来た。地図を壁にかけていった。

「わたしたちの皇帝はいま、スパにいる。スパがどこにあるか、だれか知っているかな？　場所がわかる生徒はいるか？」

ギュンター・ブレームが手をあげた。前に出て、先生から竹のムチをもらうと、ベルギーの東部にある町をさした。

「そのとおりだ！」先生はギュンターから竹のムチを受けとると、席のあいだを歩きながらいった。「スパというのは世界的にも有名な温泉地で、とても美しい町だ。わたしたちの皇帝はその町にいて、退位すべきかどうか思案《しあん》している。もし皇帝が退位すれば、もうすぐ平和がおとずれるだろう。退位しなければ、前線でも、国内でもさらに死者が増えることになる。皇帝は退位すべきか、すべきでないか、みんなはどう思う？」

生徒はだれも返事をしなかった。先生が皇帝についてそんな物言いをしたことはいまだかつてなかったことだ。

「だれも皇帝の命など惜《お》しいと思っていないのに、皇帝は自分と家族の運命を数万の人間の命よりも大切だと考えている。だから、退位することをためらっているんだ。とにかく皇帝は高貴な青い血を受け継いでいるが、彼の兵士はただの赤い血だ。きみたちやわたしとおなじようにな」

フレヒジヒ先生は、返事を期待していなかった。竹のムチでてのひらをたたきながら、黒板の前を行ったり来たりした。ときどき教室を見まわし、窓の外をながめた。ボンメルが緊張のあまりくすくす笑いだした。

「わたしがなんでこんなことをいいだしたのか、みんな、不思議に思っているのではないかな？」先生は窓枠《まどわく》によりかかって、生徒たちを順に見ていった。「いわずにいられないんだ。何年も、わたしは教師でありつづけるために、そのことに口をつぐんできた。もうこれ以上だまっていられない。今日、決着がつく。多くのことが変わるか、このまま暗黒の時代につき進むか、それが今日、はっきりするんだ」

教室のドアがひらいた。ノイマイヤー校長がドアのところにあらわれた。

「授業を終えてください！」校長はフレヒジヒ先生にいった。「生徒たちを家に帰すのです。今日はもう休講です」

校長が次の教室に行くのを待って、先生はほほえんだ。

「聞いたろう。家に帰りなさい。市内に行ってはだめだよ。今日は危険だからね」

生徒たちは立ちあがって、興奮してしゃべりはじめた。だがヘレはぐずぐずしていなかった。教科書やノートをランドセルにしまうと、教室を飛びだし、校庭を抜けて、通りに出た。

ヘレはエデのところへ行き、父さんがビラをまいているという駐屯地《ちゅうとんち》をいっしょに見にいくつもりだった。エデの住んでいるアパートへ行き、中庭から台所の窓を見上げながら口笛を吹いた。ところがなんの反応もなかった。というより、アパートじゅうがひっそりしていた。

みんな、市内に行ってしまったんだろうか？　どこかに集合しているのかな？　ヘレは懸命《けんめい》に公園通りを走った。家に帰って、ランドセルを置いたら、すぐコガネムシ駐屯地《ちゅうとんち》に行かなくてはならない。

アッカー通りにつくと、ヘレは走る速度を落とした。三十七番地にトラックがとまっている。赤い腕《わん》章《しょう》をつけた労働者たちが踏み台や荷台に乗っている。タバコをふかしている人もいる。なにかを待っているようだ。トルーデの姿もあった。しかしトルーデはヘレのほうを見ていなかった。なにか考えこんでいる年配の労働者に、さかんに話しかけている。

アパートの中で、ヘレはナウケにばったりでくわした。ヘレに気づくと、ナウケは手招《てまね》きした。

「ちょっと来てくれ。いいところに来てくれた」

ヘレはナウケのあとから階段を降りた。ダンツィヒ通りでのことを伝えたかったのだ。しかしナウケには、ゆっくり話を聞いているひまがなかった。それに、すでにすべて知っていた。

「一時間早く書類をとどけられたらな」ナウケはいった。「せめて一時間」

「それって、ぼくの責任？」

ナウケは中庭を横切ると、地下室の前で立ち止まり、扉《とびら》をあけた。

「おまえは、そんなに早く行けなかったんだから、しかたないさ。運が悪かったんだ。それだけだよ」

地下室は暗かった。ポケットからロウソクを取りだすと、ナウケはそれをヘレに持たせて、火をつけた。

「ヴェゼロフスキーって人、本当はヴェゼロフスキーじゃないって知ってたの？」

「あたりまえさ」ナウケはそういうと、ヘレからロウソクを受けとり、地下室に通じる階段を降りた。

「クラーマーっていうんだ。モーリッツ・クラーマーだ」

「クラーマーおじさんのことは知ってる。父さんの親友だった」ヘレはいった。

しかしナウケには話をしているひまがなかった。シュルテばあさんの借りている物置《ものおき》の扉をあけると、大量のがらくたをわきにどけた。手を貸していたヘレが、はっとして手をひっこめた。手に触れたのは銃身《じゅうしん》だった。

「心配するな。勝手に弾《たま》が出ることはないから」ナウケはそういって、ライフル銃を三挺《ちょう》、ヘレの腕にのせた。

「黒猫がなにか知りたがっていただろう。いまなら教えてやれる。黒猫はいざというときに武装できるよう、武器と弾薬《だんやく》を隠し持っている者のことをいうんだ。そして今日はいよいよ武装蜂起《ほうき》する日だ」

ライフル銃は重かった。ヘレは先に銃を運びだした。ナウケは残りのライフル銃と小さなケースを運びだし、シュルテばあさんの物置をしめた。

トラックに乗っていた労働者たちは武器を受けとった。さっき路上に立っていた人たちも、トラックに乗りこんでいた。ナウケもすぐトラックに乗ろうとした。ヘレはもう一度ナウケに声をかけた。

「父さんに、クラーマーおじさんが逮捕《たいほ》されたことを話しても平気？」

「今日から、なんでも自由にしゃべっていいんだ」ナウケはそういって、にやりとした。「今日からなんでも公然とやれるようになったからな」

「気が早いわね！　まだ勝ったわけじゃないのよ」トラックからトルーデがそういうと手をさしだし、ナウケを荷台に引っぱりあげた。

「預かった小包は？」

トラックが走りだした。

「廊下《ろうか》の床下《ゆかした》に隠しておけ」ナウケが叫んだ。「家においておいたらだめだぞ。いいな！」

ヘレは手をあげた。ナウケとトルーデに手をふろうとしたが、すでにトラックは街角を曲がっていた。

かの有名な十一月九日

家の中は静かだった。ヘレはランドセルを台所の戸棚《とだな》と壁のあいだの隙間《すきま》につっこむと、ドアをしめて階段を駆けおりた。

中庭に通じる扉《とびら》をあけようとしたとき、フリッツと鉢合《はちあ》わせした。

「ぼく、見たんだよ」フリッツは興奮していた。まだランドセルを背負っていて、息を切らしていた。学校からここまでまっすぐ駆けてきたにちがいない。

「だれのこと？」

「水兵だよ！　赤い腕章《わんしょう》をつけて、肩に銃をかつぎながら、王宮に向かって行進していた。街じゅう、水兵でいっぱいだよ」

ヘレはすぐにいった。

「よし、行ってみよう！」

「どこに？」

「まずはコガネムシ駐屯地《ちゅうとんち》だ。父さんがそこでビラをまいているはずなんだ」

フリッツは興奮して、ヘレと並んで走った。フリッツは、自分が見たことを話した。それを聞いて、ヘレの足が速くなった。父さんのことが心配になったのだ。

ショセー通りにたどりつくと、ふたりはあまりの光景にびっくりして立ちつくした。ものすごい数の人が通りをやってくる。思い思いに赤旗《あかはた》をふり、横断幕《おうだんまく》をかかげている。その横断幕には「戦争反対！　王制打倒！　平和とパンを！」と書かれていた。群衆の先頭はまっすぐコガネムシ駐屯地に向かっていた。

ヘレは駆けだした。デモ隊よりも先に駐屯地につきたかったが、無理だった。フリッツが遅すぎる。不安を押し隠すために、ランドセルに文句をいっていた。ふたりが駐屯地にたどりついたとき、デモ隊の先頭も駐屯地の門前で止まった。労働者の服や平服《へいふく》を着た女や男がほとんどだったが、兵士もちらほらまじっている。

ヘレは父さんをさがしたが、どこにもいなかった。

駐屯地《ちゅうとんち》の門前で群衆はどんどんふくれあがった。

「兄弟！」窓辺《まどべ》にいる兵士たちに、労働者が呼びかけた。「われわれを撃《う》つな！　戦争を終わらせよう！　われわれは平和を望んでいる！　ヴィルヘルム皇帝を追いだせ！」

窓辺の兵士たちが手をふっている。ヘレは不安そうに兵舎の屋根を見た。機関銃が据《す》えつけてある。兵士がそこから発砲《はっぽう》すれば、デモ隊はひとたまりもないだろう。

若い女の労働者が前に出た。

「あたしたちはシュヴァルツコップフの労働者よ」女は窓辺の兵士たちに呼びかけた。「AEG《アーエーゲー》社やクノル社の労働者もいっしょよ。あたしたちは、戦争を終わらせるためにストライキをしているの。ベルリンじゅうがストライキをしているわ。あなたたち、あたしたちの味方でしょ！　あなたたち、だれのために戦っているの？　ヴィルヘルム皇帝のため？」

「おれたちは閉じこめられているんだ」兵士のひとりが窓から叫んだ。ほかの兵士がさらにいった。

「将校《しょうこう》連中に閉じこめられてしまったんだ」

デモ隊の先頭にいた労働者たちがすこし話しあってから、門に殺到した。デモ隊に加勢《かせい》するため、数人の兵士が兵舎から飛びおりた。ヘレはデモ隊にもまれて、どんどん前に押しだされた。フリッツをさがしたが、群衆に飲みこまれて姿が見えない。

駐屯地の門が押しあけられ、デモ隊が敷地内《しきちない》になだれこんだ。門の右手に若い将校がいて、顔をひきつらせながら群衆に向かって発砲した。労働者たちがその将校に飛びかかっていった。先頭の若い男が撃たれて、くずおれた。それからもうひとり倒れた。そしてまたひとり。

「ヘレ!」フリッツがそばにいた。ヘレをわきに引っぱっていこうとしたが、ヘレは手をふり払って叫んだ。

「見たか?」

「ああ」

そのとき、女がひとり、フリッツとヘレの腕をつかんで群衆の外に連れだした。

「気はたしかなの? こんなところで、なにをやってるの?」

「父さん」ヘレは口ごもった。「父さんをさがしているんです」

「連中が発砲しているよ」女はかんかんに怒っていた。「あたりかまわず撃っているんだからね」

「エルフリーデ!」駐屯地の門前にいた女の労働者がヘレたちをつかんでいる女に手をふった。

「降伏《こうふく》したぞ」デモ隊のだれかが叫んだ。「連中が降伏した!」男はうれしそうに踊りだし、おなじようにうかれている、見知らぬ娘をつかまえて、抱きしめた。

本当だった。兵舎の窓から労働者がひとり体を乗りだし、赤旗《あかはた》をふっている。「次は議事堂だ!」

「次は議事堂だ!」群衆が叫びかえした。

ヘレは兵舎に運ばれていく、撃たれた三人の労働者を見た。それから、女たちに介抱《かいほう》されている怪我《けが》人《にん》にも目を走らせた。父さんの姿がないことを確かめると、ヘレは市内に向かう労働者と兵士からなるデモ隊にまじって歩いた。

フリッツはだまってヘレの横を歩いていた。ヘレはフリッツを見た。いましがた体験したことをどういっていいかわからなかった。自分には縁《えん》のないものに巻きこまれてしまったように感じていた。だが歓喜の声をあげる人々にもみくちゃにされながら、上品なフリードリヒ通りを進むのはなんとも興奮する体験だった。

デモ隊はどんどんふくれあがった。幅広いウンター・デン・リンデン通りを曲がるときには、群衆は車道でおさまりきらないほどになっていた。ヘレとフリッツは、歩道に押しだされてしまった。

行進する人々はすでに労働者と兵士だけではなくなっていた。フロックコートとシルクハット姿の男たちも加わり、幼《おさな》い子どもを抱いた女たちの姿もある。ほうきにくくりつけた赤旗《あかはた》がいたるところでふりまわされている。

「皇帝追放！」

「戦争をやめろ！」

男も女も子どもも叫んでいる。そのとき若者が大声で叫んだ。

「出ていけ、ヴィルヘルム！」

すると、群衆がいっせいに叫びだした。

「出ていけ、ヴィルヘルム！　出ていけ、ヴィルヘルム！　出ていけ、ヴィルヘルム！」

横の通りから、自動車がデモ隊に近づいてきた。フリッツがヘレの腕をつかんだ。

「あれ！　水兵だ！」

六人乗りの自動車がゆっくり群衆の中に進みでた。水兵がぎっしり乗っている。屋根にもふたりすわっている。そのひとり、そばかす顔で、赤毛の大男は赤旗を持ち、もうひとりの、もうすこし若そうな黒髪の水兵が口に手をやって叫んでいた。

「おれたちの勝ちだ。ベルリンの駐屯《ちゅうとん》部隊はみんな、おれたちの側についたぞ！」

労働者と兵士、男も女もいっせいに歓声をあげ、帽子を空高く投げあげた。

赤毛の水兵が自動車の屋根に立ちあがり、にこにこ笑いながら赤旗をふりまわした。自動車に駆けよったヘレとフリッツも、にこにこと笑いかえした。

「おい、あがってこないか！」そばかすの水兵が声をかけた。「おれたちが勝ったんだ」

ヘレとフリッツはふたりの水兵がのばしてきた腕をつかんで、自動車の屋根に引っぱりあげてもらった。そばかす水兵がフリッツに赤旗をさしだした。

「ふってみるか？」

労働者や兵士の喝采《かっさい》をうけて、中高等学校《ギムナジウム》の帽子をかぶり、ランドセルを背負ったままのフリッツが大きな赤旗をふっていた。運転手は群衆の中、ゆっくりと自動車を進めた。

「キール軍港から来たの？」ヘレは黒髪の水兵にたずねた。

その水兵はうなずいた。

「だけど、家はハイナースドルフだ」

「ベルリンのハイナースドルフ？」

「そうともよ！」そばかすの水兵が黒髪の水兵の肩をぽんとたたいた。「こいつはハイナースドルフのハイナーだ。おれはシュパンダウのアルノだ。だがよ、ベルリンのシュパンダウじゃないぜ。いうなら、シュパンダウのベルリンだ」

アルノがふざけているのか、ヘレにはよくわからなかった。ハイナースドルフのハイナーというのも、だじゃれのようだ。しかし黒髪の水兵は本当にハイナーというようだ。顔が笑っていない。

「で、おまえたちは？」ハイナーがたずねた。「どこに住んでるんだ？」

ヘレは、自分がヘルムートという名前で、ヴェディンク地区に住んでいるといってから、フリッツの名前を教えて、すぐ近くの通りに住んでいるといった。

ハイナーはフリッツを見てから、ヘレに目を移した。だがそれっきりなにもたずねなかった。自動車はパリ広場についた。水兵と労働者と兵士を満載《まんさい》したトラックが近づいてきた。

「皇帝が退位したぞ」

荷台の男たちが叫んだ。

「ヴィルヘルムが引退したんだ」(＊9)

行進していた労働者と兵士は抱きあった。ヘレはフレヒジヒ先生のことを思った。やはり皇帝は退位した。退位するしかなかったんだ！

帝国議会議事堂の前は見渡すかぎり、群衆で埋《う》まっていた。ビスマルク記念碑《きねんひ》の台座《だいざ》にもびっしりと人が乗っている。いたるところで赤旗《あかはた》と急ごしらえの横断幕《おうだんまく》やプラカードが高くかかげられ、シュプレヒコールがくりかえされていた。

「打倒皇帝！　戦争反対！　平和とパンを！」

するといきなりあたりが静まりかえった。議事堂の無数にある窓のひとつから、小柄《こがら》な男があらわれた。男はあけはなった窓から身を乗りだして叫んだ。

「労働者、兵士諸君！　四年にわたる戦争の歳月は悲惨《ひさん》であった。国民が犠牲《ぎせい》にした資財《しざい》と血はおぞましいほどであった」

「あれはだれだ？」ハイナーがそばにいた労働者にたずねた。

まわりで歓声をあげている者がいるのに、その労働者はつばをはいていった。

「シャイデマンさ！　社会民主党の幹部だよ。いまになって、あいつらも革命をはじめたってわけさ」

シャイデマン？　父さんがののしっていた連中のひとりじゃないか？　ヘレは好奇心から首をのばしてみた。窓まで遠すぎて、白いひげと額《ひたい》がはげあがっているくらいしかわからない。

「労働者、兵士諸君！」シャイデマンと呼ばれた小柄な男が叫んだ。「マックス・フォン・バーデン大公(＊10)が帝国宰相《さいしょう》の職をエーベルト議員に引き継いだ。わが友エーベルトはすべての社会主義政党からなる労働者政府を樹立《じゅりつ》するだろう。新しい政府は平和を取りもどし、パンと労働の工面《くめん》をする。どうか、その邪魔《じゃま》をしないでいただきたい」

「なんだい、そりゃ」自動車の横にいたさっきの労働者がいった。「おれたちが邪魔をしているっていうのか？　あいつらを権力の座につけたのはおれたちだぞ。なのに、邪魔しないでくれだと？」男は大声で叫んだ。「ふざけんじゃねえ！　エーベルトが帝国宰相《さいしょう》になるなんて、まっぴらごめんだ」

窓辺《まどべ》の男は、どなり声を聞いていなかった。

「旧体制、王制は崩壊した。ドイツ共和国万歳《ばんざい》！」

「皇帝はいなくなった。共和国万歳！」

周囲にいる数人が歓声をあげた。

水兵たちはぼうぜんとしていた。

「リープクネヒトは演説しないのか？」ハイナーがさっきの労働者にたずねた。

「リープクネヒトは王宮の前で演説するって聞いている」

水兵たちはぐずぐずしていなかった。アルノがフリッツから赤旗《あかはた》を受けとると、ふりまわしながら叫んだ。

「王宮へ行くぞ！　リープクネヒトが王宮前で演説するぞ！」

「王宮だ！　王宮に行くぞ！」アルノの言葉があちこちでくりかえされた。六人乗りの自動車を運転する水兵が車のアクセルを踏んだ。しかし、ものすごい群衆だったので、思うように進めなかった。

アルノはフリッツに旗を返し、大きな毛むくじゃらの手でタバコを紙に巻きはじめた。器用にタバコを巻きながら、ヘレとフリッツににやりと笑いかけた。

「まったくすごい日だよな！　歴史に残る日だ。かの有名な十一月九日って呼ばれるだろう。おれたちが皇帝を追いだしたんだって、孫に語ってやろうじゃないか」

「いまのはなんだろう?」フリッツが旗を降ろした。

行進が止まった。

「銃声《じゅうせい》だな」アルノがそういうと、前のほうで女の声がした。

「ベルリン大学の前で銃声がしたよ!」

ハイナーは落ち着いていた。

「まあ、長くはかからないだろう。どうせ将校《しょうこう》が数人で、いきがってるだけだ。すぐに片《かた》がつくさ」

ハイナーのいうとおりだった。すぐに銃声は聞こえなくなり、人の群れが動きはじめた。

「おれなんか、まだ一発も銃を撃《う》ってないぜ」ハイナーは満足そうだった。「こんなことと知っていたら、銃なんか奪ったりしなかったのに」

フリッツは腕が疲れて、旗をヘレに渡した。

「コガネムシ駐屯地《ちゅうとんち》で、将校が労働者を三人撃ったよ」ヘレがハイナーとアルノにいった。ヘレが持つ旗が風を受けて、ばたばたと音を立てながらはためいた。「撃たれたひとりは、とっても若かった」

アルノはだまってタバコを吸い、それからぽつりといった。

「将校は犯罪者だ」

「みんな?」びっくりして、フリッツがたずねた。数週間前に戦死した彼のアドルフおじさんも将校だったのだ。

「みんなじゃないさ」ハイナーがアルノのかわりに答えた。「みんながみんな、悪い奴じゃない」

六人乗り自動車がベルリン大学についた。

「おい、なにがあったんだ？」ハイナーが車道から労働者たちに声をかけた。その労働者たちは、歩道で怪我人《けがにん》の手当をしていた。

「将校《しょうこう》にやられたんだ！」労働者のひとりが叫んだ。

「ほらな！」アルノはフリッツにいった。「先週、キールでひどい目にあったんだ。将校殿たちにな！知ってるか、最高軍司令部はもうおれたちを出撃させるつもりがなかったんだ。それなのに、海軍本部は勝手に出撃命令を出したのさ。おれたちがなにもせず港でぶらぶらしているのが気にくわなかったんだろう。海戦をふたつやみっつやって、名誉《めいよ》ある敗退をしようとしたのさ。だけど、そんなのにつきあうわけがないだろ。それでおれたちは反乱者になったんだ。いいか、本当に危険なのは皇帝じゃない。将校、将軍、提督《ていとく》という連中さ」

ハイナーはヘレとフリッツをしげしげと見つめて突然たずねた。

「おまえたち友だちか？」

ヘレとフリッツはびっくりしてうなずいた。

「本当の友だちか？」

ヘレはもう一度うなずいた。フリッツもうなずいたが、ほんのすこし迷いがあるようだった。

「いいねえ」ハイナーはそういったが、銃声《じゅうせい》がして、すぐにそっちのほうを向いた。今度は王宮前だ。

「おまえたち、降りたほうがいい」アルノがいった。旗を車内にしまって、ライフル銃を肩から降ろした。

ヘレとフリッツは、車の屋根から降ろしてもらった。ふたたび群衆にもまれて、水兵たちから遠く離れた。六人乗り自動車はデモをする人々の中で立ち往生《おうじょう》している。

ヘレはあたりを見まわした。水兵たちの車をずっと見ていたくて、なにかよじのぼれるものをさがしたのだ。王宮に通じる橋の両側に飾られた大理石の女神像に目がとまった。橋の上で動かなくなったデモ隊をかきわけて、橋の欄干《らんかん》に乗ると、ヘレは勝利の女神像の背中によじのぼった。簡単なことではないのに、フリッツはヘレのまねをして数メートル離れたところに立っている勝利の女神像によじのぼった。フリッツは上までのぼると、下を見た。橋の下を、黒く光るシュプレー川が流れている。フリッツは女神像にしがみついた。

王宮広場と王宮庭園はデモ隊で埋《う》めつくされていた。芋《いも》を洗うような状態だ。水兵を乗せた六人乗り自動車はどこにも見あたらない。かわりに、ヘレは王宮前にとまっている車を見つけた。その車の屋根で、黒いコートを着た男が両手をあげている。興奮する群衆に静まるようにいっているのだ。すぐにまわりでも、声があがった。

「静かにしろ！　リープクネヒトが演説するぞ」

車の屋根に乗っていたのは、リープクネヒトだったのだ。ヘレはフリッツに合図《あいず》を送ると、女神像から降りて、群衆をかきわけた。フリッツがあとから群衆をぬって追いかけてきた。前に出るのはひと苦労だった。それでも、群衆の体や頭のあいだから、車の屋根の上の男が見えるところまで進んだ。

「二週間前まで、彼はヴィルヘルム拘置所《こうちしょ》に入っていたんだ」ヘレたちの前に立っていた女の労働者がいった。「もっと早く彼のいうことをきいていたら、うちのオットーは死なずにすんだかもしれないのに」

「いや、もっとたくさんの人が死なずにすんださ」となりの人がいった。「おれたちは、まちがった奴に耳を傾《かたむ》けすぎたんだ」

カール・リープクネヒトはそれほど体が大きくない。鉄枠《てつわく》のメガネをかけ、黒い口ひげをはやしている。演説をするときにはあごを前につきだし、いかにも強い意志を持っているように見えた。

「革命の日が来た。われわれは平和を勝ちとったのだ。いまこの瞬間、平和は結ばれた。旧体制はもう存在しない。この王宮に数百年間いすわってきたホーエンツォレルン家(▼7)の支配は終わった。いまここで、われわれは自由社会主義ドイツ共和国の誕生を宣言する」

「さっきの人もきょ、きょ……」フリッツは共和国という言葉をうまくいえなかった。だが、フリッツのいいたいことは、ヘレにもわかった。シャイデマンはドイツ共和国を、そしてリープクネヒトは自由社会主義ドイツ共和国を宣言したのだ。ちがいは「自由」と「社会主義」という言葉があるかないかだ。

ヘレは、フリッツにそのことをささやいたが、フリッツには、よくわからなかったようだ。

「自由がなにかはなんとなくわかるけど、社会主義ってなに?」

ヘレは、自分なりに思い描いていることを、フリッツに説明した。

「みんなの暮らしがよくなるってことさ。戦争がなくなって、だれもひもじい思いをしなくなるんだ」

カール・リープクネヒトは、車の屋根から降りると、労働者と兵士にともなわれて、王宮に向かった。無数の人々が赤旗《あかはた》と横断幕《おうだんまく》とプラカードをふりまわしている。水兵たちが機関銃を王宮の前に設置した。ヘレは、ハイナーとアルノをさがしたが、ふたりの姿を見つけることはできなかった。

王宮の衛兵《えいへい》は、戦わずに降伏《こうふく》した。それからすこしして、前もってだれかが赤い絨毯《じゅうたん》をしいた王宮のテラスにリープクネヒトがあらわれた。あらためて歓声があがった。

「ヨーロッパを死体の野とした資本主義の支配はついえたのだ」

「資本主義ってなに？」フリッツがまたたずねた。

ヘレたちの前に立っていた女の労働者がふりかえっていった。

「資本主義っていうのは、戦争と嫉妬《しっと》と貧困《ひんこん》のことだよ。それから、あたしたちを搾取《さくしゅ》する資本家たちのことさ」女の人はフリッツのかぶっている中高等学校《ギムナジウム》の帽子を見ていった。「だけど、あんたにはわからないだろうね」

「そんなことないよ！」ヘレがいった。「ちゃんとわかるさ。いろんなことがわかってるんだから」

その女の人は疑い深い目をしたが、演説を聞くためにふたたび前を向いた。リープクネヒトは平和と幸福と自由を実現するために秩序が必要だと語ってから、最後にこうしめくくった。

「諸君の中で、自由社会主義ドイツ共和国と世界革命の実現を望む者は誓いの印に手を挙げてくれ」

数千にのぼる手が高くかかげられた。

「共和国万歳《ばんざい》！」王宮前の広場は歓声に包まれた。

いままで皇帝の方形旗《ほうけいき》がひるがえっていたマストに赤旗《あかはた》がかかげられた。「かの有名な十一月九日」という皮肉とも本気ともつかないアルノの言葉が、ヘレの脳裏《のうり》によみがえった。まだ十一月九日は終わっていない。だがひとつだけはっきりしていることがある。アルノのいったとおり、どんな結末を迎えようとも、この日を忘れることはけっしてないだろう。

皇帝と慈悲深《じひぶか》き神

家にはだれもいなかった。父さんも母さんも、まだ市内にいるようだ。マルタとハンスぼうやは、シュルテばあさんのところにいる。ヘレはこれからどうしていいかわからず、部屋を見まわした。それから台所の戸棚《とだな》をのぞいた。だが、ただのぞいただけだ。ムースの残りとわずかばかりのオートミールしかないとわかっている。しかし一日じゅう興奮のしどおしで、ものすごく腹が減っていたのだ。オートミールを煮ないでそのまま食べたくなるほど腹ぺこだった。だが、ムースに指を入れて、なめるだけにした。それから急な階段をのぼって、シュルテばあさんのところへ行った。

「こんなに遅くまでどこに行っていたんだい？　学校はとっくに終わったんじゃないの？」

シュルテばあさんはおびえているようだった。ドアをしめる前に廊下《ろうか》にだれもいないかきょろきょろ見まわした。

「王宮の前に行っていたんだ」ヘレはシュルテばあさんのわきをすり抜けて、台所に入った。箱に腰かけると、一日じゅう歩きずくめで棒のようになった足をのばした。

「王宮の前？　銃撃戦《じゅうげきせん》があったんじゃないのかい？」

マルタはミシンのそばに立ったまま、ヘレを見ようともしない。外はとっくに暗くなっていた。それなのに、シュルテばあさんのところに預けられたままだったのだ。ハンスぼうやも、床に寝そべっている。よだれがあごを伝ってたれている。ヘレはハンスぼうやをひざにのせて、よだれかけで口をふき、市内でどんなことがあったかばあさんに話した。

シュルテばあさんはミシンの前にすわったが、手をひざに置いたままだった。ヘレの話にじっと耳を傾《かたむ》けている。仕事をしている場合ではなかったのだ。そして、コガネムシ駐屯地《ちゅうとんち》の前で労働者が三人撃《う》たれたことを話すと、「なんてこと！　かわいそうに」と叫び、皇帝が退位したと聞くと、ぼうぜんと胸で十字を切った。

ヘレは労働者の話と皇帝の話とで、シュルテばあさんのおどろき方がまるでちがうことに気づいて、だまりこんだ。

シュルテばあさんにとって、皇帝は神に等しかったのだ。フレヒジヒ先生が皇帝とその家族のことをなんといっていたか話したら、ばあさんはかなりむっとするだろう。

「ひどい時代になったもんだよ！」ばあさんはスリッパをつかむと、ミシンを動かした。しかし両手がふるえていた。スリッパの上と下をぬいあわせると、マルタに渡した。マルタはそれを半分ほどスリッパで埋《う》まった段ボール箱に詰め、怖《こわ》い目でヘレをにらんだ。

「いったいだれが国を治めるんだい？　いったいだれが秩序を保ってくれるんだい？」

「リープクネヒトだよ！」王宮前の出来事を体験したヘレには、ほかに考えられなかった。

「刑務所送りになった奴じゃないかい？」

「刑務所に入れられたのは、戦争に反対したからだよ」ヘレは腹を立てていた。シュルテばあさんが、リープクネヒトを人殺しのようにいったからだ。

「おやじも赤だったね。赤が禁止されていた時代のことだ。いいかい、刑務所送りが国を治めたら、ろくなことにならないよ」

「ぼくも赤だよ」ヘレはハンスぼうやを床に降ろした。「ナウケも赤、父さんも赤、母さんも赤だよ！　街の人、半分は赤だ。水兵だって、赤だよ」

「海軍の？」

「そうさ」

シュルテばあさんはショックを受けていた。最初に革命をはじめたのが皇帝自慢の海軍だったからだ。

「そんなことといったって、一番偉《えら》いのは神さまだよ。神さまのいうことはきかなくちゃいけない。だから、そんな簡単に政府をつぶすもんじゃないんだよ」

ヘレはむかむかしてきて、かまどを見た。そこにふきんがかかっている。ふきんには「主に感謝。主はやさしきお方なり」と刺繍《ししゅう》されていた。だが主はシュルテばあさんにやさしかったことなんて一度もない。それなのに神さまを信じていた。夫は結婚して半年で死んでしまった。父親は火薬工場の事故で吹き飛ばされた。それも工場主が安全装備をけちったためだ。また、母親と妹たちはホーホ通りのじめじめしたアパートで体をこわし若死《わかじ》にしてしまった。アパートじゅうのみんなが知っていることだ。それでもシュルテばあさんは、主はやさしい方だといいつづけている。神はつらい目にあわないように見守っていてくださるというのだ。収入がまともになくて、生死の瀬戸際《せとぎわ》にあっても、神さまのことをけっして悪くいわない。自分にうそをついているのだ。なにかいいことを期待しているときは、神は慈悲《じひ》深《ぶか》いといい、いやなことを体験したときは、運命をののしる。皇帝とその家族にもおなじ反応をする。「お上《かみ》は」とぶつぶつ文句をいうときもあれば、「あたしたちのヴィルヘルム皇帝さま」や「たくさんのお子さまをかかえて大変なアウグステ・ヴィクトリア王妃《おうひ》さま」を誉《ほ》めたたえるときもある。もちろん王妃が自分で子どものおむつを替《か》えたりするはずはない。

ヘレの考えていることが表情に出たのだろう。シュルテばあさんは警告した。

「いいかい、ヘレ。この世のことは、天にまします神さまがお決めになるんだ。あたしたちの日々のおこないを裁《さば》いたり、報《むく》いたりしているんだ。無意味なことなんてこの世にひとつもないんだよ。それに、神さまに文句をいうなんて金輪際《こんりんざい》、許されないことなんだよ」

シュルテばあさんがいっているのは、皇帝のことだった。神さまにかこつけて、不平をいうことの許されない存在として神と皇帝を同一視しているのだ。

もしナウケがいたら、だまっていないだろう。だがヘレはむっとしてこうたずねることしかできなかった。

「じゃあ、ぼくの父さんはどうなるのさ？　神さまはなんで父さんを罰《ばっ》したの？　父さんはなにか悪いことをしたのかい？」

シュルテばあさんは、まるで託宣《たくせん》をのべるようにおごそかな顔になった。

「神さまのお考えは、あたしたちにわかるものじゃないさ。でもひとつだけはっきりしていることがある。神さまは無意味なことはしないのさ」

ヘレはあぜんとしてしまった。戦争という罰を受けるような罪を、いったいだれがおかしたというのだろう？　慈悲深《じひぶか》き神と皇帝は、人間に残酷《ざんこく》な罰を与えた。慈悲深く、正義をおこなうなんてうそっぱちだ。ヘレは立ちあがった。

「うちに帰るの？」マルタがうれしそうにヘレにたずねた。

「いや、まだだ。出かけるところがあるんだ」

「ひどい！」マルタは叫んだが、ヘレはとりあわず、廊下《ろうか》に出た。

ナウケのいうとおりだ。ほとんどの人は、だれのせいでひどい目にあっているかまるでわかっていない。シュルテばあさんもそのひとりだ。秩序がなくなることを恐れ、不当な秩序に唯々諾々《いいだくだく》としている。

中庭に出ると、半地下の窓の前で、ちびのルツがしゃがんでアンニとおしゃべりをしていた。ルツはヘレを見ると、跳《は》ね起きて興奮しながらいった。

「訪ねてきた子がいるよ。家に来てくれってさ。名前はエデっていってた」

ヘレはアンニのほうにかがみこんだ。

「市内のこと、聞いたかい？」

ヘレはすこし短くはしょったが、この日体験したことを、もう一度はじめから話した。

アンニとルツは、息を飲んで話を聞いた。皇帝がいなくなった？　しかもむりやり追いだされた？　革命の闘士《とうし》が月を宇宙のどこかに突き飛ばしたといったのに等しかった。

「アンニ、部屋にもどりなさい！　そんな寒いところにいたら、死んでしまうわよ」アンニの母親がアンニの後ろにあらわれ、窓をしめようとした。ヘレを見かけると、なにかいおうとしたが、結局、なにもいわず、窓をしめた。

ベルリン大学の前で

今度は口笛を一回吹いただけで、エデの顔が窓辺《まどべ》にあらわれた。

「あがってこいよ！」

ヘレが住まいまであがると、エデは玄関で待ちかまえていて、顔を輝かせながらいった。

「父さんが釈放《しゃくほう》されたんだ」

ヘレは台所のベンチにすわった。そこにはエデの弟アディがちょこんとすわっていた。ヘレはそこで、エデの話を聞いた。

その日の朝、エデはアレクサンダー広場の警視庁に直行したのだ。ゼネストがあることは知っていた。労働者と水兵が政治犯を解放すると思ったのだ。早朝の市内はどこも静けさに包まれていた。車が数台、すごい勢いで走っているのを見かけただけだった。その中には水兵を乗せたトラックもあったという。エデはずっと警視庁の近くでねばり、赤レンガの建物のまわりを行ったり来たりしながら、鉄格子《てつごうし》のはめられた拘置所《こうちしょ》の窓を見上げた。最初のデモ隊がプレンツラウ大通りをやってきたが、そのまま警視庁を素通《すどお》りして、官庁街《かんちょうがい》に向かった。午後二時、エデががまんの限界にきたとき、デモ隊がまたやってきて、警視庁の正面入り口に近づいた。労働者と水兵は棍棒《こんぼう》で門をたたいた。なんの反応もかえってこないと見ると、窓に向かって数発、発砲《はっぽう》した。銃声《じゅうせい》の効果はてきめんだった。正面入り口の門がひらいて、労働組合活動家《オプロイテ》や数人の労働者や水兵たちが建物に押し入った。数分もたたないうちに、警官がひとり門から飛びだしてきた。それから次々と警官たちが逃げだした。しかも、みんな、丸腰《まるごし》だ。警官たちが群衆を押しわけて逃げていく！　はじめのうち群衆は、なにが起きているのかわからなかった。だが、すぐに笑い声が広がった。逃げだした警官たちは笑い飛ばされた。尻《しり》をけられたり、胸をどつかれたりすることはあったが、それ以上の危害は加えられなかった。

エデは、警官が逃げていく様子をヘレに話しながら、腹をかかえて笑った。アディも、エデから何度も聞かされたはずなのに、大きな声で笑った。

警官がみな、警視庁から出ていったあと、デモ隊はいっせいに建物に突入した。エデもいっしょになって中に入った。建物の中庭に武器が置きざりになっていた。サーベル、拳銃《けんじゅう》、拳銃のホルスター、弾薬《だんやく》ベルト。デモ隊は思い思いにその武器をとって獲物《えもの》をさがしたが、すでに警視総監《けいしそうかん》から警官助手まで全員、姿をくらましたあとだった。

「警官から武器を取りあげたのはだれだったの？」

「だれでもないさ！　連中が自分から武器を捨てていったんだ。腰抜けだよ」

「自分から武器を捨てたっていうの？」ヘレはびっくりした。

「そうだよ。まったくすばやいよね。それくらいびびっていたのさ」

「それで、きみのお父さんは？　すぐに牢屋《ろうや》から出られたの？」

「すこし時間がかかったよ」エデは話をつづけた。デモ隊は政治犯だけを釈放《しゃくほう》したかったので、囚人《しゅうじん》の調書を調べるのに時間がかかったのだ。「父さんは、牢屋から出てきたとき、うれし泣きしてたよ」

エデは笑った。いまにもうれし泣きしそうだった。これほど上機嫌《じょうきげん》な友の姿は見たことがない。エデの喜びがヘレにも伝染《でんせん》した。今度は、ヘレが話をする番だ。話し終えると、ふたりは満足して押しだまった。それから、ヘレがたずねた。

「ところで、きみのお父さんはいまどこにいるんだい？　眠っているの？」

「ううん。家には帰らないで、そのまま議事堂に行っちゃったよ。これからはおれたちが国を治めるんだ。この革命が三日天下にならないように気をつけないといけないって、いってた」

父さんは家に帰っているだろうか？　母さんは？　それからナウケはどうだろう？　ヘレはじっとし

ていられなくなった。別れのあいさつもそこそこに、階段を駆けおりた。

ガス燈《とう》が、通りに淡《あわ》い光を投げかけている。午後の熱気がいまだに街じゅうにくすぶっていた。ヘレは、思いがけないプレゼントをもらった小さな少年のように、うれしくて石畳《いしだたみ》をスキップした。そんな自分をおかしく思いながら、それでもスキップをつづけた。

家の前につくと、朝、見かけたトラックがまたとまっていた。ナウケが仲間といっしょに武器を運び去った、あのトラックだ。ヘレは駆け足で近寄り、トラックの様子をうかがった。トラックのまわりには人影がなかった。だれも乗っていないし、見張っている者もいない。

アパートの入り口で、子どもが数人かたまって、ひそひそしゃべっていた。その中にルツがいた。ルツはヘレを見かけると、すぐに飛んできた。

「知ってる？　ナウケが撃《う》たれたんだってさ。フレーリヒ先生が来たんだけど、助からないっていってたよ」

ヘレは一瞬、棒立ちになった。それから中庭を駆けぬけ、横の入り口に入って、階段を駆けあがった。ルツが、あとについてきた。

屋根裏部屋につくと、ヘレはシュルテばあさんの家のドアを激しくたたいた。ドアがあくなり、中に飛びこんだ。

台所の奥の小部屋は狭《せま》い。母さんがいた。トルーデも、オスヴィンもいる。ほかにも赤い腕章《わんしょう》をつけた若者が数人いる。そのひとりは、となりのアパートのアッツェだ。

ナウケはシュルテばあさんのベッドに横たわっていた。ナイトテーブルにのせた石油ランプに照らされて、ナウケの青白い顔が見えた。左肩に包帯が巻いてある。ヘレの母さんがそばにひざまずいて、ぬらしたタオルを額《ひたい》にあてていた。マルタはおびえた様子で天窓《てんまど》の下にしゃがみこみ、ハンスぼうやを抱いていた。

「どこで……どこでやられたの？」ヘレはそれしかいえなかった。

「ベルリン大学の前だよ」アッツェが小さな声でいった。「奴ら、いきなり撃ってきたんだ。おれたちは話し合いをしようとしていたのに」

「将校《しょうこう》？」

ということは、ハイナーやアルノたちと車の屋根に乗って通りの反対側を進んでいたとき、歩道に横たわっていた怪我人《けがにん》の中にナウケがいたことになる。

「なんで知ってるんだ？」

ヘレは、水兵の車に乗せてもらっていたことを話した。そのあいだ、ナウケから目をはなさなかった。話し終わると、ヘレは泣くまいとして、歯を食いしばった。

シュルテばあさんは胸で十字を切った。

「むごい時代だよ。こんなに血を流して」

ルツが、ヘレの母さんの横にしゃがんで、聞こえないくらいの小さな声でたずねた。

「ねえ、ナウケって、本当はなんて名前なの？」

母さんも、オスヴィンも知らなかった。シュルテばあさんも、ナウケとしか呼んでこなかったし、彼宛《あ》ての郵便を受けとったこともなかった。ナウケの身分証明書をさがそうとすると、トルーデがいった。

「エルンストよ。エルンスト・ヒルデブラントっていうの」そういうと、トルーデはオスヴィンに抱きつき、堰《せき》を切ったように泣きだした。

オスヴィンはなにもいわず、ただやさしくトルーデの髪をなでた。

日和見《ひよりみ》主義者

もう真夜中になろうとしていた。自宅の台所にいたヘレと母さんは、炎《ほのお》を小さくしぼった石油ランプのそばにすわり、父さんの帰りを待っていた。

「いったいなにをしているのかしら？」母さんはしきりにそうつぶやいた。ヘレも、気が気ではなかった。もし父さんになにかあったらどうしよう？

ようやく階段をのぼる足音が聞こえた。母さんは、玄関に駆けていき、父さんの首にかじりついた。

「だいじょうぶだよ。なにもなかったから」父さんはいった。

父さんはへとへとに疲れているようだった。ヘレにコートを脱ぐのを手伝ってもらうと、台所のソファにどさっと身をなげ、大きなため息をついた。

「すごい一日だった！　こんなに歩きまわったことはないぞ！」

駐屯地《ちゅうとんち》でビラを配りはじめたら、ものの数分でなくなってしまい、独立社会民主党の事務所に行ったのだという。だが、そこには長居《ながい》せず、すぐに通りにもどった。四方八方から市内にやってくるデモ隊がぶつからないように、誘導しなければならなかったのだという。

「あんなものすごい群衆は見たことがない！　いざとなれば、おれたちがどんなに強いか、はじめて実感したよ」父さんはコートから新聞をとってきて、食卓に置いた。

「これがなにかわかるか？　『赤旗《あかはた》』だよ。おれたちの最初の新聞だ！」

それから、皇帝に忠誠《ちゅうせい》を誓っていたベルリン地方新聞をスパルタクス団に指揮《しき》された革命家たちが占拠《せんきょ》して、おびえている編集者に手伝わせて、もうすぐできあがるところだった夕刊の記事を組み直し、『赤旗』を出したのだという。

ヘレは、母さんの肩ごしにのぞいてみた。たしかに、その新しい新聞には『赤旗』というタイトルがついていた。その下に小さな文字で、「旧ベルリン地方新聞、夕刊第二刷」とある。一面の大見出しは「ベルリンは赤旗の下に。警視庁を襲撃《しゅうげき》。政治犯六百五十人を解放。赤旗、王宮に翻《ひるがえ》る」

王宮に赤旗が翻るところは、ヘレ自身見た。警視庁の襲撃は、エデが目撃している。新聞にこんなに興味を覚えたことはない。母さんが新聞をわきに置くのが待ち遠しいほどだった。早く一面を読んでみたかった。

新聞をヘレに渡した母さんは感動していた。

「本当に信じられないわ。革命が成功したと思ったら、もうあたしたちの新聞ができているなんて」

「いや、まだ用心しないと」父さんはいった。「この新聞の編集者は、自分の信念で立場を変えたわけじゃないからな。暴力に屈《くっ》しただけさ。どっちが強いか様子を見ているんだ。明日、別の奴が権力をにぎれば、連中はまた別の新聞を出すだろう。相手がだれだろうと、権力を持った奴に、ぺこぺこする連中さ。信用はできない」

ヘレが新聞を読んでいるあいだに、母さんは、自分の体験したことを父さんに話した。母さんは職場の同僚《どうりょう》たちと、戦争の捕虜《ほりょ》を解放したのだ。フランス兵たちで、その中に亡《な》くなったエルヴィンにそっくりの、愉快《ゆかい》で、ひとなつこい若者がいたという。そのとき、母さんはナウケのことを思いだし、ベルリン大学の前で起こった銃撃戦《じゅうげきせん》のことを話した。

「悪党どもが！」父さんは額《ひたい》にこぶしをあてた。「どうせ勝ち目がないとわかっていたくせに。駐屯地《ちゅうとんち》の兵士はみんな、おれたちの側についたんだ。あいつら、いまさらなにをするつもりだったんだ？　部下のいない将校《しょうこう》なんてなんの力もないじゃないか」

「ナウケは無駄死《むだじ》にするわけじゃないわ」母さんがいった。「あたしたちは平和を勝ち取るんだから」

父さんは、すぐに答えなかった。口をひらいたとき、父さんの声は心配そうだった。

「どうだかわからないぞ、マリー。前線では戦闘《せんとう》をやめたところもあるらしいが、本当の平和がおとずれたわけじゃない。国内でだってそうだ。すこしおかしなことになっているんだ。ぎりぎりまで革命の邪魔《じゃま》をしていた社会民主党のエーベルトとシャイデマンが、急に革命の指導者面《づら》をしはじめたんだ。おれたちの勝利が確実になった午後一時頃になって、連中は号外《ごうがい》を発行して、ゼネストを呼びかけた。わかるか？　汽車を止められないとわかると、いきなり飛び乗って、ずっと前から自分たちが運転していたふりをしはじめたのさ。まったくひどい日和見《ひよりみ》主義者だ。しばらくいっしょに乗ってから、別の方向にハンドルを切るつもりに決まってる」

父さんが大きな声を出したので、マルタが目を覚ました。台所のドアのところに立って、目をこすっている。まだ眠いのだろう。不機嫌《ふきげん》な顔をしている。父さんはマルタを腕に抱いて、額をマルタの顔に押しあてた。

「皇帝を追いだし、休戦を呼びかけるだけじゃまだだめなんだ。この機会に、国をおこさなければいけない。工場労働者と手工業職人と農民が治める国だ。少数の金持ちでなく、たくさんのふつうの人たちが政治を決めるんだ。だれのことも搾取《さくしゅ》せず、二度と戦争を起こさない国。だからこそ、皇帝に忠誠《ちゅうせい》を誓った役人を首《くび》にしなくちゃいけない。あの連中が役職についているかぎり、なにも変わらない。なのに、エーベルトはそれを断固拒否するというんだ。専門家がいなければ、うまくいかないといってな」

ヘレは新聞から目をはなした。ということは、今日の午後の歓声はただのぬか喜びだったのか？

母さんが小さな声でいった。

「だとしたら、エーベルトは将軍のことも辞《や》めさせないんじゃないの？　連中も、専門家だもの」

父さんは答えなかった。だまって、マルタをひざの上であやしていた。マルタは親指を口にくわえ、ちゅうちゅう吸いながら、ぼうっとしていた。

「これからどうなるのかしら？」母さんがいった。

「とにかくエーベルトが帝国宰相《さいしょう》になった。旧政権があいつを指名したんだ。リープクネヒトよりはエーベルトのほうがましだって考えたんだろう。だが、そう簡単にはいかない。エーベルトもそのことはわかっているはずだ。だから独自の労働者と兵士からなる労兵《ろうへい》評議会を作った。もちろん議長は自分だ。いま、独立社会民主党と交渉しているよ。しかも、リープクネヒトを内閣に入れることもいとわないとまでいっている。だがリープクネヒトは、スパルタクス団が入閣する前に実現すべき要求をかかげている」

「要求って、どんな？」

「人民の国家、本当の意味での社会主義共和国を作ることさ」

母さんが時計を見た。

「あたし、シュルテばあさんと看病を変わってあげなくちゃ。すこしでも眠らないと、シュルテばあさんまでまいってしまうもの」

「ナウケはもう死んじゃったの？」マルタがたずねた。

ヘレはびくっとした。マルタの声は、人の生き死になどどうでもいいように聞こえた。もちろんそんなつもりはないはずだ。寝ぼけていて、自分でなにをいっているのかよくわかっていないのだ。

「まだ死んではいないわ」母さんもすこしびっくりして答えた。「でも、明日までもたないでしょうね。瀕死《ひんし》の人をひとりぼっちにできないから、屋根裏部屋に行って、シュルテばあさんと交代するの。シュルテばあさんのところには余分なベッドがないから、うちで休んでもらおうと思うわ」

「おれもいっしょに行くよ。どうせ眠れそうもない」そういうと、父さんはマルタを寝室に連れていった。

父さんと母さんが出ていくと、ヘレは玄関のドアをしめ、台所の食卓にすわって、ほお杖《づえ》をついた。その日体験したことを父さんに話せなかったので、すこしがっかりしていた。クラーマーおじさんのことすら話すひまがなかった。だが、父さんには考えなければならない大事なことがある。

今日の出来事が、ヘレの脳裏《のうり》によみがえった。六人乗りの自動車の屋根にフリッツといっしょに乗ったこと……帝国議会議事堂の窓から顔を出した小柄《こがら》な男……自動車の屋根にあがって演説をしたリープクネヒト……顔を輝かせていたエデ……シュルテばあさんのベッドに横たわるナウケ……喜びと悲しみがないまぜになった。気持ちの整理がつかず、ヘレは目を閉じた。だが興奮していて、眠ることができなかった。シュルテばあさんがやってきたとき、ヘレはすこしだけ頭をあげた。

「眠っているよ」シュルテばあさんは小声でいった。「あれっきり意識がもどらないんだ」

ヘレはしばらくその言葉を頭の中で反芻《はんすう》した。それから立ちあがり、ゆっくりとシュルテばあさんのわきを通って、寝室に入った。服を脱ぎ、ベッドに入った。まるで機械のように淡々《たんたん》と。ヘレは横たわったまま暗闇《くらやみ》を見つめた。目が覚めているのに、頭がもうろうとしていた。

あっちかこっちか、ふたつにひとつ

ヘレはハンスぼうやに食べ物を与え、マルタと自分のために粥《かゆ》を温めた。いまはちょうど、台所の窓《まど》辺《べ》にあるベンチにすわって中庭を見下ろしているところだ。父さんはすこし横になるといって寝室に行った。シュルテばあさんと交代するため屋根裏部屋にあがったとき、ナウケはもうとっくに息をひきとっていた。それでも母さんと父さんは、夜通しナウケのそばにつきそっていたのだ。母さんもくたくただった。すこし横になっただけで、起きなければならなかった。職場の同僚《どうりょう》が迎えにきたのだ。ベルリンじゅうの工場と駐屯地《ちゅうとんち》で、労兵《ろうへい》評議会の代表を午前中に決めることになったのだ。母さんが働くベルクマン電機も例外ではなかった。今後のことを話しあうため、午後、ブッシュ・サーカスで労兵評議会がひらかれることになっていた。

中庭を見下ろしていると、ずだ袋を持った男がやってきて、ごみ箱をあさりはじめた。

ごみあさりだ！　ごみをあさって、その日暮らしをしている人はおおぜいいる。通りにそって家から家、ごみ箱からごみ箱へと渡りあるき、食べられるものや、なにか使えそうなものをあさっていく。だけど、アッカー通りにまで来るとは！　いくらあさっても、なにも見つからないだろう。こんな日曜日には無理に決まっている。

父さんは新しい国を作るといっていた。工場労働者と手工業職人と農民が治め、戦争でだれも死ぬことのない、みんなが幸せになれる国。そういう人民の国があったら、ごみあさりをする人はいなくなるのだろうか？　これほどたくさんの子どもや大人が病気になることもなくなるのだろうか。そのことを話題にしたとき、シュルテばあさんは、想像できないといっていた。

「あたしはもう年寄りだからね。いまさら変わってもしかたないさ」

ごみあさりが去っていく。なにも見つからなかったようだ。ずだ袋は空っぽのままだった。

ナウケが死んだいま、トルーデはここに寄ることがあるだろうか。預かった小包を三階の床下《ゆかした》に隠してあると伝えなければならない。あのままほっておくわけにはいかない。トルーデなら、ナウケがあの小包をだれから預かって、いつ返さなければならないかわかっているはずだ。

エデが中庭にやってきて、口笛を吹いた。

ヘレはすぐに窓をあけた。

「あがっておいでよ！」ヘレはそういって、手招《てまね》きした。エデを廊下《ろうか》で出迎えると、台所に案内した。

台所のソファでうとうとしていたマルタは、ぱっと体を起こして、エデを見つめた。同級生で友だちだとヘレがいうと、マルタはにっこりほほえんで、エデがソファにすわれるよう、わきにどいた。

だが、エデはすわらずにいった。

「いっしょに議事堂に行かないか？　これから父さんに食べ物をとどけるんだ。父さんは議事堂にいるんだよ」

ヘレは一瞬、迷った。そっと寝室に行ってみた。

父さんはもう眠っていなかった。ベッドに横たわったまま、ハンスぼうやを腹にのせて、あやしながら考え事をしていた。

「エデが来てるんだ。お父さんが議事堂にいて、これから食べ物をとどけるんだって。いっしょに行ってもいいかな?」

父さんはすこし考えてからいった。

「行っておいで。ふたりは、父さんがシュルテばあさんのところに連れていくから。父さんももうすぐ出かける。いろいろやることがあるからな」

「いやよ!」ヘレの後ろから寝室に入ってきたマルタが叫んだ。「ナウケのところに行くのはいや。怖《こわ》いんだもの」

「ナウケはもういないさ。とっくに仲間が連れていったよ」父さんは、マルタをベッドに引きよせて、耳をくすぐった。マルタはけらけら笑いだした。

「ナウケがどうかしたの?」中庭でエデがたずねた。エデは、ナウケのことを話に聞いたことがあるだけだった。ヘレはベルリン大学の前であった銃撃戦《じゅうげきせん》の話をしてから、ナウケが死んだことを伝えた。

「死んだ人を直接知らなければ、楽だよな。死者が少なかったって、喜ぶこともできる。だけど知っている人が死んだら……」

「それって、牢屋《ろうや》とおんなじだ」エデはいった。「家族に囚人《しゅうじん》がいなければ、なんとも思わないだろ。

でも、刑務所に入っている家族がいると、いつもそのことが頭を離れないんだ」

本当に美しい秋の一日だった。陽《ひ》の光がそそぎ、通りにならぶ灰色の建物も心なしか暖かく感じる。だが、日曜だから静かだと思ったら大まちがいだ。工場を横切るたび、窓からもれる大声が聞こえた。フリードリヒ通りでは、武装した水兵の小隊《しょうたい》と出会った。

ヘレは水兵の一団をじろじろ見た。ハイナーとアルノにまた会いたかった。

国王広場には枯《か》れ葉が舞《ま》っていた。帝国議会議事堂の入り口で、水兵たちが機関銃のそばにすわって、タバコをくゆらせ、満足そうな顔をしていた。

ヘレは意を決して、その水兵たちのそばに行き、ハイナーとアルノのことをたずねてみた。

「ハイナー？」水兵のひとりが眉間《みけん》にしわをよせた。「ハインリヒ・シュトックマンのことか？」

「ハイナーっていう名前しか知らないんです。ハイナースドルフ出身だっていってました。もうひとりはシュパンダウのアルノって人です」

「ハイナースドルフのハイナー？」水兵たちがいっせいに笑った。だが、だれもふたりのことを知らなかった。「水兵は何千人もいるからな。キール、リューベック、ヴィルヘルムスハーフェン、ククスハーフェン、いろんなところから集まっているんだ」

金髪の水兵が上着から乾《かん》パンの袋を出した。

「おまえたち、墓場から掘りだされたみたいにやつれているぞ。腹をすかしているのか？」

ヘレとエデはいっしょにうなずいた。腹をすかしているのはいつものことだ。聞くまでもない。

金髪の水兵は、乾《かん》パンを袋ごとエデの手に渡した。

「ほら、やるよ！　あいにく、こんなもんしかないがな」

エデとヘレは、ありがとうというと、乾パンをかじりながら議事堂の階段をあがった。議事堂の巨大な扉《とびら》の前に、赤い腕章《わんしょう》をつけた兵士たちが立っていた。エデがそばを通り抜けようとすると、兵士に止められた。

「おい、おい、そこの坊主。どこに行く気だ？」

「アウグスト・ハンシュタインのところだよ。ぼくの父さんで、中にいるんだ」

兵士はエデをじろじろ見てから、ヘレを見た。

「そんなこと、だれだっていえる。通行証はあるのか？」

エデとヘレはきょとんとして顔を見合わせた。

「ないよ。だけど、父さんはおなかをすかせているんだ。食べ物を持ってきたんだよ」

「通行証がなくちゃ、通すわけにはいかない」兵士はエデを追いかえそうとした。だがエデは銅像のようにびくともしなかった。「父さんは昨日まで牢屋《ろうや》に入れられていたんだ。おなかをすかせているんだよ」

「牢屋に入っていただって？」見張りの兵士はエデを見てから、またヘレに目を向けた。兵士はまだかなり若くて、どうしたらいいかわからなかったようだ。見張りをしている仲間と話をした。声をかけられたほうの見張りが、うさんくさそうにヘレたちをにらんだ。

「ここで待ってろ」そういうと、議事堂の中に入った。

エデとヘレは石の階段にしゃがみこみ、乾パンをきれいに食べた。ちょうど食べ終わったとき、見張りがもどってきた。

「入っていいぞ。二階の一一二号室だ。だが食べ物を渡したら、すぐにもどってくるんだ。いいな？」

エデとヘレはふたりの見張りのそばを通り、巨大なエントランスホールに入った。人々が忙《いそが》しく行き交っている。兵士、水兵、一般市民。廊下《ろうか》も階段もあまりに巨大で、しかも人であふれかえっていたので、ヘレたちはおろおろしてしまった。また呼び止められて、なんの用だと問いつめられたらかなわない。ふたりは肩を寄せあいながら戦々恐々《せんせんきょうきょう》とした。

二階にあがると、ふたりの大人がさかんにいい争っていた。ドアの前に立って、口から泡《あわ》を飛ばしている。ひとりは市民で、もうひとりは兵士だ。なんの話をしているのかわからなかったが、市民の言い分のほうが道理が通っているのは、ヘレたちにもわかった。しかし兵士はしだいに声を荒《あら》らげ、気に入らないことをいう市民を、顔を真っ赤にしてどなりつけていた。

エデはドアの番号を確かめながら歩いた。一一二号室の前で立ち止まり、ドアに耳をあてた。しかしドアが厚すぎて、なにも聞こえない。エデはそっとノックをして、耳をそばだてた。それでもなにも聞こえなかったので、ドアをあけた。

丸いテーブルを囲んでたくさんの人がすわっていた。ひとりが演説をしていた。こぶしでこつこつテーブルをたたいている。その人と、演説を聞いていたほかの人たちがいっせいにエデを見た。エデはドアをあけたまま、ぼうぜんとしていた。すると、灰色の髪のやせた男が立ちあがって、ヘレたちのほうに歩いてきた。

エデの父親だった。エデのうちの台所で若い頃の写真を見たことがあるだけだが、ヘレにもすぐにわかった。

エデの父親は廊下《ろうか》に出ると、ドアをしめた。エデが会議の邪魔《じゃま》をしたことを怒ってはいなかった。すこしおどろいていただけだ。エデの肩に腕をまわすと、ヘレを見た。

「どうかしたのか?」

「母さんにいわれて来たんだ」エデは持ってきた食べ物を出した。「なにか食べなくちゃだめだって、母さんがいってたよ」

エデの父親は笑《え》みを浮かべた。

「母さんのいうとおりだ」それからヘレに手をさしだした。「やあ」

ヘレは手をにぎって、はっとした。手が乾燥してざらついている。まるで生気《せいき》がなかった。いや、手だけではない。エデの父親は、体じゅう乾燥しているみたいに見える。ほおのこけた顔は、もうずっと洗っていないみたいに灰色だ。だけど、よく見ると、肌が灰色だったのだ。

ヘレがびっくりしていることにエデの父親も気がついたが、なにも反応しなかった。スプーンでスープをすくって食べながら、たずねた。

「もう聞いたかい？　皇帝は逃げだして、オランダに亡命したよ」

エデもヘレも知らなかった。ふたりはつつきあいながら、にやりとした。

エデの父親も、にやりとした。

「まあ、ここにいても意味がないからな。皇帝には住む家すらなくなったわけだから」

エデとヘレは笑った。ヘレは、エデの父親が気に入った。肌が灰色なのは長いあいだ牢屋《ろうや》に入っていたせいだろう。

「考えを変えたってわけか、おまえたち」さっきから兵士といい争っていた市民が、がまんできなくなって叫んだ。「内輪《うちわ》もめはごめんだって、どういうことだ？　だれが内輪もめをしようというんだ？」

「おまえたちがどうしても血を流したいっていうなら」兵士はどなりかえした。「おれたちはつきあわない。おれたちは、四年間も殺し合いをしてきたんだ。もううんざりなんだよ！」

エデの父親は飯《はん》ごうをわきに置いて、エデをぎゅっとつかんだ。咳《せき》が出たのだ。それもけいれんしているような激しい咳だ。息ができず、目に涙を浮かべている。

エデは父親をしっかりつかんで、おなじように目をうるませた。父親の咳がおさまると、ようやくほっとした表情になった。エデの父親はハンカチで口をぬぐいながらささやいた。

「だいじょうぶだ。もうだいじょうぶだよ」

それから、いがみあっているふたりを見た。

「見ただろう？　ああいうことになってるんだよ。今晩、穏健派《おんけんは》が優位にたつと……」そういって、エデがまた渡そうとしていた飯《はん》ごうを押しもどした。「残りは食べてくれ。もう入らない」

そしてエデとヘレにうなずくと、ふたたび一一二号室に入っていった。

エデは父親の背中を見つめ、ドアがしまると、ぽつりといった。

「牢屋《ろうや》で病気になっちゃったんだ。ひと晩じゅう、咳《せき》が止まらないんだよ。ろくに食べようともしないし。体がもたないって、母さんがいってる」

口論をしているふたりは階段のそばまで歩いていった。それでもまださかんにいいあっている。「革命は成功したじゃないか」兵士が叫んだ。「このうえ、なにをしたいんだ? ドイツをぼろぼろにするつもりか?」

「まだ革命は成功しちゃいない」平服《へいふく》の男がいいかえした。「まだなにも達成しちゃいないんだ。ここでやめたら、やった意味がない」

「おまえたち、ドイツをロシアとおなじにしたいのか? あらゆる秩序を破壊しようってのか?」

平服の男は急に、元気をなくした。

「あんたたち、わかってない。まるでわかってない」そういうと、きびすを返して、兵士をそこに置き去りにした。

「おまえたちはわかってるってのか?」兵士は叫んだ。「おまえたちは、なんでもわかってるのか。知恵の実でもスプーンですくって食べたんだろうよ」

兵士は顔を真っ赤にして、階段を駆けおりた。下からあがってきたふたりの水兵が、おもしろそうに笑いながら、兵士をふりかえった。

エデは眉間《みけん》にしわをよせた。

「今晩、決着がつく」エデは父親の言葉をまねていった。「あっちかこっち か、ふたつにひとつだ」

「だけど、兵士は仲間だったじゃないか。いっしょに革命を起こしたのに」ヘレはいった。

「ほとんどの人が、革命に参加したさ。だけど、旧体制に反対だった者がみんな、新しい国づくりに賛成とはかぎらないのさ」ヘレのあぜんとした顔を見て、エデは白状した。「父さんの受け売りだよ。でも、父さんの考えは正しいと思う」

ごろつき

ウンター・デン・リンデン通りはいつものように賑《にぎ》やかだった。自動車が通りを行き交い、ときどき馬車も見かける。前の日の出来事を思いださせるのは、人気《ひとけ》のない交番と国旗のかわりにかかげられた赤旗《あかはた》くらいのものだ。

ベルリン大学の前庭は静まりかえって、人影もない。ヘレは柵《さく》から中をのぞいた。将校《しょうこう》が発砲《はっぽう》したとき、ナウケがどこに立っていたのか知りたかった。

「あれを見ろよ！」エデが、上品な格好をして散歩している一団を指さした。壁にはられた新聞の前で立ち止まっている。

「撃《う》ち殺してしまえばいいんだ！」毛皮のコートを着た年配の男がいった。「狂犬病《きょうけんびょう》にかかった犬といっしょだ。祖国の裏切り者など、撃ち殺して当然だ」

「なにをいうのです！」灰色のゲートルを足に巻いたすこし若い男がいった。「弾薬《だんやく》がもったいない。縛《しば》り首にすべきですな」

いっしょにいた帽子をかぶった女たちはなにもいわず、ひじをつつきあった。ヘレとエデは、男たちが立ち去るのを待って、壁新聞に近づいた。『赤旗《あかはた》』の第二号だった。工場で労働者評議員が選ばれ、ブッシュ・サーカスで評議会がひらかれると伝えていた。

「あいつら、ぼくらのことをいってたんだ！」エデは、すでに兵器廠《へいきしょう》のそばにさしかかった男たちをにらみつけた。そしていきなり大声でどなった。「おまえたちこそ、縛り首にならないように気をつけろよ！」

若いほうの男がふりむいた。エデが胸で腕を組むと、男は一瞬、顔色を変え、そのまま歩き去った。

「なんだ、怖《こわ》いのか？」エデは勝ち誇《ほこ》って叫んだ。男はふりむかなかった。

「縛り首にすべきって、本気だったのかな？」ヘレはいやな気分を味わった。

「聞いてみたらどうだい？」そういって、エデはすたすた歩きだした。ヘレは追いつくのにひと苦労した。

「だけど、なんであんなひどいことをいうんだろう？」

「持っているものをとられると思って、怖いのさ。ぼくらよりもいい暮らしをしていて、たらふく食べているあいだも、ぼくらがひどい生活をしていることをちゃんと知っていたのさ。しかもいまでもいい暮らしをしている」

途中、ふたりは押しだまって、物思いにふけった。ふたりはフリッツの家へ行くところだった。ヘレは、フリッツのところに寄ると約束していたのだ。

フリッツが住む建物の前にたたずむと、エデは、いまにもどこからか攻撃されるとでもいうようにあたりを見まわした。

「高級住宅街だな」エデは不機嫌《ふきげん》そうにいった。

ヘレは、フリッツとエデを引きあわせるのはいいアイデアではなかったと気づいた。だが連れてきてしまった以上、しょうがない。いまさら、立ち去るわけにはいかない。

ふたりはそっと建物に入った。中庭でヘレは指を口に入れて、口笛を吹いた。すぐにいくつも窓があいて、小言をいわれた。だが、フリッツどころか、フリッツの両親も顔を出さなかった。

「上にあがってみよう」

ふたりは通りに面した建物にもどって、階段をあがった。F・W・マルクグラーフという表札《ひょうさつ》がかかったドアの前につくと、ヘレはベルを鳴らして、耳をすました。なにも聞こえない。

「留守なんじゃないか?」エデがいった。

ヘレはもう一度、ベルを鳴らした。

やはりなにも物音がしない。あきらめて立ち去ろうとしたとき、足音が聞こえた。足を忍ばせるような音だった。だれかがドアに近づいて、のぞき穴を見た。だが、気づかれたくないようだ。

「ぼくだよ。ヘルムート・ゲープハルト。フリッツかい？」

ドアがあけはなたれた。そこに立ちはだかったのは、フリッツの父親だった。スリッパをはき、下着姿でズボンつりをかけている。

「うせろ！　この赤のごろつきが！」フリッツの父親はヘレにとびかかって、上着をつかんだ。「うちのフリッツを革命家どものところにもう一度連れていってみろ。警察につきだしてやるからな。うちの息子はおまえらごろつきとはつきあわせない」

「好きにすればいいだろう」エデがあざけるようにいった。「あんたみたいな奴こそ、牢屋《ろうや》行きだ」

フリッツの父親は、警視庁がすでに昨日、襲撃《しゅうげき》した労働者の手に落ちていることを忘れていたのだ。いまは独立社会民主党のエミール・アイヒホルン(▼8)が警察を指揮《しき》している。フリッツの父親はヘレをはなして、エデをつかまえようとした。だがエデのほうがすばやかった。さっと身をかわして、階段を駆けおりた。エデは表の通りに出ると立ち止まった。

「なんて奴だ！　糞野郎《くそやろう》！　へどが出る！」

ヘレは漆喰《しっくい》飾りのある建物の正面を見上げて、手をあげた。三階の窓の向こうにフリッツがいる！窓辺《まどべ》にたたずんだまま、手もふらず、ヘレとエデを見下ろしていた。やがて背を向けて、フリッツは姿を消した。

おれたちのスープを水で薄める気だ

アッカー通り三十七番地の前で、ヘレはエデと別れ、中庭を通りぬけた。急いで家にあがりたかった。なにかニュースがないか知りたかったのだ。だが四つ目の中庭につくと、アンニが半地下の窓をあけて、ヘレを手招《てまね》きし、窓からこぶしをつきだした。

「これ、あんたにあげるわ！」

ハートの飾りだった。首飾りにぶらさげた、錆《さ》びかけた小さなハート。ヘレは、それをどこで手に入れたのか聞こうとしたが、アンニはすぐに窓をしめてしまった。

ハートのプレゼント！　アンニからヘレへの贈り物！　ヘレはいまだかつて、女の子からものをもらったことがなかった。それがいきなりハートのプレゼントとは！　それがなにを意味するかは、だれでも知っていることだ。

「労働者評議員に選ばれたわ」ヘレが玄関に入ると、母さんが顔を輝かせながらいった。「工場の女工《じょこう》がみんな、あたしに投票してくれたの。信じられないわ。よりによって、あたしみたいな役立たずを選ぶなんて」

「役立たずだって？」父さんが台所でいった。「もっと役立たずなお偉方《えらがた》がいっぱいいるさ」

母さんは、ヘレの後ろでドアをしめながら笑った。

「大げさなことをいわないで。エーベルト側の連中も、独立社会民主党の人も、スパルタクス団も、がまんできたのがあたしひとりだったってだけなんだから。誇《ほこ》りにしていいのかどうか、まだ悩んでいるわ」

「まあ、あまり考えすぎないことだ」父さんはにんまりしながらいった。「さもないと、役に立たないって、気がついてしまうぞ」

ヘレは、毛布にすわって手をのばすハンスぼうやを抱きあげて、父さんがすわっている食卓についた。母さんはかまどで煮炊《にた》きしていた。

「それより、女が評議員に選ばれたのがうれしいわ」母さんはいった。「女はいままで、政治に関われなかったものね」(＊11)

ヘレは大学の前で出会った散歩中の男女のことを思いだした。母さんは、連中が縛《しば》り首にしたい人間のひとりということになる。

「ねえ、皇帝が逃げだしたって知ってる?」

父さんは知っていた。だがとくに喜んではいなかった。

「皇帝のことはもうとっくに片《かた》がついていたからな」

「かたがついた、かたがついた!」マルタはぬいぐるみ人形と遊びながらいった。ソファの上に人形のベッドを作っている。「かたがついた」という言葉がよほど気に入ったのか、人形のリーゼのための子守歌のようにくりかえした。ヘレはこの機会に、クラーマーおじさんのことと小包のことを父さんに話そうと思った。だが、またしてもその機会は奪われた。ちょうどそのとき、ドアをノックする音がしたのだ。オスヴィンだった。

父さんはオスヴィンの手をしっかりにぎった。

「どうだい？　仲直りするかい？」

父さんに歓迎されて、オスヴィンはうれしそうだった。

「わしらの指導者にできたんだから、わしらにだってできるさ」

「わしらの指導者？」父さんはけげんな顔をした。「どういう意味だい？」

「まだ知らなかったのか？　社会民主党と独立社会民主党が手を結んだんだよ」

オスヴィンは社会民主党機関誌『前進』を上着のポケットから出して、父さんに渡した。

父さんはあわてて一面を読み、がくぜんとして新聞を持つ手を降ろした。

「信じられない！　独立社会民主党がエーベルトの手に落ちるなんて」

「団結するのに反対なのか？」オスヴィンがおどろいた。

「団結だって！」父さんは腹を立てて叫んだ。「こんなの、いかさまさ。ひどいいかさまだ」

「いかさまでも、これ以上死人が出なけりゃ、わしはいいけどね」オスヴィンは、父さんの反応にがっかりしていた。

「これ以上死人が出なけりゃいいのかい？」父さんは怒った。「これまでどれだけ死人が出たっていうんだ？　ぜんぜんたいしたことはないじゃないか。皇帝に忠誠《ちゅうせい》をつくす将校《しょうこう》が発砲《はっぽう》したくらいのものだ。あんなのぜんぜんたいしたことはない」

「ナウケにとっては、たいしたことだったじゃないか」オスヴィンは背を向けて、出ていこうとした。

「待ってくれ、オスヴィン！」父さんはオスヴィンに椅子《いす》をさしだした。「ナウケのことをどうでもいいと思っているわけがないだろう。だけど、ヴェルダンで死んだ兵士のことを考えてくれ。七十万人が意味もなく死んだんだ。それもヴェルダン要塞《ようさい》を落とすためだけにな！　七十万人があの世行きになったんだぞ！　昨日、命を落とした連中のことは気の毒だと思う。だけど、彼らの死は無駄《むだ》死にじゃない」

「わしは革命に反対じゃない」オスヴィンはへそをまげた。

「賛成だったのか？　それなら、いままであんたを誤解していたよ。あんたの指導者とおなじようにな。あんたの指導者たちは最初、将軍たちと手を結んで、戦争を長引かせるのに協力していた。そのあいだも毎日、数万人の兵士が死出《しで》の旅路《たびじ》に送りだされていたんだ。国内だって悲惨《ひさん》なことになっていた。うまいことをいって、国民をなだめつづけておいて、おれたちが勝ったら急に偉大な革命家気取りだ」

「わしの話を聞こうともしないんだな」オスヴィンがいった。「あんたたちが正しかったことは認めるよ。革命を起こさなかったら、あのおぞましい殺し合いと飢《う》えはこれからもつづいただろう。革命ですこししか血が流れなかったことも認めるよ。だけど、そんなにうまくいくって、前もってわかっていたのかい？　反撃がこれほどないって、本当にわかっていたのか？　それなら、あんたらは千里眼《せんりがん》だね。

わしは革命に反対じゃないとはいったが、賛成だといった覚えはないぞ。あくまで反対じゃないだけだ。殺し合いをしたくないんだ。この数年、いやというほどしてきたじゃないか」

「連立内閣を作ったって書いてあるじゃない」父さんが口をひらく前に、母さんがそういって、がくぜんとしながら新聞から顔をあげた。

「なんだって？」父さんは新聞をよく読んだ。

「いったじゃないか。団結したんだよ」オスヴィンがいった。「人民代表委員会が作られたんだ。具体的には社会民主党から三人、独立社会民主党から三人で構成されているってことだ。公平じゃないかい？」

「なにが公平だ！」父さんはどなった。「こんなの詐欺《さぎ》だ！　昨日、独立社会民主党はリープクネヒトの要求に賛成していた。それがいまは団結っていうエーベルトの言葉に乗せられ、リープクネヒトを追いだしにかかったってわけか。エーベルトとシャイデマンは当然、人民代表委員会に入っている。それも議長職だ！」父さんは『前進』を食卓に投げて、台所を行ったり来たりした。「独立社会民主党の奴ら、エーベルトの策略《さくりゃく》を見抜けないで、社会民主党と独立社会民主党の連立内閣が作れれば成功だと思っている。ということは、エーベルトが咳《せき》をすれば、ひっくりかえる連中もいるってことだな」

「なにをいってるんだ、ルディ！　あんたのいうことが、ほんとにわからんぞ。団結は力だって、昔はいっていたじゃないか」

「もちろん団結は大事さ」父さんはいった。「だけど、なにを目的にするかが問題だ。目的は新しい国家でなくちゃいけない。将軍や皇帝に忠誠《ちゅうせい》を誓った官僚《かんりょう》やおれたちを搾取《さくしゅ》した資本家のいない人民の国家でなくちゃ。連中は雑草さ。根こそぎにしないと、何度でも生えてくる」

「あんた、本当にスパルタクス団員になっちまったんだな」オスヴィンは、これ以上話しあってもしようがないという顔をした。「なにもかも屈服《くっぷく》させないと気がすまないんだ。ひとまずエーベルトにやらせてみたらいいじゃないか。彼になにができて、これからどうするつもりか、時間を与えなかったら、判断することだってできないはずじゃないか」

「オスヴィン」母さんが口をはさんだ。「エーベルトとシャイデマンになにができて、どうするつもりかは、わかりきったことじゃない。あたしたちは身をもって味わったでしょう。それとも、あたしたちが戦争に反対してデモをしたとき、彼らがどっち側についたか、もう忘れたの？　警察がサーベルをふりまわすのを認めて、あたしたちの要求には応じなかったわ」

オスヴィンは新聞をたたんで、立ちあがろうとした。父さんは、オスヴィンの肩をつかんでひきとめた。

「オスヴィン！　考えはちがっても、友だちでいようじゃないか」

オスヴィンはふたたびすわった。

「それで、あんたたちの考えでは、これからどうなるんだね？　殺し合いかい？」

「おれたちはだれも殺さないさ」父さんは気持ちをおさえていった。「意見がちがうからって、殺したりするものか。だけど、おれたちにも意見はある。そして主張する。下劣《げれつ》ないかさまで、だいなしにされてたまるか」

父さんとオスヴィンはだまりこんだ。ふたりとも、にっちもさっちもいかないところまで行きついてしまった。望んでいることはおなじなのに、進もうとする道がちがうのだ。

「今日の午後、評議会をひらいても意味があるのかしら？」母さんがいった。「あたしたちを抜きにして、とっくに話がついているのなら、評議会なんてただの茶番《ちゃばん》だわ」

父さんは肩をすくめた。

「それがおれたちの最後の機会だ。エーベルトの人民代表委員会は一種の暫定《ざんてい》政府だ。ブッシュ・サーカスでおれたちが多数派になれば、労兵《ろうへい》評議会がエーベルトの人民代表委員会を監視できるだろう。だけど、多数派にならなかったら、最悪なことになるな」

「悪いんだが、ルディ」オスヴィンは首をふりながらいった。「あんたが望んでいることは、分裂じゃないか。わしは四十年以上社会民主党員だった。入党したのは、ビスマルク(＊12)によって禁止されていた時代だ。党がすることに、いつも賛成してきたわけじゃない。だがな、ひとつだけ、ずっと支持してきたことがある。団結だよ！　おれたちは団結したとき力を持つんだ。いまは社会民主党、独立社会民主党、スパルタクス団に分裂しているが、こんなふうに小さなグループに分裂するべきじゃないんだ。どんどん分裂していって、お互いにちがうことを望み、邪魔《じゃま》をしあうことになる」

「おれたちだって、分裂を望んでいるわけじゃない。そういう状況にあるってことだ。それがわからないのか？」父さんは、痛みを感じたのか、なくした腕の付け根を手でおさえた。「エーベルトが人民代表委員会を作ったのはなぜだ？　まず選挙をしてからでも遅くなかったんじゃないか？　だけど、それがあいつの望みじゃない。あいつは、おれたちのスープに水をまぜて薄める気なのさ。これまでの体制とおれたちが望んでいるものをごちゃまぜにする気だ。エーベルトが政治の実権をにぎるかぎり、将軍と資本家がいっしょに政治をするっていうことなんだ。あいつらはすでに一度、おれたちを不幸のどん底に突き落とした。あいつらを野放しにしたら、きっとまたするだろうよ。そんなことを、おれたちが指をくわえて見ていると思うのか？」

「『われわれはじっと耐《た》えるべきだ』」母さんは、オスヴィンが持ってきた『前進』を見ながらいった。「『じっと耐えるべきだ！』だけど、もう十分耐えてきたんじゃないの？　もうがまんならないのよ。自分のことは自分で決めたいの」

しばらくのあいだ、オスヴィンはなにもいわなかった。それからこうたずねた。

「ナウケの葬儀《そうぎ》のことはなにか考えているのかい？」

「革命の犠牲者《ぎせいしゃ》はフリードリヒスハインの墓地に埋葬《まいそう》されることになっている」父さんは答えた。「そういう知らせがあった。いっしょに来るだろう？」

オスヴィンはすこし迷ってから、うなずいた。

「オスヴィン！」母さんがいった。「なんでわかってくれないの？　あたしたち、友だちでしょう？」

「わからないではないさ」オスヴィンはいった。そしてかすかに笑《え》みを浮かべた。「だけど、どうしようもないんだ。あんたたちが要求していることが怖《こわ》いんだよ」

サーカスの中のサーカス

シュプレー川の川岸にたつ大きな石のドームに向かっていたのは、母さん、父さん、そしてヘレの三人だけではなかった。四方八方から男や女がやってくる。近くの証券取引所駅からも人々がぞくぞくとやってくる。

父さんはあたりをきょろきょろ見まわしながら、不思議そうにいった。

「兵士の評議員がひとりも見あたらないな」

「もう会場に入っているのかもしれないわね」母さんがいった。

「そうかもしれないな」父さんはいった。「そうだとしたら、なにか理由があるはずだ。わけもなく、三十分も前に集まるはずがない」

巨大なドームの入り口に兵士たちが立っていて、中に入ろうとする労働者の評議員を検査していた。兵士たちは、やってくる人々の顔を怖い目でにらんでいた。

ヘレも会場に入りたかった。選挙がどうなるか気になってしかたなかったのだ。だから両親にくっついて出てきたのだが、兵士の検査を見て、中に連れて入ってくれと頼むのはあきらめた。父さんは、母さんといっしょに中に入るために一計を案じた。だが入り口の兵士は父さんを通してくれそうになかった。

「戦友、これはおれの妻なんだ」父さんは兵士のひとりに説明した。「評議員に選ばれたんだが、病気で、おれの助けがいるんだよ」

「そういうことならいいだろう」兵士は、前に並んでいる労働者よりも、軍用コートを着ている父さんに親切だった。兵士はなくなっている片腕を指さした。「どうしたんだ？」

「フランスの榴弾《りゅうだん》だよ」

「ついてなかったな！　だけど、もうすぐ平和になるぞ」

父さんと母さんは一度だけふりかえって、手をふった。ヘレも手をふりかえしたが、立ち去りはしなかった。シュルテばあさんのところからマルタをひきとって、台所でトランプをする気になれなかったのだ。ブッシュ・サーカスのまわりにたむろしていたのはヘレだけではなかった。冷たい風に吹かれながら、男や女、若者までがそこに集まって、小声でしゃべり、タバコをふかし、会議の結果が出るのを待っていた。

みんな、会場に入って、なにが起こるか知りたいのだろう。ヘレはゆっくりとサーカスのドームのまわりを歩いた。裏手に行けば、壁がそんなに高くないかもしれない。そうすれば、壁をこえて、中にもぐりこめるかもしれない。だがヘレの期待はあっさり打ち砕《くだ》かれた。サーカスはまさに砦《とりで》なみの作りで、入り口からしか入りようがなかった。しかも、正門以外はすべて閉じてあった。

シュプレー川から風が強く吹いてきた。月明かりに輝く川が護岸《ごがん》にあたって水音をたてている。ヘレはぶるっとふるえて、首をひっこめた。体を温めるためにまた歩きだそうとして、ふと足を止めた。サーカスの裏手から近づいてくる男女の集団がいる。大声でなにやらしゃべっている。

いま聞こえた女の声はトルーデじゃないか。

その集団が街灯《がいとう》の光の中に入るのを待った。ヘレはうれしくて飛びあがりそうになった。しゃべっていたのはやはりトルーデだ。しかも、となりを歩いているのはクラーマーおじさんだ。

「ヘレか？　ヘルムート・ゲープハルト」クラーマーおじさんも喜んだ。「いやあ、なつかしいな」そしてヘレがずっと気になっていた質問をクラーマーおじさんがした。「おれが捕《つか》まったとき、通りにいたのはおまえだろう？」

ヘレはうなずいた。

「すぐにわかったぜ。だけど、へたに反応したらまずいと思ったんだ。おまえが疑われてしまうと思ってな」

「実際、ヘレは例の包みを持っていたしね」トルーデはいった。ほかの大人たちがヘレをじろじろ見た。知らない顔ばかりだ。トルーデとクラーマーおじさんをのぞけば、顔見知りはアッツェくらいしかいない。

「包みはまだ預かっているよ」ヘレはいった。

「どこにあるんだ？」

ヘレは、包みを三階の床下《ゆかした》にもどすようナウケにいわれたことを話した。

「これで、あの包みがおれたちの仲間のところで見つかることはないわけだ」クラーマーおじさんは満足そうにいった。「みんな、元気か？　ルディはまだ前線か？」

ヘレは手短《てみじか》に話すようにした。クラーマーおじさんたちがブッシュ・サーカスに急いでいたからだ。そのとき、ヘレの中で新たな希望が芽生えた。クラーマーおじさんに頼めば、中に連れて入ってもらえるかもしれない。クラーマーおじさんは、ほかの大人がしないようなことをよくしてくれた。以前、あるアパートの入り口に、「中庭では子どもの遊びを禁ずる。所有者より」という看板《かんばん》を見つけたとき、なにくわぬ顔でその前に立ち、ドライバーを背中にまわして、看板のネジをはずした。ヘレは気が気ではなかった。だが、看板をはずすと、クラーマーおじさんはそのままごみ箱に捨てて、立ち去った。

「それじゃ、ルディとマリーに会えるかもしれないな」父さんが負傷したことを知って、クラーマーおじさんは顔を曇《くも》らせた。「会えなかったら、おれからよろしくといってくれ。近いうちに訪ねるってな」クラーマーおじさんはヘレに手をさしだした。

ヘレは手をにぎらなかった。

「ぼくのことを連れて入ってくれない？」

「つけヒゲでもする気かい？」アッツェが笑った。

ヘレは、父さんがやった手を使うつもりだった。

「病気で、助けがいるっていえばいいいんだよ。ぼくが支えていないと、一歩も歩けないって。そうすれば、中に入れてくれると思うんだ」

「一丁《いっちょう》やってみるか。だめでもともと。うまくいけば、めっけもんだ」

クラーマーおじさんとヘレは、集団から離れた。クラーマーおじさんはヘレの肩に体をあずけ、元気のない顔をした。実際、わざとそういう顔をしなくてもすむくらい顔色が悪かった。牢屋《ろうや》はひどかったか聞いてみたかったが、そのひまはなかった。

正門の前にはまだ野次馬《やじうま》がたむろしていた。ヘレは、心臓がばくばくしてきた。兵士たちのところに近づくにつれ、足までがくがくした。

「怖《こわ》がるんじゃない!」クラーマーおじさんはささやいた。「うまくいくさ。どっちにしろ、おれは元気には見えないからな」

実際うまくいった。入り口の兵士はヘレのことをたずねもしなかった。病気でやつれた男に付き添いがいるのは当然だと思っているようだった。

入り口の兵士が見えなくなると、クラーマーおじさんはすっと体をのばした。

「どうだい。おまえが大きくなったら、漫才《まんざい》でデビューしようじゃないか」

ヘレはあたりを見まわした。さっきまでの不安などはどこかに消え、見渡すかぎり人で埋《う》まったブッシュ・サーカスに目を奪われた。以前ここにサーカスを見にきたことがある。戦争がはじまる前のことで、ヘレはまだ幼《おさな》かった。子ども向けのプログラムがあり、エルヴィンもそのときはいっしょだった。ヘレと弟のエルヴィンは、リングを照らす色とりどりの照明に目を丸くした。そのときの胸のときめきを、ヘレは長いあいだ忘れられなかった。しかしいま、目《ま》の当たりにしている光景はまったくちがっていた。サーカス会場は当時とおなじように人で埋《う》まっていた。しかしところ狭《せま》しとすわっているのは、胸をわくわくさせた子どもたちではなく、気むずかしそうな顔をした男たちだった。その中に女もすこしだけまじっている。リングにテーブルが置かれ、そこにネクタイ姿の男たちがすわっている。その男たちを照らしだしているスポットライトは色がついていなくて、一様に白くぎらぎらし、いやがうえにも緊張感を高めていた。

「なんだこりゃ！　兵士だらけじゃないか」

最初に気づいたのはアッツェだった。すぐにほかのみんなも、最前列の席が兵士で埋めつくされていることに気がついた。

兵士たちは本当に、ひと足先に会場に入っていたのだ。どうして労働者よりも先に会場に入ったか、理由は明らかだ。会場の最前列を占《し》めることで、リングにいる男たちと労働者の評議員を遮断《しゃだん》するつもりなのだ。

クラーマーおじさんは帽子を脱ぐと、頭をかいた。

「くやしいが、まったくうまいことをしやがるな、エーベルトの野郎は！」

「わざとだと思う？」トルーデがたずねた。

「まちがいないさ！　エーベルトの支持者が兵舎を順にまわって、おれたちに反対するようけしかけているのを見たからな。労兵評議会《ろうへいひょうぎかい》を牛耳《ぎゅうじ》るためだったとは、思いもしなかった」

上の階の席がまだあいていた。クラーマーおじさんたちはそこに陣取《じんど》ることになった。ヘレもトルーデとクラーマーおじさんのあいだにすわって、父さんと母さんの顔が見えないかさがした。だがあまりに人が多くて、見つけるのは無理だったし、建物の反対側の人など顔もわからなかった。

「静かに！」リングにいる男のひとりが鐘《かね》を鳴らし、喧噪《けんそう》がすこし静まると、最初の演説がはじまることを告げた。

まわりがうるさくて、ヘレは演説者の名前が聞きとれなかった。演説者が立ちあがると、トルーデがうんざりしたような声でいった。

「やっぱりね！　エーベルトだわ！　会議場を仲間で埋めつくしただけじゃ足りなくて、最初にしゃべりたがるなんてね」

「まあ、しかたないさ」アッツェがいった。「サーカスには道化《どうけ》がつきものだからな。ブッシュ・サーカスでエーベルトの特別出演でございい、だ」

まわりで数人が笑ったが、ほとんどの人はじっとリングを見つめている。

首が短く、あごひげとくちひげをはやした小太りの男。あれがエーベルトなのだ。ヘレは拍子《ひょうし》抜《ぬ》けした。エーベルトはもっと危険で、強情な奴だと思っていたのだ。ナシのような頭の太った男は、ぜんぜん恐ろしそうに見えない。むしろ父親のような厳しさで演説をはじめた。

「諸君、すぐに平安と秩序を取りもどさなければ、国民の食料を調達することもままならないだろう。また労働者が完璧な勝利をおさめるためにも、平安と秩序が不可欠である」

エーベルトは「平安と秩序」という言葉を連発し、国民の利益を優先することが必要だと訴《うった》えた。そして、社会民主党と独立社会民主党の軋轢《あつれき》はついに取り除かれ、連立内閣を発足《ほっそく》することで一致したと満足そうに宣言した。それからは、しゃべり方まで穏《おだ》やかになり、聴衆の気持ちをつかんで、その場にいる大多数の人が聞きたがっていることを語った。大声でやじを飛ばす者はほとんどなく、演説が終わると、拍手喝采《はくしゅかっさい》に包まれた。

「ここはいったいどこなんだ？」クラーマーおじさんの連れがいった。「ここにいる連中は何者だ？」

クラーマーおじさんはあたりを見まわした。

「団結というエーベルトの決まり文句に、みんな、感動しているように見えるが、どうやら今日の午前中選ばれた労働者評議員のほとんどは社会民主党員のようだな」クラーマーおじさんは首を横にふった。「昨日だったら、こうはならなかったのに。うちの仲間は、物忘れが早すぎるぜ」

エーベルトの次に演説したのは独立社会民主党の議員ハーゼ(▼9)だった。

「ハーゼなんか、ろくでもない」アッツェがいった。

たしかにそのとおりだった。ハーゼの演説は、エーベルトがいったことの焼き直しでしかなかった。

三人目の演説者はリープクネヒトだった。ヘレはそれまで、リープクネヒトにまったく気がつかなかった。リープクネヒトはテーブルの端にすわり、となりの人とずっと話しこんでいた。名前を呼ばれたリープクネヒトが腰をあげた。みんなが、耳をそばだてた。

リープクネヒトの話はエーベルトやハーゼとはまったくちがっていた。熱を帯び、激しい演説で、先に演説したふたりを真っ向から否定した。

「諸君の歓喜のワインに水を注がねばならない。反革命はすでに進軍をはじめている。すでに行動に移っているのだ！　彼らはすでにわれわれのふところにもぐりこんでいる」

エーベルトとその仲間たちのことをいっているのは明らかだった。クラーマーおじさんたち、階上席の者たちから拍手があがった。だがその場にいたほとんどの者は、リープクネヒトの主張に納得していなかった。とくに、兵士たちが騒ぎだした。リープクネヒトが演説をつづけようとすると、騒ぎがひどくなった。

「団結！　団結！」兵士たちが声をそろえて合唱した。「みんな、団結しよう！」

「とんでもないわ！」トルーデが情けなさそうにいった。「エーベルトの決まり文句じゃないの！」

リープクネヒトはそれでも演説をつづけようとしたが、彼の言葉は怒号《どごう》にかき消された。

「内輪《うちわ》もめはたくさんだ！」年をとった労働者が叫んだ。「血を流すのはたくさんだ！　平和とパンが欲しい！」

「おれたちだって、おなじ気持ちだよ！」アッツェが突然叫んだ。「だけど、おれたちを戦争にかりたてて、ひどい目にあわせた奴らの口車《くちぐるま》にのりたくない。おれたちの望みは労働者の共和国だ。労働者を裏切った奴らの共和国じゃない」

「それならロシア人のところに行け！　あっちには、おまえの望む共和国があるぞ」

「おれはベルリンっ子だ。ロシア人じゃない！」アッツェはいいかえしたが、やじり倒された。

「静かに！」リングに並べた机にすわっていた男たちが叫んだ。開会の言葉をのべた鉄メガネのやせた男が声をあげた。男は名簿を前に出し、前置きをしてから、執行《しっこう》会議の名簿を読みあげた。リープクネヒトの名前も入っていた。

するど、ひとりの兵士が立ちあがった。

「名簿には独立社会民主党とスパルタクス団しか入っていないじゃないか」

すかさずエーベルトが立って、そのような会議は余計《よけい》だ、もし必要なら、人民代表委員会とおなじようにエーベルト自身が各派平等に選出しなければならないといった。

「どうなってるの？」ヘレは、リングのなりゆきを険《けわ》しい目で見つめているクラーマーおじさんにたずねた。

「つまり、エーベルトは、自分が作った人民代表委員会を監視する委員会にまで口をはさもうとしているのさ」クラーマーおじさんは異様に静かな口調でいった。「エーベルトは自分のことを監視しようというのさ。各派平等に選出というのは、それぞれの党からおなじ割合で執行委員を選ぼうという提案だ。だがそうなれば、執行委員はなんの意味もなくなる。政府に反対することができなくなるからな」

メガネの男は、執行会議にエーベルトの息のかかった者が選ばれるなら、職を辞《じ》すといいだした。

「社会民主党といっしょに働くくらいなら、拳銃《けんじゅう》で頭を撃《う》ち抜くほうがましだ」

ふたたび大騒ぎになった。最前列の兵士が銃をふりあげたり、サーベルを抜いたりしながら、リングに押し寄せた。

「団結！　団結！」

「各派平等！　各派平等！」

兵士たちは叫んだ。

リープクネヒトとリングにいたもうひとりの男が兵士に話しかけようとしたが、やじり倒されてしまった。

「サーカスの中のサーカスだわ！」トルーデが悲しそうにいった。「こんなことのために、ナウケは死んだのね」

「そう悲観するな」クラーマーおじさんはトルーデの肩に腕をまわした。「まだ今晩は終わっていない。いいか、ナウケはあんな茶番《ちゃばん》のために死んだわけじゃない」

脱帽《だつぼう》！

サーカスの前にはまだ老若男女《ろうにゃくなんにょ》がたむろしていた。みんな、悄然《しょうぜん》とした顔をしていた。会場がどんな騒ぎになっているかわかっているようだ。ヘレは手に息を吹きかけた。シュプレー川から吹いてくる風はさっきよりも冷たくなっていた。凍《い》てつく風といってもいいだろう。夜も更《ふ》けていた。ヘレは、両親が出てくるのをしばらく前から待っていた。執行会議のメンバーが決まったあと、クラーマーおじさんたちは失望して会場をあとにした。エーベルトの内閣を監視する労兵《ろうへい》評議会執行会議は十四人の労兵評議員で構成されることになっていたが、そこに七人の社会民主党員が加わることになった。こうして労《ろう》兵《へい》評議会執行《しっこう》会議で、エーベルトは二十一分の七票を得たことになる。しかも委員を選ぶ段階で、兵士評議員がエーベルト側についていることがはっきりした。

リープクネヒトなどスパルタクス団の代表者たちは、選出の結果がどうなるかわかっていたにちがいない。武器を持つ兵士に脅《おど》される中で交渉はできないと、執行委員の投票をする前に会場から出ていった。

会場から合唱が聞こえた。インターナショナルの歌だ！　会議は終わりに近づいたようだ。ヘレは、両親を見逃さないように、入り口近くにはりついた。両親は、最初に出てきた一団にまじっていた。

「まだいたのか？」父さんはおどろいた声をあげ、母さんは怖《こわ》い顔をした。「ずっとこんな寒いところにいたの？」

ヘレはようやくクラーマーおじさんの話ができた。ナウケに頼まれて包みを運ぶ手伝いをしたことから、おじさんが逮捕《たいほ》されたこと、そしておじさんが両親によろしくといっていたことまで。

両親はびっくりして、なんといっていいかわからずにいた。クラーマーおじさんのうわさを聞かなくなってしばらくになる。それが、突然こんなに話を聞かされることになるとは。母さんは、ヘレがおじさんのところに包みを運んで危険な目にあったと知って眉《まゆ》をひそめた。父さんは、おじさんに会えなかったことを残念がった。両親のそれぞれの思いは、表情からちゃんと読みとれた。

「失敗に終わった」もの問いたげなヘレのまなざしに気づいて、父さんはいった。「なにもかも失敗に終わったよ。勝ったはずだったのに、負けちまった」

両親はヘレを連れて、夜の闇《やみ》に包まれた通りをだまって歩いた。母さんが父さんと腕を組んだ。

「もっと絶望的なときもあったじゃない。まだ完全に負けたわけじゃないわ」

「まだ今晩は終わっていない」と、クラーマーおじさんもいっていた。

父さんがうなずいた。

「そうだな、マリー。ここであせっちゃいけないんだ。これからはもっと慎重にならなくちゃいけない。ヴィルヘルム皇帝に反旗《はんき》を翻《ひるがえ》したときは、前線がどこかはっきりしていた。だれが味方で、だれが敵かわかっていた。これからは、だれが同志で、だれと戦っているのかしっかり見極めなくちゃいけない」

証券取引所駅で、汽車が陸橋を渡った。ガタゴト音をたて、蒸気をはいた。汽車がはなつ光が、三つ星のように見えた。

「そういえば、昔、ちゃんとした旅行がしてみたいって夢を描いたことがあったわね」母さんがいった。

「北海の海岸かチューリンゲンの森なんかに」

「おれも戦地で何度も夢見たよ」父さんがいった。「すると、このまま家に帰れないんじゃないか、旅行なんて夢のまた夢なんじゃないかって、悲しくなった」

「でも、いつか旅行に行けるわよね？」

「もちろんさ。おれたちはまだ若いんだからな」父さんは小さく笑った。

アパートの前で、両親はヘレと別れた。母さんは工場に行かなければならなかった。母さんを選んだ女工《じょこう》たちが工場で待っているのだという。父さんはそこにつきあうことにした。ヘレはひとりで中庭を抜けた。

最初の中庭は静かだった。ふたつ目の中庭では、ごみ箱でネズミががさごそ動いていた。三つ目の中庭では、横の階段に肩を寄せあう影があった。金髪のリーケとその恋人だ。四つ目の中庭は死んだようにひっそり静まりかえっていた。いくつかの窓から淡《あわ》い光がもれている。どこかで赤ん坊の泣き声がした。だがハンスぼうやではない。泣き方がちがう。

ヘレは奇妙な感覚にとらわれた。中庭はいつもと変わりない。革命なんてなかったみたいだ。ナウケもまだ生きているような気がした。街じゅうが騒ぎのまっただ中にあるなんて信じられない。この二日間、中庭から出なかったら、街の変化にまったく気づかないだろう。

フィーリッツの半地下の家には明かりがついていなかった。アンニの母親はもう仕事に出かけたのだろう。アンニと妹たちはすでに眠っているにちがいない。だがオスヴィンの掘《ほ》っ立《た》て小屋からは、うっすらと明かりがもれている。ヘレはそっと小屋の窓に近づいて中をのぞいた。

オスヴィンは服を洗っていた。たらいに向かって、シャツをごしごしこすっている。ヘレは静かに窓をたたいた。

オスヴィンは顔をあげると、窓のところへやってきてあけた。

「なんだ、おまえかい。サーカスに行ってたのか?」

ヘレはだまってうなずくと、ぽつりといった。

「七十年前にあった革命(▼10)のことを話してくれるって前にいってたよね」

「いま、聞きたいってのか？」オスヴィンはおどろいた。

いけないいだろうか？　マルタとハンスぼうやはシュルテばあさんのところだ。ヘレにはまだ時間がある。疲れてもいない。それどころか、いままでになく元気だ。

「まあ、いいだろう。入りな。最初にサーカスでなにがあったか教えてくれ。そしたら、七十年前にあったことを話してやるよ」


掘っ立て小屋の中は暖かかった。暖かくて、じめじめしていた。洗濯物《せんたくもの》のにおいがする。ヘレはオスヴィンのベッドにすわって話しはじめた。話を聞きながらオスヴィンはシャツを洗った。ヘレがエーベルトの仲間たちのことを悪くいうたび、「そりゃしかたがない」といった。だが兵士が武器をふりまわしたという話は気に入らなかったようだ。ヘレが話し終わると、オスヴィンはいった。

「賢《かしこ》いやり方じゃないな。そういう汚《きたな》いやり方はまずい」

ぼろ布の上に渡したひもにシャツをかけると、オスヴィンは真っ赤に灼《や》けた小さな円筒形《えんとう》ストーブにやかんをかけ、ものすごいにおいのパイプをふかした。ヘレはじっと待った。せっついてもむだなことは知っていた。

「まあ、なんというか」パイプに火がつくと、ヘレのとなりにすわって、オスヴィンは話しはじめた。

「はじまりはおれたちのところじゃなかったんだ。最初はパリさ。フランス人が王さまを追いだしたんだ。ちょうど昨日、おれたちがヴィルヘルムを追いだしたようにな。で、パリで革命があったことを、プロイセン国王に虐《しいた》げられていたベルリン市民が聞きつけたんだ。市民は集会をひらいて、話しあい、もっと自由をよこせって要求したんだ。労働者と職人、それから商人もいたかな。彼らは要求を箇条書《かじょうが》きして国王にさしだすことにした。要求の中には、言論と報道と集会の自由とかそういったもののほかに、代議員制の要求も入っていた。十人の代表が国王に要求書を渡すことになった。だけど国王は受けとるのを拒《こば》んだんだ。それどころか軍隊を動員して、要所要所に大砲《たいほう》を据《す》えて、騎馬隊《きばたい》に市内を巡回《じゅんかい》させた。国王は『愛すべきベルリン市民』におどしをかけようとしたんだ。それでも、市民が集会をひらこうとすると、騎馬兵を集会場所に突撃《とつげき》させた。騎馬隊はサーベルで丸腰《まるごし》の市民をなぎたおしたんだ。怪我人《けがにん》がおおぜい出て、死者も出た。当然、市民の怒りは高まった。市民は横暴《おうぼう》な国王に抵抗し、国王もやりかえして、ついには大砲まで撃《う》ったんだ。またしても死傷者が出た」

ヘレには、オスヴィンの話が目に浮かぶようだった。今年の一月と二月、反戦デモが頂点に達したとき、騎馬警官が群衆の中につっこんだ。

「それで、新しい要求が生まれたんだ」オスヴィンは話をつづけた。「軍隊の撤収《てっしゅう》だよ。国王が大砲を撃つなら、ベルリン市民は臣下《しんか》であることをやめるといいだしたんだ。それでも国王は兵士を撤退させなかった。そのくらい『愛すべきベルリン市民』を恐れていたのさ。しかし三月十七日から十八日にかけての夜、国王は検閲《けんえつ》の廃止を決め、議会の招集《しょうしゅう》を布告《ふこく》した。国王が市民に譲歩《じょうほ》したものはたいしたことなかったが、それでも市民は大喜びした。国王が王宮のバルコニーで演説をするというので、市民は王宮に殺到した。国王がバルコニーに姿をあらわすと、市民はこぞって歓声をあげた。だがどんどん人が押しかけて、先頭にいた人々が王宮の門に押しつけられた。そのとき市民は王宮に配置された軍隊を見て、自分たちの一番大事な要求が反故《ほご》にされていることに気づいたんだ。出ていけ、兵隊、出ていけ、軍隊。市民は叫んだ。その声は野火《のび》のように広がった。すると、国王は騎馬隊を動かした。王宮の前に集まった人々は、軍隊が撤収すると思って、歓声をあげた。ところが、騎馬隊はいっせいに向きを変え、サーベルを抜いて、市民の中に突撃したんだ。王宮の中央の門からも銃剣《じゅうけん》をさした歩兵《ほへい》部隊がやってきて、銃声が二発とどろいたというわけさ」

ヘレはオスヴィンのベッドに体をのばして、横になり、ほお杖《づえ》をついていた。話に夢中になっているオスヴィンから、ヘレは目をはなせなかった。

「昔もいまもおなじだね」ヘレは小さな声でいった。

「なんでだ？」

「言論の自由だよ。リープクネヒトは、『戦争反対』といって捕《つか》まったじゃないか。それに、サーカスでサーベルを抜いた兵士たちもおなじさ。労働者におどしをかけようとしたわけでしょう？」

「ふむ」七十年前と似ていることに気づいて、オスヴィンも言葉を失ったようだ。話すのをやめて、考えこんだ。

「それからサーベルを抜いて突撃した騎馬隊だって、いまもいるじゃない。いまは騎馬警察だけどさ」

「そんなになにもかもわかっているなら、なんでわしに話させるんだ？」機嫌《きげん》を損《そこ》ねたのか、オスヴィンはパイプをかんだ。だがすぐにまた、こういった。

「どこまで話したかな？」

「銃声《じゅうせい》がとどろいたところだよ」

「おお、そうだった。それでまたもやだれにも証明できないことが起こったんだ。国王は、銃声が装塡《そうてん》したときの暴発《ぼうはつ》だったといううわさを流した。わざとではなかった。それどころか、愛すべき臣民《しんみん》には髪一本触れないよう軍隊には特別に命令していたというんだ。本当かどうか、とうとうわからずじまいさ。だが王宮の前に集まった市民は、国王が発砲《はっぽう》させたと思いこんで、暴動になった。馬車をひっくりかえし、井戸にかけたあずまやを壊《こわ》し、羊毛の袋や材木であっというまにバリケードを築いたんだ。わずか数時間で、ベルリンじゅうに千をこえるバリケードができたっていう話だ。いまから比べたら、当時のベルリンはずっと小さかったんだがな。で、市民はそのうえ、つるはしや剣やハンマーや熊手《くまで》や斧《おの》や厚板《あついた》を持ちだして武器にしたんだ。錆《さ》びかけた拳銃《けんじゅう》までどこかから引っぱりだしてきたっていうよ。国王は攻撃を命じた。国王の息子、そいつもヴィルヘルムといったが、そいつは榴弾砲《りゅうだんほう》まで発砲させた。バリケードに立てこもった市民、とくに若い連中は懸命《けんめい》に防戦した。だけど数で負けていたうえに、大砲《たいほう》を撃《う》たれては相手にならない。市民は絶望していたけど、誇《ほこ》りだけは失うまいとしたんだ。この国王にだけは、目にもの見せてやるってな」

湯が沸《わ》いたので、オスヴィンは乾燥したペパーミントの葉を入れて、カップになみなみ注いでヘレに渡した。

ヘレはあつあつのハーブティーに息を吹きかけて冷まし、話すのをやめてしまったオスヴィンに、しばらくしてからたずねた。

「なんでそんなに詳《くわ》しいの?」

「おやじが蜂起《ほうき》に加わっていたんだ。なにもかも詳しく話してくれたよ。それも一度だけじゃない。何度も何度も聞かされたんだ。そういや、ふたりの若者の話もよくしてくれたな。おやじはそのふたりを直接知らなかったけど、仲間から聞いたんだ。ひとりはヴィルヘルム、錠前師《じょうまえし》だ。もうひとりはエルンストといって、まだ見習いだった。猟師《イェーガー》通りのどこかでバリケードをふたりだけで守っていたそうだ。ヴィルヘルムは古いライフル銃を持っていて、エルンストは錆びついたサーベルだ。兵隊がせまってきたとき、ヴィルヘルムは兵隊めがけて撃ったが、逆に弾《たま》に当たって、撃ちかえせなくなった。それでもエルンストはあきらめず、サーベルをふりあげて、将校《しょうこう》に飛びかかり、斬《き》りつけたそうだ。たくさんの兵隊がエルンストを狙《ねら》って発砲したけど、うまく弾をかいくぐって、舗装《ほそう》道路の石を投げて抵抗した。兵隊はそれに応戦した。今度は何発も弾に当たって、エルンストは近くの家に逃げこみ、そこで息たえたそうだ。とんでもないやつだ!」

オスヴィンは咳《せき》が出て、話がつづけられなくなった。ヘレも一服する必要があった。

「すごい英雄じゃない」ヘレはいった。

オスヴィンは首をかしげた。

「昔は、わしもそう思った。だがいまは、本当にそうかなと思ってる。ふたりは、そのとき死んだほかの人とおなじように、正義のために戦っていると思っていたはずだ。もちろんその正義は、彼らから見た正義でしかないがな。それから、どうなったと思う？　国王は譲歩《じょうほ》して、軍隊を撤収《てっしゅう》したんだ。そして死者をおさめた柩《ひつぎ》を王宮広場に並べて、国王は敬礼した。そのときだれかが叫んだ。『脱帽《だつぼう》！』国王は帽子を脱いだそうだ。だけど、よく考えたら、バリケードで戦った闘士《とうし》が手に入れたのは、それだけだったんだ。そのあとの政治の変化は進歩だといわれているけど、わしらにはなんにももたらさなかった。わしら労働者は大変な犠牲《ぎせい》を払ったけど、得をしたのはいまでも大口《おおぐち》をたたいている中産階級だけだったのさ。この数十年、どんなありさまだったか見ればわかるだろう！　連中は工場と豪邸《ごうてい》を建て、わしらはあいつらの工場で働く。それもスズメの涙のような賃金《ちんぎん》でな！　しかもあいつらが建てたアパートに住んで、あいかわらずじめじめしたところで、貧しい暮らしをしているじゃないか」オスヴィンはドアの外を指さした。「このみすぼらしいアパートは黄金の泡沫《ほうまつ》会社乱立時代の結果だ。そしてその時代はみんながいまでも夢中になってる革命の産物なんだよ」

ヘレは言葉が出なかった。結局、敗北となった勝利。終わりがよくない。

オスヴィンがいった。

「ところで、今回の革命で、わしらになにができたんだ？　皇帝はいなくなった。だが、当時の『脱帽！』とおなじだな。ナウケが死んだ。ほかにも死んだ者がいる。当時、バリケードで戦った者たちとおなじだ」

「だから、父さんは、それだけで終わらせたくないんじゃないか」ヘレは小さな声でいった。

オスヴィンは結局、ヘレの父さんを批判してしまった。はっきりとそういったわけではないが、批判になってしまったことは、オスヴィンも気づいていた。

「もちろんだ。ルディはそれ以上を望んでいる。リープクネヒトもそうだ」オスヴィンは『前進』の切れ端を丸めて、ストーブにかざし、火がついた紙切れでもう一度、パイプに火をつけた。

「問題は、なにを望んでいるかじゃないんだ。それでどうなるかなんだよ。不正との戦いに身を投じる。聞こえはいいが、はたして報《むく》われるのかね？ 武器をとって戦ったら、それ自体、不正になりはしないかね？ そしたら、またしてもほかのだれかが不正な目にあうことになるんじゃないか？ 結局、世界の歴史は不正の連続なんじゃないのか？」

ヘレには、返事のしようがなかった。

「みんなが犠牲《ぎせい》を払ってもなんにもならないんじゃないかね。わしはそのことが心配なんだよ」そういうとオスヴィンは、そこに答えがあるとでもいうように、窓の外を見た。「物事をすばやく変えようとすることに、そもそも意味があるのかどうか、そこのところがわしにはよくわからないんだ。だから、革命や血を流すことに反対なんだよ。不正と戦うには時間がかかるんだ。武器で戦ってはだめだ」

ヘレは立ちあがると、ドアのほうに歩いていった。

「気に入らないか？」

「うん」ヘレは正直にいった。なぜなら、不正を正そうとすれば、別の新しい不正が生まれるというのが本当なら、なにも変えず、どんなにひどい目にあっていても、じっとがまんしたほうがいいということとになってしまう。戦争でたくさんの犠牲者《ぎせいしゃ》が出ているときに、のんびり変化を待っているような悠長《ゆうちょう》なことはできない。父さんなら、そう答えていただろう。もうすこし口が達者だったら、ヘレもそういっていたにちがいない。

＊8　リープクネヒト　カール・リープクネヒト（一八七一年―一九一九年）、社会民主党の帝国議会議員。ローザ・ルクセンブルクとともにスパルタクス団を結成。

＊9「ヴィルヘルムが引退したんだ」　帝国宰相だったマックス・フォン・バーデン大公は、革命を頓挫させるために、皇帝の退位を公表した。しかしこの時点ではまだ皇帝は退位していなかった。ヴィルヘルム二世の退位は三週間後、オランダに亡命したあとにおこなわれた。

＊10　マックス・フォン・バーデン大公　（一八六七年―一九二九年）。ドイツの政治家。一九一八年十月、第一次世界大戦の交戦国と講和をすすめるため、政治活動歴のない中立的な彼がドイツ帝国宰相に選ばれた。十一月九日、独断で皇帝ヴィルヘルム二世の退位を宣言し、宰相職をエーベルトにゆずった。

＊11「女はいままで、政治に関われなかったものね」　ドイツでは一九一九年一月まで女性に国民議会の選挙権、被選挙権がなかった。これに先だつ一九一八年十一月の労兵評議会の選挙ではじめてこの不平等が撤廃された。なお、一九一八年十一月まで選挙権は収入の高さによって三段階に分けられていた。つまり国民の大多数を占める労働者、農民、手工業者には政治的発言権がなかった。

＊12　ビスマルク　オットー・フォン・ビスマルク（一八一五年―一八九八年）、ドイツ帝国宰相（一八七一年―一八九〇年）、在任中にドイツ社会労働者党を禁止することを目的にした社会主義者鎮圧法を制定。社会主義者鎮圧法は一八七八年から一八九〇年まで効力をもったが、社会民主主義運動の躍進を阻止することはできなかった。一八九〇年、ドイツ社会労働者党は、ドイツ社会民主党と改称。

▼6　インターナショナル　社会主義運動の国際組織。一八六四年に第一インターナショナル（国際労働者協会）が結成、一八八九年、フランス革命百周年を機に結成された第二インターナショナルは第一次世界大戦勃発とともに崩壊、一九一九年、ロシア主導の共産主義的な第三インターナショナル（コミンテルン）が結成。

▼7　ホーエンツォレルン家　西南ドイツの貴族ツォレルン家を源流とし、一七〇一年から一九一八年までプロイセン国王を輩出、一八七一年ドイツ帝国統一後、プロイセン王ヴィルヘルム一世がドイツ皇帝となる。一九一八年十一月のドイツ革命で最後の皇帝ヴィルヘルム二世が退位。

▼8　エミール・アイヒホルン　（一八六三年―一九二五年）。ドイツの政治家。一八八一年ドイツ社会民主党入党。一九一七年独立社会民主党に入党、一九一八年ドイツ革命後、ベルリン警視庁の警視総監となるが、翌年一月四日に解任。

▼9　ハーゼ　フーゴ・ハーゼ（一八六三年―一九一九年）、ドイツの政治家。一八八一年ドイツ社会民主党入党。一九一一年ドイツ社会民主党議長、一九一二年帝国議会議員。第一次世界大戦勃発の際、いったんは戦争に賛成するが、のちに反対にまわり党を除名された。一九一七年四月、独立社会民主党を結成して議長に就任。一九一八年十一月、ドイツ革命に際しエーベルトとともに人民代表委員会を組織したが、十二月にドイツ社会民主党と対立して辞任。一九年暗殺される。

▼10　七十年前にあった革命　一八四八年三月、フランスの二月革命の影響を受けて、ドイツの「統一」と「自由」を掲げてオーストリアの首都ウィーンとプロイセンの首都ベルリンで革命（三月革命）が起こった。ベルリンでは市民と軍隊の衝突に発展。同年五月には憲法制定のための国民議会が招集されたが、反革命勢力によって鎮圧された。

第三章

友と敵

スリッパ

「ねえ、ねえ！」

マルタがヘレのおなかの上に乗って、ゆすりながらさかんになにかいっている。

「なんだよ、うるさいな」

ヘレはマルタをわきにどかして、背を向けた。もうすこし眠りたかったのだ。外はまだ真っ暗だ。それにものすごく寒い。毛布がはだけて、ヘレはふるえあがった。

「毛布をかけろよ。風邪《かぜ》をひくぞ」

マルタはヘレのとなりで横になり、耳元に口を近づけた。

「今日は十二月六日、聖ニコラウスの日よ。プレゼントがもらえるのよ」

この日、クリスマスより一足先にプレゼントがもらえるので、マルタは朝早くから興奮していたのだ。

「無理だよ。もらえるわけがないさ」ヘレは小さな声で答えた。「プレゼントなんて、どうやって手に入れるのさ？」

マルタはそれでもめげなかった。

「でも、いいものがあるんだ」そういって、くすくす笑った。

「いいものって?」ヘレは、いいかげん話を終わりにして、眠りたかった。だが、マルタはなにを持っているというのだろう。

マルタはヘレの耳元にさらに口を押しつけてささやいた。

「スリッパよ! そこに聖ニコラウスのプレゼントを入れてもらうの! あたしたちみんなの分をね! ハンスぼうやの分も入れてもらうわ」マルタは、ヘレをびっくりさせたことがよほどうれしいのか、またくすくす笑った。

「スリッパ?」ヘレはすっかり目が覚めてしまった。「シュルテばあさんのところから盗んだのか?」

マルタの顔が赤くなった。

「ちがうわ」

「うそをいうな」ヘレは体を起こして、マルタの肩をつかんだ。「ほかにスリッパを手に入れる方法なんてないじゃないか」

マルタは唇《くちびる》をぎゅっと結んで、目を見ひらき、大きな声で叫んだ。

「いたい! いたいじゃない!」マルタは怒りだした。「お兄ちゃんなんて、嫌いよ! 大嫌い!」

母さんがベッドから体を起こした。

「うるさいわね」

それから時計を見て、ため息をつきながら起きあがった。

「もう起きる時間だわ」

ヘレは口に人差し指をあてた。マルタが泥棒《どろぼう》をはたらいたことは、母さんたちに知られないほうがいい。

マルタはだまったが、目をつりあげて怒っていた。だがすぐになんの日だったか思いだし、ベッドから飛びだして、母さんにかじりついた。

「今日は聖ニコラウスの日よ」

「あら、そうね！　聖ニコラウスの日ね」母さんはマルタの顔をなでた。「運がよければ、今晩なにかいいものがもらえるかもしれないわよ」

父さんも起きだした。

「どうしたの？」母さんがたずねた。「もうすこし寝ていたらいいのに」

「眠れないんだ」父さんはズボンをはくと、上着を着て、一階にあるトイレに行った。

「あたしもトイレ」マルタはそういって、急いでコートを着た。二週間前、アンニが着られなくなったものをもらったのだ。マルタはそのコートが自慢だった。母さんはかわりに、ヘレにははけなくなり、マルタにはまだ大きすぎるズボンをアンニの弟のヴィリにあげた。

ヘレはひとり、寝室に残った。ベッドの中で毛布にくるまり、腕枕《うでまくら》をした。台所で母さんが顔を洗うまで、寝ていられる。ヘレは、母さんが顔を洗うときの音をよく知っていた。蛇口《じゃぐち》を何回ひねって、水をどのくらい流すか頭に入っている。顔を洗いながら、母さんはハンスぼうやに声をかけ、三度目の水を出す前に、長い間合《まあ》いができる。母さんが最後に水を出し、蛇口をしめたとき、ヘレは起きあがって、台所に行く。

「ふーっ！　今日は水が氷のように冷たいわ」母さんは下着のまま、ぶるぶるふるえながら、タオルで青白い細腕をふいていた。

湯を沸《わ》かすために、毎朝、かまどに火を入れることはできない。石炭が残り少ない。週に一度、湯を沸かすことも許されない状況だ。かまどに火が入っていないので、台所は寒かった。寝室よりも寒いくらいだ。寝室も暖房をしていなかったが、四人がひと晩そこで寝ていたので、台所よりは暖かく感じられた。台所がとても寒いので、母さんはハンスぼうやが風邪《かぜ》をひかないように、毎晩、ありったけの上着やコートでぐるぐる巻きにする。もっと寒くなったら、母さんと父さんのベッドにいっしょに連れて入るしかない。だが、母さんはなかなかそうしようとしない。夜中に眠れなくなることを知っていたからだ。母さんはしっかり眠らなければならない。寝不足で、仕事中に事故を起こしたら大変だ。

父さんとマルタがもどってきた。

「ああ、くさかった」マルタが鼻をつまみながらいった。

「水洗が凍《こお》っていたよ」父さんがいった。「だけど、凍っていても、みんな、用を足すから困る。しかし、ほかにどうしようもないものな」

その棟《とう》の住人はみんな、そのひとつだけあるトイレを使っていた。冬になると、いつも水洗が凍り、おなじ問題がくりかえされる。水洗のペダルを踏んでも、水が出てこない。それでも、用を足さなければならない。気持ち悪くてしかたなかった。だが、水が凍《こお》らない夏もましだとはいえない。トイレは鼻の曲がりそうな悪臭をはなち、ドブネズミが走りまわるからだ。

母さんは、ハンスぼうやにかけたコートと上着の山から、自分のコートをとった。

「小麦粉のスープは冷たいままで飲んでね。こんなすこしのスープを温めるために石炭を二個も使うわけにはいかないわ」

「今晩、出かける。どこかで薪《まき》が見つかるかもしれない」

父さんは言い訳がましくいった。最近、スパルタクス団の活動が忙《いそが》しくて、家事の手伝いがおろそかになっていた。買い物、家の片づけ、燃料があれば家の暖房、食料があれば料理と、家でもすることはいろいろあるが、片腕ではたいしたことができなかった。母さん頼みの労働や洗濯《せんたく》やアイロンかけは、父さんが代わりをつとめることができなかった。

父さんはまもなくそのことに気づき、はじめのうちは仕事をさがしたが、じきにあきらめてしまった。見つかる仕事の口といえば、門番や夜警《やけい》のような職ばかりで、父さんは納得できなかったのだ。父さんの望みは工場労働の口だったが、それはどうやっても見つからなかった。それに前線から兵士たちがもどってくれば、五体満足の男たちが集まることになる。それまでのあいだだって、腕がそろっている女がいれば、片腕の男は必要なかった。

母さんも、父さんが門番や夜警の仕事につくことを望まなかった。父さんが年寄りの仕事につけば、不幸になるとわかっていたからだ。

「くよくよしないで、ルディ。あなたがいましていることは、機械を操作《そうさ》して、金属板に穴をあけることよりずっと大事なことじゃない。穴あけはあたしたちにまかせて、大事なことをして」母さんはそういって父さんを励《はげ》ました。「それに、あなたが稼《かせ》いでくれたって、なにも売っていないんだからどうしようもないわ」

「おまえはいい奴だな、マリー。おまえがもうひとりいてくれたら、おれも心おきなく引退できるんだがな」

父さんの渋い顔に気づかないふりをして、母さんは笑った。それからハンスぼうや、マルタ、ヘレにキスをして仕事に出かけた。

父さんは小麦粉のスープをみんなの皿によそった。ハンスぼうやの分はなべに残して、ふたをすると、ハンスぼうやにかけていたコートの中に入れた。ハンスぼうやに食べさせるとき、すこしでも温まるようにしたのだ。

ヘレは静かにスプーンを口に運びながら父さんを見た。父さんの目を盗んで、マルタからうまくスリッパを奪いたかった。

父さんがヘレに見られていることに気づいた。

「どうした？」

「なんでもない」ヘレは冷たくてどろどろしたスープを飲み終わると、マルタに目配《めくば》せをして、いっしよに寝室に行った。

「スリッパはどこにやったんだ?」

マルタは床に腹ばいになると、ベッドに手を入れた。スリッパが次々と出てきた。

ヘレは笑うしかなかった。

「父さんと母さんが、盗んだスリッパを喜ぶと思うのか?」

マルタは緊張して、鼻水で顔が汚《よご》れていることにも気づいていない。

「ちゃんとした聖ニコラウスのお祝いがしたかったのよ」

「でもこんなことしちゃだめだ!」ヘレはスリッパを上着とズボンとランドセルにつっこんだ。「見つかったら、なぐられていたぞ。シュルテばあさんから、ものを盗むなんて」

マルタは強情だった。

「でも、あたしも手伝ったのよ!」

「なにをいってるんだ! シュルテばあさんにおまえとハンスぼうやの面倒をみてもらっているんだから、手伝うのはあたりまえだろう」

ヘレはマルタの気持ちがよくわかった。だがそんなそぶりを見せようものなら、すぐつけこんでくる。だが、マルタのいうとおりだ。父さんが出かけてばかりいるようになってから、マルタとハンスぼうやは午前中をまたシュルテばあさんのところで過ごすようになった。シュルテばあさんにとってはそのほうがよかった。

「マルタが来たり来なかったりするのは困るんだよ。あたしは、手伝いが欲しいし、子どもをあたしのところに手伝いに出せるのを喜ぶ家族はたくさんいるんだから」

シュルテばあさんはそういった。

「放課後はすぐに家に帰ってきてくれよ」父さんはそういって、ヘレとマルタに別れを告げた。「今日の昼、新聞編集室に行かなければならないんだ」

父さんはよく『赤旗《あかはた》』を売る手伝いをするようになっていた。ヘレは父さんといっしょに出かけて、新聞売りをしてみたいと思っていたが、そうするわけにはいかなかった。どちらかが家に帰って、マルタとハンスぼうやの世話をしなければならない。だが、父さんが、帰宅して薪《まき》をさがしにいく余裕なんてあるだろうか。ヘレは疑わしいと思った。スパルタクス団の用事があるときは、たいてい帰りが遅くなる。

敗北

中庭も表の通りもまだ真っ暗だった。ヒューヒュー音をたてながら、朝の冷たい風がアッカー通りを吹き抜けていく。工場へ出勤する労働者たちは男も女もみな、分厚い服を着込んでいる。ヘレはマフラーを首に巻きなおした。コートは持っていない。いつもの上着を着ているだけだ。生地《きじ》が薄いうえに、小さい。かがむと背中が出て、冷たい風が入ってくる。下着もセーターも小さかったので、始終《しじゅう》、寒い思いをしていた。

マルタが盗んだスリッパを段ボール箱にもどすのはわけなかった。ばあさんのところに新しい同居人が入ったが、気に入らないらしく、親しく名前を呼ぶこともなく毎朝腹を立てていた。いまもぶつぶついいながら仕事をしていたので、まわりをまったく見ていなかったのだ。

レレという人物を、ヘレは二、三度、見かけたことがあるが、やせっぽちで背が高く、いつもぱりっとした格好をするその若者に、ナウケのときのような親近感を覚えることはなかった。シュルテばあさんは、いまだにナウケのことが忘れられず、新しい同居人が侵入者《しんにゅうしゃ》のように思えて、不機嫌《ふきげん》だったのだ。

「おい、ヘレ!」

考え事をしていたヘレは、エデに気づかず通りすぎるところだった。だが、エデが先に待ち合わせ場所にいるのもめずらしいことだった。

「早起きして小銭《こぜに》を稼《かせ》ぐのを、父さんがよくないっていったんだ。自分が働くから、もっと勉強しろってさ」

エデが勉強をするだって?

「父さんがいったんだ。フェルスターのような連中に頭で負けていたら、またうまくやられてしまうってね」

フェルスターはまた学校に来ていた。皇帝が退位して、休戦協定が調印されると、いきなりまたあらわれたのだ。あいかわらずカイゼルひげをはやし、休んでいたわけなど一切《いっさい》説明ぬきで、いままでどおりの授業をした。

「想像してみろよ。フェルスターの質問に、おれがばっちり答えるところをさ。あいつがもう一度別の質問をしてさ、それも答えちゃうんだ。そしてもう一回。そしてさらにもう一回。あいつ、目を丸くするぞ！　ざまを見ろってんだ！」エデは、フェルスターが目を丸くするところを手でまねしてみせた。

「だけど、どうやってそんなに勉強するんだい？　猛勉強をするの？」

優等生のエデが想像できなかった。もちろんフェルスターに一矢報《いっしむく》いられたら、痛快だろう。だけど、エデにできるだろうか。

エデも、優等生は虫がすかない質《たち》だ。

「できるわけがないだろう。でも、できたらいいなと思ってさ」

エデとヘレは校庭についた。クラスメートの列の後ろに並んだとき、始業のチャイムが鳴った。教室のドアがあいて、先生たちがぞろぞろ出てきた。

時間割では一時間目の授業は歴史だ。フェルスターは、ドイツがフランスを負かした一八七〇年から七一年にかけての戦争のことを話した。当時、フランスは高額の戦争賠償金《ばいしょうきん》をドイツに払い、それまでプロイセン国王だったヴィルヘルム一世が、ヴェルサイユ宮殿の鏡の間《ま》でドイツ皇帝の位についた。

「このとき、ドイツ帝国が樹立《じゅりつ》されたのだ」フェルスターは誇《ほこ》らしげにいった。

生徒たちは、フェルスターがなんで声をふるわせながらその戦争のことを語るのかわかっていた。当時、ドイツはフランスに勝った。だが今回の戦争では立場が逆になったのだ。皇帝が退位してから二日後、休戦条約に署名《しょめい》され、ついに平和がもどった。だがその平和は敗北だった。

歴史の授業をしていたフェルスターが、いきなり現在に話題を変えた。

「われわれが今回の戦争に敗れたのは、自国の人間に後ろから短剣をつきさされたからだ。前線で兵士たちが血を流して戦い、必死で耐《た》えていたのに、背後が手薄《てうす》なのにつけこんで、けしからん輩《やから》が権力を奪ったのだ」

シュルテばあさんの新しい同居人レレも、父さんとヘレが階段を降りようとして顔を合わせたとき、おなじようなことをいっていた。父さんは、戦争に負けた責任は革命にはなく、革命は戦争に敗北した結果であって、もう時間の問題だったといった。

「皇帝の時代はもう終わったんだ。おれたちのところだけじゃない。世界じゅうで、そうなったのさ。革命は民衆の純粋な自己防衛さ」

レレの考えはちがっていたが、反論せず、話題を変えた。しかし父さんはそのあとも、しばらく腹を立てていた。あいつは頭が堅《かた》いと、父さんはいったが、それが腹を立てた理由ではない。レレのような物言いをする者が増え、みんながそれを信じてしまうのではないかと心配になったからだ。

実際、その心配があった。シュルテばあさんまで、そうした言い方をしていたからだ。それはナウケの葬儀《そうぎ》をしたときのことだ。シュルテばあさんははじめ、葬儀に参列しようとしなかった。生まれてこの方、路面電車に乗ったことがなかったからだ。それに、刑務所に入っていたカール・リープクネヒトを嫌っていた。リープクネヒトのしゃべり方が怖《こわ》いといって。「シュルテばあさんの祝福をもらえずに土に帰るなんて、ナウケがかわいそうじゃない」と母さんに説得されて、ようやくシュルテばあさんは葬儀に参列した。

シュルテばあさんはいっしょに路面電車に乗った。路面電車に乗っているときも、葬儀のあいだも、ずっとオスヴィンとヘレのあいだで小さくなっていた。ばあさんは路面電車がすぐに気に入って、すごく便利だね、といったが、リープクネヒトについてはしばらくなにもいわなかった。葬儀の終わりに、「刑務所に入るような人には見えなかったね」ともらしただけだ。

「ゲープハルト！」

フェルスターがヘレの前に立っていた。カイゼルひげがふるえている。

「おまえは、新しい時代がやってくるとでも思っているんだろう？」

なにか質問されたんだろうか。ヘレはクラスメートを見まわしたが、だれひとり、教えてくれようとする者はいなかった。

フェルスターは戸棚《とだな》から竹のムチをとってもどってきた。

「手を出せ！」

「いやです！」

フェルスターは立ちつくしていた。教室では咳払《せきばら》いも聞こえなかった。

「歯向かう気か？」フェルスターは竹のムチをふりあげた。ヘレは手をあげたが、遅すぎた。竹のムチはヘレの顔にふりおろされた。激しい痛みを感じて、ヘレは顔を手でおおった。

「赤のガキめが！」フェルスターは金切り声をあげた。ヘレの顔を竹のムチでなぐった自分におどろいているようだ。「目にもの見せてやるからな。おまえらの革命を教室にも持ちこめると思っているのか？　ん、なんだ、ハンシュタイン」

エデが立ちあがっていた。

「なんで顔をたたいたんですか？　ひどいじゃないですか！」

「おまえも逆らう気か……」フェルスターはエデにくってかかり、竹のムチをふりおろした。エデは椅《い》子《す》にすわり、腕で頭をかばった。竹のムチがエデの背中をたたいた。フェルスターは、痛みを感じさせられる場所をさがしてたたきつづけた。それがうまくいかないと見ると叫んだ。

「立て！」

エデは立たなかった。

「立て！」

「たたくのなら立ちません」

「なんだと……」

ふたたび竹のムチがエデの背中にふりおろされた。

ヘレはただぼうぜんと立っていた。エデの味方になりたかったが、どうしていいかわからなかった。

フェルスターはようやくたたくのをやめた。肩で息をしながら、竹のムチを戸棚《とだな》にもどした。

「おまえら、街頭では勝ったかもしれんが、教室ではそうはさせない。ここは法と秩序が支配しつづけるんだ」

許可を待たずに、ヘレはすわった。フェルスターにとって、皇帝が退位しただけでも、革命の勝利だったのだ。労働者の勝利の途中というだけで、フェルスターにとっては完璧な敗北だったのだ。永遠に。

父親たち

顔のみみず腫《ば》れが真っ赤にふくれあがった。指でさわってもわかるほどだし、ショーウィンドウに顔を映《うつ》すと、腫れているのがはっきりと見える。だがヘレは恥《は》ずかしいと思わなかった。二、三週間前だったら、教師に手を出せといわれて拒《こば》むときがくるだろうといわれても、ヘレは信じられなかったにちがいない。だが、そうしたのだ。もちろん怖《こわ》かったからだが、フェルスターに命令されても、二度と手を出すことはないだろう。

次の時間に、ガトフスキー先生はヘレの顔を見て、血の気が引いた。だがだれがやったのか、たずねはしなかった。想像はついたのだろう。

アパートの中庭は人気《ひとけ》がなかった。寒い十二月に中庭で遊ぼうとする、酔狂《すいきょう》な者はいない。まだ雪は積もっていなかったが、なにもかも冷たく、どんよりとくすんでいた。それでも表をうろついているのは、ちびのルツくらいのものだ。ルツの家は外と変わらないくらい寒かったので、家にいる気がしなかったのだ。ヘレが帰ってくるのを待っていたみたいに、駆けよってきた。

「なにも聞くなよ」ヘレは、いつものように食べ物をねだるなといったつもりだったが、ルツは、顔のみみず腫《ば》れのことを聞くなといわれたと思い、おずおずとあとずさった。

オスヴィンの掘《ほ》っ立《た》て小屋の横の、絨毯《じゅうたん》たたき用の鉄棒に、フリッツとアンニがのっていて、なにやらおしゃべりしていた。フリッツは背中にランドセルを背負ったままだ。分厚いコートを着ている。母親のおさがりであるアンニの薄い夏用コートとのちがいは歴然《れきぜん》としていた。アンニの具合が日増しに悪くなっているのは、アパートでは公然の秘密だった。最近、食べ物がさらに手に入りづらくなっていた。そのうえ、この寒気《かんき》だ。アンニもいけない。なにかというとすぐ、ベッドから抜けだしてしまう。すこしでも気分がいいと、起きあがって、服を着て、外に出てくる。だが、あばら骨が数えられるほどやせこけ、青白い顔も、日ごとにやつれていった。シュルテばあさんはいっている。アンニの目の前に死神がいる。

「それ、どうしたの?」フリッツがびっくりしてたずねた。「ムチでたたかれたの?」

「フェルスターにやられた」ヘレはそれだけしかいわなかった。それから、ヘレの顔をじっと見つめているアンニのほうに顔を向けた。やはり信じられないという顔をしている。

「なんでオスヴィンのベッドに寝ていないんだ?」

中庭でアンニに出会うと、病状を知っているみんなは、決まってそうたずねる。アンニはそうたずねられることにうんざりしていた。

「だって、一日じゅう小屋の中で寝ているなんて、つまんないんだもの」アンニは、ふたりだけだったら、もっとなにかいいたいという表情をした。

ヘレも、フリッツがいるところでは、いつものようにアンニとしゃべれなかった。

「うちに来る?」ヘレはすこしなげやりな言い方で、フリッツにたずねた。

フリッツは、水兵のことをしゃべりたくてやってきたのだ。その話ができるのは、ヘレだけだった。毎日、なにかしら新しい出来事があった。水兵たちはいま、人民海兵団を名乗っていた。だが街ではもっぱら「赤い水兵」と呼ばれていた。「赤い水兵」は王宮の厩舎《きゅうしゃ》を占拠《せんきょ》していた。フリッツは、ハイナーとアルノがどこにいるのか、ヘレと話したかったのだ。そもそもふたりがまだベルリンにいるのかどうかもわからないし、もう一度会えるかどうかもわからない。

「上においでよ」ヘレはいった。

「お父さんは?」

「父さんは、なにもしないよ」

アンニが咳《せき》をした。

「あとであたしのとこに寄ってくれる?」

ヘレはうなずいて、階段をあがった。フリッツはヘレにぴったりくっついてあがってきた。

三階でレレとすれちがった。レレはフリッツをじろじろ見た。このアパートで中高等学校《ギムナジウム》の帽子をかぶった生徒を見るのはめずらしかったからだ。それに、アパートで起こることはなんでも知りたがっていた。そのレレがヘレのほうを向いていった。

「おたくの妹のことだけどね、大きな声で歌を歌わないようにいってくれないか？　眠れなくて困るんだ」

レレは港や工場の労働者ではなく、警備会社で働いていた。大きなカギの束《たば》を持って、夜通し街を歩き、夜警《やけい》を雇《やと》っていない倉庫や小さな会社の警備をしている。奇妙なのは、父さんが年寄りの仕事だといっている警備を、若いのにしていることだ。夜警は強盗《ごうとう》と出くわすことが多いと、父さんはいっていたが、実際、レレは先週、強盗をひとり捕《つか》まえたと、アパートじゅうでうわさになった。

「いっておきますよ」ヘレはそういうと、急いでレレの横をすり抜け、にやにやしているところを見られないようにした。マルタが仕事をしながら大きな声で歌っているとしたら、それはシュルテばあさんにいわれたからにちがいない。レレが、シュルテばあさんに直接頼まないということは、だれのおかげで寝ぐらを確保できているかわかっているということだ。仕事のしかたにいちゃもんをつけられたら、シュルテばあさんはだまっていないだろう。次の同居人がすぐに見つからなくても、さっさとレレを追いだすはずだ。

台所で父さんが『赤旗《あかはた》』を読んでいた。ヘレとフリッツが台所に入ると、顔をあげた。

「フリッツだよ」ヘレは友だちを父さんに紹介した。だが父さんはフリッツのことよりも、ヘレのことを気にした。

「それ、だれにやられたんだ？」

「フェルスターだよ。教師用のムチで」

父さんはヘレをそばに引きよせ、みみず腫《ば》れを近くで見た。

「どうしてやられた？」

ヘレは学校でなにがあったか話した。エデがかばおうとして、ムチでさんざんたたかれたことも話した。

「そのフェルスターってやつ、ただじゃおかないぞ」父さんは険《けわ》しい顔をしていった。「教師なら、なにをしてもいいと思っているようだな」

ヘレはフリッツを見た。フリッツは台所のドアのところに立ったまま、もじもじしていた。

「ああ、すまなかった」父さんはフリッツに手をさしだした。

フリッツは腰を低くしておじぎした。それを見て、父さんがにんまりした。フリッツはそのことに気づいて、顔を赤らめた。

ヘレはランドセルを台所のすみに降ろした。

「すぐ出かけるのかと思ってたよ」

「今日は仕事がないんだ。紙の配給でまたいやがらせを受けたんだ」

父さんは、フリッツがいるのもかまわず、いつものような口のきき方をした。スパルタクス団が新聞発行に苦労していることに、フリッツも興味があるとでもいうように。フリッツは礼儀正しくふるまっているが、居心地《いごこち》の悪い思いをしているのは傍目《はため》にもわかる。だが、父さんはかまわず話をつづけた。

「まったく、公平が聞いてあきれる。ほかの新聞はおれたちのことで嘘八百《うそはっぴゃく》を並べているのに、反論もできないんだからな。ほかの新聞には一日あたり紙が三百枚支給されるのに、『赤旗《あかはた》』にはたったの四枚だ」

ヘレは、その問題を知っていた。新政権は新聞各社に紙の配給を制限し、とくに『赤旗』は定期的に発行できないように仕組んでいた。実際まる一週間、発行できずにいる。

「うちではどんな新聞を読んでいるんだい？」

フリッツは肩をすくめた。

「ベルリン朝刊……だと思いますけど」

「あれもひどい新聞だ。おれたちのことを悪く書いてばかりいる！」父さんはため息をついた。「しかも武器よりも、そういうくだらない新聞のほうが効《き》き目があったりする。まったくたまらんよ。たいていの人は、そういう新聞に書かれていることを真《ま》に受けてしまうからな。なんかきな臭《くさ》い。はじめのうちはそのくらいにしか思わない。だけど、しだいに頭の中でイメージが固まっていくんだ。スパルタクス団と聞くと、犯罪者か、赤いごろつきか、赤い悪魔を連想するようになる。だからデマに対抗しなければならないんだ。だけど、一日三百枚に対してたった四枚でなにができる？　大きな丘をスプーンで削《けず》るようなもんさ」

「そろそろうちに帰らないと」フリッツは困ったようにきょろきょろしながらいった。

「そこまで送るよ」

スパルタクス団が四面楚歌《しめんそか》になっていることを、なんで父さんが話題にしたのか、ヘレにはわからなかった。父親が『赤旗』を読んでいないからといって、フリッツにはどうしようもないことだ。

「まあ、気にするな」父さんはフリッツにいった。「これはおれたちの問題だからな」

フリッツはしおらしくうなずくと、くるっと向きを変えて、ドアのほうへ歩きだした。

ヘレがついていこうとすると、父さんが腕をつかんだ。

「あの子はいい子だ。だがうちには合わない」

「なんで?」

「毎日、両親に反抗することはできないからだよ。あの子には無理だ。まだ子どもだ。おまえと比べたら、ずっと幼《おさな》い」

フリッツの年齢が低いといっているのではない。ヘレのように責任を負う必要がなく、まだ気持ちが子どもだと、父さんはいっているのだ。フリッツが毎日、両親に反抗しつづけられないことは、ヘレもわかっていた。だが、ヘレはフリッツが好きだった。それにフリッツはよく遊びにきてくれる。いきなり突き放すことはできないし、そんなつもりはなかった。

「ほら、急いで追いかけろ」父さんはいった。「ぐずぐずしていると、おまえが中庭に出る前に、あの子は家に帰りついているぞ」

父さんのいうとおりだった。ヘレが中庭に出ると、フリッツはもう最後の中庭を抜けて、通りにさしかかっていた。

「待ちなよ！」

フリッツは立ち止まったが、ヘレを見なかった。それから、泣きそうな声でいった。

「きみのお父さんは、なにが望みなんだ？　革命はもう終わったじゃないか」

「それが終わっていないんだ。いまのところ、いなくなったのは皇帝だけだ。ほかの連中が残っているからね」

「だれのこと？」

「将軍や資本家さ。……それから役人も」

フリッツの父親が役人だったので、最後のひと言はいいたくなかった。だが結局、ヘレは口にした。

「役人も？」フリッツにはわけがわからなかったようだ。「だけど、政府は役人がそのまま残ることを望んでいるんじゃなかったの？」

「問題はそこさ。だからまだ本当の革命になっていないんだ」

「だけど、なんで将軍や役人がいなくならないといけないんだい？」

「さもないと、連中がまた戦争を起こすからさ」

フリッツはじっとヘレを見つめた。

「どうかしているんじゃない？　ぼくの父さんが戦争を望んでいるっていうの？」

「じゃあ、だれが今回の戦争を起こしたんだ？」

「ぼくの父さんだっていうの？」

「ひとりだけじゃないさ。でも、加担《かたん》した」

「きみのお父さんだって加担したじゃない。それも戦場にまで行ってさ」

父さんはむりやり戦場にかりだされたんだ、といえるものならいいたかった。だがそれは正しくない。父さんは祖国を守らなければならないという一念で、進んで戦場に赴《おもむ》いたのだ。

「父さんは、ぼくらが攻撃されたといううそにだまされたのさ。だけど、いまはだまされたってわかっているんだ。だからだました連中がふたたび戦争を起こさないようにしたいと思っているのさ」

「それって、お父さんの受け売りじゃないか」

「それなら、きみはどうだよ。きみだっておなじだろ」

いつもおなじことのくりかえしだ。大親友になれるはずなのに、いつもどっちかの父親が邪魔《じゃま》になる。

フリッツは仲直りしようとした。

「ぼくの父さんはいってるよ。赤の連中がもうすこし冷静になれば、父さんも冷静に応じるって。エーベルトの下なら働くことができるけど、リープクネヒトの下では無理だって」

「きみのお父さんのような人間はいらないさ」ヘレは思ったよりも言葉がきつくなってしまった。「それにエーベルトは赤じゃない。ピンクでもないさ。あいつは、将軍たちの言いなりになっている」そういうと、ヘレはきびすを返して、一番奥の中庭にもどった。

フリッツの父親が、オスヴィンやシュルテばあさんのように考えるなら、まだ話ができる。だが、フリッツの父親はフェルスターとそっくりだ。そういう連中とは話ができない。

永遠に

ヘレは最後の石炭をバケツに入れると、地下室の物置《ものおき》をはいた。だが強くはいて風を起こさないように気をつけた。さもないと、ロウソクの火が消えて、火をつけなおすまで暗闇《くらやみ》の中で手探《てさぐ》りしなければならなくなる。集めた石炭のかすを、スコップとほうきですくいあげると、新聞紙にのせて、そっと折りたたんだ。石炭のかすもこうして紙に包めば燃える。石炭なみの価値がある。

ヘレははき終わると、まわりを見まわした。物置は空っぽになっていた。石炭も薪《まき》もなにもない。家が手狭《てぜま》になってずっと物置にしまっていた古い長持ちも、昨年の冬にかまどにくべてしまった。

どこかでがさごそ音がする。ヘレはすばやく何度か壁をけった。音が消えた。石炭を入れたバケツを持つと、ほうきとスコップをかかえて、いったん物置のドアの前に置いた。それからロウソクをとってきて、ドアをしめた。ドアにカギをしめても意味がない。わざわざ石炭を物置に入れてくれる者はいないだろう。だが、カギをかけなければ、錠前《じょうまえ》を盗まれるかもしれない。アッカー通りだけでなく、生活に困っている人が多く暮らしているところでは、盗みは日常茶飯事《さはんじ》だった。

ヘレは一番上の石炭にロウをたらしてロウソクを立て、片手でバケツを持ち、もう片方の手でほうきを持って、口笛を吹きながら地下室の廊下《ろうか》を歩いた。

さっきの物音はドブネズミにちがいない。昨年の冬、三十九番地の幼《おさな》いイーザを襲った仲間だ。そのドブネズミはよほど腹をすかしていたんだろう。イーザがふくらはぎをかまれて泣き叫んだのにおどろいて、母親たちがたたき殺すまで、ふくらはぎから離れなかったという。フレーリヒ先生はイーザに大量の注射をしたが、かなり長いあいだ熱と悪寒《おかん》にうなされた。回復すると、イーザはかまれた跡《あと》を近所の子どもたちに見せてまわった。ドブネズミの歯が食いこんだ跡がはっきりと残っていた。

地下室のドアの前で、ヘレは持っていたものを降ろすと、ドアにカギをかけた。またバケツとほうきを持とうとすると、名前を呼ぶ声がした。

「アンニかい?」

中庭はすでに暗くなっていた。オスヴィンの掘《ほ》っ立《た》て小屋にはまだ明かりがついていない。そのとき壁から人影があらわれた。アンニだ。

「こんなところでなにをしているんだ?」

アンニは手を後ろで組んで地下室のドアによりかかった。

「お母さんに、石炭を運んでくるようにいわれてたでしょう。あたしのところに顔を見せてくれると思ったのに。なんで、窓をたたいてくれなかったの?」

ヘレはロウソクの火を消した。

「ハンスぼうやの面倒をみなくちゃいけなかったんだ。下に降りてこられなかったんだよ」

だが、すこしうそが入っていた。ハンスぼうやの面倒をみなければならなかったのは本当だ。父さんが午後、出かけてしまって、やっと母さんが帰ってきたからだ。だが、あとで寄ってくれとアンニに頼まれたことを忘れたのは、フリッツと口げんかしてしまったためだった。

「だけど、なんで窓をたたかなくちゃいけなかったんだい？」

アンニはほとんど明かりのついていない上階の窓を見上げた。

「もうすぐ入院することになったの。フレーリヒ先生が病院のベッドを確保してくれたんですって」

(それを伝えたかったのか！)

「いつなの？　入院は」

「ベッドがあいたらすぐよ」

ヘレはあらぬほうを見た。なんといっていいかわからなかった。病院に入れるのはいいことだ、だけど、それは、アンニの容態《ようだい》がとても悪いということでもある。

「なんだか怖《こわ》いの」アンニは小さな声でいった。「病院っていつもくさいじゃない。それに、看護婦さんのいうことをなんでもきかなくちゃいけないし」

「そりゃそうだよ。元気になりたいなら、すこしくらいがまんしなくちゃ。……でも、毎日、食べ物がもらえるよ」

「でも、ここにもどってこられなかったらどうする？」

「そんなわけないだろう」

「だけど、そういうこともありうるでしょう」

「なにをいってるんだよ！　ちゃんともどってこられるさ」

「なんでわかるの？」

ヘレは答えに窮《きゅう》した。

「だって、元気になりたいんだろう？」

「あたしに元気になってほしい？」

「もちろんだよ！」

「どうして？」

「このアパートの人はみんな、アンニが元気になるよう願っているじゃないか」

「あたしがもどってこなかったら、みんな、悲しむかしら？」

「あたりまえだろう！」

アンニは淡々《たんたん》と事実をのべ、ヘレがいたたまれなくなるような質問をぶつけた。実際、多くの人が入院したまま帰らぬ人になっていた。ティンぺじいさん。ハーンおばさん。エデの妹ロッテも三週間前に死んだ。それから幼《おさな》いベルタとアルベルト。ヘレはたくさんの名前をあげることができる。その中には子どももたくさんまじっていた。シュルテばあさんなど、入院した人がもどってこなくても、おどろきもしない。

「だから病院てのは、墓地の近くに建てられるのさ」シュルテばあさんはそういっている。

アンニがヘレに近寄った。

「あたしがあげた首飾りをちゃんとつけてる?」

(首飾り! 身につけておけばよかった!)

「いや、つけてないよ。学校につけていくわけにはいかないじゃない。見つかったら、笑われちゃうよ」

「笑うほうが悪いわ。ふたりが愛しあって、どこが悪いのよ」

アンニにあっさりいわれて、ヘレには返す言葉がなかった。

「あたしのこと、好き?」

「もちろんだよ!」

「本当?」

「本当さ」

アンニはすこし考えてから、くすっと笑った。

「あんたがいっしょに来られないのが残念ね」

「どこに?」

「病院よ」

「ぼくが入院してどうするんだよ? 病気じゃないのに」

「フレーリヒ先生がいっていたわ。本当なら、あたしたちみんな、病院行きだって」

「みんな?」

「アッカー通りの、というよりヴェディンク地区の子どもはみんなよ」

「それをいうなら、ベルリンじゅう、ドイツじゅう、ヨーロッパじゅう、世界じゅうじゃない」

(アンニはなにを考えているんだ。いっしょに病院に入りたいなんて。それもそばにいたいってだけで)

「それはそうよね。戦争のあるところ、どこでもみんな飢《う》えに苦しむもの。そして飢えのせいで、病気になるんだものね」

「そろそろうちにもどらなくちゃ」ヘレはバケツとほうきに手をかけた。「母さんが料理をしてくれるんだ。今日は、乾燥野菜を手に入れてきたんだよ」

「もうちょっといっしょにいて。明日……明日、あたしはもういないかもしれないから……」

ヘレはバケツとほうきから手をはなした。

「でも、あんまり長くは無理だよ」

アンニは、ヘレの顔についたみみず腫《ば》れを指でなぞった。アンニの指は冷たかった。外は寒いうえ、アンニは手袋をはめていない。だがさわられても痛くはなかった。かえって、気持ちがよかった。

「教師があんたをたたくところを想像するだけで、あたしも、胸が痛くなるわ」

アンニの言葉がうれしかった。だから、アンニがまた口をひらくまでじっとしていた。

「あたしが入院したら、あたしのことを思いだしてくれる?」

「もちろんさ！」

「いっぱい思いだしてくれる？」

「いいよ！」

「じゃあ、あたしたち、本当に愛しあっているのね？」

「決まってるだろ！」

「永遠に？」

ヘレは天をあおいだ。黒い家の壁に四角く切りとられた空が見える。そしていった。

「もちろんさ！」

「それじゃ、キスをして！」

「ぼくがかい？　したければ、きみが……」

「小屋でキスをしたときは、あたしのほうからだったでしょ。今度はあんたの番よ」

ヘレは、だれかに見られていないか、あたりをきょろきょろした。それから自分の顔をアンニの顔に近づけて、そっと口づけした。

「それじゃ、今度はあたしの番」

アンニはそういって、ヘレの唇《くちびる》に口を押しつけた。

それからしばらく、ふたりは並んでたたずんだ。アンニがまた口をひらいた。

「ふたりでオスヴィンの小屋にいたとき、あんたのランドセルを母さんに見られちゃったの」

ヘレも、そうだろうと思っていた。あれから、アンニの母親は変な目でヘレを見るからだ。

「なにかいわれた?」

「直接にはなにも」そういうと、アンニはくすくす笑った。「母さんたら、変なことばかりいうのよ。男の子には気をつけないといけないって。男はろくなことしないんですって」

「なんだよ、それ!」

アンニは笑った。どうもちがう意見のようだ。だが、そのことを口にする機会はなかった。アパートの階段に通じるドアの蝶番《ちょうつがい》がきしむ音がしたと思うと、声がした。

「ヘレ?」

母さんだ。手にロウソクを持っている。

アンニは地下室のドアに身を寄せた。ヘレは急いでバケツとほうきとスコップを持って、ちょうど地下室から出てきたようなふりをしながら、母さんのほうに歩いていった。

「あら、そこにいたの。ずいぶん時間がかかったのね」

母さんはヘレの顔にロウソクの光をあてた。

「ちょっと気分が悪くなって」ヘレはうそをついた。すこしだけ、母さんを憎《にく》らしく思っていた。こんなときに来なくてもいいものを。

台所は居心地《いごこち》がよかった。かまどでは、最後の石炭が燃え、野菜スープの匂《にお》いが部屋じゅうに漂《ただよ》っている。野菜スープはたまらなくおいしかった。肉の味までした。父さんが、牛の骨を手に入れてきたからだ。母さんはそれをスープに入れて煮込んだ。マルタは、そのスープを聖ニコラウスのプレゼントとして受け入れた。父さんは食卓にすわり、パイプの煙《けむり》をくゆらせていた。パイプに火をつけるのは、戦場からもどってきてからはじめてのことだ。新聞紙にくるんだわずかばかりのタバコの葉と牛の骨を、父さんは前線で知りあった戦友からもらってきたのだ。父さんが愉快《ゆかい》な話をするときによく出てくるパウルという戦友だ。その日、偶然に再会したのだという。じつにひさしぶりのことで、お互いに戦争を生きのびたことを喜びあったという。

「まだ痛い？」

母さんはヘレの顔のみみず腫《ば》れのことを心配していた。顔の傷を見るなり、母さんはすぐ軟膏《なんこう》をぬってくれた。それにいつもよりやさしく声をかけてくれる。マルタまで、妙にやさしかった。といっても、スープの残りを母さんがヘレの皿によそうと、マルタはぶつぶつ文句をいったが。そしてハンスぼうやも、今晩はヘレのひざにしかのろうとしなかった。

「ちょっと熱い感じがする」

「今晩はひりひりするだろう」父さんがいった。「手を出すのを拒《こば》んだのは、偉《えら》かったぞ。おまえの歳《とし》で、そんなまねができたかどうか、おれには自信がない」

「偉いのか、おばかなのか、あたしにはわからないわ」母さんはため息をついた。

「偉いに決まっているさ」父さんはいいかえした。「そのフェルスターという奴の言いなりになりたくないって、はっきり意思表示したわけだからな。数週間前なら、ぜんぜんちがう反応をしていただろう」

「それより、明日からどうやって台所を暖めるかが問題よ」母さんはかまどをつつきながら石炭のかすをくべた。「さっき石炭屋のパシュルケのところに寄ってみたんだけど、当分、石炭が入荷する見込みはないそうよ」

父さんは頭をかいた。

「すまない。薪《まき》をさがすひまがなかった。あまりにやることが多すぎて。エーベルトの連中がなにか画《かく》策《さく》しているんだ。だが、それがなにかわからなくて」

母さんは、ヘレがすわっていたソファに並んですわった。

「明日、ティアガルテンの森に行ってみてくれないかしら。枯《か》れ枝の二、三本見つかるかもしれないから」

「あたしもいっしょに行っていい?」マルタがいった。

「シュルテばあさんの手伝いはどうするの?」母さんが聞いた。

「もう、やだ！」マルタはふくれっ面《つら》をした。「いつも上でじっとしているなんて。あたしも、たまにはお出かけしたいわ」

「もうすこしがまんするんだ」父さんはマルタをひざにのせた。「もうすぐよくなるさ。そうしたら、シュルテばあさんの手伝いをしないですむ。だが、ティアガルテンの森はちょっと遠すぎるな」

「いつよくなるの？」

「父さんが仕事につけたらだよ」

「いつまた仕事につけるの？」

「そうだな、クリスマスの頃かな。だけど、来年になるかもしれない」

クリスマスは、マルタにとって覚えやすい日付だ。もう何日も前から、マルタの頭の中にはクリスマスしかなかった。シュルテばあさんが、四年間つづいた戦争が終わって最初のクリスマスだから、特別な夜になる、といったからだ。

「なにかすてきなものをプレゼントしてくれる？」

「ささやかなものならな」

「でも、すてきなものじゃなきゃいやよ」

「マルタ！」母さんがいった。「期待しちゃだめよ。がっかりすることになるんだから」

「でも、クリスマスにはプレゼントが欲しいの」

すると、父さんもいった。

「だめだ。いくらせがんでも、これればかりはどうしようもない。プレゼントすることができるとしても、本当にささやかなものしか無理だろう」

すっかりしょげて、親指を口にくわえているマルタを抱きあげて、父さんは耳元でささやいた。「街になにもないんだから、母さんや父さんにはどうしようもないんだ。いまに世の中がよくなる。それに、学校に行けるようになるぞ。きれいな服を着て、もっと大きくなって、賢《かしこ》くなる。父さんたちはみんな、おまえのことを自慢するだろう。マルタ・ゲープハルト？　それはうちの子だ。みんなが父さんに聞くだろう。なんだって？　あんたがマルタ・ゲープハルトの父親なのか？」

マルタはうれしそうにくすくす笑った。「もっといって！　もっと！」

だが、父さんはその先をつづけられなかった。階段で大きな足音がひびき、話し声がした。

「あれは……」父さんはマルタをひざから降ろした。「モーリッツじゃないか！」

訪ねてきたのは、たしかにモーリッツ・クラーマーおじさんだった。玄関で父さんとおじさんは抱きあった。ふたりはヘレを通してお互いの近況を聞いていたが、顔を合わすのはひさしぶりだ。おじさんは父さんの空っぽのそでをちらりと見て、なにもいわず手をにぎった。父さんは、そういうおじさんの態度がうれしかった。

クラーマーおじさんのあとから、トルーデとアッツェが家に入ってきた。父さんはふたりとあいさつを交わし、母さんは寝室から椅子《いす》をふたつ運んできた。狭《せま》い台所でみんながすわれるように、ヘレはハンスぼうやといっしょに窓際《まどぎわ》のベンチに腰かけた。

「なんかいい匂《にお》いだな。ずいぶん暮らし向きがよくなってるみたいじゃないか」クラーマーおじさんがコートを脱いだ。「しかも暖房まで！　おたくは石炭大臣と付き合いがあるのかい？」

「そうだとうれしいんだけどね！」母さんが笑った。「これでうちの石炭はおしまいよ」

トルーデがマルタをひざにのせた。マルタはすぐトルーデに甘えた。ふたりは、シュルテばあさんのところで知り合いになっていたのだ。トルーデは甘えてきたマルタににこにこしながら、目でヘレにあいさつを送ろうとして、途中で笑《え》みが凍《こお》った。

「それ、どうしたの？」

クラーマーおじさんもおどろいていた。

母さんが、学校でのことを話した。トルーデが目をつりあげて怒った。

「教師ってのは、昔から虫が好かなかったけど。そこまでやるなんて、最低だわ」

「どこの学校に行っているんだ？」クラーマーおじさんがたずねた。学校の名前を聞くと、こうたずねた。「フレヒジヒっていう先生を知っているか？」

「知ってるよ」

「あの先生は独立社会民主党に入っている。いい奴だ。ああいう教師がもっと増えるといいんだがな」

ヘレは、皇帝が逃げたことと、高貴な青い血、ただの赤い血の話をフレヒジヒ先生がしたことをいった。

「あいつらしい！」クラーマーおじさんはにんまりした。「だまっていられなかったんだろう」

「だけど教師なんて、たいていろくでもないわ」トルーデがいいはった。「骨の髄《ずい》まで皇帝に忠誠《ちゅうせい》を誓っているんだから。学校で戦争を賛美して、若者を戦場に送ったのは連中よ。よく覚えているわ」

クラーマーおじさんがうなずいた。

「ほうってはおけないな、ルディ。こんなひどいこと、これ以上許しておくわけにはいかないぞ。ところで、今日来たのはほかでもない。ちょっと深刻なことが起こったんだ。アッツェがその場にいた。ちょっと話してやってくれ」

それまでだまってみんなを見ていたアッツェが、咳払《せきばら》いをした。

「今日、あちこちで集会がひらかれたんだ。ここヴェディンク地区でもあった。ゲルマニア・ホールでね。議題は、前線から帰還《きかん》した兵士のほとんどが、いまだに職が見つからないって問題だ。それからシヨセー通りをデモ行進した。だれも武器を持っていなかったし、警察とも打ち合わせをして、平和に行進していたんだ。ところが傷病兵《しょうびょうへい》通りの角まで来たとき、行進がいきなり止まった。コガネムシ連隊の連中が通りを封鎖《ふうさ》していたんだ。しかも発砲《はっぽう》してきた。機関銃六機で群衆に乱射《らんしゃ》したんだ。死者が何人も出て、おおぜいが負傷した」

「いったいなんでそんなことを?」父さんはひとりひとりの顔を見た。「だって……いくらなんでも、理由もなく、丸腰《まるごし》の人間を撃《う》つなんて」

「理由なんてないさ」アッツェはほきすてるようにいった。「あんなに穏《おだ》やかなデモ行進なんてなかったくらいなんだ。それにデモに加わっていたのは労働者だけでなく、兵士もいたんだ。戦友だぜ。そこに平気で撃《う》ってきたんだ」

「しかし……」父さんはぼうぜんとなって、みんなの顔を見まわした。

「連中は、武器を取りあげられるまで撃ちつづけたんだ」クラーマーおじさんがつづけて話した。「それから駐屯地《ちゅうとんち》に逃げこんだのさ」

「あれは人殺しだった」アッツェがいった。「汚《きたな》くて、あくどい人殺し以外のなにものでもなかったよ」

ふたたび食卓は静まりかえった。しばらくしてから、クラーマーおじさんが口をひらいた。

「話はまだ終わりじゃない、ルディ。昨日、軍の下士官《かしかん》連中が、エーベルトに敬礼して、忠誠《ちゅうせい》を誓ったらしい。そして今日、武装した部隊が労兵《ろうへい》評議会の執行《しっこう》委員を逮捕《たいほ》したっていうんだ」

「執行委員を？　ブッシュ・サーカスで選ばれた？」母さんは信じられないという顔をした。「だけど、ウサギなみにおとなしい連中じゃない」

「でも、エーベルトの内閣を監視する役割になっていたでしょ」トルーデがいった。

「だけど、監視なんてしていないじゃないか！」父さんは蛇口《じゃぐち》に行って、コップに水を注いだ。「労兵評議会の執行会議はエーベルトの内閣に対抗する存在じゃない。片棒《かたぼう》をかついでいる。……みんな、エーベルトの言いなりだ」

クラーマーおじさんの考えはちがっていた。

「軍部の連中にいわせると、そういうわけじゃないんだな。労兵評議会は将軍が権力をにぎることを望まなかっただろう。それだけは譲《ゆず》らなかった」

「それで、どうなったんだ？」

「労働者と水兵が、執行委員を釈放《しゃくほう》するようせまったんだ。兵士を率いていた将校《しょうこう》は、デモのリーダーを撃ち殺せと命令した。おれたちの仲間は運がよかった。兵士たちは命令を拒《こば》んだんだ。そして将校の武器を取りあげて、階級章をはぎとった。もし兵士たちがすこしでも命令に従っていたら、血の海になっていただろうな。それから、兵士のひとりが、労兵評議会の執行委員を逮捕する正式な命令書をもらうため人民代表委員会に出向いたんだ。エーベルトはもちろんそんな文書に署名《しょめい》しなかった。だれが黒幕《くろまく》かばれてしまうからな。それから、どうなったと思う？　突然、なにもかもが勘違《かんちが》いってことになって、執行委員は自由の身になったんだ」

「しかも執行委員たちが軍に捕《つか》まったのと時をおなじくして、別の部隊がエーベルトを大統領にまつりあげたのよ」トルーデがいった。「偶然じゃないってことくらい、どんな奴だって気づくわよ」

「労兵評議会の執行会議もおしまい。人民代表委員会もおしまい。フリードリヒ・エーベルトは、あの偉大なるプロイセン王フリードリヒ大王の再来ってわけさ」

アッツェは、つばをはきたそうな顔をした。

「まだ理解できない」父さんはいった。「いったいぜんたいどうなっているんだ？」

「将軍たちのクーデターだよ」そういうと、クラーマーおじさんは手をのばして、水の入ったコップを父さんから受けとった。「反革命がはじまったんだ。権力の奪い合いさ。軍部は、この四週間でおれたちがやってきたことを、全部ちゃらにしようとしているんだ。権力を取りもどそうってんだ。そのために皇帝を引っぱりだす必要はない。エーベルト大統領に国を治めさせればいいんだ。ただちょっとだけ勇《いさ》み足《あし》がすぎて、うまくいかなかった」

「エーベルトはなんていってるの？」母さんがたずねた。「軍部が大統領にしようとしたことについてだけど」

「いつものとおり駆け引きしているのさ」クラーマーおじさんは水を飲むと、コップを父さんに返した。「政府の同僚《どうりょう》と話しあってみるとさ」

台所がふたたび沈黙に包まれた。それからアッツェがいった。

「あいつら、おれたちが怖《こわ》いのさ。あいつらが思っているくらい、おれたちが強かったらなあ。とっくに勝っているんだが」

「なんでおれたちは強くなれないんだ？」クラーマーおじさんはそういってから、自分で答えを出した。「兵士を味方につけていないからだ」

「味方になってくれるわけがないだろう」父さんはくやしそうにいった。「駐屯地《ちゅうとんち》へ行ってみろよ。よくわかるから。連中は、どう考えたらいいのか、まるでわからなくなっているんだ。エーベルトの仲間がああいえば、おれたちがこういう。労兵評議会《ろうへいひょうぎかい》はエーベルトの口まねばかりして、労働組合活動家はまたすこしちがうことをいっている」

「むずかしいことはわかっているさ」クラーマーおじさんはいった。「だが、ほかに方法がないんだ。兵士を味方につけられなければ、将軍たちに対抗できない」

「エーベルトの仲間たちは、駐屯地であたしたちについてデマを流しているのよ。だまって見ていられないわ」トルーデが父さんに向かっていった。「あたしたちのことを犯罪者呼ばわりして、飢《う》え死にしないためには秩序を取りもどさなければならないって、日に三度は聞かされているのよ。真実を伝えなければ、みんな、あいつらの言葉に耳を貸してしまうわ。兵士たちはヴィルヘルム皇帝の時代から、そういううそをたたきこまれているものね」

「おまえも兵士だったんだから、知り合いがいるだろう。駐屯地に行って、信頼できそうな奴をさがしてくれないか。兵士のあいだで人望があって、頼《たよ》りにできる奴がほしいんだ」クラーマーおじさんが父さんにいった。「じつは赤色《せきしょく》兵士連盟というのを作ったんだ。どうだい、おまえにぴったりだろう。手伝ってくれないか」

「パウルなら、信頼できるんじゃない？」母さんがいった。

「パウル？」

「パウル・クルーゼっていうんだ」父さんがいった。「いい奴だよ。フランドルの前線で知りあったんだ。命を救ったことがある」

「そのパウルっていうのは、兵士のあいだに友だちが多いの？　それとも一匹狼《いっぴきおおかみ》？」トルーデがたずねた。

父さんが笑った。

「あいつは、みんなに好かれているよ。冗談ばかり飛ばして、突拍子《とっぴょうし》もないことを思いつくんだ。小隊《しょうたい》全員の食料をどこかで調達してきたこともある。パウルは玉手箱《たまてばこ》だって、みんないっていたよ」

「そういう奴を仲間にしたい」クラーマーおじさんがいった。「いまおれたちがやっていることは、もう手詰《てづ》まりなんだ。新聞を刷って、ビラをまき、集会をひらく。だけど、だれが読んでくれる？　だれが聞いてくれる？　いつもおなじことのくりかえしさ。だけど、いまはゆっくり仲間を増やしている場合じゃない。これからの数週間で勝負が決まる。数年後では遅いんだ」クラーマーおじさんは懐中《かいちゅう》時計をちらりと見た。「そろそろ行かなくては。明日、クーデター未遂《みすい》に抗議してデモを計画している。まだやらなくちゃならないことが山ほどあるんだ」

父さんはクラーマーおじさんたちといっしょに家を出た。もうすこしクラーマーおじさんたちと話がしたかったのだ。それに、デモを準備するには、ひとりでも多く人手《ひとで》がいる。ヘレはランプをかざして、中庭までいっしょに降りた。そこでひとり残ると、かすかに明かりがもれている半地下の窓をちらりと見た。

アンニはどんな具合だろう。ヘレのことを思っているだろうか。それとも、病院のことを考えているのだろうか。

約束

ヘレは夜遅く眠りについて、朝早く目が覚めた。窓の外はまだ暗い。窓から吹きこむすきま風がヒューヒュー鳴っている。父さんが隙間《すきま》につっこんだ古新聞も、窓にかけた毛布も、役に立たなかった。

そっと体を起こすと、ヘレは両親のベッドの様子をうかがった。

父さんはまだ帰っていなかった。ハンスぼうやは母さんのとなりで寝息《ねいき》をたてている。ヘレはもう一度眠ろうとしたが、できなかった。目が覚めてしまった。眠ろうとすればするほど、頭がさえてくる。

なんで兵士を説得するのがむずかしいんだろう。この四年間ずっとうそをついて、みんなを死に追いやってきた連中じゃないか。おなじ将軍に軍をまかせればろくなことにならないと、どうしてわからないのだろう。それに、エーベルトがその将軍たちと手を結んでいることをみんな知っているのに、なんでエーベルトを支持するんだろう。

国を治めるのはだれでもいいから、とにかく平和になってほしいと望んでいるのだろうか？　それとも、いま、国を治めている者のために戦うという習性が身に染《し》みついているのだろうか。

十一月に成し遂《と》げたことを、父さんは勝利半ばと呼んでいる。本当の革命のためには、まだ半分しなければならないことが残っている。はたしてやり遂げることができるのだろうか。

ベッドの上にうっすらと日の光があたった。もうすぐ母さんの目覚まし時計が鳴る。

ほら、鳴りだした！　母さんはすぐに目を覚まして、目覚まし時計を止め、起きだすだろう。

「父さん、帰ってこなかったね」ヘレはつぶやいた。

「寝ていなかったの？」母さんがたずねた。

「あんまり眠れなくて」

「父さんならだいじょうぶよ。山ほどやることがあるんでしょう」

母さんの言葉は、ヘレに向けていったように聞こえなかった。母さんは、そう確信している。それでも、心のどこかに一抹《いちまつ》の不安が残っていたのだ。ハンスぼうやを台所に連れていき、おむつを替《か》えながら話しかける母さんの様子から、ヘレはそのことを感じとった。

ハンスぼうやのおむつを替えて、顔を洗うと、母さんはなべをかかえて、シュルテばあさんのところへ行った。ばあさんはまだ地下室に石炭を持っていて、かまどに火を起こしていた。母さんは、最後のオートミールを温めてもらうつもりだ。昨日食べた冷たいオートミールは、とてもではないがのどを通らなかった。

そろそろヘレも起きなければならない。起きあがって顔を洗い、マルタをベッドから引きずりだした。マルタはいやがって文句をいったが、顔は笑っていた。なぜかわからないが、機嫌《きげん》がいい。父さんがいないことを気にしないほど上機嫌だった。マルタは蛇口《じゃぐち》の前に立つと、わざと不機嫌な顔をした。ヘレもおふざけにつきあった。マルタの「カラスの行水《ぎょうずい》」が「スズメの行水」にならないよう、山猫のように目を光らせた。

母さんがオートミールを持ってもどってきたとき、マルタはまだ顔を洗い終わっていなかった。だがすぐ覚悟を決めて蛇口から流れでる冷たい水に顔をあて、ヘレが感心しているか盗み見た。

母さんはろくに食べなかった。もう出勤の時間だ。コートをとると、もう一度、ハンスぼうやをなでていった。

「昨日の晩、便がゆるくて、緑色だったわ。なんでもなければいいんだけど」

ヘレは、ハンスぼうやがいびきをかいていたことを思いだした。それに、昨晩ひざにのせたとき、いやにおとなしかった。ヘレはそのことを母さんにいった。

「ハンスぼうやのことを気にかけて、ときどき熱をはかってくれるよう、シュルテばあさんに頼んでおくわ。熱が出るようなら、午後、フレーリヒ先生のところに連れていってね。おねがいよ、ヘレ」

ヘレはため息をついた。病気なら、ハンスぼうやをフレーリヒ先生のところへ連れていくにやぶさかではない。だが、そうなると、ティアガルテンの森に行くひまがなくなる。薪《まき》だって必要なはずだ。

母さんが出かけると、ヘレたちは食事をはじめた。そしてヘレが心配していたとおりになった。ハンスぼうやが食べようとしなかったのだ。口をぎゅっと結んで、あけようとしない。鼻をつまんで、口をあけさせようとすると、手足をばたばたさせた。

「勘弁《かんべん》してくれよ！」ヘレは、怒りがこみあげてきてどうしようもなくなった。万事休すだ。父さんはいない。母さんも出かけた。ヘレはハンスぼうやとマルタをかかえて、なんとかしなければならない。

「ハンスぼうやが食べようとしないんだ！」

別にマルタに助けてもらいたかったわけではない。だがマルタが知らん顔でオートミールを口に入れてはくちゃくちゃ食べているのがしゃくだったのだ。

マルタは大きな目でハンスぼうやを見てから、ヘレを見た。

「病気なら、しょうがないでしょ」

「だけど、食べなくちゃ」

怒りが不安に変わった。エルヴィンのことが脳裏《のうり》に浮かんだ。弟のエルヴィンはゆっくりとやせていき、青白くなっていった。それからせき込みながら、ヘレを見つめているアンニが目に浮かんだ。戦争を起こした張本人である資本家や将軍のことを考えた。すべてに責任があるのに、いまだにのうのうとしている。エーベルトたちがこのまま政権をにぎれば、彼らにはなんのおとがめもないだろう。いままでどおり、土地や財産を持ちつづけることになる。突然、そう、本当に突然、それまで無意識に感じていたことが、はっきりとわかった。父さんや母さんやナウケやクラーマーおじさんやトルーデ、そしてすべてのスパルタクス団員が正しいということがわかったのだ。本当に国が変わるには、皇帝がいなくなっただけではだめなのだ。将軍たちと資本家たちがいなくならなければならない。

「ねえ、ハンスぼうやの分もらってもいい？」マルタは物欲《ものほ》しそうな目でハンスぼうやの深皿《ふかざら》を見ていた。

ヘレは、だめだ、といいたい気持ちをおさえた。

「そんなにがつがつするなよ」

そういって、マルタのほうにハンスぼうやの深皿を押した。戦争でひどい目にあっているのはハンスぼうやもマルタもおなじだ。

マルタはハンスぼうやの深皿に残っていたオートミールをきれいに食べ、背もたれによりかかって、悲しそうにヘレを見た。

「ハンスぼうやは死ななきゃならないの？」

「おまえ、気はたしかか？」ヘレはどなりつけたかったが、マルタがいまいったことを、自分も頭の片《かた》隅《すみ》で思っていた。「ハンスぼうやが死んでたまるか。いいか！　ハンスぼうやが死ぬくらいなら……」

そのくらいなら、自分が死ぬ。そういおうとしたが、ばかげていたのでいうのをやめた。ヘレの望みは、ふたりとも生きつづけることだ。だから、もっとぴったりと思えることをいった。

「だれかを殺すよ」

「だれを？」マルタはびっくりしたが、好奇心にかられて、そうたずねた。ヘレがだれかを殺すなんて、マルタには想像できなかった。だがそれでも、だれを殺す気か知りたかったのだ。

「戦争をはじめた連中だよ」

「頭がおかしいんじゃないの？　みんな、大人じゃない」

「ぼくだって、いつか大人になる」

「大人になったら、だれかを殺すってこと？」

「ちがうよ」ヘレは白状した。「だれも殺したりしないよ。だけど、連中がまた戦争をしようとしても、ぼくは手を貸さない」

ヘレの返事に感動したのか、マルタはしばらくなにもいわなかった。ヘレはマルタとハンスぼうやをシュルテばあさんのところに預けにいったが、そのときもまだマルタは考えこんでいた。

だがヘレは急いでいた。シュルテばあさんに、夜のあいだに黒ずんでおそろしく見えるようになった顔の傷のことを聞かれたが、ろくに返事をせず、ハンスぼうやがなにも食べなかったことだけ伝えた。

「なんてこったい！」シュルテばあさんはため息まじりにいった。「まったくひどい時代になったもんだ」

ばあさんはハンスぼうやを抱いて話しかけた。

「どうしたんだい？　食べないとだめだよ」

ヘレは別れを告げると、階段を駆けおり、中庭を駆けぬけた。学校に遅刻する。それだけはたしかだ。だが、クラスメートが教室に入るところに間に合うかもしれない。

エデは待ち合わせ場所にしている街角にいなかった。待ちきれずに、先に登校したのだろう。ヘレは懸命《けんめい》に走った。だがエデには追いつかなかった。赤レンガを積んだ大きな校門を走りぬけたとき、ヘレは軍用コートを着た人とぶつかった。男の顔も見ずに、走りだそうとすると、ヘレは突然、腕をつかまれた。父さんだった。

「先生と話をしたよ。だが、先生がどういう反応をするかわからない。ああいう手合いには……」父さんも、急いでいるのか、途中で話すのをやめた。「とにかく、学校であったことはなんでも話してくれ。あいつらの好きにはさせない。いいな？」

「うん、わかった」ヘレは息をつきながら答えた。いきなりだったので、父さんがフェルスターと話をしたということしかわからなかった。ふたりがどんな話をしたか聞くひまがなかった。

「ハンスぼうやが病気なんだ。今日の午後、医者に連れていかないといけないかもしれない」

「ハンスぼうやが?」父さんはすこし考えてからいった。「おれは家にもどれない! 大きなデモを計画しているんだ。わかってるだろ。昨日の件だ。皇帝が退位してから最大のものになるだろう。おれは、駐屯地《ちゅうとんち》に行かなくちゃ……」

「ぼくがなんとかするよ」ヘレはいった。「心配しないで」

父さんはヘレを抱きしめた。

「わかった。もう一度いっておく。あいつらの好きにはさせない」

父さんはヘレのほおにキスをすると、足早に去っていった。

ヘレはすこしのあいだそこに立ち止まり、父さんを見送った。父さんはヘレの目線を感じたのか、もう一度ふりかえって、手をふった。ヘレも手をふって、背を向けると、校庭を走った。

クラスメートはすでに教室に入っていた。人気《ひとけ》のない廊下《ろうか》を走り、階段を駆けのぼったが、間に合わなかった。教室のドアはすでにしまっていた。大きく息を吸うと、ヘレはドアをノックして、耳をすました。フェルスターは教室にいる。「入れ!」といわれないかぎり、ドアをあけるわけにいかない。だが、声はかけてもらえなかった。ヘレはもう一度、ノックした。今度はもうすこし強くたたいた。聞き逃すはずはない。それでも、フェルスターは声をかけてくれなかった。

これが、父さんとの話し合いに対するフェルスターの返事なのだ。ヘレはドアから離れ、窓辺《まどべ》によりかかって、校庭をながめた。

学校は静かだった。どこかはずれのほうで、歌声が聞こえる。フェルスターの反応に腹を立ててもいいのに、なぜか怒る気になれない。それに、不安も感じない。なぜだろう。

父さんがいるから。父さんが味方についてくれたから。それだ！ 父さんだけじゃない。母さんだっている。それにトルーデ、クラーマーおじさん、ヘレが好きな人たちはみんな味方だ。だから昨日、フェルスターにいわれても手を前に出さなかったんだ。だからもう怖《こわ》くないんだ。用務員のブラントじいさんが校庭を横切り、どこからか飛ばされてきた枯《か》れ葉をはいている。ヘレはその様子をながめながら、物思いにふけった。そのうち、学校の廊下《ろうか》にいることを忘れ、時間がたったことにも気づかなかった。

一時間目終了のチャイムが鳴って、ヘレははっとした。だが怖くはなかった。体をドアのほうに向けた。ドアがあくと、体をこわばらせた。ところがフェルスターはヘレを無視して、まるでそこにいないかのように、だまって通りすぎていった。

ヘレが教室に入ると、すぐみんなに囲まれた。ノックが聞こえたとき、フェルスターがヘレを中に呼んで、しかりつけるか、ムチでたたくかすると、みんな、思ったのだ。ところがフェルスターはノックが聞こえないふりをした。眉《まゆ》ひとつ動かさなかったという。

ヘレはエデの姿をさがした。話がしたかった。だが、エデの席はあいていた。

武器を持つ者が……

フレヒジヒ先生が黒板のそばに立って、アフリカ大陸の話をしている。砂漠、密林、そして人跡未踏《じんせきみとう》の地にわけいった有名な探検家たち。フレヒジヒ先生は、ドイツの植民地の話もした。ドイツ領南西アフリカ。バントゥー人の土地だ。

「バントゥーとは『人々』という意味になる。だがドイツ政府にとっては人間ではなかった」そういうと、放牧と農業を営んでいたバントゥー人のひとつヘレロス族の話をした。ドイツの植民地支配に対して反旗《はんき》を翻《ひるがえ》した部族だ。「彼らはドイツ人の農場や軍事拠点《きょてん》を襲い、百二十三人の白人を殺した。その中には女性も五人いた。ドイツ政府は南西アフリカに報復の出兵をおこない、二年間に渡ってヘレロス族を掃討《そうとう》して、殺害した。戦闘《せんとう》で死んだだけではない。一族は水辺から砂漠地帯に追いこまれ、のどの渇《かわ》きで死んでいったという。死んだ者の中には女子どももたくさんいた。十万人いたヘレロス族のうち生き残ったのは四分の一。われわれの報復の犠牲《ぎせい》になったのは男女、子ども合わせて七万五千人だ」

フレヒジヒ先生は悲しそうな顔をしたかと思うと、怒りをあらわにした。

「われわれドイツ人の名のもとに、このような事件が起こったことを恥《は》じなければならない」

そしてこうもいった。

「植民地を持つほかの列強《れっきょう》も、似たり寄ったりの残酷《ざんこく》なことをしている。まず自分のドアの前の掃除《そうじ》をすべきだ。そしてこうした残虐《ざんぎゃく》行為を起こした者たちがふたたび権力をにぎらないよう目を光らせなければいけない」

その日最後の授業だったが、だれひとり、よそ見する者はいなかった。これが数週間前だったら、フレヒジヒ先生はこんな話をしようとしなかっただろう。だが今はすっかり事情が変わった。

授業が終わると、生徒たちは学校の前に集まって、フレヒジヒ先生が話したことについてさかんに議論した。ヘレもしばらく議論に加わったが、それからエデの家に向かった。

エデは家にいた。ヘレが口笛を吹くと、エデは窓から顔を出した。ヘレがアディと並んで台所のベンチにすわると、エデはいった。

「来てくれると思ったよ」

「なんで今日、学校に来なかったんだい？　フレヒジヒ先生がアフリカの植民地の話をしてくれたんだ」

「父さんが……夜中に発作を起こしちゃったんだ。ひとりにしておけなかったんだ」

小さなアディがヘレにくっついて、顔をのぞきこんだ。だがなにもいわず、じっと見ているだけだった。ヘレは、エデと食べ物を持っていったときにエデの父親がひどくせき込んだときのことを思いだした。

「ひどかったの？」

「かなりね」

ヘレは、なんといっていいかわからなかった。だから、遅刻したときにフェルスターがどういう反応をしたか話した。父さんが訪ねたことへのフェルスターの報復だったと。

「あいつの顔を見たくない」エデはきすてるようにいった。「今度、手をあげたら、なぐりかえしてやる」

ヘレには気持ちがよくわかった。フェルスターは一見、エデの父親の病気と関係ないように見えるが、フェルスターは向こうについている。ということは、あいつにもエデの父親が病気になった責任があるのだ。

ドアをしめる音がした。エデが立ちあがって、廊下《ろうか》に出た。ズボンと上着を着ているエデの父親がいた。青白い顔をして、エデのそばを通りぬけようとした。

「どこに行くの？　外に出たらだめだよ」

エデの父親はヘレを見た。

「事件のことを聞いていたか？」声がかすれていた。「昨晩……」咳《せき》の発作が起こり、エデの父親はドア枠《わく》をつかんだ。発作がおさまると、壁に手をつけながら台所に入り、椅子《いす》にすわった。

エデの父親がなにを知りたがっているのか、ヘレにはわかった。傷病兵《しょうびょうへい》通りの角で銃撃《じゅうげき》があり、労兵《ろうへい》評議会執行《しっこう》委員たちが逮捕《たいほ》されたことを話した。エデの父親はヘレから目をはなさなかった。ゼーゼーと息をしながら、じっと耳を傾《かたむ》けた。

「おねがいだ、父さん。ベッドにもどってよ」エデがいった。

エデの父親は顔を手でおおった。

「連中はおれたちを悪くいう。おれたちが血の海を、内輪《うちわ》もめを望んでいるという。……同士討《う》ち……おれたちは銃を持つべきか、そうでないか？　……なのに、連中は簡単に引き金をひいた……こんなことが……」ふたたび咳《せき》の発作に襲われた。苦しそうに身もだえしている。顔が真っ赤になったかと思うと、さっきよりも蒼白《そうはく》になり、ほおがこけ、肌がかさかさになったように見えた。

エデは父親の上着を脱がした。

「ベッドに横になってよ。そのほうがいいよ」

父親はエデの肩を借りて立ちあがった。

「武器を持つ者が権力をにぎるんだ」父親はつぶやいた。「いつもそうだ。だからおれたちも、武装しなければいけない。なにもかもだいなしにされるのを指をくわえて見ているわけにはいかない」

「そうだよ、そうだよ」父親が寝室にもどろうとしたので、エデはほっとしていた。

エデがもどってくるのを、ヘレは待った。物思いにふけっていたヘレは、目に涙を浮かべ、鼻をすっているアディを見ようとしなかった。気持ちはやはり病魔《びょうま》に冒《おか》されているアンニや、具合のよくないハンスぼうやのほうに向いていた。なんだか自分や自分の友だちばかり呪《のろ》われているような気がした。だが、それは正しくない。近所のアパートも似たり寄ったりだ。悲惨《ひさん》な状況にないのは、裕福《ゆうふく》な市民が暮らす地区だけだ。この貧困《ひんこん》と苦悩の責任を負っているはずなのに、彼らは責任をとろうとしない。へレは、そのことをこれからも何度も考えることになるだろうと思った。

台所にもどってきたエデは、手紙を持っていて、懇願《こんがん》するような目でヘレにいった。

「帝国議会議事堂に行ってくれないか。自分でこれをとどけたいんだけど、父さんをほうっておけないんだ。それにアディもまだ小さすぎるし」

ヘレは手紙を受けとった。

「預かるよ。どっちみちティアガルテンの森で薪《まき》になる枯《か》れ枝をさがさなくちゃならなかったんだ。だけど、その前にハンスぼうやを医者に診《み》せにいかないといけないんだ」

「手紙は今日じゅうにとどけてくれればいい。また寄ってくれるかい？　いつまた学校に行けるかわからないから」

いうまでもないことだ。だが、そうはいわなかった。


これが運命共同体かい？


シュルテばあさんはヘレが来るのを待ちわびていた。

「まったく勘弁《かんべん》しておくれよ！」シュルテばあさんは開口《かいこう》一番、文句をいった。ハンスぼうやをフレーリヒ先生に診せにいってくれたのだ。そのとき、マルタもいっしょに連れていった。フレーリヒ先生ははじめにハンスぼうやを診《み》て、それからマルタのことを診察した。ふたりとも栄養失調で、ハンスぼうやはとくに栄養障害にかかっていると、先生は診断した。

「なにか処方箋《しょほうせん》を書いてくれた？」

「もちろん書いたさ。書いてくれたともさ！」シュルテばあさんは、心配の種があるときの常《つね》で、食卓をたたいた。「とりあえず手に入るものをね。ウイキョウ茶に粉ミルク。新鮮な牛乳や砂糖は書かなかったよ。どうせ手に入らないからね」

ヘレはハンスぼうやを腕に抱いて話しかけた。だがハンスぼうやはぐったりしていて、喜びもしなければ、声も出さなかった。

「それじゃ、薬局に行ってくる」

「その必要はないよ。あたしが行ってきたからね」シュルテばあさんは段ボール箱の上に置いてあるふたつの紙包みを指さした。粉ミルク二百グラムって先生は書いたけど、薬局は五十グラムしか売ってくれなかったよ。月曜日にまた取りにいくといい」

フレーリヒ先生に診てもらうには、三、四時間は待ち時間をみなければならない。待合室はいつも人でごったがえしている。シュルテばあさんは、午前中いっぱい仕事をあきらめて、時間をとってくれたのだ。しかも薬局にまで行ってくれたなんて！

ミシンをカタカタいわせながら、シュルテばあさんはいった。

「こんな時代に大きくならなくちゃいけないなんて、まったくひどい話さね。だけど、しかたないね。

これも神さまの思し召《おぼめ》しだよ」

「それじゃ、ぼくは薪《まき》になる枯《か》れ枝をさがしにいってくる」マルタにそういうと、ヘレは肩をすくめた。

「きっと遅くなると思うよ」

マルタはヘレに顔を向けず、シュルテばあさんから渡されたスリッパを段ボール箱に入れた。

「食事はどうするんだい？」ばあさんがたずねた。「この子たちに、なにかやらなくちゃ」

ヘレは肩をすくめた。食べ物はなにもない。夕方、母さんがなにか買ってきてくれるはずだ。

「おお、神さま！　なんてこったい！　さあ、早くお行き！　乾《かん》パンならすこしあるから。小さいほうには、粉ミルクを溶いて飲ませるよ。大きいほうは」ばあさんはそういってマルタを見た。マルタも十分小さいが、突然、大きいほうになってしまった。「乾パンを食べさせるよ」

「ありがとう」そういうと、ヘレは家に寄って、ランドセルを置き、のこぎりと袋をかかえた。そしてエデから預かった手紙を上着のポケットに入れて、家を出た。

アンニの部屋の窓の前を通ったとき、ヘレはすこし立ち止まった。エデのところからもどったとき、アンニがまだ家にいるか確かめるため窓をたたこうとしたが、そのときも、そしていまも、ヘレは窓をたたかなかった。アンニがいなければ、母親が窓をあけるだろう。そうしたら、なんといっていいかわからない。

ふたつ目の中庭でオスヴィンと出会った。オスヴィンはヘレの顔を見て、びっくりした。

「なにをされたんだ？」

ヘレは簡単にわけを話した。だが質問する時間を与えなかった。オスヴィンも、なにもたずねなかった。フェルスターが怒りにまかせて暴力をふるったことにショックを受けたようだが、ほかのことに胸を痛めていた。ヘレが話し終わると、帽子を脱いで、後頭部をかき、それから市内がデモ隊で埋《う》まっているといった。

「スパルタクス団が工場にビラをまいて、労働者をデモにかりだしたんだ。王宮厩舎《きゅうしゃ》の前でリープクネヒトが演説し、戦勝大通り《ジーゲスアレー》でもほかのだれかが演説していたよ。デモ隊が兵隊の武装を解除して、いま、自分たちが武器を持って街じゅうを行進している」

「昨日の事件のせいだ」

「そんなのデマに決まっている！　エーベルトが労働者に向かって発砲《はっぽう》するよう命じるなんて」そうはいっても、オスヴィンにも自信がなかったようだ。ヘレには、オスヴィンの気持ちが揺《ゆ》れているのがわかった。だがのんびりしゃべっているひまはない。手紙をとどけ、薪《まき》を集めなければ。

「薪だと？　それはちとむずかしいぞ。ゼーネフェルト広場なんか、月世界のようだ。ベンチがひとつ残らずなくなっちまった。それに、公園のまわりの木の枝も切られている」

薪を見つけるのがむずかしいことは、ヘレにもわかっている。だが、さがすしかない。手回しオルガンを押すオスヴィンの後ろ姿をちらりと見てから、中庭をつなぐ通路を抜けて、帝国議会議事堂に向かった。

通りはいつもほど人気《ひとけ》がなかった。抗議デモは終わったようだ。フリードリヒ通りとウンター・デン・リンデン通りが交差する角まで来ると、道路が混みはじめ、いつもよりも人が多くなった。みんな、バスや路面電車に乗りこもうとしたり、近くの都市高速鉄道の駅に向かって歩いている。きっと家路《いえじ》についたデモ参加者たちだろう。街角の喧噪《けんそう》をしばらくながめてから、ヘレはブランデンブルク門の向こうに広がるティアガルテンと帝国議会議事堂のある右手に曲がった。

囚人《しゅうじん》護送車がヘレを追い越した。そのあとからトラックがやってきた。労働者と、銃をひざにかかえた水兵を満載《まんさい》している。ヘレは、いつものように水兵の顔をさっと見た。アルノとハイナーがいるかもしれない。だが水兵のほとんどはヘレに背を向けていて顔が見えなかった。

帝国議会議事堂の入り口を警備する兵士がしばらく封筒とにらめっこをし、となりの兵士のほうを向いて、宛名《あてな》に覚えがあるかたずねた。ふたり目の兵士はその名を知っていて、ヘレに部屋番号を教えた。ヘレはいわれた部屋に向かい、ドアをノックした。今回はこの巨大な建物に入っても、はじめておとずれたときほどの不安を感じなかった。

鼻メガネをかけた大きな男がドアをあけた。ヘレはその男に手紙を渡した。男は差出人《さしだしにん》を確かめてうなずくと、ふたたびドアをしめた。

簡単に用事がすんだので、ヘレは議事堂の外に出て、ブランデンブルク門のそばを通った。門の前を通りながら、ウンター・デン・リンデン通りのほうをのぞいた。囚人護送車がとまっていて、そのまわりに人だかりができている。好奇心にかられて、ヘレは右に曲がるべきところを左に曲がった。ティアガルテンの方向ではなく、ウンター・デン・リンデン通りの方向に曲がったのだ。

囚人《しゅうじん》護送車とトラックは、ホテルの前にとまっていた。玄関に金色の文字でブリストルという看板《かんばん》がかかっている。ヘレは野次馬《やじうま》をかきわけながら、だれかを逮捕《たいほ》するところらしいと小耳にはさんだ。それで囚人護送車が来ていたのだ。

ホテルの玄関に、労働者と水兵がひとりずつ見張りについている。ふたりとも、銃を構えている。その顔つきを見れば、遊び半分でないことがわかる。

しばらくして、数人の水兵が玄関にあらわれ、野次馬をどかして、玄関前に人垣《ひとがき》を作った。身なりのいい男たちが何人もホテルから出てきた。みんな、上品なコートをはおり、靴の上からゲートルを巻いている。正真正銘《しょうしんしょうめい》の貴族だ。そのうちのひとりは片メガネまでかけている。みんな、水兵と武器を持った労働者に引っ立てられた。

「どこのどいつだい？」野次馬のひとりが叫んだ。「まるで映画の中から出てきたみたいじゃないか」

「紹介しよう」水兵のひとりがそういって、身なりのいい貴族のひとりをさした。「このお方は、火事場《クラフト・》の馬鹿力《ホーエンローエ》大公《たいこう》だ！」

そしてふたり目をさして、雄牛村《シュティアストルフ》伯爵《はくしゃく》だといった。ホテルの前に集まった人々が、名前を聞いて笑った。笑わなかったのは、その紳士《しんし》たちだけだった。

「名前は本物だぜ」人垣を作っていた労働者のひとりがいった。「だけど中身は本物じゃない。ろくでもない連中さ」

貴族たちは次々と出てきた。あまり多すぎて、ヘレは途中で数えるのをやめた。水兵と労働者に囲まれた貴族たちはひそひそ声をかけあっている。野次馬の数がどんどん増えて、やがてヘレはなにも見えなくなった。野次馬をまたかきわけて前に出たとき、なんと知った顔を見つけた。ハイナーとアルノだ。ふたりは玄関に立っていた。アルノは貴族たちから取りあげたらしい拳銃《けんじゅう》を野次馬に見せ、ハイナーは押収《おうしゅう》したビラをひらひらさせていた。

「このビラはイギリスにばらまかれることになっていたんだ」ハイナーは説明した。「イギリス軍とフランス軍をおれたちのところに侵攻《しんこう》させようとしていたんだ」

ビラを読んだ年配の女が、丸めて投げ捨てると、貴族たちの前に出て、つばをはきかけた。

「これが運命共同体かい！　これが祖国愛かい！」

女が腕をあげて、貴族たちになぐりかかろうとするのを、アルノが止めた。

「やめるんだ、おばさん！　そんなことをする価値もない奴らだ。フランスの貴族たちとドイツの貴族たちは、ドイツの労働者と貴族よりも仲のいい間柄《あいだがら》なんだ。しょうがないだろう」

「同胞《どうほう》よ、力を合わせよう！　冗談じゃねえぞ。こいつらに、思い知らせてやれ」

貴族たちはまったく顔色を変えなかった。むしろ退屈そうな表情をしている。労働者のひとりが、囚人護送車の扉《とびら》をあけるように合図《あいず》した。貴族はひとりずつ、中に押しこまれた。

「ハイナー！」そういって、ヘレはハイナーのそでをやっと引っぱることができた。水兵がふりかえった。すこしきょとんとしていたが、すぐに満面の笑《え》みになった。

「フリッツか？」

「ちがうよ、ヘルムートだよ」

「ああ、ヘレだな！　見ていたのか？」

「うん！」

「高慢《こうまん》ちきな連中だよ！　あいつらの思いどおりになっていたら、明日、おれたちが銃殺《じゅうさつ》されるところだった」ハイナーは顔をしかめていった。そばかす顔のアルノもヘレに気づいたが、あいさつしているひまはなかった。

「ほら、急げ！　ちゃんと歩くんだよ！」そうどなってから、あわてて歩きだした将校《しょうこう》のことを笑った。

「みんな、おまえらから教わったことだ。おもしろいよな」

その将校が囚人《しゅうじん》護送車に入ると、アルノは銃を肩にかけ、ヘレに手をさしだした。

「どうしたんだ？　顔をサーベルで切られたみたいに見えるぞ」

「サーベルじゃないよ。教師にムチでなぐられたんだ」

「そりゃ、ひでえ話だ」

「ほんと、ひどい目にあったよ」

囚人護送車の扉《とびら》がしめられて、残りの労働者と水兵がトラックに乗りこみ、野次馬《やじうま》も散った。

「あいつらをどこに連れていくの？」

「アレクサンダー広場の拘置所《こうちしょ》だよ」ハイナーがいった。

ヘレがっかりしているのに気づいて、アルノがいった。

「ついてくるか？　このあいだで、もう慣れているだろう？」

ヘレはおなじことを二度いわせなかった。すぐトラックに乗りこみ、荷台のベンチに腰かけた。ハイナーとアルノは荷台のあおりを閉じると、それを乗りこえて、ヘレのとなりにすわった。

「その顔、なにがあったか話してくれ」アルノがいった。

ヘレはフェルスターのことを話した。もう何度も話しているが、今回は二十人近くの大人が聞き手だ。大げさに話しすぎないように気をつけた。くりかえし話すうちに、ヘレの中で物語がどんどんふくらんでいたからだ。男たちは熱心に聞いてくれた。そしてヘレが話し終わると、年配の労働者がヘレの肩に手を置いていった。

「ほうっておくんだ、ぼうず！　そんなやり方はおれたちが終わらせる」

大きな帽子をかぶった小柄《こがら》な女性

トラックはアレクサンダー広場の警視庁の前でとまった。赤レンガの巨大な建物を見て、ヘレはエデの父親が解放されたときの話を思いだした。逮捕《たいほ》された者たちが囚人護送車から降ろされ、労働者と水兵たちによって、警視庁に引っ立てられた。貴族たちはあいかわらずしゃっちょこばって、尊大《そんだい》なふりをしていたが、すこしおびえた顔をしていた。

トラックに乗っているあいだ、ハイナーは口数が少なかった。トラックを降りてからも、あまりしゃべろうとしない。逮捕者《たいほしゃ》は七十人以上だ、と労働者のひとりがうれしそうに数えた。全員を警視庁に連行すると、ハイナーはふたたびトラックに乗って、だまって銃身《じゅうしん》を両手でつかんだ。

ヘレも、なにをいっていいかわからなかった。四週間前はもっと簡単だった。官庁街《かんちょうがい》をねり歩いた人々はみな、親戚《しんせき》になったような気分だった。だがいまはちがう。ハイナーとヘレはただ顔見知りというだけの大人と少年だ。それ以上、なんの関係もない。

アルノがもどってきて、ハイナーからタバコをもらい、気持ちよさそうに煙《けむり》をはいた。ふたりは、貴族を連行した水兵と労働者たちがもどってくるまですることがなかった。

「なにをするつもりだ？」アルノが、ヘレのかかえていたノコギリと袋を見ていった。

「枯《か》れ枝さがしだよ」

「どこでさがすつもりだ？」

「ティアガルテンの森だけど」

「いまからか？　すぐに日が落ちてしまうぞ。枯れ枝さがしは無理だろう」

アルノのいうとおりだった。すでに日が暮れはじめている。夜になったら、枯れ枝さがしはできない。

「そんなにしょげるな。よかったら、おれたちのところに来いや。椅子《いす》をいくつか壊《こわ》せばいい。薪《まき》のいっちょうあがりだ」アルノはにこにこ笑った。「ヴィルヘルムは、家具をたくさん残していったんだ。多すぎてもてあましているんだ」

貴族を引き渡した水兵と労働者たちがもどってきて、運転席のドアをたたき、うたた寝していた運転手を起こした。それからみんな、荷台に乗った。

「どうだい。なにごともなく引き渡せたか？」アルノがたずねた。

「それがなあ」労働者のひとりがいった。「どうも妙なんだ。あいつら、すぐに釈放《しゃくほう》されるような気がする」

「その場で銃殺《じゅうさつ》にしちまえばよかったんだ」口ひげをはやした水兵がいった。

「なにをいってるんだ！」ハイナーはタバコの吸い殻《がら》を道にはきすてた。「そんなことをしたら、軍を市内に入れる口実を作るようなもんだ」

口ひげの水兵はなにもいわなかった。だが、考えを変えていないことは、ヘレにもわかった。

トラックはまずノイケルン地区にまわり、労働者たちを降ろした。労働者のひとりが、荷台から降りるときに、持ち歩いていて食べるのを忘れたパンの切れ端をヘレにくれた。

「ほら、これをやる。元気を出せよ」

男がいったのは、顔のみみず腫《ば》れのことだった。ヘレは礼をいって、パンの切れ端をさっそくかじった。

ノイケルン地区から市内にもどるあいだに、あたりはすっかり暗くなった。町を照らすのは、街灯《がいとう》とショーウィンドウの明かりをつけているわずかな商店だけだった。トラックに乗っている水兵たちはふたたび押しだまった。ヘレは、自分が場違いなところにいるような気がした。もしヴェディンク地区の近くだったら、トラックから降りて、歩いて家に帰りたいところだ。しかし南のノイケルン地区から歩いて帰るのは無理だ。

「ん、どうした？」

トラックがブレーキをかけた。アルノが荷台の幌《ほろ》から体を出して様子を見た。ヘレとハイナーも通りをながめた。

通りの角に人だかりができている。明るい声が聞こえ、ときどき拍手《はくしゅ》が起こり、ときおり口笛が聞こえた。水兵たちはトラックから降りた。最初に降りたのは、ハイナーとアルノ、そしてヘレだった。ヘレはふたりのすぐ後ろについて歩いた。

「あら、水兵さんたちが来たわ！」

人だかりの中にとても小柄《こがら》な女性が立っていて、近くにやってきた水兵たちに親しげにほほえみかけた。その女性は、壁にはられた一枚のポスターの前に立っていた。そのポスターにはこう書かれていた。


労働者諸君！　市民諸君！

祖国は崩壊《ほうかい》の危機にある。みんなで救おう！　敵は外にはいない。内側にいる。スパルタクス団だ。スパルタクス団のリーダーを殺せ！　リープクネヒトを殺せ！　そうすれば、平和と職場とパンを手にすることができるだろう。

その下には「前線兵士一同」と署名《しょめい》されていた。

「反革命がついに本性をあらわしました」小柄な女性が大きな声でいった。「殺人をあからさまに煽《あお》るとは、なんという人たちでしょう。本当に前線の兵士なのでしょうか？　前線の兵士はまだベルリンにもどっていません。いまだに懲《こ》りない将軍たちに決まっています。彼らが扇動《せんどう》した結果を、わたしたちは昨日目撃しました。ショセー通りの殺人は偶然ではないのです」

「あれはローザ・ルクセンブルクだ」ハイナーがアルノにささやいた。

ローザ・ルクセンブルク？　ヘレは小柄な女性を見つめた。青白い顔、白髪まじりの髪、大きな帽子。その名はカール・リープクネヒトとともに語られることが多い。父さんもよくその名を口にする。ローザ・ルクセンブルクは、リープクネヒトとおなじように長いあいだ投獄されていた。そしてベルリンで革命が起こる一日前、ブレスラウの労働者たちによって監獄から解放されたのだ。

だがローザ・ルクセンブルクは、どう見ても革命の闘士《とうし》ではない。どちらかというと、ウンター・デン・リンデン通りを歩く上流階級の女性みたいだ。

「わたしたちは皇帝を追放しました。しかし、それでなにを達成できたのでしょう？」ローザ・ルクセンブルクは問いかけるように群集を見まわした。「なにが変わりましたか？　バーデン大公《たいこう》マックスがすわっていた席に、いまはフリードリヒ・エーベルトがすわっています。そのとなりにいるのはだれでしょう？　ヴィルヘルム皇帝時代とおなじ将軍たち、裁判官たち、官僚《かんりょう》たちではないですか。どこに旧体制とのちがいがあるのでしょう？」

まわりでぶつぶついう声があがり、やがて文句をいう声が聞こえはじめた。どこかでだれかが甲高《かんだか》い口笛を吹いた。

ローザ・ルクセンブルクは群集が静まるのを待って、話をつづけた。

「このいわゆる新政府は、カールとわたしが再三《さいさん》、暗殺の脅迫《きょうはく》を受けていることを知っています。そのことに、なにか対処してくれているでしょうか？　なにもしてくれません！　エーベルトは労働者のみなさんを裏切り、将軍たちと手を結んだのです！　彼と彼の政治にわたしたちが反対しなければ、革命はついえるでしょう」

反論する声が大きくなったが、しだいに拍手《はくしゅ》にかき消された。アルノがひときわ大きく拍手した。

「昨晩の暴挙《ぼうきょ》を見ればはっきりしています。わたしたちは警察と軍の武装解除をしなければなりません」ローザ・ルクセンブルクは水兵たちのほうを見た。ヘレにも、顔がはっきりと見えた。鼻がかなり大きく、大きな黒い瞳をしている。その瞳がさきほどのやさしさとはうってかわって、険《けわ》しいまなざしに変わっていた。

「労働者民兵部隊がその役割を担《にな》わなければなりません。革命を守るために赤色《せきしょく》連隊が必要なのです。士官《しかん》、下士官《かしかん》は全員、退役《たいえき》しなければなりません。役人はすべて労兵《ろうへい》評議会の共鳴者に交代しなければなりません。それよりなにより、食糧《しょくりょう》を押収《おうしゅう》して、人民の食べ物を確保しなければなりません」

いっせいに拍手があがり、大きな帽子をかぶったローザ・ルクセンブルクは、にっこり笑《え》みを浮かべた。さらに演説をつづけようとしたが、となりに立っていた銀髪の男が懐中《かいちゅう》時計を出して、彼女になにかささやいた。ローザ・ルクセンブルクは肩をすくめ、群集に別れのあいさつをした。人々は、彼女が自動車まで行けるように道をあけた。

ローザ・ルクセンブルクと銀髪の男を乗せて自動車が走っていく前に、ヘレは彼女が足を引きずっていることに気づいた。並《な》みいる男たちに囲まれて、ローザ・ルクセンブルクは弱々しく見えた。

ハイナーも走り去る車をしばらく見送っていた。それからポスターをひっぺがし、破りすてた。

どこの出でもいい、どこへ行くかが問題だ

王宮厩舎《きゅうしゃ》は、ヘレが日頃から圧倒されている王宮付近の建物のひとつだ。そのそばを通るたび、ヘレはつくづく自分がちっぽけで役立たずな人間だと思わされる。皇帝の馬を預かるその巨大な建物は、いつもヘレのことを威圧《いあつ》していた。そこが厳密にはただの馬小屋だということがどうしても理解できなかった。

そしていま、ヘレはトラックに乗ったまま、水兵が見張りについた門をくぐって王宮厩舎に入った。禁じられていることをしてしまったという気持ちばかりがまさって、好奇心を覚えるところまでいかなかった。

ほんのりと明かりのともる中庭は、行き交う人でごったがえしていた。ヘレは、ハイナーとアルノに

くっついて、いくつも廊下《ろうか》を進み、大きな板張りの広間に入った。そこにはいくつも長いテーブルが並べてあり、水兵たちがブリキの深皿《ふかざら》によそったスープをスプーンですくっていた。だれも、新しくやってきた者に目もくれなかった。

「ちょうどいいときにもどったな」アルノはブリキの深皿を積みあげたテーブルから深皿を三つとって、ヘレとハイナーにひとつずつ渡し、食事の順番を待つ水兵たちの行列に並んだ。

ヘレは、いっしょに食べてもいいのか不安だったが、ハイナーはだまって、後ろからヘレを押した。スープをよそっている給仕《きゅうじ》係は、ヘレが深皿を出しても、顔色ひとつ変えなかった。

三人はほかの水兵たちにまじって、長いテーブルにすわり、スープを飲んだ。そのときはじめて、ハイナーがにっこりほほえんだ。

「家じゃ、ろくに食べ物がないんじゃないか？」

ヘレは夢中で熱いスープを飲みながら、だまってうなずいた。

警視庁の前で、貴族を銃殺《じゅうさつ》にしてしまえとうそぶいた、口ひげの水兵が向かいにすわった。その水兵はとなりの水兵とローザ・ルクセンブルクのことを話題にした。

「あの女もブルジョアだよ。リープクネヒトとおなじだ。あいつらが権力をにぎれば、おれたちなんか、お払い箱さ」

アルノがふいに顔をあげた。

「本気でいっているのか？」

「ああ、そうともよ」

「そうかい？」アルノはそういうと、なにか考えるようなしぐさをして、いきなり深皿の中身を相手の顔にぶちまけた。テーブルのまわりが死んだように静まりかえった。数人が笑った。口ひげの水兵は突然のことで、ぼうぜんとしていたが、すぐアルノになぐりかかった。

アルノはあごをなでながらいった。

「やる気か？」

口ひげの水兵はすこし考えてから、腕をのばした。

「やってやろうじゃないか」

アルノはその腕をつかんで、自分のほうに引っぱった。

「これでもくらえ！」

そう叫んで、なぐりつけた。

口ひげの水兵は吹っ飛んだ。なにかつかまれるものをさがしたが、なにもない。椅子《いす》とテーブルのあいだにころがり、ものすごい剣幕《けんまく》で起きあがったかと思うと、テーブルを飛びこえて、アルノになぐりかかった。アルノはよろめいたが、まだスープがなみなみついである深皿をつかんで、またしても口ひげの水兵の顔にぶちまけた。

まわりの水兵たちはアルノに喝采《かっさい》を送った。口ひげの水兵は顔にかかったスープをそででぬぐった。だが髪の毛やひげにスープの具がはりついていた。口ひげの水兵はそのままゆっくりとアルノに向かっていった。アルノは広間の中央で腕を広げ、腰を低くした。口ひげの水兵も腕を広げて中腰《ちゅうごし》になった。ほかの水兵たちはふたりをけしかけ、遠巻きにして見物していた。

「おいで！」ハイナーが立ちあがった。「薪《まき》になるものをさがそう」

ヘレはだまってハイナーについていった。後ろで、アルノと口ひげが取っ組み合いをはじめた。ふたりしてテーブルの上をころがり、相手を組みしこうとした。

ハイナーは、アルノのやり方が気に入らないようだ。きれいな彫《ほ》り物をほどこした椅子《いす》のひじあてをつかむと、いらだちをぶつけるように床にたたきつけた。椅子はこなごなになった。

「よく燃えそうじゃないか」ハイナーは椅子を次々壊《こわ》していった。ヘレは残骸《ざんがい》を袋に詰めた。きれいな椅子をこわすのは残念だったが、「椅子は替《か》えがきく。だけど、人間には替えがない」というハイナーの言葉にはうなずけた。

ヘレの袋がいっぱいになった。これ以上はかつげそうにない。ハイナーはヘレを連れて中庭に行き、ズボンのポケットから紙切れと鉛筆を出した。

「おれの親の住所をメモする。いまでもまああの暮らしをしている。ジャガイモと牛乳くらいなら、すこしは分けてくれるだろう」

ヘレはメモを受けとると、ポケットにしまった。

「ありがとう」

「ハイナースドルフまでの行き方は知っているか？」

「最初、都市高速鉄道に乗って、それから郊外電車に乗りかえるんでしょ？」

ハイナーはうなずいた。

「クリスマスの直前に行くといい。いつも家畜《かちく》を殺して肉にするから。それでなくてもなにかくれるはずだ」

ハイナーは、みんなのところへもどる気がしないのか、ヘレといっしょにだまって王宮の広場を歩いた。シュプレー川の川岸の鉄柵《てっさく》まで来ると、立ち止まってたずねた。

「なんでふたりで薪さがしをしないんだ？　ふたりは友だちなんだろう？」

「ケンカしちゃったんだ。フリッツのお父さんが皇帝派で」

「それがどうした？　おやじがどういう考えをもとうが、友だちのせいじゃないだろう」

「でも、親とおなじようなことをいうものだから」

「しかたないじゃないか。家や学校で教えられたことをいうのはあたりまえのことだ」

「それはわかるんだけど。でも、あいつがくだらないことをいうのに、だまってうなずけっていうの？」

ハイナーはタバコに火をつけて、マッチを川に捨てた。

「おれも中高等学校《ギムナジウム》に通っていたんだ。おやじは、おれのことを出世させたかったのさ。自分とおなじ牛飼いで終わらせたくなかったんだ。だが勉強には身が入らなかった。いつも海にあこがれていたんだ……戦争がはじまったとき、おれは志願した。ちょうど十七だった。皇帝と祖国のために死ねれば本《ほん》望《もう》だと思ったんだ。しかも大海原《おおうなばら》で戦えるってな」

ヘレは、よりかかった鉄柵《てっさく》が冷たかったが、そのまま立っていた。

ハイナーは王宮厩舎《きゅうしゃ》のほうを見た。

「戦友たちに出会わなかったら、おれは向こうについていたかもしれない。わけもわからずにな。わかるか？」

ヘレはうなだれた。ちがう立場の友だちがいなければ、フリッツは父親とおなじになってしまう。そういいたいのだ。

ハイナーはヘレに腕をまわして引き寄せた。

「どこの出でもいい、どこへ行くかが問題だ。出身で人間を判断したら、おれたちにはカール・リープクネヒトもいないし、ローザ・ルクセンブルクもいないことになる」

ふたりは王宮の橋にたどりついた。ハイナーはヘレに手をさしだした。

「このあいだ会ったとき、おまえたちふたりのことがよくわからなかった。労働者の子と中高等学校《ギムナジウム》の子が親友になるなんて、なかなかないことだからな」

ヘレはなにもいわなかったが、フリッツを訪ね、ちゃんと話をしようと心に決めていた。ハイナーはヘレの手をはなした。

「おふくろとばあさんによろしくいってくれ。おれは元気でやっているって伝えてくれないか。だけど、おやじには会わないようにしろよ。おやじも皇帝派で、赤の息子にへそをまげているからな」

ヘレは、闇《やみ》に紛《まぎ》れて消えていくハイナーの後ろ姿を見送った。それから駆けだした。アッカー通りまではまだ遠い。急がないと、両親を心配させてしまう。だが一度立ち止まって、袋を降ろし、メモした紙を出してみた。ハイナーの母親の名前が書いてあった。ベルタ・シェンク。ハイナーの本名はハインリヒ・シェンクだということがわかった。フリーデリケという自分の名前が嫌いなシュルテばあさんがいっている。

「名前なんて泡《あわ》のように儚《はかな》いもんさ」

けれども、名前がわかれば、知らないよりも相手のことがわかった気になれる。

中庭で

階段をのぼっているあいだから匂《にお》っていた。ドアの前に立ってノックする前から、ヘレにはわかっていた。母さんが料理している。馬肉だ！　そういえば、三十二番地の側溝《そっこう》になにか細長い黒いものがころがっていた。道路の反対側を歩いていたとき、ドブネズミが通りを走り去るのを見かけた。ドブネズミが食べていたのは馬の内臓だったんだ。

「ずいぶん遅かったわね」

母さんは、ヘレが帰ってきて、本当にほっとしているようだ。ヘレはすぐになにがあったか話したかったが、ひと言も話せなかった。こんなに長い話は玄関に立ちながらでは話せない。だからそのまま台所に入って、袋につっこんだ椅子《いす》の残骸《ざんがい》を出した。母さんはそれを見て、あぜんとした。ヘレは、ソファに眠っているマルタの横にすわって、ハイナーとアルノに会ったところから、なにがあったか全部話した。

「ローザ・ルクセンブルクを見たの？」母さんは信じられないという顔をした。ヘレの話の中でも、ローザ・ルクセンブルクにとくに反応した。「うわさのとおり、本当に小柄《こがら》だった？」

「うん、とっても小さかったよ。それからかなり大きな帽子をかぶっていた。父さんとおなじようなことを演説していた。でも、しゃべり方がちがっていた」

「そりゃそうよ。ローザはよく本を読んでいるもの。それに、どれだけ演説してきたことか。だれにも太刀打《たちう》ちできないわ」

母さんは椅子の残骸をかまどの横に積みあげ、椅子の背もたれをひとつ、かまどにくべた。それからシュルテばあさんから三十二番地で馬が死んでいるという話を聞いたことを、ヘレに話した。

「いきなり死んでしまったそうよ。たぶん、弱っていたんでしょう。御者《ぎょしゃ》が運び去る手配をする前に、みんなが群がったわ」母さんは笑った。「あたしは仕事から帰ったばかりだったんだけど、話を聞いて、すぐに包丁《ほうちょう》を持って飛びだしたのよ！　ほかの人たちがもう肉を切りとっていたけど、うまいこと足の肉を手に入れることができたわ。そのあとシュルテばあさんから石炭を三つゆずってもらって料理したわけ。今日は本当に幸運だったわ」

「父さんはまだ帰ってないの？」

「帰ってきたけど、またすぐに出かけてしまったわ」母さんは馬肉のスープを深皿《ふかざら》に入れて、ヘレにさしだした。

「お飲みなさい。体が温まるから」

ヘレは息を吹きかけずに、すこしだけ飲んだ。熱いものを飲みこんで、胃の中から温かくなるのが好きだったのだ。

母さんはふたたびかまどに向かって、ハンスぼうやのことを話した。まだ具合がよくならなくて、ベッドに寝かしてあるという。それから、はっとして、こういった。

「フィーリッツさんが今日、アンニを病院に連れていったそうよ。聞いていた？」

やはり、入院は今日だったのだ！

「どこの病院？」

「慈愛《じあい》病院だそうよ」

慈愛病院というのは、大学病院のことだ。たくさんの建物と公園のある巨大な病院だ。エルヴィンもそこに入院するはずだった。だがベッドがあいたときはすでに手遅れだった。

「フィーリッツさんも大変よ」母さんはため息をついた。「仕事があるのに、ふたりの小さな子をだれに見てもらったらいいの？」

問いかけるような言い方だったが、母さんはヘレから返事を期待しているわけではなかった。ヘレはスープで体が温まって、急に疲れを覚えた。台所は居心地《いごこち》がよかった。椅子《いす》の背もたれが燃えて、パチパチはぜている。マルタは枕に頭をのせて目をつむり、ため息のような寝息《ねいき》をたてている。ヘレもふっと眠りこんだ。

どのくらい寝ていただろう。人の声で目が覚めた。声は廊下《ろうか》から、しめたドアを通して聞こえてくる。小さな声だが、興奮している。ヘレははっとして腰をあげた。夢でも見たんだろうか？

ささやきあう声は夢ではなかった。ヘレは寝ぼけながら玄関に行って、ドアをあけた。

「起こしてしまった？　ごめんなさい」

廊下にいたのはトルーデだった。となりにアッツェも立っていた。

「屋根づたいに逃げたほうがいいわよ」母さんがいった。

「この鉄砲《てっぽう》はどうする？」アッツェがたずねた。

屋根づたい？　鉄砲？　ヘレにはわけがわからなかった。

「おれたち、武器庫を襲ったんだよ」アッツェはそういって、まるで喜ばしい知らせを伝えにきたかのようににやりとした。「連中に追われているんだ。うまくまいたと思うんだけど、確信がもてなくて」

「ぐずぐずしていたらだめよ」母さんはせっついた。「屋根裏から屋根に出て逃げないと」

「鉄砲はどうする？」アッツェがいった。「屋根裏にあるのが見つかったら、なにもかも水の泡《あわ》だ」

「あんたたちが刑務所に入れられたら、やっぱり水の泡でしょう」アッツェが考えなしなのを怒って、母さんがいった。

「ヘレ！」なにか考えていたトルーデがいった。「中庭に行って見張ってくれないかしら？　あたしたち、屋根裏に隠れるわ。追っ手《おって》が来たら、口笛を吹いて。そしたら、逃げることにする」

「インターナショナルの歌でも吹いてくれ」アッツェが笑った。「そうすりゃ、あの連中もだれを相手にしているかわかるってもんだ」

トルーデは真剣な顔のままだった。

「なにを吹いてもかまわないわ。ただ大きく吹いてね。いい、口笛は大きく頼むわ」

ヘレは、追っ手に捕《つか》まって、なんで口笛を吹いたか尋問《じんもん》されたら、なんて答えたらいいのか聞こうとしたが、やめることにした。もしそうなったら、そのとき考えればいい。急いで上着をはおると、暗い階段を降りて、中庭に出た。階段の途中で、盗んだライフル銃や拳銃《けんじゅう》をかかえて待っている若者が数人いた。トルーデたちは、母さんといっしょに屋根裏にあがった。


中庭は暗くて静かだった。明かりがついているのは、オスヴィンの掘《ほ》っ立《た》て小屋だけだった。ヘレは窓からそっと中をのぞいてみた。

オスヴィンは作業机に向かって、布でなにかをぬっている。机には端布《はぎれ》がうずたかく積まれている。今年のクリスマスプレゼントはなんだろう。人形の服だろうか？　どっちにしても、布製はたしかだ。

いったいいま何時だろう。

ヘレは時間がわからなかった。どのくらい寝ていたか知らないし、帰ってきたときはすでに日が暮れていた。夜の十時頃。いや、真夜中かもしれない。凍《こご》えないように、中庭を歩きまわることにした。はじめは左回り、次は右回り。だが、足音を人に聞かれないように静かに歩いた。

フィーリッツの半地下の窓に突然、明かりが灯《とも》った。ヘレはしゃがんで、中をのぞいてみた。アンニの弟ヴィリが寝間着《ねまき》でちょこちょこ歩きまわっている。石油ランプを灯して、なにかさがしているようだ。小さなオットーはベッドに横になったまま、じっと見ている。

アンニの母親は、ふたりを残して仕事に行ったんだ。当然、ふたりはいたずらをはじめるに決まっている。

ヴィリははさみを持ちだして、なにかを切ろうとしている。ヘレは窓をたたいた。ヴィリはぎょっとして、窓のほうを見た。幽霊《ゆうれい》でも見たと思ったのだろう。ランプを消して、ベッドに逃げこんだ。暗くなったので、目で確かめることはできなかったが、そういう物音がした。ヴィリがあわててベッドに飛びのったので、ベッドのスプリングがきしんだのだ。

ヘレはふっと笑って、また歩きはじめた。そのときアンニのことが脳裏《のうり》をかすめた。いまごろ、奇妙なにおいのする病院で横になっているのだろう。きっとたくさんの子どもたちといっしょだ。知らない子どもに囲まれて、きっと眠れずにいるにちがいない。それからアンニの母親のことを思った。ほかにどうしろというのだろう。職を失いたくなかったら、ふたりの小さな子を家に残していくしかない。

道路に近い中庭で大きな足音が聞こえた。ヘレは中庭の暗がりに身を隠した。口笛を吹こうか迷ったが、すこし様子を見ることにした。歩いてくるのはひとりだ。様子をうかがうような歩き方ではない。

それにその足音には聞き覚えがある。

思ったとおり、それは父さんだった。ヘレは暗がりから出て、父さんのほうに歩いていった。

「おまえか？　ここでなにをしているんだ？」

ヘレは、頼まれていることを二言三言で父さんに説明した。父さんはすこし考えてから、ヘレにつきあうことにした。絨毯《じゅうたん》たたき用の鉄棒によりかかり、帽子をすこしあげてからたずねた。

「学校は今日どうだった？」

学校？　今日？　教室からしめだされたのは、二、三日前のことのように思えた。フェルスターのいやがらせなんか、その日体験したほかのことと比べたらじつにくだらない。ヘレは気のない様子でなにがあったか簡単に話した。そして父さんがいった。フェルスターははじめ、父さんと話すらしようとしなかったという。急いでいるふりをして、横をすり抜けようとしたので、父さんは前に立ちはだかって、考えを伝えたのだ。

「おまえが尻《しり》ぬぐいさせられるとは思ったが、負けたりしないとわかっていたからな」

ふたりはしばらく声をひそめて、耳をすましていた。だが、あたりは静かなままだった。

ヘレはハイナーとアルノのことや、大きな帽子をかぶったローザ・ルクセンブルクのことを話した。父さんは、ローザ・ルクセンブルクがなにをいったか正確に知りたがった。ヘレは、覚えている限りのことを話した。

父さんはすでに、そのポスターのことも、カール・リープクネヒトとローザ・ルクセンブルクに対する脅迫状《きょうはくじょう》のことも知っていた。そのせいで、ふたりをかくまうために仲間たちが大変な苦労をしているという。

「ふたりは年がら年じゅう、ホテルを転々として、ひとところに長くとどまらないようにしているんだ。だけど、ホテル支配人の多くが脅迫に負けて、ふたりを泊《と》めてくれなくなっている。そうなると、自宅にもどるしかない。だけど、それはもちろん危険なことだ」

「それで、なにも手が打てないの？」

「どうしろっていうんだ？」父さんがたずねた。「正念場《しょうねんば》だというのに、逃げだすわけにはいかないだろう」

父さんのいうとおりだ。ナウケは逃げなかった。トルーデとアッツェ、ハイナーとアルノ、父さんとクラーマーおじさん、みんな、逃げることができない。

「だいじょうぶ、ふたりには護衛《ごえい》をつけているから」父さんはいった。「いまのところはだいじょうぶだ」それからオスヴィンの小屋の窓を見た。「ちょっと声でもかけてくるか。仲違《なかたが》いしたままはいやだ。おれは、あいつが好きなんだ」

「行っていいよ」ヘレはいった。

「なにか怪《あや》しい気配がしたら、声をかけてくれ、いいな？」

ヘレはだまってうなずいた。

父さんは窓ガラスをたたいて、小屋の入り口にまわった。オスヴィンが父さんを招《まね》き入れた。ヘレはまたひとりになった。しばらくのあいだ静かだった。そのとき、中庭の横の階段で人の気配がした。

「ヘレ！」

トルーデの声だ。ヘレはトルーデのいる暗い廊下《ろうか》のほうへ行った。

「よく聞いて」トルーデがささやいた。「追《お》っ手《て》をまいたと思うわ。でも、通りで待ち伏《ぶ》せしているかもしれない。だから、ちょっと見てきてほしいの。なにか気づいたら、合図《あいず》をちょうだい」トルーデは母さんから預かったアパートの表玄関のカギをヘレに渡した。「目立たないようにしてね」

ヘレはズボンのポケットに両手をつっこんで、口笛を吹きながら表玄関のカギをあけた。途中で、素知らぬふりをするとき、いつもズボンのポケットに手をつっこむか、口笛を吹くかどちらかにしていることを思いだし、口笛はやめることにした。通りに立つと、あたりを見まわした。暗くてしんと静まりかえっている。なにも見えない。

「だいじょうぶ？」背後で声がした。

「うん」

トルーデと三人の若者が出てきて、用心深くあたりをうかがった。

「湖に波はない」アッツェがささやいた。「しかし、死体が浮かんでいることもある」

「ありがとう、ヘレ！」トルーデはヘレのほおにキスをした。「よくやってくれたわ」

「あれ、おれは？」アッツェがいった。「おれはうまくやらなかったかい？」

そしてトルーデにキスしてもらおうと、ほおをさしだした。しかし、トルーデは笑っただけで、ほかの仲間と暗闇《くらやみ》に消えた。

ヘレは四人の姿が見えなくなるのを待って、表玄関をしめ、オスヴィンの小屋にもどった。

父さんはヘレが来るのを待っていた。

「行ったのか？」

ヘレがうなずくと、さらにたずねた。

「武器は持っていったのか？」

「ううん」

「それじゃ、気をつけないといけないな。あのレレって奴がいろいろかぎまわっている。あいつに武器を見つけられたらことだ」

第四章

いよいよ明日だ

あのアウグスト・ハンシュタイン

氷の結晶《けっしょう》ができた窓ガラスの向こうがようやく明るくなってきた。ヘレはもう眠くなかったが、マルタのほうにころがった。なんで早く起きなくちゃいけない？　日曜日なのに。毛布の外は寒かった。すきま風がヒューヒューうなっている。台所の窓に、またつららができているだろう。

両親もまだ眠っている。ふたりの静かな寝息《ねいき》が聞こえる。母さんは週に一度だけ早起きしないですむこの日を楽しんでいる。日曜だけは、早朝の冷気にふるえながら工場に出かけなくてもいいのだ。父さんは昨日の夜、帰りが遅かった。駐屯地《ちゅうとんち》を訪ねあるき、遅くまで兵士たちと話しあっていたのだ。ふたりのあいだに、ハンスぼうやが寝ている。いまだに具合がよくならないので、両親はハンスぼうやをベッドに寝かせることにしたのだ。これで温かい思いだけはできる。マルタがよくいっている。父さんと母さんのベッドが一番温かい。

ベッドの中で、ゆっくり一日がはじまるのは最高だ。まどろみながら物思いにふけることができる。寒さをひしひしと感じるが、それでも頭に浮かぶのは楽しいことばかりだ。日曜日、しかも四度目の待《たい》降節《こうせつ》。いよいよクリスマス休みがはじまる。これでフェルスターの顔をしばらく見ないですむ。フェルスターのいやがらせをじっとがまんする必要もないのだ。

　土曜日の最後の授業が終わるチャイムが鳴ったとき、クラスじゅうで歓声があがった。最後の授業の担当がフレヒジヒ先生でなくフェルスターだったら、クリスマス休みの喜びもあれほどおおっぴらにはできなかっただろう。しかしフレヒジヒ先生自身、休みになるのを喜んでいた。革命がフレヒジヒ先生の思っていたとおりにはならなかったので、しばらく学校に顔を出さなくてすむのがうれしかったのだ。

　マルタが目を覚まして、ヘレをくすぐった。

「やめろよ！　まだ寝ていろよ。さもないと、たたくぞ」

　もちろん本気でいったわけではない。ヘレはふざけあいたかったのだ。マルタもそのことを感じとって、三つ目の棟《とう》に住んでいる金髪のリーケから教わった歌のリフレインを小声で歌いだした。

　　そうよ、そう。
　　人生なんてお先真っ暗。
　　文句と小言ばかり。
　　でも楽しく生きるのよ。

「なら、楽しく生きてもらおうじゃないか」そうささやいて、ヘレは毛布の中で、マルタのあばら骨をついた。マルタもつつきかえした。

ふたりはきゃあきゃあいいながら、ベッドの上をころげまわった。そのうちまた寒くなって、ふたりは毛布の中にもぐりこんだ。

マルタは大喜びだった。

「ねえ、つららをとってきて」

「自分でとってこいよ」

「寒いんだもの」

「ぼくは寒くないっていうのか？」

「そうよ」

「いいかげんにしないと、こうするぞ」

ふたたび取っ組み合いがはじまった。激しく動きまわったおかげで、かなり体が温まった。

「つららをなめるのは、体によくないんだぞ」肩で息をしながら、ヘレはいった。「体が冷えちゃうじゃないか」

「でも、おいしいわ」マルタがいいかえした。ヘレがなめているのを見たことがあったのだ。

「おいしくなんかないさ！」

「おいしいわよ！」

またしても、取っ組み合いがはじまった。ふたりはつっつきあい、くすぐりあった。とうとう息が切れて、本当に体がほてった。ヘレは起きあがると、凍《こご》えないように服を着た。それから台所に行って、蛇口《じゃぐち》の水が出るかどうか確かめた。水は出てこなかった。水道管はまだ凍《こお》っていた。

マルタも台所にやってきた。蛇口をちらりと見て、今日も顔を洗わずにすむとわかったようだ。さっきよりも機嫌《きげん》がよくなった。窓辺《まどべ》によりかかって、ガラスにできた氷の結晶《けっしょう》を見つめ、息を吹きかけて結晶に穴をあけると、そこから中庭をながめた。マルタは歌を歌いだした。

降誕祭《こうたんさい》、降誕祭
あなたを知らないなんて、
なんてまぬけなの。
いつまでもお馬鹿さんでいるがいい。

それはマルタが作った歌だった。最近はその歌ばかり歌っている。マルタ自作の歌詞はたいていいつまらないものだったが、ときどき妙におかしいものがあった。

ヘレは紙と木片《もくへん》をとって、かまどの火をおこした。母さんが同僚《どうりょう》からペパーミントティーをもらって、ここのところ、毎朝それればかりいれて、胃を温めていた。だが父さんが手に入れてきた石炭はそんなに長くはもたない。どこかで新しい石炭か木片を手に入れないと、熱々のペパーミントティーをいれることもできなくなるだろう。石炭を借りようにも、シュルテばあさんの手持ちも心細くなっていた。

「なんで雪が降らないのかな？」マルタは毎日、雪を待ちこがれている。雪のないクリスマスなんてありえないと考えているからだ。マルタは、お祈りまでして雪が降るのを待っていた。お祈りは、シュルテばあさんから教わったものだ。だが、いまのところ効《き》き目はない。

ヘレもクリスマスが楽しみだったが、マルタにとっては格別な行事だ。マルタは、特別なプレゼントを期待している。それに、クリスマスはマルタの誕生日でもあった。明後日《あさって》、クリスマスイヴに、マルタは六歳になる。学校にあがる年齢だ。これでシュルテばあさんのところで手伝いをしなくてすむようになる。

「ねえ、去年のクリスマスを覚えてる？」マルタは、窓にできた隙間《すきま》から目をはなさずにたずねた。

「もちろんだよ」

「どんなだったっけ？　話して」

「どんなだったかっていわれてもな。父さんは休暇《きゅうか》で帰ってきていて、ぼくらは台所で食事をした」

「そして、あたしの誕生日を祝ったのよね！」

「そうだよ」

「あたしの誕生日はどんなだったっけ？」

実際にはなにも祝っていなかったが、本当のことはいえなかった。去年は誕生日を祝っているどころではなかった。マルタの五つの誕生日は、戦時下で迎える四度目のクリスマスだった。両親はひと晩じゅう、愚痴《ぐち》をこぼしてばかりいた。そしてヘレはマルタとばば抜きをして遊んだ。クリスマスといっても、それだけだった。しかしヘレはなつかしそうにいった。

「楽しかったよ。みんな、大笑いしたっけな」

大笑いするのは、マルタの大のお気に入りだ。

「今度も大笑いしましょうね。そしておなかいっぱい食べるの」

ヘレは石炭をひとつ、真っ赤に燃えている木くずと紙の上にのせた。今日はハイナーの家を訪ねることになっていた。クリスマスが間近《まぢか》になったからだ。マルタは期待に胸をふくらませていたが、ヘレはそれほどでもなかった。この遠出《とおで》が物乞《ものご》いであることを自覚していた。ハイナーの両親はハイナーではない。フリッツの父親を連想させるハイナーの父親に出会ったら、きっと面倒なことになるだろう。息子をよく思っていないのなら、物乞いに来た息子の友だちをうさんくさく思うにちがいない。

石炭が赤々と燃えはじめた。ヘレはかじかんだ手を火にかざした。前の晩に母さんが念のため、表通り側の棟《とう》からもらってきた水をかまどにかけた。マルタはとなりに立って、寒さのために赤くなった鼻をすすった。

しかしヘレの気持ちはすでに、ハイナースドルフへ行っていた。エデがつきあってくれるのが、せめてもの慰《なぐさ》めだ。

はじめ、エデは遠出するのをしぶった。父親の具合がよくなかったのだ。医者の話では、エデの父親はひどい肺炎《はいえん》にかかっているという。人にうつすことはないが、治る見込みはない。ちゃんと養生《ようじょう》すれば、病気を引きずりつつ長生きできるが、無茶《むちゃ》をすれば、病気はさらに重くなり、命に関わるという。

そのことを知ってから、エデは父親の世話をするため家を離れないようになった。だが、たまには新鮮な空気を吸ってきなさい、と母親にいわれたのだ。ハイナースドルフまで遠出《とおで》すれば一日かかるだろう。ちょうどいい気分転換だ。それに、すこしでも食べ物をもらえれば、遠出をした甲斐《かい》がある。

「トイレに行きたい！」マルタが泣きそうな声でいった。

「行けばいいじゃないか」

「だって、寒いんだもの！　それに、くさいし」

トイレの水洗は、冷気のせいで凍《こお》りついていた。アパートのトイレはすさまじいことになっている。家の壁ですましたほうがまだましだ。だが、それも小便の場合だけだ。

「おまるにしてもいい？」

「だめだよ！　おまるは夜用なんだから。結局、あとで下に捨てにいくことになるんだし。下で用をすましてもおなじじゃないか」

マルタはふくれっ面《つら》になった。だがヘレを口説《くど》き落とせるとは思っていない。だからすぐに、そのことを忘れた。

お茶をいれるための湯が沸《わ》くと、母さんが台所にやってきた。台所はそれほど寒くはなかった。ハンスぼうやを連れてきて、食卓にのせると、母さんはおむつを替《か》えた。

ハンスぼうやはげっそりやつれていた。ぐったりしていて、手足をばたつかせることもなく、ときどきヘレやマルタや母さんに目を向けた。

「今日はまた寒いわね！」母さんはため息をついて、冬が長引いて、ハンスぼうやが元気にならなかったらどうしよう、とぼやいた。母さんは、早めに春が来て、すぐに夏になることを願っていた。「赤ん坊には暖かいのがなによりなのよ。それに、夏になれば、もうすこし食べ物が出回るだろうし」食べ物の話になって、母さんはヘレが遠出することを思いだした。

「いつ出かけるの？」

ヘレは、汽車の時刻を調べ、エデと十一時に落ちあう約束をしていた。ペパーミントティーをいれながら、母さんにそういった。

母さんはおむつを替え終わると、ハンスぼうやをひざにのせ、ペパーミントティーをついだマグカップと乾《かん》パンの袋をヘレから受けとった。細かく砕《くだ》いた乾パンをペパーミントティーにつけた。そうすれば柔《やわ》らかくなって、すこしはおいしくなる。母さんはそれをハンスぼうやの口に入れた。

マルタは乾パンをペパーミントティーにつけずにぼりぼりかじった。ハンスぼうやがペパーミントティーにつけた乾パンをもらうようになってから、そういう食べ方をしなくなった。

父さんがやってきた。体の芯《しん》まで冷え切ってしまったのか、かまどのそばにへばりついて離れようとしない。

「そういえば、エデのおやじさんはなんていう名前だい？」父さんがヘレにたずねた。「じつはアウグスト・ハンシュタインという人が『赤旗《あかはた》』に記事を書いているんだ」

「エデのお父さんもアウグストだよ」

父さんは廊下《ろうか》に出て、コートのポケットから『赤旗《あかはた》』を持ってきて、ヘレに見せた。

「エデのおやじさんかどうか知らないが、このハンシュタインはいいことを書いている。ぜひ一度、話がしてみたいもんだ」

父さんが鉛筆でチェックを入れている記事に、アウグスト・ハンシュタインと署名《しょめい》が入っていた。

「だけど、エデのお父さんは労働者でしょ。新聞記事を書いているなんて、本当?」母さんがいった。

「どうしていけない? 簡潔で明快な記事だ。労働者の言葉で書かれている。だから、みんな、理解できるんだ。このハンシュタインが書いていることなら、旋盤工《せんばんこう》でも指物師《さしものし》でも運送労働者でも、説明ぬきで納得できる。学問のある者が書くと敷居《しきい》が高くていけない」

エデの父親がベッドの中で新聞記事を書いているのだとしたら、すごいことだ。しかも、父さんがこんなに感心する記事を書くなんて。

ヘレは新聞をとって、その記事を読んだ。それは、どの党派についたらいいのか迷っている若い労働者に向けて書かれた呼びかけだった。アウグスト・ハンシュタインは、革命を支持し、エーベルトの社会民主党が並べたてる美辞麗句《びじれいく》に惑《まど》わされるなと訴《うった》えていた。とてもよく練《ね》られた文章だった。「きみたちがわたしたちを見捨てれば、すべては水の泡《あわ》となる」と書いてある。「わたしたちはきみたちを必要としている。だがきみたちもわたしたちが必要なはずだ。いま、手をたずさえなければ、いつか後悔するときがくるだろう」

「エデに聞いてみてくれ」父さんはいった。「それから、あまり遅くなるなよ。汽車の本数が少なくなっているんだ。吹きさらしの駅で夜を明かすのは、楽しくないぞ」

いけすかない奴

家並みがまばらになった。都市高速鉄道が走る線路脇《わき》には家庭菜園の敷地《しきち》がちらほら見えるようになった。葉を落とした木々が枝を天に向かってつきたてている。大地はどす黒く、ぬかるんでいる。家庭菜園のところどころに立っているあずまやは、いかにもさびれた感じだ。

父さんが感心していたアウグスト・ハンシュタインは、やはりエデの父親だった。それよりもおどろかされたのは、『赤旗』にはじめてのった記事を運んだのが自分だったことだ。二週間前、帝国議会議事堂で手紙を渡した男は『赤旗』の編集長だったのだ。その手紙は新聞にのせるつもりで書いたものではなかった。将校《しょうこう》のクーデターが失敗したあとの状況をどう考えているか、議事堂にいる仲間に伝えるため、手紙にしたためたのだ。『赤旗』の編集長はその手紙を大いに気に入って、活字にしたいと申しでた。そのあとすぐに、新しい手紙を書いてくれと編集長が頼んできた。エデの父親は頼みに答えた。そして、すぐにまた三通目を書いた。よほど書くのが気に入ったのか、それからは記事を書いてばかりいるという。

畑が見えてきた。エデとヘレは乗りかえなければいけない。郊外電車は耕されていない茶色い農地の中を走った。

ハイナースドルフ駅についた。ヘレとエデのほかに、若者と老婆《ろうば》が降りた。ヘレは若者に道をたずねたが、その若者も土地の者ではなかった。老婆は道を知っていたが、説明が要領をえず、何度も聞きかえしたので、しまいに腹を立ててしまった。

駅前通りを冷たい風が吹いていた。家がまばらで、どこまでも平らな大地がつづいているので、風は嵐《あらし》のように激しく感じられた。道路脇《わき》に植えてある並木《なみき》がしなり、髪をぼさぼさにし、顔がひきつった。ほおが真っ赤になり、鼻水がたれ、目に涙が浮かんだ。

正面から風を受けないように、ふたりは顔をそむけて歩いたが、吹きさらしの大地では風向きが年じゅう変わるので、ほとんど意味がなかった。

やがて一軒《けん》の家が見えてきた。煙突《えんとつ》から煙《けむり》が出ている。母屋《おもや》の裏手に納屋《なや》とふたつの牛小屋がある。ハイナーがいっていた農家だ。ヘレたちはおそるおそる農家の庭先に入った。犬に吠《ほ》えられるか、だれかに呼び止められると思ったが、しんと静まりかえっていた。

「こんにちは！」ヘレが声をかけても、返事がなかった。

「留守じゃないか？」エデがいった。

そうだとしたらがっかりだ。無駄足《むだあし》だったことになる。ヘレはもう一度声を大きくしていった。

「こんにちは！　だれかいませんか？」

牛小屋の戸があいて、木のサンダルをはき、頭巾《ずきん》を目深《まぶか》にかぶった年とった女の人が、重そうな缶をふたつさげて出てきた。ハイナーのおばあさんだろうか。

ヘレは一歩前に出て、親しげにあいさつした。

「ぼく、ハイナーにいわれて来たんです」

女の人はびっくりした顔をして、ヘレを見つめた。

「ハイナーにいわれて？」

「そうです」

「いまどこにいるんだい？」

「ベルリンです」

「ベルリン？」

ヘレは助けを求めるようにエデを見た。おばあさんはもうぼけているのだろうか？

だがエデが加勢《かせい》する前に、野太い声にふたりはびっくりさせられた。

「物売りはお断りだ。出ていけ！」

母屋から男が出てきた。軽く上にひねりあげたふさふさの口ひげをはやした、図体《ずうたい》の大きな太った男だった。足には革のブーツをはき、褐色《かっしょく》のカーディガンを着ている。

ハイナーの父親だ！　ヘレはすぐに、顔が似ていると思った。それにしゃべり方までそっくりだ。

「おやじには会わないようにしろよ」といわれていたのに、もう手遅れだ。

「こんにちは！　ぼく……」ヘレは口ごもった。

おばあさんは缶を地面に降ろすと、ハイナーの父親を見た。

「ハイナーにいわれて来たんだってさ。ハイナーはベルリンにいるそうだよ」

「どうせ赤の連中とつるんでいるんだろう」ハイナーの父親がつっけんどんにいった。「おれのせがれは祖国に弓を引いたってわけか、えっ？」

エデがなにかいおうとしたので、ヘレはだまっているように合図《あいず》した。ここで口論してもはじまらない。せっかくの日曜日にここまで遠出《とおで》した甲斐《かい》がない。

「ハイナーにいわれて来たんです。ぼくの弟が病気なんです。牛乳をいただきたくて……」

「ほう。おれのせがれにここへ来るようにいわれたのか？　あいつはどうして自分で来ないんだ？」

「時間がないんです」

「そんなに革命は忙《いそが》しいのか？」

エデがいまにも爆発しそうだ。ヘレはそばに立って、必死でエデを鎮《しず》めた。

おばあさんは懇願《こんがん》するような顔つきで男を見つめた。男は目をそむけていった。

「ふたりに、ジャガイモを十二個ずつやれ。それで出ていかせろ」

「おいで」おばあさんがささやいた。

「おまえ、行けよ。おれは、あいつから物はもらわない」エデは、母屋《おもや》にもどっていく男をにらみつけていた。

「なにをおいいだい」おばあさんはささやいた。「あんたが腹をすかしても、あいつはなんとも思わないさ」おばあさんはヘレと、しぶしぶついてくるエデを連れて母屋の裏にまわり、ドアをノックした。女の人がドアをあけた。おばあさんがひそひそとなにかいった。

台所のドアから出てきた女の人は顔をぱっと輝かせた。

「中にお入り！　でも静かにするんだよ。あの人に聞こえるとまずいからね」

ヘレとエデはおずおずと台所に入った。女の人にいわれるがままに、きれいにふかれた木のテーブルの向こうにあるベンチに腰かけた。

「あの子は元気かい？　どこで知りあったんだい？」ハイナーの母親がたずねた。

ヘレは、ハイナーと知り合いになって、住所を教えてもらったこと、そして訪ねていけば牛乳とジャガイモをすこし分けてもらえるだろうといっていたことを話した。

おばあさんと相談してから、母親がいった。

「いいかい。ハイナーに手紙を書くから、持っていってくれないかね？　そのあいだに、母さんが食べるものを出してくれるから」

「牛乳ももらえます？」ヘレは缶をテーブルに置いた。エデもその横に缶を置いた。

「ああ、牛乳もあげるよ」ハイナーの母親がやさしくいった。「街ではみんな、食べ物がなくて苦労しているっていうじゃないか。もうすぐクリスマスだっていうのに……」

ハイナーのおばあさんは古新聞を折って、いくつか袋を作ると、大きな石の容器からいろいろなものを取りだした。小麦粉や砂糖、それに麦の碾《ひ》き割《わ》りなどだ。

ハイナーの母親はそれほど長い手紙を書かなかった。だけど書くのがとてもゆっくりだ。シュルテばあさんとおなじくらいゆっくりだった。手紙を書き終わると、便せんに入れて、小麦粉の糊《のり》で封《ふう》をした。

「なにを書いたらいいかわからなかったよ。あたしたちがあの子をどんなに愛しているか、あの子はちゃんとわかっているし。まあ、伝えたいことはあるけど、でも、そのことは面と向かって話したいからね。手紙には書けない」

ハイナーのおばあさんがジャガイモを箱から出して、袋に入れた。ヘレとエデはずだ袋に詰めた。おばあさんはなにもかも、ふたり分用意してくれた。あとで分けなければならないのは、ジャガイモだけだ。

ハイナーの母親はほかの食べ物も出してきた。大きなパン、卵をふた袋、トウモロコシをふた房《ふさ》。そしてヘレたちが出した缶に、牛乳をなみなみついでくれて、ふたができそうにないほどだった。それがすむと、マグカップに牛乳をつぎ、バターをこってりぬったパンを二枚、ヘレたちに出した。

「帰り道は遠いだろう。牛乳は今朝のだから新鮮だよ」

パンはほっぺたが落ちそうなほどおいしく、牛乳は生クリームのようにこってりしていた。ヘレたちはもうすこし欲しかったが、さすがにねだる勇気はなかった。

ハイナーの母親は、戸棚《とだな》から長いソーセージを二本出してきた。

「一本はハイナーに渡してくれないかい。クリスマスだからね」

ハイナーのおばあさんが急に静かになった。だれのことも見ずに、静かになにか唱えている。祈りを捧《ささ》げていたのだ。ヘレは静かにベンチから腰をあげると、ハイナーの母親にありがとうといい、手紙をシャツのポケットに入れ、明日ソーセージといっしょにとどけると約束した。

ヘレとエデは、それぞれ牛乳の缶をさげ、かなりずっしりと重いずだ袋をふたりで持った。農家の門を出ようとしたとき、ハイナーの母親が後ろから駆けてきた。

「薪《まき》をあげるのを忘れていたよ」母親は離れたところから声をかけた。「暖《だん》をとるのに必要だろう」

ヘレとエデはずだ袋の中身を全部出して、そこに薪を入れてから、もらったものを詰めなおした。ずだ袋はぱんぱんにふくれた。卵が割れるのを心配したエデは、卵をシャツの中に入れた。それからふたりはもう一度、ハイナーの母親に感謝した。

「さあ、お行き」ハイナーの母親は急に悲しそうな表情になった。「ハイナーによろしくいっておくれ。頼むよ……きっとだよ……」それ以上なにをいったらいいのかわからないようだった。「よろしくいっておくれ。いいね！　全部、手紙に書いたから。よろしくいっておくれね」

門をくぐると、ふたりはもう一度、後ろをふりかえった。だがハイナーの母親の姿はもうなかった。そのかわり、窓の向こうに父親の姿があった。父親はヘレたちを見ながら葉巻《はまき》をくゆらせていた。

「いけすかない奴だ」エデはつばをはいた。「最高にむかつく奴だな」

ヘレはなにもいわなかった。父親を選ぶことはできない。運がいいか悪いかどちらかだ。

ずだ袋は重いし、牛乳の缶をさげていたのに、駅にもどる道は思いの外、短く感じられた。ふたりはしばらくハイナーの母親たちのことを話したが、それからだまって歩きつづけた。あとは一刻も早く家に帰るだけだ。だがふたりの望みはかなえられなかった。駅についてみると、市内に向かう次の汽車が来るのは一時間後であることがわかった。ふたりは、居眠りしている兵士がいる待合室に入って目を閉じた。しかし、ふたりは眠らなかった。ずだ袋を盗まれるのではないかと不安だったのだ。

一時間がたったが、汽車は来なかった。ヘレが駅長にたずねてみると、ベルリン行きの汽車はさらに二時間遅れるという。ふたりはがっかりして、冷え冷えした待合室で汽車を待ちつづけた。しんしんと冷えこんで、気分も沈んでしまった。

駅で三時間待った末、ようやく郊外電車が到着した。すでに日が落ちていた。ふたりは乗りかえ駅でふたたび次の汽車を待ち、荷物をかかえて通い慣れた通りを歩いた。夜が更《ふ》けていた。足が重くなり、腕が痛い。しかし荷物が軽くなることはなかった。通りの角に来るたび、左右交代して、ずだ袋を持つ手をかえた。だが、それでも長くは持っていられなかった。元気を出すために、ふたりは声をかけあった。

「ずだ袋が重くなかったら、食べ物がたいして入っていないことだもんな」

「ずだ袋を置き去りにしたら、ゴミ拾いが喜ぶぞ」

だが、そうはいっても本気ではない。すぐに飽《あ》きて、しゃべるのをやめた。

ふたりはやっとの思いで、エデの家の台所にたどりついた。ふたりがずだ袋から出した宝物を見て、エデの母親は目を丸くした。

「すごいわ。盗んだのではないわよね」もらったものをすべて並べると、エデの母親はいった。「こんなにただでくれる人がいるなんて」

エデは笑って、ハイナーの両親のことを夢中で話した。

小さなアディはすぐ、砂糖をのせたパンと牛乳をもらった。パンをかみしめながら、顔を輝かせた。まるでサンタクロースでもあるかのようにヘレを見つめ、砂糖をのせた乾燥したパンをバタークリームのケーキのようにおいしそうに食べた。

薪《まき》と食料を二等分すると、ヘレは自分の分とハイナーにと頼まれたソーセージをずだ袋にもどした。エデの母親は、エデを誘ってくれてありがとうとヘレに感謝した。

「友だちが助けあうって、本当にすてきなことね」エデの母親はいった。

エデはヘレを表通りまで見送りに出て、ヘレの家まで荷物を運ぶのを手伝うといった。ヘレは断った。アッカー通りまでもうたいした距離はない。ひとりで十分運べる。ヘレはエデに別れを告げ、ずだ袋を肩にかついでアッカー通りめざして歩きだした。道を曲がって、エデが見えなくなってから、ヘレははじめてため息をついた。ずだ袋の中身は半分に減ったはずなのに、思ったよりずっと重く感じられた。

細い通りに面した窓は、ほとんど全部明かりがついている。アパートの前を通るとき、一階の部屋の中が見えた。どの部屋にも、ミシンや小物を細工《さいく》するプレス機が置いてあり、仕事机と工具と疲れた顔ばかり見える。シュルテばあさんの住まいとそっくりだ。内職で暮らしを立てている人々は、日曜日でも働いているのだ。

突然、一発の銃声《じゅうせい》が静けさを破った。ヘレは立ち止まって耳をすました。

そのとき、また銃声がした。そしてもう一度。銃声にまちがいない。すぐ近くだ。ヘレはずだ袋を一軒《けん》の建物のくぼみに置いて、様子を見ることにした。銃撃戦《じゅうげきせん》に巻きこまれるのはごめんだ。

ふたたび銃声がした。だがそれを最後になにも聞こえなくなった。どこか頭上の窓があいて、声がした。

「またはじめやがったぞ」男の声だった。「なにもかも終わったとかいって、とんでもない。まだ騒ぎたりないっていうのか」

「窓をしめて、明かりを落とそうよ」女の声だった。「うちに撃《う》ちこまれたら大変だよ」

男はなにかうなるようにいったが、なにをいっているのかわからなかった。すぐに頭上で窓のしまる音がして、石畳《いしだたみ》に落ちていた光が弱くなった。

ヘレは数分のあいだ様子を見つづけた。なにも音がしないのを確かめて、ずだ袋と缶を持ち、壁づたいに歩いた。なにかあれば、すぐに物陰《ものかげ》に逃げこめるよう身構えて歩いたが、なにごともなく、アッカー通り三十七番地にたどりついた。ヘレはほっと胸をなでおろし、中庭を抜けた。最初の三つの中庭はしんとしていた。いつも玄関のそばで恋人とたたずんでいる金髪のリーケもいなかった。寒すぎて、外に出ていられなかったのだろう。四つ目の中庭で、アンニの母親とすれちがった。アンニが入院して、もう二週間になる。様子を聞きたかったが、その勇気が出なかった。

台所の明かりがついている。両親はヘレの帰りを待っているようだ。ヘレは急いで階段を駆けあがった。ヘレがもらってきたものを見たら、両親はびっくりぎょうてんするだろう。ヘレはうれしさのあまり、思いっきりノックをした。家じゅうに鳴りひびくようなノックだった。

「だれ？」ドアの向こうでささやく声がした。

マルタだろうか？

「ぼくだよ。早くあけろよ」

他人がヘレの声色《こわいろ》をまねているとでもいうように、マルタはおそるおそるドアをあけた。

「母さんは？」

「父さんといっしょにクラーマーおじさんのところに行ったわ」マルタはずだ袋をじろじろ見ながらいった。「なにかもらってきたの？」

「たいしたもんじゃないよ。いっぱい入っているように見えるだけさ」

マルタはひとりで絵を描《か》いて、時間を過ごしていたのだ。シュルテばあさんのくず籠《かご》から拾ってきた紙切れに、クリスマスツリーやサンタクロースや幼子《おさなご》イエスを鉛筆で描《か》いていた。

「シュルテばあさんがときどき様子を見てくれていたのか？」

「ついさっき来てくれたわ」

ハンスぼうやとふたりだけなのをヘレが心配していることに気づいて、マルタはへそをまげたが、ずだ袋の中身が気になってしかたないようだ。

「ねえ、中身を見せてよ」

「まずハンスぼうやの様子を見なくちゃ」

ハンスぼうやは両親のベッドで眠っていた。鼻が冷たくて、息が不規則だ。

「さあ、おいで！」ヘレはハンスぼうやを抱きあげた。「いいものを食べさせてやるぞ」

ハンスぼうやは目をうっすらとあけたが、笑顔にはならなかった。すぐに目を閉じて、ヘレの腕の中で眠った。

マルタの頭がずだ袋の中にもぐっていた。ヘレの足音を聞いて、顔をあげた。マルタの顔はうれしさに紅潮《こうちょう》していた。

「こんなにもらってくるなんて、すごいじゃない！」

ヘレはハンスぼうやをマルタの腕にあずけた。

「ハンスぼうやを暖めているんだ。いま、かまどの火をおこすから」

マルタはハンスぼうやといっしょにソファにすわり、毛布にくるまった。

「なにか作ってくれるの？」

「そうだよ」ヘレはたき付けをすこし入れて、そこに薪《まき》を一本のせた。かまどにはおきが残っていた。

「なにを作ってくれるの？」

「ハンスぼうやには卵と砂糖を入れたホットミルク、おまえには砂糖入りのホットミルクだよ」

マルタは自分のホットミルクには卵が欠けていることに気づいてがっかりしたが、すぐにこういった。

「あたしはもう大きいもの、しかたないわね。あしたで六つ。シュルテばあさんがそういったわ」

「シュルテばあさんがそういったんだ……」ヘレはそれ以上なにもいわなかった。父さんと母さんはきっとなにか大事な用事ができたんだ、と自分にいいきかせても、大歓迎を受けられなかったというがっかりした気持ちは、ぐっとひと飲みするには大きすぎた。

暴力には暴力

ハンスぼうやはふたたび両親のベッドで眠っていた。さっきよりは、静かな息づかいのようだ、とヘレは思った。鼻もさっきほど冷たくない。

それにしても、卵と砂糖を入れたホットミルクの飲みっぷりといったらなかった。スプーンでひと口飲ませてもらったと思ったら、目を丸くして、すぐに口を大きくあけた。

毎日ホットミルクがもらえたら、ハンスぼうやはすぐよくなるにちがいない。ヘレはハンスぼうやにそっと毛布をかけ、静かに寝室から出た。

マルタは台所のソファにすわって、足を揺《ゆ》らしながら小さな声で歌っていた。

いよいよ明日よ、たのしみね、
明日はみんなで大喜びよ。

「それをいうなら、明後日《あさって》だろ」ヘレがいった。しかしマルタは気にもとめなかった。砂糖入りのホットミルクの感動に浸《ひた》りながら、静かに歌いつづけた。

ヘレはかまどの前に椅子《いす》を置いて、背中を温めた。

「クリスマスの歌を歌ったらいいじゃないか」

「いやよ」

「知らなければ、教えてやろうか」

「いいわ」

マルタとヘレが台所で合唱。考えたら、ぞっとする。

そのとき、ドアのしまる音がした。マルタが立ちあがって、玄関にすっとんでいった。ヘレも立ちあがったが、台所に残った。

「ヘレはもどったの？」玄関で母さんの声がした。

マルタはそれに答えず、ヘレが持って帰った食べ物を並べあげた。そして自分は砂糖入りのホットミルクを、ハンスぼうやは砂糖と卵の入ったホットミルクを飲んだと話した。

両親が台所に入ってきた。ヘレはそっぽを向こうと思っていたが、そんなことはすぐに忘れてしまった。両親は小さな木箱を台所に運びこんだ。ナウケが地下室から出してきた木箱を思いださせる。

「遅かったわね」母さんは、父さんと運んできた木箱を降ろし、ハンスぼうやの様子を見てきてから、ヘレにいった。「ずっと待っていたのよ。でも、どうしても出かける用事ができてしまって」

ヘレは木箱から目をはなさずにいった。

「それはなに？」

「銃弾《じゅうだん》だよ」父さんがいった。

「そんなもの、どうしたの？」

父さんはコートを脱いだ。

「それはあとで話す。それより、マルタの話がほらでないことを確かめさせてくれ」

「もしかして、撃《う》たれたんじゃないの？」

父さんがはっとして動きを止めた。

「どうして知っているんだ？」

（やっぱりそうだったんだ！　銃撃戦《じゅうげきせん》のまっただ中に、父さんたちはいたんだ）

「それはあとで説明するわ」母さんはそういって、マルタを見た。マルタのいるところで説明したくないということだ。だが、ヘレはそのことに気づかなかった。

（父さんたちが銃弾《じゅうだん》を盗みに入った。ふたりして、危険をおかしたんだ。もし銃弾が当たっていたら、どうするつもりだったんだ？　そうしたら、ヘレたちは子どもだけになってしまう）

ヘレはくるっと背を向けて、家から出ていこうとした。

「ヘレ！」父さんが声をかけた。「ここにいるんだ！　父さんたちを信じてくれ。へそをまげてもいい。だが話を全部聞いてからにしてくれ」

ヘレはソファにぎこちなくすわると、自分がもらってきたものに母さんがざっと目を通すのを見た。

「カリンケの店でも、これだけ並べるのに一週間はかかるわ。これはもうクリスマスの贈《おく》り物ね」

父さんもあぜんとしていた。

「その水兵は貧しい家の出じゃないってことだ」エデと半分こにしたパンを手にとると、父さんは右腕の付け根でパンをおさえながら、一枚切りとった。

「すばらしい！」そのパンをかみしめながら父さんはいった。「本当のパンだ！　道路の側溝《そっこう》の石を粉にして焼いたような最近のパンとはまるでちがう」

母さんも一枚切って、口に入れた。だが切りとったパンの大部分はマルタに渡した。

「おまえも食べるか？」父さんはヘレにパンをさしだした。

「いらないよ」

父さんはロウソクをとると、火をつけてテーブルに置き、石油ランプを手にとった。

「来てくれ。この木箱を屋根裏部屋に運びあげるのを手伝ってくれ」

ヘレはいやいやつきあった。説明を受けるのだとわかっていた。

屋根裏部屋は廃墟《はいきょ》のようだった。がらくたでごったがえし、いたるところほこりだらけだ。だが大事なものを隠すにはうってつけだ。

「父さんたちのことが心配だったのか？」父さんは、重たい木箱を床に置くと、そうたずねた。

ヘレは答えなかった。聞くまでもないことだ。

父さんは木箱を、すみっこにあったクモの巣だらけの錆《さ》びついた乳母車《うばぐるま》の下に押しこんだ。

「まさか、ほかの仲間に危険なことをさせて、父さんたちがのほほんとしていられるとは思っていないだろう。すこしは手を貸さなければな」

「でも父さんたちにもしものことがあったら、どうしたらいいのさ？　ハンスぼうやとマルタをかかえて、ぼくはどうしたらいいんだよ？」

父さんは、乳母車のまわりに古いびんを何本か並べてから、体を起こし、真剣な顔でヘレを見つめた。

「ふたりして危険な目にあわないように気をつけたさ。だが、いざというときに、父さんたちがちゅうちょすると思っちゃいけない」

父さんのいうとおりだ。ヘレにもよくわかった。だがそれでも、これからはたびたび不安な思いをすることになるだろう。

母さんはハンスぼうやのおむつを替《か》えて、マルタをベッドに寝かしつけていた。ヘレたちがもどると、母さんはじっとヘレを見つめ、ヘレがもうそれほどへそをまげていないと気づいて、うれしそうな顔をした。

父さんはコートのポケットに手を入れ、布にくるんだものを台所に持ってきて、テーブルに置いた。拳銃《けんじゅう》だ！

父さんは腰をおろすと、拳銃を分解しはじめた。

「新品とはいえない代物《しろもの》だ。上の者に渡さなくちゃならない」

「父さんのなの？」

ヘレは拳銃から目をはなせなかった。その拳銃で、いったい何人の命が失われたのだろう。

「いまのところな」

次の質問は決まっている。まさか撃《う》つ気じゃないよね？　しかしほかに拳銃の使い道はない。

「除隊になったとき、二度と武器を持たないと自分に誓ったのにな」父さんは小さな声でいった。「だがいまは考えが変わった。おれたちを苦しめ、犠牲《ぎせい》をしいる連中は退《しりぞ》くつもりがない。そのことを、連中はもう何度も行動で示した」

武器を持つ者が権力をにぎる！　エデの父親がいっていたことだ。しかし双方《そうほう》が武器をふりまわしたらどうなるだろう？　血が流れ、死者や怪我人《けがにん》が出る。七十年前とおなじではないか。

「ちょっと手伝ってくれ。片手だと、うまくできない」

ヘレは手を出した。鋼《はがね》の冷たさを肌に感じた。しっかり持たなかったので、父さんがとめようとしていた部品が手からこぼれた。

父さんは顔をあげてヘレを見た。

「父さんも、武器は好きじゃない。たいていの兵士は武器を好かない。だが父さんたちは、信じやすいから、武器を持ちたがる奴らにうまく丸めこまれてしまう。だから武装するしかないんだ。いま、奴らを追いださなければ、いずれまた戦争をはじめるだろう。そうなったら、終わったばかりの世界大戦よりもっとひどいことになる」

「おまえの気持ちはわかるわよ」母さんはヘレにいった。「いいかげんに争うのをやめて、平和になってほしい。そうでしょ?」

たしかに、ヘレはそう願っている。はっきりとそう意識しているわけではないが、母さんにそういわれれば、たしかにそのとおりだ。本当にもう平和になってほしい。父さんや母さん、クラーマーおじさんやトルーデやアッツェのことを心配するのはいやだ。

「平和を願わない者はいないさ」父さんはいった。「だが、そう簡単にはいかない。父さんたちがあきらめれば、また元どおりになるだけだ。だが元どおりにだけはしちゃいけないんだ」

「わかってちょうだい」母さんがヘレにいった。「あたしも暴力が嫌いよ。だれかが苦しめられていると思っただけで、腹が立つわ。だけど、わかったのよ。暴力を終わらすためには、暴力を使わなければならないってね。そうでなければ、負けてしまう」

「もちろん、徹底した非暴力で暴力と戦う人もいないわけじゃない」父さんは大きな声で独り言《ひとりごと》をいった。「そんなことができたらすばらしいんだが。しかし、おれには信じられない。暴力をおこなう連中は、言葉だけで身を守ろうとする者を鼻で笑うだろう」

「でも言葉だけで戦おうとする人たちにも一理《いちり》あるわ」母さんがため息をついた。「暴力は新しい暴力を生むもの」

「そうかもしれん」父さんは拳銃《けんじゅう》の掃除《そうじ》が終わると、ヘレに手伝ってもらってまた拳銃を組み立てた。

「問題は戦う目的だ。それから、戦う方法、だな。よいことのために戦うのか、それとも悪いことのために戦うのか？　残酷《ざんこく》なことをしないようにつとめるか、それとも人の死をいとわないか？」

考えなければならないことがあまりに多すぎる。ベッドに入ったあとも、両親と話したことがしばらくヘレの脳裏《のうり》を離れなかった。そして、父さんのいうとおりだ、としだいに確信するようになった。強制されなかったら、皇帝と将軍たちはまだ戦争をつづけていただろう。

姑息《こそく》なトリック

冷え冷えとした十二月の昼間。大ハンブルク通りを足早《あしばや》に行く人々に目立たないよう、ソーセージを上着の下に隠した。あまりに大きなソーセージだ。そのまま腕にかかえるわけにはいかないし、袋に入れても人目につく。上着の下は苦肉《くにく》の策だったが、それでも目立ってしまった。

王宮厩舎《きゅうしゃ》へ行く途中にある大聖堂のそばまで来たとき、ヘレは無性に気が沈んだ。以前ならこの時期になると、ミューレンダムから王宮庭園までクリスマスの市《いち》がひらかれたものだ。クリスマス用の香料入りクッキーやおもちゃなど、おもしろいものを並べた賑《にぎ》やかな屋台が立つ。クリスマスの三、四日前になると、ヘレは毎年、エルヴィンや両親といっしょにクリスマスの市を見にやってきた。屋台を見てまわるだけでも楽しかった。そして父さんはいつも、子どものとき、自分で作った体操人形を市で売っていたと昔語りをする。両親が子どもだったところがなかなか想像できなかったので、エルヴィンもヘレもその話を聞くのが毎年楽しみだった。

（来年はちゃんとしたクリスマスの市があるといいな。マルタはまだ一度も見たことがないからな）

王宮の前まで来ると、家具運搬《うんぱん》用のトラックが何台もとまっていた。皇帝が家財道具を引き取りにきたみたいに見える。ヘレは先頭のトラックに近づいた。自分の荷物をトラックにほうりこんでいる水兵と出会った。

「引っ越すの？」

「ここを追いだされたらどうなるか、試しているのさ」そういうと、水兵は不愉快《ふゆかい》そうに笑った。トラックに乗っていた水兵は笑わなかった。腹立たしそうに、荷物を荷台の奥に押しこんだ。

王宮厩舎も撤収《てっしゅう》するのだろうか？　ひと足ちがいで、ハイナーとアルノはもうそこにいないかもしれない。ヘレは心配になって、速足《はやあし》になった。

王宮厩舎《きゅうしゃ》でも、人があわただしく行き交っていた。家具運搬《うんぱん》用のトラックはいなかったが、中庭を走りまわる水兵たちはやはり怒った顔をしている。

「自分でさがしな」ヘレがハインリヒ・シェンクをさがしているというと、正門の衛兵《えいへい》はそういって、勝手に通れとあごをしゃくった。

ヘレは大きな門をくぐり中庭を横切った。二週間前、ハイナーたちと歩いた道をとり、板張りの部屋に入ってみた。そのとたん、ヘレはタバコの煙《けむり》とものすごい喧噪《けんそう》に包まれた。

水兵たちはテーブルにつき、さかんに議論をしていた。中にはテーブルの上にすわりこんでいる者もいた。ヘレには、どうなっているのかまるでわからなかった。みんな我先《われさき》にものをいっていて、言葉が聞きとれない。だが、そこにハイナーとアルノはいなかった。

次の部屋も似たような状況だった。水兵たちは興奮して、どなりあっている。ひととおり見まわしても、ふたりの姿がなかったので、すぐそばで背中を向けている水兵にふたりのことを聞こうとしたとき、聞きおぼえのある大きな声を耳にした。

「あんな奴ら、壁に立たせて、銃殺《じゅうさつ》にしちまえばいいんだ。ぐずぐずしすぎなんだよ。給料を出してくれっておうかがいをたててばかりだ。おれたちの正当な権利じゃないのか？　それなのに、支払いを受ける権利はないだと？　この何週間かやってきたことは、勤務じゃなかったのか？」

アルノと取っ組み合いのケンカをした口ひげの水兵だ。テーブルの上に陣取《じんど》って、まわりの者を脅《おど》すように拳銃《けんじゅう》をふりまわしている。

「勤務ってなんだよ？」童顔の水兵がもっと大きな声をあげた。「おれたちは革命を起こしたんじゃないのか？　おれたちがいなかったら、どうなっていたと思うんだよ？　なにも起こらなかったはずだ」

「戦友諸君！」別の水兵が声をあげた。「誇張《こちょう》しすぎるのはよくない。もちろん、われわれは革命に貢《こう》献《けん》した。だが、われわれだけで革命を起こしたわけじゃない」

「だから給料を払わないっていうのか？」童顔の水兵も拳銃を抜いた。「力ずくで給料をもらってこようじゃないか」

ヘレはゆっくり口ひげの水兵に近づいた。

「ハイナーをさがしているんだけど」小声でそういうと、袋からソーセージをすこしのぞかせた。

「ハイナーの両親からこれを頼まれたんだよ」

口ひげの水兵は興味なさそうにソーセージを見た。

「あいつはいま、ちょっと忙《いそが》しい。だけど、となりの部屋に行ってみな。シュリヒトがいるから」

「シュリヒト？」

「アルノ・シュリヒトだよ」

三つ目の部屋に入ってみたが、そこでも水兵が集まって議論していた。話題はやはり給料のことだった。

ヘレはアルノをさがしたが、なかなか見つからなかった。そのうち居眠りをしている水兵に目がとまった。帽子の横から赤毛がのぞいている。

「おお、水兵の卵じゃないか！」アルノは体を起こすと、ヘレに手をさしだした。「なにか食い物を持ってきてくれたのか？」

ヘレは袋からソーセージを出すと、わらを詰めた袋の上に置いた。

「ハイナーは？」

「会議さ！　おれたちの評議会に出ているんだ」

「給料が出ないの？」

アルノはソーセージの匂《にお》いをかいだ。

「すばらしい！　これぞまさしくクリスマスのソーセージだ」それからヘレにいった。「司令部が給料を支払ってくれないのさ。その前に王宮と王宮厩舎《きゅうしゃ》から撤収《てっしゅう》しろっていうんだ。だけど、かわりの宿舎を用意しやがらない。わかるか？　トリックだよ。姑息《こそく》なトリックさ。エーベルトとその仲間は、おれたちを始末したいんだ。あいつらは、おれたちに解散するよういってきた。クリスマスを孫と過ごしたいという年寄り水兵は家に帰ったが、残りはエーベルトの要請《ようせい》をはねつけたんだ。そしたら、別の手を打ってきたというわけさ。むちゃくちゃな要求をして、おれたちの堪忍袋《かんにんぶくろ》の緒《お》が切れるのを待っているんだ」

「それで王宮から出ていくの？」

「まあ、そういうことだ。王宮を明け渡して、王宮厩舎をもらう。それが妥協策《だきょうさく》さ。おれたちは、聞く耳をもたないってわけじゃないんだ。だけどなあ」アルノはなにかを払うようなしぐさをした。「頭にくるんだよ。考えてもみてくれ。五週間前におれたちはヴィルヘルム皇帝の住まいに陣取《じんど》って、略奪《りゃくだつ》を防いだんだ。それなのに、今度はおれたちが皇帝の持ち物に手をつけたとぬかしやがる。だから、おれたちはここから出ていかなくちゃいけないってんだ。よくいうよな！　言いがかりもいいところだ。あぜんとするだろ」

アルノはタバコを紙に巻いて、煙《けむり》を思いっきり吸いこんだ。

「これから帝国宰相官邸《さいしょうかんてい》に押しかけて、給料を要求するとするだろう。払ってくれなきゃ、勝手にいただくまでだ。だけど、そうなったら撃《う》ち合いになって、やっぱり赤い水兵はけしからん、みんな、無政府主義者だ、欲しいものは腕ずくで持っていくっていわれるのが落ちさ。おれたちはエーベルトから目をはなしたくないから王宮に陣取っているっていわれて、いつのまにか給料のことはうやむやにされるに決まってるんだ」

「帝国宰相官邸に押しかけるの？」

「いまそのことを話しあっているのさ。だけど、まずそうなるな。信じてもいいぜ」

アルノのいうとおりだった。ハイナーが、会議に参加していたほかの水兵たちといっしょにもどってくると、水兵たちのあいだに結論がすぐに伝えられた。みんなで、帝国宰相官邸まで行進し、王宮のカギを返還するのだ。

「それでも給料を払おうとしなかったらどうするんだ？」水兵の多くは疑いをいだいていた。

「そうしたら、腕ずくでいただくまでさ。いつまでもだまってられるか」ハイナーといっしょにもどってきた水兵のひとりがいった。

するとハイナーがいった。

「おれたちは、エーベルトたちにとっちゃ左すぎるのさ。あいつらの気に入らない独立社会民主党やスパルタクス団と太いパイプがありすぎる。だから、追いだしにかかってるんだ」

「目にもの見せてやるぞ」アルノが叫んだ。「おれたちが、おれたちの政府とそりが合わないだと！おれたちが樹立《じゅりつ》した政府は、おれたちのものだろうが。ちがうのか？　いらなくなったら、お払い箱、そういう奴隷《どれい》なのか、おれたちは？　それとも、いたずらがすぎて外に立たされる子どもか、おれたちは？」

水兵たちがうなずいた。ひとりが叫んだ。

「おれたちは傭兵《ようへい》じゃねえぞ。エーベルトが吹く笛に踊らされてたまるか。エーベルトが昔の連中になにもかもやらせるのなら、なんのための革命だ」

ハイナーは、みんなの興奮がおさまるのを待ってからいった。

「まあどうなるか見てみようじゃないか。あと三十分したら行進する」

そういうと、水兵たちから離れて、アルノとヘレがすわっている袋に腰かけた。

「うちに行ってきたのか？」

ヘレは答えるかわりにソーセージを出し、母親と祖母がヘレとエデのためにいろんなものをくれたことを話し、母親から預かった手紙をハイナーに渡した。

ハイナーは封《ふう》を切ると、手紙を読んだ。アルノはそのあいだにソーセージを受けとって、銃剣《じゅうけん》で三つに切り分けた。ひとつはハイナーに、もうひとつはヘレに、そして最後のひとつは自分用だ。それから荷物を入れた袋に手を入れて、パンの切れ端を見つけると、それも三つに切り分けた。

「ようし。食べようじゃないか」

ヘレは自分の分を受けとって、戸惑《とまど》った。家にまだソーセージが半分残っている。それでも、ありがたくもらうことにした。

ハイナーは手紙をわきに置いた。

「あいかわらずのようだ。ハイナースドルフの王さまとその王さまにかしずく母親と祖母。おれに妹がいなくてよかったよ。さもないと、おやじはもうひとり家来《けらい》を持つことになる」

アルノはソーセージをひと切れ食べ終わると、またひと切れ切って、パンの切れ端といっしょに口に入れた。それを飲みこんでからいった。

「おまえの育ったような田舎では百年たってもなにも変わらないだろうな」

「さあ、それはどうかな」ハイナーはいった。「いつか家に帰ることになるだろう。そうすれば、いままでどおりにはさせない。少なくともハイナースドルフのあたりではな」ハイナーは手紙をしまうと、ソーセージとパンをかじりながらヘレにたずねた。「おれのおやじと知り合いになる幸運にめぐまれたかい？」

ヘレはだまってうなずいた。

ハイナーはただ食べるだけで、しばらくなにもいわなかった。そして小さな声で独《ひと》り言《ごと》のようにつぶやいた。

「状況が悪くなって、地下にもぐらなければならなくなったら、家には帰れなくなるな。おやじは、絶対におれを警察に引き渡すだろう」

「刑務所に入れれば、ゆっくり出《しゅつ》エジプト記でも読めるってわけか？」アルノがにやりとした。「おまえを父親らしく暖かく迎え入れるためにな」

「それが義務だと思っているからだよ。そして、いまでも自分のほうになびくと思っているのさ」ハイナーはソーセージとパンをわきに置いた。もう食欲がないようだ。「おいで！」ハイナーはヘレにいった。「もうここから出たほうがいい。すぐにも行進がはじまるからな。門まで送っていこう」

ヘレは持ってきたずだ袋を上着の中に押しこむと、アルノに別れを告げた。アルノはハイナーが食べ残したソーセージを大きなブリキ缶に入れて、ふたをした。そしてヘレはハイナーについて、いまだに議論している水兵のいる部屋を通った。

「元気でな」ハイナーが門の前でいった。「ときどきおれたちのことを思いだしてくれ。はじまりとおなじで、終わりも平和にはいかないだろう」

「逃げるときには」ヘレはさっきの話が忘れられなくていった。「隠れ家《が》が必要になったら、うちに来てよ。アッカー通り三十七番地の四つ目の棟《とう》に住んでいるんだ。父さんはルディ、ルディ・ゲープハルトだよ」

「あとでメモしておくよ」ハイナーはそういって、ほほえんだ。
「本当だよ？」
「ああ、本当だ」

雪が降ったら

ヘレは口笛を三回吹いたが、三階の台所の窓はあかなかった。フリッツは家にいないのだろうか。それとも口笛が聞こえないのだろうか。ヘレはもう一度、口笛を吹いた。王宮厩舎《きゅうしゃ》で耳にしたことをだれかに話したくてしかたなかったのだ。そして、こういうときの話し相手はやはり、水兵に夢中で、十一月九日にいっしょに水兵の自動車に乗ったフリッツしかいない。

ヘレはこれで最後にしようと思って、もう一度口笛を吹いた。ほかの家の人にどなられるのを覚悟で、思いっきり大きく吹いた。だがなにも起こらなかった。まるでアパートじゅうの人が引っ越してしまったみたいだ。

ヘレはがっかりして中庭を出た。水兵のことで新しいニュースがあるからだけではない。このあいだシュプレー川のたもとで、友だちを大事にするようにと、ハイナーにいわれていたからだ。フリッツを訪ねて、話をしようと心に決めていたのに、なかなか実行に移せなかった。フリッツの父親のことを考えると気が重かったし、いろいろ用事ができて思うように時間がとれなかったのだ。ようやく来られたというのに、今度はフリッツがいないとは。

あまり人通りのない表の通りから、マルクグラーフ家の居間の窓を見上げた。もしかしたら、居間でタバコのおまけについている軍艦《ぐんかん》カードを整理しているのかもしれない。それなら、中庭で口笛を吹いても聞こえるはずがない。ヘレはもう一度、指をくわえて口笛を吹いてみることにした。だが、すぐに指を口からはなした。フリッツの父親が通りを歩いてくるのが見えた。黒いコートに山高帽《やまたかぼう》という出《い》で立《た》ちで、背筋をぴんとのばし、あたりをきょろきょろすることなくまっすぐ歩いている。フリッツの父親がヘレに気づかず、そのまま通りすぎてくれることを祈った。ところが、そばまで来ると、いきなりフリッツの父親がヘレのほうに顔を向けた。

「フリッツに会いたいのか？」

「え、ええ……でも、家にいないのでしょう？」

「そんなことはない。ちゃんと家にいる」

「でも中庭で口笛を吹いたのに、窓に顔を出さなかったですよ」

「禁止されているからな。あの子は部屋に軟禁《なんきん》されているんだ」

部屋で軟禁？　だから、窓に顔を出すことができないのか。アッカー通り三十七番地でも、お仕置きに部屋に軟禁される子がいる。だけどそういうとき、軟禁された子は、中庭で遊んでいる子どもたちを一日じゅう窓からながめて、声で遊びに参加するのがふつうだ。部屋に軟禁されたうえ、窓から顔を出すのもだめなんて聞いたこともない。

フリッツの父親は涼《すず》しい顔でヘレの様子をうかがった。なぜかいつものようにどなりちらそうとしない。それだけでもおどろきなのに、父親の言葉を聞いたヘレはどうしていいかわからなくなった。

「上にあがりたまえ。フリッツはきっと喜ぶだろう」

それはまさに青天《せいてん》の霹靂《へきれき》だ。

胃のあたりがむずむずするのを感じながら、ヘレは足早《あしばや》に歩く父親について階段をあがった。

マルクグラーフ家の住まいは、いつものように静かで薄暗かった。父親が電灯をつけたが、明るさはほとんど変わらなかった。ヘレは玄関のそばで立ち止まり、様子を見ることにした。

父親はドアをしめるといった。

「出ておいで。友だちが来ているぞ」

フリッツが子ども部屋から出てきた。顔が青白く、目のまわりに隈《くま》ができている。ヘレを見ても、いつものようにうれしそうにしない。ふたりは、気まずそうに握手をした。

「居間に行きなさい」父親はそういうと、帽子とコートを脱いで、玄関の鏡で小さな口ひげに櫛《くし》を入れた。

「よければ、わたしも話がしたい」

フリッツはおとなしく居間に行き、テーブルに向かってすわった。いつもと勝手がちがうので、ヘレはすっかり面食らっていた。

「ぼく……」フリッツが口をひらかず、だまって前を見ているので、ヘレが口火《くちび》を切った。「このあいだのケンカのことだけど……ごめんな。あんなことをいうつもりじゃなかったんだ。……つまんないことをいっちゃったよ」

フリッツはヘレから目をそらして、ぽつりといった。

「気にしていないよ」

口げんかをとっくに忘れるくらい大変なことがあったんだと、ヘレは気づいた。

「ハイナーとアルノに会ったんだ。きみによろしくってさ」

「いつ会ったの？」急に表情が明るくなった。

「ついさっきさ。きみに話したいことがあって、まっすぐここに来たんだ。家から出られない？」

「軟禁《なんきん》中なんだ」

（そうだった！）ヘレはすっかり忘れていた。

「だからって、窓から顔を出すのもだめだなんて」

「厳罰《げんばつ》にあっているんだ。父さんは子ども部屋のカギをしめて、ぼくはなにもしちゃいけないことになってる。本を読むのもだめ。絵を描《か》くのもだめ。窓から外を見るのもだめ。それから横になってもだめなんだ。ただ椅子《いす》にすわるか、立っているか、部屋を歩きまわるかするしかないんだ」

話を聞いただけで、ヘレはぞっとして、なにもいえなかった。だからつまらない質問をしてしまった。

「それって、きみをいい子にするためなの？」

「母さんがいるときは、部屋から出ていいことになっているんだ。でも母さんが出かけるときは、また部屋に閉じこめられる。父さんが早く帰ってきて、ばれるとまずいからね」

「それで、いまは？　いま、きみのお母さんは出かけているの？」

「石炭を買うため、行列に並んでいるよ。だから……」

びっくりだった。フリッツの母親が、石炭を買うために行列に並ぶなんて。そんなこと、フリッツがすればいいのに。だけど、フリッツは外出を禁じられている。

しかも、クリスマスがもうすぐだというのに。

「だけど、どうして軟禁されているの？」

フリッツはドアのところへ行って、聞き耳をたてた。台所で水の流れる音がしているのを確かめて、もどってくると、ヘレの耳元でささやいた。

「父さんに口答えしたせいなんだ。父さんが、水兵はみんな、殺人鬼《き》でならず者だっていったんだ。壁に立たせて銃殺《じゅうさつ》にすればいいって」

壁に立たせて銃殺！　口ひげの水兵とおなじことをいっている。もちろん立場は逆だが。

「それで、きみはなんていったの？」

「そんなのうそだっていったんだ。そして、ぼくは水兵になるつもりだってね」声がすこし大きくなって、フリッツは不安そうに首をひっこめると、声を低くしてつづけた。「まえは水兵にあこがれるのを、父さんも気に入っていたんだ。それなのに、急にだめになったのさ」

そういえば、フリッツはいつも水兵の服を着て、帽子をかぶっていた！　両親はなんとしてもフリッツを小さな水兵に仕立てあげようとしているようだった。それが急にてのひらを返したみたいに、水兵は殺人鬼《き》でならず者だなんて。

フリッツの父親がやってきて、ふたりのあいだにすわった。はじめにフリッツを見てから、ヘレに顔を向けた。

「きみも家で軟禁《なんきん》されることがあるかね？」

ヘレは首を横にふった。ヘレを軟禁するなんて、こんなお笑い草はない。この四年間、午後はいつも家にいて、年下の妹と弟の面倒をみてきた。なにか悪いことをしても、母さんは軟禁なんて思いつきもしないだろう。その前に手が出るに決まっている。父さんだって、軟禁することなんて考えもしない。

「軟禁されたことがないのかね？　まあ、父親が出征《しゅっせい》している家庭では、母親が子どもを甘やかすらしいからな」フリッツの父親は背もたれに体をあずけると、なにか考えこんだ。「状況が変わったんだ。この国を共産主義の国にしないために気をつけなければならない。けしからんグループがいるが、幸い、ドイツの労働者は、だれのおかげで賃金《ちんぎん》とパンをもらえているかちゃんとわかっている。そうした、ものわかる連中に、国を任せたほうがいい」

「エーベルトのことですか？」なにもいわないつもりだったのに、ヘレは口をすべらせてしまった。

「そうだ、エーベルトだ。歓迎はしないが、あいつには分別《ふんべつ》がある。加減というものを知っている。あいつとなら、話ができる」

ヘレは、すねをつつかれた。フリッツだった。口答えするなと合図《あいず》を送っているのだ。だがすこし離れていたので、足ですねにさわるのがやっとだった。

「労働者は、エーベルトのような男に耳を傾《かたむ》けるべきなんだ。スパルタクス団や水兵の味方になって、頭に血をのぼらせるようではだめだ。共産主義の国になってみろ、祖国は没落《ぼつらく》する」父親は手を組んで、ぽきぽきと関節を鳴らした。「それとも、きみのおやじさんは、ちがう意見かね?」

「ぼく、そろそろ行かないと」ヘレは立ちあがった。「まだしなければならないことがあるんです」

「答えになっていないな」

ヘレはフリッツの視線を感じた。

「うちでは……政治の話をしませんから」

「それはいいことだ」父親は満足そうにうなずいた。「政治は、わかる人間に任せておけばいい。きみのおやじさんは賢《かしこ》いな」

ヘレはのどをしめつけられるような気がした。なぜそんな返事をしたのだろう。フリッツのためにうそをつくなんて。このことを知ったら父さんは、がっかりするにちがいない。

フリッツの父親は時計を見て、フリッツにうなずきかけた。

「一時間、時間をやろう。友だちといっしょに、すこし外の空気を吸ってくるといい」

フリッツはすぐに飛びあがると、玄関に行って、上着を着た。そしてヘレよりも先に階段を駆けおり、外玄関で壁のくぼみによりかかりながらほっと息をついた。

「うまくやってくれたね。ああいってくれなかったら、下に降りていいなんて、絶対にいわなかったと思うよ」

「ぼくはうそをついてしまった」

「わかってるよ。だけど、たいしたことじゃないさ。これで、いつでもぼくのところに遊びにこられるよ……きみにその気があればね」

ヘレは両手をポケットにつっこみ、顔をそむけた。フリッツのために払った代償《だいしょう》はあまりに大きい。

フリッツは困ったという顔をした。

「じつをいうとね、きみのお父さんは政治に興味がないって、父さんにいったんだ」

「なんだって？」

「水兵のことで責められていたときのことさ。ぼくが水兵に熱をあげるのは、きみのせいだって、父さんがいったんだ。そしてきみに会ってはだめだっていわれて、それでつい、きみのお父さんもお母さんも、政治にはぜんぜん興味を持っていないから、きみのせいじゃないっていったのさ」

だから態度がいつもとちがったんだ！　そしてなにも知らずに、ヘレはフリッツとおなじことをいった。

「しょうがなかっただろう？」フリッツが言い訳した。「きみに会えなくなるのはいやだったんだ……」

フリッツもまた、ヘレのためにうそをついたのだ。ふたりの友情を救おうとしたのだ。だが、やり方がまちがっている。

「ヘレ！」フリッツがいった。「ぼくの父さんがなにを考えようと関係ないじゃないか。どうせきみのお父さんと会うことはないんだから」

だがフリッツの父親とヘレはお互いを知っている。ヘレはのどまで出かかった言葉を飲みこんだ。これ以上、フリッツを困らせたくなかったのだ。

すこし沈黙がつづいて、ヘレがまた口をひらいた。

「軟禁《なんきん》はいつまでなの？」

「今晩までだよ。明日はクリスマスイヴだからね」

「どのくらい軟禁されていたの？」

「十日だよ」

十日間の軟禁？　十日間も窓から外をのぞけなかったのか？

「ハイナーとアルノのことで、話があったんじゃないの？」

ヘレはウンター・デン・リンデン通りでふたりに再会したときのことを話した。トラックに乗せてもらったこと。王宮厩舎《きゅうしゃ》を訪ねたこと。ハイナーの親を訪ねたこと。そしていましがた、ふたりのところから来たばかりで、いまごろ、水兵たちは帝国宰相官邸《さいしょうかんてい》に向かって行進しているだろうといった。ところがヘレの話に、フリッツはすこしもうれしそうな顔をしなかった。むしろ悲しそうに顔を曇《くも》らせた。ヘレがハイナーたちと体験したことがうらやましかったのだ。気持ちはよくわかる。だからもう一度、ハイナーがフリッツのことを気にかけていたといった。

「ハイナーがいっていたよ。子どもの頃、きみとそっくりだったって」

「そんなことないさ！」

「でも本当にそういったんだ」

「興味ないね。もう水兵になる気はないから」

「望んでないのは、きみのお父さんだろ？」

フリッツは足下に目を落とした。

「おなじことさ。父さんが望まないのに、水兵になれると思うかい？」

ヘレは、おなじではないと思った。だがいいかえしはしなかった。

「それなら商船の船乗りになればいいじゃない」

「軍隊じゃないじゃないか」

「どうしても兵士になりたいの？」

フリッツは答えず、顔をあげなかった。それでヘレにはわかった。いましゃべっているのは、フリッツじゃない。フリッツの父親なのだ。

ふたりは向かいあいながら、しばらくだまって立っていた。それからフリッツがぽつりといった。

「もう上にあがるよ。ちょっといっしょに来てくれる？　あげたいものがあるんだ」

「なんだい？」ヘレはたずねたが、返事はなかった。しかたなく、フリッツのあとについて、F・W・マルクグラーフという表札《ひょうさつ》のついているドアのところまで行った。

フリッツはドアのベルを鳴らした。父親がドアをあけると、だまって中に入った。ヘレは玄関で待った。住まいに入る気がしなかったのだ。

フェルトのスリッパをはき、ズボンつりをつけた父親がしばらく玄関に残った。

「クリスマスには、フリッツにソリをやることになっているんだ」父親は口に手をあてて、ひそひそ声でいった。フリッツには内緒だという意味だ。「ふたりでソリ遊びをするといい」

「雪が降ればいいですけど」

父親はけげんな顔をした。ヘレは念のため一歩さがった。父親がかんしゃくを起こすかもしれない。

そのときフリッツが新聞紙にくるんだ小箱を持ってきて、ヘレに手渡した。

ヘレは外玄関に出てから、小箱をあけてみた。タバコのおまけについている軍艦《ぐんかん》カードをまとめたノートだ。ノートをめくって、フリッツが何年もかけてこつこつ集めた軍艦カードを見た。ヘレは、そのノートをどうしたらいいかわからなかった。ふたたび新聞紙に包みなおし、持っていたずだ袋に入れた。もしかしたら、あとでフリッツが返してくれというかもしれない。

ずっとましな暮らしをしている

窓の外はすっかり日が落ちていた。氷の結晶《けっしょう》が溶けてしたたり、窓際《まどぎわ》のベンチをぬらしている。ヘレは何度もぞうきんで水をふきとり、クリスマスツリーの星を作っているマルタを、ひざにのせたハンスぼうやといっしょに見ていた。

マルタはなにがなんでも、両親にクリスマスプレゼントをしたいのだ。シュルテばあさんから、星を作るのがいいといわれ、オスヴィンからわらをすこし分けてもらってきた。わらを切ったり、並べたり、束《たば》ねたりしている。ヘレは手伝おうかと声をかけたが、マルタは頑《がん》として首を縦にふらなかった。マルタから両親への贈《おく》り物だから、ひとりで作るといってきかなかったのだ。ヘレは手持ちぶさたで、物思いにふけった。もちろん考えたのはフリッツのことだ。うそをついて裏切ってしまったという思いをこれほど激しく感じたことはなかった。

「お兄ちゃんは、お父さんとお母さんになにをあげるの?」

そうたずねながら、マルタは星を作るのに必死だった。かなり上手に作っているが、両親がもどってくるまでに完成させるには、相当集中しなければならないだろう。

ヘレは両親にあげるものがなにもなかった。マルタにもあげるものがなかった。戦争がはじまる前、まだ小さかった頃、ヘレも両親のために、マロニエやカシの実でなにかしら手作りしたものだ。だがだんだんそういうことはしなくなった。

ハンスぼうやがむずかった。ヘレはおむつにさわってみた。乾いている。ハンスぼうやを抱きあげて、においをかいでみた。大便でもない。

「どうしたんだい?」

ハンスぼうやは顔を真っ赤にしてしかめている。

「おなかが痛いのかい？」ヘレはハンスぼうやをテーブルにのせて、おむつをはずすと、小さなおなかにさわった。ハンスぼうやがぎゃあぎゃあ泣きだした。

「寒いんじゃない？」

「まさか。台所はぜんぜん寒くないじゃないか」

「病気になると、部屋が暖かくても、ふるえるわよ」マルタがわかったような口をきいた。

「へえ、そうかい！」そうはいったが、ヘレにもどうしていいかわからなかった。結局、おむつをつけなおして、毛布とコートにくるんで、ソファに寝かした。

「ねえ、オスヴィンは今年、なにをくれるかしら？」指が痛くなったのか、マルタは手を休めて、中庭を見下ろした。

「おまえはもらえないから、心配するな」

「なんで？」マルタは、自分が贈り物をもらえるチャンスがどのくらいあるか考えた。だが、もっとかわいそうな子どもがたくさんいると、母さんはいっていた。

「ずっとましな暮らしをしているからさ」

マルタがじっとヘレを見つめた。

「どこがましな暮らしよ」

ヘレはハンスぼうやに人差し指をさしだした。ハンスぼうやは指をしっかりつかんで、はなそうとしなかった。その手がとても熱い。

「ましになったさ」ヘレは真剣な顔でいった。「ずっとましな暮らしをしているよ。父さんがもどってきて、母さんには仕事がある。クリスマスにちゃんと食べるものがある。もっとひどい暮らしをしている人はおおぜいいるよ」

ヘレはアンニの弟ヴィリのことを思った。ちびのヴィリは本当にかわいそうだ。姉が入院して家にいなくなり、母親は毎晩働きに出て、昼間は寝ているので、ちっともかまってもらえない。

「もらえると……」マルタがまたいいだした。だが、途中でヘレにさえぎられた。階段をあがってくる足音がする。ヘレは玄関まで行って聞き耳をたてた。

レレではない。シュルテばあさんでもない。もっと軽やかな足音だ。だが、なにかを引きずっているような音がする。

マルタがドアに耳をあてて、くすくす笑った。

「サンタクロースかもしれないわね」

「まさか！」ヘレも聞き耳をたてた。足音はドアの前で止まった。ドアをたたく音がした。

「だれ？」

「あたしよ！　トルーデ」

「トルーデ！」マルタはがっかりすると同時にうれしそうな顔をした。

「今晩は、おふたりさん！」トルーデは妙に陽気だった。ヘレと握手すると、マルタのほおにキスをした。「ふたりだけなの？」

「母さんはまだ仕事、父さんは兵士連盟の用事で出ているんだ」

「それで、あんたが家族の面倒をみているってわけね」

ヘレは、トルーデが来てくれたのがうれしかった。すぐにハンスぼうやが腹痛を起こしていることをいおうとした。だが先に、マルタがトルーデを台所に引っぱっていき、わらで作っている星を見せた。

「へえ、なかなかいいじゃない！」トルーデはいわくありげな顔をした。「じつはあたしも、いいものを持ってきたのよ。その星にぴったりだわ」

「なに、なに？」マルタがはしゃいだ。

トルーデが、表情を変えずにじっと見つめているハンスぼうやに気づかなかったら、マルタはトルーデの腕に飛びこんでいただろう。

「腹を痛がっているんだ」ヘレがいった。「さっきまでひどく泣いてた」

トルーデが毛布とコートをはいで、ハンスぼうやのおなかにさわった。ハンスぼうやがまた泣きだした。

「お茶はない？」

「ペパーミントティーしかないけど」

「それじゃ、あたしがお茶をいれるわ。たぶん効《き》くはずよ」

トルーデはふたたびハンスぼうやを毛布にくるんで、湯を沸《わ》かした。マルタはその機会をつかんで、トルーデに抱きついた。

「ねえ、なにを持ってきてくれたの?」

「クリスマスには欠かせないものよ。明日はクリスマスイヴですものね」

「どこにあるの?」

「玄関の前よ。ヘレに頼んで、地下室に隠してもらおうかな。あんたにばれたら、だいなしだもの」

マルタは玄関に向かって駆けだした。ヘレがマルタのエプロンをかろうじてつかんだ。マルタはあばれたが、うまく逃れられないとわかると、ヘレを足でけった。

「はなしてよ! のぞくんじゃないんだから。寝室に行くだけなんだから」

ヘレはマルタをはなすふりをした。すると、マルタはすぐさま玄関に走った。だがドアをあける前に、ヘレにはがいじめにされてしまった。

「おかしいなあ。寝室はあっちだぞ」

マルタは怒って泣きだし、げんこつでヘレをたたいた。

「マルタ! あんたの誕生日プレゼントなんだから、いま見たらだめでしょう」

トルーデにそういわれて、マルタはようやくおとなしくなった。

マルタが舌を出しているのを無視して、ヘレはロウソクとマッチと地下室のカギを出すと、玄関を出た。

思ったとおり、モミの木だ! わらでつくった星にぴったりといったら、これしかない。それにしても大きなモミの木だ。たしかに地下室にしまっておくしかない。すごいアイデアだ。両親にはモミの木を買う金なんてないはずだ。

ヘレは木を地下室に運び、物置《ものおき》にカギをかけると、中庭で冷たい空気を吸った。どうやら雪が降りそうだ。それから住まいのある四階に向かった。

上でだれかが階段をあがっていく。だが、ずいぶん重い足取りだ。床板《ゆかいた》がみしみしいっている。その人はゆっくりと階段をあがって、三階で立ち止まった。そこに並ぶドアを順に見ていくが、ノックはしなかった。

ヘレはゆっくりと進みながら、ロウソクを前につきだした。その人とでくわしたとき、すぐに顔が見えるようにするためだ。その人も明かりが必要だったのだろう。マッチをすって、ドアの表札《ひょうさつ》を見ている。そしてぶつぶつ文句をいった。

その声を知っている。アルノじゃないか？

たしかにアルノだった。アルノも足音に気づいて、ヘレを見た。相手に気づいて、うれしそうにいった。

「よかった。おまえをさがしていたんだ！　ハイナーのメモには四つ目の棟《とう》としか書いてなくて、何階かわからなかったんだ」

「ハイナーになにかあったの？」

「ああ、あいにくな。だが、ひとまずおやじさんたちに会わせてくれ。事情を話すから」

ヘレがアルノを連れて台所に入ると、トルーデがおどろいて立ちあがった。トルーデはちょうどハンスぼうやにペパーミントティーを飲ませているところだった。

「アルノっていうんだ」ヘレは水兵を紹介した。「こっちはトルーデ」

「おまえの身内《みうち》か？」

「身内はあたしよ」いきなりあらわれたそばかすだらけの大きな水兵にびっくりして、マルタは、ようやくそれだけいった。

アルノはうなずいたが、だれがだれの身内なのかいまひとつわからなかったようだ。だが、そんなことはどうでもいい。

「ハイナーが下にいるんだ」アルノはヘレにいった。「肩を負傷している。軍医が弾《たま》を取りだしてくれたが、ひどい熱で、安静にしなければならないんだ。ベッドに寝かせてやりたい。だけど、おれたちのところにはベッドがなくてな。それに今晩、なにが起こるかわからないし」

「もちろんベッドはあるわよ！」トルーデは事情を察してすぐにいった。ハンスぼうやを毛布にくるむとキスをして、しばらくひとりにするのをわびるように、やさしくなでた。それからアルノを押して玄関に向かった。

ヘレもようやくショックから立ち直った。

「ハンスぼうやを看《み》ていてくれ！」マルタにそう頼むと、トルーデたちを追った。すぐふたりに追いついて、アルノの話を聞くことができた。

「おれたちは帝国宰相官邸《さいしょうかんてい》で王宮のカギを引き渡したんだ。それなのに、司令部にいたエーベルト派の連中が給料を払おうとしなかった。それで、おれたちの仲間が帝国宰相官邸にもどって出入り口を封鎖《ふうさ》したんだ。これでもう後もどりできなくなった。政権に参加している独立社会民主党の連中は、給料を支払うようにいったが、エーベルト派の連中は、エーベルトの命令がないと支払えないとつっぱねたんだ。だけど、エーベルトは留守にしていた。そのうち、政府に忠誠《ちゅうせい》を誓った部隊がやってきて、おれたちに向かって発砲《はっぽう》したんだ」

「死者が出たの？」

「ふたり、死んだよ。マックス・ペルレヴィッツと政府軍の兵士がひとり。マックスは目を撃《う》ちぬかれた」

ヘレたちは中庭を足早《あしばや》に抜けて、通りに出た。水兵を乗せたトラックのまわりに野次馬《やじうま》が集まっている。ヘレはすぐ、荷台にあがった。怪我《けが》をしているのはハイナーだけではなかった。ほかにも四人、ハイナーのとなりに横たわっている。だが一番重傷なのはハイナーだった。上半身の左側が包帯でぐるぐる巻きになっている。ハイナーはぐったり横になり、目を閉じていた。

アルノともうひとりの水兵が、ハイナーの足と腕を持ってトラックから降ろし、中庭に入った。ヘレはハイナーの上着と帽子を持って、あとからつづいた。

オスヴィンが掘《ほ》っ立《た》て小屋の前に出ていて、ヘレをつかんだ。

「なにがあったんだ？」

ヘレは、自分が泣いていることにはじめて気がついた。オスヴィンを見つめて、泣きわめいた。

「発砲《はっぽう》したんだよ。いきなり発砲したんだ！」

「だれが？　だれが発砲したんだ？」

「エーベルト派の連中さ！　発砲するのはいつもあっちだ。血を流したくないといっといて！」

ヘレはそう叫ぶと、水兵たちのあとを追って、階段を駆けあがった。

きな臭《くさ》い

日が暮れた。もうほとんど夜中だ。両親、トルーデ、オスヴィン、そしてシュルテばあさんまで寝室に集まっていた。あいているベッドや台所から運んできた椅子《いす》に思い思いにすわっている。石油ランプの光は窓際《まどぎわ》のベッドまでまともにとどかなかった。薄暗くて、ハイナーの顔がよく見えない。数週間前、シュルテばあさんの屋根裏部屋で体験したのとそっくりの状況だ。ヘレの脳裏《のうり》にナウケのことがよみがえった。枕元の青白い顔をよく見なければ、ナウケと見まちがえそうだ。

トルーデもナウケのことを思いだしているようだ。顔つきでわかる。ハイナーの額《ひたい》に浮かぶ汗を、ときどきハンカチでふいている。トルーデの顔も血の気が引いていた。シュルテばあさんも、ナウケのことを考えているのか、胸元で十字を切りながら、なにかつぶやいている。ヘレは、ナウケの名前を聞いたような気がした。

　オスヴィンがなにを考えているかはよくわからない。一番寡黙《かもく》だったのはオスヴィンだ。ヘレと目を合わそうともしない。ヘレたちの住まいにやってきてから、一度もヘレを見なかった。

「エーベルトが水兵をやっかい払いしたいのは、よくわかるわ」最初に沈黙を破ったのは母さんだった。「だけど、部隊を出動させるなんて。それに、なんで部隊はいうことをきいたの？　水兵は戦友でしょ？……戦友に向かって引き金をひくなんて」

「いっしょに革命を起こしたのは、ついこのあいだのことなのにねえ。それがいまは、お互いに撃《う》ちあうなんて」シュルテばあさんが嘆《なげ》いた。ばあさんはだれのことも見ていなかったが、なにをいいたいかははっきりしていた。ばあさんの非難はトルーデに、母さんに、そして父さんに向けられていた。

「いま、市内にいる部隊は、革命に関わっていないんだ」父さんがいった。「そのときはまだ前線にいたのさ。故国でなにがあったか話に聞いているだけなんだ」

　ふたたび寝室は沈黙に包まれた。しばらくしてトルーデが口をひらいた。

「エーベルト派の連中が水兵をやっかい払いしたいのは当然ね。水兵がいなくなれば、あたしたちは孤《こ》立無援《りつむえん》になるもの。連中はあたしたちを簡単にひねりつぶせるわ」

　トルーデはハイナーの怪我《けが》に責任を感じているのか、長年の知り合いみたいにかいがいしく世話をした。軍医が診察したからだいじょうぶとアルノがいったのに、フレーリヒ先生を呼んでくるようにヘレに頼んだのもトルーデだ。フレーリヒ先生がハイナーを診察して、ものすごく運がよかったといった。

「あと五センチ深かったら、命はなかった。傷はいずれふさがるだろう。熱を出さなければ、いずれ元気になる」

先生は熱冷ましの処方箋《しょほうせん》を書いた。だが処方箋の宛名《あてな》はハインリヒ・シェンクではなく、マリー・ゲープハルトにした。そしてどうしてこんな重傷を負ったかひと言も聞かず、ハンスぼうやの様子も看《み》てから帰っていった。

アッツェとクラーマーおじさんがやってきた。ふたりは、寒さのせいでほっぺたを真っ赤にしていた。ヘレは人差し指を口にあてて、母さんが台所に用意した寝床《ねどこ》で眠っているマルタとハンスぼうやを起こさないように、静かに住まいに通した。

クラーマーおじさんはハイナーの顔をちらっと見てから、オスヴィンとシュルテばあさんのあいだに腰かけ、帽子を脱いで、だるそうに髪を手ですいた。

「帝国宰相官邸《さいしょうかんてい》からまっすぐここに来たんだ。ひどいことになっていたよ。おれたちまで銃撃戦《じゅうげきせん》に巻きこまれるところだった」

シュルテばあさんがさっと十字を切った。クラーマーおじさんのことは直接知らなかったので、しばらくうさんくさそうに見ていたが、すこし信用したようだ。

アッツェがべらべらしゃべった。

「水兵たちが司令部に押しいって、給料をぶんどっていったんだ」そういってから、アッツェは顔を輝かせた。「そのうえ、ヴェルス(▼11)を人質《ひとじち》にとったのさ」

「ベルリンの都市司令官をか？」父さんが目を丸くした。

「そう、オットーの奴をな！」アッツェはうれしそうにいった。「給料の支払いを拒《こば》んだのはあいつだからな」

「それは大変なことになるぞ！」父さんは、興奮すると部屋を歩きまわる癖《くせ》があったが、寝室にはそれだけの空間がなかったので、その場で立ちあがったまま動かなかった。「エーベルトはだまっていないだろう」

クラーマーおじさんはふたたび帽子をかぶると、神経質そうにタバコに火をつけた。それから、水兵の一部がオットー・ヴェルス都市司令官を人質にとって王宮厩舎《きゅうしゃ》に引きあげ、残りが、都市司令官の更迭《こうてつ》をエーベルトに求めるため、帝国宰相官邸に向かったといった。水兵は、明け渡すはずの王宮もそのまま占拠《せんきょ》しているという。

「だけど、エーベルトに直談判《じかだんぱん》にいくなんて、なんでそんなつまんないことをしたのよ？」たずねたのはトルーデだった。「あいつが裏で糸を引いていることくらい、わかっているはずでしょう？」

「いや、連中は正しいさ」クラーマーおじさんがいった。「給料のことで決裂《けつれつ》するつもりはなかったんだ。いまの状況では、唯一まともな行動だった」

「ほほう、スパルタクス団にもまともな奴がいたんだな！　頭に血がのぼった奴ばかりではなかったんだ」オスヴィンが軽く身を乗りだした。クラーマーおじさんとは長い付き合いだったので、皮肉をいっても悪くとらないとわかっていたのだ。

「だけど、おまえさんのエーベルトは、そんなに冷静じゃなかった」クラーマーおじさんは皮肉に動じず答えた。「不安になって、直通電話で部隊の出動を要請《ようせい》したんだ。水兵のほうも、動きを察知して、増援《ぞうえん》部隊を呼んだ。王宮と王宮厩舎《きゅうしゃ》から来る水兵とティアガルテンの駐屯地《ちゅうとんち》から来る政府軍部隊とどっちが先に帝国宰相官邸《さいしょうかんてい》に到着するか、一分一秒を争う状況だったよ」

「それで、水兵のほうが早かったんだ」アッツェがまた口を出した。「政府軍部隊が帝国宰相官邸にやってきたのが、水兵たちにも見えていた。政府軍部隊を指揮《しき》していた少佐《しょうさ》が、すぐに引きあげなければ総攻撃すると脅《おど》したんだ。水兵側も、部隊を撤収《てっしゅう》するように要求した。水兵の増援部隊がいなかったら、あの少佐は絶対に攻撃命令を出していたな。だけど、そうはならなかった」

「エーベルトにとっては、にっちもさっちも行かない困った状況だったろう」クラーマーおじさんはあざ笑った。「あいつは二股《ふたまた》をかけすぎたんだ。水兵には偉大《いだい》な革命家のふりをして、将軍たちには偉大な反革命家としてふるまった。だけど、両陣営があいつの前にそろって、あいつがそれぞれにどういうことをいっているか知ってしまったんだ。さあ、どうする？　あいつは将軍を必要としている。将軍たちがいなければ、権力の座にとどまれない。だけど人民も必要だ。おれたちがいなければ、国は動かない。そしておれたちのほとんどが、水兵の側についているんだ」

「それで、エーベルトはどうしたの？」ヘレが夢中になってたずねた。

「おれもそれが知りたいよ」クラーマーおじさんは真剣な顔でうなずいた。「残念ながら、おれはその場にいなかったからな。おれはずっと水兵たちのところにいて、落ち着くように説得していたんだ。それで、急に双方《そうほう》とも引きあげて、明日、問題を解決することになった」

部屋の中が静かになった。父さんがたずねた。

「それで、おさまったのか？」

「水兵、政府軍部隊、双方とも引きあげたよ」アッツェが絶望するような顔でいった。大げさすぎて、こっけいに見えるほどだった。「平和だ、万歳《ばんざい》ってわけさ」

父さんはやっぱり二、三歩、歩かずにいられなかった。玄関に行くと、パイプを持ってきた。「きな臭《くさ》いな。きっとなにか裏があるぞ」

「おれもそう思う」クラーマーおじさんが答えた。「だけど、どこからその臭《にお》いは漂《ただよ》っていると思う？」

ハイナーがうなされたのか、ベッドの中で動きまわった。トルーデは落ち着かせようとハイナーに声をかけた。そのあいだ、だれも口をひらかなかった。ハイナーが静かになると、父さんがいった。

「前線ではよくこういったもんだ。敵が安心したすきをつけ」

「つまり、わなだってことかい？」オスヴィンがたずねた。「エーベルトが部隊に攻撃を命じるっていうのか？　そんな笑ってしまうような微々《びび》たる給料のために？」

「給料は笑ってしまうくらいわずかさ。だけど、その結果には笑えない。なにもかも、できすぎだ」

「それに、あんたのエーベルトはもう何度も発砲《はっぽう》させているものな」アッツェが父さんの肩をもって、ハイナーをさした。「それとも、これは蚊《か》に刺されただけかい？」

「いちいち、『おまえのエーベルト』といわんでもいいだろう」オスヴィンが文句をいった。「わしは、あいつと結婚したわけじゃない」

「だけど、そんなふうに見えるけどね」アッツェがにやりとした。

「くだらんことをいうな！」オスヴィンがうなった。「いつかみんな、ぶったおれるんじゃないかって心配なんだよ」

「わかっているさ、オスヴィン」父さんはいった。「だが胸に拳銃《けんじゅう》をつきつける奴を相手に、愛を告白する気にはなれない」

ふたたび、みんなだまりこんだ。今度は母さんがささやいた。

「エーベルトも元は労働者だったんでしょ。……なんであたしたちを裏切るのかしら?」

ヘレはハイナーの言葉を思いだした。「どこの出でもいい、どこへ行くかが問題だ」ヘレはすこし迷ったが、その言葉を口にした。

両親がびっくりした。

「たまげたな!」父さんがいった。「どこでそんな言葉を仕入れたんだ?」

「ハイナーがいってたんだ」ヘレは王宮厩舎《きゅうしゃ》の前でのことを話した。

みんな、ハイナーを見た。クラーマーおじさんはゆっくりうなずいた。

「こういう奴がもっと必要なんだ」

「まあ、ゆっくりと休ませてあげるんだね」シュルテばあさんはそういうと、腰をあげた。「遅かれ早かれ、また銃の標的《ひょうてき》になるんだから」

クラーマーおじさん、オスヴィン、アッツェの三人が帰るといった。ヘレはロウソクで階段を照らして、三人を下まで送った。階段をあがろうとしたとき、中庭でいい争うオスヴィンとアッツェの声が聞こえた。住まいにもどると、今晩は床で寝てくれと、母さんがいった。

「寝る場所がないからね」

ヘレはだまってうなずいた。ハイナーが元気になってくれるのなら、夜をどこで過ごそうとかまわなかった。

人間の命

堅《かた》い床で寝ることになったヘレのために、母さんは何枚も毛布をしいてくれた。だがそれでも、床にじかに寝ているような気がした。母さんは寝る前にかまどの火をおこして、台所を暖めてくれたが、長くはもたなかった。

そんなこととも知らず、マルタはソファの上で毛布を枕にしてぐっすり寝ている。きっと誕生日の夢を見ているにちがいない。

(何時になるだろう？　夜中の二時頃かな？　もっと遅いかな？　どっちにしても、とっくにマルタの誕生日だ)

ヘレはぜんぜん眠れなかった。眠る気になれなかった。腕枕《うでまくら》をして、今晩、どんな時間を過ごすか思いえがいた。

トルーデが持ってきてくれたモミの木はどこに立てよう。寝室には場所がない。台所？　窓際《まどぎわ》のベンチの上はどうかな。だけど、そうしたら、だれもすわれなくなる。

寝室のドアがあく音がした。

父さんかな？

父さんはよく夜中に起きて、水を飲む。

だが父さんでも、母さんでもない。ふたりなら、家のことは知っている。壁を伝って歩いたりするはずがない。

「ハイナー？」

「そうだが？」

ヘレは跳《は》ね起きて、台所のドアをあけた。

「ヘレか？　ここはおまえの家だったのか」

「怪我《けが》を、怪我をしてるんだよ」

「明かりはないのか？」

ヘレは石油ランプを灯《とも》し、ハイナーを照らした。

ハイナーの顔はひどく青白かった。台所を見まわして、眠っているマルタを見つけ、静かに椅子《いす》にすわり、ほお杖《づえ》をついた。

「どうやってここに？」

「アルノが、うちの住所を書いたメモを見つけたんだ」

ハイナーはなかなか思いだせないようだったが、いきなり体を起こした。

「マックスはどうなったんだ？　アルノはなんかいっていなかったか？」

アルノは階段で、マックス・ペルレヴィッツのことを話していた。ヘレは、自分が耳にしたことをハイナーに教えた。

ハイナーはしばらく、傷《いた》んでいる肩に手をあてながら、だまりこんでいた。ヘレは心配になって、ベッドにもどるようにいおうとした。そのとき、ハイナーがささやいた。

「犯罪者め！　まったくげすな奴らだ！」ハイナーは、そのときなにがあったか、小さな声でとぎれとぎれに語った。「おれたちは、司令部の前にいたんだ。仲間が司令部で給料の支払いを要求しているあいだ、おれたちは除隊の許可証をもらいにきた陸軍の兵士たちとおしゃべりをしていた……みんな解放されてクリスマスを家族で過ごすのを楽しみにしていたよ……そのとき突然、ウンター・デン・リンデン通りに政府軍の装甲車《そうこうしゃ》があらわれて、王宮の方角に向かったんだ。最初に気づいたのはマックスだった。装甲車がどこの部隊のものか確かめようと、マックスが近づいたら、十メートルくらいのところでいきなり撃《う》ってきたんだ。……マックスが倒れこむのを見て、おれはベルトにさげた手榴弾《しゅりゅうだん》に手をのばした。そのとき肩に衝撃《しょうげき》を受けて……撃たれたと思った。アルノをさがした……アルノが手榴弾の栓《せん》を抜くのが見えた。すぐに何発も手榴弾《しゅりゅうだん》が炸裂《さくれつ》した。そして射撃音《しゃげきおん》……そこで気を失ったらしい。気がついたら、トラックに乗せられていた。がたがた揺《ゆ》られて、また気を失った」

ハイナーは眉間《みけん》に手をあてた。

「なにか飲み物はないかな？　ものすごくのどが渇《かわ》いているんだ」

「冷めたペパーミントティーしかないけど。それとも水のほうがいい？」

「水をくれ。水で十分だ」

ハイナーはぐいっと一気に水を飲むと、大きく息をつき、アルノがほかになにかいっていなかったかとたずねた。ヘレは首を横にふった。だがそのとき、アッツェとクラーマーおじさんが話していたことを思いだした。

「そういうことになっているとはな！」ハイナーは額《ひたい》をなでた。うまく考えがまとまらないようだ。それからうなずいた。「わかったぞ！　エーベルトの奴、そうやっておれたちを蹴散《けち》らすつもりか」

マルタが目を覚ました。眠そうな目をこすっている。

「ハイナーだよ。怖《こわ》がらなくても平気だから」ヘレはいった。

マルタはすでに泣きそうな顔になっていた。見知らぬ水兵が台所にいる。夢なのか、本当のことなのか、まだ判然《はんぜん》としないようだ。

ハイナーがマルタを見た。

「おれのせいで、おまえたち、台所に寝ていたのか？」

「ほかにしょうがなかったもの。そんなにつらくなかったよ」

「ふたりとも、ベッドで寝な。おれは台所にいさせてもらう。どっちにしても眠れない」

マルタは、二度いわせなかった。毛布をかかえると、寝ぼけ眼《まなこ》のまま、ふらふらと寝室に歩いていった。だが寝ぼけているふりをしているだけだ。ヘレはマルタのことをよく知っている。本当はとっくに目が覚めているはずだ。

ハイナーはソファにすわって足を投げだした。ヘレは台所を出ようとせず、そのまま椅子《いす》にすわっていた。ハイナーがなにかいうにちがいないと、感じていたのだ。

「もうおしまいだと思ったよ」ハイナーは、ヘレに聞こえないくらい小さな声でつぶやいた。「わかるかな。ものすごく悲しかった。……あんなに悲しい思いをするとは思っていなかったよ。……弾《たま》に当たって死ぬときは、悲しんでいるひまなんてないほど、あっというまだと思っていた。たしかにあっというまの出来事だったが、それでも頭の中では、残念だ、これでおしまいかって考えていた。変だろう？」

ハイナーはそうたずねたが、返事を期待していたわけではなかった。

「ペルレヴィッツはもうあの世に行ってしまった」ハイナーはそういって、窓の外を見た。窓ガラスに霜《しも》がはり、月明かりにあたって輝いている。「あいつ、今朝、冗談をいって、クリスマスの歌を口ずさんでいたんだ。給料未払いのことでは、そんなに文句をいっていなかったのに。……その彼がいまはもうこの世にいないなんて。人間の命なんてあっけないもんだ」

ハイナーは、理解できないとでもいうように首をふった。しばらくしてまた口をひらいた。

「のほほんと生きていると、永遠に生きていられるような気になる。一分一秒がどれだけ貴重かわからなくなるもんだ」

寝室のドアがあいて、マルタがもどってきた。

「なんで来ないの？　あたし、眠れないじゃない」マルタがヘレに文句をいった。

「行きな」ハイナーがいった。「おれはここですこし休むから」

それはうそに決まっている。ハイナーは、昨日体験したことをじっくり考えるつもりだ。ヘレがいては邪魔《じゃま》なだけだ。ヘレは「おやすみ！」とだけいって、マルタについて台所から出ていった。

ヘレがとなりに横になると、マルタはすり寄ってきた。

「なんだよ？」ヘレはたずねた。

マルタがヘレを呼びにきたのは、眠れないからではない。寝ようと思えば、ヘレがいようといまいと、マルタは眠れる。

「あたしの誕生日になった？」

「まだだよ」

「あとどのくらい？」

「二時間はあるな」

真っ赤なうそだった。誕生日になったといおうものなら、マルタは朝まで寝られなくなり、ヘレのことも眠らせてくれないだろう。

「まだそんなにあるの？」マルタは疑った。

「正確にいえば、二時間と十分だな」ヘレはまたうそをついた。「さあ、早く寝ろよ。それとも明日の夜、早く眠るつもりかい？」

もちろん、マルタにそんなつもりはない。だから疑わしいと思っても、なにもいわなかった。ヘレは、ハイナーがいったことをすこし考えようとしたが、ごつごつしていた床とまるでちがう、ふわふわの柔《やわ》らかいベッドと、マルタから伝わってくる温《ぬく》もりのせいで、急に眠気《ねむけ》をもよおしてしまった。

これは戦争だ

轟音《ごうおん》が鳴りひびいた。どこかでものすごい音がとどろいている。

まただ。

雷《かみなり》ではない！

ヘレは眠気をふり払うと、聞き耳をたてた。また轟音がして、窓ガラスがふるえた。

父さんも、音におどろいて、急いで服を着ようとしている。

「大砲《たいほう》の音？」

ヘレは、大砲《たいほう》の音を聞いたことがないが、そうにちがいないと思った。

「そうだ」父さんはいった。「きな臭《くさ》いにおいがどこから漂《ただよ》ってくるか、これではっきりしたな」

母さんはもう出かけていた。すでにマルタをシュルテばあさんに預けていた。ハンスぼうやだけが、まだ両親のベッドに寝ていた。ヘレは起きあがって、服を着た。なんのためにいま、服を着るのか、自分でもよくわかっていなかったが、のんびりベッドの中で寝ていることはできなかった。

ハンスぼうやも目を覚ました。大砲の音におびえたのか、泣きだした。父さんはハンスぼうやを抱きあげて、やさしい言葉をかけ、台所に連れていった。

ハイナーは台所の窓をあけて、耳をすましていた。父さんとヘレがやってくると、ふりかえっていった。

「どこからだと思う？」

「王宮からだね」父さんはいった。

ハイナーはほんの一瞬迷ってから、ヘレにたずねた。

「おれのブーツはどこだ？」

「おいおい、無茶《むちゃ》をするな！」父さんはいった。「その怪我《けが》で出かけるっていうのか？」

「あれは政府軍だ」怪我のため、うまくブーツをはけなかったハイナーは、ヘレに手伝ってもらいながらいった。「あいつら、おれの戦友を撃《う》っているんだ」

「しかし肩を怪我しているんだぞ！　あやうく命を落とすところだった」

ハイナーはがんこに首を横にふった。

「それでも王宮に行かなくては。あいつらが王宮を撃っているということは、王宮厩舎《きゅうしゃ》にも砲撃《ほうげき》しているはずだ。これでなにもかもはっきりした。あいつら、最初に給料の支払いを拒《こば》んで、おれたちが抗議行動をとるようしむけたんだ。そして今度は、それを口実に一斉《いっせい》攻撃する腹づもりだ」ハイナーは父さんの手をにぎった。「すっかり世話になった！　また来るよ」

父さんはもうなにもいわなかった。ヘレにハンスぼうやをあずけると、寝室から薬をとってきた。

「せめて薬を持っていくといい。熱冷ましの薬だ」そういうと、父さんはハイナーの前に立って、階段を明かりで照らした。

台所に立っていたヘレはそのとき、なにをすべきか気づいた。ハンスぼうやをソファに置いて、そっと毛布をかけると、上着に腕を通し、マフラーを首に巻いて、帽子をかぶった。それから玄関を出て、シュルテばあさんの屋根裏部屋に通じる階段をのぼった。父さんがもどってきて、玄関に入ったすきに、ヘレは一気に階段を駆けおりた。

「ヘレ！」

足音に気づいて、父さんはヘレを呼んだ。ヘレが中庭に出たとき、台所の窓から叫ぶ父さんの声が聞こえた。だがヘレは見上げることも、立ち止まることもしなかった。父さんは、市内に行くのを絶対に許さないだろう。

ハイナーはすでに二、三百メートル先を歩いている。追いつくには、走らなければならない。

「どういうつもりだ？」ハイナーが立ち止まった。

「すぐそこまで送っていこうと思って」

「おれがやられるんじゃないかって心配なのか？」

「そんなことないよ。どっちみち王宮に行こうと思ってたんだ。なにが起こっているか、見てみたいから」

ハイナーは信じなかった。ヘレにはそんなこと、どうでもよかった。ハイナーのそばにいられれば、それでいいのだ。

「もどれ、とおれがいったら、もどるか？」

「うん」ヘレはいった。だが本心では、いうことをきくつもりはなかった。父さんの裏をかいてしまった以上、もうどうなってもよかった。

「いいだろう！」ハイナーは歩きだした。ときどき足元がふらつき、肩に手をやっている。

ふたたび砲声《ほうせい》がとどろいた。かなり近くで聞こえる。ハイナーは歩く速度をあげた。

早朝の薄暗い街を足早《あしばや》に歩くのは、ハイナーとヘレだけではなかった。砲声は街じゅうで聞こえたのだ。男も女も、大人も子どもも、みんな、いたるところから集まってきた。

「水兵たちが撃《う》たれているぞ！」オープンカーに乗った男が叫んだ。

だが、そんなことはみんな知っている。そばを急いで歩いていくハイナーに、多くの人が同情のまなざしを向けた。なかにはいっしょになって走る人もいた。王宮前でなにが起こっているかたずねる人もいたが、ハイナーがなにも知らなかったので、がっかりしていた。

労働者の一団を乗せたトラックが、ヘレたちを追い越していった。みんな、赤い腕章《わんしょう》をつけている。十一月九日とおなじだ。だが、今回は歓声をあげていなかった。

通りはしだいに人でごったがえした。砲声に引きつけられるように、人々がどんどん集まってくる。だが好奇心からではない。みんな、怒りをあらわにしていた。市内でなにが起きているのかわかっていて、水兵に加勢《かせい》しようというのだ。

砲声はすぐそばでとどろいている。ヘレにも、大砲陣地《たいほうじんち》がどこにあるかはっきりとわかった。王宮前の広場と王宮橋のたもとだ。

ハイナーとヘレを追い越していった人々がもどってきて口々に叫んだ。

「道路が封鎖《ふうさ》されている」

「通りぬけるのは無理だ」

これからどうしたらいいか相談をはじめた人たちのそばをそのまま通りぬけると、ハイナーはヘレを近くの建物の陰《かげ》に連れていった。

「さあ、ここまでだ。もう家に帰るんだ、いいな？」

「でも、ハイナーは？　ハイナーはどうするつもりなの？」

「できるだけ近くに行ってみる」

「連れていってよ」

「だめだ！　話にならない。危険すぎる」口調がきつすぎたと思ったのか、ハイナーはやさしくヘレをさとした。「わかってくれ。もしものことがあったらどうするんだ。おまえのおやじさんやおふくろさんにどうやってあやまったらいい？」

なにをいってもむだだ。ハイナーは、連れていくつもりがなかった。父さんのときとおなじように、ハイナーをだますしかない。

「じゃあな」ハイナーはヘレの胸を軽くつついた。「また会おう」

両手をポケットにつっこんで、ヘレはハイナーを見送った。ハイナーがどうするつもりかわかっている。王宮を迂回《うかい》して、シュパンダウ通りを抜け、モルケンマルクト広場から王宮と厩舎《きゅうしゃ》に近づくつもりらしい。かなりの遠回りだが、それしか手はない。

ヘレは、ハイナーの姿が見えなくなるのを待った。ハイナーのあとをこっそり追いかけるのは簡単だった。ハイナーはときどき立ち止まって、肩をおさえている。

モルケンマルクト広場につくと、ハイナーは右に曲がった。ミューレンダム通りにそって、ペトリ教会の方向に向かった。数百メートル進むたびに政府軍の小隊《しょうたい》やトラックに乗った部隊があらわれた。ハイナーはそのたびに、建物の中に身を隠した。王宮と厩舎からひびいてくる銃声《じゅうせい》は、ヘレにもひとつひとつ聞き分けられるほどはっきり聞こえるようになった。ときどき機関銃の連射音《れんしゃおん》がひびき、手榴弾《しゅりゅうだん》が炸裂《さくれつ》し、散発《さんぱつ》的にカービン銃の銃声が聞こえた。

横の通りから、労働者の一団がトラックに重火器《じゅうかき》を積みこんでいた。ハイナーは労働者を見ると、すこし迷ってから、さらに前に進んで建物の中に隠れた。鉄兜《てつかぶと》をかぶった政府軍の小隊がフィッシュマルクト広場を抜けてこっちへやってくる。小隊はゲルトラウト通りから出てきて、すこしずつブライテ通りに入ろうとしている。ブライテ通りを行けば、厩舎の裏に出ることできる。

ヘレは建物の壁にはりついて、物陰《ものかげ》からそっと様子をうかがった。だがすぐに首をひっこめた。厩舎からブライテ通りに向かって猛烈《もうれつ》な機銃《きじゅう》掃射《そうしゃ》がおこなわれた。水兵たちは、忍びよる政府軍に気づいたようだ。

モルケンマルクト広場からトラックが一台、ゆっくりと近づいてくる。政府軍だろうか。

いや、水兵の帽子が見える。トラックには赤い腕章《わんしょう》をつけた水兵がいっぱい乗っていた。みんな、銃を構えて、横の通りを警戒している。

ハイナーもそのトラックに気づいた。通りに飛びだし、腕を広げてトラックを止めた。トラックのブレーキがかかった。ハイナーは水兵になにかいっている。敵がいることを教えようとしているのだ。だが遅かった。政府軍がすでにトラックを発見して、建物の中から撃《う》ってきた。水兵たちは通りに散開《さんかい》して、人気《ひとけ》のない建物に逃げこんだ。

ヘレは壁にぴったりはりついた。のどがしめつけられるくらい怖《こわ》くて、まともに息ができない。ここから逃げだしたかった。とにかく逃げたい。だがもはや逃げることはできなかった。別のトラックが近づいていた。今度はゲルトラウト通りからだ。やはりゆっくりと進んでくる。運転席の屋根に機関銃が据《す》えられている。

労働者たち。赤い腕章《わんしょう》をつけた労働者たちだ！

水兵のひとりが銃の先に帽子をひっかけて、宣伝塔《せんでんとう》の陰《かげ》からそっと突きだした。トラックが止まって、荷台から労働者たちがいっせいに飛びおり、フィッシュマルクト広場の石畳《いしだたみ》に伏《ふ》せた。だが労働者がふたり荷台に残って、政府軍に向けて機関銃を連射《れんしゃ》した。政府軍の小隊《しょうたい》はこうして、王宮厩舎《きゅうしゃ》とミューレンダム通りとフィッシュマルクト広場の三方から銃撃《じゅうげき》されることになった。包囲されてしまった小隊は、突破口をひらかなくてはいけない。そしてミューレンダム通りに向かって突撃《とつげき》してきた。

ヘレは建物の陰から出られなかった。通りでは銃弾《じゅうだん》が飛び交い、化粧壁《けしょうへき》がいたるところではじけとんだ。しかし政府軍の小隊は前進をつづけた。ヘレのいる側の建物を一軒《けん》一軒進みながら、包囲網を突破しようとしている。もう逃げ道はひとつしかなかった。建物の中に入って、階段をあがり、屋根裏に潜《ひそ》むしかない。ヘレは、すぐ行動に出た。建物の屋根裏部屋まであがると、立ち止まって聞き耳をたてた。通りからは銃声《じゅうせい》や建物に銃弾の当たる音がひびいてくる。しかし建物の中は静まりかえっていた。住人はみんな、部屋の奥で縮《ちぢ》こまっているのかもしれない。それとも、戦闘《せんとう》があるのを知って、家から離れているのだろうか。

屋根裏部屋のドアをあけようとしたが、カギがかかっていた。これからどうしたらいいか考えたが、なにも思いつかなかった。ヘレはしかたなく階段に腰かけて、外の騒ぎに耳を傾《かたむ》けた。

一階の玄関が乱暴にあけはなたれた。男たちがののしりながら建物に飛びこんできた。銃声や物音が大きくなった。

ヘレは生きた心地《ここち》がしなかった。兵士たちが上にあがってきたら、どうしよう。悲鳴が聞こえた！　断末魔《だんまつま》の叫びだ！　玄関にいた兵士に弾《たま》が命中したようだ。足音がして、玄関のドアがバタンとしまり、静かになった。路上の銃声もまばらになり、やがてまったく聞こえなくなった。ヘレはもうすこし様子を見てから、おそるおそる階段を降りた。三歩ごとに立ち止まって、聞き耳をたて、すこしずつ降りていった。

二階まで降りたとき、ヘレははっとした。うめき声が聞こえる。屋根裏にもどりたくなったが、そんな気持ちをぐっとこらえ、息をひそめて、ゆっくり階段を降りた。

玄関に兵士がひとり横たわっていた。仰向《あおむ》けになって、顔を上に向けている。ヘレはそばを通りぬけるとき、ちらっと兵士を見て、あやうく悲鳴をあげるところだった。兵士の顔が半分吹っ飛んでいたのだ。

ぼくが見えるんだろうか？　助けを求めているんだろうか。玄関が薄暗くて、よくわからない。ヘレは兵士に近寄る勇気が出なかった。ショックが大きすぎた。タイル張りの壁に背中をあてながら、負傷兵のそばを通りぬけ、そっとドアをあけた。

通りは静かになっていた。水兵と労働者がトラックのまわりにたむろしていた。タバコを吸う者、おしゃべりをする者、怪我人《けがにん》の世話をしている者。ヘレは、そばに立っていたあばた面《づら》の労働者のところに駆けよった。玄関の奥に負傷兵がいることを伝えようとしたのだが、なにかいう前に、その労働者が、くわえていた葉巻《はまき》をとってどなった。

「ここでなにをしているんだ？　気はたしかか？」

あばた面《づら》の労働者は、ヘレがその建物に住んでいて、好奇心にかられてのぞきにきたと思ったのだ。なんでここにいるか説明するひまはない。

「あそこ！」そう叫んで、玄関を指さした。「あそこに兵士がいます。負傷兵です。顔に弾《たま》が命中したんです」

あばた面の労働者は銃を構えて、ふたりの労働者についてくるようにいった。三人はそろって、玄関に近づいた。いっしょについていった若い労働者が銃でドアを押すと、残りのふたりが銃を構えて、中に入った。だが三人はすぐに銃口《じゅうこう》をさげて、負傷兵のそばにひざまずいた。

ヘレはドアの前にたたずんでいた。ふたりの女が兵士に応急手当するのを見ていた。あばた面の労働者はヘレのとなりに立って、葉巻《はまき》に火をつけた。

「まったく、ひどいもんだ。弾に当たると、ああいうことになるんだ。これはもう戦争だ！」

これはもう戦争だ！　ヘレは戦争がどんなに残酷《ざんこく》か知っていた。父さんの怪我《けが》を見るまでもない。だが、戦場を自分の目で見たわけではない。さっきの兵士のような怪我人を見るのもはじめてだった。

あばた面の労働者は葉巻を吸いながらいった。

「広場で先に撃《う》ったのは政府軍のほうだ。せめてもの慰《なぐさ》めさ」

そのことはヘレも知っていた。そして、その負傷兵が発砲《はっぽう》したのは、そう命令されたからだということもわかっていた。それにもしかしたら、その負傷兵は兵士になんてなりたくなかったかもしれない。

前線にいた父さんがそうだったみたいに、クリスマスを家族のところで過ごしたいと思っていたかもしれない。

「ヘレ！」

ハイナーだ！　ハイナーはヘレを見つけて、ものすごい剣幕《けんまく》で駆けよってきた。ヘレがいうとおりにしなかったことを怒っていた。だがどんなにしかられても平気だった。知り合いの顔を見ることができて、ヘレはわんわん泣きだした。

女と子ども

ハイナーは水兵が乗ってきたトラックの踏み台にすわって、いらいらしながらタバコを吸っていた。ヘレは、どうしていいかわからず、だまってその前に立っていた。ハイナーはヘレをぐうの音《ね》も出ないほどどなりつけた。信頼できない奴とはつきあえないとまでいった。だが、ヘレはどなりつけられて、かえってうれしかった。

あばた面の労働者がやってきて、ヘレにいった。

「さあ、もう家に帰れ。女や子どもが安全なところに移れるように、休戦しているんだ。手遅れになる前に、ここから離れろ」それから男はハイナーのほうを向いていった。「あんた、王宮厩舎《きゅうしゃ》の水兵かい？」

「ああ。できることなら、厩舎《きゅうしゃ》にもどりたいと思っている」

「やめておいたほうがいい。王宮厩舎に立てこもっている水兵はわずか七十人だ。王宮のほうなんて、たったの三十人らしい。まだ持ちこたえているなんて、奇跡に近い。戦える人数は相当減っているはずだ」

「向こうの水兵たちと連絡がとれているのか？」

「だめだ。人間どころか、ネズミ一匹通りぬけられない」あばた面《づら》の労働者はため息をつくと、時計を見て、ヘレをせっついた。

「ほら、なにぐずぐずしている！　休戦の時間が終わってしまうぞ」

ヘレはハイナーから目をはなさなかった。こんな形では別れられない。

ハイナーはタバコの吸い殻《がら》を踏み消した。

「ほら、行きな！　もう怒っていないから」

ヘレは立ち去った。どっちに向かうのがいいかろくに考えもせず、ゲルトラウト通りにそって歩き、聖ゲルトラウトの石像が飾られたシュプレー橋を渡った。ヘレはシュピッテルマルクト広場のある西の方角に向かった。西は静かだ。西では戦闘《せんとう》がおこなわれていなかった。だが、背後でいきなり機関銃の音がした。応戦する銃声《じゅうせい》も聞こえ、手榴弾《しゅりゅうだん》が炸裂《さくれつ》した。銃撃戦《じゅうげきせん》が再開されたのだ。

「急げ、ぼうず！」

ふだんは交通の激しい交差点で、まわりにたくさんの商店や路面電車の停車場があるシュピッテルマルクト広場とは思えない状況だった。戦場となった地区から逃げてきた人たちが集まっている。みんな、ゲルトラウト橋のほうを見て、ヘレに手をふり、走れと叫んでいる。広場自体は死んだようにひっそりしていた。商店はみなシャッターを降ろし、時計塔《とう》の横の新聞を売るスタンドもしまっている。メンツエンハウアー音楽館の前の停車場には、路面電車が一台もとまっていなかった。

「まったく、なんて子だろうね」女の人がヘレをののしった。「手榴弾が兵士と子どもの区別をしてくれると思っているのかい？」

ヘレは答えなかった。あきれて首をふっている群集の中にだまって入っていき、それから一番激しく銃声が鳴りひびいている方向に顔を向けた。

「増援《ぞうえん》部隊が来たぞ」灰色のフェルト帽をかぶった上品な身なりの紳士《しんし》がライプツィヒ通りのほうを指さした。

兵士を満載《まんさい》したトラックがゆっくり進んできた。兵士たちは銃を構え、群集に攻撃されるのではないかと内心びくびくしているようだった。だが群集はじっとしていて、だまって兵士たちを見つめていた。そのせいで、王宮と厩舎のあたりから聞こえる銃声が大きくなったように思えた。

「どうだい！」灰色のフェルト帽の紳士が歓声をあげた。「これで赤い水兵に目にもの見せてやれるぞ」

ヘレは気が気ではなかった。これ以上、兵士が来たら、水兵が勝てる見込みはなくなる。

そのとき、群集の中で動きがあった。

「あんたたち、どういうつもり！」女が叫んだ。「家に帰んなさい」

するると、ほかの人たちが呼応《こおう》するように叫んだ。

「帰れ！　人殺し！　裏切り者！　おまえら、兄弟を撃《う》つ気か？」

トラックの速度がゆっくりになった。だがそれでも前進しつづけた。群集はわきに押しのけられた。

「動いちゃだめよ！　みんな、その場に立っているのよ！」赤ん坊を抱いた女が前に出てきて、トラックの前に立ちふさがった。

助手席の窓が下に降ろされ、将校《しょうこう》が顔を出した。

「どけ！　道をあけろ！」

女はその場に立ちつづけ、しっかりと赤ん坊を胸に抱いて、トラックをにらみつけた。子ども連れの女がもうひとり、となりに立った。

「道をあけろ！」金髪の口ひげをはやした将校がどなった。

「駐屯地《ちゅうとんち》にもどれ！」子どもと手をつないでいる女が叫んだ。「もう戦争はうんざりよ」

トラックの荷台に乗っている兵士たちは、どうしたらいいか迷っているようだった。ハンドルをにぎる運転手はブレーキを踏み、将校がその運転手をどなりつけた。

トラックの前に立ちはだかる女の数がどんどん増えていった。ほとんどの女が子ども連れだ。なかには三人も四人も子どもを連れている者もいる。子どもたちの多くは、室内履《ば》きをはいたままだ。戦闘区《せんとう》域から逃げるのがせいいっぱいで、靴をはきかえるひまもなかったのだ。

将校が助手席から降りてきて、拳銃《けんじゅう》をふりまわした。

「どけ！　どくんだ！」

女たちはそれでも子どもを抱きよせて、その場から動こうとしなかった。

将校は空《くう》に向かって発砲《はっぽう》した。

「ここから離れろ！　離れろ」

トラックの前に立ちはだかった女たちのあいだから、子どもを連れていない年配の女が出てきた。

「なにをそんなに騒いでいるんだね。そんなに拳銃を撃ちたいなら、あたしを撃ちな。だけど、あたしがあんただったら、そんなことはしないね。あたしにもね、あんたみたいな、いかれた息子がいたよ。なんとしても英雄になろうとした。それで、どうなったと思う？　もう自分の愚《おろ》かさを怒ることもできないのさ」

「どけ！　どけ！」将校は叫んだ。そしてふたたび空に威嚇射撃《いかくしゃげき》した。

「なんでこいつから拳銃を取りあげないんだい？」女のひとりが、ただぼうぜんと成《な》り行《ゆ》きを見ている男たちにいった。フェルト帽の紳士《しんし》は後ろにさがって、となりの男といっしょに群集の中にもぐりこんだ。ほかの男たちは女たちの味方についていたが、拳銃をふりまわす将校に手出しできずにいた。

荷台に乗っている兵士たちが相談をはじめ、三人が地面に降りた。将校はその三人に拳銃を向けた。

「もどりましょう」兵士のひとりがいった。「女たちのいうとおりだ。もう戦争はうんざりですよ」

女たちが歓声をあげ、将校は顔面蒼白《そうはく》になった。

「荷台にもどれ！」そう命令すると、将校《しょうこう》は拳銃《けんじゅう》を持つ手を前につきだした。

三人の兵士は荷台にもどったが、駐屯地《ちゅうとんち》にもどる気に変わりはなかった。ひとりが助手席に乗って、運転手に指示した。運転手もほっとしたのか、アクセルを踏んでハンドルを切った。トラックは向きを変えた。

将校は拳銃をさげた。

「命令違反だ。反乱だ！」将校は金髪の口ひげをふるわせながらつぶやいた。

年配の女が将校の腕にやさしく手を置いた。

「まあ、そうかっかしなさんな。あんたも、おうちにお帰りよ。今日はクリスマスだよ。母さんが、ケーキでも焼いてくれているんじゃないの？」

まわりの女たちが笑った。将校は、もどっていくトラックを憎々《にくにく》しげににらみつけていた。それから、まわれ右して群集をかきわけようとした。すると、ほかの女たちが将校を取りかこんだ。

「あたしたちを撃《う》つのかい？　あたしたちの子どもを撃つのかい？　なんで急にそんなにおどおどしているんだい？」

将校がふたたび拳銃を構えた。

「どけ！　どかないと、撃つぞ！」声はかすれていた。

「撃つだって？　それはできても、和平を結ぶことはできないのかい、えっ？」

かっとなってそういうと、年配の女は将校の拳銃をはたき落とした。将校はあわてて拳銃を拾おうとしたが、女たちのほうが早かった。拳銃はけとばされ、どこにあるのかわからなくなった。将校は拳銃をさがすのをあきらめて、ゆっくりとあとずさった。女たちが追いつめようとすると、将校は脱兎《だっと》のごとく逃げだした。子どもたちが歓声をあげた。

年配の女は腰に手をあてて、まわりに立っている男たちをねめまわした。

「なんだい、あんたたち。いつも威勢《いせい》がいいくせに」

男たちは笑った。女の小言を真《ま》に受けていないようだ。若い女のひとりがいった。

「ほうっておきなよ、クラウスばあさん。がんばっている男たちもいるんだからさ」そういって、女は、いまだに銃声《じゅうせい》が聞こえる王宮広場のほうに顔を向けた。

女たちはふたたび戦闘《せんとう》区域を見つめながら、心配そうにささやきあっている。トラック騒ぎのことなど、もう忘れてしまったようだ。


勝ったぞ！

いつもは買い物客や散歩をする人で賑《にぎ》わい、自動車や馬車が行き交うフリードリヒ通りも、クリスマスイヴにあたるこの日の午前中、あまり人通りがなかった。ほとんどの商店が店をしめ、もうすぐクリスマスプレゼントが子どもに配られるとはとうてい思えなかった。

ヘレが立ち止まったのは、おもちゃ屋だった。ショーウィンドウに、ガラス玉やラメ飾りやたくさんの小さなサンタクロースで飾られたクリスマスツリーがある。ムチを持ち、贈《おく》り物の袋をかついで、トナカイの引くソリに乗った、もうすこし大きなサンタクロースもいる。綿で雪景色を作り、そのまわりに贈り物をもらってうれしそうにしている人形が並べてある。しかしヘレには、その飾りが場違いな気がした。そこにたたずんだまま、みじめな思いにさいなまれていた。家に帰る気がしない。マルタの誕生日を祝い、マルタにやさしくし、クリスマスソングを歌い、なにかして遊ぶ。戦闘《せんとう》がつづいているあいだは、とてもそういう気分になれない。

父さんはどうしているだろう？　ヘレは父さんにあやまるつもりだった。どうしてもあやまらなければならない。だがいまは無理だ。戦闘の結果を見とどけ、ハイナーとアルノがどうなるか確かめなければいけない。そのためには、近くにいる必要がある。

木馬のシーソーの値段を見た。母さんが一か月働いても買えないくらい高い。いったいだれがこんな高いものを子どもにプレゼントするのだろう。戦争を起こした連中だ。たくさんの人が苦しい暮らしをしているのに、いまでも優雅《ゆうが》な思いをしている連中。さっきフェルト帽をかぶっていたような男たちだ。

ヘレは窓ガラスにつばをはいた。つばがゆっくりと落ちていく。だれかが店から出てきて、どなるのを待った。ラメ飾りだ。窓を流れ落ちるつばは、ヴェディンクの貧民街のラメ飾りだ。

だがだれも出てこなかった。店には人影がない。店はしまっていた。ヘレはゆっくりと歩きだした。となりは時計屋だ。店をあけている。店主はカッコー時計を解体している。王宮と厩舎《きゅうしゃ》から聞こえてくる銃声《じゅうせい》など、まったく気にならないようだ。ヘレは、ずらっと並ぶ時計を順に見た。じつにさまざまな時計がある。しかもみんな、ひとしなみに十一時四十分をさしている。秒針まで全部おなじだ。もう戦闘が四時間つづいていることになる。それなのに、店の主《あるじ》はもくもくと時計の修理をしている。砲声《ほうせい》がとどろいた。それほど離れていない。ものすごい音だった。デスクに向かっている店主がピンセットを落とし、ふたりの目が合った。

店主は店のドアをあけた。

「目障《めざわ》りだ。どっかに行け!」

「なんで? どこに立とうが、ぼくの勝手だろう」

「口の減らない奴だ!」店の前を足早《あしばや》に通りすぎようとした通行人たちが、ふたりのやりとりに目をとめている。店主はそのことに気づいたようだ。「おまえがそこにいると、店が見えないだろう」

「こんな日に、時計を買う人なんているもんか」

ヘレは歩きだした。だが、自分が勝ったことを確信していた。時計屋の店主はじつは不安だったのだ。自分の支持する政党がつぶされるのではないかと恐れ、いま、起こっていることや、これから起こることにはらはらしている。カッコー時計を修理しているあいだも、ずっとおびえていたのだ。

「やっと見つけた!」

エデだ! となりには父さんもいる。タウベン通りから出てきたふたりに、ヘレはあやうくぶつかりそうになった。

「やあ、どうした、散歩は終わりか？」父さんは帽子をあげて、ヘレが五体満足かどうか確かめるように、頭の先からつま先まで見た。

「まったくなにやってるんだよ、ヘレ！」エデまで、死んだと思っていた者に再会したような顔をした。「あちこちさがしまわったんだぞ」

「ぼく……ぼく……」ヘレは口ごもって、その先をいうのをやめた。なんといってあやまったらいいかわからなかった。

父さんは、肩に手を置いて、ヘレをゆさぶった。

「本当にそこいらじゅう走りまわったんだ。心配したぞ。まったくなにを考えているんだ？」

「だけど、頼んでも、行かせてくれなかったでしょう？」

「あたりまえだ！　あいつらが撃《う》っているのは空砲《くうほう》じゃないんだぞ！」

ヘレを見つけられてよほどうれしかったのか、父さんの怒りはすでに消えていた。

エデもそのことに気づいた。

「どこにいたんだよ？」だが、ヘレが答える前に、エデはさらにいった。「砲声《ほうせい》が聞こえたとき、いっしょに市内を見にいこうと思って、おまえのところに行ったんだ。だけど、おまえはいなくて、玄関に出てきたお父さんと出会ったんだ。王宮に行くつもりだっていうから、いっしょに来たんだ」

「まったく、おまえたちときたら！」父さんは小言をいった。「ふたりとも、しょうのない奴だ。ほうっておくとなにをしでかすかわかったもんじゃない」

三人はフリードリヒ通りを北に向かった。そのあいだ、ヘレは自分が見たことを話した。気づいてみると、おなじ方向へ歩く人の数が増えている。父さんはそのことに気づくと、ふいにヘレをつかんだ。猟師《イエーガー》通りから兵士が三人飛びだしてきた。王宮のほうからやってきた。武器も鉄兜《てつかぶと》もつけず、群集をかきわけている。まわりの人々は兵士たちを見て、笑ったり、拍手《はくしゅ》を送ったりしている。

「あいつら、逃げていくぞ！」エデがいった。「とんずらしていくぞ。敗走だ」

さらに兵士がふたり、猟師《イエーガー》通りからあらわれた。

ひとりは銃をほうりだし、もうひとりは鉄兜を投げ捨てた。その鉄兜がころころと道路にころがった。父さんはすぐ、猟師《イエーガー》通りに駆けより、銃と銃弾《じゅうだん》をひろった。

労働者の集団が三列になってウンター・デン・リンデン通りから行進してきた。武装した者もいる。ひとりの若者が行列から離れた。

兵士が逃げていくのを見ていたようだ。父さんのところに走ってきて、銃をくれるように頼んだ。

「武器がないんだ。数が足りなくて。それに、あんたじゃ、うまく使いこなせないだろ」若者はそういって、丸めてあるコートのそでを指さした。

「みんな、どこから来たんだ？」父さんは若者に銃と銃弾を渡しながらたずねた。

「ヘニングスドルフさ」若者は急いで銃を肩にかけ、ありがとうというように父さんにうなずき、仲間のところに駆けもどった。

「ヘニングスドルフだって？」父さんはおどろいていた。「町の外じゃないか！」父さんはいきなり走りだし、ウンター・デン・リンデン通りの角で立ち止まった。

「見てみろ！　あれを見てみろ！」

ものすごい数の群集が幅広い並木道《なみきみち》を埋《う》めつくしながら歩いていく。武装している者もいるが、ほとんどは武器を持っていない。だが向かう方向はみなおなじだ。人々は王宮橋をめざしていた。王宮と厩舎《きゅうしゃ》に立てこもる水兵やそのまわりで戦う労働者を助けにいこうとしているのだ。

「どうやら、上の連中は読みを誤《あやま》ったようだな」父さんはいった。

いまだに銃声《じゅうせい》がしていた。だがデモ隊が王宮橋に近づくと、もう散発的《さんぱつ》にしか銃声は聞こえなくなった。

「人民海兵団万歳《ばんざい》！」という歓声があがった。

「武器を捨てろ！」

「同胞《どうほう》を撃《う》つな！」

父さんもいっしょになって叫んだ。ヘレとエデも叫んだ。

オーバーヴァル通りから装甲車《そうこうしゃ》がデモ隊に近づいてきた。ウンター・デン・リンデン通りを左に曲がろうとしている。武器を持った男たちが数人、前に飛びだし、装甲車の前に立ちはだかった。装甲車が発砲《はっぽう》するかと思ったが、ハッチにいた兵士が白いハンカチをふった。

「退却《たいきゃく》する！　退却する！」

デモ隊の先頭にいた人々が、信じられないというようにあぜんとした。それから政府軍が退却するという知らせが野火《のび》のようにデモ隊のあいだに広がった。

「勝ったぞ！　おれたちの勝ちだ！」いたるところで、そんな歓声が聞こえた。

群集の進む速度があがった。もう銃声は聞こえない。降参《こうさん》した印に鉄兜《てつかぶと》を脱いだ兵士たちを尻目《しりめ》に、人々は橋を渡り、王宮に向かって走った。

父さんはヘレの手をとっていっしょに走った。だが油断はしていなかった。

「もしこれが見せかけで、政府軍撤退《てったい》の話がわなだったら、おれたちは一杯食わされたことになる」

父さんは新政府をまるで信用していなかった。だが政府軍の撤退は見せかけではなかった。押し寄せる群衆を見てパニックに陥《おちい》ったひとりの将校《しょうこう》がブリューダー通りに駆けこんだ。王宮の正門に水兵がふたり立っていた。だがふたりは顔を輝かせていなかった。歓声もあげていない。押し寄せる群衆をあぜんとして見ているだけだった。そのふたりを、人々は肩にかつぎ拍手喝采《はくしゅかっさい》した。

「勝ったぞ！　おれたちの勝ちだ！」

王宮の鍛造《たんぞう》製の門が銃撃《じゅうげき》でねじまがり、蝶番《ちょうつがい》にかろうじてひっかかっている状態だった。建物正面の漆喰《しっくい》飾りは穴だらけになり、窓もほとんどすべて割れていた。もし自分の目で見なかったら、とてもではないが信じられない。

ヴィルヘルム皇帝記念碑《きねんひ》も銃弾《じゅうだん》を受け、壊《こわ》れて石畳《いしだたみ》に横たわっている。父さんはそれを見て笑った。しかし、王宮厩舎が見えてくるとその笑いも消えた。王宮を占拠《せんきょ》したとき水兵がかかげた赤旗《あかはた》は黒く汚《よご》れ、まだ戦闘《せんとう》がつづいているみたいに、窓のそこかしこから黒々とした煙《けむり》があがっていた。

父さんは、ヘレがなにを考えているかわかったのだろう。彼らが無事かどうか聞いてみようといった。王宮厩舎《きゅうしゃ》に通じる門には見張りがいなかった。水兵のほとんどは、仲間と合流するため、王宮に行っていた。厩舎の中庭にはまだ水兵がいた。戦利品《せんりひん》の武器を集め、負傷者の手当をしている。

ヘレはきょろきょろあたりを見まわし、うれしそうに体をびくっとさせた。アルノがいる！　怪我《けが》ひとつなく、ぴんぴんしている。そのとなりには口ひげの水兵もいる。いまはケンカをしていないようだ。まるで友だちのように並んで立っている。

アルノもヘレを見つけた。元気よく中庭を横切り、ヘレをつかんで持ちあげた。

「おれたちが勝ったんだぞ、ぼうず。勝利だ。あいつら、おれたちを倒すことができなかった」

勝利にうかれて、アルノはくるくる回ってヘレを高くほうりあげ、また抱きとめた。

アルノが地面に降ろすと、ヘレはハイナーのことをたずねた。

「おまえがそのことを聞くのか？　おれもいま、聞こうと思っていたんだ」

ヘレはあわてて、ハイナーが今朝早く、仲間を助けるために家を出たことを話した。途中までいっしょだったが、帰れと怒られたことも話した。

「最後にあいつを見たのはどこだ？」

「ゲルトラウト通りの角だよ」

アルノが口ひげの水兵をちらっと見た。口ひげもすぐにうなずいた。

「よし、それじゃさがしにいこう。きっと見つかるさ。安心しろ」アルノはポケットに手を入れると、ヘレとエデの手にひとつずつチョコレートの入った平たい缶を渡した。

「クリスマスだからな」そういうと、アルノは口ひげを連れて歩いていった。

それもクリスマス

マルタはきれいに着飾っていた。自分が幼子《おさなご》イエスになったみたいに、クリスマスツリーの横にちょこんとすわっている。午前中に、マルタとシュルテばあさんでツリーを飾り、台所の食卓にのせたのだ。マルタは、ばあさんが古着でぬってくれた新しいブラウスを着て、母さんに髪をきれいにくしけずってもらっていた。あとは誕生日のお祝いをして、クリスマスのプレゼントをもらうだけだ。

シュルテばあさんもきれいに着飾っていた。髪の毛をタマネギみたいにきれいにまとめることなどめったにない。クリスマスはばあさんにとって年に一度のお祝いだ。マルタの話ではしっかり体を洗って、前の日からなにを着るか思案《しあん》にくれ、自分のためにプレゼントを用意するのだという。四つ目の中庭に住む大人の中で、マルタとおなじくらいクリスマスを大切にしているのはシュルテばあさんひとりくらいだろう。だから毎年クリスマスイヴになると、マルタとシュルテばあさんは心と魂《たましい》がひとつになる。

そして日に二度のお祝いに最初につきあわされるのもシュルテばあさんだ。日中にマルタの誕生日、そしていまは、クリスマスイヴ。ブラウスは誕生日のプレゼントだ。クリスマスプレゼントは古着屋から値切って買い取り、洗ってアイロンをかけ、多少まともに見える暖かい上着だ。マルタは両親からもプレゼントをもらった。母さんからの誕生日プレゼントは、休み時間に編《あ》んだマフラー、クリスマスのプレゼントは新しい下着。

ヘレからのプレゼントはチョコレートだった。そのきれいな缶にまだチョコレートが入っていると、マルタはなかなか信じようとしなかった。ふたをあけて、チョコレートをひとつ口に入れると、泣きそうになった。ヘレからそんなすごいプレゼントをもらえるなんて、思っていなかったのだ。マルタは、自分で作ったわらの星の中で一番いいものをヘレにあげるつもりだったが、あまりの差に恥《は》ずかしそうにした。だがヘレはうれしそうに喜んでみせた。

「すてきじゃないか！」そういって、小さなクリスマスツリーのてっぺんにその星を飾った。ヘレは、ハイナーを心配しているそぶりをしないと、父さんに約束していたのだ。

「エルサレムの星だね」シュルテばあさんはうれしそうにいった。

「それをいうなら、ベツレヘムでしょ！」そういって、母さんは笑った。シュルテばあさんは信心深《しんじんぶか》いが、教会に行ったためしがない。聖書も読まないので、よくこうしたまちがいをするのだ。

「エルサレムもベツレヘムもおなじさ！」シュルテばあさんにとっては、本当にどっちでもよかった。大事なのはクリスマスツリーに星が飾ってあることなのだ。そして星がひとつではさみしいといって、自分のわらの星をかけた。両親も自分たちの星を木にかけた。母さんは自分の分とハンスぼうやの分をかけた。マルタはちゃんとみんなに行きわたるだけの星を作ってあったのだ。

「これはおまえにだよ」シュルテばあさんは、きれいな包み紙にくるんで、ひもでぐるぐる巻きにしたものをヘレに渡した。ヘレは、包みをあけるのにひと苦労した。

「ナウケの本だよ」シュルテばあさんは鼻声になった。「たった一冊だけ持っていたんだ。ほかの本は全部借りたものだった。おまえならきっと大事にしてくれると思ってね」

ナウケの本！　表紙がすり切れている。きっと何人もの人の手を渡ったにちがいない。たどたどしい字でナウケの署名《しょめい》が入っていた。エルンスト・ヒルデブラント。

父さんが本を手にとって、題名を声に出して読んだ。

「『母』。マクシム・ゴーリキー作。作家はロシア人だな」

「ああ、そうそう」シュルテばあさんは思いだしたようにいった。「ナウケがいっていたよ。ナウケにそっくりの息子と母親の話だってね。ロシアが舞台になっているそうだよ。あたしは興味がなかったけど、あたしたちみたいな人ばかり出てくるんだってさ」

シュルテばあさんも昔はたくさん本を読んだという。仕事をしながら、若い頃に読んだ本の話をよくマルタにしていた。たいていは、伯爵《はくしゃく》さまや王子さまに見初《みそ》められる、しがない娘の物語ばかりだ。マルタは自分が「しがない娘」であることを知っていたので、そういう物語に夢中になっていた。

父さんはヘレに本を返した。

「おれもあとで読ませてもらおう。おれたちとおなじような人たちが主人公ならおもしろそうだ」

ヘレはシュルテばあさんにありがとうといった。今度は本心でうれしかった。ナウケが持っていたもの、しかも彼の名入りというのは特別だ。

「いいってことさ。たいしたことじゃないものね。どうせそういうものを読みはしないし」シュルテばあさんはヘレに感謝されて感激しながらいった。

そのあと、みんなで食卓を囲んだ。シュルテばあさんが分けてくれたロウソクに母さんが灯《ひ》をともし、石油ランプを消した。それから、クリスマスということで特別においしい米のミルク粥《がゆ》をもらったハンスぼうやを抱いて、母さんはマルタとヘレのあいだにすわった。

しばらくみんなでクリスマスツリーを見つめた。飾りのガラス玉にロウソクの光が映《うつ》っている。シュルテばあさんがしみじみといった。

「ようやく平和なクリスマスが祝えるね。四年ぶりだ。神さまに感謝しなくちゃね」

感謝の気持ちが足りないと思ったのか、シュルテばあさんはひざの上で両手をにぎり、感謝の祈りをつぶやいた。

平和なクリスマスだって？　王宮厩舎《きゅうしゃ》からもどったばかりのヘレとエデと父さんは、平和だなんて口がさけてもいえない。血塗《ちぬ》られたクリスマスイヴだ。午後になって、クラーマーおじさんが立ち寄って、オスヴィンの小屋で父さんと話をした。クラーマーおじさんの話だと、七人の水兵とたくさんの労働者が戦死したという。そして政府軍側の死者は五十人といううわさが流れている。

シュルテばあさんはすばやく十字を切った。平和なクリスマスといったのは場違いだと感じたようだ。そしてマルタにうなずいた。

マルタは待ってましたとばかりに、クリスマスの歌を歌いだした。マルタが歌い終わると、シュルテばあさんはお気に入りの「きよしこの夜」を静かに歌った。高音部になると、声がさらに小さくなった。歌詞を知らずにいっしょに歌おうとするマルタのように高い声が出せなかった。

ふたりはさらに二、三曲合唱すると、クリスマスツリーを見ながら、目頭《めがしら》をこすった。シュルテばあさんは本当に感動したからで、マルタは、そうするものだと思っていたからだ。ヘレは小さい頃、シュルテばあさんがクリスマスイヴに泣くのを不思議に思っていた。シュルテばあさんは子どもの頃を思いだして、先に天国に行った人たちのことで胸がいっぱいになるんだと、母さんが説明してくれたことがある。ヘレはそれから、クリスマスのたびにばあさんの夫の話を思いだすようになった。だが今回、ヘレはそう思わなかった。ばあさんがとっくの昔に死んでしまった夫や両親や兄弟姉妹のことを思いだしているとはとても思えない。思いだしているのは、六週間前に死んだナウケのことだ。まるで息子のようだったナウケ。だからシュルテばあさんがクリスマスに哀《かな》しみを表すのをすこしもおかしいと感じなかった。

シュルテばあさんとマルタが最後の歌を歌い終わると、父さんがヘレにほほえみかけた。

「どうだい？　自分は親からなにももらえないと思ってるんじゃないだろうな？」

ヘレは、父さんたちがなにもくれなかったのが不思議だった。たぶん金がなくて、マルタとヘレのふたりにプレゼントを買う余裕がなかったのだろうと思ったが、そういうわけでもないようだ。

「いっしょにおいで！」父さんは石油ランプに灯をともすと、台所を出て、階段を降りた。

父さんはどこに行くつもりだろう。地下室だろうか。

父さんはオスヴィンのところに行って、淡《あわ》い明かりのもれている小屋の扉《とびら》をノックした。そして思わせぶりな顔をした。

オスヴィンがなにか作ってくれたのだろうか。今年、オスヴィンからプレゼントをもらったのは、ヘレの思っていたとおり、アンニの弟ヴィリだった。ヴィリはテーブルの大きさくらいある馬小屋と、端《は》布《ぎれ》で作った馬のぬいぐるみを何頭かもらった。

「やっと来たかい！」

オスヴィンはヘレたちが来るのを待ちかねていたようだ。小屋の扉を大きくひらいた。部屋の真ん中に自転車があった。古いがぴかぴかに磨《みが》きあげてある。油もさしたばかりのようだ。ライトはついていない、荷台もない。だが本物の自転車だ。

まさかぼくに？　ヘレはあたりをきょろきょろした。もしかしたらなにか別物が置いてあるのかもしれない。

「なんだ、気に入らないのか？」

「えっ、なに？　その自転車のこと？」

フリッツの自転車に乗せてもらうたび、自分の自転車が欲しいと何度思ったことだろう。だが、いつか本当に自転車が持てる日が来るなんて、夢にも思っていなかった。いや、いまだに信じられない。

「どうした？　最新型ではないが、ちゃんと走るぞ。父さんが自分で試したからたしかだ」

ぼくの自転車！　本当にぼくのなんだ！

「クラーマーおじさんのだったんだ。使わなくなった婆《ばあ》さんから安く買い取ったものでな、ほんのすこしおれが手を加えたよ」

オスヴィンが咳払《せきばら》いした。

「あんたたち、王宮に行っていたという話だが」

「ああ、行っていたよ」父さんは真剣な表情でうなずいた。「エーベルトの解放作戦をこの目で見た」

「解放作戦？」

「知らなかったのか？　王宮と王宮厩舎《きゅうしゃ》を攻撃した部隊は、ベルリン都市司令官を助けだすための解放作戦だっていわれて出動したんだ。ところが、エーベルトが将軍たちに攻撃の許可をしたとき、都市司令官はとっくの昔に、エーベルトのとなりにすわっていたのさ。水兵たちは夜中の二時に、都市司令官を解放していたんだ」父さんはにがにがしく笑った。「だが都市司令官が本当にまだ王宮厩舎にいると思っていたら、あんな攻撃命令はさせなかっただろう。話のつじつまが合わない」

それには答えず、オスヴィンはタバコが五本入った紙袋を出した。

「これ、どうだい。中庭で手回しオルガンをまわしていたときにもらったんだ。クリスマスだからな」

父さんはタバコが好きではなかった。オスヴィンも知っていることだ。それでも、父さんはタバコを一本もらって火をつけた。オスヴィンもタバコを一本吸った。

「おれたちがはじめから望んでいたように、将軍たちが解雇《かいこ》されていれば、こんなクリスマスプレゼントはもらわずにすんだんだがな」父さんはいった。「おれたちは勝ちはしたが、払った代償《だいしょう》は大きかった。エーベルトがどっちについているか、これではっきりすることを願うばかりだよ」

「わしにいっているのなら、その願いはかなうさ。いままでいろいろあったが、それでもエーベルトを信じていた。だが今日からはもう信じない」

「水兵たちでさえ、あいつを信じたくらいだからな」父さんはため息をついた。

オスヴィンは懐中《かいちゅう》時計を見た。

「そろそろ行かなくては。フィーリッツさんのところに呼ばれているんだ……ほら、ヴィリに馬小屋のおもちゃをやっただろう。それでおかみさんがスープをごちそうしてくれるっていうんだ。おかみさんは、いつもひとりぼっちだしな」

「アンニの具合はどうなの？」

ヘレはついに、アンニの様子を聞くことができた。だが、自転車のペダルに足をかけ、後輪《こうりん》をまわしながら、さりげなくたずねた。

「あんまりよくないらしいな」オスヴィンは答えた。「まだ三週間は入院していないといけないらしい」

三週間も！　一月半ばになってしまうじゃないか！　アンニはクリスマスも大晦日《おおみそか》も家で過ごせないことになる。だが、少なくとも、病気が治るかもしれないということだ。

オスヴィンはマフラーを首に巻いた。フィーリッツのところは半地下で、寒くてじめじめしていることを知っていたのだ。オスヴィンは自分の小屋の前に立つと、夜の冷気《れいき》を大きく吸った。

「来年はどうなるんだろうな、ルディ？」

「もうすこし平和になっているといいが。だけど、腐《くさ》った平和でないことを祈るよ」

オスヴィンはなにか考えこみながらうなずいた。

「それじゃあ、よいクリスマスを！」

「よいクリスマスを」父さんもそう答えた。

ヘレは自転車のハンドルをにぎって、父さんの顔を見た。まさかこのまま、うちに帰るつもりじゃ……。

父さんはうちにもどるつもりはなかった。

「ほら、さっそく乗ってみたらどうだ？」

「通りで？」

「あたりまえだ。中庭を走りまわるのは無理だろう」

ヘレはペダルを踏んで、縦につづく暗い中庭を走り抜け、もっと暗い表玄関を抜けて、ほんのり明かりのさしている道路に出た。

父さんは笑いながら、走ってついてきた。

「誕生日にライトをつけてやるからな。それまでに、なんとか手に入るだろう」

「それに荷台も忘れないで！」ヘレは調子にのって叫んだ。

荷台があれば、アンニが元気になったとき、乗せてあげられる。それにマルタやちびのルツやヴィリのことも乗せてやれる。荷台があれば、みんなを乗せてやれるけど、ハンドルはだれにもにぎらせない。

古い自転車は壊《こわ》れやすい。気をつけて乗らなければ。

▼11 **ヴェルス** オットー・ヴェルス（一八七三年―一九三九年）、ドイツの政治家。一八九一年ドイツ社会民主党入党。ドイツ革命後、ベルリン都市司令官となる。一九三二年ナチに対抗するため鉄戦線を組織。一九三八年パリに亡命し、客死。

第五章

怒り

クリスマスの休暇《きゅうか》

「普通の授業をしよう」そういうと、フレヒジヒ先生は教室の中を行ったり来たりした。「普通の時代に生きているつもりで、歴史の本にのるような特別なことなどそうそう起こるはずがないというように」

クリスマスの休暇が終わって、最初の登校日だ。少年たちはだるそうにしている。まだ勉強をする気分ではなかった。だから最初の授業がフレヒジヒ先生でよかった。先生は教室に入るなり、すぐに話をはじめた。話題は、一月の朝に冷え冷えとした教室に集まった少年たちにとって、唯一興味の持てることだった。昨日のデモ行進のことだ。登校する途中でも、だれひとりクリスマスのプレゼントや大晦日《おおみそか》に体験したことを話題にする子はいなかった。昨日のデモはそれほどすごかったのだ。昨年の十一月九日をはるかに上まわるものだった。

「昨日、デモに参加した者はいるかな?」

ギュンター・ブレームが手をあげた。つづいてフランツ・クラウゼ、エデ、ヘレ、さらに二、三人が手をあげた。

「なんのためのデモだったかわかっているかね、ギュンター？」

「警視総監《けいしそうかん》を辞《や》めさせることに反対するデモでした」

ヘレはエデを見た。エデは、父親の世話をしていて、休暇前、ずっと学校を休んでいた。だが、父親は、もうひとりでだいじょうぶだといって、学校に行くように、エデにいったのだ。エデは、気が進まなかったが、おとなしくいうことをきいた。昨日、両親とデモに加わったヘレは、エデから聞いた、エデの父親が拘置所《こうちしょ》から解放されたときの話を思いだしていた。そのとき労働者を率いていたエミール・アイヒホルンはその後、警視総監の地位につき、ふたたび職を解かれたのだ。労働者たちはそれに反対したが、デモ行進はそれまでとはまるでちがっていた。抗議集会は午後の二時におこなわれることになったが、すでに午前中からベルリンの四方八方から労働者が集まってきて、ティアガルテンとウンター・デン・リンデン通りは人でごったがえした。王宮広場やアレクサンダー広場まで人で埋《う》まっているという話だった。ヘレの両親は、その群集に圧倒された。抗議集会を企画したリープクネヒトやその仲間たちまでその数におどろいたという。

「問題はことエミール・アイヒホルンにとどまらないんだ」フレヒジヒ先生がいった。「十一月九日に勝ち取ったものの最後の牙城《がじょう》だったんだ。あれからエーベルトがあらゆる権力を手中《しゅちゅう》にしていったが、警視総監だけは彼のものにならなかった。エミール・アイヒホルンは独立社会民主党員で、リープクネヒト寄りの人物だ。それがいけなかった。だからアイヒホルンを失脚《しっきゃく》させるために、ロシアのスパイだなどとデマを流し、恥《は》ずかしげもなく、彼が不正をおこなったと主張したんだ。昨日のデモはそういう嘘八百《うそはっぴゃく》に抗議したものだったんだ。だが、群集は怒ってもいた。クリスマスイヴに死者が出て、新聞がひどいデマを報道しているのに、政府は手をこまねいている。そのことに怒り心頭《しんとう》に発《はっ》していたんだ」

おなじようなことを、父さんもいっていた。そして心配していた。というのも、デモに参加した人たちの多くが武器を持っていて、集会のあと家に帰らず、怒りにまかせて、フリードリヒ通りの新聞社街になだれこみ、社会民主党機関誌『前進』をはじめとする新聞社の社屋《しゃおく》を占拠《せんきょ》したのだ。新聞を刷る輪《りん》転機《てんき》を止め、編集者たちを家に帰した。スパルタクス団が血に飢《う》えているという絶《た》えずくりかえされるデマには、父さんも腹を立てていたが、新聞社を占拠するのはよくないと思っていた。だから、死者や怪我人《けがにん》が出なかったことを喜んでいた。

「労働者たちの怒りはよくわかる」フレヒジヒ先生はいった。「年がら年じゅうデモをし、集会をひらき、犠牲者《ぎせいしゃ》を弔《とむら》うことに、みんな、うんざりしているんだ。わたしも、水兵の葬儀《そうぎ》に参加した。葬儀はこの七週間で三度目だ。わたしたちは三度にわたって人命を失った。だがいわゆる労働者政府の命令で人の命が奪われたのははじめてのことだ。労働者は同胞《どうほう》に銃の引き金をひく政府を望みはしない。みんな、本当の革命を望んでいるんだ。わたしにもよくわかる。だが、まだ時が熟《じゅく》していないようだ」

「なんでですか？」

たずねたのはギュンター・ブレームだった。みんな、いっせいにギュンターのほうをふりかえった。ギュンターは自分の家の台所にでもいるように、手もあげずいきなり質問したのだ。

フレヒジヒ先生はチョークを持って、黒板に三つの文字を書いた。KPD。

「みんな、これを知っているかな?」

クラスじゅうが笑った。KPDはドイツ共産党のことだ。みんな、知っていた。大晦日《おおみそか》にスパルタクス団が独立社会民主党から離脱《りだつ》して、ドイツ共産党という新党を結成したのだ。指導者はカール・リープクネヒトとローザ・ルクセンブルクだった。

「では、なぜこの新しい政党が作られたか知っているかね?」

いつもは絶対に手をあげないエデが手をあげた。エデの父親がいったという。スパルタクス団は独立社会民主党との亀裂《きれつ》が大きすぎることに見切りをつけたのだ。それに、スパルタクス団から見ると、独立社会民主党はあまりに多くの失敗をした。

「みんな、知ってのとおり、わたしも独立社会民主党員だ。いまだに党員だし、まだしばらくは党員でいるつもりだ」フレヒジヒ先生はチョークを指でもてあそびながら話をつづけた。「それでも、スパルタクス団が自分たちの政党を作ったのは正しいと思う。われわれ独立社会民主党員は黄金の中道《ちゅうどう》をとり、みんなが折りあえるように無理な調整をしようとするきらいがある。だが、エーベルトとリープクネヒトのふたりと同時に交渉することは無理だ。ふたりはまったくちがう世界に生きている。どっちをとるか決めるしかないんだ。そしていま、われわれはエーベルトの人民代表委員会から抜けて、完全に宙ぶらりんな状態になってしまった」

「でも、それは正しかったんじゃないですか」ギュンターはいった。「水兵を殺した連中となんていっしょに組めないですよ」

「わたしもはじめはそう思った。だがいまは、見方がちがう。エーベルトに協力しないと宣言した時点で、われわれの指導者たちは、エーベルトに隙《すき》を与えてしまったんだ。彼にとって、こんな願ってもないことはないだろう。いまでは目の上のたんこぶがいない。エーベルトはひとりで国を治められるんだ」フレヒジヒ先生は、考えを深める手伝いを生徒たちがしてくれているとでもいうような話し方をした。「考えてもみてくれ。一致団結を訴《うった》えて、エーベルトは十一月、十二月と権力の座になんとか居座《いすわ》った。われわれ独立社会民主党は一致団結という言葉に魅《み》せられて、一杯食わされた。そしていまはどうだろう？　エーベルトは、われわれのほうから一致団結を放棄《ほうき》するようにうまくしかけてきた」

「だけど……エーベルトは水兵を攻撃させたんでしょう？」ギュンター・ブレームは、フレヒジヒ先生のいったことがまだよく飲みこめていなかった。

「そのとおりだ。だが、われわれの代表は抗議する意味で人民代表委員会を抜けたが、それでなにが達成できただろう？　本気で革命を望んでいた者はもうひとりも政府にいない。公職についていたたったひとりの独立社会民主党員がエミール・アイヒホルンだ。しかし見てのとおり、どんなに抗議行動をしても、もうすぐアイヒホルンは解雇《かいこ》されるだろう」フレヒジヒ先生はしかたないというように肩をすくめた。「残念だよ、ギュンター。きみのいったことは正しい。だが、わたしの意見も正しい。より重要なほうが、いつの日か教科書に書かれるだろう。しかしいま、それを見極めるのはあまりにむずかしい」

「だけど、抗議以上の行動をするのは、まだ時期尚早《しょうそう》なんですか？」

「ドイツ共産党はまだ若すぎるからだよ。革命には指導陣が必要だ。だが今回の革命では、リーダーはたくさんいるが、指導陣としてのまとまりがない」

「カール・リープクネヒトやローザ・ルクセンブルクでもだめですか？」ヘレがたずねた。

「リープクネヒトが刑務所から釈放《しゃくほう》されたのは十一月九日の革命のわずか数日前だ。ローザ・ルクセンブルクが解放されたのは前日だ。どうやって指導陣を束《たば》ねることができるかな？　そのためには準備が必要だ。これからなにが起こるのか、人々が知っていなければいけない。それに、ふたりの人間では革命をやり遂《と》げることができない。そのためには、組織や党が必要なんだ。ドイツ共産党はそういうことのできる唯一の党かもしれない。だがまずそれを証明しなければ」

「母さんがいっていましたよ。人々の気分をつかまなくちゃいけないって」ベルティがいった。「機運《きうん》が高まらなくちゃ、革命なんてできっこないって」

「きみのお母さんは賢《かしこ》い」フレヒジヒ先生が答えた。「しかし、ひとつ忘れていることがある。指導陣のいない気分だけの革命は人々を悲惨《ひさん》な目にあわせ、失敗に終わる」

「今日のゼネストはどうなんですか？」ギュンターがたずねた。

「ゼネストの呼びかけはきっと成功するだろう」フレヒジヒ先生はいった。「しかしそれでどうなる？　本格的な戦闘《せんとう》になるかな？　それとも、ただの小競《こ ぜ》り合《あ》いで終わるかな？　昨日の新聞社の占拠《せんきょ》を見てみたまえ。なにももたらさなかった。ただやみくもに怒りをぶちまけただけだ。しっかりした指導陣による本当のゼネストでなければ、なにももたらさない」

授業の終わりのチャイムが鳴った。しかし、だれも立とうとしなかった。授業らしい授業になっていなかったが、フレヒジヒ先生も話を中断するのが残念そうだった。

「ではまた明日」フレヒジヒ先生は生徒たちに向かってそういった。「明日になれば、もっと詳《くわ》しいことがわかるだろう」

「くそったれ！」フレヒジヒ先生が教室を出ていくと、フランツが叫んだ。「クリスマスに水兵は勝ったんじゃなかったのか？」

水兵はたしかに勝利した。しかしせっかくの勝利をだいなしにしてしまったのだ。ヘレは知っていた。エデもギュンターも知っていた。三人とも、そのことをフランツと話す気がしなかった。

豹変《ひょうへん》したアンニ

ハサミ研《と》ぎがやってきた。研ぎ機を運んできて、一番目の中庭で子どもたちに囲まれながら、火花をちらしていた。ヘレも立ち止まって、ハサミ研ぎの仕事ぶりを見つめた。ハサミ研ぎがやってくるのは、じつにひさしぶりのことだ。澄《す》んだ青空にさそわれて出てきたのだろう。

ちびのルツが子どもたちにまじっている。ヘレに気づいていたが、そばに来ようとはせず、ハサミ研ぎが足のペダルで砥石《といし》をまわす様子をじっと見ている。じっと見入っているせいか、ルツはいつになく寄り目に見える。

「ハサミ研ぎはいらんかね？」

帽子をかぶった年配の男は何度も呼ばわって、上の階の窓を見上げた。だが窓はどこもあかず、包丁《ほうちょう》やハサミを子どもに持たせてくる家もなかった。いま、子どもたちの前で研いでいる包丁も、見せるために自分で持ってきたものだ。みんな、包丁やハサミを研ぐことよりも大きな心配事をかかえているのだ。ハサミ研ぎは早くやってきすぎたのだ。自分でもそのことに気づいたのか、ぶすっとした顔をしている。

「ハサミ研ぎはいらんかね？」

ヘレが歩いている四つ目の中庭まで、呼び声は聞こえた。ヘレは急いでいた。すぐにランドセルを置いて、自転車で市内に行きたかったのだ。

「ヘレ！」

アンニじゃないか。まちがいない！　薄いコートに、アンニの青白い顔にはあまり似合わない派手な真新しいマフラーをしている。アンニは半地下の家の窓をあけて、手をふっていた。

「もう元気になったの？　退院まで二週間かかるって、きみのお母さんはいっていたけど」

「あたしのベッドが必要になったのよ」

「それで、病院を出されてしまったわけ？」

「あたしは、ずいぶんよくなったもの」アンニは、新しいマフラーを見せてたずねた。「どう、これ？」

「マフラーかい？　似合うよ。クリスマスにもらったの？」

ヘレはもっとほかのことを聞きたかったが、どう質問していいかわからなかった。あまりに突然のことだ。もしも新しいマフラーを巻いていなかったら、もともと入院なんてしていなかったように思える。

「自分で編《あ》んだのよ」

「毛糸はどうしたの？」

クリスマスの直前、教会の慈善《じぜん》団体から女の人たちが病院へやってきて、子どもたちに贈《おく》り物をしたのだ、とアンニはいった。それは上流階級の女たちで、たいていの子どもたちがもらったのはつまらないものばかりだったという。皇帝とその家族のブロマイド、鉛《なまり》でできた英雄記念碑《きねんひ》のミニチュアなど。アンニは運よく、編み針とあまった毛糸の袋をもらったのだ。

「もうすぐ大人になるんだから、役に立つものをあげましょうっていわれたの。でも、毛糸のあまりで作れる役に立つものなんて、マフラーくらいしかないでしょ」

「だけど、まだすっかり元気になったわけじゃないんだろう？」

「元気になんてなっていないわ」それを証明するように、アンニはせき込んだ。

「まだ病気が治っていないいきみを追いだすなんて、ひどいじゃない」

「もっと重体の人がいるんだもの」

「病院でなにか夢を見た？」

「もう忘れちゃった。終わったことだし」アンニは屋根を見上げた。「雪がないのは残念ね。楽しみにしていたのに」

「クリスマスのはじめの日に降ったよ。すごい吹雪《ふぶき》だった」

「あたしは、病院にいたから」

アンニはいまにも窓をしめようとするかのように取っ手をいじっていた。

「クリスマスは？　病院のクリスマスはどうだった？」

「家でやるよりはましだったわ」

「どうかしたの？」アンニの雰囲気がどこかちがっていた。地下室でのことなどなかったかのようだ。

「別に」

「別にって、なんか変だよ」

アンニが突き放すような冷たい目つきをした。

「勝手なことをいわないで」

ヘレは立ちあがった。半地下の窓の前にずっとしゃがんでいて、足が痛くなったのだ。だがそれより、アンニの豹変《ひょうへん》ぶりにまいっていた。ヘレにはわけがわからなかった。

「あのことを考えたりした？」アンニがたずねた。

「なんのこと？」

「ほら、最後に話したことよ」

「ああ」

「恥《は》ずかしくない？」

「どうして？」

「あたしは恥ずかしいわ」

ヘレにはまるでわけがわからなかった。アンニは、ヘレをいらつかせるために、わざわざ病院から出てきたみたいだ。

「じゃあね」ヘレはそういうと、背を向けて立ち去った。だが、冷たくいい放つつもりだったその言葉が、やけに悲しくひびいた。そのことで、ヘレは無性に腹が立った。

父さんは家にいなかった。戦勝大通り《ジーゲスアレー》でのデモに参加しているのだろう。ヘレは玄関にランドセルを置くと、シュルテばあさんのところには寄らず、すぐ地下室に降りた。

そこに、自転車が置いてある。クリスマスから大晦日《おおみそか》までのあいだ、ヘレは機会があるたび自転車で街を走った。シャルロッテンブルク地区やシュパンダウ、ヴァイセンゼーやリヒテンベルクまで出かけた。自転車はよく走った。街じゅうを走りまわり、遠くてめったに行ったことのないフランクフルト大通りや選帝侯大通り《クアフュルステンダム》のあたりで知らない通りを見つけるのは本当に楽しかった。

アンニが、地下室に降りていくヘレを見ていた。ヘレが自転車をかついで出てくると、窓をあけて声をかけてきた。

「それ、あんたの？」

「ちがうよ。ハンスぼうやのさ。これでハンスぼうやはサーカスにデビューするんだ」

「ふん、なによ！」窓がばたんとしまった。

ヘレは自転車を押しながらアンニの窓のすぐそばを通り、アンニの頭がおかしいとでもいうように自分の頭をつついた。窓の向こうでアンニがなにかいったが、かまわず自転車をこぎだした。

ハサミ研《と》ぎはもういなかった。だがハサミ研ぎをのぞいていた子どもたちはまだそこにいて、空き箱でビー玉遊びの箱を作ったちびのルツのまわりに集まっていた。ルツは箱に四角い穴を五つつけ、それぞれの穴に一から五まで番号を書いた。ほかの子どもたちは、自分のビー玉を穴に入れなければならない。一番の穴に入れれば、ビー玉はもどってくる。二番から五番までの穴に入れれば、その数だけビー玉がもらえる。だが穴に入らなかったビー玉はみんな、ルツのものになる。いい商売だ！　だがビー玉遊びは春からの遊びだ。冬のさなかに箱をこしらえて、子どもたちをその気にさせるのは簡単ではない。ルツにしかできない芸当《げいとう》だ。

ヘレが自転車に乗って出てきたので、ビー玉遊びに興《きょう》じていた子どもたちがそっちを見た。

「すごい！」

自転車など見飽《みあ》きているはずなのに、子どもたちは歓声をあげた。この界隈《かいわい》の子が自分の自転車を持っているというのは、本当にめずらしいことなのだ。

ルツがハンドルをそっとなでた。

「どこに行くの？」

「王宮厩舎《きゅうしゃ》だよ」

「いっしょに乗せてくれない？」

「荷台がないんだ」

「いつ手に入るの？」

「たぶん誕生日かな」

「誕生日はいつ？」

「夏だよ」

「まだずっと先じゃない」

荷台が手に入ったら、乗せてやるようなそぶりを見せたのは失敗だった。ルツをちょっと喜ばせたかっただけだが、これからルツは、会うたび、食べ物のほかに荷台のことをたずねるにちがいない。

「ハンドルバーに乗せてよ」

「だめ、だめ！」

「おねがいだよ！」

ヘレは引かなかった。ルツがいくらしつこく食い下がっても、ハンドルバーにだけはだれも乗せるつもりはない。

ルツは悲しそうな目つきをした。いつもなかなか引き下がらないルツが、今回は急に目を輝かせて、ずるそうにいった。

「いつかきっと乗せてくれるさ」

「どうして？」

「まあ、見ていなよ」ルツはうれしそうににこにこした。

ヘレには、ルツがなにを考えているのかわからなかった。だがなにかあるはずだ。さもなければ、ちびのルツではない。

待機

王宮厩舎に自転車で行くのは、はじめてではなかった。この数日、何度か行ってみたが、残念ながらハイナーにもアルノにも会えずじまいだった。それどころか、ふたりを知っている水兵にも出会えなかった。

ハイナーが生きていることはわかっている。大晦日《おおみそか》の二日前にフリードリヒスハインの墓地で埋葬《まいそう》された戦没者《せんぼつしゃ》の中にいなかったからだ。『赤旗《あかはた》』は、亡《な》くなった水兵を弔《とむら》う葬儀《そうぎ》の列がものすごい長さになったことを報じ、犠牲者《ぎせいしゃ》の名前を一覧表にしていた。だがヘレは安心することができなかった。ハイナーはどこかの病院に入っているのかもしれない。ふたたび弾《たま》に当たって、今度は重体かもしれない。あるいは前の傷が悪化していたらどうしよう？　悪い材料はたくさんある。考えれば考えるほど、悪い材料は増えるばかりだ。ハイナーの無事を確認しないかぎり安心できない。

ヘレは、フリードリヒ通りとウンター・デン・リンデン通りを通って王宮厩舎《きゅうしゃ》に行くのをやめた。戦《ジー》勝大通り《ゲスアレー》で集会をひらくという告知はみんなが知っている。参加するのが昨日の半分だとしても、目抜《めぬ》き通りは人でごったがえしているだろう。

ヘレは東をまわることにした。それほど遠回りではない。戦勝大通り《ジーゲスアレー》のあたりと比べれば、そんなに人がいないはずだ。少なくとも、ヘレはそう思っていた。だが大ハンブルク通りに来たとき、勘《かん》がはずれたことに気づいた。そのあたりの通りも、中心街に向かう人の波で埋《う》まっていた。回り道がじゅうぶんではなかったのだ。

ヘレはとっさにゾフィー通りに曲がった。ローゼンタール通り、ノイエ・シェーンハウス通りを横切り、ひたすら東をめざした。それからミュンツ通りを右折してアレクサンダー広場に向かった。だがそこも、デモに参加した人々で埋まっていた。ヘレは降りて、自転車を押すしかなかった。

赤旗《あかはた》がふられ、シュプレヒコールが聞こえる。

「リープクネヒト万歳《ばんざい》! ルクセンブルク万歳! アイヒホルン万歳!」

人混みに隙間《すきま》を見つけ、ヘレは自転車にまたがった。だが数メートルも行くと、もう人の壁になった。しばらくはそんなことのくりかえしだった。アレクサンダー広場を抜けるのにどのくらいかかるのか、ヘレにはわからなかった。そのうち目的地があったことも忘れてしまい、デモの興奮の渦《うず》に巻きこまれていった。だれかがなにか叫ぶと、何千もの人が呼応《こおう》する。

「裏切り者をやっつけろ！」

「政府をやっつけろ！」

ヘレはこの数週間、いや数か月、たくさんのデモ行進を経験した。十一月九日、そしてベルリンのあちこちから王宮広場に群集が集まってきたクリスマスイヴ。そして昨日、警視総監《けいしそうかん》解任に対する抗議デモの集会が大々的に告知された。だがいま、市内の通りを埋めつくしている人の数は、いままでのデモをはるかに上まわっている。これほどの大群衆を、ヘレはいままでに見たこともなかった。アレクサンダー広場から王宮広場を越え、ウンター・デン・リンデン通り、集会のおこなわれる戦勝大通り《ジーゲスアレー》にいたるまで、どこまでも人の頭しか見えない。ティアガルテンの森も人で埋まっていると、人々は口々にいっていた。みんな、これだけの人が集まったことが誇《ほこ》らしかったのだ。

国王《ケーニヒ》通りで行列の動きが止まった。バルコニーから前方を見ていたふたりの若い労働者が前を指さしていった。

「どこもかしこも人でいっぱいだ！」

それでも人々はあきらめず、旗をふり、新しいシュプレヒコールをくりかえした。

ヘレは自転車を押して横の通りに入って、裏から王宮厩舎にまわることにした。だがそれもむずかしかった。モルケンマルクト広場もかなりの人混みだった。ミューレンダム橋について、ようやくすこしのあいだ自転車をこぐことができた。そして二週間前に銃弾《じゅうだん》が飛び交った場所についた。フィッシュマルクト広場で、ヘレはまた自転車を押した。ブライテ通りは人混みの黒と旗の赤で満ちあふれていた。

王宮厩舎《きゅうしゃ》の前でなにか動きがあった。男たちが我先《われさき》に門を通ろうとして押し合いへし合いしている。よく見ると、門から出ていく男たちの姿がある。みんな、肩に武器をかついでいる。

自転車を押しながら、道をあけてくれるように頼み、ヘレはやっとの思いで前に進んだ。王宮厩舎の巨大な建物が数メートル先に見えていなかったら、ヘレは途中でくじけていただろう。ようやく門にたどりついたヘレは幸運にめぐまれた。ふたりの衛兵《えいへい》のうちひとりが口ひげの水兵だったのだ。口ひげの水兵は、ヘレが口をあける前に、門を通るようにいった。

「ふたりは中庭にいるぜ」

ふたりというのは、アルノとハイナーのことだ。

中庭も人でごったがえしていた。たくさんの水兵が武器の分配をしている。左のほうにハイナーがいた。

ハイナーもヘレを見つけたが、おどろいた顔もせず、作業の手を休めなかった。

「クリスマスの贈《おく》り物か？」ハイナーが自転車のほうをあごでしゃくった。

ヘレはうなずいた。

「肩はどう？」

「すっかりよくなった。しかし頭がおかしくなりそうだ」

二、三メートル離れたところで武器を分配していたアルノが腹立たしそうに笑った。

「なにをくよくよしてるんだ」アルノは、中庭じゅうに聞こえるような大声をはりあげた。「おれたちは十一月に勝った。十二月にも勝って、勝利を安売りしてしまった。ま、三度目も勝てばいいのさ」

アルノは、中庭の外にまで聞こえろとでもいうように大きな声で笑った。実際、数人の水兵が窓を見上げて笑った。

だが中庭にいた労働者たちは笑わなかった。アルノがなにを当てこすっているかわかっていたのだ。ヘレにもわかっていた。クリスマスイヴに起こったことが詳《くわ》しくわかるにつれ、ヘレの父さんは、せっかく勝ったのにいいくるめられたと嘆《なげ》いていた。戦闘《せんとう》が完全にやむ前に、水兵のリーダーはエーベルトの特使《とくし》と交渉の席につき、うまくはめられてしまったのだ。たしかに水兵に給料の支払いを拒《こば》んだ都市司令官ヴェルスは更迭《こうてつ》されることになった。だがヴェルスはエーベルトの指示で支払いを拒否したのだ。それなのに、エーベルトは辞職しなかった。

もうひとつの合意事項は、水兵への攻撃命令を撤回《てっかい》することだった。だが、だれもが知っていたように、これは冗談としかいえない合意だった。すでに攻撃命令を受けた部隊はほとんど撃退《げきたい》されていたのだ。それよりも重要だったのは、攻撃を命令し、クリスマスイヴの戦死者に責任のある者たちを罰《ばっ》することなのに、このことについては議論されなかった。水兵たちが勇猛果敢《ゆうもうかかん》に守り抜いた王宮を、水兵のリーダーは進んで明け渡し、あまつさえ、今後はベルリン都市司令部の管轄《かんかつ》に入り、政府に敵対行動をとらないという誓約書《せいやくしょ》に署名《しょめい》をしてしまったというのだ。父さんには理解不能なことだった。

「大砲《たいほう》には屈《くっ》しなかったのに、口先ばかりの言葉巧《たく》みな連中にしてやられたということだ」父さんはそういっていた。

「さあ、これで最後だ」

アルノは年配の労働者に最後のカービン銃を手渡すと、門に立っていた口ひげの水兵に、もう人を入れるなといった。中庭に入ったが、武器をもらえなかった労働者たちはがっかりして立ち去った。ようやくひまになったハイナーとアルノは、ヘレの自転車を見にきた。

「ちゃんと整備してあるようだな」アルノは自転車にまたがって、中庭を一周した。

「うちに寄ってくれるっていってていたよね」ヘレはハイナーにいった。

「ここがどんな騒ぎになっていたか知らないだろう。……明日まだ水兵でいられるかどうかもわからないんだ」ハイナーは空っぽになった弾薬箱《だんやくばこ》に腰かけて、となりにすわるようにヘレを手招《てまね》きした。アルノは、ヘレの自転車で曲乗《きょくの》りをした。まわりの戦友たちがげらげら笑った。

「うちのリーダーがベルリン都市司令部の管轄《かんかつ》に入ることにしたせいで、おれたちはエーベルトの配下《はいか》になっちまったんだ。赤い水兵とはもう名乗れないな」

ハイナーはもうヘレのことを怒っていないようだ。あの朝、約束を破ったことについては、なにもいわなかった。いつものハイナーにもどっていた。だが、とても疲れているようだった。

「アルノとおれはまだ運のいいほうさ。仲間の多くは元の配属に送りかえされた。だけど幸い、命令に従ったのは全員じゃなかった。半分くらいは命令を拒《こば》んで、ベルリンに残った。彼らとやり直すしかない。リーダーは頼りにならない」

「なんでリーダーはそんなつまらないことをしたんだろう?」

アルノはヘレの質問を耳にして、自転車にブレーキをかけた。

「なにが望みか、自分たちでもわかってないからさ。みんな、好き勝手にいいやがる。革命をしたい奴もいれば、中立の立場にいたい奴もいるってことさ」

「しかし本当に理解できない」ハイナーがいった。「クリスマスのときなら、エーベルトを退陣に追いこむことだってできたはずだ。将軍たちは手出しができなかった。それなのに、おれたちはどこか手ぬるい。頭が悪いんだ。連中はまた力を蓄《たくわ》え、義勇兵《ぎゆうへい》まで集めている。義勇兵の奴ら、革命に反対して戦えば優遇《ゆうぐう》されるって約束されているんだ」ハイナーは、さっき仲間が見上げた窓を見た。「あそこで独立社会民主党を中心にした革命委員会が会議をしているんだ。はじめはエーベルトと手を組んで、いまは袂《たもと》をわかった。だけど、自分たちだけでことを起こそうとは絶対にしない。会議、会議、連中はそればかりやって、ときどきだれかが出てきて、なにか指示をするとまた中に消える。あっちこっち電話ばかりかけているが、いったいだれとなんのためにしゃべっているのやら」

「自分たちでもわかってないのさ！」アルノは腹いせまぎれにペダルをこいで、また中庭を一周した。それからいきなり自転車をヘレに返すと、建物に入っていった。しばらくすると騒ぎが聞こえて、衛兵《えいへい》役の三人の水兵がアルノを外に押しだした。アルノはハイナーがすわっている木箱に腰かけると、つばをはいた。

「あいつら、話を聞こうともしない。たいした大革命家どもだよ。目の前の革命になどかまっていられないほど大事なことがあるんだろうよ」

「つまらないことをいうなよ」ハイナーはアルノにタバコをくわえさせた。「革命を忘れたわけじゃないさ。だけど、みんな、ちがう革命を望んでいるんだ」

「たいして変わらないじゃないか」アルノは帽子を地面にたたきつけた。「待たされるのにうんざりしているんだ。無風《むふう》状態で、どうやって嵐《あらし》が起こせるんだ？　使い方も知らない連中に武器を配ってどうするんだ？」

「それはちがうぞ！　風は十分吹いている」そういって、ハイナーは門の外にひしめくデモの群集を指さした。「ただ嵐にならないだけだ」

アルノは帽子をつかみあげると、くしゃくしゃにもんで、頭にかぶせた。しばらくだまっていたが、急に立ちあがると、たむろしている仲間のほうへ歩いていった。アルノが馬鹿話をしているのが、ハイナーとヘレのところまで聞こえた。

映画の入場券

太陽の光は中庭にさしていなかった。どんよりとした曇《くも》り空だ。なにもかもがくすんで見え、じめじめと冷たく感じる。ヘレは自転車をゆっくりと走らせ、ちびのルツがいないかどうかうかがった。いまは会いたくない。しかし、どこにもルツの姿は見えない。天気が悪いせいで、子どもたちはみな、家にもどっているのだ。

四番目の中庭につくと、アンニの窓に目が行きそうになるのをぐっとこらえた。だがついうっかり、そちらをちらっと見てしまった。アンニはその機会をのがさず窓をあけて手をふった。

「なにか用かい？」

「別に用はないけど、渡すものがあるのよ」アンニが手をのばした。

映画の入場券？

「だれからもらったの？」

「あんたの友だちが来たのよ。ほら、お金持ちの格好をした子よ。その子が持ってきたんだけど、あんた、いなかったでしょ。それで、その子から預かったのよ。その子も自分の分があるんですって。明日、待っているっていってたわ。ブルンネン通りの映画館の前で午後三時ですって」

ヘレは映画の入場券を受けとったが、どうしたらいいかわからなかった。

「まったく変な友だちね。あんな子とよく街をうろつきまわれるわ」

今度はいったいなんだっていうんだ？　アンニは前からフリッツのことを知っているはずだ。なんで急に、フリッツのことを悪くいうんだろう。

「うらやましいんだろう。よかったら、フリッツと映画を見るかい？」

「冗談じゃないわ！」アンニは指で額《ひたい》をつついた。「あんな子といっしょに歩けるもんですか。家の前だっていやよ」

アンニはわざと大げさにいっている。ヘレにかんしゃくを起こさせようとしているのだ。だが、ヘレはその手に乗らなかった。

「ぼくも、時間がとれないかもしれないな。いま、街がどうなってるか知ってる？　あんなにおおぜいの人は見たことないはずだ」

アンニは、その話になるのを待っていたようだ。

「入場券はハンスぼうやにあげたらいいじゃない。サーカスに出られるくらいなら、映画だって見られるでしょ」

ヘレがなにかいいかえす前に、アンニは窓をバタンとしめて、姿を消した。

「なんだよ、まったく！」ヘレはどなった。アンニが病院からもどってきたらどんなに楽しいだろうと夢に描いていた。ふたりで自転車に乗る。ヘレがアンニを荷台に乗せたり、その逆だったり。荷台がないあいだは、ハンドルバーにアンニを乗せてもいいと思っていた。そう、そこまで考えていたのに！　ふたりで街じゅうを走りまわり、すごい体験ができるはずだった。それなのに、なにもかも話がちがってしまった。いきなりなにもかもがくだらなくて、子どもっぽいことになり、アンニは、ことあるごとにヘレをバカにする。

ヘレは腹を立てながら、自転車を地下室にしまった。アンニの家に聞こえるくらい激しく、地下室のドアをしめた。シュルテばあさんのところまで階段をあがってから、映画の入場券のことを思いだした。ヘレは、ポケットから入場券を出してみた。行かない手はない！　行かないなんて、どうかしている。

映画館に入ったのは、たったの一度だけだ。それも、父さんが出征《しゅっせい》するずっと前のことだ。

「遅かったじゃないか。毎日、看護婦を演じるような暇人《ひまじん》じゃないんだよ、あたしは」ドアをあけたシュルテばあさんはヘレを見もしないで、すぐミシンにもどった。

「ハンスぼうやがどうかしたの？」

「あの子はもともとさ。あんたんちのお姫さままで具合が悪くなったのさ。具合が悪い子を手伝いによこされてもねえ」

ヘレはそのときようやく、シュルテばあさんとレレが使っているベッドにマルタが寝ていることに気づいた。

「どうしたんだ？」

「おなかが痛いの！」マルタがめそめそしながらいった。

「おなかをこわした子がいると、昔はなにを食べたのかたずねたもんさ」シュルテばあさんはつぶやいた。「でもいまじゃ、最後に食べたのはいつか聞かなきゃならないんだからねえ」

「おいで！」ヘレはマルタに腕をまわして、体を起こすのを手伝った。「うちで休みな。温かいお茶をいれてあげるから」

マルタはおとなしくうなずいた。心配してくれる兄をもったことを喜んでいる小さな妹のようだった。

「しかし、いつになったらこの悲惨《ひさん》な暮らしから抜けだせるんだろうね？」シュルテばあさんがぼやいた。「いつまでもこんなじゃ、たまらないよ」シュルテばあさんは、ヘレにきつい言葉を投げたことをすでに後悔していた。仕事を中断すると、マルタの顔をやさしくなでた。「ごめんよ。あんたがまだ子どもだってことをときどき忘れてしまうんだ。そうすると、ただの手伝いの娘に見えちゃってね。わかるだろう？」

マルタにはわからなかった。シュルテばあさんに顔を向けず、あからさまに背を向けた。

「あらあら。怒っちまったようだね。裕福《ゆうふく》な暮らしができないのはあたしのせいかい？」

「だれのせいかって？　神さまのせいじゃないの？」ヘレが意地悪くいった。

「なんてことをいうんだい、この子は！　罰《ばち》があたるよ」シュルテばあさんは、不幸が舞いこまないように、あわてて胸で十字を切った。「悪いのは、人殺しをやめようとしない連中さ」

ヘレは、シュルテばあさんがなにもかもいっしょくたにするのはよくないといってやりたかった。実際、シュルテばあさんは、その人殺しにヘレの両親やトルーデやクラーマーおじさんやハイナーやアルノも数えているからだ。だが、ヘレはなにもいわなかった。シュルテばあさんもヘレも、おなじ人殺しのことを考えているふりをして、ハンスぼうやを受けとりながらたずねた。

「神さまはなんで悪い奴から武器を取りあげないんだろうね？」

シュルテばあさんは、メガネの奥からうさんくさそうなまなざしでヘレを見つめた。

「あたしをからかうつもりかい？」

「ちがうよ。ただ聞いてみたかっただけさ」だがヘレは、こう付け加えずにいられなかった。「ぼくが全能《ぜんのう》の神だったら、とっくの昔にぼくらの暮らしをよくしているけどね」

「出ておいき！　三人とも、出ていくんだよ！　いますぐに！」シュルテばあさんはドアをあけて、人差し指で階段をさした。

「ありがとう。道に迷うところだった」ヘレはそうつぶやくと、腕にハンスぼうやを抱き、マルタの手を引っぱって、シュルテばあさんのわきを抜けて玄関を出た。

訪問

マルタは熱々のお茶を飲み、ベッドの中でヘレに介抱《かいほう》してもらっていた。兄に世話を焼いてもらえるのは、めったにないことだった。

「あたしが眠るまで、ここにいてくれる？」

ヘレはうなずくと、石油ランプの明かりを小さくして、窓辺《まどべ》に置いた。中庭はすっかり暗くなっていた。どんよりとした雲が空にたれこめている。雨は降っていないが、空気がしめっぽく、重い。そして寒かった。

デモに参加した人たちはまだ外にいるのだろうか。ハイナーたちと別れたとき、群集は少なくなるどころか、どんどん増えていた。マルタとハンスぼうやのことがなかったら、市内からもどってきたりはしなかっただろう。ハイナーとアルノと数人の水兵がなにか相談をはじめ、いよいよおもしろくなりそうなときに、ヘレは帰ってこなければならなかったのだ。

「おばあちゃんなんて大嫌い」ベッドの中でマルタがつぶやいた。「さっきものすごくどなったのよ」

「シュルテばあさんのところも、石炭がなくなっちゃったんだ」ヘレは、ハンスぼうやが目を覚まさないように小さな声でいった。「これで、おまえのせいでスリッパを作る数が減ったら、食べるものも買えなくなっちゃうからな」

「あたしのせいじゃないでしょ」

「そりゃそうだけど、シュルテばあさんのせいでもない」

マルタはすこし考えてからいった。

「だけど、おばあちゃんには、あたしたちがいるじゃない。あたしたち、おばあちゃんを凍《こご》えさせたまにしたり、飢《う》え死にさせたりしないわ」

「もちろんさ。でも、ぼくらにも、なにもないからな。シュルテばあさんは、ぼくらから施《ほどこ》しものをもらおうとはしないよ」

ベッドの中から返事はなかった。マルタは眠ってしまったのだ。深くて、すこし不規則な寝息《ねいき》が聞こえた。

これでマルタまで病気になったら大変だ。この手の病気に特効薬《とっこうやく》はない。母さんは最近、フレーリヒ先生を訪ねて、ハンスぼうやを治す方法はないのかとすがるようにたずねたばかりだ。フレーリヒ先生は悲しそうな顔をして、「救う手だてはないんだ、ゲープハルトの奥さん。なにもないんだよ」といった。実際、ハンスぼうやに必要なものは、なにひとつ手に入らない。そして先生はこういったという。「十分な食べ物さえあれば、ハンスぼうやはすぐに元気になるんだ。古い言い回しがあるじゃないか。買えるものがあっても、生きるには足りず、死ぬには余計《よけい》ってな」

母さんはいっていた。

「先生はいつも慰《なぐさ》めの言葉ばかり口にしていたけど、はじめて本音をいったわ。『これからは政治に関わる。戦争を終わらせ、皇帝を退位させるまでは革命に好感を持っていたが、いまの状況にはまったく納得がいかない。革命が起こって三か月もたつのに、国は餓死《がし》寸前だ。まるでそこいらじゅう手術された患者みたいじゃないか。緊急の大手術が必要だ。どんな形にせよ、国を動かさなければだめだ』ってね」

母さんはフレーリヒ先生の言葉に考えこんでしまったという。

「多くの人がおなじようなことをいっているわ。工場でもよく耳にする」母さんはそういった。

(たぶんだからこそ、あんなに多くの人がデモに参加したんだ) ヘレはそう思った。(みんな、「緊急の大手術」を望んでいるんだ。とにかく多くの人が食べ物を求めているんだ)

玄関をノックする音がした。ヘレはすぐにはあけずに、だれなのかたずねた。

「落ちぶれたふたりの水兵だよ」

アルノとハイナーだ！　ふたりは荷物を入れた袋と銃をかかえて、複雑な表情をしていた。「まさかこんなに早くまた会えるとは思っていなかっただろう？」アルノが先に玄関に入り、荷物をすみに置いて、銃を立てかけた。

「ひとりかい？」ハイナーがたずねた。「おやじさんは？」

「それをいうなら黒髪の娘だろう？」アルノが目配《めくば》せをした。「あわれなハイナーは気を失っていて、あの娘を見ていないいんだ」

「トルーデは今日、まだ見かけていないよ」ヘレはいった。「父さんはまだデモに行ったままだ」

「そうか？」アルノは窓辺《まどべ》のベンチにすわると、食卓に帽子を置いて、上着のボタンをはずした。

「それじゃ、おやじさんは最後のひとりってことになるな。ほかの連中は途中で興味をなくして、みんな、家に帰っちまったよ」

ハイナーも帽子を脱いだ。

「おしまいだよ、ヘレ！　一巻《いっかん》の終わりだ！　午後になにがあったか知ってるか？　おれたちのリーダーが革命委員会を外に追いだしたんだ」

「どうして？」

「革命委員会が政府を解任すると宣言したからさ。あいにくおれたちの首脳陣《しゅのうじん》は政府に敵対行動をとらないと署名《しょめい》してしまった。だから、政府は革命委員会に王宮厩舎《きゅうしゃ》から立ち退《の》くよう要請《ようせい》したんだ」

アルノは苦虫《にがむし》をかみつぶしたような顔でいった。

「エーベルトが解任を宣言されて、さっそく七つ道具を出したってことさ」

「だけど、デモのほうは？　なんでみんな、家に帰っちゃったの？　さっきは武器を配っていたじゃない」

「そこが微妙なんだな」ハイナーがにがにがしそうにいった。「武器を配れ、いや、冷静に対応しろって、リーダーのあいだでも意見が分かれちまったんだ。おかげで、こっちは、右往左往《うおうさおう》さ」

アルノがタバコを紙に巻いた。

「それで部隊から抜けだしてきたってわけさ。まったくうんざりだ。おれたちはもう人民海兵団じゃない。エーベルト直轄《ちょっかつ》の海兵団なんてお断りだ」

ハイナーはアルノの手からタバコをもらうと、火をつけた。

「勤務地にもどるよう指示された仲間の多くとおなじことをしたんだ。つまり脱走したのさ」

「本当の脱走兵になったってわけさ」アルノは新しくタバコを巻きはじめた。「戦争中だったら、死刑だな。だけど、戦争はもう終わっただろう？　おれたちは平和を謳歌《おうか》しているわけだからな」

ある村に逃げこんで、平民《へいみん》の服に着がえて、妻と子のところにもどろうとした兵士の話を、父さんから聞いたことがある。その脱走兵は見つかって、判決を受け、銃殺刑《じゅうさつけい》に処《しょ》された。その脱走兵に服を与えた人たちも罰《ばっ》せられた。脱走兵という言葉を耳にするたび、そのことがヘレの脳裏《のうり》をかすめる。いまもそうだった。

「まあ、心配するな」ハイナーがいった。「おれたちのことなんてさがさないさ。十一月からこっち脱走した奴のことをさがそうとしたら、多すぎてどうにもならないだろう」

「心配はしてないよ」

ハンスぼうやが目を覚まして泣きだしたので、ヘレは寝室の様子を見にいった。ヘレがハンスぼうやを台所に連れてきたとき、アルノは怒っていたのがうそのように、のんびりタバコを吸っていた。

「やあ、おれたち、もう知り合いだよな」

アルノはそういうと、ハンスぼうやを抱かせてくれというように、両手をのばした。

ハンスぼうやがいやがると思ったが、意外にも赤毛のそばかすだらけの大男をじっと見ていて、突然、笑いだした。

「ほらな」アルノがうれしそうにいった。「おれのことを好きみたいだな」

アルノが大きな声をあげたので、マルタまで目を覚ました。眠そうな顔をしながら台所にやってきて、ふたりの水兵に目を丸くした。

「おっ、もうひとり、なつかしい顔が来たぞ！」アルノは椅子《いす》にすわったままおじぎをした。

マルタは、いまだに夢かうつつかわからないようだった。ふらふらしながら流しに歩いていき、蛇口《じゃぐち》をひねって、両手に水をすくって飲んだ。

「おれにも一杯くれないか？」ハイナーがたずねた。

マルタは水を飲みながら、横目でハイナーを見た。それから壁にかけてあるコップをとって、水をなみなみとついでハイナーのところに運んだ。

「これはうまい」ハイナーは、コップの水を一気に飲み干《ほ》した。「正真正銘《しょうしんしょうめい》の水道水だ」

「もう元気なの？」

「おれのことを覚えているのかい？」

「あたしたちのベッドに寝たでしょ」

「そのとおりだ」

「なんでまた来たの？」マルタがたずねた。

「おやじさんと話がしたくてね。おれたちを助けてくれるかなと思ったのさ」

やっぱり脱走はただではすまないんだ。ヘレはハンスぼうやの毛布を食卓にのせて、おむつを替《か》えはじめた。

「あたし病気なの」マルタはハイナーの前に立って、あわれみを乞《こ》うような目つきをした。

「どうしたんだい？」

「おなかが痛いの」

「なんだって！」アルノが心配そうな顔をして、袋の中身をかきまわした。「腹痛とは深刻だ。腹痛に一番効《き》くのはこれ。チョコレートだよ」

マルタが目を大きく見ひらいた。アルノがチョコレートの缶を食卓に置いた。ヘレがクリスマスにマルタにくれたものとおなじものだ。マルタはそっと自分のエプロンのポケットに手をつっこみ、空っぽの缶を取りだした。アルノが自分の缶を使ってからかおうとしていると思ったのだ。

アルノは自分の缶とマルタの缶を見比べて、首をかしげた。

「交換するかい？　その空っぽのと、チョコがいっぱい詰まっているのと」

見知らぬ水兵がそんな得にならない交換をするとは、マルタにはとうてい信じられなかった。だがアルノは本当に自分の缶をさしだし、マルタのを受けとった。

マルタはアルノからもらった缶をあけて、中をのぞいた。たしかにチョコレートが入っている。

「こんなにいっぱいのチョコレート、どうしたの？」マルタはあぜんとしながらアルノを見た。交換してもらえることをいまだに信じられずにいた。

「自分で作ったんだよ」ハイナーがまじめな顔をしていった。「こいつは、袋にチョコレート工場を入れているんだ」

「うそばっかり」マルタはそういったが、それっきりなにもたずねなかった。エプロンのポケットにチョコレートの缶をしまうと、手でおさえながら、寝室にもどっていった。

たくさんの小さな火

部屋の中はタバコの煙《けむり》で充満していた。小さな台所は人でぎゅうぎゅう詰めだった。クラーマーおじさん、アッツェ、トルーデ、ハイナーとアルノ、オスヴィン、両親。母さんとトルーデ以外は全員、タバコを吸っていた。マルタの様子を見にきたシュルテばあさんは「燻製《くんせい》にされるには年をくいすぎてるよ」といって、すぐに帰っていった。

話題はその日にあった出来事のことだった。最後にやってきたクラーマーおじさんは、最新のニュースを持ってきた。今日のうちに小さなグループが帝国印刷所をはじめとした公共の建物を腕ずくで占拠《せんきょ》したというのだ。

「浅はかな連中だ！」父さんは腹を立てた。「そんなつまらないことをしてもなんの役にも立たない。かえって口実を与えるだけだ。『見てみろ。あれがスパルタクス団だ。あれがおまえたちの望んだ革命だぞ』ってな」

「みんな、武装解除されることを恐れているんだ」クラーマーおじさんが静かにいった。「アイヒホルンが解雇《かいこ》されて、おれたちは最後の牙城《がじょう》を失ったからな」

「だが『前進』はどうなんだ？」オスヴィンがたずねた。「なんで『前進』の社屋《しゃおく》を占拠したんだ？あれは労働者のための新聞だろうが？」

「『前進』はもうとっくの昔に労働者のための新聞じゃないわよ」トルーデが答えた。「書き手はみんな、エーベルト側の連中ばかり。あたしたちを煽《あお》っておいて、あたしたちがへまをやれば、こぼしたくもない涙をこぼしてる」

ヘレはすこし離れたところにある台所の椅子《いす》にすわって、じっと話を聞いていた。たまに質問をしたくなったが、話の腰をおりそうなので、問いかけるのをやめた。

「しかしあれは、おれたちが望んだことじゃない」クラーマーおじさんがいった。「新聞社を占拠するなんて、おれたちの目的にはないことだ。だがいま、なにがおれたちの目的に合致《がっち》しているっていうんだ？　政府を受け継ぐのか？　おれたちスパルタクス団だけで？　たったの十四日、それでおれたちはお手上げだ。おれたちには、国民の支持がまるでない」

「待てよ」アルノが口をはさんだ。「今日だけでも、五十万人がデモに参加したんだぞ。それなのに、支持がないというのか？」

「新聞社の占拠《せんきょ》とおなじで、突発的な出来事さ」クラーマーおじさんはいった。「おれたちは人々に呼びかけた。だけど、まさかあんなに集まると思っていなかったんだ。さすがにびっくりしたよ。だがおれたちの目は節穴《ふしあな》じゃない。デモにやってきた人々は飢《う》えと貧困《ひんこん》、そして裏切りのくりかえしにうんざりしていたんだ。だけどスパルタクス団員じゃない。スパルタクス団の支持者ですらなかった。それでも、彼らは戦う覚悟をしていた。覚悟ができていなかったのは、おれたちのほうさ。おれたちは、蜂起《ほうき》は時期尚早《しょうそう》だと考えていたんだ。おれたちは弱すぎる。革命委員会にはろくに影響力がない。大風呂敷《おおぶろしき》を広げるわけにはいかないだろう」

クラーマーおじさんは肩を落としてしょげていた。こんな元気のないクラーマーおじさんをいままで見たことがない。

「おれたちがめざしたのはなんだったんだ？　新国家。本当に新しい国、人民の政府だった。だがこんな短い期間で、そんなものを樹立《じゅりつ》できるだろうか？　正直にいえば、無理な相談だ。こんな短い期間にどうやって兵士を味方につけられるっていうんだ？　連中は何十年間も、別のことを頭にたたきこまれているんだ。それを数日でくつがえすことなんてできるか？　できるとは思ったんだ。だが、無理だと認めるしかない」

革命委員会が嵐《あらし》を起こせない主な原因は、兵士たちが同調しないせいだった。ヘレもそのことを知っていた。父さんが肩を落として駐屯地《ちゅうとんち》から帰ってくるところを見かけたことがある。かつての戦友パウルのことさえ、父さんは説得できなかった。

パウルはいったという
「だめだ、ルディ。おれはどっちの側にもつけない。中立の立場に立ち、職務に忠実に、命令されたことをする。それが兵隊だ」

ずっとだまっていたハイナーが口をひらいた。

「どうかな。新聞社の占拠は悪くないと思うがな。エーベルトは労働者を平手打《ひらてう》ちした。労働者がなぐりかえす。いいじゃないか。それとも、もう一方のほおも、エーベルトにさしだせっていうのか？」

「平手打ち」というのは、警視総監《けいしそうかん》エミール・アイヒホルンの解雇《かいこ》のことだ。

「そのとおりだ」アルノがハイナーの肩をもった。「上の指示どおりになんでも従うってのは、健全なことじゃない」

クラーマーおじさんが笑った。おなじ考えだったのだ。

「まちがっちゃいないさ。だがどうあがいても無理なことがいくつもあるんだ。たとえばエミールを警視総監に留任《りゅうにん》させるとか、軍の撤退《てったい》とか」

「だけどそれなら、行動あるのみよ。交渉ばかりして、いつもうまいこと丸めこまれてばかりじゃない」トルーデがにがにがしそうにいった。「せっかくエーベルトたちを撃退《げきたい》したのに、いつも交渉の席についている。がまんできなくなって、新聞社を占拠《せんきょ》したのもわからなくないわ」

革命委員会がエーベルトの政府とあらためて交渉するかどうか決《けっ》をとり、賛成多数で承認したという情報も、クラーマーおじさんが持ってきたものだった。

「どうしようっていうんだ？」父さんは怖《こわ》い目でにらんだ。「なにもかもぴったりだ。おれたちは新聞社の社屋《しゃおく》を占拠して喜び、エーベルトたちは、交渉をしながら時間稼《かせ》ぎをする。昔からの古い手口でまんまとおれたちをだまして喜んでいる。連中はそのあいだにゆっくりと部隊の補充《ほじゅう》をおこない、義勇兵《ぎゆうへい》を募《つの》り、反撃に転じようとしているんだ」

「そのくらい、みんな、わかっているさ」クラーマーおじさんはため息をついた。「しかし革命委員会に入っているスパルタクス団員はいないんだ。独立社会民主党は昔から交渉好きだしな」クラーマーおじさんはすこし考えてからまたいった。「おれたちが望もうと望むまいと、おれたちに都合がどうだろうと、新聞社を占拠した連中はおれたちの仲間だ。だからおれたちは味方につかなくちゃいけない」

母さんは腰をあげると、タバコの煙《けむり》を外に出すために窓をあけた。だが、すぐにまたしめた。冷たい夜風《よかぜ》が吹きこみ、服の中にまで忍びこんで、みんな、凍《こご》えてしまいそうになったからだ。

しばらくだれもしゃべらないでいると、ふいに父さんが口をひらいた。

「つまりたくさんの小さな火が大火事を引き起こすっていうんだな？」

「いいや」クラーマーおじさんはいった。「いま、あちこちに見えるたくさんの小さな火は抵抗の印だっていいたいのさ」

「そうだな」アルノがまた口をひらいた。「おれたちが負けるのは、戦えなくなったときだ」

「でも戦うからには意味がなくちゃ」母さんが口をはさんだ。「がむしゃらに頭から壁にぶつかっていっても、なんにもならないわ」

「そういうわけじゃないさ」クラーマーおじさんはいった。「しかし仲間を見捨てるわけにいかない。彼らがこういう行動をとったのには、おれたちにも責任がある」

アルノはいまの話に納得できなかったのか、いらいらしながら、急に大きな声でいった。「おれにはもうこの世界がわからん。今日、デモに出たのは五十万人だぞ。五十万人！　エーベルトたちをシュプレー川に追い落とすには十分な数のはずだ」

「将軍たちを忘れているぞ」クラーマーおじさんがいった。「エーベルトは、将軍たちの起こす火を使ってスープを煮ているんだ。そろそろ食べ頃の熱さになるはずだ。連中がかき集めている義勇兵は、前線に送られた連中じゃない。家にとどまることを望んだ連中だ。奴らは根無し草《ねなしぐさ》だ。なんの目的も意見もない流民《るみん》だよ。おれたちはほかの連中とも話が合わないが、奴らとは話すらできない。兵隊暮らしを満喫《まんきつ》して、どんな汚《きたな》い仕事でもこなす。金さえもらえれば、なんでもする連中さ」

「ノスケが義勇軍を指揮《しき》するらしいわね」トルーデがいった。「だれかが汚れ役《よごれやく》を買ってでるしかないといったそうよ」

「本当にそんなことをいったのか？」オスヴィンが疑うようにいった。「あいつは社会民主党の最古参《さいこさん》から、仲間をかつぎだしたのさ」

「エーベルトとシャイデマンだって、社会民主党の最古参だろう。帝政時代の将軍にはまかせられないだぞ」

「社会民主党の最古参《さいこさん》！　それがなんだっていうんだ？」父さんは払いすてるようなしぐさをした。

クラーマーおじさんはうなずいた。

「ノスケのことは昔からよく知っている。あいつは権力欲のかたまりさ。残忍《ざんにん》な野心家だ。だが、攻撃命令を出すのがエーベルトだろうが、ノスケだろうが関係ない。奴らがどういう手を打ってくるか、それが問題だよ」クラーマーおじさんは時計を見てから、ハイナーとアルノのほうを向いた。「あんたたちふたりをどうしたらいいかな？　おれたちはあんたたちの助けがいる。それはたしかだ。だからっていうわけじゃないが、ふたりともどこかに潜伏《せんぷく》したほうがいいだろう」

「わしのところでかくまおうじゃないか」オスヴィンがいった。「おいぼれの手回しオルガン弾《ひ》きのところに脱走兵がいるなんてだれも思わないだろう」

「本気でいっているのか？」父さんはびっくりしてたずねた。「危険な目にあうかもしれないぞ」

オスヴィンはずるそうに目配《めくば》せした。「冗談をいうなよ、ルディ！　わしのようなおいぼれがなんで危険な目にあうんだ？　もう人生に悔《く》いはない。なにがあっても平気さ。ただ問題は、わしのところに十分な毛布がないことだ。わしのところは、あまり暖かくないからな」

母さんは台所の窓にかけていた毛布をはずし、寝室の窓からも毛布をとってきた。

「よしてくれ、奥さん」アルノがいった。「あんたたちだって、必要じゃないか」

「奥さんなんて呼ぶのはよして。あたしはマリーっていうのよ。それに、窓にはタオルをかければなんとかなるわ」

「よし、これで解決だ」クラーマーおじさんはアッツェに向かってうなずいた。「行こうか？」

アッツェはすぐに腰をあげた。トルーデもみんなに別れを告げた。

「今日のアッツェはどうしたのかしら？」父さんがクラーマーおじさんたちを見送って、階段を降りていくと、母さんがいった。「いつもはのべつまくなしにしゃべるのに、今日はひと言も話さなかった」

「知らないのか？」二枚の毛布を腕にかかえたオスヴィンがびっくりした。「通りじゅうのみんなが知っているぞ。あいつの母親が死んだんだ。インフルエンザだよ」

「なんてこと！　なんでひと言もいってくれなかったのかしら？」

「いってどうするんです？」背中に袋をかつぎ、銃を手にしたハイナーがいった。「ひと晩じゅう、みんなでお悔《く》やみをいうんですか？」

父さんはもどってくると、オスヴィンとハイナーとアルノを伴《ともな》ってまた下に降りていった。母さんはそのすきに台所の窓をあけて空気を入れかえ、それからハンスぼうやのおむつを替《か》え、寝室に行き、寝ているマルタを見た。母さんは、マルタがそんなに重病ではないと思っていた。シュルテばあさんのところに行きたくないから、仮病《けびょう》を使っていると思っていたのだ。

マルタが目を覚まして、かがみこんでいる母さんに、チョコレートを食べてもいいかとたずねた。母さんは、さっきアルノからもらったチョコレートを半分だけマルタに渡し、残りはかまどで溶かして、ハンスぼうやになめさせた。アルノはそれを見て、さらに缶をふたつ袋から出した。そんなにチョコレートをどうしたのか、と母さんが聞くと、アルノはにやりと笑って、サロッティという名前のイタリア人の叔父《おじ》がいるといった。

マルタはそのやりとりを見ていて、自分の取り分をもらう前に、二缶ともハンスぼうやのおなかに入ってしまうのではないかと心配した。それに気づいた母さんは、チョコレートは明日あげるわとマルタにいった。

父さんはもどってくると、そのままマルタのそばにすわった。ハンスぼうやにつづいてマルタが病気になったので、ショックだったのだ。いつも出かけてばかりで、ふたりの面倒をちゃんとみなかったので、良心《りょうしん》がとがめていた。

マルタは両手をのばして、父さんに抱きあげてもらった。そして甘えながら、明日は家にいると、父さんに約束させた。

父さんは約束したが、すこしも幸せそうな顔をしなかった。

三人組

ガトフスキー先生が机のあいだを歩きながら、一生懸命《けんめい》計算をしている生徒たちを背中ごしにのぞいた。だがかなりの生徒たちは計算をせず、ノートとにらめっこをしながら、万年筆をかんだり、途方《とほう》にくれてとなりの生徒を見たりしている。

ヘレはなんなく問題を解いた。すべての科目が数学のように簡単だったら、学校は楽しいにちがいない。教室の中でペン先のこすれる音があちこちでする頃にはもう答えを出し終えて、まわりを見ていた。

エデも計算をやめていた。といっても、終わったわけではない。途中であきらめたのだ。ヘレと目が合うと、肩をすくめた。

ボンメルもすでに計算を終えて、にやにやしている。きっとフランツの答えを書き写したのだろう。フランツはクラスで一番数学が得意で、一番最初に計算を終えた。

先生が計算終わりの合図《あいず》を出した。まだ計算をしていた生徒たちがため息をつき、すこしでもなにか書きこもうと必死でペンを動かしている。だがもう意味がない。先生はノートを集めはじめていた。

ガトフスキー先生が教室を出ると、ボンメルが飛びあがって、教壇《きょうだん》に駆けていった。うまいこと課題をこなせたので、有頂天《うちょうてん》になっている。よほどうれしいのだろう、いきなり歌いだした。

おまえ、いったいだれから金をくすねたの?
おまえ、いったいだれから金をくすねたの?
まぬけでとろいヴィルヘルム、

ペテン師のあいつからまんまとくすねたのさ。

ボンメルの新作だ。クラスじゅうが笑って、数人が手をたたいた。ボンメルはさらに調子にのって歌った。

だれがいったいあいつから金をくすねたの？
だれがいったいあいつから金をくすねたの？
エーベルト、あの聡明《ヘレ》なやつ。
馬具《ばぐ》職人だったあいつが金をくすねたのさ。

「ヘレだってさ」フランツが、ヘレにひっかけてあることに気づいて、大笑いしながら机をたたいた。

それで、ヴィルヘルムと息子の調子はどうなんだい？
それで、ヴィルヘルムと息子の調子はどうなんだい？
なんとかやってるさ、ヴィルヘルムとその息子、
道化《どうけ》がずいぶん板についてきた。
玉座《ぎょくざ》からこけて、稼《かせ》げなくなったから。

三番を歌って、ボンメルはまた教室じゅうの笑いをとった。ボンメルが三番をもう一度歌うと、ほとんどの生徒が合唱して、とんだりはねたりした。そのとき突然、フェルスターが教室の入り口に立った。いきなり教室は静かになった。生徒たちは急いで自分の席にもどった。

だれも、フェルスターの足音に気がつかなかった。いっしょに歌っていたわけでもないし、入り口に近い席についていたというのに、ヘレも気づかなかった。フェルスターはわざと足音を忍ばせてやってきたにちがいない。ということは、すべて聞いていたことになる。

たしかに、フェルスターははじめからなにもかも聞いていた。いかつい顔つきのまま、生徒たちにあいさつもせずに、教卓に教科書を置き、机のあいだを歩きながら、合唱していた生徒をひとりひとり指さした。さされた生徒たちはぶるぶるふるえている。いや、合唱しなかった生徒たちもだ。フェルスターが勘違《かんちが》いするかもしれない。

しかしフェルスターはまちがえなかった。無実の生徒を指さすことはせず、罪のある生徒を見逃さなかった。フェルスターが席のあいだを通りすぎると、十七人が黒板の前に立たされた。フェルスターは戸棚《とだな》から竹のムチをとってきて、ひとりひとりに「手を出せ！」とどなって、たたいていった。すぐに手を出した者は三回たたかれた。ぐずぐずしていた者は、その度合いによって五回、六回、七回とたたかれた。しかもたたき方は人によってちがった。ある者は思いきりたたかれ、ある者は手加減された。どうやらいっしょに歌っていたときの声の大きさと熱中度によるようだ。しかもフェルスターの判断はたいてい的確だった。

ボンメルは列の最後に立っていた。教師の怒りが、生徒をたたくたびにおさまると思ったのか、一番窓際《まどぎわ》に立った。だが今回は、思ったとおりにいかなかった。フェルスターの顔つきと肩をいからせている様子を見ればすぐにわかる。フェルスターはだれが一番うまく、しかも大きな声で歌ったかわかっていたのだ。

「手を出せ！」

「どうしてですか？」ボンメルは泣きそうな声でいった。「ぼくは歌っていませんでしたよ」泣き落としなどきかないとわかっているはずなのに、ボンメルは最後のあがきをした。「同情は人をだめにする」フェルスターの口癖《くちぐせ》だ。

「しかも腰抜けか？　手を出せ！」

ボンメルはおそるおそる両手を前に出した。フェルスターがたたこうとすると、ボンメルは手をひっこめた。だがフェルスターのほうが速かった。バシンとものすごい音がした。席についていた生徒たちがみな、びくっとすくみあがるほどの音だった。ボンメルの指がつぶれたのではないかと、みんなが心配した。

「手を出せ！」

ボンメルは手を前に出そうとしたが、できなかった。ふらふらっとなって、フェルスターの足元にしゃがみこんでしまった。

「立て！　立つんだ、腰抜け！」

しかしボンメルは立ちあがらず、しゃがみつづけた。

フェルスターはボンメルを引っぱって立ちあがらせた。だが、手をはなすと、ボンメルはまたへたりこんでしまった。だが、今度は気を失ったふりをしたことは傍目《はため》にも明らかだった。

「これがわれわれの次の世代か！」フェルスターががなりたてた。「これがドイツの未来か！」フェルスターは怒りにまかせて、しゃがみこんでいるボンメルを竹のムチでめった打ちにした。

ボンメルは背中を丸め、悲鳴をあげると、ふらふらしながら立ちあがり、両手を前に出した。だがフェルスターはそれ以上たたこうとしなかった。さすがにやりすぎたと思ったのだろう。

「席にもどれ！　さっさともどれ、国賊《こくぞく》ども！」

生徒たちは席にとんで帰り、背筋をぴんとたてて席にすわった。もしこれほど激昂《げっこう》していなかったら、生徒たちのすわり方を見て、フェルスターは大喜びしただろう。

怒りで血がのぼって真っ赤になっていたフェルスターの顔が、いつもの青白い顔にもどった。なにもいわずに席のあいだを歩いた。なぜ生徒を折檻《せっかん》したのか、ひと言も説明しなかった。ただボンメルがすすり泣くのをやめられずにいると、「静かにしろ！」と雷《かみなり》を落とした。それからまたムチで手をたたきながら席のあいだを歩き、なにを考えているか見ればわかるというように、クラスのひとりひとりの顔を見た。

教師がなにもいわないのに、じっとすわったまま耳をそばだてているのは至難《しなん》の業《わざ》だ。静寂《せいじゃく》は苦痛にかわり、目をつけられて、怒りをぶつけられるのではないかという不安へとふくらんでいった。フェルスターがながながと説教するために口をひらくと、教室の中でほっとため息がもれた。フェルスターが口からつばをとばしてどなるほうが、なにもいわずに脅《おど》してくるよりもずっとましだ。

フェルスターはしゃべった。ボルシェヴィズム化、社会主義化、政治に口を出そうとするしもじものこと。

「ベルリンをロシアのようにするだと！　それこそ文明の終わりだ」

ほとんどの生徒たちが、フェルスターの怒りのはけ口にされないように、熱心に耳を傾《かたむ》けているふりをした。ほかの生徒たちはただ静かにしていた。

「われわれの学校の教師にも、革命を支持している輩《やから》がいる」フェルスターはギュンター・ブレームの前に立っていた。「羊の皮をかぶった狼《おおかみ》だ。連中は暴力に訴《うった》えろとそそのかし、傷だらけで血まみれの祖国を奈落《ならく》の底に突き落とそうとしている。それでいて、新しい、公平な社会がやってくるとぬかしている。連中は同胞《どうほう》の血を流している。ドイツの血をだ。連中は、おれたちを滅《ほろ》ぼそうと虎視眈々《こしたんたん》と狙《ねら》っているロシアの野蛮人《やばんじん》どもと手を組んでいる。それなのに、連中は聖職につき、政府から給料をもらい、学校では虫も殺さない顔をしながら、外では偉大《いだい》な革命家を気取っている」

ギュンター・ブレームがどんな思いでいるか、ヘレには手にとるようにわかった。フェルスターはギュンターのお気に入りであるフレヒジヒ先生のことをあてこすっているのだ。

「なぜ反論しない？」フェルスターは竹のムチをギュンターのあごの下に入れて、目が合うようにムチを上に持ちあげた。「おまえがなにを考えているか、おれが知らないとでも思っているのか？　おまえとおまえの家族、いや、ここにいる、おまえら全員だ」フェルスターはふりかえると、ほかの生徒たちを竹のムチでさした。「おまえら、そろいもそろって、みんな赤だ」

　教室は静寂《せいじゃく》に包まれた。顔をあげる者はひとりもいなかった。

「それから、ハンシュタイン、おまえのおやじは新聞に記事を書いているようだな」フェルスターはエデの前に立って笑った。「記事をひととおり読ませてもらったよ。残念ながら、あれはだめだな。くだらないことを書いているし、文体も練《ね》れていない。まあ、内容にはぴったりだが」

　エデは、教師がなにをいいたいのかわからないというように、フェルスターを見つめた。

「おまえには、おれのいっていることがわからないようだな、ハンシュタイン。だがおまえは正直者だ。それだけは認めよう。おまえのおやじも、なにひとつわかっていない。世界を釣《つ》り針にひっかけてすくいあげようとしている。わかったような口をきいて、政治家のふりをしている。だが句読点の打ち方すら知らないときている」フェルスターが急に上機嫌《じょうきげん》な顔つきになった。「学問をし、教養を保つために努力している人々が評価されない。まあ、そういう時代ということだ。げすどもが書類を書き、法律を作る。そして、げすどもはなぐりあっては、仲直りしている」

　エデは一瞬だまってなにかをじっと見つめランドセルを持ちあげると、本やノートをつっこんでドアに向かって歩いていった。

「どこに行く？」フェルスターはあぜんとして、それしかいえなかった。

「家に帰るんですよ」

「席にもどれ！」フェルスターの声が裏返った。「席にもどれ！」

エデは肩をすくませて、席にもどった。

「ぼくらはげすどもじゃありません」いきなりギュンター・ブレームがいった。

クラスじゅうのみんながびくっとした。

フェルスターの顔から血の気が引いて、口ひげがふるえた。

「もちろんだ！　赤のハンシュタインとブレームだ！　それからゲープハルト」フェルスターは竹のムチで目の前の机をバシンとたたいた。「立て！」

ヘレもおもわず立ってしまった。だが立たなければいけなかったのか、内心よくわからなかった。だが名前を呼ばれた。立ったほうが無難《ぶなん》だ。

「立ったか、この赤どもが！」フェルスターは竹のムチをふりまわした。「まぬけな顔がそろったな。頭は空っぽのくせに、ポケットには拳銃《けんじゅう》を隠しもっている。そうじゃないのか？」

「拳銃なんか持っていません」ヘレはフェルスターに目を向けずにいった。

「ほほう。だが持っていたら、おれを撃《う》ちたいんじゃないのか？」

フェルスターを撃つ気などさらさらなかった。そもそもだれのことも撃つ気などない。だが返事をせず、ただじっとフェルスターを見返した。

フェルスターはたじたじになって、きょろきょろまわりを見た。それから竹のムチをふりあげ、ヘレの机をたたいて叫んだ。

「出ていけ！　三人とも、ここから出ていけ！　おまえらのような連中に、ドイツの学校で授業を受ける資格はない」

ヘレは持ち物をまとめた。エデはカバンの中身を元にもどさなかったので、すぐに教室を出る用意をしてヘレを待っていた。そして三人は、そろってドアに向かった。

「おまえら、刑務所に行け！　刑務所がお似合いだ」フェルスターはまだどなりちらしていた。ヘレはドアをしめた。三人は廊下《ろうか》に立った。

「あきれちゃうね！」ギュンターが大きく息をはいた。

ヘレとエデもほっとしていた。だがエデは楽観していなかった。校庭に出ると、ぽつりといった。

「あいつ、このままじゃすまさないだろうな。きっと明日、おれたちを放校《ほうこう》処分にするぞ」

ヘレはうなずいた。たしかに、このままではすまないだろう。ギュンターもおなじ意見だった。だが放校処分にあっても平気だとうそぶいていた。

「どうせ洗濯屋《せんたくや》で働き口が見つかってるからいいさ」

ギュンターの母親は、洗濯屋で働いていて、ギュンターがそこで働くことで親方《おやかた》と話がついていたのだ。

「おれたちは学校に行っても行かなくても関係ない。だけど、ヘレはどうするんだよ。ヘレは、ちゃんと勉強すればひとかどの奴になれるかもしれないのに」エデは、ヘレの目の前で話題にしたくないようだったが、いっていることは本気だった。

「なんでぼくが？」

「成績がいいからさ。勉強が苦手じゃないだろう」

「そんなことないよ」ヘレはいった。「時間があるだけさ」

「おれだって、いまは時間がある」エデがいった。「だけど、数学のテストはまるっきりできなかった。前にちゃんと勉強する時間がなかったせいだって、父さんはいってる。だけど、勉強しなくちゃいけないんだ。そうしないと、金持ちの子を追い抜かすことはできない」

「なんで追い抜かさなくちゃいけないんだよ？」ギュンターがびっくりしてたずねた。「そんなの、かったるいよ」

「そうしないと、フェルスターのような奴らに好きなようにされるからさ」エデが答えた。父親の記事についていったフェルスターの言葉が、思った以上にこたえているようだ。

「なにをいってるんだよ。大事なのは話の中身だろ。どういう言い方をするかは重要じゃないさ」

「いや、どういう言い方をするかも重要さ。言い方がへただと、中身もちゃんと伝えられない」ヘレはいった。

「だけど、フェルスターみたいにどなってばかりいる奴が教師じゃ、どうにもなんないじゃないか」ギュンターがいった。

「なにもかも変えなくちゃ」しばらく考えこんでから、エデがいった。

ギュンターが笑った。

「変えられるなら、フレヒジヒ先生を校長にして、ぼくはカフェ・クランツラーのケーキ職人になりたいな」

ペンか拳銃《けんじゅう》か

アパートの前で、子どもたちが踊りを踊っていた。「ガタゴトガタゴト、馬車に揺《ゆ》られて……」と歌いながら踊っている。冬の寒さにへこたれず、遊んでいる。ところがちびのルツがいない。ヘレは変だなと思った。ルツは、アパートの前や中庭でなにかあるときは、かならず顔を出す。四番目の中庭につくと、ヘレはオスヴィンの掘《ほ》っ立《た》て小屋をちらりと見た。ハイナーとアルノは中だろうか。それとも、どこかに出かけているだろうか。

「ねえ、ねえ！」

アンニだ！　窓辺《まどべ》で手招《てまね》きしている。ヘレはまたケンカをしたくなかったので、迷ったが、そばに歩いていくことにした。

「あのふたりの水兵さん、あなたの友だちなの？」

ハイナーとアルノを見かけたのだろうか。一日じゅう窓辺から外をながめているのだから、不思議はない。だけど、どうしてヘレの友だちだって知っているのだろう。友だちだということをだれにもいってはいけないと、父さんから口をすっぱくしていわれていた。もしふたりが見つかったとき、嫌疑《けんぎ》をかけられる危険があるからだ。

「どうして、そのことを知ってるんだ?」

「ちびのルツに教えてもらったのよ」

「あいつは、なんで知ってるんだ?」

「知るも知らないも、オスヴィンの小屋にいるもの」

ルツの奴! なんてかぎつけるのが早いんだ。きっとアルノのひざにのって、チョコレートを食べているにちがいない。だけど、ふたりの水兵がヘレの友だちだって、どうしてわかったんだろう。

「ぼくの友だちさ」ヘレは立ちあがって、すこし胸をはった。人が変わってしまったアンニをびっくりさせられたのがうれしかったのだ。「さ、ちょっと顔を出さなくちゃ。話しあうことがあるんだ」

オスヴィンの小屋は暗かった。ヘレがノックをすると、アルノが答えた。

「家主《やぬし》でなければ、入れ!」

ヘレは小屋に入って、暗さに目が慣れるのを待った。そして予想どおりの光景を目にした。ちびのルツはさすがにアルノのひざにはのっていなかったが、口じゅう、チョコレートでべとべとにしていた。ルツは幸せそうにヘレを見た。

「どうした。もう学校が終わったのか?」アルノは、ちびのルツと遊んで楽しんでいたようだ。顔がにんまりしている。

ハイナーは窓辺《まどべ》のマットレスで横になり、ナウケの本を読んでいた。ヘレの視線に気づくと、いった。

「ついさっき、おやじさんを訪ねてきたんだ。それでこの本に気づいてね。ちょっと読ませてもらってる。かまわないだろう？」

もちろん、かまわない。

「どこまで読んだ？」

ヘレは、マットレスに腰かけてたずねた。

「パヴェルが逮捕《たいほ》されたところだ」

「もっとひどいことになるよ」

「察しはつくさ」ハイナーは体を起こすと、本をなでた。

「ゴーリキーの本は前にも読んだことがあるんだ。短編をまとめた本だった。そのときも夢中で読んだよ」

「でも、名前がね」ヘレはいった。「名前がむずかしくって。ヴシュチ……なんとかって」

「ヴェソフスチコフだろ」ハイナーがにやりとした。「ロシア人の名前は、おれたちになじみのないものだからな」

「ときどき、混同しちゃってさ」

「ほかのことがちゃんと理解できたんなら、そのくらいいいじゃないか」

ルツがチョコレートをもっとくれとねだった。だがアルノは、もう持っていなかった。

「いまのが最後だったんだ。また仕入れてこなくちゃな」

「どこで手に入れたの？」

「それは秘密だ」

ルツは立ちあがった。もらうものはもらった。もう用はないというわけだ。だが、出ていきながら、ルツはヘレに勝ち誇《ほこ》ったまなざしを向けた。どうだい。ふたりをうまく隠したつもりだろうけど、ちゃんと見つけちゃったよ。ルツの目はそう語っていた。

ヘレはルツがドアを出ていくところをつかまえた。

「ふたりがぼくの友だちだって、どうして知ってるんだ？」

「マルタから聞いたのさ」ルツは、ヘレに強くにぎられても平気だった。「マルタにヘレのことを聞いたんだ。そしたら、空っぽになった、チョコレートの缶を見せてくれたのさ」

「いいか、よく聞けよ！　ふたりがここにいることを、だれにもいっちゃだめだぞ。もしうわさを流したら、こうだからな」

ヘレはそういって、ルツの顔の前でこぶしを作ってみせた。

「そんなまぬけなことはしないさ」ルツはいった。チョコレートの出どこを人にばらすわけがないといっているのだ。

ルツがドアをしめると、アルノは声をあげて笑った。

「ちゃっかりした奴だな！　用がすんだら、礼もいわずに行っちまいやがった」

もう一度、笑うと、自分のずだ袋から小さな布袋を出し、銃の掃除《そうじ》をはじめた。口笛を吹き、ときどき思いだしたように首を横にふった。

「ゴーリキーって、どういう意味か知ってるか？」ハイナーがたずねた。ヘレが首をふると、教えてくれた。マクシム・ゴーリキーはペンネームで、本名はアレクセイ・マフシーモビチ・ペーシコフだ。そして、ゴーリキーとは「苦い」といった意味になるという。

「国の惨状《さんじょう》はまさに苦いものだったからさ。ゴーリキーは労働者や土地を持たない農民のひどい暮らしを見て見ぬふりできなかったんだ。そしてそのために戦った」

「なにで戦ったんだ？」アルノがたずねた。

「ペンでさ」

アルノはぞうきんを持つ手を降ろすと、笑い声をあげた。

「おいおい、まさかペンで人を刺したわけじゃないだろうな」

ハイナーも笑った。

「冗談はよせ。ペンは武器になるんだ。人を殺すことはできないけど、人を啓蒙《けいもう》できる。犯罪をあばき、小悪党を笑いものにし、人をその気にさせることもできる。それから、不正に気づき、なんとかしたいと思っている人たちを団結させることだってできる」

「だけど、捕《つか》まって、ペンを取りあげられたら、作家はどうするんだ？」

「連中はおまえを捕まえて、銃を取りあげることもできるさ」

「まあな！」アルノはハイナーの横にすわって、銃をひざにのせた。「だが作家は拳銃《けんじゅう》を腹につきつけられても、ペンしか手に持っていない。どうするんだ？」

「作家は暴力には無力さ。だけど、書いたものがすでに印刷されているかもしれない。そうなれば、逮《たい》捕《ほ》されようが、殺されようが平気だ。書いたものを全部回収したり、抹殺《まっさつ》することはできないさ」

アルノは頭をかいた。

「たしかにそうだな」

ハイナーは満足したようにヘレのほうを向いて、ナウケのことをたずねた。

「どんな奴だったんだ？」

アルノは小さく口笛を吹いた。

「聞きたいのはトルーデのことじゃないのか？」

「うるさいぞ！」

「はいはい、なにもいわねえよ。墓場に入ったみたいに、口をつぐむさ」

アルノはオスヴィンのベッドにひっくりかえると、ブーツを投げてきたハイナーをにやにやして見つめ、ブーツを胸に抱きしめながらいった。

「トルーデ！　ああ、ぼくのトルーデ！」

ヘレは腹をかかえて笑った。そして、ナウケってどういう人だったんだろう、と思った。ひと言ではいえない。

「ナウケはスパルタクス団のメンバーだったよ。おじさんたちとおなじさ」

「おれはスパルタクス団じゃないぜ」アルノがいった。「社会民主党でも、独立社会民主党でも、ドイツ共産党でもない。おれはおれだ」

「スパルタクス団に決まってるさ」ハイナーはいった。「なんのために命をはっているんだ？　自分ひとりのためか？」

「くそっ！　なんで、そうなにもかもお見通しなんだよ」アルノはまだにやにやしたまま口ぶせになると、水兵の歌を口ずさみはじめた。

「ナウケが好きだったのか？」ハイナーがたずねた。

「うん」

「話に聞くかぎり、いい奴だったようだな。革命の犠牲《ぎせい》になったのは残念だ」

話に聞いたって、ハイナーはだれから聞いたのだろう。

「おやじさんから聞いたんだ。このアパートに住んでいる人のことが気になってね。おれたちのせいで、危険な目にあうかもしれないし」

ヘレは、その話をしたくなかった。だから教室から追いだされた話をした。

アルノがおもしろがって耳を傾《かたむ》けた。

「三か月前だったら、とてもじゃないが、できなかっただろう」

ヘレはうなずいた。たしかにできはしなかっただろう。

「ほらな！」アルノはうれしそうにいった。「革命もむだじゃなかったってことさ。負けかもしれんが、痕跡《こんせき》を残すことはできたんだ」

わくわくする映画

マルタが寝室から出てきて、蛇口《じゃぐち》のところに行き、ごくごく水を飲んだ。のどが渇《かわ》くらしい。この一時間のうちに三回も水を飲んでいる。

「そんなに水を飲むなよ。おなかにうじがわくぞ」

「だって、のどがからからになるんだもの！」マルタはしかめっ面《つら》をした。またおなかが痛くなったようだ。

「のどが渇くんなら、お茶を飲めよ。水をあんまりたくさん飲むのはよくないんだぞ」

マルタは寝室にもどらず、ソファにすわった。クッションを腹にあてると、腹痛をだまらせようとして、上体を前後左右に揺《ゆ》らした。

「出かけるの？　ねえ、なんでそんなにいらいらしているの？」

たしかに、ヘレは出かける用事があったし、それにいらいらしていた。三時に映画館に来るように、フリッツがいっていたという。もう二時四十分だ。それなのに、いまだに家を出られそうにない。父さんは、家にいると約束してくれたのに、昼食のあと、出かけてしまった。アッツェが呼びにきて、ハイナーとアルノもついていった。ヘレは、映画を見にいくとはいえなかった。きっと大変なことが起こったのだ。

「行っていいわよ。あたしがハンスぼうやの面倒をみるから」

「それで、おまえの面倒はだれがみるのさ？　ぼくがいなければ、好きなだけ水が飲めるものな」

それはあんまりな言い方だ。マルタは好意でいってくれたのだ。ヘレにも、そのことはわかっていた。具合が悪いと、マルタは人にもやさしくなる。だが、もうどうでもよかった。映画には間に合わない。フリッツはもう二、三十回は映画を見ているはずだ。それにひきかえ、ヘレはどうだ。たったの一回だけ。映画の入場券を出して見つめた。だがそこにはたいしたことは印刷されていなかった。映画館の名前と席の番号だけだ。

「それ、なに？」

「映画の入場券だよ」

「映画を見にいくの？」

映画を見るというのは、腹痛を忘れるほどすごいことだったのだ。マルタは、上体を揺らすのをやめて、ぴんと体を立てた。

どうしたらうまく家を出られるだろう。ヘレは、マルタの質問には答えず、台所の窓とドアのあいだをそわそわと行ったり来たりした。シュルテばあさんのところにふたりを連れていくわけにはいかない。シュルテばあさんには仕事がある。病気のマルタを連れていったら、迷惑なだけだ。ふたりの面倒がみられる人がだれかいないだろうか？

「オスヴィンが帰ってきたわ」マルタがいった。

たしかに、ヘレもよく知っている物音が中庭にひびいた。手回しオルガンの車がごとごとまわる音だ。ヘレは窓をあけると、オスヴィンに手をふった。

オスヴィンは、手回しオルガンをしまってから、上に行くと手で合図《あいず》した。父さんが話したがっていると思ったにちがいない。ヘレは窓をしめ、窓辺《まどべ》のベンチにすわり、ひざに手を置いた。ヘレに呼ばれて階段をあがらされたと知ったら、オスヴィンはきっと機嫌《きげん》を損《そこ》ねるだろう。怒るかもしれない。だがそれでも、試してみるしかない。

ヘレしかいないのを見て、オスヴィンはがっかりしたが、怒りはしなかった。

「なんか用かい？」

オスヴィンは台所の椅子《いす》にすわるだけの価値があるかどうか判断しかねていた。

ヘレはなかなかいいだせなかった。こんなことを頼むなんて、図々《ずうずう》しすぎると思ったのだ。しかしすべて話してしまうと、気持ちがすっとした。あとはオスヴィンの気持ちしだいだ。オスヴィンに断られれば、入場券を捨てて、すべて忘れればいい。

オスヴィンは帽子をとると、頭をかいた。

「うちの居候《いそうろう》ふたりはどこにいるんだ？」

「父さんと出かけたよ。アッツェが呼びにきたんだ」

オスヴィンは帽子を深々とかぶりなおし、マルタにたずねた。

「トランプはあるかい？」

マルタはうなずいた。

「六六っていうトランプ遊びを知ってるか？」

マルタは首を横にふった。

「それじゃあ、教えてやろう。赤ん坊のほうはおむつを替《か》えたばかりだろうな？」そういって、オスヴィンは食卓についた。

「うん」

「寝てるのか？」

「ああ、寝室でね」

「それじゃあ、行っといで。おむつを替えるのは、わしにはできん。寝かしつけるのも、やったことがないんだ」

オスヴィンは助けてくれるというのだろうか。本当に家にいてくれるんだろうか。ヘレは、オスヴィンに抱きつきたいくらいうれしかった。

「ありがとう、オスヴィン！」そういうと、すぐに上着を着た。もうぎりぎりだ。時間どおりに映画館につくには、走らなければならない。

「ほら、急げ！　そのかわり、どんな映画だったか、あとで教えてくれよ」

それから、オスヴィンはぶつぶついった。

「下の小屋にいるのも、ここにいるのもおなじさ。通りで手回しオルガンを鳴らしても、金にならんしな」

ヘレはもう玄関に出ていた。トランプを持ってきたマルタをなでて、階段を駆けおりた。中庭、通りと、ものすごい勢いで走った。悪魔にかりたてられるように走ったが、時間どおりにはつけなかった。映画館についたときは息も絶《た》え絶《だ》えだった。三時五分すぎだった。フリッツはすでに映画館に入ったようだ。

席の案内係は入場券を破り、ヘレを連れて、細長くて暗い館内に案内し、懐中電灯《かいちゅう》で、ほかの客の邪魔《じゃま》にならない一番後ろの席を示した。ヘレはすぐに、なにひとつ見逃すまいと食い入るように銀幕を見つめた。

スクリーンにはダンスをする人が映《うつ》っていた。燕尾服《えんびふく》とイヴニングドレスの男女が何組か、くるくると踊りまわっている。それからタイトルが画面に浮かんだ。

「西部戦線から祖国に帰還《きかん》した英雄たち」

スクリーンには行進をする人々が映しだされた。歩調を合わせた軍靴《ぐんか》。笑《え》みをこぼす顔。花束。カメラに向かって手をふる人。突然、画面が変わった。

「ケムニッツの革命」

今度は、逃げまわる労働者、泣きさけぶ老婆《ろうば》、車から演説する人が映された。

ようやくヘレにも、映像の中身がわかった。この数か月、自分で体験したことが、スクリーンに映しだされているのだ。十一月、部分的には十二月に起こったことだ。しかし、自分が体験した革命とはぜんぜんちがっていた。

別の映像に切り替《か》わった。食べるもののないロシアの労働者だ。衰弱《すいじゃく》し、うつろな目でカメラを見ている。さしだされたパンをありがたそうに受けとっている。タイトルはこうだった。

「ボルシェヴィキ支配下の惨状《さんじょう》」

ニュース映画が終わって、館内の照明がともされた。席はそれほど埋《う》まっていない。見まわすと、すぐにフリッツが見つかった。フリッツもヘレを見つけて、手をふった。ヘレは立ちあがって、となりにすわった。

「来ないかと思ったよ」

ヘレは手短《てみじか》に、遅刻したことをわび、オスヴィンに留守番を頼んだことを話した。そのとき、フリッツに入場券の礼をいっていないことに気づいた。

「お父さんに買ってもらったの？」

「ちがうよ。名付け親になってくれているフランツおじさんがくれたんだ。友だちと行ってこいってね」

そして、フリッツはすぐ、ヘレのことを考えてくれたのだ！

「どんな映画か知ってるの？」

「ううん」館内が暗くなったので、フリッツは声をひそめた。「でも、いい映画らしいよ。おじさんは見たといってた。わくわくする映画だってさ」


映画の主人公は、山奥の城に住む謎《なぞ》に包まれた伯爵令嬢《はくしゃくれいじょう》で、金髪の若い伯爵と大きな目をした黒髪の男爵《だんしゃく》からプロポーズされる。伯爵令嬢はよく嘆《なげ》き、伯爵は年じゅう、憂《うれ》いに包まれ、男爵は執事《しつじ》にいやがらせばかりしている。ふたりのどちらと結婚するか決めかねた伯爵令嬢は、悲観して自分の命を絶《た》つことにする。長くて白いナイトガウンに身を包んだ伯爵令嬢は、城の中を歩きまわり、短剣《たんけん》をさがした。ついに短剣を見つけた伯爵令嬢は、観客を見つめた。そこにこんなテロップがあらわれた。

「わたしの人生は呪《のろ》われている。人生に別れを告げたほうがよさそうね」

伯爵令嬢は胸を刺した。観客はそれをはっきりと見ることができた。それが証拠《しょうこ》に、ふたたびテロップが流れた。

「ああ、神さま！　わたしは死ぬ！」

ヘレたちの前にすわっていた若い女がすすり泣いた。連れの若者が女を抱きしめた。

「だいじょうぶだよ。死にはしないから」

若者がいったとおり、短剣は深く刺さらなかったらしく、次のシーンで伯爵令嬢は天蓋《てんがい》つきの白いふかふかのベッドで気がつき、目を丸くした。つづいて、伯爵と男爵があらわれた。伯爵はベッドの前でひざまずき、伯爵令嬢の手をとって胸に押し当てた。男爵は暗いまなざしで、観客を見つめた。

ヘレは映画を見ているうちに、シュルテばあさんがマルタによく話してきかせる小説のことを思いだしていた。フリッツが映画に夢中になっているか確かめたくて、横を見た。だが暗くてよくわからない。映画は決闘《けっとう》シーンに変わった。前の席にすわっている若者が連れの女にいった。

「賭《か》けてもいい。伯爵が勝つ」

伯爵が勝って、男爵はものすごい形相《ぎょうそう》で死んだ。すぐに元気になった伯爵令嬢は伯爵の胸に飛びこんだ。そして「完」というテロップが浮かんだ。

目の前の若い男女は感動し、手をにぎりながら出口に向かった。

外はすでにたそがれになっていた。ヘレはオスヴィンのことを思った。きっとヘレの帰りを首を長くして待っているだろう。だが、フリッツを置き去りにしてこのまますぐに帰るわけにはいかない。

「最後がなかなかよかったね」

ヘレがそういっても、フリッツは答えなかった。暖かそうなロングコートのポケットに手をつっこみ、ローゼンタール広場の方向に歩きだした。

ヘレはすこし迷ったが、あとについていくことにした。

「どうかしたの？」

「どうかしたかだって？」フリッツは怒ったようにいった。「映画館の前で二十分も待たせて、しかも映画が気に入らないんだろ」

「気に入ったさ」

「うそをつくな」

フリッツのいうとおり、ヘレはそれほど気に入っていなかった。男爵《だんしゃく》がろくでもない奴なのは、ひと目見ればわかるはずだ。

「まあね、ものすごくよかったわけじゃないけど。でも、伯爵夫人はお城でいい暮らしができていいよな」

ヘレは、話題を変えるため、ハイナーとアルノのことを話した。

フリッツはいきなり壁にぶつかったみたいに立ち止まった。

「だけど、水兵はいま、エーベルトの指揮下《しきか》に入っているんじゃなかったの？　……父さんがそういっていたけど」

「ハイナーとアルノは別さ。部隊を飛びだしたんだ」

「脱走したの？」フリッツが目を丸くした。

ヘレはまずいことをしたと思った。フリッツに話すべきではなかったのだ。もしフリッツが父親に話したら、どうなるだろう。不安になったヘレは、フリッツのコートの襟《えり》を両手でつかんだ。

「だれにもいうなよ。いったら、ぶんなぐるぞ。いいな？」

「だれにいうっていうのさ？」

フリッツはヘレの手をふり払おうとしたが、なかなかできなかった。

「たとえば、きみのお父さんだよ」

「なんで話さなくちゃいけないのさ」

ヘレはフリッツをはなした。

「話したりしたら、ハイナーとアルノが捕《つか》まるかもしれない。きっと銃殺《じゅうさつ》されてしまう。そうしたら、きみの責任になる」

ヘレはわざと大げさにいった。フリッツが不安になったほうがいい。

フリッツは蒼《あお》い顔になった。

「だけど、ぼくはなにもいわないよ。なんで父さんに話さなくちゃいけないのさ？」

フリッツのいうとおりだ。どうして父親に話さないといけないんだ。だが、知らなくていいことを教えてしまった。もしかしたら、フリッツが裏切るかもしれない。そういう思いが勝って、ヘレは気が気でなかったのだ。

「それより、なんで脱走したの？」ヘレがすこし落ち着くのを見て、フリッツがたずねた。

「向こうにつきたくなかったからさ。エーベルトの海兵団の一員になりたくなかったんだ」

アンクラーム通りの角で、ふたりの道は分かれる。ヘレはフリッツに手をさしだした。

「だれにもいわないって約束してくれ」

「約束するよ！」フリッツは手をにぎりかえした。「今度、ハイナーたちのところに遊びにいってもいいかな?」

「なんでそんなことを聞くの?」

「だって、ぼくは向こうの人間だろ」

「きみが? お父さんはそうだろうけど、きみはちがうさ」

フリッツはヘレの手をしっかりにぎりしめた。

「さっきは変な言い方をしてごめん。さっきの映画、ぼくもあんまり気に入らなかったんだ」

「よくもからかったな」そういって、ヘレは笑った。

「明日、遊びにいってもいいかな?」

「おいでよ!」ヘレは駆けだしながらいった。帰りを急がなければいけない。「でも、秘密をばらすなよ!」

尋問《じんもん》

みんな、台所に集まっていた。昨日の晩とおなじようだった。いないのはアッツェとクラーマーおじさんだけだ。トルーデは、アッツェとケンカしてしまったといった。

「もう負けと決まったのに、街を走りまわるのはいやだ。街の北と東では、人間が虫けらのように死んでいく。革命を望んでいても、どうやったらいいか知らない。年がら年じゅう、デモばかりで、もううんざりだ。聞かされるのは、きれいごとばかりだ」

アッツェがそういいだしたというのだ。

「うそじゃないわね」母さんがいった。「こんな状態がいつまでつづくのか、そのことばかり聞かれるわ」

母さんは、マルタのことを気にしているのだ。マルタは十分もトランプをしないうちに、急にソファにつっぷし、うめきだしたという。オスヴィンはどうしていいかわからず、シュルテばあさんを呼んだ。シュルテばあさんは、温かい布をマルタのおなかにあてて、ゲープハルト一家は革命にばかり熱をあげて、子どもの面倒をみないと文句をいった。家に帰ってきた母さんは、ヘレがいてくれさえしたら、とぼやいたという。家にもどったとき、ヘレはそのことを聞かされた。そして母さんは、ヘレが映画を見にいっていたと知って、平手打《ひらて う》ちをした。いきなりだったので、よけることもできなかった。

たたかれてもしかたないことをした、とヘレも思っていた。ヘレ自身、自分のしたことに腹を立てていた。あんなくだらない映画のために、マルタやハンスぼうやをほったらかしにしたのだ。オスヴィンは子どもを育てたことがない。なにかあったら、途方《とほう》にくれるだろうとわかっていたのに。

「母親が死んで、落ちこんでいるんだ」いまだにアッツェのことを考えていた父さんがぽつりといった。

「しばらくそっとしておいてやろうじゃないか」

トルーデはため息をついた。アルノは革ひもをいじっている。ハイナーは、トルーデをちらちら見ている。日が暮れて、台所に集まってからずっとだ。トルーデもそのことに気づいていた。

「おふくろさんが死んだからだけじゃあるまい」オスヴィンがいった。「失望してるんだ。希望を失ったら、戦うことはできない」

だれも反論しなかった。「希望」という言葉に、みんな、うちひしがれたのだ。いまでも希望は残っているだろうか。もう出口のない状態になってはいないか。

父さんは考えこみながら、パイプにタバコを詰めた。すぐに紫煙《しえん》をはきだした。アルノはハイナーと自分の分のタバコを紙に巻いた。母さんは、マルタとハンスぼうやがちゃんと寝ているか様子を見にいった。だが、すぐにもどってきてささやいた。

「中庭に、兵士がいるわ！」

数秒のあいだ、だれひとり、身じろぎもしなかった。それからアルノが、石油ランプの明かりを消し、そっと窓から中庭をうかがった。父さん、ハイナー、トルーデ、そしてヘレも窓辺《まどべ》に寄って、外をのぞいた。

ヘレにははじめ、なにも見えなかった。中庭は闇《やみ》に沈んでいる。いや、なにか動いている。壁にはりつくようにして、オスヴィンの小屋に近づく人影があった。

「密告《みっこく》されたな」アルノは静かにいった。「これは偶然じゃないぞ。はっきりと狙《ねら》いをつけている」

フリッツだ！　ヘレは体をこわばらせた。やっぱり父親にばらしてしまったのだ。父親がさっそく、通報したんだ。

最初に行動に出たのはトルーデだった。

「あたしたち、屋根づたいに逃げるしかないわ」

トルーデは玄関に向かった。ハイナーはトルーデを追いかけて、腕をとった。

「あたしたちって、どういう意味だい？」

「屋上のことは知りつくしているわ。あなたたちを案内できるのはあたしだけしかいないわ。急いで！」

兵士たちがオスヴィンの掘《ほ》っ立《た》て小屋を取り巻いた。ふたりの兵士が、銃を構えて小屋の前に立った。ひとりが戸をたたいた。

「あけろ！」命令する声が中庭にひびいた。

「銃を下に置いてきちまった」トルーデについていくかどうかまだ迷っていたハイナーがいった。「これじゃ、もう手も足も出ないぞ」

「待ってくれ」父さんはかまどのタイルをはずして、中に手を入れ、拳銃《けんじゅう》を一挺《ちょう》、ハイナーに渡した。

「せめてこれを持っていけ」

ハイナーは、拳銃を腰にさすと、母さんの案内で玄関を出たトルーデとアルノのあとを追った。母さんは、屋根裏のカギをあけて、三人を逃がし、そのあとまたカギをしめることになっていた。

それまで窓辺に近寄ろうとしなかったオスヴィンが、ヘレの後ろに立って、兵士たちが銃座《じゅうざ》でドアの扉《とびら》をたたくのを見た。

「わしは下に行くよ。家を壊《こわ》されたらかなわない」

「ここにいるんだ」父さんがいった。「おまえまでぼろぼろにされてしまうぞ。ふたりがどこに逃げたか、知りたがるはずだからな」

「残念ながら、なにも教えられない。知らないんだからな」

「オスヴィン！　ここにいるんだ！　扉《とびら》なんて、どうでもいいじゃないか。壊されたら、あとで直せばいい」

「だが、ふたりがうちにいないとわかれば、アパートじゅうを捜索《そうさく》するぞ。そうしたら、壊されるのは古い木の扉だけじゃすまなくなる」オスヴィンの決心は固かった。

父さんはヘレの助けを求めるように、肩に腕をまわした。

「なにごともなければいいんだが！」

父さんはつぶやいた。

ヘレは唇《くちびる》をかみしめた。くやしくてしかたなかった。

「わしになんの用だね？　わしの小屋を壊さんでくれ」

オスヴィンは中庭に降り、兵士をかきわけ、兵士のひとりを扉から引きはなした。暗くて階級まではわからなかったが、将校《しょうこう》か下士官《かしかん》らしい男が、兵士たちに合図《あいず》をした。二、三人の兵士がオスヴィンを捕《つか》まえ、小屋の中に連れて入った。

「無事を祈るしかない」ヘレの後ろで父さんがささやいた。騒ぎを聞きつけて、母さんといっしょに台所にやってきたシュルテばあさんがぼそぼそと祈りを唱えていた。

中庭の窓という窓があけ放たれて、みんなが中庭を見下ろしていた。どの家も照明を消していたが、人影ははっきりと見分けられた。

オスヴィンの小屋に明かりがともった。外にとどまった兵士たちはタバコを吸い、小声でしゃべっている。

「あいつらの目をやっとこでこじあけないとだめだ」父さんがかすれた声でいった。「同胞《どうほう》と戦っているって、どうして気づかないんだ？」

兵士がふたり、ハイナーたちのずだ袋と銃をかかえて小屋から出てきた。ふたりは、トロフィーのようにずだ袋をかかげた。そして突然その腕をおろした。そのとき、銃声《じゅうせい》が鳴りひびいた。

「オスヴィン！」父さんが叫んだ。玄関を飛びだすと、階段を駆けおり、中庭に出た。ヘレも、父さんのあとを追った。母さんに呼び止められたが、それでも駆けつづけた。

オスヴィンが手をあげてドアのところに立っていた。顔の右側がみにくく腫《は》れあがっていた。口元からは血が流れている。背後に、拳銃《けんじゅう》を手にした若い軍曹《ぐんそう》が立っていた。

「なんてことをするんだ！」父さんは軍曹の前に立った。

「正当防衛《ぼうえい》だよ」軍曹は涼《すず》しい顔で答えた。「こいつが、おれに襲いかかろうとした」

「武器はなんだ？　帽子か？」

数人の兵士が笑った。軍曹は蒼《あお》い顔になった。

「そこをどけ！」

父さんはどこうとしなかった。

「銃座《じゅうざ》でなぐったな」父さんは、腫《は》れあがったオスヴィンの顔を指さした。「無防備の老人に暴力をふるうなんて、恥《は》ずかしくないのか？」

「どけ！」軍曹《ぐんそう》は父さんに銃口《じゅうこう》を向けた。「どくんだ。おまえも逮捕《たいほ》するぞ」

「ど、どいてくれ……ルディ」オスヴィンはまともにしゃべれなかった。「尋問《じんもん》……された……だけだ」

「それなら、なんで発砲《はっぽう》したのさ？」台所の窓から、シュルテばあさんが叫んだ。

「威嚇《いかく》だよ。威嚇しただけだ！」軍曹はまだ父さんに銃口を向けていた。「まだ文句をいうなら、ただじゃすまさんぞ」

「やめて、ルディ！」ヘレにつづいて中庭に出た母さんが、軽はずみなことをしないでというように、父さんの腕をつかんだ。父さんはすこし迷ってから、道をあけた。

「それでいい！」ほっとしたように軍曹は拳銃《けんじゅう》をしまうと、オスヴィンを連行するよう部下に命令した。どこかの窓から、ブーイングが聞こえた。「ろくでなし」という声も聞こえた。やがて中庭じゅうで、罵声《ばせい》が飛び交った。兵士たちは、オスヴィンを罪人《ざいにん》のように手荒《てあら》く扱い、上を見ることはなかった。

「配属部隊がどこかうかがおう」父さんはいった。

「いいとも」軍曹はからかうように腰を曲げた。「ベルリン都市司令部は知っているか？」

父さんはなくなった右腕の付け根に手をやり、押しだまった。

軍曹の表情が変わった。

「どこでやられたんだ、戦友？」

「戦友なものか」

「それなら、それでいいがね」

軍曹は、引きあげるぞ、と部下にいった。住民のブーイングを受けながら、兵士たちはオスヴィンを連れて、去っていった。

ヘレはぼうぜんとオスヴィンの小屋によりかかった。絶望だ。ハイナーとアルノ、そしてオスヴィンと父さんの信頼を裏切ってしまった。すべて自分の責任だ。

鉄の門

オスヴィンの小屋の扉《とびら》は蝶番《ちょうつがい》がはずれていて、ネジで扉につけなおさなければだめだった。ヘレと父さんは、扉を直すと、薄暗い中庭に立って、頭上の窓を見上げた。どの窓もしまっている。

「よりによってオスヴィンが捕《つか》まるなんて！」

父さんは何度も何度も、そうつぶやいた。

ヘレはナウケの本をとってきて、腕にかかえていた。ハイナーはまだ最後まで読んでいなかった。

父さんは、中庭に面した窓を見まわした。

「このアパートに、げす野郎がいる」

ヘレはいたたまれなかった。映画なんて見にいかなければよかった！　オスヴィンが仕事を早く切りあげなければば！　だが、そんなことをいまさらいっても遅い。オスヴィンとハイナーとアルノになにかあったら、ヘレの責任だ。

「家にあがろう」父さんはいった。「げす野郎はいずれしっぽを出すかもしれない」

げす野郎。父さんは二度もその言葉を口にした！

シュルテばあさんは、いまだに母さんと台所にすわり、しきりに首をふっていた。

「なんてことだろうね。いつまでこんなひどいことがつづくんだね？」

銃声《じゅうせい》で目を覚ましたマルタは、母さんのひざにのって、痛そうにおなかをかかえていた。母さんはマルタをやさしくなでて、明日、ヘレがお医者に連れていってくれると、慰《なぐさ》めていた。

「フレーリヒ先生が薬の処方箋《しょほうせん》を書いてくれるから、すぐにおなかは痛くなくなるわよ」

マルタは、じっと耳をすまし、こっくりうなずいた。

両親は、マルタを医者に連れていくのは父さんではなく、ヘレだと決めていた。たずねるまでもないことだった。ヘレはマルタを連れて医者に行き、父さんはオスヴィンの消息をたずねに、ベルリン都市司令部に行く。もちろん夜のうちに、オスヴィンがもどってくるかもしれない。だが、そう思っている者はひとりもいなかった。

シュルテばあさんが、もう休むよ、といって別れを告げた。

「そろそろレレが仕事に出るからね」

シュルテばあさんはまたしても、レレのことを怒っていた。レレはオスヴィンが逮捕《たいほ》されるすこし前に帰宅して、すこしでも眠ろうとしてベッドに入ったのだという。

「中庭で銃声がしても、起きようともしなかったんだよ、まったく」

シュルテばあさんが出ていくと、母さんはマルタの体をふいた。いつもひとりでふいていたが、いまは病気だ。マルタは、甘えられるのを喜んでいた。

マルタが体をふき終わると、ヘレも体をふいた。すぐにベッドに入って、なにもかも忘れて眠りたかった。

母さんは、ひと晩じゅう、ヘレにきつくあたったことを後悔していた。ヘレが体をふき終わると、自分のところに引き寄せた。

「映画はおもしろかったの？」

ヘレはだまって首を横にふった。

母さんはヘレの髪を手ですいた。

「さっきはたたいたりして、ごめんね」

夜中になった。マルタは眠っている。母さんも眠っている。だが父さんはまだ眠っていなかった。ヘレも、眠れなかった。兵士たちがオスヴィンを連行していく光景が何度も脳裏《のうり》によみがえる。銃声が頭の中でこだまし、父さんがオスヴィンの名を叫ぶ。父さんの声はふるえていた。ヘレは不安でならなかった。

父さんが水を飲みに台所へ行ったままもどってこなかった。きっとパイプをふかしているのだろう。母さんは仰向《あおむ》けに寝たまま、大きな寝息《ねいき》をたてている。のどをごろごろならしているように聞こえる。

フリッツに会ったら、いやというほどなぐってやる。フリッツはハイナーたちのことをわざと裏切ったはずはない。きっと不注意にしゃべっただけだ。だが結果はおなじだ。

ヘレはいつのまにか夢を見た。とんでもない夢だった。父さんとヘレは鉄の門の前にたたずんでいた。まわりを畑や森や野原に囲まれている。門をよけて通ればいいものを、父さんは、その門を通りぬけなければいけない、ほかに道はないといいはった。父さんが正しいことは、ヘレにもわかった。門をずっとたたきつづけた。だが門はひらかれなかった。しかたなく門の前にしゃがみこんで、待つことにした。そこへきれいな小鳥の群れが飛んできて、門の上にとまり、ヘレたちを見下ろした。ヘレはその小鳥と話をしてみたかった。門の向こうがどんなところか聞いてみたかったのだ。だがもちろん話ができるはずがない。

雲が流れていく。嵐《あらし》を予感させる黒雲《こくうん》だ。激しい雨になりそうだ。ヘレたちは門を必死でたたいた。しかしその音もかき消され、ただ手が痛くなっただけだった。小鳥の群れはとっくに姿を消していた。大地にとどくほどたれこめた黒雲がどんどんせまってくる。風がふたりを門に押しつけ、吹き飛ばそうとした。そのとき、門がひとりでにひらいた。ヘレたちは中にもぐりこんだ。そしてぼうぜんと立ちつくした。反対側からも黒雲がせまっていたのだ。おなじように低くたれこめ、おそろしげだった。

「いやだ!」ヘレは叫んだ。「いやだ!」

「どうしたの?」

母さんがたずねた。

「な、なんでもない」ヘレは口ごもりながらいった。まだ頭の中が混乱していた。「夢を見ただけだよ」

そう、夢を見ただけだ。だが、なんてひどい夢だ。いままでにも、奇妙な夢を見たことはある。だがどんなに奇妙でも、どこか現実と関わりがあった。今度の夢にはどんな現実が暗示されているのだろう。不思議な門はなにを意味するんだ。それに、押しつぶされるという不安はどこからくるんだ。しかもそう感じたのはヘレだけではない。父さんもだ。ヘレの夢の中ではあるけれど。

悪夢の余韻《よいん》がすこしずつ消えていった。だが、とてもではないが眠れない。すっかり目が覚めてしまった。ヘレはそっと体を起こし、両親のベッドを見た。

父さんはまだもどっていなかった。

ヘレは起きあがると、手探《てさぐ》りでドアをさがし、台所に向かった。

父さんは食卓に向かってパイプをふかしていた。コートをはおって、石油ランプをすこしだけ灯《とも》していた。顔が青ざめ、ほおがこけて見えた。

ヘレは蛇口《じゃぐち》をひねって、水を飲んだ。

「オスヴィンはもどった?」

「いいや」

ヘレは、夢の話を父さんに打ち明けたくなった。だが、どうしても口がひらかず、そのままだまってベッドにもどった。

六週間安静にすること

フレーリヒ先生の診療所《しんりょうじょ》は超満員だった。待合室の席が埋《う》まっているだけではない。立つ場所もないほどだった。よりかかれるところがなかったので、ヘレとマルタはしかたなく、ほかの人たちとおなじように待合室の真ん中に立っていた。だがマルタは長く立っていられなかった。ヘレはマルタの腕をつかんで支えた。そのうちヘレにも支えきれなくなって、ちゃんと立つようにマルタにいった。マルタは口をとがらせ、席にすわっている人たちを見まわした。しかしみんな、マルタと目を合わさなかった。ヘレはむかむかしていた。ずっと立ちっぱなしなだけではない。待合室が混みあっているので、気をつけていないと、先に席をとられてしまう。

看護助手が診察室のドアから顔を出した。

「次の方、どうぞ！」

席がひとつあいた。マルタはヘレを見た。ヘレは首をふった。まだ自分たちの番じゃない。分厚いマフラーを首に巻いた老人がすわる番だ。ふたりが診療所についたのは、その老人のあとだ。ところが老人がぐずぐずしているうちに、若い女が席を奪ってしまった。老人のすぐ後ろにいたヘレは、そっと声をかけた。

「おじいさんの番だったんですよ」

「えっ……なんだって？」

老人は立ったまま眠っていたのだ。しかもぐっすり眠っていた。こんなにむかしていなかったら、笑ってしまうところだ。なににもつかまらずに立ったまま眠れるなんて、ヘレは想像したこともなかった。

ようやく老人が席についた。次の席があくのを、気をつけて見ていなければならない。

「次の方、どうぞ！」

呼ばれて診察室に入っていった女は、待合室の反対側の席についていた。ヘレはマルタの手をつかんで、人混みを押しわけた。だが椅子《いす》にたどりついたときにはもう、老婆《ろうば》がすわっていた。

「すいません。おばあさんはぼくらのあとに来たでしょ。どうか妹をすわらせてやってください。もう立っていられないんです」ヘレはできるだけていねいに話しかけた。だが、老婆がうっかりしていたのでないことはとっくにわかっていた。

「ふざけたこといってるとびんたをお見舞いするよ。年寄りをさしおいて、そんな若い子をすわらせようっていうのかい？」

「妹はもう立っていられないんです」ヘレはくりかえした。老婆《ろうば》はヘレたちよりも遅く来た。順番なんだからしかたない。

「あたしは立っていられるっていうのかい？」老婆は怒って、そっぽを向いた。「あたしは、足に水がたまっているんだよ」

ヘレはどうしていいかわからず、そこに立ちつくした。マルタが倒れそうになった。ヘレは妹の腕を支えて、ののしった。

「いじわる婆《ばばあ》！」

診療所《しんりょうじょ》に来て二時間立ちつくしている。みんなが公平だったら、もうとっくにすわれたはずだ。

老婆はヘレの罵声《ばせい》が聞こえなかったふりをした。

女の人がマルタをかわいそうと思ったのか声をかけてきた。

「こっちにおいで！　あたしのひざにすわるといいよ」

マルタは、見ず知らずの女にすがりついた。すわれるなら、あとはどうでもよかった。

次の席があいたが、ヘレは無視した。ポケットに両手をつっこんだまま、ほかの人がすわるのをだまって見ていた。みんな、ヘレたちがずるをされたのを見ていたはずだ。それなのに、だれも口をはさまなかった。ヘレは立ちつづけた。みんなに良心《りょうしん》の呵責《かしゃく》を味わわせたかったのだ。もちろん意固地《いこじ》になったことをすぐに後悔したが、もう後に引けない。笑いものにはなりたくなかった。

ヘレの横にいた男が急にせき込み、顔を真っ赤にしてよろめいた。女の人が診察室のドアをたたいた。

男が窒息死《ちっそくし》すると心配したのだ。看護助手がやってきて、男を診察室に入れた。

マルタの番まであと十二人。マルタは泣きべそをかいていた。長いあいだ立ちつづけ、待合室のこもった空気を吸って、腹痛がひどくなっているにちがいない。

「もうすぐだからね」ヘレはそういって、マルタを慰《なぐさ》めた。だが、もうすぐというのは本当ではない。十二人ということは少なくともまだ一時間かかるということだ。

ヘレの場所からは、カーテンのない窓を通して通りが見下ろせる。向かいに時計店があり、店の玄関にかかげた時計はすでに十二時半をさしている。もう学校は終わっている。フェルスターは、ヘレが臆《おく》病風《びょうかぜ》に吹かれたと思っているだろう。フェルスターは、どういう罰《ばつ》を与えるかひと晩じゅう考えていたかもしれない。エデとギュンターは、きっとひどい目にあっただろう。

マルタがうめきはじめた。顔が青く、まともにすわっていられないようだ。ひざにのせてくれていた女が心配そうにヘレを見ている。

もうこれ以上無理だ。ヘレは診察室のドアを、自分でもびっくりするほど激しくたたいた。待合室の人はだれも文句をいわなかった。みんな、ぐったりしているマルタをじっと見ていた。

「どうしたの?」看護助手がドアをすこしだけあけた。

「妹が。もう限界です。気分が悪くなったみたいなんです」

看護助手はマルタをちらっと見て、ドアをあけた。

「中に入りなさい」

さっき咳《せき》の発作をおこした男が診察台に横たわっていた。毛むくじゃらな胸を大きく上下させながら、荒い息をしている。フレーリヒ先生は別の診察台を指さして、マルタの上半身を裸にするようヘレにいった。それから診察がはじまった。先生は両手でマルタのおなかを触診《しょくしん》し、どこが痛いかたずねた。マルタははじめおとなしくしていたが、いきなり悲鳴をあげた。

先生は、マルタがまた痛いと叫ぶまで、おなかを押しつづけた。

「なるほど」そういって、マルタに服を着させるよう、ヘレに合図《あいず》した。「六週間はベッドで安静にしていないといけないいな」

「どこが悪いんですか？」

「胃潰瘍《いかいよう》だよ。まちがいない。小さな体で空きっ腹をかかえ、シュルテばあさんのところで働かなければならない。小さな子がいつまでも耐《た》えられるわけがない」

先生は処方箋《しょほうせん》になにか書いた。

「簡単な鎮痛剤《ちんつうざい》だけ処方しておく。痛くてがまんできなくなったときだけ、飲ませるんだ。あとは六週間、ベッドで温かくしてすごすことだ」先生は処方箋をヘレに渡した。「絶対安静だ。いいかね？　内職の手伝いをさせてはいけない。それだけの体力がないのだ」

フレーリヒ先生はマルタを持ちあげて、体重計にのせた。体重を計り終えると、先生はマルタをやさしくなでた。

「ダイエットの必要はないいね。食べてはいけないもののリストは書くまでもないだろう。どうせ手に入らないのだから」

「チョコレートは食べてもいいんでしょ？」六週間の絶対安静に、マルタは気をよくしていった。

「とんでもない！」マルタが冗談をいったと思ったのか、先生は笑った。「一番食べちゃいけないものだよ」

マルタは先生から目をはなして、ヘレを見つめた。アルノからもらったチョコレートのことをいうなと目が訴《うった》えていた。ヘレはなにもいわなかった。フレーリヒ先生はアッカー通りでは一番忙《いそが》しい人だし、アルノからまたチョコレートがもらえるとは限らない。最後のチョコレートはルツが手に入れてしまった。

先生は、来週また来るようにいった。

「もしよくならなければ、レントゲンをとる必要がある。だがレントゲン室はいつも超満員で、丸一日、待たされるだろう。マルタに酷《こく》だから、もうすこし様子を見ることにする」

そして先生は、ふたりに別れを告げた。

表の通りは、凍《い》てつく風が吹きすさんでいた。ヘレは自分のマフラーをマルタに巻いてやった。

「シュルテばあさんのところに行かなくていいんだから、よかったじゃないか」ヘレはマルタにいった。

「ほんとにいいの？」

「ああ、そうだよ」

マルタはチョコレートが食べられないことにショックを受けていたことを忘れ、ベッドに寝ていられれるとうきうきしはじめた。だがそのとき、だれかが、マルタとハンスぼうやの面倒をみるために、ずっと家にいなければならないということに気づき、いくらなんでも大げさじゃないかと思った。

薬局は通りの角にあった。ヘレは処方箋《しょほうせん》を渡して、錠剤《じょうざい》をもらった。マルタは、錠剤がドリンク薬とおなじように効《き》くか心配した。母さんがドリンク薬といっていたからだ。

三十七番地まであとすこしというところで、マルタはとうとう歩けなくなった。ヘレはマルタをおんぶして歩いた。だが、マルタは、おんぶされているところを中庭で見られたくないといったので、ヘレは表玄関の手前で降ろすとマルタに何度も約束した。

三十九番地の前まで来たとき、後ろで自転車のベルが鳴った。

フリッツだ！　自転車をこいで、すごい勢いでやってくる。遠くからヘレたちの姿を見つけて、家に入る前に追いつこうとしたのだ。分厚いコートを着ていたので、フリッツは汗だくになり、顔を輝かせていた。

「ちょっとどいててくれ」

ヘレはマルタを降ろすと、フリッツの前に立ちはだかった。フリッツはびっくりして急ブレーキをかけ、ころびそうになった。

「びっくりするじゃないか」フリッツが叫んだ。だがヘレは返事もせずに、フリッツを自転車から引っぱりおろし、げんこつで思いっきりなぐった。

あまりに思いがけないことだったので、フリッツは手もあげず、まともになぐられた。

「な、な、なんだよ」フリッツはそれしかいえなかった。そしてもう一発なぐられた。フリッツはぼうぜんとヘレを見つめ、腕をあげて顔をかばおうとした。だが、ヘレのほうが速かった。三発目で、フリッツは道路にころがった。

「なにするんだよ!」フリッツがどなった。

「自分の胸に聞いてみろ」ヘレは馬乗りになってフリッツをなぐりつづけた。

「そんなこといわれたってわかんないよ」フリッツは、なにかとんでもないことが起こったことだけはわかった。

ヘレはフリッツから離れた。突然、疑問がわいたのだ。フリッツが秘密をばらしたのなら、今日、のこのことやってきたりしないはずだ。それとも、知らないふりをしているだけか。

「兵士たちが来たんだよ」ヘレはフリッツに向かってどなった。といっても、言い訳に近かった。

「ハイナーとアルノは逃げて、オスヴィンは連行されちゃったんだ。おまえのせいだぞ。お父さんにいっただろう」

「なにもいってないよ。ひと言もいってない」

「どこかに行っちまえ!」ヘレはフリッツをけとばした。「どこかに行っちまえ! ぼろぼろにぶんなぐってやるぞ!」フリッツにあらぬ疑いをかけたことに気づいていたが、認めることができなかった。

しかしフリッツは立ち去らずハンカチで鼻血をぬぐって、怖《こわ》い目でヘレをにらんでいた。そしてどなった。

「父さんのいうとおりだ！　おまえたちとなんて、つきあうもんじゃない。なにかっていうと、なぐりあって、ものを壊《こわ》してばかりじゃないか。なんで先に聞いてくれなかったんだよ？」

ヘレは背を向けて、がくぜんとしているマルタの手をとり、だまって歩きだした。

アパートの三つ目の中庭まで来たとき、マルタがたずねた。

「なんであんなひどいことをしたの？」

「ぼくがまぬけだからだよ」ヘレはぽつりといったきり、もうなにもいわなかった。

信頼には信頼で

マルタはベッドに入って、大喜びしていた。父さんがそばにすわって、昔話をしてくれたからだ。運試しに旅に出た三人兄弟の愉快《ゆかい》な話だ。マルタは何度も枕に顔をふせて、けらけら笑った。マルタは病気を満喫《まんきつ》していた。温かいお茶に昔語り。甘えほうだいだ。一定の間隔《かんかく》をおいて胃がきりきり痛みだすと、ぐったり元気をなくした。だがいまのところ、元気はつらつとしている。父さんがベッドのそばにいてくれて、ヘレまでいろいろ世話を焼いてくれる。なにもかも、マルタを中心に動いていた。

父さんも、昔話を語りながら笑ったが、内心はちっとも愉快ではなかった。午前中、ベルリン都市司令部から警視庁、ベルリンじゅうにある駐屯地《ちゅうとんち》までしらみつぶしに歩きまわって、オスヴィンの消息をたずねたからだ。だがオスヴィンの行方《ゆくえ》はまったくわからなかった。家に帰ってきた父さんは、マルタが胃潰瘍《いかいよう》になったと聞いてびっくりした。マルタにかわいそうなことをしたと思ったのだろう、すぐにマルタの寝床《ねどこ》まで行き、なにかしてほしいことはないかとたずねた。マルタがこんな機会を逃すはずはない。

「昔話がいい。でも、楽しい話にして」

父さんはコートも脱がずに、すぐ昔語りをはじめた。

「さあ、もういいだろう。昔話の時間は終わりだ」父さんは、義務を果たしてうれしそうだった。

しかしマルタはまだ納得しなかった。

「なんでまぬけな末っ子が成功しなかったの？」

「まぬけな末っ子はめったに成功しないからさ」父さんは答えた。「それに、まぬけな末っ子や怠《なま》け者が幸運をひとり占《じ》めする話はいやというほどあるじゃないか。賢《かし》い兄さんたちもなんとかしてあげたかったんだよ」父さんはマルタに毛布をかけると、台所に行った。

ヘレも、父さんにだまってついていった。父さんの昔語りを聞いていたが、ちっとも笑えなかった。フリッツをなぐったことがどうしても脳裏《のうり》から離れなかった。午後のあいだ、ずっとそのことを忘れられなかった。なぐられて目を丸くしたフリッツの顔。腫《は》れあがったまぶたや唇《くちびる》。鼻血で真っ赤になった鼻。「なんで先に聞いてくれなかったんだよ？」というフリッツの声がいまだに耳の中でこだましている。

ヘレは、フリッツのせいだと思いこんで、確認しようともしなかった。だが、フリッツがもらしたわけではないと、いまは自信を持っていえる。オスヴィンやふたりの水兵のことが心配で、まともに頭が働かなかったからといって、許されることだろうか。ヘレにはわからなかった。だから、父さんにたずねてみたかった。だがどうやって話したらいいのだろう。

父さんは窓辺《まどべ》に立って、どんよりとした昼下がりの中庭を見ていた。なにか考え事をしているのか、いまだにコートを脱ごうとしない。

「ハイナーとアルノを密告《みっこく》したのがだれか突き止めた?」

父さんはヘレのほうを向かずにいった。

「いいや、時間がなかったからな。だがいろいろ考えてみたよ。きっとあいつだと思う」

ヘレはかまどのおきを見て、木ぎれを足した。ハンスぼうやのおむつを替《か》えなければならないが、その前に部屋を暖めておく必要がある。ヘレが顔をあげると、父さんは後ろをふりむいて、ヘレをじっと見ていた。

「ずいぶん深刻な顔をしているが、なにかあったのか?」

ヘレは火かき棒をかまどの上に置いて、ソファにすわり、フリッツとのことを打ち明けた。それはまさに告白といえるものだった。映画を見にいったところからなぐってしまうところまで順に話した。ハイナーたちのことをうっかり話してしまったので、フリッツが父親に秘密をもらしたと思いこんだこと。だが、フリッツが抵抗しなかったので、なぐり合いにならなかったこと。

父さんは途中で口をはさまず、じっと話を聞いていた。なにを考えているか表情からはわからなかった。ヘレが話し終わってもしばらく、父さんはだまっていた。

「おまえはまちがいをおかした。だが、それを教訓にするんだな。父さんだったら、フリッツにあやまる。いまの話を全部きちんと話すだろう。フリッツも、怒りがおさまれば、おまえの気持ちがわかるだろう」

父さんの話はこれだけだろうか？

コートを脱ぐと、父さんは椅子《いす》の背にそのコートをかけ、ヘレのそばにすわった。

「じつはな、父さんも今朝、おなじ過《あやま》ちをしそうになったんだ。父さんが怪《あや》しいとにらんだ奴がだれかわかるか？　レレだよ」

レレ？　ヘレは思いつきもしなかった。

「昨日の晩、シュルテばあさんがいっていたことを覚えているか？　あいつは、銃声《じゅうせい》が聞こえても、起きようとしなかったっていうじゃないか。そんなに怠《なま》け者なのだろうか。そうは思えない。だから中庭でなにが起こっているかわかっていたってことになるだろう」父さんはすこし間をおいてから話をつづけた。「だから怪しいとにらんだんだ。それで今朝、オスヴィンの消息をたずねに家を出たとき、なにがあったと思う。階段でレレとばったりでくわしたんだ。おもわずなぐりかかりたくなったが、じっとがまんして、あいつとおなじように和《なご》やかにあいさつをした。ま、父さんのほうが、おまえより年の功《こう》があるからな」

（レレ！　どうして思いつかなかったんだろう？　密告《みっこく》なんて卑劣《ひれつ》なことをするのは、あいつくらいしかいない。いつも法と正義がどうのこうのいっているじゃないか）

「これからどうするの？」

「あいつを見張って、機会をうかがう。いつか化けの皮がはがれるはずだ。それまではだまっているんだ。階段で会っても、いつものとおりにするんだぞ。レレに感づかれたら、逃げられてしまう。そうなったら残念じゃないか。せめて、おれたちの手で追いださないとな」

父さんがこの話をしてくれたのは、ヘレがフリッツのことを打ち明けたからだった。

「信頼には信頼で答えないとな」父さんはヘレの気持ちがわかったようだ。「おまえは父さんのことを信頼してくれた。今度は父さんが信頼する番だ」父さんはヘレの肩に手を置いた。「ところで、頼みがあるんだがな。エデとおまえに荷物運びを頼みたいんだ。ほら、屋根裏に隠した弾薬《だんやく》だよ。覚えているか？」

クリスマス前のあの日のことは、忘れたくても忘れられなかった。ヘレはハイナーの両親の家からもどったとき、銃声《じゅうせい》を聞いた。両親が弾薬の泥棒に加わっていたと知って、ヘレはかっとなって怒った。

「銃はどうするの？　銃も隠したじゃない」

「いや、銃はもうアッツェとトルーデが運んでいった。いまあるのは弾薬だけだ」父さんはすこし迷ってからいった。「新聞社街がもうすぐ攻撃されると見ているんだ。今晩にもな。だから弾薬が必要なんだ。はじめアッツェに運んでもらおうとしたが、彼は頼《たよ》りにならないという者が何人もいてな。まあ、わからないではない……そうしたら、クラーマーおじさんがおまえともうひとりだれか少年に頼もうといいだしたんだ。おまえが前に荷物運びをしたことを思いだしたんだ。正直いうと、おまえに危険なことをさせたくない。だがほかの仲間が、少年ふたりで運ぶなら危険な目にはあわないだろうというので、受け入れるしかなかった」

「どこへ持っていけばいいの？」

「ポツダム駅を知っているか？」

ベルリンっ子なら、ポツダム駅を知らない者はいない。ベルリン一大きなポツダム広場に隣接《りんせつ》した駅だ。

「あの駅を昨日から、おれたちの仲間が占拠《せんきょ》している」父さんはなくなった右腕の付け根をつかんだ。「敵の増援《ぞうえん》部隊が市内に入れないようにするためさ。こういう展開を望ましいとは思わないんだが、成《な》り行《ゆ》きでしかたがない。もう後戻りはできないんだ。駅を占拠している仲間の大部分はスパルタクス団員だしな」

「もう交渉はしないの？」

「交渉はつづけているさ。だがそれがまずいんだ。交渉がどんどん先延ばしされ、日増しに義勇兵団《ぎゆうへいだん》は強くなっている」

ポツダム駅は新聞社街からそう遠くない。そこまで弾薬を運べということか。

「もちろんポツダム駅まで行ってくれとはいわない。弾薬はティアガルテンまで運べばいい。そこで仲間が待っている。夜の八時きっかりに、約束の場所に仲間が来るはずだ」

「自転車で運べばすぐだよ」

「エデはどうする？」父さんがたずねた。「おまえひとりでは、行かせたくない。それに、この時間に荷物をのせた自転車でティアガルテンに行くのは人目につきすぎる」父さんは真剣な目でヘレを見た。

「だめだ。できるだけ危険を避《さ》けたほうがいい。父さんが頼んだことだけをしてくれ。勝手な判断はするな。約束してくれるか？」

ヘレはうなずいた。

「それで、だれがぼくらを待っているの？」

「おまえのよく知っている人だ。クラーマーおじさんだよ」

（クラーマーおじさん？）ヘレはほっとした。クラーマーおじさんなら、だいじょうぶだ。

「やるかやらないかは、自分たちで決めてくれ。これは強制じゃない。だが重要な任務ではある。おまえたちがだめだったら、頼める者がいないからな」

ハンスぼうやが泣いた。ヘレはハンスぼうやのことをすっかり忘れていた。寝室へ行って、ハンスぼうやを台所に連れてくると、おむつの取り替《か》えをはじめた。

「エデはやってくれると思うよ」ヘレはいった。

「そういうと思っていたよ。だがいいか、あぶないと思ったら、弾薬《だんやく》を捨てるんだ。無事に帰ってくることがなにより大事だからな」

一分一秒が勝負

ティアガルテンの空にうっすらと月がかかっていた。広大な公園は闇《やみ》に沈んでいる。太すぎて切り倒せず、周辺の家のかまどにくべられなかったマロニエやカシの巨木《きょぼく》が、無数の手を天にさしのべている巨人のように立っていた。用心しながら公園の道を歩くふたりの少年の足下で何度も小枝の折れる音がした。ふだんなら気にもかけない音だが、今晩ばかりは、静まりかえった大きな公園にひびきわたるようで気が気ではなかった。

「木という木の陰《かげ》に敵が隠れていたりして」エデが空元気《からげんき》を出して笑った。

ヘレは答えなかった。まわりの闇が深くて、ドキドキしていた。ティアガルテンはよくある街の公園とはわけがちがう。ちょっとした森だ。緑がおいしげる夏には、遠足に最高の場所だ。だが夜の公園は怪《あや》しげなたたずまいをしていた。

ふたりが運んでいるカバンがますます重くなった。弾薬を入れた木箱のまま街中を運ぶのは人目につきすぎるので、父さんがふたつのカバンに弾薬を詰めなおし、その上に紙をかぶせたのだ。そしてティアガルテンについたら、紙の上に柴《しば》をのせるように、父さんはいった。そうすれば、夕方の時間、燃せるものをさがしにやってきたように見えるだろう。枯《か》れ枝を二、三本のせたくらい、たいした重さではないはずなのに、カバンの重さが二倍になったような気がした。

エデはカバンを持つ手を替《か》えた。

「このままだと、腰をかがめなくても、ビー玉が拾えるようになるな」

ヘレがつきあってくれるかとたずねると、エデは即座《そくざ》にうなずいた。エデの父親も反対しなかったが、なんのためか詳《くわ》しくたずねた。

約束の場所についたようだ。ヘレはカバンを地面に置いて、もう一度、場所を確認した。ベンチが三つ並んでいて、その前にベンチがふたつあり、朽《く》ちかけたカシの巨木《きょぼく》が斜《なな》めに立っている。戦勝大通り《ジーゲスアレー》が右手百メートルほどのところに見える。

「ここだ」

「ああ、よかった」エデはカバンをすぐそばの木の陰《かげ》に隠すと、ベンチの背に腰かけ、てのひらをこすった。

ヘレはとなりにすわった。ベンチの背に腰かけて、すわるところに足をのせた。ふたりは寒くないように、身を寄せあった。

しばらくのあいだ、カシの老木《ろうぼく》が風にしなう音をじっと聞きながら、しきりにあたりを見まわした。エデがとうとう口をひらいた。

「クラーマーおじさんが来なかったらどうする?」

「来るよ」ヘレはそう確信していた。クラーマーおじさんなら信頼できる。それに約束の八時までまだ十五分ある。遅れないようにがんばって歩いたら、早くつきすぎてしまったのだ。

ヘレとエデはまた押しだまって、体を寄せあい、上着のポケットのできるだけ奥まで手をつっこんだ。弾薬《だんやく》が重かったので、さっきは汗までかいたが、いまは冷たい風に吹きさらされて、凍《こご》えていた。

「学校はどう？」

ヘレは、学校のことをなかなかたずねられずにいた。カバンを運んでいるときは、まったくちがうことを考えていた。エデの話では、フェルスターとフレヒジヒ先生が廊下《ろうか》で口論をしたという。大声だったので七年生と八年生のクラス全体に聞こえた。フェルスターはフレヒジヒ先生をドイツの学校にふさわしくないボルシェヴィキとののしり、フレヒジヒ先生は、ボルシェヴィキではないが、フェルスターのような人間のせいで、いつかそうなっても不思議はないといいかえした。フェルスターはその足でノイマイヤー校長を訪ね、ひとしきり文句をいって、かりたてられるように学校から出ていった。クラスのみんなは大喜びだった。フェルスターの授業二時間分が休みになり、フレヒジヒ先生に攻撃に出たフェルスターがしっぽをまいたからだ。だが、最後の授業時間にクラスへやってきたフレヒジヒ先生は、有頂天《うちょうてん》になっている生徒たちをたしなめたという。フレヒジヒ先生の話では、ノイマイヤー校長もフェルスターとおなじ考えだという。落ち着いて、よく考えて行動するように。校長はただ様子を見ているだけだ、とフレヒジヒ先生はいった。

「革命が成功すれば、フェルスターはいなくなる。失敗すれば、フレヒジヒ先生は首《くび》になるってことさ」エデはいった。「どっちにしても、おれは復活祭の休みのあと学校をやめるよ。父さんとも話したんだ。おれみたいな子どもは、ああいう学校では伸びないってさ。勉強する方法はほかにあるらしいよ」

どこかの教会の鐘《かね》が八時を打った。エデはベンチから飛びおきて、ひざを曲げ伸ばしして体を温めた。鐘が鳴りやむと、また静かになった。いや、いままでよりも静まりかえったように感じた。

ヘレはエデに、オスヴィンが連行され、ふたりの水兵が逃走したこと、そして無実のフリッツをなぐってしまったことを話した。エデは、落ちこんでいるヘレにあまり理解を示さなかった。フリッツにいきなりなぐりかかったのはまずいが、抵抗しなかったのはフリッツの責任だという。だがヘレは、エデの主張に納得できなかった。ヘレがフリッツの立場だったら、やはりなぐりかえさなかったと思うからだ。フリッツのことになると、エデはなぜか公平でないところがある。

「来たかな？」エデは白い息をはいた。

トラックが戦勝大通り《ジーゲスアレー》のほうから走ってきた。そのあとにもう一台つづいてきた。

すでに八時を十分すぎていた。もう来ていいはずだ。

エデはあらためて運動をはじめた。だが寒いからというより、じっとしていられなかったからだ。そのときなにか音を聞きつけて、エデは顔をあげた。

「なんだろう？」

ヘレも、遠くで聞こえはじめた音に耳をそばだてた。

「機関銃だ」ヘレはつぶやいた。たくさんの機関銃が一斉《いっせい》に射撃《しゃげき》をはじめたような音だ。

「どこだろう？　ポツダム駅かな？」

「もっと遠くだ」

きっとアンハルト駅にちがいない。その駅も占拠《せんきょ》していると、父さんがいっていた。一瞬、静かになったかと思うと、また銃声《じゅうせい》が鳴りひびいた。

「クラーマーおじさんは来ないんじゃないか？」エデが不安そうにいった。「来なかったら、このカバン、どうする？」

「持って帰るさ。でも、もうすこし待ってみようよ」

また銃声だ。おなじ方角だ。いや、別の方角からも聞こえる。

「今度は新聞社街だ」

静かになった。ぴたっと銃声がやんだ。なんの音も聞こえない。ヘレとエデは、いずれまた機関銃の掃射音《そうしゃおん》が聞こえると思ったが、それっきりなにも聞こえなかった。そのかわりに、古ぼけた、オンボロの乗用車が一台、戦勝大通り《ジーゲスアレー》をこっちへ走ってきた。スピードを落として、そばでとまった。はじめはなにも起こらなかったが、しばらくして、男がひとり降りて、あたりをうかがった。

「クラーマーおじさんか？」

ヘレは肩をすくめた。遠すぎて、影しか見えない。

もうひとり、男が降りた。そしてもうひとり。女だ。男のひとりは乗用車のそばに残り、ほかのふたりがティアガルテンの森に入ってきた。

エデはベンチの後ろの地面に身を伏《ふ》せて、ヘレを引っぱった。

「おれたちをさがしている。ただ散歩しているわけじゃないぞ」

ふたりがだれかをさがしているのは明らかだった。だが相手がだれか、暗すぎてヘレにはわからない。少なくとも、クラーマーおじさんでないことはたしかだ。クラーマーおじさんなら、正面にいる男よりずっと小柄《こがら》で、ずんぐりしている。

「ヘレ!」

(ぼくの名前だ! トルーデの声だ!)

ヘレは飛びあがって、トルーデに駆けよった。エデもあとにつづいた。

「よく来てくれたわね!」トルーデはヘレを抱きしめた。「弾薬《だんやく》は持ってきた?」

ヘレはうなずくことしかできなかった。トルーデといっしょに来たのがハイナーだったことに気づいたからだ。だがハイナーには、ゆっくり説明しているひまはないようだった。

「どこにある? 急がないといけないんだ」

エデはカバンを置いた木の根元にハイナーを連れていった。トルーデは、ヘレにいった。

「お父さんに伝言して。連中は攻撃をはじめた。アンハルト駅と新聞社街に突撃《とつげき》してきた。だれでもいいから、歩ける者をかき集めてほしい。一刻も早く、加勢《かせい》が必要なの。一分一秒が勝負なのよ」

「オスヴィンのことは聞いてる? 連行されたんだ」

「知っているわ。モーリッツから聞いたから。いまのところ、なにもわかってないけど、心配しないで。

彼を見捨てたりしないから」

エデとハイナーがもどってきた。

「じゃあね！」そういうと、トルーデは立ち止まりもせず、カバンをふたつかかえて駆けだしたハイナーのあとを追った。

モーリッツというのはクラーマーおじさんのことだ。トルーデはおじさんに頼まれて弾薬を取りにきたのだ。ということは、自動車のそばに残った男はアルノにちがいない。

アルノらしき人影が公園にむかって手をふった。それから自動車に乗りこみ、エンジンをかけた。ヘレも手をあげたが、途中で、暗い公園の中はなにも見えないことに気づいた。ヘレはすぐに手を降ろした。

トルーデとハイナーもかばんを後部座席に放りこむと、自動車に乗りこんで、ドアをしめた。エンジン音が聞こえて、乗用車はまた走りだした。

「あんなオンボロ車、どこで手に入れたんだろう？」乗用車を見送りながら、エデがいった。三人の車が無事に走り去ると、ふたりはティアガルテンの森から駆けだし、パリ広場を抜けて、ウンター・デン・リンデン通りに出た。そこまで行くと、ほっとしたふたりは、歩調をゆるめた。ふたりはいつになく陽気で、追いかけっこをしたり、ボクシングをしたりしながらフリードリヒ通りに曲がった。

ふたたび銃声《じゅうせい》が聞こえた。フリードリヒ通りのはるか南、コッホ通りとツィンマー通りとシュッツェン通りが交差する新聞社街のあたりからだ。

もう真夜中になっていた。トルーデの伝言を聞くと、父さんはすぐほかの仲間と、新聞社や駅を占拠《せんきょ》している仲間を助けに向かい、それっきりもどってこない。ヘレと母さんは台所にすわり、ときどき窓をあけては、聞き耳をたてた。だがなにも聞こえない。新聞社街もアンハルト駅も遠すぎる。それでも眠らずに、じっと待っていた。

母さんは午前中、ストライキの見張りにつき、午後は風の吹きすさぶローゼンタール広場でビラをまいていた。義勇兵団《ぎゆうへいだん》設立と革命の鎮圧《ちんあつ》に反対するビラだ。しかし母さんがビラをまいている頃、政府軍はすでにアンハルト駅に砲火《ほうか》をあびせていたのだ。母さんはそのことを知って、たとえようのない徒労《とろう》感《かん》を味わっていた。

「いったいなんのためにやったわけ?」

ヘレは母さんを慰《なぐさ》め、元気づけたかったが、なんといっていいかわからなかった。

ハンスぼうやが泣きわめいた。母さんはハンスぼうやを抱いてきて、おむつを替《か》えると、寝室にもどした。台所にもどってくると、母さんはまた窓をあけて、急にうれしそうな声をあげた。

「オスヴィンの小屋に明かりがついているわ!」

たしかに、掘《ほ》っ立《た》て小屋から光がもれている。

「オスヴィンがもどったのかしら？　それとも、だれかが家探ししているのかしら？」母さんは、本当に喜んでいいのか迷った。

ヘレは、のぞいてきたほうがいいかたずねもせず、ロウソクをつけ、気をつけると約束して階段を降りた。

オスヴィンが連行されたあと、父さんといっしょに釘付《くぎづ》けにした入り口の板がぶらさがり、蝶番《ちょうつがい》からはずしたドアが壁に立てかけてある。

ヘレはロウソクを吹き消し、窓からそっと中をのぞき見た。

オスヴィンだ！　ベッドに横たわり、天井を見つめている。

「どう、もどったの？」母さんが台所の窓から身を乗りだして、かろうじてヘレにとどくくらいの小さな声でたずねた。

「うん、もどってる」そうささやくと、ヘレは窓をたたいた。

「ぼくだよ、ヘルムート。入ってもいい？」

オスヴィンは顔をあげず、入ってこいと手招《てまね》きした。

覚悟はしていたが、それでも、オスヴィンのベッドの前に立ったヘレはショックを受けた。オスヴィンの顔の右半分は、目があかないほど腫《は》れあがり、青あざができ、血にそまっている。ものすごく痛いはずだ。

「なかなか……いい……顔を……してるだろ」

ゆがんだ口から言葉を発するたびに、顔をゆがめた。

「ずっとどこにいたの？」

オスヴィンに返事を求めるのはかわいそうだったが、ヘレはただだまってつったっていることができなかった。

「駐屯地《ちゅうとんち》だよ……フランクフルト通りあたりの……どこかだ……行ったことのないところだったから……よくわからんがね」

母さんがやってきた。コートを肩にひっかけていた。入り口で立ち止まると、ゆっくりとそばに近づいてきた。

「なんてひどい！」オスヴィンの顔を見るなり、母さんがいった。だがすぐに、オスヴィンのほうにかがみこんで、なにかしてやれることはないかたずねた。

「寒い」オスヴィンはぽつりといった。

掘《ほ》っ立《た》て小屋はこの二日間、ストーブがたかれなかった。井戸のポンプ側の床に氷がはるほど冷えきっていた。ヘレはさっそく小さなだるまストーブに火をいれた。薪《まき》はすこしばかりあった。だが石炭は切れていた。

ヘレがストーブにかかりきりになっているあいだ、母さんはハンカチをポンプの水でぬらし、オスヴィンの腫《は》れた顔にあてた。

「明日、フレーリヒ先生に来てもらいましょう。それまで冷やしておいたほうがいいわ」

冷たいハンカチが腫れた傷口にふれると、オスヴィンはうめき声をあげたが、感謝するようにうなずいた。

「本当に抵抗したの？」母さんはベッドに腰かけてたずねた。

オスヴィンはだまって、首を横にふった。

「それじゃ、あいつらはなんで発砲《はっぽう》したの？」

「おじけ……づかせるためさ」

「おじけづかせるため？」母さんはオスヴィンの枕を直してやった。「あいつらのやりそうなことだわ！　でも、いくらあたしたちがひざまずかないからって」

母さんは、オスヴィンになにかしてやりたかったが、どうしたらいいかわからなかった。ストーブが熱くならなければ、お茶をいれることもできない。

「どうやって出てこられたの？」

武装した労働者たちが駐屯地に押し入って、捕《つか》まっていた者たちを解放したのだという。そこまでいうと、オスヴィンは荒い息をしながら目を閉じた。しゃべるのがつらいようだ。

母さんはもう一度、ハンカチをぬらしてきた。オスヴィンはさっきのようなうめき声をあげなかった。温度差はさほど大きくなくなったようだ。冷たいハンカチにほんのすこし慣れると、オスヴィンは上着のポケットに手をのばして、母さんにビラをさしだした。

ストーブの火が強くなり、しばらくほうっておいてもだいじょうぶになったので、ヘレは母さんのそばに行って、ビラをのぞきこんだ。

それは政府がばらまいたビラだった。エーベルトやシャイデマン、それからさらに三人が名を連ねている。太字の言葉がヘレの目に飛びこんできた。

清算の時は近い！

だれとの清算か、そのこともビラにははっきり書かれていた。「スパルタクス団が支配するところ、個人の自由と安全は保障されない」

「あきれた！」母さんは、すこし太い文字で書かれた箇所《かしょ》を指さして、声に出して読んだ。そのビラは、食糧難《しょくりょうなん》の責任をスパルタクス団になすりつけているのだ。

「たいしたもんだわ！」母さんが叫んだ。「あたしたちがいうことをきかないから、みんな、飢《う》えに苦しんでいるっていうの？　まるであたしたちが戦争をはじめたみたいな言い草じゃない」

ビラはさらに、水道や電気をほとんど供給できないのも、スパルタクス団のせいだとしている。そして最後に、「スパルタクス団の恐怖政治」とか「徹底した仕事」という言葉があった。

「恐怖政治？」母さんはほとんど笑いそうだった。さっきまでの疲れた表情が一変していた。「なんだっていうの、これ。あたしたちがどこを支配しているっていうの？」それからもう一度、「徹底した仕事」という言葉を声に出していった。「そういうことね、連中は徹底した仕事をする気なんだわ」

母さんは怒りながらストーブにやかんをかけた。そして、政府が休戦協定を破り、交渉を決裂《けつれつ》させたことをオスヴィンに伝えた。清算の時はすでにはじまっているのだ。

「心配したとおりになったわ。でも、阻止《そし》することができたと思う？」

オスヴィンは答えなかった。ゆっくりとビラをくしゃくしゃに丸めて、ストーブに投げ入れた。

第六章　平安と秩序

この目で見たい

「お兄ちゃん！　お兄ちゃん！　あれが聞こえないの？」

ヘレはなかなか目が覚めなかった。こんな夜中に、なんでマルタは起こそうとするのだろう？　ヘレは顔をあげた。大砲《たいほう》の音だ。クリスマスイヴのときとおなじだ。だがずっと音が小さい。ずっと遠くのようだ。

「はじまったわ」母さんはつぶやいた。「一斉《いっせい》攻撃がはじまったのよ」

ヘレは窓辺《まどべ》に立って、市内がある方角の空を見上げた。だが空は黒雲《こくうん》におおわれ、月も見えなかった。

母さんが起きあがって、着がえはじめた。

「どこに行くの？」

「ちょっと見てこようと思って。この目で見たいのよ」

「ぼくも連れてって」

部屋が暗くて、母さんが見えない。服を着る音が聞こえるだけだ。ヘレの頼みを思案《しあん》しているようだ。

だが答えは決まっている。

「無理だわ。ふたりして、家をあけるわけにはいかないでしょう」

「でも、母さんになにかあったらどうするの？　危険だよ。ぼくがいっしょに……」

いくらいってもむだだ。ヘレはベッドに腰かけた。部屋の寒さを感じないほど不安だった。不安が胸からのどを通ってあふれでてきた。

「どうせ新聞社街には入れてくれないわ。どこもかしこも封鎖《ふうさ》されているから」母さんはマッチをさがしている。石油ランプをつけようとしているのだ。マルタも、母さんがなにをしようとしているのかわかったのだろう。ベッドから飛びだして、母さんにしがみついた。母さんを邪魔《じゃま》して、石油ランプをつけられないようにした。

「マルタ！」母さんがしかりつけた。くどくどと説明している時間はない。大砲の音がしだいに大きくなり、生きた心地《ここち》がしない。「あなたたちのことを思ってずっとがまんしていたけど、今度ばかりは、あたしの気のすむようにさせて」マルタはそれでも、母さんから離れようとしない。「わからないの？」

マルタは納得しなかった。この三日間、ずっと父さんのことを心配してきた。父さんは結局、病気のマルタをひとりぼっちにしてしまった。そして今度は母さんまで父さんのところに行こうとしている。

「マルタ！」母さんはがまんできず、マルタをむりやりベッドにすわらせた。だがマルタはすぐ母さんに飛びついた。不安のあまり、気が動転しているのだ。

「この子をつかまえていて」母さんはヘレに向かって叫んだ。ハンスぼうやがおどろいて泣きだした。

母さんは、ハンスぼうやをなだめなくてはならなかった。

マルタは母さんを行かせまいとして、ありったけの力でかみつき、手をふりまわし、足でけった。ヘレは、マルタの上に体ごとのしかかるしかなかった。

母さんは石油ランプをつけた。

「おねがい、わかってちょうだい」母さんは台所に行く前にささやいた。「父さんのところに行かなくちゃいけないのよ」

マルタは観念《かんねん》してむせび泣いた。ヘレはマルタを抱きよせ、胸の中で泣くにまかせた。そしてなんとかマルタを慰《なぐさ》めようとした。

「おまえがぼくらを起こしたからいけないんだぞ。さもなかったら、母さんは出かけようとしなかったはずだ」

マルタは朝から晩までベッドで横になり、年じゅううとうとしていたので、夜中、眠りが浅かった。それに、父さんが心配で眠ることができず、いつも夜中に寝返りをうち、ヘレを起こしていた。ヘレはそのたびにいった。

「父さんは、また帰ってくるよ」

「腕が一本しかない人にひどいことはしないさ」

「父さんにかぎって、わなにかかるようなドジはしないさ」

そういう意味のない言葉に、マルタは安心したが、ヘレは逆に不安になった。慰めの言葉など口だけだとわかっていた。頭を吹き飛ばされた兵士の姿が何度も脳裏《のうり》によみがえり、父さんがそういう目にあって倒れているんじゃないかと思うだけで、眠れなくなった。

母さんはもう一度もどってきた。

「オートミールを食べなさい」そういうと、母さんはマルタをやさしくなでて、どなったことをわびた。マルタはふくれっ面《つら》をして、そっぽを向いた。そうすることで、母さんが考えを変えると思っているようだ。しかし母さんがやさしい言葉をかけようとしたとき、遠くでふたたび砲声《ほうせい》がとどろいた。母さんはさっとマルタにキスをすると、玄関に出て、コートを着た。

母さんはもう一度寝室のドアから顔を出した。

「あんたたち、寝ないつもり？　まだ真夜中よ」

ヘレたちが寝られないことはわかっている。母さんはただ良心《りょうしん》がとがめていたのだ。

「ぼくらのことは心配いらないよ。適当にやるから」

ヘレは母さんにやさしい言葉をかけたかったが、ほかに言葉が思いつかなかった。しかしマルタはベッドから飛びだすと、母さんに駆けより、しっかり抱きついた。しかし今度は止めようとはしなかった。

「すぐもどってくるわ。あんたをひとりぼっちにすると思うの？」それから母さんは、マルタをかかえてベッドに寝かせ、出ていった。

マルタとヘレは、ドアにカギがかかる音を聞いた。そして子どもだけになった。

「お母さんがもどってこなかったらどうなるの？」マルタは小さな声でたずねた。

「もどってくるさ。戦闘《せんとう》しているところまで行くことはできないんだからね」

昨日の晩またやってきたエデが、新聞社街のまわりは封鎖《ふうさ》されていて、兵士たちが「ここを通る者は射殺《しゃさつ》する」という看板《かんばん》を手にしているといっていたのだ。

スパイ

台所はものすごく寒かった。ヘレはかまどの火をおこし、湯を沸《わ》かしてスープを作った。オートミールはふんだんにあった。以前、ランドセルいっぱいにエンドウ豆を入れたブリーゲル運送会社に、エデがまたもぐりこんだのだ。今度はエンドウ豆はなかったが、オートミールがあった。エデは弟のアディとずだ袋いっぱいのオートミールを失敬《しっけい》してきたのだ。重すぎてへたばったが、なんとか家まで運んでかえった、とエデはいった。家でオートミールを半分に分け、ありったけの袋やなべに入れて、ヘレのうちに運んできた。ハイナースドルフに連れていってくれたお返しだという。

だがエデがうちに寄ってくれたのは、そのためだけではなかった。学校でのことを知らせにきたのだ。父さんが家をあけるようになってから、ヘレは学校に行っていなかった。ストライキなのに、母さんも毎日、出かけていたので、ヘレはマルタとハンスぼうやの面倒をみなければならなかったのだ。

学校ではそれほど新しいことはなかった。フレヒジヒ先生とケンカした翌日、フェルスターがなにくわぬ顔でまた学校に来たことくらいだ。フェルスターは、フレヒジヒ先生に好きなようにさせたくなかったのだ。政府側が勝って、ふたたび秩序がもどることを期待しているという。教室では、ボルシェヴィズムを阻止《そし》するために将軍たちと手を組むなら、エーベルトもそう悪くない、と生徒の前でいったという。

それからエデが、ハイナーとアルノとトルーデのことをなにか聞いていないか、ヘレにたずねた。だが、三人が父さんとおなじように新聞社街に入ったことしか知らなかった。トルーデの頼みを父さんに伝えたあと、父さんにもハイナーたちにも会っていない。ただ休戦協定を破られたことに怒って、ふたたびクラーマーおじさんのグループにもどったアッツェが、伝令兼《でんれいけん》食料調達係として新聞社街と外を行き来したとき、父さんに会って、元気でやっているとヘレたちに伝えにきてくれただけだ。

湯はなかなか沸かなかった。スープを作るために、これ以上薪《まき》を使いたくない。冬はまだ長いのに、地下室はすでに空っぽだ。窓辺《まどべ》に立つと、ヘレは夜明けの空を見つめた。

アッツェが来てくれなかったら、父さんが生きているかどうかもわからなかっただろう。だがアッツェが来たのは昨日のことだ。そしてアッツェが父さんに出会ったのは一昨日《おととい》のこと。すでに二日がたっている。二日あれば、なにがあってもおかしくない。

そのとき、大砲《たいほう》の轟音《ごうおん》が聞こえなくなっていることに気づいた。窓をあけて、耳をすました。なにも聞こえない。なにもかもしんと静まりかえっている。だがその静けさがかえって不安を誘った。

昨日の朝、政府軍部隊がシュパンダウの市庁舎に突入し、五十五人の男と八人の女が捕《つか》まったという。

リーダーはその場で射殺《しゃさつ》された。シュパンダウの市庁舎でそんな蛮行《ばんこう》をするくらいだ、新聞社街で政府軍部隊がなにをするかわかったものではない。

湯が沸《わ》いた。ヘレはオートミールをなべに注ぎいれ、砂糖をすこし入れて、かきまわした。なにも考えまいとしたが、うまくいかなかった。占拠《せんきょ》された新聞社の建物が脳裏《のうり》に浮かぶ。新聞用の紙の筒《つつ》で入り口の前に築いたバリケードと、そこに身を伏《ふ》せながら政府軍部隊と対峙《たいじ》する労働者や水兵たち。新聞は占拠した人々を、ベルリンを精神病院にした「犯罪者」と決めつけ、「平安と秩序を取りもどせ」と政府側の人々に呼びかけた。

平安と秩序。最近はこのふたつの言葉がいたるところで飛び交っている。あらゆる宣伝塔《せんでんとう》に書かれているし、かろうじて発行されている新聞にはどのページにも、五回はこの言葉が出ている。そしてオスヴィンが持ってきたビラ。「徹底した仕事」。平安と秩序を回復するために徹底した仕事をするという意味だ。

スープができあがった。マルタはスープをベッドでもらった。ヘレは、ハンスぼうやを台所に連れていくことにした。おむつを替《か》える必要があったし、マルタの問いかけるような顔を見たくなかったからだ。マルタが知りたいことがなにかはわかる。だがヘレには答えようがない。ヘレも、マルタとおなじくらい状況がわからない。ただほんのすこし想像ができるだけだ。だが、想像だけの話はしたくなかった。

おむつを替えるとき、ヘレはハンスぼうやをくすぐった。ハンスぼうやが笑ったのでうれしくなった。

甘いオートミールのスープをたくさん食べられるようになって、ハンスぼうやの具合はずいぶんよくなった。つらい日々の中でたったひとつの光明《こうみょう》だ。フレーリヒ先生も喜んでいた。木曜日、オスヴィンを治療するために四つ目の中庭を訪ねてきたとき、先生はアンニとマルタとハンスぼうやの診察もしてくれた。といっても、先生はマルタを看《み》て笑った。マルタはトイレに行くときをのぞいてベッドから出ようとしなかった。ベッドで安静にすることを、食べても食べてもなくならず、食べるごとにおいしくなるプリンのように堪能《たんのう》しつくしていたのだ。この三日、マルタは父さんのことを心配していなければ、すっかり元気になっていただろう。ハンスぼうやのことは笑わなかったが、先生は満足そうだった。

「こんなによくなってくれれば、わしもがんばった甲斐《かい》があるというものだ」

おむつを替えたばかりのハンスぼうやは、血色がよく見えた。ヘレはハンスぼうやを腕に抱いて、スープを食べさせた。ハンスぼうやの具合がよくなったと聞けば、父さんは大喜びするだろう。だがもしかしたら、父さんはもうその知らせを聞くことができないかもしれない……。

いや、そんなことを考えるものじゃない。不幸は、呼ぶと飛んでくる。くだらないことわざだ。だけど、不幸を呼びたくはない。

「お兄ちゃん！」

マルタだ。最近、マルタは図々《ずうずう》しい。以前なら、怠《なま》け者、なにか欲しければ、台所に来いよ、といえばすんだ。しかしいまは、怠け者であることを許されていた。というより、怠け者でなければならない。

「どうした？」

「気分が悪いの」

(勘弁《かんべん》してくれ!) ヘレは、ハンスぼうやの背中をたたいて、げっぷをさせると、寝室に連れていき、マルタのベッドに腰かけた。

「気分が悪いって? おなかが痛いのか?」

「気分が悪いの」

マルタが腹痛を訴《うった》えたら薬を飲ませるように、フレーリヒ先生からいわれていた。気分が悪いときにどうしたらいいか、聞いていない。

「お茶をいれてやろうか?」

マルタは首をふった。

「湯たんぽがいいかい?」

「それがいい!」

お湯を入れた陶器《とうき》の瓶《びん》をベッドに入れる。考えただけで、マルタの顔がほころんだ。

ヘレはため息をつきながら台所にもどって、まだ熱を持っているかまどにやかんをかけ、戸棚《とだな》から古い陶器の酒瓶を出した。酒瓶に熱湯を入れて、コルクで栓《せん》をし、足元に置く。寒い日には最高だ。気分が悪ければ、湯たんぽをおなかにのせてもいい。たいていは、これで元気が出る。

玄関をノックする音がした。ヘレはそっと玄関に出た。母さんのはずはない。母さんなら、カギを持って出たはずだ。それに、ノックのしかたがちがう。

「だれ？」

「おれだよ」

レレ？　ヘレはすこしだけドアをあけた。

「なんですか？」

レレは住まいをのぞこうとした。

「おやじさんはいるかい？」

「寝ていますけど」

レレはヘレの言葉を信じなかった。

「起こしてきてくれないか。話したいことがあってね」

「無理に起こしたら、なぐられちゃいますよ」

「うそをいうな。おやじさんは、そういう人間じゃないはずだ」

「どうしてわかるんですか？」

レレはドアに足をはさんで、むりやり中に入ろうか迷っているようだった。だがヘレの鋭《するど》いまなざしを見ると、やめることにして、そのまま階段をあがっていった。

ヘレはしばらくレレの後ろ姿を見てから、ドアをしめた。レレが押し入ろうとしても、ヘレのほうが早かったはずだ。仮に足をドアにはさめたとしても、ヘレは力任せに閉じただろうから、骨が折れていたにちがいない。

「だれだったの？」

マルタが元気のない声でいった。ヘレは沸《わ》いたお湯を酒瓶《さかびん》に入れ、栓《せん》をして、マルタのところへ持っていった。その酒瓶をマルタのおなかにのせ、湯たんぽをもうひとつ足元に置いてから、ヘレは答えた。

「スパイのレレだった」

父さんがうちにいるかどうか、どうしてレレが気にする必要があるだろう。ふたりは友だちでもないのに。それに、なぜ用件をいわなかったんだ。ヘレは、父さんの予感が当たっていると思った。レレは父さんに疑われるようなことばかりしている。政府軍部隊が日に日に勢いを増すにつれ、レレはアパートじゅうをかぎまわるようになった。親しげにふるまう一方で、厳しいところがあり、人を誉《ほ》めたり非難したりしていた。そして兵士がオスヴィンを痛めつけたことをシュルテばあさんが嘆《なげ》くと、自業自得《じごうじとく》、罰《ばっ》せられて当然だ、と冷たくいい放ったという。

シュルテばあさんはあぜんとしてしまって、返す言葉がなかった。家賃《やちん》が必要でなかったら、レレのようなごろつきはとっくにほうりだしているとぼやいた。レレを嫌っていたのは、シュルテばあさんだけではなかった。アパートの住人はみんな、彼のことをよくいわなかった。

マルタが病気で内職を手伝えなくなってから、アンニの弟ヴィリがシュルテばあさんの手伝いをするようになり、シュルテばあさんはヴィリとオットーの面倒をみていた。病気がぶりかえして寝たきりになったアンニにとっても、夜遅く帰宅するアンニの母親にとっても、だいぶ気が楽だった。ところがレレは、はじめの日からヴィリをあごで使い、あれやこれや用をいいつけた。アンニの母親が、たまりかねて、中庭でレレに声をかけると、レレはまるでゴミかなにかのように無視したという。

「スパイってなに?」マルタはしばらく考えこんでからたずねた。

「人のことをかぎまわって、密告《みっこく》する奴のことさ」

「だれかを密告したの?」

「そういうつまらない質問をする奴のことをな」

マルタが笑った。

「だれのことをいってるの?」

「おまえだよ。決まってるだろ」

万事休す

母さんはどこにいるんだ!

ヘレは窓辺《まどべ》のベンチにすわって中庭を見張った。中庭の扉《とびら》があけしめされるたび、身を乗りだして、がっかり肩を落とした。いくら待っても、母さんは帰ってこない。もうとっくに砲声《ほうせい》は聞こえなくなっているというのに。

アンニの母親が中庭に出てきて、まるでいつもの土曜の午前みたいに、絨毯《じゅうたん》をたたきはじめた。

いや、鉄棒にかけたものは、正確にいうともはや絨毯《じゅうたん》ではなかった。黒く薄汚《うすよご》れ、カビが生え、いたるところ穴だらけのボロ布だ。だからアンニの母親は、絨毯がちぎれてしまうのを恐れて、あまり強くたたかない。だがほかになにで半地下の冷たい床をおおったらいいだろう。段ボールでは役に立たない。

アンニは窓辺《まどべ》で、母親を見ているだろうか。首を曲げてのぞいてみたが、なにも見えなかった。しかたなく、ヘレは窓をあけて、体を乗りだした。アンニは窓辺にいなかった。この数日、中庭にも姿を見せない。

「退院させられるのが早すぎた。すぐに再入院すべきだが、あいにくベッドのあきがない」とフレーリヒ先生はいっていた。栄養失調やインフルエンザの患者よりも、市街戦の負傷者が優先されていた。

ヘレはアンニと話がしたいと思っていた。元気がなくなっているのなら、あんまり嫌《いや》みをいわないだろう。いったいどうなっているのか、わけを話してくれるかもしれない。だけど、アンニが窓辺に立たなかったら、話しかけようがない。住まいを訪ねるのもだめだ。母親がふたりきりにしてくれないだろう。アンニはオスヴィンのところに来るわけにいかない。オスヴィンが寝込んでいるかぎり、アンニはオスヴィンのベッドを使えない。

中庭の扉《とびら》があいた。ヘレは窓に額《ひたい》を押しつけ、ほっと安堵《あんど》の息をはいた。

母さんだ！　やっともどってきた！　ヘレは窓をあけて、手をふろうとしてやめた。母さんがアンニの母親に抱きついたのだ。いったいどうしたんだろう？

ヘレは一瞬、体が硬直《こうちょく》した。すぐにカギをつかみ、上着をはおらずに中庭に駆けおりた。

ヘレの姿を見つけると、母さんは気を取りなおし、ハンカチを出して、鼻をかんだ。

「父さんは？」ヘレがたずねた。

「わからないわ……たくさん……人が死んで……連行されていったわ。なんてこと。なんでいまになって涙が止まらなくなるのかしら。まる一日、泣かずにいたのに」

「思いっきり泣きなさい」絨毯のことを忘れて、アンニの母親がいった。「すこしは気持ちがおさまるから」

そして母さんに肩を貸して、階段をあがるのを手伝った。ヘレはただぼうぜんとあとについていった。

「子どもたちに、こんなところを見せられないわ」アンニの母親が寝室に連れていこうとすると、母さんはそういって、台所に入った。ソファにどさっと腰かけると、市内で見たことを話しはじめた。政府軍部隊は重火器《じゅうかき》で二時間にわたって社会民主党機関誌『前進』の社屋《しゃおく》を攻撃した。建物が破壊され、倉庫の紙に火がついて、建物はひどい煙《けむり》に包まれた。中に立てこもっていた人々は息ができなくなり、闘《たたか》うのをあきらめた。新聞社に籠城《ろうじょう》したのは五、六百人といわれているが、逮捕《たいほ》されたのはわずか三百人だった。

「なんてこと！」アンニの母親が信じられないというようにつぶやいた。いままで革命からは距離を置いていた。この何か月か市内に行くひまもなく、新聞も読んでいない。知っているのは、酒場にやってくる男たちから聞く話だけだ。母さんの話を聞いて、アンニの母親ははじめてショックを受けた。

母さんは話しつづけた。フリードリヒ通りとウンター・デン・リンデン通りの十字路まで行ったが、その先は政府軍に封鎖《ふうさ》されていた。だがそこに立っていたのは母さんだけではなかった。たくさんの男や女が家族や友の安否《あんぴ》を気づかい、すこしでも新聞社街の様子を知ろうと真夜中に集まってきたのだ。

「ご主人がどうなったかわからないの？」アンニの母親がたずねた。

「わからないわ。ずっと待っていたんだけど、逮捕者《たいほしゃ》は連行されたと聞いて、もどってきたの」

ヘレはもうじっとしていられなかった。こんなに大変なことになっているのに、台所にじっとすわって、外を見ていることはできない。しかし、十三歳のヘレになにができるだろう。大人もぼうぜんとしているのに。

「スパルタクス団はなんでもっと早くあきらめなかったの？　いったいなにを待っていたのよ」アンニの母親はまったくわかっていなかった。悲惨《ひさん》なことしかもたらさなかった戦争とおなじように、今回の市街戦も意味がないと思っているのだ。アンニの母親は、新聞社を占拠《せんきょ》した労働者や水兵や兵士を、十把一絡《じっぱひとから》げのようにスパルタクス団と呼んだ。政府の物言いとおなじだ。だが占拠に加わった者がみな、スパルタクス団なわけではない。革命に失望しただけの人々もたくさん加わっていたのだ。

「なにも待ってはいなかったわ」母さんが小さな声で答えた。「なにも待ってはいなかった。ただ政府の不正にだまっていられなかったのよ」

アンニの母親には、それも理解できず、なにも聞こうとしなかった。

「ほかの新聞社はどうなったの？」ヘレがたずねた。

「占拠していた人たちは逃げたらしいわ。『前進』の社屋《しゃおく》が陥落《かんらく》したのを知って、あきらめたのよ」

「それでいいのよ」アンニの母親がいった。「頭から壁にぶつかっていっても、どうにもならないわ」

母さんはヘレの手をにぎった。

「もしかしたら、父さん、逮捕されているかもしれないわ」

そのとき、マルタが玄関にあらわれた。足音で目が覚めたばかりなのか、目をこすっている。母さんを見て、マルタは飛びついた。

「だいじょうぶよ。もうだいじょうぶよ」母さんはマルタをやさしくなでた。

戦争よりもひどい

シュルテばあさんは台所のソファにすわっていた。

なんであたしのいうことをきかなかったの？　はじめからこうなるっていっていたでしょう。シュルテばあさんはそういう表情をしていた。だが自分が正しかったことを喜んではいなかった。

母さんは何度も窓辺《まどべ》に立って外を見た。父さんが無事にもどってくるのではないかと、はかない希望をいだいていたのだ。

シュルテばあさんは見えないパンくずを払うように、テーブルの上で手をすべらせた。なにかしないではいられなかったのだ。しかし、なにをしたらいいかわからなかった。

「この宙ぶらりんな状況には耐《た》えられないわ」母さんは独り言《ひとごと》のようにつぶやいた。「状況がはっきりすれば、すこしは耐えられるのに」

「へたなことをいうもんじゃないよ！」シュルテばあさんはそういって、十字を切った。

シーツにくるまってソファのはじっこで小さくなっているマルタは、すこしでも動いたら不幸を招《まね》くとでも思っているのか身じろぎしなかった。みんながなにを心配しているか、マルタもすでに知っていた。だが泣かずに、じっとなにか考えている。

母さんがさらになにかいおうとしたとき、足音が聞こえた。中庭を急いで横切る足音だ。ヘレといっしょに母さんは窓辺《まどべ》に立った。

アッツェだ！　アッツェはちらっとヘレたちのほうを見上げて、横の階段に姿を消した。

母さんは玄関でアッツェを出迎え、食い入るように顔を見つめた。

「生きているの？」

アッツェは息を切らして、台所の椅子《いす》にすわった。

「ねえ、なにか知ってるんでしょう？」

「おやじさんは生きているよ」それだけいって、アッツェはまず水を入れたコップに手をのばした。一滴もこぼさずぐいっと水を飲むと、コップをバンと置いて、頭をかかえた。

「あいつら、人間じゃない」アッツェはすすり泣いた。

「なにがあったの？　教えて！」母さんがせっついた。

アッツェは深呼吸すると、はじめから話しはじめた。

「おやじさんとモーリッツに会ってきたよ。おやじさんは、逮捕《たいほ》されてたそうだ。だけど、運よく、逮捕者を見張っていた兵士のひとりがかつての戦友で、隙《すき》を見て逃がしてくれたんだ」

「クルーゼ、パウル・クルーゼっていう人じゃない？」母さんがたずねた。

アッツェは兵士の名前までは知らなかった。また水を飲むと、話をつづけた。

「おやじさんの話だと、二度目の砲撃《ほうげき》を受けたあと、『前進』の社屋《しゃおく》を占拠《せんきょ》していた仲間たちは六人の軍使《ぐんし》を包囲軍に送ったそうだ。遠くからでもわかるように白旗《しろはた》をふった。自由を保障するなら、建物を明け渡すと伝えにいったんだ。重火器《じゅうかき》を前にしては闘《たたか》ってもかなわない。むだな血を流したくなかったのさ。それなのに、包囲軍の司令官は交渉を拒絶《きょぜつ》して、無条件降伏《こうふく》を伝えさせるために軍使のひとりを返して、残りの五人をその場で撃《う》ち殺したんだ。政府は血を流すことをやめようとさかんにいっていたはずなのに」

「なんてこと！」シュルテばあさんは胸をおさえた。

「軍使なんでしょう？」ヘレは信じられないというように聞きかえした。フェルスターが戦争にも決まりがあるといっていたことを思いだしていた。その典型的な例のひとつが、軍使には危害を加えないということだといった。戦争でも守らなければならない決まりを政府軍が無視したということは、新聞社街で起こったことは戦争よりもひどいことになる。

「あいつら、血がのぼってどうしようもなくなってたんだ。おれたちが捕《つか》まえて解放した将校《しょうこう》をぼこぼこになぐりつけたほどだ。その将校《しょうこう》がおれたちに丁重《ていちょう》に扱われて、感謝しているところを目撃した、ただそれだけでな」アッツェは関節が白くなるほど強く拳《こぶし》をにぎりしめた。「あいつら、復讐《ふくしゅう》したいだけなんだ。逮捕《たいほ》した者たちを壁に立たせ、おれたちの伝令《でんれい》をふたり、ムチで打ちのめして、撃《う》ち殺したんだ」アッツェは涙をおさえられなくなった。怒りと無力さと絶望の涙だった。

アッツェも、捕《つか》まっていたら、おなじようにムチを打たれて、撃ち殺されていただろう。かつての戦友に出会っていなかったら、父さんも助からなかったかもしれない。

「ほかの人たちは？」母さんが小さな声でたずねた。

「アルノとほかのふたりの水兵は、逮捕されたあとで逃げだした。ハイナーも逃げようとしたんだけど、逃げ遅れて……ももを撃たれた」

ももを撃たれただって！　ヘレは胃がひっくりかえりそうになった。

ハイナーとアルノはまだ生きている。死んではいない。運がよかったんだ。そう自分にいいきかせても、ヘレは安心できなかった。

「トルーデは？」シュルテばあさんがたずねた。

アッツェはトルーデのことをまったく話題にしなかった。それがどういう意味か、ヘレにはわかっていた。だが答えを聞きたくなかった。そのまま立ちあがって、台所から出ていきたいくらいだった。だがそのまますわりつづけた。知らなければならない。いや、知りたいと思った。

アッツェはうなだれた。

「おやじさんが最後に見かけたとき、トルーデは四階の窓で通りに向かって銃を撃っていたらしい。だけど、砲撃《ほうげき》が終わったとき、四階と五階は完全に破壊されていたそうだ。外壁《がいへき》すら残っていなかったっていう話だ。トルーデが怪我《けが》をしただけなら、消息がわかっているはずだ」

マルタには話の内容がわからないとヘレは思っていたが、それまでずっと静かに話を聞いていたマルタがいきなり泣きわめいて、枕に顔をうずめた。シュルテばあさんがマルタを抱きよせた。

「この子には聞かせるべきじゃなかったね」

だがいまさら遅すぎる。

「あいつとは、もう一度話がしたかったよ」アッツェは小声でいった。「あやまりたかった。革命なんて無意味だっていったのは、本気じゃなかったんだ」

「トルーデはちゃんとわかっていたわよ」母さんはアッツェを慰《なぐさ》めた。「一度もあんたのことを悪くいっていなかったわ」

しばらく台所は沈黙に包まれた。だれひとりなにもいわなかった。みんな、いつも愉快《ゆかい》で、いざとなると真剣で毅然《きぜん》としていたトルーデのことを悼《いた》んでいたのだ。アッツェが急にヘレのほうを向いた。

「おまえに頼みたいことがあるんだ」

「だれの頼み？」母さんがたずねた。

「おやじさんだよ」

「だけど……あの人はどこにいるの？　なんで自分で来ないの？」

アッツェはシュルテばあさんを見た。

「なんだよ！　あたしが信用できないのかい？」

「ヘレかマリーにだけいうようにいわれているんだ。悪いな」

シュルテばあさんは背筋をのばした。

「席をはずせっていうんだね」

「わかって、シュルテばあさん！」母さんがいった。「信用しないわけじゃないの。あたしたち以外に話すなってルディにいわれたら、アッツェはいわれたとおりにするしかないじゃない」

「隠し事ばかり。冗談じゃないよ」シュルテばあさんはそうぶつぶついいながら、出ていった。

シュルテばあさんが玄関のドアをしめるのを待って、アッツェはいった。

「アパートのほかの住人には知られないようにしろってルディにいわれたんだ。ここにスパイがいるってにらんでいる」

「それで、頼みってなんなの？」母さんがせっついた。

アッツェはマルタを見た。ヘレは妹を抱いて、寝室に連れていった。マルタはいやがらなかった。抵抗もしなかった。

「トルーデがかわいそう」ヘレが毛布をかけてやると、マルタはぽつりといって、毛布を頭からかぶった。ヘレがなでようとすると、手を払いのけた。トルーデが死んだのは、すべての大人に責任があると思っている。そしてヘレも、大人のひとりに数えていたのだ。

いた。だがもう何週間も見ていない。

「まだ小包を持っているだろう？」ヘレがもどってくると、アッツェは開口《かいこう》一番そうたずねた。

小包？　ヘレはすぐにはぴんとこなかった。はじめのうちは、毎日、小包がちゃんとあるか確かめていた。だがもう何週間も見ていない。

「あれがいるの？」

「アルノのところに運んでほしい。自転車で頼む」

「アルノはどこにいるの？」

「穀物倉《ショイネ》地区だ。歩兵《グレナディア》通り四十一番地、裏手の棟《とう》の三階。ロートっていう表札《ひょうさつ》が出ている。ユリウス・ロートだ」

穀物倉《ショイネ》地区といえば、アレクサンダー広場の北側にある、犯罪者のたまり場とまでいわれている地区だ。石畳《いしだたみ》の数よりも犯罪者のほうが多いといわれている。だがそれは正しくない。そこにも正直者はたくさんいる。しかし変わった店が多い。価格の札《ふだ》もドイツ語ではなく、別の言葉で書かれていて、ヘレにはちんぷんかんぷんだった。母さんから教えてもらったことがある。その言葉はヘブライ語で、そのあたりにはポーランドやロシアから移住してきたたくさんのユダヤ人が住んでいるのだという。もちろんその地区が気に入ったからではない。大家族で暮らすのに家賃《やちん》が手頃《てごろ》だったからだ。

「なんであんたが自分で小包を運ばないの？」母さんは気に入らなかった。「通りは兵隊でいっぱいでしょう」

「伝令《でんれい》の仕事がまだ残っているんだ。まだやることがたくさんあるんだよ」アッツェはすでに玄関に出ようとしていた。「なにかあって、歩兵《グレナディア》通りでだれにも会えなかったら、エルサレム通りに行ってくれ。二十四番地、正面の棟《とう》の四階。F・ミュラーだ。三回強くたたいて、一回小さくたたくんだ。わかったか？」

エルサレム通りといえば、穀物倉《ショイネ》地区とは王宮をはさんで反対側だ。デンホフ広場の近く、シュピッテルマルクト広場からも遠くない。ヘレはノートを破いて、紙切れにメモをとろうとした。アッツェがその紙を奪いとった。

「気はたしかか。おまえが捕《つか》まったら、住所がばれてしまうじゃないか」

アッツェのいうとおりだ。住所は暗記するしかない。ヘレは念のため、復唱《ふくしょう》した。

「歩兵《グレナディア》通り四十一番地、裏手の棟の三階、ユリウス・ロート。エルサレム通り二十四番地、正面の棟の四階、F・ミュラー。三回強くたたいて、一回小さくたたく」

アッツェはうなずいた。だが、母さんはまだ心配していた。

「エルサレム通りにはだれがいるの？」

「さあ、知らない」アッツェは肩をすくめた。「モーリッツかもしれないし、ルディかもしれない。とにかく仲間のだれかだ」アッツェは母さんに別れを告げ、ヘレに一刻も早く行くようにいった。

「みんな、おまえが来るのを待っているんだ」

穀物倉《ショイネ》地区にて

かつてクラーマーおじさんのところに運んだときのように、ヘレは下着の中に小包を押しこんだ。自転車で走っているあいだ、肌に直接感じた。ヘレは歩兵《グレナディア》通りまで近道をとった。コッペン広場、ギプス通り、ヴァインマイスター通り、ミュンツ通り。

ミュンツ通りは穀物倉《ショイネ》地区の真ん中を通る道だ。狭《せま》い通りの左右に立ちならぶ建物はせいぜい三、四階建てだ。穀物倉《ショイネ》地区の建物はたいていそのくらいの高さしかない。だが薄汚《うすよご》れてみすぼらしい感じはなかった。建物はみな、色とりどりで、日中の通りは人でごったがえしている。そこにはベルリン一古い映画館「ビオグラーフ劇場」があるし、小さなレストランや酒場や商店や職人の工房や本屋や貸本《かしほん》屋が軒《のき》を連ねている。だが今日はどこも店じまいしていて、ほとんど人通りがない。かわりにヘレは、歩《グレナ》兵《ディア》通りの角で騎馬《きば》部隊と出くわした。アレクサンダー広場からまっすぐやってくる。ゆっくり進みながら、通りに異常がないか調べている。ヘレはとっさに、歩兵《グレナディア》通りと平行して走っている竜騎兵《ドラゴーナー》通りに曲がった。ところが、シェンデル横町を右折して歩兵《グレナディア》通りに入ろうとしたとき、パトロールしている部隊がいることに気づいた。ヘレはサイクリングしているふりをして、ぐるっと向きを変え、シェンデル横町を左折し、アルテ・シェーンハウス通りを横切り、ムラック通りまで走った。

ベルリン一悪名高いといわれる穀物倉《ショイネ》地区の中でも、ムラック通りはとりわけいかがわしい通りだといわれている。ヘレが耳にしたことのある話だけでも、ミステリー小説が何冊も書けるだろう。だがいまはそんなことを考えている場合じゃない。どうしたらいいか必死で考えた。母さんがいったとおり、街じゅう兵隊だらけだ。アルノのところに行くつもりなら、兵隊のあいだをすり抜けるしかない。だが小包を持ったまま通りぬけるわけにはいかない。小包を持っていることがばれれば、捕《つか》まってしまう。

ヘレは小包をどこかに隠して、アルノのところへ行き、隠し場所を教えることにした。

すこし先に入り口のあいている門がある。ヘレは自転車の速度を落として、門の中をのぞきこんだ。静かだ。家も中庭も真っ暗だ。ヘレはだれかをさがすふりをしながら、暗くてカビくさい中庭にゆっくりと自転車をこぎいれた。まるでどこかの村にたどりついたような雰囲気だ。だれかに見られていないか確かめてから、手にした小包を木組みの家の骨組みと壁のあいだの隙間《すきま》に押しこんだ。それからもう一度あたりの様子をうかがって、中庭を出た。通りで番地を確認すると、自転車をこいで来た道をもどった。

小包を隠しておいたのは正解だった。鉄兜《てつかぶと》をかぶった兵隊がヘレを止めて、どこへ行くつもりかたずね、身体検査をしたのだ。さがしていたのは小包ではなく、武器だった。だが小包を持っていたら、見つかっていただろう。

ヘレはどこへ行くつもりかすぐにいった。

「病気のおばさんがいて、起きられないんで、部屋の暖房をしてあげにいくところなんです」

兵隊たちは、感心な子だといって、すぐに通してくれた。

ヘレは一度もふりかえらず、シェンデル横町を抜けて、歩兵《グレナディア》通りに右折した。兵隊たちから見えなくなると、自転車の速度を落とした。四十一番地があった。左はタバコ屋で、右は石炭店だ。車の入れる大きな門の横に「マルツァー助産婦」という表札《ひょうさつ》が出ていた。

ヘレは四十一番地をいったん通りすぎ、通りの様子をうかがってから、後ろをふりかえった。兵隊に見られていないことを確認すると、自転車をまわして、四十一番地の門に入り、中庭で自転車を降りた。そのあたりの建物の高さが低いのと比例するように、中庭もヴェディンク地区よりも狭《せま》くて奥行きがなかった。建物の壁に自転車を立てかけると、ゆっくり階段をあがった。

ユリウス・ロートという表札があった。

ここではどういうノックをしたらいいのか、アッツェから聞いていない。ふつうにノックして、階段のそばまでさがることにした。

ドアの向こうで足音がした。だれかが、のぞき穴をのぞいた。ヘレは、自分の姿がよく見えるように、前に出た。

ドアがあいた。

アルノだ！　ヘレは水兵に飛びついた。アルノはヘレを腕に抱いて、住まいにそっと導いた。

「ヘレ！　よく来てくれた」

アルノも、ヘレと再会できて喜んでいた。だが本当にアルノだろうか？　記憶の中のアルノよりやつれている。険《けわ》しい顔をして、表情が暗い。

「小包は？」

兵隊に何度も出くわしたので、途中で隠したと、ヘレは伝えた。

「兵隊だって？」アルノはそわそわしだして、兵隊たちと小包の隠し場所のことを詳《くわ》しくたずねた。それから、真っ暗な部屋にヘレを通した。暗闇《くらやみ》に目が慣れるまで、なにも見えなかった。最初にヘレの目にとまったのは、天井までとどく壁の本棚《ほんだな》だ。本が隙間《すきま》なくびっしり並んでいる。だが本は窓際《まどぎわ》のデスクの上にもうずたかく積まれ、床にもころがっている。窓の横に口ひげの水兵が立っていて、ヘレにうなずいてよこした。水兵がもうひとりいる。顔に傷のある青白い若者だ。

「文書を持ってきたのか？」

声は本棚の前にあるソファからだった。銀髪の男がソファにすわって、じっとヘレを見ていた。となりに若い女がいる。ふたりは、駅にでもいるようにコートを着たままだ。

アルノは、ヘレが文書を持ってこなかった理由をふたりに説明した。

「気に入らないな。ここを出るのはもうすこし待ったほうがいい」

若い女が窓辺《まどべ》に行って、外を見た。

「これ以上ぐずぐずしていたら、見つかってしまうわ」

若い女は銀髪の男のことを心配しているようだった。身の安全を確保しなければならない重要な人物にちがいない。だがユリウス・ロートという名前は一度も聞いたことがない。それとも銀髪の男はユリウス・ロートではないのだろうか？　クラーマーおじさんも、しばらく偽名《ぎめい》を使っていた。

「兵隊は武器をさがしていました」ヘレはいった。「武器を持っていなければ、通してくれますよ」

銀髪の男はまだ迷っていた。

「危険をおかすしかあるまい」

「でも、正体がばれたらどうするの？」若い女がいった。

「それほどの有名人ではないさ」

銀髪の男はカバンをとると、コートのボタンをしめた。男はただの老人ではなかった。かなり好感のもてる紳士《しんし》だ。

若い女は拳銃《けんじゅう》をポケットから出すと、テーブルに置いた。

「ここに置いていったほうがよさそうね」

銀髪の男はもう一度ふりかえると、アルノにいった。

「ユリウスに会うことがあったら、よろしく伝えてくれたまえ」

やはり男はユリウス・ロートではない。ここに身を隠していただけだ。ヘレは、どこかでその男を見かけたような気がしてならなかったが、いつどこだったかどうしても思いだせなかった。

「屋根裏からとなりの家に抜けたほうがいいだろう」口ひげの水兵がいった。「この家から直接でないほうがいい」

「みんなは来ないの？」ヘレはアルノにたずねた。

「おれたちは、三メートルも歩いたらやられちまうよ」アルノはにやりとした。「奴ら、おれたちを相手に狩《か》りをしてるんだ」それから真剣な顔つきをした。「本当に無理なんだ。だから、この人たちといって、文書を渡してくれ」アルノはヘレを軽くこづいた。「また会おうな。今度、会うときは、再会を祝おう。家がふるえるくらい大騒ぎするからな。四番目の中庭の住人をみんな招待するんだ。だから、みんなによろしく伝えてくれ。とくにマルタとハンスぼうやにな」

銀髪の男と若い女はすでに階段をあがっていた。ヘレはあとを追い、がらくたが詰めこまれた屋根裏部屋を抜け、となりの家の階段を降りた。そのとき、ヘレは四十一番地の階段のそばに自転車を置いてきたことを思いだした。ヘレはとってきたかったが、あきらめることにした。自転車のために、ふたりの命を危険にさらすわけにはいかない。

その家の中庭はとなりとそっくりだった。だがそれほど小さくなかった。

廊下《ろうか》で若い女が銀髪の男を押しとどめ、さきにドアから通りをうかがった。そして身を固くした。

「鉄兜《てつかぶと》だわ！　いっぱい鉄兜が見える！」

銀髪の男もドアの隙間《すきま》から外をのぞいて、つぶやいた。

「狙《ねら》いはわれわれだ」

「どうしよう。屋根づたいに逃げる？」若い女がいった。

「いや、むだだ。屋根の上にはとっくに見張りがついているはずだ」男はすこし考えてからいった。

「ふたりして行くんだ。連中はおまえたちをさがしているわけではない」

「あなたはどうするの？」若い女がいった。

「階段に隠れて、やりすごすよ」

「あたしはいっしょに残るわ」

「なんのためだ」

「あなたを助けられるかもしれないでしょう」

男は、逃げろと説得しなかった。なにをいってもむだだと観念《かんねん》していたのだ。男はヘレに手をさしだした。

「もう会うことはないかもしれない。感謝するよ」

「小包はどうしたらいいですか？」

「あきらめるしかないだろう。隠した場所を教わっても、われわれがさがしにいったら、目立ってしまう」

「でも、ぼく、待ってます」

「好きにしたまえ。しかし危ないまねをしてはいけない」

男は時計を見た。その瞬間、男をどこで見かけたか、ヘレは思いだした。アルノたちと王宮厩舎《きゅうしゃ》に向かっていた日のことだ。ローザ・ルクセンブルクの横で、演説を終わらすようにいっていた男だ。あのときも、おなじように時計を見ていた……。

「さあ、行きたまえ」男はドアをすこしあけて、危険でないか確かめると、ヘレにうなずいた。

「目立つことはするな。この家に住んでいるふりをするんだ」

ヘレは通りに出て、あたりを見まわした。

トラックが一台、四十一番地の前にとまっている。武装した兵士を満載《まんさい》している。家の入り口の前で、大尉《たいい》が行ったり来たりしている。大尉はちらっとヘレを見て、すぐに背を向けた。ヘレはのんびり通りを歩いた。

始末するぞ

「水兵が隠れています！」

ひとりの兵士が門から出てきて叫ぶと、また姿を消した。大尉が命令を発すると、兵士たちがトラックから降りて、四十一番地の家を遠巻きにした。大尉はさらに、屋根の煙突《えんとつ》の陰《かげ》に隠れているらしい兵士に向かって合図《あいず》を送った。

ひとりの兵士がヘレの目の前にやってきて、四十一番地の向かい側にたつ四十二番地の正面玄関に立った。

「ぼうず、家にもどれ。もうすぐ撃《う》ち合いになるぞ」

ヘレは兵士の肩章《けんしょう》を見た。コガネムシ駐屯地《ちゅうとんち》の近衛師団《このえしだん》だ！　去年の十一月には革命に加わり、十二月にはショセー通りを血の海にした連中だ。新聞社街の戦闘《せんとう》に投入された部隊の一部だろう。そしてこんなところにまでやってきた。

兵士はヘレの険《けわ》しい目つきに気づいた。

「好きにしな」そういって、屋根を見上げた。

四十一番地の前にいたのは、もうヘレひとりではなかった。まわりの家の窓から顔を出している者もいたし、野次馬《やじうま》も集まっていた。ほとんどは女だが、老人や若者もちらほらまじっている。とばっちりをうけるのを恐れて店じまいした店主も何人か、入り口の前に立って見ている。みんな、屋根を見上げている。そこでいまにもなにかが起こるとでもいうように。

大尉は左右の家にも兵士を向かわせた。兵士が四人、銀髪の男と若い女が隠れている家に入っていった。ヘレは心臓が止まるかと思った。いまにも銃声《じゅうせい》が聞こえると思った瞬間、機関銃がいっせいに火を噴《ふ》いた。だが銃声は銀髪の男が隠れている家からではなかった。聞こえたのは四十一番地のほうからだ。だれも住んでいないと思ったその家から、人の声が聞こえた。住人が数人、通りに逃げだしてきて、自分たちの家に銃弾《じゅうだん》が撃ちこまれるのをぼうぜんとながめた。ほかの住人は住まいの鎧戸《よろいど》をしめた。そして機関銃の射撃音《しゃげきおん》が突然やんだ。

水兵たちを捕《つか》まえたんだろうか？　ヘレがすこし前に出ようとすると、四十二番地に立っていた兵士に押しもどされた。

ほかの野次馬たちも、トラックに近づこうとした。

「捕《つか》まえたのかい？」しばらく前からかみさんと店の前に立っていた肉屋の主人がたずねた。

「さがれ！」大尉《たいい》はどなった。「さがれ！」

肉屋の主人と数人の野次馬《やじうま》が数歩あとずさった。だが女たちと若者、そして数人の老人はいうことをきかなかった。

「彼らを殺すんじゃない」老人が叫んだ。「命だけは助けてやってくれ」

大尉はふたりの兵士に命じて、人々を押しもどさせた。

「あそこだ！」ふたたび店の前に立っていた肉屋の主人が指さした。「屋根の上だ」

口ひげの水兵だ。屋根づたいに逃げようとしている。煙突《えんとつ》の陰《かげ》に隠れて、屋根の上の兵士たちに抵抗しようとした。兵士たちが四方八方から撃《う》ちはじめた。野次馬は近くの家や店に逃げこみ、自宅から様子を見ていた者たちは窓をしめた。兵士たちはトラックの陰に身を隠した。四十二番地に立っていた兵士はヘレを家に追いかえそうとしたので、ヘレは自分から家の中に入って、壁によりかかりながら荒い息をした。

銃声《じゅうせい》はどんどん激しくなる。ヘレは、銃声の聞こえるのが屋根の上からか、通りからか聞きわけようとしたが、いたるところから銃声がして、まるでわからなかった。ときどき走りまわる足音がした。兵士たちは有利な射撃《しゃげき》位置に移っているのだ。ヘレは緊張と不安から唇《くちびる》をかみ切ってしまった。

撃ち合いがどのくらいかかったのかわからない。ヘレは時間の感覚を失っていた。ただぼうぜんと立ちつくし、銃声を聞いていた。クリスマスイヴの銃撃戦《じゅうげきせん》で見知らぬ家に逃げこんだことを思いだしていた。

突然、銃声がぴたっとやんで静かになった。ヘレは扉《とびら》をそっとあけて、ぎょっとなった。通りに兵士がふたり立っていて、それぞれ、手をあげ、屋根を見上げている銀髪の男と若い女に銃を向けている。「降伏《こうふく》しろ！」トラックの陰から大尉が叫んだ。「武器を捨てるんだ。さもないと、そこのふたりをここで始末するぞ」

口ひげの水兵が軒《のき》に横たわっていた。腕を広げ、頭をがっくり落としている。煙突の横にアルノが立っている。銃を手にして、まだ迷っているようだ。

「降伏しろ！」銀髪の男もそう叫んだ。それから若い女に向かって、小さな声でいった。「こんなところで討《う》ち死《じ》にしても意味がない」

アルノは銃を通りに投げた。がしゃんと銃が音をたてて落ちた。アルノの横に、顔に傷のある若い水兵があらわれた。まだ迷っているようだ。アルノは銃を取りあげると、通りに投げ捨てた。そして口ひげの水兵の遺体をかつぎあげるためにかがみこんだ。

屋根の上にいた兵士たちがふたりに近づき、銃を構えたまま連行した。

銀髪の男はだまってトラックの荷台にあがり、腰をおろした。若い女もだまって従った。大尉は屋根から降りてきたふたりの水兵のほうを向いた。ふたりは死んだ戦友をかついでいた。若い水兵は額《ひたい》から血を流していたが、アルノは無事なようだ。ふたりは口ひげの水兵にこれ以上痛い思いをさせないようにそっとトラックに乗せて、自分たちも荷台にあがった。

ヘレは扉《とびら》を大きくあけると、扉によりかかるようにして体を前に出した。アルノに、自分が無事なことを知らせたかったのだ。アルノはヘレに気づいたが、表情をまったく変えなかった。

薄いコートを着た女が野次馬《やじうま》のあいだから出てきて叫んだ。

「その人たちをどこに連れていくの？」

大尉《たいい》は女を無視して、兵士たちにトラックに乗るよう命じた。女が大尉の前に立ちはだかった。ヘレは、アルノがほんの一瞬、筋肉を緊張させたことに気づいた。おとなしくしていたのは、逃げる機会をうかがっていたからなのだ。兵士たちが大尉と女に目を向けているいまこそ、そのときだ。

若い水兵も体を起こして、アルノが合図《あいず》するのを待った。そして大尉が「うせろ！」と女にどなったとき、アルノたちは見張りを押しのけてトラックから飛びおり、走りだした。若い水兵はミュンツ通りのほうへ、そしてアルノはリーニエン通りに向かって走った。

兵士たちは通りにひざをついて、銃の引き金をひいた。アルノが立ち止まり、ぐるっと体をまわして倒れた。若い水兵は近くの家に逃げこんだ。兵士が三人、あとを追った。

ヘレはアルノが起きあがり、逃げるか、捕《つか》まるのを待った。しかしアルノは動かなかった。拳銃《けんじゅう》を抜いた大尉が近寄って、アルノにかがみこんだ。それから拳銃をしまい、ふたりの兵士に来るように手で合図した。

凍《こお》りついた体

ヘレは店じまいした商店の階段にすわりこんでいた。ふるえていた。体の芯《しん》まで凍《こご》えていた。だが、そこを立ち去ろうとしなかった。ヘレはがむしゃらに街を走った。どこでもいい、アルノが死んだ場所から離れたかった。

今度、会うときは、再会を祝おうとアルノはいっていた。家がふるえるくらいの大騒ぎ……。

「死んでる」大尉はそういうと、口ひげの男のとなりに寝かせるよう命じた。

だれでもいい、話ができるだれかに会いたかった。父さん、母さん、クラーマーおじさん。アルノを知っていて、好《す》いていた人ならだれでもいい。しかしだれもそばにいない。知らない街角でひとりしゃがみこんでいた。目の前を人が通りすぎていく。男、女、そして子ども。冬の最中、通りにしゃがみこんで泣いているヘレを、みんな、けげんそうに見ていく。だが、だれひとり、声をかける者はいなかった。どうしたのかとたずねられても、ヘレには答える言葉がなかった。

トラックが走りだす前に、ヘレはそこから走り去った。そこにとどまっていることができなかったのだ。そして、もどるのが怖《こわ》かった。だがもどるしかない。自転車を置きっぱなしにしている。

二十分はたったろうか？　それとも、一、二時間？　ヘレにはわからなかった。あとでこの日を思いかえしても、どのくらいさまよい歩いたか思いだせなかった。覚えているのは、いつのまにか立ちあがって、歩兵《グレナディア》通りまで自転車を取りにもどったということだけだ。

しかしいくら歩いても、体は温かくならなかった。走ることはできなかった。ヘレの中のなにかが走ることを拒《こば》んだ。凍《こご》えているほうがいい。体が凍《こお》りついていると感じるほうがましだった。

トラックは通りにいなかった。兵士の姿もない。ついさっき撃《う》ち合いがあったことなどどうそのようだ。通りは狭《せま》く、灰色に沈み、冷え冷えしていた。さっきは悪夢を見ただけのような気がする。肉屋の前に、撃ち合いを目撃した数人の男女が立っていた。なにかさかんに話しあっている。意見が分かれているようだ。あんな馬鹿なことをしなければ、赤毛の水兵はまだ生きていられたかもしれないのに、と女がいった。

馬鹿なこと？　ヘレは思った。アルノは、どっちにしても命はないとわかっていたんだ。

「あの……もうひとりもやられたんですか？」

ヘレがたずねると、女がふりむいた。

「もうひとりって？」

「若いほうです」

「あっちは捕《つか》まらなかったよ」若者のひとりがいった。「あいつが逃げこんだ家は竜騎兵《ドラゴーナー》通りに抜けられるんだ。まんまと逃げのびたさ」若者は愉快《ゆかい》そうに笑った。

ところが肉屋の主人は愉快そうではなかった。そこに集まった人たちのいっていることに納得していないようだ。薄いコートを着た女もまだそこにいて、いらだたしそうにいった。「あの若者も撃ち殺されたほうがよかったたっていうの？」

「兵隊は義務を果たしただけだ」肉屋の主人がいった。「それに、ぼちぼち平安と秩序を取りもどしてもいい頃だろう」

平安と秩序。またしてもこの言葉！

ヘレはそこから離れると、四十一番地に向かい、入り口を抜けて、中庭に入った。壁によりかかって三階を見上げた。そこにアルノたちはいた。窓ガラスはこなごなになっていた。窓のまわりには銃痕《じゅうこん》がいっぱい残っていた。はがれた漆喰《しっくい》が中庭に落ちて、薄汚《うすよご》れた雪のように見える。

階段に通じる入り口の扉《とびら》が壁に立てかけてある。その扉も穴だらけだ。機関銃でやられたにちがいない。ヘレは目をゴミ用のコンテナーの前に移した。自転車がそこにあった。機関銃によってパイプは折れ曲がり、リムは砕《くだ》け、スポークはあとかたもなく、タイヤはつぶれていた。まさか自転車を撃たれるとは思ってもみなかった。だがショックは受けなかった。そばに行って、唯一壊《こわ》れていなかったハンドルを手にとった。

自転車は階段の入り口に立てかけた。銃撃戦《じゅうげきせん》になったのだから、そこに置いておいて、無事ですむはずがなかった。

正面の棟《とう》から出てきた年配の男がコンテナーを片づけようとして、ヘレのとなりで立ち止まった。

「おまえのかい？」

ヘレは答えなかった。

「もう直しようがないな」

ヘレはハンドルを地面に置いて、中庭から出ていった。

「おい！」男が声をかけた。「せめてハンドルを持っていったらどうだ。まだ使えるぞ」

ヘレは返事をしなかった。ふりかえりもせず、通りに出ていった。

肉屋の前にまだ人だかりがある。さっきの議論はとうとうケンカに発展したようだ。薄いコートを着た女が肉屋の主人につかみかかった。まわりの人たちも主人ににじりよった。主人は半分、店に逃げこみながら、警察を呼べと叫んだ。略奪《りゃくだつ》がはじまると思ったようだ。

ヘレはポケットに手をつっこんで通りを歩いた。家に帰ろうと思った。とにかく帰りたかった。だがシェンデル横町まで来て立ち止まった。ちょうどパトロールの兵隊に止められた場所だ。小包のことが脳裏《のうり》をよぎった。家に帰るわけにいかない。発見される前に小包を取りにいき、エルサレム通りに運ばなければ。

なにかあって、歩兵《グレナディア》通りでだれにも会えなかったら、エルサレム通りに行ってくれ。二十四番地、正面の棟《とう》の四階。F・ミュラーだ。三回強くたたいて、一回小さくたたくんだ。アッツェはそういっていた。

ヘレは急いで歩きだし、駆け足になった。もしかしたらエルサレム通りに父さんがいるかもしれない。あるいはクラーマーおじさん。そうしたら、歩兵《グレナディア》通りで起こったことの一部始終を話すことができる。

やってくれるか、ルディ？

エルサレム通り二十四番地は古い建物だった。だがみすぼらしくはない。とても気品があった。デンホフ広場の周辺に貧しい人は住んでいない。少なくとも道路に面した正面の棟にはいない。

ヘレは道路の反対側に立って、四階を見上げた。正面の棟の四階。アッツェはそういっていた。だが右側か左側かいわなかった。見ただけではわからない。両側の窓とも、おなじに見える。ヘレは重苦しい気持ちで通りを横切った。もう冒険はうんざりだ。今度はうまくいくように祈った。

階段はとても暗かった。宗教的な図像をあしらった色鮮《いろあざ》やかなステンドグラスが窓から射《さ》しこむ光をさえぎっている。階段がきしんで、異様に大きな音をたてた。ヘレが来たことを、建物じゅうの人に告げているようだ。

F・ミュラー。ドアにはられた真鍮《しんちゅう》の表札《ひょうさつ》には、ライオンの頭がふたつ飾られている。ずいぶんと裕《ゆう》福《ふく》そうだ。家も階段の作り、住まいの扉《とびら》もそうだ。だがまちがいない。F・ミュラーと表札にある。それに四階だ。

ヘレは扉に耳をあててみた。声が聞こえるが、だれの声かはわからない。体を起こすとノックした。はじめに強く三回、それから小さく一回。

足音が近づいてきた。

扉《とびら》の向こうでだれかがのぞき穴をのぞいた。ヘレはそれを予想して、顔が見えるように立ち、それからいつものように階段まであとずさった。だがそこまでする必要はなかった。ドアをあけたのは父さんだった。

ヘレは父さんに飛びついて、思いっきり泣いた。

父さんはなにもいわなかった。なにひとつたずねず、そっとヘレの頭をなでた。ヘレがひどい体験をしたとわかったのだろう。だまってじっと立っていた。クラーマーおじさんがやってきて、心配そうにたずねた。

「どうした？　なにがあったんだ？」

ヘレは報告しようとしたが、まともに口がきけなかった。父さんがやさしく声をかけた。

「とにかく中に入るんだ」

暗い小さな居間に、何人も男や女がすわっていた。男がひとりだけ窓辺《まどべ》に立って、通りの様子をうかがっている。ひとりの女が、ポットを持ってみんなのカップにお茶をいれていた。議論の真っ最中だったようだが、ヘレが入ってくると、みんな、押しだまった。

「ヘルムート、ルディの息子だ」クラーマーおじさんはそういうと、ヘレと父さんのとなりの空いた席にすわった。「この子は、フーゴに書類をとどけることになっていたんだ。どうやらうまくいかなかったようだ」

ポットを持った女がちらっとヘレの顔を見て、ちょうどお茶をついだばかりのカップをさしだした。

「飲みなさい。ひどい顔をしているわ」

ヘレはお茶を飲んだ。熱いものがのどを通って、胃の中が温まるのを感じた。ヘレは二度、三度とお茶を飲んだ。なんでもいい、温《ぬく》もりを求めていたのだ。

「文書は？」父さんがたずねた。

ヘレはだまったままセーターの下から小包を取りだし、テーブルに置いた。

「話してくれ」クラーマーおじさんがいった。「穀物倉地区《ショイネ》でフーゴとエヴァに会ったのか？」

ヘレは口ごもった。はじめはなかなかうまくしゃべれなかったが、しだいに言葉が口からあふれだした。そしてアルノが目の前で倒れるところまで話した。

父さんはヘレを抱きよせて、小さな声でたずねた。

「死んだのか？」

ヘレはだまってうなずいた。

そこにいた人々はだまって聞いていたが、いきなり話し合いをはじめた。声をひそめていたが、激しいやりとりだった。銀髪の男と若い女はエルサレム通りのアジトを知っている。コガネムシ連隊がふたりを拷問《ごうもん》してアジトの住所を聞きだす恐れがある。予定の会合は中止するしかない。できるだけ早く解散するしかないだろう。

クラーマーおじさんもおなじ意見だった。しかし無計画に解散するのはまずいといった。

「こういうときだから、お互い連絡を密《みつ》にすることが重要だ。解散する前に、新しい連絡員を選ばなければ。みんな、ばらばらになったらおしまいだ。エーベルトと将軍たちを喜ばすだけだ」

ここに集まっている人たちはみな、逃亡中なのだ。自宅に帰るわけにいかず、あちこち転々としながら、連絡員を通してつながりを保っているのだ。

「必要なときにどこにいるかわかる、ちゃんと住まいのある人間でなければだめだ」窓辺《まどべ》の男がいった。「モーリッツ、いままでは、おまえが大役《たいやく》を担《にな》ってくれていたが、いまは毎日、居場所を変えている状態だし、おまえが連絡員であることは知られてしまっている」

その場にいる人たちが父さんを見た。窓辺の男の言葉にだまってうなずいたクラーマーおじさんがたずねた。

「やってくれるか、ルディ?」

窓辺の男があげた条件を満たしているのが自分だけだということは、父さんもわかっていた。父さんはすぐに答えた。

「みんながいいというのなら、やろう」

みんながうなずいた。父さんは紙切れをもらって、みんなの隠れ家《が》の住所をメモした。ヘレはドキドキしながら聞いていた。ここにいる人たちは、住所を教えることで、父さんに命を託《たく》したのだ。全員の住所を覚えることはできないので、父さんはメモするしかない。だが、メモが人手《ひとで》に渡ったらどうなるだろう。あるいは父さんが捕《つか》まって、みんなの住所を教えるよう拷問《ごうもん》にかけられたらどうする。

男がふたりと女がひとり、新しい隠れ家が決まっていなかった。これまで潜《もぐ》りこんでいたところは、危険になったというのだ。

クラーマーおじさんはすこし考えてからいった。

「ふたり分の寝ぐらはなんとかなるだろう」

父さんもすこし考えてからいった。

「うちは、アパートに密告者《みっこくしゃ》がいるようなので、そいつを追いだすまでは泊《と》めるわけにいかない」

父さんはオスヴィンの小屋のこと、そしてレレのことを考えているのだ。

「うちにいらっしゃいよ」お茶をついでいた女が、行き場のない女を誘った。「義理の母のところに部屋があいているわ。義理の母はすこしおびえているけど、裏切ったりしないわ」

問題が解決して、みんな、一様に安堵《あんど》のため息をついた。

「よし!」そういって、クラーマーおじさんは時計を見た。「では解散しよう。ひとりで、あるいはふたり連れ、三人連れで五分から十分、間隔《かんかく》をあけて出ることにしよう」

お茶をついでいた女が食器を片づけはじめた。若い男女が恋人のふりをして最初に出ることになった。

ふたりはクラーマーおじさんに別れを告げた。

クラーマーおじさんはふたりと握手していった。

「これからは越冬《えっとう》することが大事だ。不必要に危険なことはするなよ。多くの仲間が死んだ。いまはひとりでも仲間が必要なんだ」

次のふたりが出ていった。その次はひとり。それから三人連れ、そしてまたふたり連れ。最後にクラーマーおじさんと父さんとヘレが残った。クラーマーおじさんはテーブルの上の小包をとると、包みをあけて、中の文書を見つめた。

「フーゴが捕《つか》まったのは痛手《いたで》だ。彼にはしばらくベルリンから姿を消してもらう予定だった。シュトゥットガルトに行って、あっちのグループを指揮《しき》してもらう手はずだったんだ」

「カールとローザも、姿を消すべきじゃないか」父さんは心配そうな顔をした。「義勇軍《ぎゆうぐん》が市内に入ったら、ふたりをさがすにちがいない」

「何度もそう勧めたよ」クラーマーおじさんは文書を包みにもどし、シャツの中に入れた。「だが、なにをいっても、ここに残るといってきかないんだ」

「だけど、ふたりは必要な人間だ。死んでしまったら、元も子もないだろう」

クラーマーおじさんは玄関に行って、階段の様子をうかがった。安全を確認すると、いった。

「いまベルリンから出るのは裏切りだと思っているんだ。どうしたらいいっていうんだ？　警護まで断ったんだぞ」

父さんはそれ以上聞かなかった。ヘレたちはだまって階段を降り、外に出た。

汚《よご》れ役

父さんとヘレは中心街を横切らなければならなかった。家までは遠い道のりだ。だが午後の散歩をしているようにゆっくり時間をかけて歩いた。ふたりはだまっていた。口はきかなかったが、心はひとつだった。

デンホフ広場にたどりつくと、ライプツィヒ通りに左折した。そのとき、ヘレが自転車を押していないことに、父さんがはじめて気づいた。

「ずっと歩いてきたのか?」

自転車を壊《こわ》されてしまったことをまだ父さんに話していなかった。ヘレはそのことを話した。そして、自転車を大事にしなかったことで、父さんに申し訳ない気持ちを覚えている自分にびっくりした。

「また自転車を手に入れてやろう。約束する」父さんはそういった。

それから、父さんはこの数日、体験したことを話しはじめた。アンハルト駅での戦闘《せんとう》、新聞社街への逃走。通りの両側に政府軍が陣取《じんど》っていたので、『前進』の社屋《しゃおく》に逃げこむのは簡単ではなかったという。

そして『前進』の社屋での最後の闘《たたか》い。そしてほかの仲間といっしょに捕まり、竜騎兵《ドラゴーナー》駐屯地《ちゅうとんち》に運ばれ、殺された軍使《ぐんし》の横たわる壁に並ばされたこと。父さんの声はかすれていた。

「あいつら、機関銃を設置して、父さんたちに銃口《じゅうこう》を向けたんだ。父さんたちは何時間も立たされて、殺された仲間を見せられた。ずいぶんひどい仕打ちをされたみたいで、だれなのか見てもわからなかった……見張りが父さんたちをののしり、馬鹿にした。かっとなって抵抗した仲間はめった打ちにされた」

そういってから父さんはすこし口をつぐみ、しばらくしてまた小さな声でいった。「戦場でも、そのあとでも、捕虜《ほりょ》をあんなふうに扱う兵士を見たことがない。あれは虐待《ぎゃくたい》というのとはちがう。憎しみがこもっていた。戦争中、フランス人やイギリス人のことを、あんなに憎んだりしなかった」

「父さんを逃がしてくれたのは、前にタバコをくれた人？」

「そう、パウルだ。将校《しょうこう》のひとりが政府に電話をかけて逮捕者《たいほしゃ》をどうしたらいいか聞いたんだ。政府は、射殺《しゃさつ》しろっていったらしい。それを耳にして、パウルは父さんを逃がしてくれたんだ。中立の立場をとっていたパウルは、さすがに三百人を殺すことに納得ができなかったようだ」

「ほかの人は？」

「生きのびたよ。たいていはな。将校は、電話での命令は受け入れられない、命令は文書で、しかも署《しょ》名《めい》付きでほしいといったらしいんだ。ノスケもエーベルトもシャイデマンも、署名なんてするはずがない。虐殺《ぎゃくさつ》の責任が彼らにあるという証拠《しょうこ》になってしまうからな」

父さんが残酷《ざんこく》なことも包み隠さず話してくれたのが、ヘレはうれしかった。だが想像することはできない。だから、なんといっていいかわからなかった。

ふたりは話をしながら、ライプツィヒ通りをフリードリヒ通りに向かって歩いた。そのうち歩道が人でいっぱいになった。フリードリヒ通りとの角まで来ると、歩道は人であふれかえっていた。人々が道路のわきに鈴《すず》なりになってポツダム広場の方向を見ている。

「どうしたんですか？」父さんは、山高帽《やまたかぼう》の男にたずねた。

「軍隊が市内に入ってくるんですよ。知らなかったのですか？」

「ぜんぜん知りませんでした」父さんは歩道の端まで進んで、ヘレにささやいた。「義勇軍《ぎゆうぐん》だ！　ようやく出番がきたと思ってるんだ」

たしかに隊列を組んだ兵隊がライプツィヒ通りを行進してくる。

山高帽の男が手をたたいて叫んだ。

「ブラボー、ブラボー！」

道路に集まった人々がおなじように叫んだ。女たちはハンカチをふり、数人の男が「万歳《ばんざい》！」と叫んだ。山高帽の男が顔を輝かせて父さんにいった。「これで平安と秩序がもどりますな」

「そうですね、墓場の平安と牢屋《ろうや》の秩序がね」

山高帽の男は目を丸くした。

「あんた、赤なのか？」

「いいえ、玉虫色《たまむし》ですよ」父さんはヘレを引っぱって、通りの角から離れた。山高帽の男はうさんくさそうに父さんをにらんだ。

義勇軍《ぎゆうぐん》は近くに来ていた。先頭の大佐《たいさ》と平服《へいふく》の男の顔がはっきりわかる。大佐は誇《ほこ》らしげというよりは、どこか戸惑《とまど》っているように見える。となりのメガネをかけたのっぽの平民は顔色ひとつ変えず、まっすぐ前を見ている。

父さんはヘレの腕をとって、引きよせた。

「あいつがノスケだ」父さんはささやいた。

ノスケ？　だれかが汚《よご》れ役を買ってでるしかないといった、あの男？

ヘレは歓声をあげる人々をかきわけて前に出ると、男の顔をじっと見つめた。

ヘレは、ノスケにずいぶんちがったイメージをいだいていた。ブラッドハウンドのような奴だろうと思っていたのだ。ところが、そこにいたのは郵便局員のようなひょろりとした男だ。だが汚れ役を買うといい放つくらいなのだから、きっと残忍《ざんにん》な奴にちがいない。

「さあ、行こう。いつまで見ていてもしようがない」

そういって、父さんはヘレを引っぱって人混みから抜けでた。

ふたりはフリードリヒ通りに曲がった。背後からわれんばかりの歓声が聞こえる。その声がふたりの背中につきささった。

エーベルトのいう平安と秩序を、こんなに多くの人が望んでいたとは。昨日までデモをしていた人たちはいったいどこへ行ったのだろう？

ヘレの質問に父さんはなかなか答えなかった。

「そうだな、世の中には三種類の人間がいるんだ。ひとつはおもしろければそれでいいという連中だ。彼らはいっしょに行進し、いざとなれば人を殺しもする。だがそういう連中は少数だ。ふたつ目のグループはもうすこし数が多い。つまり、なにが起こっているか理解しない連中さ。殺人者の本性を見抜けず、喝采《かっさい》を送る人たちだ。だがこのグループも、数はそんなに多くない。一番数が多いのは第三のグループだ。いわゆるイエスマンだよ。なにが起こっているかちゃんとわかっているのに、我が身大事で、口をつぐむ連中だ。この連中が一番やっかいなんだ」

父さんのいったことがちゃんとわかったかどうか、ヘレには自信がなかったが、イエスマンのことだけはよく理解できた。ヘレ自身、経験済みのことだ。ノーというよりイエスというほうがはるかにやさしい。フェルスターに手を出せといわれたとき、拒《こば》むより手を出すほうがずっと簡単だ。そして、フリッツの父親に真実をいうよりも、うそをつくほうがずっと楽だ。

ルッのおかげ

アパートには朝から重苦しい空気がたちこめていたが、その重苦しさはさらにひどくなっていた。父さんもそれをひしひしと感じた。ヘレからオスヴィンがもどったことを聞いていた父さんは、四つ目の中庭でオスヴィンの小屋に寄ろうか迷ったが、母さんをこれ以上待たせたくなかったので、そのまま家にもどることにした。

「あとで小屋をのぞいてみよう」

父さんはつぶやいた。

母さんは父さんの足音を聞きつけて、階段で父さんの首にかじりついた。マルタも寝室から出てきて、二度と離さないというように父さんにくっついた。ふたりの歓迎に、父さんは言葉を失った。台所にすわってからも、なにも話をせず、ただじっと考えこんでいた。

母さんは父さんとヘレのために、乾燥野菜で作ったスープを温めた。しかし、ヘレはまったく口をつけなかった。朝からオートミールしか食べていなかったが、まったく食欲がなかった。

静まりかえっていたとき、ドアをノックする音が聞こえた。母さんが玄関に出て、ちびのルツを連れてきた。

「もう三度もヘレはいないかっていってきたのよ。なにか大事な用があるんじゃないかしら」そう父さんにいって、ため息をついた。

「食べるものはなにもないわよ」マルタがすぐにいった。

だがルツは、手つかずで残っている野菜スープを目ざとく見つけていた。

「いいものを持ってきたんだ」ヘレにそういうと、ルツは背中に隠していたものを出した。自転車の荷台だ。

ヘレはそれを見て、はじめて自転車をなくした悲しさを実感した。ヘレはつっけんどんにいった。

「持ってかえりな。もう自転車はないんだ」

喜んでもらえると思っていたルツは、がっかりした。

「どうしたの？　盗まれたの？」

「それより、その荷台はどうしたんだ？」父さんがたずねた。

「ちょっとね」

「ちょっとって、買ったのか？」

ルツは首を横にふった。

「それじゃ、盗んだのか？」

ルツはまた首をふった。

「じゃあ、どうしたんだ？　買ったのでもない、盗んだのでもない。荷台が天から降ってきたのか？」

「ネジをはずしたんだ」

「やっぱり盗んだんじゃないか」

「そんなことないよ……警官の自転車についていたんだ」

一瞬、みんながあぜんとした。父さんが笑った。中庭まで聞こえるくらい大きな笑い声だった。母さんも、おもわずにんまりした。

「つまり警官のものは盗んでもいいってことなの？」

ルツはスープに目が釘付《くぎづ》けになりながらいった。

「そんなことないさ。でも、クレンケの自転車だったから」

クレンケ巡査《じゅんさ》の自転車？　父さんも母さんも、そしてヘレとマルタもあぜんとした。アッカー通りの住人はみな、巡査のことをよく知っている。辣腕《らつわん》の巡査で通っていた。担当地区を自分の持ち物のように見ている。ちゃんとあいさつする者には、寛大《かんだい》な笑《え》みを浮かべるが、巡査を避《さ》けようとしたり、無視したりしようものなら、とことんつけまわされる。鉄のほうきになって、ほこりを出してやる、というのが巡査の口癖《くちぐせ》だ。巡査を見かけると、小さな子どもは逃げだし、大きな子どもはよけて通る。

「見せてくれ」父さんは手をのばして、荷台を受けとった。「どうやったんだ？」

「ドライバーを使ったんだ」ルツは自慢そうだ。「ちっともむずかしくなかったよ」そういって、ルツはまたスープをちらっと見た。「それ、冷めちゃうよ」

「食べていいわよ。おすわりなさい」母さんはいった。「まだすこし残っているから、ヘレがおなかをすかしたら、あとで食べさせるわ」

ルツは二度いわせなかった。マルタのさげすむような目を無視して、席につき、スープをスプーンで口に運んだ。

父さんは荷台をヘレに渡した。

「もらっておけ。いつかまた自転車が手に入るだろう。最初の備品《びひん》がクレンケからのいただきものかと思うと、愉快《ゆかい》だ」

「だけど、盗んだものでしょ」母さんがいった。

「それがどうした？　おれたちの子どもたちは清廉潔白《せいれんけっぱく》でなくちゃいけないっていうのか？　おれたちから盗んだのならまずいが、クルミ割り人形みたいにしゃっちょこばったクレンケだぞ。なくせば、どうせ国から支給されるんだ。ヘレの自転車はその国のせいで……。とにかく、そんな肝《きも》っ玉《たま》の小さいことをいうな」

母さんはまだ納得していなかったが、それ以上、反対しなかった。荷台を盗むことよりもはるかにひどいことが起こっているのだ。

ルツはスープをきれいにたいらげた。よほどおいしかったとみえ、まだ残りが入っているなべをちらちら見た。

「あとでおなかすく？」ルツはヘレにたずねた。

「ああ」自転車が壊《こわ》されていなければ、荷台はすごいプレゼントだ。ヘレは荷台を持ってきてくれたルツに感謝していたが、ルツが自分も乗せてもらいたい一心で盗んだのはわかりきっていた。

「自転車はどうしたの？」

「壊れたのさ」

「どうして？」

「自動車だよ」

「ひかれたの？」

ヘレはだまってうなずいた。本当の話をする気はなかった。ルツにはどうせわからない。

「新しい自転車はもらえるの？」そういって、ルツは父さんを見た。ヘレは、そんな質問をされるとは思っていなかった。

「いつになるかわからないけど」

「じゃあ、荷台を持っていてよ」ルツは立ちあがって、玄関に出た。なにかヘレにだけ伝えたいことがあるような顔をした。

ヘレは廊下《ろうか》までいっしょに出た。

「なんだい？」

「アンニがよろしくっていってたよ。今晩、遊びにきてくれってさ。もちろんおばさんが仕事に出かけてからだけど」

アンニ？　ヘレは、なにか聞きちがえたとでもいうようにルツを見た。

「元気なの？」

「だいぶ悪いね」ルツは老人のようなため息をついた。

ヘレはそのとき、荷台の礼をいっていないことに気づいた。

「荷台をありがとうな。びっくりしたよ」

「そうだろう」ルツはヘレに近づいてささやいた。「あれはクレンケのじゃないんだ。さっきはそういったけど、じつは郵便局の前にとまってた三台のうち、一番いいやつをはずしてきたんだ」

クレンケからとったというのは、父さんたちを納得させるための作り話だったのだ。

「あきれた奴だな」

ヘレは、ルツの勘《かん》が鋭《するど》いことにあぜんとした。ルツは誇《ほこ》らしげに階段を降りていった。

「いま、時間はあるか？」ヘレがもどると、父さんが声をかけた。

「うん、あるけど」ヘレは妙な質問にびっくりした。

「それじゃ、宿題をすますことにしよう」

「宿題？」今度は母さんがおどろいた。

父さんは親指を天井に向けた。

「楽しい宿題じゃないが、やらなければならない。レレの奴を追いだす」

「だけど、どうやって？」

「ルツのおかげで、いいことを思いついたんだ。レレはぐうの音《ね》も出ないだろう」

暴力に報《むく》いるには

父さんは、ドアをノックして名乗り、シュルテばあさんがあけるのを待った。

「同居人はいるかい？」父さんは、シュルテばあさんがびっくりするくらい大きくて乱暴な声を出した。

だが表情は言葉の調子とまったくちがっていた。父さんはそれとわかるように、シュルテばあさんに目《め》配《くば》せした。

「ああ、いるよ。お入り」シュルテばあさんもおなじように大きな声でいった。

レレはテーブルでパンの切れ端を手にして、ゆっくりかんでいた。父さんが入ってくると、立ちあがった。

「やあ、今晩は」父さんはやけに親しげに声をかけた。「息子の話だと、おれに用があるようだね。それで来てみたんだが」

レレは、父さんに突然来られて戸惑《とまど》っていた。

「金槌《かなづち》とやっとこ、、、を貸してもらいたかったんだよ。だけど、もうすんだから」

「金槌とやっとこなら、ここにあるじゃないか」シュルテばあさんは引き出しをあけた。「ナウケが残していったからね」

レレはいやな顔をした。

「それは知らなかった」

「あら、変だね。このあいだ靴底を直したとき、なにを使ったんだい？」シュルテばあさんがいった。

「なんだい。これは尋問《じんもん》かい？」レレが顔色を変えた。

「尋問というわけじゃないさ」父さんはレレにつめよって、顔をのぞきこんだ。「だが、確かめたいことがあってね。ところで、おれが家にいるか、外をほっつきあるいているか、ずいぶん気にしていたようだが。ひょっとして、おれが新聞社街にいると思ったのかい？」

「ほう、あんた、いままで眠っていたっていうのか？　そんなに寝坊《ねぼう》なんだ」

「そうだよ。ずいぶん長く眠っちまった。健康にいい。そう思わないかい？」

「たしかにいいね」

ふたりは面と向かいあった。お互い、相手の本性がわかっているが、証明ができない。父さんが突然いった。

「ところで、わざわざ来たのはほかでもない。自転車を返してほしいんだ」

「自転車？」レレはきょとんとした。

「そうだ、自転車だよ。息子の自転車を地下室から盗んだだろう。息子が見ていたんだ。そうだろう、ヘレ？」

「ああ、父さんのことを聞きにきてから、自転車を盗んだんだ。ぼく、窓から見ていた」

レレはヘレを見つめた。頭の中で必死になにか考えているようだ。ヘレはレレを見返した。

「見ていたのが息子だけだと思ったら大まちがいだぞ」父さんはゆっくり話した。「ほかにも証人がいる……証人はどんどん増えるだろうな。だれに聞いても、みんな、あんたがヘレの自転車を盗んだというだろうな。四つ目の中庭の住人からひとつ目の中庭の住人までみんなだ」

レレは、父さんの狙《ねら》いがわかったようだ。

「ふざけるな」

「ふざけてはいないさ」父さんはいった。「じつは自転車だけじゃない。フィーリッツの洗濯物《せんたくもの》も盗んだだろう。それからベルクマンの地下室にある石炭、オスヴィンのところの薪《まき》……証人が必要なら連れてくる。簡単なことだ」

父さんが罪を数えあげているあいだ、あぜんとしてなにもいわなかったシュルテばあさんがようやく父さんの狙《ねら》いを理解した。

「恥《はじ》を知りなさい、レレ」シュルテばあさんは父さんの作戦に乗った。「あんたのような若い人が、カラスみたいに盗みをはたらくなんて」

「やってくれるじゃないか」レレがつぶやいた。

「あんたのまちがいは、おれたちのことでたかをくくったことだ」父さんは満足そうにほほえんだ。「だがそのことはもういい。あんたに残された選択肢《せんたくし》はふたつだけだ。今日じゅうにここを出ていけば、警察には訴《うった》えない。だが強情をはるなら、警察を呼ぶしかない。おれたちが、あんたとおなじ屋根の下で暮らしたくない気持ちはよくわかるだろう？」

父さんはレレをむりやりアパートから追いだす方法を「暴力に報《むく》いるには暴力をもってする」と呼んだ。密告《みっこく》のこと、そしてオスヴィンが連行されたことを責めても、レレはいくらでもいい逃れするだろう。レレにやってもいない泥棒の罪を着せるのはひきょうなやり方だが、効果はてきめんだ。アパートじゅうのみんなが目撃したといえば、だれもレレの無実を信じないだろう。

「で、いざとなれば、盗まれた洗濯物がおれの荷物の中から見つかるってわけか」

「まちがいなくそうなるな」

レレはそれっきりなにもいわず、自分の戸棚《とだな》に行って、荷物をまとめた。レレが荷物をかかえて出ていこうとすると、シュルテばあさんが前に立ちはだかった。

「家賃《やちん》は？」

「いまは無一文《むいちもん》だ。給料が出るのは来週だよ」

シュルテばあさんは冷たいまなざしを投げると、道をあけた。

「じゃあ、いらないよ。あんたの顔を見ないですむなら、そのくらいあきらめるさ」

レレはドアをあけて、玄関を出た。下の階でドアがしまる音を、ヘレは聞きつけた。母さんだ。ずっと階段に立っていたのだ。

レレは足早に階段を降りていった。シュルテばあさんは、足音が聞こえなくなるまでじっと耳をすましていた。

「あたしも、あいつが怪《あや》しいとにらんでいたんだ。だけど、証拠《しょうこ》がないからね。追いだしたかったけど、どうやっていいかわからなかった」

「追いだせるとは思ったさ」父さんはシュルテばあさんと、ハンスぼうやを抱いて玄関にあらわれた母さんに向かっていった。「あいつは自分でぼろを出した。今朝、訪ねてきた理由をちゃんといえたら、おれは引きさがるしかなかった。だが、あいつはおれがどこかで逮捕《たいほ》されていると思いこんで、ちゃんとした言い訳を考えていなかった」

「それで？」母さんがたずねた。「あいつはだまって引っこむと思う？」
父さんは肩をすくめた。
「さあね。だが、ここで静かに暮らすには、とにかくあいつを追いだすしかなかった」

発熱

オスヴィンが来ていた。台所のテーブルで、父さんの話にじっと耳を傾《かたむ》けている。そのあと、自分がどんな目にあったか話した。フレーリヒ先生に診《み》てもらって、オスヴィンはずいぶんよくなっていた。シュルテばあさんもまだ上にあがっていない。レレの一件がまだ頭から離れなかったのだ。考えれば考えるほど、あのならず者に報復されるのではないかという不安が募《つの》ってしかたなかった。父さんは、そうは思っていなかった。それほど腐《くさ》った奴ではないだろうというのだ。

ヘレは窓辺《まどべ》のベンチにすわって、冷たい窓ガラスに頭をつけ、じっと大人の話を聞いていた。そしてときどき中庭を見た。アンニの母親が仕事に出かけるのを待っていたのだ。だが半地下の住まいにはまだ明かりがともっていた。明かりが消えないうちは、まだ家にいるということだ。

ヘレは体がだるかった。頭が熱くてもうろうとしていた。ベッドに入りたかった。横になっている自分が脳裏《のうり》に浮かんだ。いつのまにか目をつむって、うとうとしていたようだ。ヘレは何度もはっとして体を起こした。アンニと話をしないうちは、寝るわけにいかない。もう長いこと、まともにアンニと話をしていない。会うと、ケンカばかりしていた。わざわざ呼んだということは、ケンカをするつもりではないはずだ。

オスヴィンのところに仕事仲間が見舞いにきていた。オスヴィンが逮捕《たいほ》されたことを小耳にはさんで、様子を見にきたのだ。ふたりはずいぶん長いあいだ話しこんだ。そしてその仲間は、オスヴィンをがくぜんとさせる話をしていった。タクシーの運転手をしている姉の夫がいて、その男が銀行の頭取《とうどり》たちを乗せたときの話だった。その話では、数日前、資本家と銀行家が集まって、エーベルトと将軍たちが平安と秩序を取りもどすための援助について話しあったというのだ。

「数億マルクの資金が拠出《きょしゅつ》されたらしい」オスヴィンはくやしそうにいった。「数億マルクだぞ！」

母さんは、オスヴィンの話を聞いてしばらくしてからいった。

「そういうことのためなら金を出すのね。それもそんな大金を。だけど、あたしたちの子どもたちに一銭《せん》も出そうとしない」

シュルテばあさんはため息をついた。

「あたしたちは、金持ちを金山に連れていくロバなのさ」

「ほう、なかなか賢《かしこ》いことをいうね」父さんがうれしそうにいった。

「本当のことさ」シュルテばあさんは、父さんの誉《ほ》め言葉を真《ま》に受けていいか迷っているようだ。いま、賢いと誉められたということは、それまでは賢くなかったことになる。「ほかの連中が優雅《ゆうが》に暮らしているときに、あたしはいつもあくせく働かなくちゃならなかった。何度頭にきたかしれないよ」

ヘレは流し台に行って、顔を洗った。

「どうしたの?」母さんはヘレの額《ひたい》に手をあてた。「部屋はそんなに暑くないでしょう」

暑くない? ヘレは体がほてっていた。

「やだ、熱があるじゃない!」母さんは心配そうにヘレを見た。「ベッドに入りなさい」

「まだいいよ」ヘレはふたたびベンチにすわって、窓ガラスに頭をつけ、はっとした。中庭が妙に明るい。なんでだろう?

オスヴィンの小屋のあたりが明るい。いや、明かりじゃない。だれかが放火したんだ。小屋が燃えている!

テーブルを囲んでいた父さんたちもびっくりしてすぐに反応した。窓辺《まどべ》に駆けより中庭を見下ろした。

だがシュルテばあさんだけは、そのまますわっていた。

「レレの奴だ! やっぱりだ」シュルテばあさんはつぶやいた。

最初に我《われ》に返ったのは父さんだった。

「バケツだ。バケツと深皿《ふかざら》をありったけ出すんだ」そういうと、かまどの横においてあったバケツをふたつつかんで、途中の住まいのドアをたたき、「火事だ!」と叫びながら中庭に駆けおりた。

ヘレも、ハンスぼうやのたらいを持って、あとにつづいた。中庭に蛇口《じゃぐち》がある。凍結《とうけつ》していなければ、そこから水をくめるはずだ。

オスヴィンの小屋は激しく燃えあがっていた。バチバチ音を立て、中庭はものすごい熱気に包まれていた。いたるところから人々が駆けつけた。みんな、火を消し止めようとした。だが、お手上げだった。中庭の蛇口は凍結していたのだ。となりのアパートに水をもらいにいっていたのでは間に合わない。そのあいだに小屋の古材《こざい》は炎《ほのお》に飲みこまれてしまう。

最初にあきらめたのはオスヴィンだった。両手をポケットにつっこんで、小屋が燃え落ちるのをじっと見ていた。救いだすことができたのは、手回しオルガンだけだった。

「やったのはレレだと思う？」父さんのとなりでぼうぜんと炎を見つめていた母さんがたずねた。

父さんはすこしためらってからうなずいた。

「ああ、きっとそうだ。おれに仕返しできないものだから、オスヴィンを狙《ねら》ったんだ。あいつにとっては、ここの住人はだれもかれもおなじだからな」

ヘレは気分が悪くなった。中庭の熱気に耐《た》えられなかった。一刻も早く横になりたかった。だからハンスぼうやのたらいを持って階段をのぼった。途中で、また気分が悪くなり、やっとの思いで足を前に出した。

マルタとハンスぼうやのそばでじっとしていることに耐えられなくなったシュルテばあさんが階段を降りてきた。

「あらまあ。どうしたんだい？」ばあさんはびっくりした声をあげると、たらいをとって、ヘレを支え、寝室のベッドまで連れていった。

ブランコ

ヘレはアンニとブランコに乗っている。ブランコはどんどん高くあがった。ふたりはくりかえしブランコに勢いをつけた。ブランコのチェーンをつかみ、交互にひざをおり、けりだす。アンニはきれいな服を着て、ヘレは短パンをはいている。季節は夏にちがいない。アンニは笑いつづけた。こんなに笑うアンニを見たことがない。

それは市《いち》のときに立つ移動遊園地のブランコだ。けれどもまわりには音楽も喧噪《けんそう》もなく、歓声も聞こえない。よく見ると、出店《でみせ》も回転木馬も見あたらない。野原と青空がどこまでもつづいている。ブランコはますます勢いをつけ、空高くはねあがった。

「しっかりつかんでいるんだ!」ヘレは、いまだにブランコをこいでいるアンニのことが心配になって叫んだ。目を回さないのが不思議だ。

「すごいわね」アンニはいった。

たしかにすごい。眼下《がんか》に野原と木立《こだち》と川が見える。

「ねえ、夢みたい」アンニはいった。

たしかに夢でも見ているのだろう。そうだ。こんな翔《と》ぶような感覚を現実に味わえるはずがない。夏にこんなすてきな青空を見たことがない……。

「ヘレ！」

夢の外から声がした。だが声を無視した。もっと夢を見ていたい。こんなすてきな夢は見たことがない。こんなに満足した気持ちになることなんて……。

「ヘレ！」

ヘレは目をあけるしかなかった。

「ヘレ！　しっかりしなさい」母さんだった。ベッドに腰かけ、ヘレの両手をにぎっている。

ヘレはまた目を閉じた。もう一度夢の世界にもどりたかった。きれいな服を着たアンニのいる、現実には存在しない世界へ。ヘレは現実を見るのが怖《こわ》かった。なぜかわからないけど、怖かったのだ。

「そっとしておきなさい」男の声がした。「ゆっくり休ませるんだ」

フレーリヒ先生だろうか。

「おお、気がついたかね？」

夢の中だろうか。それとも目を覚ましたのだろうか。

フレーリヒ先生がいった。

「気絶したんだよ。熱のせいだ。お母さんの話では、まる一日、なにも食べていなかったというし」

「疲れすぎたのね」母さんはヘレの手をなでた。「というか、あたしたちが、無理をさせすぎたのだわ」

フレーリヒ先生がヘレのベッドに腰かけた。

「はじめにハンスぼうや、次がマルタ、そして今度はきみか。申しあわせたみたいだな。年の順てわけかね？　きみも当分は寝なくてはいかん。マルタとおなじようにしっかり看病《かんびょう》してもらうといい。そうすれば、すぐにまた起きあがれるようになる。約束してくれるかね？」

ヘレはだまってうなずいた。

フレーリヒ先生が行ってしまうと、マルタがやってきた。先生に遠慮して、両親のベッドでハンスぼうやと横になっていたが、先生がいなくなったので、病気の兄の世話をしようというのだ。

だが母さんが、マルタを遠ざけた。

「そっとしておいてあげなさい」

「ねえ、オスヴィンの小屋はどうなったの？」ヘレはたずねた。

「焼け落ちたわ」母さんは、ハンスぼうやを抱きあげて、台所でおむつを替《か》えようとした。

「もうなにも考えないで休みなさい。オスヴィンは当分、シュルテばあさんのところで寝ることになったわ。段ボールの上にね。小屋は、父さんとオスヴィンで建てなおすそうよ」

ヘレは目を閉じた。夢のつづきを見たかったが、だめだった。なにもかも現実に逆戻りしてしまった。

第七章

どんなに遠い未来でも

一歩一歩

フレヒジヒ先生は本とノートを教壇《きょうだん》に置くと、生徒たちのほうを向いた。生徒たちは、なにかあったとすぐに感じた。これほど深刻な顔をしている先生を見たことがない。

あいさつをすませ、生徒たちが着席すると、フレヒジヒ先生はひと言、学校を辞《や》めるとだけ言って、窓辺《まどべ》に立ち、だまって外をながめた。

フレヒジヒ先生は学校を去る。これが最後の授業なのだ。

そういうことになるのではないかと、生徒たちはうすうす感じていた。この数週間に起こったさまざまな事件で、フレヒジヒ先生はすっかり人が変わってしまった。どんどん言葉数《かず》が少なくなり、授業にまるで身が入らない。しかし、いつか本当に先生がいなくなると思っていた生徒は、たぶんひとりもいなかっただろう。

ショックから最初に立ち直ったのは、ギュンター・ブレームだった。

「それじゃ、ぼくらを見捨てるんですか？」ギュンターはつぶやいた。

先生は、非難されると覚悟していたようだ。

「そうなるだろう。反論はしない。だが、ほかにどうしようもないんだ」

ヘレはなにもいわず筆箱《ふでばこ》をいじっていた。フレヒジヒ先生がいなくなれば、楽しみな授業はひとつもなくなる。脱線して、教科書に書かれていないことを教えてくれるのはフレヒジヒ先生だけだ。

「きみたちに理解できるかどうかわからないが、わたしにとって、教師であるということは、子どもを管理し、文章や知識を暗記させること以上のものなんだ。わたしは、まちがっていると思うことを、きみたちに教えるつもりはない。だがいまは、そうするよう強要されているんだ」

エーベルトと将軍が勝利して、学校はフェルスターとノイマイヤー校長の天下になったのだ。ふたりは、毎日のように、指示に従うようせまっていた。

フレヒジヒ先生はボンメルの机に腰かけた。

「しかたないんだ。これ以上、自分をごまかすことはできない」それから、すこし迷ってから、こういった。「ローザ・ルクセンブルクとカール・リープクネヒトが殺害されたと知ったとき、校長とフェルスター先生、それにさらに数人の先生はどうしたと思う？　ワイン酒場に行って祝杯《しゅくはい》をあげたんだ」

「腐《くさ》ってる！」ギュンター・ブレームがいった。大きな声だったが、フレヒジヒ先生は注意しなかった。

「なにごとにも、限度というものがある。自尊心を失いたくなかったら、絶対に超えてはならない限度というものがあるんだ。ああいう連中とおなじ職場で働くことは、そうした限度を超えることなんだ」

フレヒジヒ先生がギュンターの言葉を注意しないで、ここまではっきりとほかの先生を批判した、ということは、もう心は学校にないということだ。もはや遠慮する気はないのだろう。

「きみたちを校長とフェルスター先生にゆだねることになる。たしかにそうだ。本当に心が痛む」先生は悲しそうに、目の前にすわっているボンメルを見た。ボンメルはいつもとちがって真剣なまなざしで先生を見つめていた。「だが悲惨《ひさん》な状況に陥《おちい》るのは、きみたちだけではない。国全体がそうなるんだ。勝利をものにするには、われわれは弱すぎた。人を組織することができず、あまりに気前がよすぎた。力が足りないことを認めて、ないならないなりにやるしかない。これはみんなが肝《きも》に銘《めい》じなければならないことだ。だれもわれわれを助けてはくれない」先生はしばらくなにか考えてから話をつづけた。

「できるものなら、きみたちにいろいろ忠告したい。どうやったら学校とうまくやれるか教えてやりたい。だが、わたしにはできない。じっとがまんして、なにごともなく卒業したほうがいい。そういうべきところだろうが、それこそ、わたしが望んでいないことだ。どうか人の顔色ばかりうかがうような人間にならないでくれ。だがそれでは、きみたちになんというべきだろう。卑屈《ひくつ》にならず、不正なことには敢然《かんぜん》と立ち向かえ、というべきだろうか？　いや、わたしはなにもいうまい。きみたちならきっと正しい道を見つけると思っているよ」

「先生はこれからどうするんですか？」フランツ・クラウゼが消え入りそうな声でたずねた。「つまり、その、職を変えるわけでしょ」

「父が小さな家具工房を営んでいる。そこを手伝おうと思っている。父はもう年なのでね。しかし、それはわたしにとって重要なことではない。わたしはこれからも教師として活動しようと思っている。報《ほう》酬《しゅう》はもらえないが、別に金の心配はいらない」

「ぼくらも教えてもらえますか？」エデが静かにたずねた。

「もちろんだとも。どうせもうすぐ、きみたちは労働者になるじゃないか」

授業終了のチャイムが鳴った。フレヒジヒ先生は教科書とノートを持って、ドアに向かった。ギュンター・ブレームがすかさず駆けよって、手をさしだした。先生は手をにぎって、ほほえんだ。

「元気でな」そういって、先生は出ていった。

教室の中はしばらくしんとしていた。だれひとり、口をひらかず、ヘレも、エデのそばにすわってだまりこんでいた。フレヒジヒ先生が学校を去ったことで、人生の一章が終わった。みんな、そう感じていた。残りの学校生活が終わるのをひたすら待つだけだ。

エデがおなじことを考えているか、ヘレにはわからなかったが、おなじでも不思議はない。ヘレは、ローザ・ルクセンブルクとカール・リープクネヒトが殺されたと知ったフレヒジヒ先生が教室にやってきたときの顔を、脳裏《のうり》に思い浮かべていた。

それは、病気が治って、ひさしぶりに登校した日のことだ。ヘレは、ふたりが暗殺されたことをすでに知っていた。父さんがいっていたし、いろんな新聞に大きな見出しつきで出ていた。だが、ふたりの暗殺がどんな意味を持つか実感したのは、フレヒジヒ先生の顔を見たときが最初だった。先生は一夜で十歳は老《ふ》けたように見えた。授業そっちのけで、その卑劣《ひれつ》な行為について話し、暗殺の二日前に印刷されたドイツ日報の記事を読みあげた。

「あの血に飢《う》えた扇動者《せんどうしゃ》たちが街灯《がいとう》に吊《つ》るされることを願う」

それはあからさまな殺人の教唆《きょうさ》だった。フレヒジヒ先生はいった。

「本当に血に飢えているのがだれか、ローザ・ルクセンブルクとカール・リープクネヒトはこの四年間、明らかにしてきた。そして連中はふたりに対してうその上塗《うわぬ》りしかできなくなったので、ふたりを殺せといいだしたんだ」

先生はさらにいった。

「ローザ・ルクセンブルクとカール・リープクネヒトを逮捕《たいほ》し、虐殺《ぎゃくさつ》した近衛騎兵《このえきへい》連隊の将兵《しょうへい》は本当の犯人ではない。彼らはただの道具だ。本当の犯人は、ふたりが脅迫《きょうはく》されていることを知っていて、見て見ぬふりをしてきた連中だ」

フレヒジヒ先生はそのことしか考えられなくなっていた。それからの数日、授業はいつも上の空だった。教師を辞《や》める決断をしたのも不思議はない。

次の授業がはじまるチャイムが鳴った。クラスメートは静かに席についた。ガトフスキー先生が教室に入ってきて、前回のテストのできが非常に悪いと話しはじめて、すぐにやめた。

「どうしたの？　フレヒジヒ先生のこと、もう聞いたの？」

数人がうなずいた。

ガトフスキー先生は教科書とノートを教卓に置いて、席のあいだを歩いた。

「みなさんがフレヒジヒ先生に好意をよせているのはいいことだわ。先生が学校を去られるのは残念なことよ。でも、先生の行動は正しくないと思っているわ」ガトフスキー先生はそこですこし言葉をとぎらせ、またつづけた。「いい先生が悪い先生に持ち場を明け渡すべきではないわ」

「でも、校長はフレヒジヒ先生に、いやなことをさせようとしたんでしょう」ヘレがたずねた。ほかのクラスメートもおなじことを考えていた。

「フレヒジヒ先生の気持ちはよくわかるわ」ガトフスキー先生はいった。「革命前のように、二度と妥《だ》協《きょう》したくないのでしょう。すべてが変わるか、なにも変わらないか、フレヒジヒ先生にはそれしかない。わたしの考えはちがうわ。いい先生がすべて、フレヒジヒ先生のように行動したら、悪い先生しか残らないでしょう」

たしかにそのとおりだ。だが、フレヒジヒ先生も正しい。クラスメートのあいだに困惑《こんわく》が広がった。ガトフスキー先生はフランツ・クラウゼの前に立った。

「それに、わたしは今回のことで、フレヒジヒ先生のように失望していないの。それほど大きな期待をしていなかったのよ。撃退《げきたい》されたけれど、一歩進むことはできた。十一月はじめを思いだして。あのときは皇帝がいて、戦争中だった。でもいま、皇帝はいなくなり、戦争は終わったわ」

「皇帝のかわりにエーベルトがいるでしょ」ギュンター・ブレームがいった。

「そうね、かわりにエーベルトがいる。でも、皇帝よりはエーベルトのほうがましだと思うわよ。エーベルトは国民によって選ばれたわけだから、次の選挙で選ばないという選択もできる。皇帝では、そういうわけにいかないわ」

選挙はこの日曜日におこなわれたばかりだ。投票会場の前には鉄兜《てつかぶと》をかぶり、手榴弾《しゅりゅうだん》と銃をたずさえた警備兵がついていた。しかもパトロール隊が市内を巡回《じゅんかい》し、機関銃を屋根に据《す》えた車まで街じゅうを走っていた。だがヘレは、そうした様子を遠くからながめただけだった。スパルタクス団は選挙をボイコットし、ヘレの両親も投票に出かけなかった。

「ひどい冗談だ。こんなの選挙じゃない」父さんはいった。「まずおれたちをがたがたにして、指導者を暗殺し、おれたちを犯罪者呼ばわりしてから、選挙ときた。こんな状況で、おれたちを選んでくれる人がいると思うか?」

父さんはこうもいっていた。

「まともな選挙をするなら反対しない。だけど、この選挙がまともか? 一番金を持っている奴らが一番票を集める。うそを活字にして一番多くばらまけるからな。それに多くの労働者はドイツ社会民主党を選ぶだろう。エーベルトとシャイデマンとノスケのドイツ社会民主党は、いつのまにか労働者の政党だ」

父さんのいうとおりになった。大多数の票は金持ちたちの各政党に行き、ドイツ社会民主党が最大多数の政党になった。(▼12)

ガトフスキー先生が生徒たちにいった。

「わたしたちが達成できたことは多くないかもしれないけれど、それでも正しい方向に一歩進むことができたわ。物事は一歩一歩進めるしかないのよ」

ただの大人

クラスメートのほとんどがまだ学校の前に立っていた。下校したのは数人だった。まだ話したりなかったのだ。

ギュンター・ブレームがいった。

「復活祭の春休みが終わったら、学校をやめるよ」

ギュンターは、母親が働いている洗濯屋《せんたくや》で職が見つかっていたのだ。

エデもいった。

「おれも復活祭が終わったら、学校に来ない」

ほかの少年たちもふたりのように学校をやめたがったが、ふたりをのぞけば、のっぽのハインツしか、その年齢に達していなかった。だがハインツは、父親を説得できないことがわかっていた。だから、フレヒジヒ先生の夜学《やがく》に行くというエデとヘレに、まったく理解を示さなかった。

「おまえたち、おかしいんじゃないか。それだって学校だろう」

「おかしいのはおまえだよ」ボンメルがフレヒジヒ先生の夜学を弁護した。ただひとり自分をバカにしなかったフレヒジヒ先生と別れなければならないことに、ボンメルはまだ傷ついていたのだ。「ぼくも先生の夜学《やがく》に行くよ」

いつもなら、のっぽのハインツは口答えしたちびのボンメルをなぐっていただろう。だが、今日はそうしなかった。クラスメートの多くがボンメルの側についていたからだ。もちろんボンメルが本当に夜学に行くつもりがあるとはだれも信じていなかったが。

そのあともいろいろ話し合いがつづき、クラスメートの多くはガトフスキー先生の意見に傾《かたむ》いた。ヴィルヘルム皇帝よりもエーベルトのほうがましだ。フレヒジヒのような先生がひとりでも多く学校にいたほうがいい。

フランツ・クラウゼはいった。

「ぼくらに行動に出ろと、フレヒジヒ先生はいわなかった」

「先生はおれたちを信頼したんだ」エデはいった。「おれたちが正しいことをすると信じているんだよ」

「だけど、どうやったら正しいんだ?」たずねたのはベルティだ。

それはエデにもわからなかった。ほかのクラスメートにも答えられなかった。

「戦場の兵隊みたいにすればいいのさ」ハインツはいった。「まわりをよく見て、敵に姿を見られないようにする。そうすれば、一年くらいなんとかしのげるさ」

フレヒジヒ先生は「敵に姿を見られないようにしろ」とはいわなかった。ガトフスキー先生の「一歩一歩進める」というのともちがう。だがクラスメートの議論はそこで立ち消えとなった。フェルスターが学校から出てきたのだ。生徒たちが集まっているのを見ると、フェルスターは近づいてきて、声をかけた。

「ここでなにをしている。早く家に帰れ。授業が終わったら、学校に用はないだろう」

「歩道はみんなのものですよ！」

ギュンターがそういうと、みんながギュンターのそばに集まった。

「校則をこのわたしに教えようというのか？」フェルスターがせまってきた。

「歩道は学校のものじゃないでしょ」

ギュンターはひるまなかった。

フェルスターは戸惑《とまど》った。そしてすこしやさしい口調でいった。

「さあ、早く帰れ！　おふくろさんたちが、食べ物を作って待っているぞ」

「うちの母さんはうちにいません」フランツ・クラウゼはいった。「工場で働いているもの」

「うちの母さんもそうです」エデ、ヘレ、のっぽのハインツ、ギュンター・ブレーム、ベルティがいっせいにいった。ほかのクラスメートもうなずいた。だれも、早く帰る必要がない。みんな、フェルスターが八方ふさがりになったことに気づいていた。フェルスターは、生徒を家に帰るよう強制することはできない。かといって、ここで引き下がれば面子《めんつ》がつぶれる。

「さあ、行け！　行くんだ」フェルスターはそういって、ボンメルを払いのけるしぐさをした。だがボンメルはどかなかった。

「よし、いいだろう。明日の朝、話そうじゃないか」そういうと、フェルスターは背を向けて歩き去った。

教室ではあれほど恐ろしいフェルスターが、路上ではただの大人に見える。灰色のコートを着て、足を引きずりながら歩いていくフェルスターを見ながら、みんなはおなじことを思っていた。あれが自分たちの教師でなければ、目にもとめないだろう。

「明日、またやられるんだな」ボンメルはため息をついた。

「好きにさせるさ」ギュンターはすぐにいった。「だけど、ひとつだけはっきりしている。ムチでたたこうとしたら、ぼくは家に帰るよ」

「それで行こう」フランツはきっぱりそういうと、ギュンターに手をさしだした。ヘレ、エデ、ベルティ、のっぽのハインツ、ほかのみんなも手を重ねた。

少年たちは、大げさなことをした自分たちがおかしくて笑った。だがみんなのあいだに新しいなにかが生まれたことに、すこし誇《ほこ》らしげでもあった。別れがたく、もうすこしいっしょにいたかったが、じつはみんな、家に帰らなければならなかった。フェルスターにいったように、みんな、母親が働きに出ている。だから、家でしなければならないことが山ほどあるのだ。

しかしフェルスターはそれを知らない。みんなのことをほとんどなにも知らないのだ。

その日の出来事

四つ目の中庭はひどいありさまだった。オスヴィンの小屋の焼け跡《あと》に残されたのは炭《すみ》になった梁《はり》が数本だけだった。父さんとオスヴィンは小屋の建て直しを考えているが、暖かくなってからでないと無理だ。当面、オスヴィンはシュルテばあさんの同居人になることになった。そこで、段ボール箱を並べてマットレスのようにした。

ヘレは上にあがらず、アンニの半地下の住まいに向かった。熱を出して寝込むと、アンニはルツを通してヘレに手紙をよこした。ルツは当然、手紙を盗み読み、ヘレを見てはにやにやしていた。だが、ヘレはそれどころではなかった。アンニは、母親が引っ越すことになったと書いてきたのだ。母親がベルリン郊外のヴァイセンゼーに住んでいる農家で住みこみの家政婦をすることに決まったというのだ。といっても、酒場より農家のほうがいいからというわけではなかった。アンニの病気を治すには新鮮な空気が必要だ、とフレーリヒ先生にいわれたからだ。母親ははじめのうちずいぶんしぶっていた。郊外の空気がヴェディンク地区よりもいいかどうかわからなかったからだ。だが農家を見にいってから、しばらく考えこみ、二日後、もう一度、農家をたずね、荷物をまとめはじめた。

荷物の片づけのことは手紙に書いていなかった。熱がさがってひさしぶりにアンニを訪ねたとき、直接聞かされた。それ以来、学校からもどると、ヘレは毎日、アンニを訪ねるようになった。ふたりは以前のように仲良く話をした。だがすこしだけぎこちなかった。向かいあって話をするふたりは、どこか大人同士のようだ。ほとんど笑うこともない。もう夢を見ることはないわ、とアンニはいった。

アンニの母親がヘレを中に入れた。ヘレが毎日やってくることがあたりまえになっていた。ヘレが来ると、いろいろ用事をすますため外出するようになっていた。だが今日は家をあけなかった。

半地下の住まいはカビくさい。じめじめした壁や、ボール紙の上にしいた絨毯《じゅうたん》に生えるカビをいくらきれいに落としても、むっとするにおいは消えなかった。といっても、換気《かんき》するわけにいかない。部屋が寒くなってしまう。アンニの母親はいっている。じめじめしているところは、どこもかしこもすぐに地下室のにおいに染《そ》まってしまう。そのにおいはそこに住むしかない人間にも染《し》みついてしまう。

ヘレは、アンニが地下室みたいなにおいがすると思ったことはない。だが、アンニの母親はたしかにそういうにおいをぷんぷんさせている。夏なら、窓をあけっぱなしにできるので、それほどにおわないが、冬が長引くと、においはどんどんきつくなる。

三週間前から、アンニは寝たきりだ。そして十日前から、ヘレが放課後訪ねてくると、いまのようにじっと見つめるようになった。アンニは、洞窟《どうくつ》のような部屋にこもって、外に出てくることがなかった。先週、雪が降って、中庭が銀世界になり、子どもたちが雪だるまを作ったとき、アンニは起きあがって中庭を見ようとしたが、すぐにめまいを起こして横になってしまった。雪が降るのをあんなに楽しみにしていたのに、窓からちらっと見ることしかできなかった。ヘレは、雪の中をいっしょに散歩したり、アンニを乗せてソリをすべらせたりしたかった。だがもう一度、雪が降っても、アンニを外に連れだすのは無理だろう。

「今日はなにがあったの?」

その日の出来事について聞くのが、習慣になっていた。ふたりには、毎日会うための理由付けが必要だった。それでアンニは、ヘレが学校でなにを体験したか興味を持っているふりをしたのだ。ヘレも、そうしたアンニの質問をまじめに受けとめるふりをした。そして今回、フレヒジヒ先生が学校を辞《や》めて、放課後、学校の前でなにがあったか話した。

「みんなで団結したの?」アンニがたずねた。

ヘレはだまってうなずいた。

「すごいじゃない」アンニがささやいた。

たしかにすごいことだ。ヘレもそう思っていた。そんなことができるなんて、すこし前だったら想像もできなかっただろう。

アンニは、母親の様子をうかがった。母親が台所で片づけをしているのを確かめると、そばに来るようにヘレを手招《てまね》きした。

「あのね、なんで母さんがヴァイセンゼーに行くことにしたかわかったわ。住みこむことになっている農夫って、男やもめなの。結婚できるんじゃないかって期待しているのよ」

「子どもはいるの？」ヘレがはじめにたずねたのはそれだった。アンニの母親がその農夫と結婚したら、アンニには義理の父親ができる。義理の父親とか義理の母親については、ひどい話ばかり聞いていたのだ。もともと子どもがいたりすると、とくに悲惨《ひさん》な目にあうという。

「四人」アンニはいった。

四人も？　アンニと弟たちを入れると、子どもは七人になる。とくに多くはない。ヘレは子どもが十二人、いや十四人いる家族を知っている。だが七人の子どもを育てるのは、農夫にとって簡単なことではないだろう。

「母さんがいってるわ。おじさんは、あたしたちが来るのを楽しみにしているんですって。とくにあたしが元気になれば、農作業を手伝えるからって」

つまり安上がりな労働力ということだ。

「農作業は体にいいらしいわ。あたしのような子にはぴったりだって、母さんはいってる」

ヘレはなにもいわなかった。ヘレはアンニのことがなにもかもわかっていた。しばらく機嫌《きげん》が悪かった理由もわかっていた。病院を退院する日に、となりの病室にいた少年が息をひきとったのだ。その少年は、アンニとおなじ病気だった。咳《せき》をして血をはいた。だが病院に入るのが遅すぎたのだ。そういうものを見させられたうえ、アンニは治る前に病院を出され、ショックだったのだ。

「義理の父親っていったって、やさしい人もいるでしょう」ヘレがなにを考えているかわかったのか、アンニはささやいた。

たしかにそのとおりだが、それは宝くじに当たるのとおなじくらいめずらしいことだ。シュルテばあさんがそういっていたことがある。実際ヘレも、アンニも、やさしい義理の父親に会ったことがない。たぶん知り合いがアッカー通りの人ばかりで、みんな、貧しくて天使になれないからだろう、とシュルテばあさんはいっている。もしかしたら、世話になる農夫は例外かもしれない。未来の家族になるかもしれない人たちに、アンニはただでも不安をいだいているのに、これ以上、怖《こわ》がらせてどうするのだ。

「もちろん、やさしい義理の父親もいるさ」ヘレはすぐに答えた。だが、勇気づける例を思いつくことができなかった。

アンニの母親がやってきて、すわると、ヘレをじっと見た。

「また明日も来ていいわよ。でも、明後日《あさって》、引っ越すわ」

アンニが顔をそむけ、ヘレも目を落とした。ヘレはいきなり立ちあがると、「そろそろ行かなくちゃ」といった。アンニとの別れの時が近づいている。だが、そのことを考えたくなかった。この数日、いろいろなことが終わりを告げていく。ヘレは、ひとりだけ取り残されているような気がしていた。

外に出ると、オスヴィンの小屋の前にひとりの男が立っていた。松葉杖《まつばづえ》をついて、黒こげの残骸《ざんがい》をじっと見ている。上着を着て、帽子をかぶっている。ヘレは立ち止まって、男の背中を見た。それだけで、だれかすぐにわかった。ハイナーだ！

ヘレはハイナーの腕の中に飛びこみ、泣くまいと必死に涙をこらえた。この一週間に体験したことが脳裏《のうり》によみがえった。友の消息がわからない不安、友を失った哀《かな》しみ。ハイナーとは、ティアガルテンで会ったきりだった。ハイナーは、トルーデとアルノが死んだことを知らないはずだ。ふたりがあの蜂《ほう》起《き》に深く関わっていることを知っているだけだ。

「やあ、ヘレ！」ハイナーはうれしそうにそういうと、炭《すみ》になった梁《はり》をさした。「なにがあったんだ？」

話したいことは山ほどある。ヘレは次から次へと話した。ハイナーが口をはさんだ。

「待ってくれ。そのレレというのは、だれなんだ？」

ヘレははじめから話しなおした。レレが密告《みっこく》したこと。レレをシュルテばあさんのところから追いだしたこと、レレが報復をしたこと。それから小さな声で、アルノと口ひげの水兵の身に起こったことを話した。

ハイナーはがくぜんとして、首をたれた。やはりなにも耳にしていなかったのだ。しばらくしてハイナーは気を取りなおし、あとで詳《くわ》しく教えてくれといった。

「上に案内してくれ。ずっと歩きどおしで、そろそろすわりたい」

百年がどうした

ハイナーはソファにどさっと腰をおろし、怪我《けが》をしている足を椅子《いす》にのせて、お茶をすすった。熱いお茶のおかげで、元気を取りもどし、顔色もよくなった。だが中庭でヘレが話したことが気にかかっていた。

「さあ、話してくれ。なにもかも正確にな」

ヘレ自身、なにもかも思いだすのはつらかったが、いわれたとおりていねいに話した。話すたび、その光景が目に浮かんだ。何度も話すうちに心の整理がつくから、機会を見つけたら話したほうがいいと母さんはいっていたが、いくら話しても気持ちはすこしも楽にならなかった。とにかくいまはまだ無理だった。

ヘレが話し終わり、母さんと父さんがしばらくだまっていると、ハイナーが口をひらいた。

「あのな、アルノとおれは友だち以上の仲だったんだ。ほとんど兄弟だったといってもいい。ヤンも、ああ、口ひげはヤンという名なんだ。あいつも仲良しだった。いつも意見がおなじというわけではなかったが、いつも共通の敵がいた。わかるか？」

ヘレにもよくわかる。

ハイナーはヘレを真剣なまなざしで見つめた。

「話すのがつらいのはよくわかる。それでも、いつかまたこのことについておまえと話をすることになるだろう。何度も、何度も。おれたちが彼らのことを話すかぎり、彼らは本当には死なないんだ」

父さんもおなじ意見だった。

「彼らのことについて話すのは、墓石《はかいし》を立てるよりも大事なことだ」

マルタが台所にやってきた。ベッドで寝ているのを喜ぶ時期はとうにすぎていた。退屈になって、いくら怒られても、ベッドを抜けだしてくる。それに日中は、ほとんど眠れなかった。ハイナーを見ると、マルタはすぐひざにのろうとした。松葉杖《まつばづえ》と椅子《いす》にのせた足に気づくと、おとなしくとなりにすわった。

「怪我《けが》したの？」

「そうだよ」

「足を撃《う》たれたの？」

「そうだよ」

「なんで？」

「逃げようとしたからさ」

「怖《こわ》かったんだ」それは質問というより事実確認だった。怖いということ、それならマルタにもわかる。

ハイナーはいいかえさず、静かにうなずいた。すると、マルタはハイナーによりかかった。

「あたしも病気なの。六週間、ベッドに寝ていないといけないのよ。チョコレートも食べちゃいけないんですって」

「それはよかった」マルタがなにをいいたいか察して、ハイナーはふざけるようにいった。「もうチョコレートはないからな」

「お友だちは？　もう来ないの？」

「ああ、もう来ない」

「なんで？」

ハイナーは父さんを見た。父さんがうなずくといった。

「あいつも撃たれたんだ」

「死んだの？」

「そうだよ」

マルタは、トルーデが死んだことを思いだしたのだろう。死というのがなんなのか、はじめて真剣に考えているような顔つきをした。だがすぐにあきらめた。人の死があまりに多すぎる。それに、あまりに突然だった。だが、チョコレートを簡単にあきらめるつもりはなかったようだ。

「あんなにたくさんのチョコレート、どうしたの？」

「女友だちからもらったのさ。チョコレート工場で働いているんだ」

それは、ヘレも初耳《はつみみ》だった。というより、アルノのことはほとんどなにも知らない。知っているのはシュパンダウ出身ということだけだ。

「それじゃ、その人はひとりぼっちね」マルタはいった。

「そしてチョコレートをひとりで食べることになったのさ」ヘレは腹立たしそうにいった。マルタはまだ小さいことはわかっていたが、チョコレートのことばかりいうのが気に入らなかったのだ。

「いや、アルノにはたくさん女友だちがいたんだ」ハイナーはいった。「チョコレートをくれた女友だちにも、たぶんたくさん友だちがいると思う。本当の愛情というものは、ふたりのあいだになかった。お互い好《す》いていただけさ」

ヘレはハイナーを見た。ハイナーはトルーデのことを思っているにちがいない。もうすこし時間があったら、ふたりのあいだに愛情が生まれていたかもしれない……。

「ところで、あんたはどうだったんだ?」父さんが、ハイナーをマルタから解放するためにたずねた。「別れてから、なにがあったんだ?」

ハイナーは負傷していたのに、ほかの逮捕者《たいほしゃ》といっしょに馬小屋で夜を過ごしたという。朝になって、刑務所に連れていかれた。そこは、三百人も収監《しゅうかん》できるところではなかった。みんな、腹をすかし、疲れ切って、放りこまれた監房《かんぼう》の床にへたりこんだ。ハイナーは足の痛みに苦しんだ。治療を受けたが、十分ではなかったのだ。最初の夜は静かだったが、二日目の夜、いきなり叫び声が聞こえて、刑務所に銃声《じゅうせい》が鳴りひびいた。兵士たちが監房の扉《とびら》をたたきながら叫んだ。

「おまえら、もうおしまいだ。明日の朝、銃殺《じゅうさつ》だぞ」

そして何人かの囚人《しゅうじん》が銃殺された。刑務所の中庭に、何度も銃声が鳴りひびいた。だが銃殺されたのが、どのくらいの数にのぼるかわからなかった。

数日して、すこし事態が好転した。囚人に水とパンとスープが出された。みんな、物思いに沈んだり、話しあったりしながら時間を過ごした。そしてある夜、また兵士たちが騒いだ。銃床《じゅうしょう》で監房の扉をたたきながら叫んだ。「リープクネヒトとルクセンブルクが殺されたぞ!」

「そうやって、おれたちはカールとローザが惨殺《ざんさつ》されたことを知ったんだ」ハイナーはしばらくだまってから、また口をひらいた。「おれたちははじめのうち信じなかった。どうせまたいやがらせに決まっていると思ったんだ……」ハイナーはそこで足をたたいた。「おれは、これのせいで熱を出して助かったんだ。監房から出されて、軍の病院に入れられた。もちろん刑務所ほど警備は厳重じゃなかった。おれのとなりのベッドには怪我《けが》をした労働者がいたんだ。昨日の晩、その労働者を助けに仲間がやってきて、おれともう数名の囚人を連れだしてくれたのさ」

ハイナーはすこし迷ってから小さな声でいった。

「彼らに隠れ家《が》があるかと聞かれたとき、あるといった。あんたたちのことが頭に浮かんでいたんだ」

「よく思いだしてくれた」父さんは意味ありげにうなずいた。レレを追いだしておいてよかったと思っているようだ。

「長くは世話にならない。家に帰るつもりだ。数日でいいんだ、そうしたら……」

「いくらでもいてくれてかまわんよ」父さんはハイナーの横にすわって、肩に手をまわした。「負担には思わないし、あんたがここで見つかる危険もない。どうせ、水兵には見えないしな」

「あたしのベッドに寝ていいわ」マルタがいった。

「だが、そしたら、どこで寝るんだい？」ハイナーがたずねた。

「台所よ」

「ヘレは？」

「お兄ちゃんも台所よ」

マルタがいった。

「寝る場所はなんとかする」そういうと、父さんはしばらくだまってなにか考え、それから街がどうなっているかハイナーに話した。「戦車、装甲車《そうこうしゃ》、大砲《たいほう》といっしょに義勇兵団《ぎゆうへいだん》がベルリン入りしたよ。武器を持っている者はみんな逮捕《たいほ》される。交渉の余地もない。あいつらの目には、おれたちはただの犯罪者にしか見えないんだ」

『前進』社屋《しゃおく》への突入がおこなわれた翌日、警視庁が政府軍の手に落ちた。そしてふたたび、蜂起《ほうき》した人々に想像を絶する残虐《ざんぎゃく》行為がくりかえされた。軍使《ぐんし》が射殺《しゃさつ》され、囚人《しゅうじん》に暴行が加えられ、銃殺《じゅうさつ》された者もいる。

「新聞社街でのことは、政府軍の行きすぎではなかったんだ」興奮のあまり、父さんの声がふるえた。「あいつらがおれたちをちゃんと扱うなんて期待するのがまちがっていたんだ」

ハイナーはもう話を聞いていられなくなった。怪我《けが》をしていないほうの足で窓を押しあけ、新鮮な空気を胸いっぱいに吸った。

「まあ落ち着け」父さんには、ハイナーの気持ちが手にとるようにわかったのだ。「恐怖に基《もと》づいた勝利は長続きしない」

ハイナーがおどろいてふりかえった。

「まだ希望を持っているのか？」

「ああ」父さんは真剣な声で答えた。「おれが希望をつないでいるのは明日や明後日《あさって》じゃない。ずっと先だよ。おれたちがはじめたことは、大変なことなんだ。数週間や数か月で片づくものじゃない。何年も、いや、何十年もかかるかもしれない」

父さんはコートに手を入れて、『赤旗《あかはた》』をテーブルに置いた。「これを読んでみろ。リープクネヒトの絶筆《ぜっぴつ》だよ」

ヘレはその記事を知っていた。父さんが母さんに勇気を与えるために読みあげたのを聞いていたのだ。ふたりが惨殺《ざんさつ》されたと知ったとき、母さんは何日も落ちこんでいたのだ。

記事にはこう書いてあった。

「勝利に見える敗北というものがある。かかる勝利は、敗北よりも破滅《はめつ》的なものだ」

そして父さんはいった。

「カールとローザをおさえられず、殺すしかなかった。そういう勝利なのさ。だがこの絶筆はこれから何年も読まれつづけるだろう。そして勇気を失った人々の多くを何度もふるい立たせるだろう」

ハイナーは記事を最後まで読んで、あけっぱなしの窓によりかかり、屋根を見上げた。

「牢屋《ろうや》でも病院でも、みんな、頭がいかれていると何度思ったことか。果たせぬ夢を見ているだけだってな」

「たしかに夢を見ているだけかもしれない」父さんは肩をすくませた。「しかし夢をあきらめたら、なにが残るというんだ。ナウケ、トルーデ、そしてアルノ、カールとローザ、みんな、無駄《むだ》死にだ。そうはさせない。なにひとつ無駄にはしない。おれたちはまだ完全に敗れたわけじゃない。完全に敗北したなんてことはありえない。おれたちがいなければ、世界はなにひとつ動かないんだ。そのことをよく認識して、力を蓄《たくわ》え、反撃をしなければいけない。それが信じられなくなったら、守衛《しゅえい》にでもなるよ。世界の片隅《かたすみ》でのんびり暮らし、世界のことなんかほったらかすさ」

父さんがあまりにしょんぼりといったので、マルタは慰《なぐさ》めるように父さんのひざにのった。

「夢の実現をおれたちが見られなくても、ヘレが体験できるかもしれない。あるいはマルタ。あるいはハンスぼうや。ハンスぼうやもだめだったら、その子どもたち。百年なんてたいしたことじゃないだろう。おれたちは明日のことを考えるんだ。この世界はずっと昔からある。そしてゆっくりとしか進歩しない。いまになって、急に進歩が速まるわけがないんだ」

「つまり未来に賭《か》けるというんだな？」ハイナーがたずねた。

「そうだ。それがどんなに遠い未来でもな！　おれは自分がなにをよしとしているか、そしてなにが人間に相応《ふさわ》しい生き方か知っているつもりだ。だからそのために戦う。そうでなかったら、生きている意味がないだろう？　こんなうらぶれたアパートに住み、残飯《ざんぱん》を恵んでもらって、ありがとうというのか？　そんなことのために生きているというのか？」

ハイナーの顔にようやく笑《え》みが浮かんだ。

「おれに必要なのもそれだよ、ルディ。わずかな希望の光。それだけでいい」

どんなにすばらしい言葉よりも雄弁《ゆうべん》

郊外のフリードリヒスフェルデに向かって幅広いフランクフルター・アレー通りを進む行列は、途方もなく長かった。喪服《もふく》に身を包んだ楽隊が先導している。彼らのシルクハットがてかてか輝いている。そのあとに何台も馬車がつづく。カール・リープクネヒトと三十人をこす一月蜂起《ほうき》の犠牲者《ぎせいしゃ》たちの柩《ひつぎ》がのっている。ヘレ、父さん、母さん、オスヴィン、そしてアッツェが行列の前のほうを歩いていた。先頭の馬車にのっている、花で埋《う》めつくされた柩が見える。

ローザ・ルクセンブルクは柩におさめられていない。遺体がまだ発見されていないのだ。それでもローザは今日、埋葬《まいそう》される。今回の犠牲者たちのシンボルなんだ、と父さんはいった。

ヘレは、大きな帽子をかぶったあの小柄《こがら》な女性をちらっと見かけたことがあるだけだ。リープクネヒトのことも、王宮の前とブッシュ・サーカスで遠目に見たことしかない。それでも、ここしばらく毎日のようにその名を聞いていたので、ヘレはなんとなく親近感を覚えていた。ふたりがもう生きていないとは思えなかった。だがそれは、ナウケやトルーデやアルノもおなじだ。人は年をとればいつか死ぬ、病気で死ぬこともある。それは人生につきものだと、幼《おさな》い頃から感じていた。だが、人が互いに殺しあうというのは、いままで身近ではなかった。この三か月ではじめて知った。戦争がなにか知っているし、戦死した人の話もよく聞いていたが、自分で体験したことではなかった。それを、ヘレは身をもって体験したのだ。

父さんはいった。

「ふたりはまだ死んでいない。だれも殺せやしない。彼らは百年後も生きているだろう。エーベルトやシャイデマンやノスケのことをだれも話題にしなくなっても、人々はカールとローザのことを思いだすだろう」

自分にいいきかせるような言い方だったが、父さんは真剣だった。

ヘレたちの列のふたつ後ろで、ひとりの女が父さんにうなずきかけた。ヘレはその人の顔に見覚えがあった。エルサレム通りにいた人だ。父さんもこっそり会釈《えしゃく》した。スパルタクス団は葬儀《そうぎ》にかこつけて、情報交換し、途絶《とだ》えた連絡網を再建しようとしているのだ。

エルサレム通りで窓辺《まどべ》に立っていた男もやってきた。父さんにあいさつはせずそっと横に来て、顔も見ずになにかささやき、離れていった。

「ヘレ！」

エデだ。すこし後ろを歩いていた。ヘレは、父さんと母さんに、エデの家族がいることを教えた。ヘレたちはすこしわきにどいて、行列をやりすごすと、エデの家族の列に加わった。

「ずっと会いたいと思っていたんですよ」父さんはエデの父親に手をさしだした。「あなたの記事にはずいぶん救われました」

エデの父親は手をにぎってほほえんだ。しかし街じゅうをずっと歩いてきたせいだろう、具合が悪そうに見える。葬儀に参列するのは無理だと止めたが、いうことをきかなかったと、エデの母親はぼやいた。

「今日は特別に大事な日なんだ」エデの父親はいった。「カールのためじゃない。彼はこういうことになんの価値も見いだしていなかった。これはおれたちのためなんだ」そして腕を広げてすべての葬列者《そうれつしゃ》を包みこむようなしぐさをした。「勇気が出ないか？」

たしかに勇気が出る。父さんと母さんも同感だった。

「ブルジョアの新聞がいくらデマを広めようと、ベルリンの労働者はもうだまされはしないさ」エデの父親はいった。

多くの新聞がカール・リープクネヒトとローザ・ルクセンブルクの惨殺《ざんさつ》事件をどのように報道したか、ヘレも知っていた。父さんが持ってきたベルリン新聞には、見出しにふたつのデマが書かれていた。

「リープクネヒトは逃亡を図って射殺《しゃさつ》された」

「ローザ・ルクセンブルクは群衆に殺害された」

だが記事をちゃんと読めば、それがごまかしであることはすぐにわかった。リープクネヒトはひどく殴打《おうだ》されたうえ、ティアガルテンの森を走らされ、後ろから撃《う》たれたのだ。それからローザ・ルクセンブルクを殺したという「群衆」とはだれだ。スパルタクス団はとっくに事実をつかんでいた。逮捕《たいほ》されたふたりをホテル・エデンで尋問《じんもん》したあと、義勇兵団《ぎゆうへいだん》はふたりをそこからティアガルテンに連れていった。ローザに襲いかかる群衆などいなかった。通りはまったく人気《ひとけ》がなかったという。かわりに、そこにはふたりの惨殺《ざんさつ》を望み、資金を出した銀行家と資本家たちがいた。彼らは、革命の指導者を亡《な》き者にするため、ローザ・ルクセンブルクとカール・リープクネヒトに懸賞金《けんしょうきん》を出していた。もちろん、ブルジョアの新聞に、そのようなことは一切《いっさい》書かれなかった。それに、スパルタクス団が、法廷でこのことを証明できるかどうかもあやしかった。(＊13)

そのうちに、葬列《そうれつ》はフリードリヒスフェルデにたどりついた。周囲の建物が低くなり、畑がちらほら見える。葬列はゆっくりと進み、止まった。通りのわきにはコガネムシ連隊の連中が立っていて、にやにやしながら葬列をながめていた。だがコガネムシ連隊がいたのは偶然ではない。彼らはそこで葬列を見張り、検査していたのだ。

「見ろよ、コガネムシがいるぞ。ほくそえんでいやがる」葬列の中からだれかが叫んだ。

「コガネムシ!」あちこちから声があがった。エデも、大きな声で叫んだ。

「やめろ」エデの父親が小声でいさめた。「彼らも人間だ。害虫《がいちゅう》ではない」

「だけど、殺人者だ」エデはいいかえした。

「それでも人間だ」エデの父親はそうくりかえすと、せき込んで、ハンカチで口をおさえた。

母さんはエデの父親に賛同した。

「連中の多くはたまたまあっち側についてしまったのよ。あたしたちが彼らを害虫のように見れば、あっちもあたしたちを害虫扱いするわ」

「だけど、撃《う》ってきたらどうするのさ？」エデはいまだに納得がいかないようだ。

「撃ってきたら、撃ちかえすさ」父さんが答えた。「当然だ。しかし撃ってこないうちは、話しあったほうがいい」

エデは考えこんだ。

ヘレはエデの気分を変えようとして、ハイナーのことを話題にした。

「うまく逃げだして、いま、うちに隠れているんだ。もうすぐ家に帰るんだってさ」

「あのおやじのところに帰るだって？」エデには信じられなかった。ハイナーの父親を思いだすと、エデはいまでも腹を立てる。

「でも、おやじさんのことなんか怖《こわ》くないっていってるよ。休みになったら、ぼくらとマルタを招待してくれるってさ。腹一杯食べられるぞ」

「あんないけすかないおやじのいるところで休みを過ごすのか？」エデは鼻にしわをつくった。

「ハイナーがいるもの、だいじょうぶさ」

「まあな。おれたちが三人そろえば、あんな奴、怖くないや」じつをいえば、エデはうれしかったのだ。ヘレと同様、まだ休暇《きゅうか》を田舎で過ごしたことがなかった。

葬列はようやく墓地に到着した。オスヴィンとアッツェが道ばたに立って、手招《てまね》きした。墓地は封鎖《ふうさ》されていて、中に入れないという。墓地に入ったのは、柩《ひつぎ》を運ぶ馬車だけだった。

「残念だな、悼辞《とうじ》が聞けないなんて」アッツェはいった。「カールはたくさん追悼《ついとう》の演説をしているのに、自分はしてもらえないのか」

「危険すぎる」父さんはいった。「へたなことをいったら、その場で逮捕《たいほ》されてしまう」

朝から無口だったオスヴィンが、墓地の前に集まったたくさんの群衆をあごでさしながらたずねた。

「言葉なんているかね？　これが、どんなにすばらしい言葉よりも雄弁《ゆうべん》に物語っているじゃないか。ちがうかね？」

エデの父親は、オスヴィンの言葉が気に入ったようだ。メモさせてくれるか、とたずねた。

「メモする？」オスヴィンがけげんな顔をした。

「『どんなにすばらしい言葉よりも雄弁』というところさ。見出しに使える」

「かまわんさ」オスヴィンはぽつりといった。だがすぐににやりとした。自分の言葉が新聞にのるというのがよほどおかしかったのだろう。

ここを出られて、せいせいする

いよいよアンニが引っ越しをする。たくさんの子どもたちといっしょに、ヘレも引っ越しの手伝いをした。暗い半地下の住まいに降りていき、荷物をみんなで通りに運びだした。アパートの前に馬車が待っていた。馬糞《ばふん》のつんとしたにおいがしているだけでなく、馬車の荷台に馬糞がこびりついていた。子どもたちは鼻をつまんで、くすくす笑った。だがアンニの母親は、じめじめした住まいよりも馬糞のにおいのほうがましだといった。

アンニの母親を家政婦に雇《やと》い、もしかしたら結婚するかもしれないという農夫は見るからに貧しそうだった。やつれていて、あかぎれができ、気むずかしそうだ。馬車の上に立って、子どもたちが運んできたものを荷台に積みあげた。ベッドの木枠《きわく》、ものをぎっしり詰めこんだチェスト、なべ、石油ランプがふたつ、そしてたくさんのこまごましたもの。

子どもたちは引っ越しを手伝うのを楽しんでいた。中庭や通路ですれちがうたびに、声をかけあう。

「なにを持ってるの？」

「見ろよ、こんな変なものがあったぞ」

もちろん、一番熱心だったのはちびのルツだ。ほかの子を追い越してまで、せっせと荷物運びをした。そしてヘレに会うと、興味深げに顔をのぞきこんだ。ヘレが悲しそうな顔をしているか知りたいのだ。

ヘレは悲しかった。だが、顔には出さなかった。ただコートを着たアンニが小さなオットーをひざにかかえて、最後に残った椅子《いす》にぽつんとすわっているのを見たときだけは、悲しい表情を隠せなかった。胸がずきんと痛んだほどだ。だが半地下の住まいにはほかにだれもいなかった。だから気づいたのはアンニだけだった。

アンニの母親はわざと忙《いそが》しそうに動きまわり、ここを出られて、せいせいする、と何度もいっていた。しかし顔を見ればわかる。なにが待ちうけているか不安でしかたないのだ。ヘレといっしょに大きな家具を通りに運びだし、農夫に渡したとき、アンニの母親は馬車の上の農夫を見ようとしなかった。農夫もアンニの母親を見なかった。

荷物を全部積み終わると、アンニの母親は、アパートの管理人を呼んだ。管理人は通りに面した第一棟《とう》に住んでいて四つ目の中庭に顔を見せるのは引っ越しのときくらいだ。ようやく管理人がやってきて、アンニの母親と小さなヴィリはいっしょに部屋の中を見てまわった。管理人が不満そうな顔をすると、アンニの母親が怒りだした。

「なんだっていうのよ。洞窟《どうくつ》を貸しておいて、宮殿になって返ってくるとでも思っていたの？」

「決まりがあるんだ」管理人は水道管の下の穴を指さした。

「それはネズミのせいよ。連中にも家賃《やちん》を払わせようっていうの？」アンニの母親はいらいらを募《つの》らせた。

そのあいだ、ヘレはアンニのそばに立っていた。アンニが立ったら、椅子《いす》を運んでやるつもりだったのだ。そうすれば、通りまでいっしょに行ってもかっこがつく。

「しかたない」管理人はそういって、住まいのカギを受けとると、全員が外に出てからドアにカギをかけようと、中庭で待った。

だがドアにカギがかかる前に、シュルテばあさんがアンニに餞別《せんべつ》を持ってやってきた。アンニをしっかり抱きしめてから、ばあさんはいった。

「いい子だね。こんな大げさなことをしないと元気になれないのかねえ」そういって、目尻《めじり》にたまった涙をふいた。

それまでじっとこらえていたアンニも、目をうるませた。シュルテばあさんからもらった包みをしっかり胸に抱いて、中庭をふりかえらなかった。

「中身を見てごらんよ」ヴィリがいった。

だがアッカー通りを出てからあけてみるようにばあさんにいわれていたので、アンニは包みをあけようとしなかった。それに、あけてみなくても、中身はわかっている。端布《はぎれ》でつくった人形にちがいない。シュルテばあさんがプレゼントするものといったら、いつもそれに決まっていた。

「行くわよ！」アンニの母親も、ヴィリとオットーの手をとって、ふりかえらずに中庭を出ていった。

アンニは静かにそのあとにつづいた。ヘレは椅子をかかえてアンニのそばを歩いたが、シュルテばあさんがいっしょについてきたため、アンニと言葉を交わすことができなかった。ふたりきりでなければ、話ができない。

御者台《ぎょしゃだい》にすわっていた農夫は、みんながぐずぐずしているように見えたのだろう、さっきよりも不機嫌《ふきげん》そうな顔をしている。ヘレは農夫に椅子を渡し、アンニの母親に、父さんたちやオスヴィンがよろしくいっていたと伝えた。父さんたちはいま、市内に出かけていて、直接別れを惜《お》しむことができなかったのだ。それからヘレは、アンニに手をさしだした。

「キスしたらいいじゃないか！」ちびのルツがじれったくなって叫んだ。アンニはすぐに手をひっこめた。ヘレの顔も見ようとしなかった。

シュルテばあさんは、腹をかかえて笑うルツをしかってから、やっぱりプレゼントの包みをのぞいてみるようにいった。

アンニは包みをひらいた。子どもたちが集まってきた。みんな、アンニがなにをもらったか興味津々《しんしん》だったのだ。

それはブラウスだった。襟《えり》に刺繍《ししゅう》のある本物のブラウスだ。アンニはそのブラウスを手にしたまま、シュルテばあさんを見つめた。ばあさんがなにか勘違《かんちが》いして、入れるものをまちがえたのかと思ったのだ。

「昔、あたしが着ていたものだよ」シュルテばあさんは感動にふるえながらいった。「すこし手直ししたけどね。暖かくなったら、着なさい。そしてあたしのことを思いだしておくれ」それから、わびをいうように、アンニの母親にいった。「なにかすてきなものをアンニにあげたいと思ってね」

アンニはシュルテばあさんをしっかり抱きしめた。ここを出ていきたくないといっているかのようだ。それからすぐ、農夫がアンニを御者台《ぎょしゃだい》に引っぱりあげ、毛布でくるんだ。

農夫がアンニをやさしく扱っているのを見て、ヘレはほっとした。毛布まで用意していてくれたところを見ると、ひどい義理の父親になることはなさそうだ。

アンニの母親も、シュルテばあさんに別れを告げた。

「ここを出られて、せいせいするわ」ふたたびそういったかと思うと、シュルテばあさんの首にかじりついて、すすり泣いた。「それでもここはあたしの故郷なの。あたしはここで育ったのよ」

「よし、よし」ばあさんは、まるで子どものようにアンニの母親をなでた。「もちろん、ここはあんたの故郷さ。よくコマまわしをしていたね。まったくお転婆《てんば》だった」

アンニの母親はいった。

「いまでもお転婆よ」それから、たづなとムチを持った農夫をちらっと横目で見た。「人の言いなりになったことはないわ」

それは本当じゃない。シュルテばあさんは知っていた。アンニもヘレも、ほとんどの子どもたちが知っていることだった。夫のフィーリッツがどんな人泣かせなことをしていたか、みんな知っていた。だから、今度こそ農夫の言いなりにならないことを、みんな、願っていた。

「さあ、そろそろ行くぞ」農夫が野太《のぶと》い声でいった。

「なんてこったい」シュルテばあさんがつぶやいた。聞こえたのは、ヘレだけだった。「ずいぶんぶっきらぼうな奴だね」

アンニの母親はアパートの正面の壁をひととおり見まわすと、意を決して、まずオットー、ヴィリの順で御者台に乗せ、自分もあがった。

農夫はたづなをとると、舌をうち鳴らして、馬を歩かせた。馬車がアパートの前にとまったとき、子どもたちが歓声をあげるほどがっしりした馬だった。それでも、馬車が動きだすのにしばらくかかった。

アンニはヘレのほうを見るだろうか？　ヘレはアンニの顔から目をはなさなかった。

アンニが目をあげて、ヘレを見た。

「遊びにきてくれる？」アンニがいった。もうどう思われてもかまわないと考えているようだ。

「もちろん遊びにいくよ！」ヘレはそう叫ぶと、アンニがくれた住所のメモをズボンのポケットから出して、ふりまわした。

アンニが手をふりかえした。アンニの弟たちも手をふった。アパートの前に立つシュルテばあさんと子どもたちも手をふった。家具を満載《まんさい》した馬車が、ガタゴトいいながらベルナウ通りに曲がっていくまで、だれも手をさげなかった。

「さあて」とシュルテばあさんはいった。「また新しい手伝いをさがさなきゃね。まったく大変だ」

一石二鳥

ハイナーはハンスぼうやをひざにのせて遊んでいた。マルタはそばにすわって、顔を輝かせ、ハンスぼうやがうれしそうに声をあげると、いっしょに笑った。

「ガールフレンドとお別れしてきたか？」

ほかのだれかにそういわれたら、ヘレはかならず反論しただろう。だが、ハイナーだけは別だ。アンニと仲良しなのを笑わないし、別れの哀《かな》しみをわかってくれた。ヘレはだまってうなずくと、椅子《いす》にすわった。

ハイナーはハンスぼうやをあやしつづけた。「探検隊が進んでいく」といいながら人差し指と中指を足に見立てて、ハンスぼうやの腕をのぼり、耳をくすぐり、鼻をつまんだ。ハンスぼうやは息がつまりそうなほどけらけら笑った。ハイナーも笑いながら、ヘレのほうを向いた。

「明日の午後、家に帰るよ」

「明日？　そんなにすぐ？」ヘレはびっくりした。もうすこし家にいてくれると思っていたのだ。

「ゆっくり考える時間が欲しいんだ。ここにいると無理だ。このうちではいろんなことが起こるからな」

「ぼくら、家まで送っていくよ」ヘレは急いでいった。「エデと話したんだ」

「すばらしい！」

ハイナーがいなくなるのだからすばらしくはない。ヘレは笑《え》みを浮かべると立ちあがり、寝室へ行って、ベッドに身を投げだした。

アンニがいなくなったばかりなのに、ハイナーまで。一度にふたりと別れるのはつらすぎる。ヘレはもうなにも考えたくなかったが、それはできなかった。通りの角を曲がっていく家具を積んだ馬車が脳《のう》裏《り》に浮かんだ。それからアンニの顔、そしてハイナー。

マルタが寝室にやってくると、ヘレのベッドにすわって、ヘレをしばらく見つめた。

「なんだよ？」ヘレは、つっけんどんにたずねた。いつもいつも、人を気づかうことはできない。

「友だちなの？」マルタは静かにいった。

「だれのこと?」

「お兄ちゃんとハイナーよ」

「そうさ」いうまでもないことだ。

「だけど、ハイナーは大人でしょ」

「大人じゃいけないか?」

マルタはしばらく考えてから、少年と大人の男でも友だちになれるとわかったようだ。だが、そのことを口に出してはいわなかった。ただ、納得したことが表情に出ていただけだ。

「ハイナーにね、フリッツのことを聞かれたわ」マルタはささやいた。

フリッツのことだって? ハイナーがもどってから、心の端に押しやっていたことだ。

「なんていったの?」

「なんにもいわなかったわ。なにも告げ口しなかったわよ」

告げ口をしなかった。つまり、ヘレがしたことを、マルタは恥《は》じているのだ。

ヘレはそのことをハイナーに話さなければいけないと思った。フリッツのことを話せる人がいるとしたら、それはハイナーだ。ふたりでいるうちに話さないといけない。両親がもどってきたら、話しづらい。ヘレはがばっと起きあがると、台所にもどった。マルタはあとについてきて、ヘレを追い越すと、ハンスぼうやをソファに寝かしていたハイナーのひざにのぼった。

「話したいことがあるんだけど」ヘレはあらたまって声をかけた。

「フリッツのことか？」

「うん」ヘレは下を見ながら、台所に入った。

「うまくいかなかったのか？」

「うん」あのときフリッツに密告《みっこく》されたと思ったことをうまく口に出していえなかった。疑いは怒りに変わった。怒りのあまり頭が真っ白になった。そのことが、ヘレにはいまだに理解できなかったのだ。

「ちゃんとあやまったのか？」ハイナーは、話をすべて聞いて、しばらく考えてからたずねた。

　ヘレはまだあやまっていなかった。どうしてもできなかった。フリッツにひどいことをしたのだから、あやまらなければならないのはわかっている。一度、フリッツの住んでいる家の近くまで行ったことがある。だがそのとき、フリッツは中高等学校《ギムナジウム》の帽子をかぶった数人の少年といっしょに通りを歩いてきたので、ヘレはどういっていいかわからなかったのだ。

「ふたりのあいだには大きな溝《みぞ》がある。おまえは、フリッツの知らないことをあまりにもたくさん体験したからな」

　たしかにそうだ。ヘレは何度もそのことを考えた。この冬のあいだに、ふたりの関係は変わってしまった。ナウケ、トルーデ、アルノ、市街戦、残虐《ざんぎゃく》行為。フリッツはそのすべてを両親の居間から見ているだけだったが、ヘレはその渦中《かちゅう》にずっといたのだ。

　階段で大きな足音がした。なにか重いものを運び上げているようだ。マルタは聞き耳をたてて、ハイナーのひざから飛びおりると、玄関に走った。マルタは父さんの声に気づいたのだ。

母さんとオスヴィンが手回しオルガンを持ってあがってきた。父さんは台車《だいしゃ》を運んできて、にやにやした。

「覚悟を決めたよ。オスヴィンのライバルになることにした」

ハイナーかヘレがなにかいうと思ったのに、なにもいわなかったので、父さんはこうつづけた。

「手回しオルガン弾《ひ》きになれば、どこのアパートに行っても、怪《あや》しまれないだろう。それに、いろいろ隠しもつのにも都合がいい」

父さんはしゃがんで台車の扉《とびら》をあけ、中からビラの束《たば》を出すと、にやにやしながらテーブルに置いた。

オスヴィンもにやにやしていた。

「鈴《すず》つきの帽子をかぶって、肩に猿《さる》をのせているルディ・ゲープハルトか。見物《みもの》だな」

父さんが手回しオルガン弾きになるというのが、マルタは気に入ったのか、鈴つきの帽子や猿にも反対ではなかった。だが父さんはすぐに手をふって、マルタをがっかりさせた。

「手回しオルガンは借りただけだ。いつまでも手回しオルガン弾きをするつもりはない。しばらく隠れ蓑《みの》にするだけなんだから」

父さんは本当のことをいっていない、とヘレは思った。手回しオルガン弾きになるのは、一石二鳥をねらったからのはずだ。怪しまれずにスパルタクス団の連絡係をするのがひとつ。そしてついでに、小《こ》銭《ぜに》を稼《かせ》ごうというのだ。

ヘレは父さんが復員してきた二日後のことを思いだしていた。シェーンハウス大通りのイタリア人手回しオルガン制作者のことを話題にしたとき、父さんは自分を年寄りとおなじにする気かとすごい剣幕《けんまく》で怒った。

父さんもそのときのことを覚えているはずだ。だがそのことはおくびにも出さず、真剣な顔でビラをさした。

「この数か月のあいだになにが起こったか、真実を人々にちゃんと伝えないとな。そしてだれが殺人者で、だれが犠牲者《ぎせいしゃ》かわかってもらわないといけない」

ハイナーはビラを一枚とって静かに読んだ。途中で気に入った箇所《かしょ》があったのか、大きな声でそこを読みあげた。

「『不正がひとたび認識されれば、その認識を消し去ることはできない。その不正で得をした者たちはその認識を広めることを禁じることはできる。暴力で圧力をかけることもできるだろう。だが認識が広まることを押しとどめることはできない』書いたのはだれだい?」

「アウグスト・ハンシュタインだよ」オスヴィンがいった。このまえ知りあったことが自慢のようだ。

「いい文章だ!」ハイナーはうなずいた。「本当にそのとおりだ。ひとたび認識されれば、もう後戻りはできない。金をもってしても、権力をもってしても不可能だ」

「ほんとね」そういうと、母さんはハンスぼうやをひざにのせた。「そうでなかったら、お先真っ暗よ」

終わりはない

夜が更《ふ》けた。マルタはソファで寝ている。ヘレはかまどの横に広げたマットレスに横になっていたが、どうしても眠れなかった。マットレスで寝るのは今晩が最後だ。明日の晩、マルタとヘレはふたたびベッドで寝ることになる。ハイナーがもうすこし家にいてくれるなら、喜んでベッドを明け渡すのに。ハイナーはなにかじっくり考えるのに、静かな場所が欲しいという。それはわかる。ヘレもいろいろ考えたいことがあった。それでも、別れるのが早すぎる気がした。時間とその気があれば、いくらでもハイナーを訪ねられる。そう何度も自分にいいきかせたが、それでも哀《かな》しみは完全には消えなかった。

いずれにせよ、来週はアンニを訪ねるつもりだ。もうそうと心に決めている。アンニは、ヘレのことを考えているだろうか。見知らぬ環境の中で、きっとなかなか眠れずにいるはずだ。

マルタは寝返りをして、寝言《ねごと》をいっている。なにか願い事をいっているようだ。

マルタはろくに事情も知らないのに、わかったような顔をしてなんにでも首をつっこむ。だがその気持ちをわかってやらなくてはいけない。いや、たくさんの人たちの気持ちをわからなければいけない。そうすれば、ヘレもうすこし多くのことがわかるようになるだろう。おそらくこの世界のことが、もっとよくわかるようになるはずだ。

ヘレは横になっていられなくなり、毛布をはねのけると、石油ランプを灯《とも》して、窓辺《まどべ》のベンチに腰かけた。それからハイナーにもらった写真を手にした。

タラップの前に立つふたりの若い水兵の写真だ。ハイナーとアルノ。だがヘレの知っているふたりとはちがっていた。ふたりはずっと若くて、にこにこしながらカメラを見ている。

ヘレは頭を壁にあて、空をあおいだ。

夜空に雲はなかった。星がきらきら輝いている。フレヒジヒ先生がいっていたことがある。星はずっと空に輝いている。ずっとそうだったし、これからもそうだ。もしそうなら、なにひとつ終わりはないことになる。なにが起こっても、人生はつづく。そう思うと、なんだかうれしい気持ちになった。

*13　スパルタクス団が、法廷でこのことを証明できるかどうかもあやしかった。　カール・リープクネヒトとローザ・ルクセンブルク（数か月後、ベルリンのラントヴェア運河で遺体が発見され、一九一九年六月十三日、カール・リープクネヒトの墓のわきに埋葬された）の殺害はのちに証明されたが、殺人犯たちは軍事法廷でふたりが軽い禁固刑を受けただけで、他の者たちは無罪になった。しかし有罪になったふたりも刑に服すことはなかった。カールとローザを殺害する前に銃座で昏倒させた騎兵連隊所属のルンゲは、未決拘留中の期間が算入されて判決後すぐ自由の身となった。ローザ・ルクセンブルクの殺害に関わったフォーゲル中尉は二年四か月の禁固刑を受けることになったが、判決後、偽造パスポートで国外に逃亡した。一年半後、フォーゲル中尉は恩赦を受けた。またナチ政権は、「ドイツに忠誠を尽くした男」フォーゲル中尉の健康回復のため、温泉に招待している。ルンゲもナチ政権から訴追の弁償金六千ライヒスマルクを受けとっている。もうひとりの主犯ヴァルデマール・パープスト大尉は第二次世界大戦後、ドイツ連邦共和国の国民となり、一九六二年、その殺害事件に関わったことで賞賛される。同年、ドイツ連邦政府報道情報局は公式報告書でこの殺害事件を「戒厳令下における射殺」であったと判断している。

▼12　ドイツ社会民主党が最大多数の政党になった。　一九一九年一月十九日におこなわれた国民議会選挙。ドイツ社会民主党は総議席数四二三のうち一六五議席を取得。独立社会民主党は二二議席。ドイツ共産党は不参加。ドイツ社会民主党と独立社会民主党は中央党（議席数九一）を加えてワイマール連合内閣を樹立する。

あとがき

この本は二十世紀前半の〈転換期《てんかんき》〉を描いた三部作の第一巻にあたります。一九一八年から一九年にかけての転換期は、ワイマール共和国が死に絶《た》え、ナチ党に政権を委譲《いじょう》する一九三二年から三三年にかけての転換期へとつづき、ナチドイツが崩壊する一九四五年が第三の転換期となります。三部作の中心は、ゲープハルトというベルリンの労働者一家です。これら三度の転換期でもっとも苦しんだ人々を例に、この物語は語られます。

一九一八年から一九年にかけての冬が人々の意識にのぼることはあまりありません。ヒトラーによる十二年間の独裁、第二次世界大戦と戦後の体験が生々しく記憶されているぶん、第一次世界大戦と、その大戦を終わらせた革命の記憶は影をひそめてしまっています。しかしあのときの冬はドイツ史の一幕というだけではすまされません。その数か月間に起こったことは、将来に政治的な禍根《かこん》を残すことになったのです。

この小説は、のちに「十一月革命」と呼ばれるこの革命の渦中《かちゅう》を描き、革命がついえたところで終わります。いがみあう党派《とうは》の闘争《とうそう》はこのあともつづき、激しさを増していきました。一九一八年十一月から一九一九年一月までのあいだに政府側の部隊と交戦して命を落とした労働者と水兵は数百人にのぼり、そののちドイツ全土に展開した義勇軍《ぎゆうぐん》との戦いでは数千人の犠牲者《ぎせいしゃ》が出ました。しかしこれらの戦いはすでに革命の性格を帯びてはいませんでした。ドイツ全土に吹き荒れたのは内戦だったのです。エーベルトを中心とするドイツ社会民主党首脳陣《しゅのうじん》は、スパルタクス団の活動をなんとしても阻止《そし》しなければならないと考え、将軍たちもそう要求し、義勇軍がその目的で設立されたのです。その結果、スパルタクス団は強い指導力を発揮《はっき》できずに終わり、ドイツの労働運動に深い亀裂《きれつ》が入ったのです。一九三三年までの数年間、ドイツ共産党とドイツ社会民主党は、当時台頭《たいとう》してきたドイツのファシズムに対抗するよりも、同士討《う》ちすることにばかり熱心でした。

一九一八年から一九年にかけての革命がちがった経過をたどり、ベルサイユ条約でドイツの戦後賠償《ばいしょう》がもっと軽減され、平和を促進《そくしん》させる措置《そち》がもっとおこなわれていたら、アドルフ・ヒトラー率いるナチ党が政権につき、第二次世界大戦を引き起こすことはなかったかもしれないのです。もちろんこれは今日《こんにち》の視点から見た仮説でしかありません。けれどもヨーロッパの歴史を考えるとき、くりかえし問いかけなければならないことでもあります。過去の失敗に向きあわなかったら、はたしてわたしたちは現在を理解し、未来を形づくることができるでしょうか？

その関わりでいうと、カール・リープクネヒトとローザ・ルクセンブルクを支持する人々が勝利していたら、はたしてドイツはソビエト的な評議会共和国になっていたかという点も問題になるでしょう。その後、実際に成立した「社会主義」の国々で、しかるべき人民の国家を築こうという夢がどのような結果に終わったか、わたしたちは知っています。スターリンによる独裁政治、意見を異《い》にする人々の追放、絶え間《たま》ない人権侵害。ソビエト連邦では数百万の無実の人々が労働キャンプの死の苦しみを味わったり、スターリンの命令で即座《そくざ》に殺されたりしていたのです。

しかしだからといって、一九一八年から一九年に革命を起こした人々を、そういう非人道的な独裁が目的だったとおとしめていいものでしょうか？　あの冬に正義を求めてデモ行進した人々の大多数は、暮らしをよくしたい、貧困《ひんこん》を減らしたい、そして二度と戦争をしたくないという一心で戦ったのです。昔のベルリン・アッカー通りのような貧民街を思いだし、四年間の飢餓《きが》や終わりのない死といった、そこに暮らす人々のはてしない苦しみを我が身に置きかえてみないかぎり、二十世紀初頭の非人間的な力の政治の犠牲《ぎせい》になった人々の絶望はわからないでしょう。

十一月九日は、ドイツにとっていろいろな意味で記念すべき日付です。一九一八年十一月九日、第一次世界大戦終結の鐘《かね》が鳴らされました。二十年後の一九三八年十一月九日、ナチ党がユダヤ人に対してはじめて大規模なテロをおこないました。七千五百軒《けん》におよぶユダヤ系の商店やデパートが破壊され、百九十のユダヤ教会堂が放火され、二万五千人をこすユダヤ人が逮捕《たいほ》され、暴行されたり殺害されたりしたのです。それから五十一年後の一九八九年十一月九日、ベルリンの壁が崩壊しました。ベルリンの壁は二十八年間にわたるドイツ分断の象徴であり、旧東ドイツの千七百万人の人々にとって二十八年間越えることのできない死の壁だったものです。

「社会主義」を標榜《ひょうぼう》する陣営《じんえい》の国々は最後まで、リープクネヒトとルクセンブルクの遺産を継承《けいしょう》しているといいつづけました。しかしふたりの著作が、それらの国々で社会主義体制が崩壊するまで完全な形で公《おおやけ》にされることはありませんでした。そのことだけをとっても、インターナショナルな労働運動の象《しょう》徴《ちょう》的存在であるふたりが、後継者《こうけいしゃ》たちの独裁に納得しなかったことはたしかでしょう。「自由とはつねに異なる考えをもつ自由である」これはローザ・ルクセンブルクの有名な一節です。またこんな言葉も遺《のこ》しています。「マルクス主義は革命的な世界観だ。つねに新たな認識を求め、過去の体制にこだわる愚《ぐ》を嫌い、自己批判という精神の武器と歴史の雷鳴《らいめい》をもって生命力を最良に保つものなのだ」

リープクネヒトとルクセンブルクは、政治局員による独裁ではなく、真に社会主義的な民主主義に人類のよりよき未来を見ていました。ふたりはただ夢を追っていただけなのか、ふたりが要求したような社会がはたして現実に実現可能だったのか、その点に関しては今でも意見の一致をみません。ただはっきりしているのは、一九二〇年代、ドイツ共産党はリープクネヒトとルクセンブルクが目指したものから遠くかけはなれ、レーニン・スターリン主義のソビエト連邦に自ら組み込まれたということです。その結果、第二次世界大戦後の旧東ドイツではドイツ共産党の後継者であるドイツ社会主義統一党が独裁体制をしきました。ドイツ社会主義統一党は公式にはふたりを精神的な祖先として敬《うやま》いましたが、ふたりが目指した目標とはまったく別物でした。

ベルリン・アッカー通りは今でも存在しています。そしてベルリンが第二次世界大戦後、東西に分断されたように、アッカー通りもふたつに引き裂かれました。通りの短い部分が東ベルリン側、長い部分が西ベルリン側となったのです。東ベルリン側は今でも古いアッカー通りの雰囲気を少しだけ残しています。西ベルリン側では一九六〇年代末に、かつての安アパートが取り壊《こわ》され、新しい建物が建ち、緑もごくわずかとなりました。

ところでこの三部作の中心的な舞台となる三十七番地のアパートですが、これは実際には存在しません。三十七番地には墓地があります。舞台となる安アパートはフィクションです。同様に歴史的な著名人をのぞけば、登場人物たちもみなフィクションです。しかしこの番地は象徴的な意味で選びました。古いエリザベート教会墓地に眠っているのは、大半が二十世紀の歴史を共に体験した人々だからです。

一九一八年から一九年にかけてのあの冬から、かれこれ九十年がたとうとしていますが、わたしたちの世界は大きく変わりました。かつてベルリン・ヴェディンク地区にあった貧困《ひんこん》は今のドイツには存在しません。しかし貧困にあえぐ地域が消えたわけではありません。わたしたちが第三世界と呼ぶ地域に場所が移っただけなのです。アジア、アフリカ、南アメリカでは今でも飢餓《きが》が蔓延《まんえん》し、栄養失調におちいったり治療を受けられなかったりして死んでいく人々があとを絶《た》たないのです。

そして戦争もまた根絶《こんぜつ》されていません。わたしがこの文章を書いているあいだにも、わたしたちの世界の多くの地域で爆弾が炸裂《さくれつ》し、銃撃《じゅうげき》がおこなわれ、人が殺されているのです。

一九一八年に革命を起こした人々が望んだ戦争と貧困《ひんこん》のない暮らし。それは新世紀の始まりでもまだ夢のままです。しかし夢は見つづけなければなりません。夢をあきらめた人は負けなのです。

ベルリン　一九九四／二〇〇三年

クラウス・コルドン

訳者あとがき

本書はクラウス・コルドンの「転換期三部作《てんかんき》」第一作にあたります。原題は「赤い水兵あるいはある忘れられた冬」（*Die roten Matrosen oder Ein vergessener Winter*）です。邦題《ほうだい》からわかるとおり、一九一八年から一九一九年にかけての冬のベルリンが舞台になります。

第一次世界大戦の末期である一九一八年十一月、敗色《はいしょく》の濃かったドイツ帝国で、水兵が戦争を終わらすために蜂起《ほうき》し、それがきっかけでドイツ革命が起こり、帝政が倒れることになります。しかし革命は成功と同時に歯車《はぐるま》が狂いはじめ、ベルリン市街戦へと発展します。そうしためまぐるしい時代のうねりに翻弄《ほんろう》される人々の姿が、ベルリンの貧民街に住むゲープハルト一家を通して克明《こくめい》に描かれます。

重要なのはこれが「忘れられた冬」だということです。わたしたち日本人にとっては遠いドイツのこれまた遠い過去の出来事かもしれませんが、ドイツ人にとっても、この革命は忘れられた過去なのです。第二次世界大戦後の冷戦下、ドイツは東西に分断されますが、自由主義陣営《じんえい》の旧西ドイツでは語られないことで忘れられ、共産主義陣営《じんえい》の旧東ドイツでは誇張《こちょう》され、ゆがめて語られたことでその本質が見失われました。作者コルドンが「転換期《てんかんき》三部作」の第一作にこの時代を選んだのは、このとき歯車《はぐるま》が狂ったことが、やがてナチの台頭《たいとう》を許し、世界を二度目の世界大戦へと引きずり込み、二十世紀後半のドイツ分断の悲劇を生んだと考えているからにほかならないでしょう。一九四三年、ベルリンに生まれ旧東ドイツで成長したコルドンにとって、彼の半生を決定づけた事件でもあるのです。

またこの物語が貧富の差や自由と不自由といった普遍的な問題をわたしたちに投げかけていることも忘れてはならないでしょう。作者があとがきで「かつてベルリン・ヴェディンク地区にあった貧困《ひんこん》は今のドイツには存在しません。しかし貧困にあえぐ地域が消えたわけではありません。わたしたちが第三世界と呼ぶ地域に場所が移っただけなのです」と書いているとおりです。コルドンが『モンスーン　あるいは白いトラ』（理論社）をはじめとする第三世界の底辺を鋭《するど》くえぐった作品を書いているのもおなじ動機からだといえます。

原題にある「赤い水兵」についても触れる必要があるでしょう。「赤」は共産党を象徴《しょうちょう》します。本書ではドイツ共産党の前身であるスパルタクス団に身を投《とう》じた人々がたくさん登場します。その代表格がドイツ皇帝に反旗《はんき》を翻《ひるがえ》した水兵たちです。しかしこの「赤」の中身も、このときに歯車が狂ったせいで変質していきます。ベルリン市街戦で敗退したドイツ共産党はおなじ年の三月、一九一七年に一足先に革命に成功したロシア（一九二二年からソ連）とともに共産主義インターナショナルで中心的な役割を担《にな》うことになります。これが遠因《えんいん》となって、第二次世界大戦後、ソ連の後押しで樹立《じゅりつ》された旧東ドイツで、ドイツ共産党の後身《こうしん》であるドイツ社会主義統一党による一党独裁がしかれることになります。戦後、一九六八年に旧東ドイツからの逃亡に失敗して投獄された経験のあるコルドンにとって「赤」という色は「理想」と「幻滅《げんめつ》」の両面を意味しているといえるでしょう。

一九七三年、旧西ドイツの国籍をえたコルドンはおよそ十年後の一九八四年に本書を世に問いました。その数年前から東西両ドイツは、互いに政治的に歩み寄りながら、そろって中距離核《ちゅうきょりかく》ミサイルの配備を計画するという矛盾《むじゅん》に満ちた時期にあり、ドイツ各地で平和運動のうねりが起こっていました。コルドンが本書を第一作とする「転換期三部作」で戦争と平和を問おうとしたことも、それと無縁《むえん》ではないでしょう。

ドイツでは一九八九年にドイツ分断の象徴であるベルリンの壁が崩壊し、翌年、統一ドイツが誕生します。「転換期三部作」の第二作、本書の「ハンスぼうや」ことハンスが主人公となり、ナチが政権をとる過程を描いた『ベルリン１９３３』はそうした劇的な変化をとげた年に出版され、三年後の一九九三年、作者五十歳のときに、本書の主人公ヘレの娘エンネの目を通して第二次世界大戦が終わる一九四五年のベルリンを描いた第三作（原題は『はじめての春』）が完成します。

歴史的にはナチ時代のほうが日本の読者になじみがあるということで第二作『ベルリン１９３

3』を先に翻訳しましたが、ようやく第一作をみなさんに紹介できることになりました。思えば、本書をはじめて原書で読み、ぜひとも日本に紹介したいと思ったのが一九八五年のこと。それから二十年の月日が経ってしまいました。これは二十年越しの執念《しゅうねん》の翻訳です。八十年以上前にベルリンで平和と自由のために立ち上がった人々の声にぜひ耳を傾《かたむ》けてください。第三作『ベルリン1945』は、あまり時間をかけずに翻訳するつもりです。ルディ、マリー、ヘレ、マルタ、ハンス、ゲープハルト一家にはまだまだたくさんの試練が待ち受けています。

二〇〇五年十二月

酒寄進一

『ベルリン1919』にまつわるドイツ年表

1871年		ドイツ帝国成立
1888年		皇帝ヴィルヘルム二世即位
1914年	6月28日	サラエボ事件
	7月28日	第一次世界大戦勃発
1917年		スパルタクス団結成
1918年	10月3日	バーデン大公マックス、ドイツ帝国宰相に就任
	11月3日	キール軍港で水兵の反乱
	11月9日	ドイツ革命（十一月革命）はじまる
		スパルタクス団の武装蜂起
		ドイツ社会民主党のシャイデマンがドイツ共和国を、スパルタクス団のリープクネヒトが自由社会主義ドイツ共和国を宣言
		ヴィルヘルム二世、オランダへ亡命
	11月10日	人民代表委員会成立、ベルリンのブッシュ・サーカスで労兵評議会大会開催

	11月11日	第一次世界大戦終結
	12月23日	人民海兵団事件
	12月31日	ベルリンでドイツ共産党結成
1919年	1月4日	ベルリンでスパルタクス団の武装蜂起
	1月5日	ミュンヘンでドイツ労働者党（ナチ党の前身）結成
	1月12日	スパルタクス団の武装蜂起、ベルリンで激しい市街戦の末、鎮圧される
	1月15日	リープクネヒト、ルクセンブルク暗殺
	1月19日	ドイツ国民議会選挙
		ワイマール連合（社会民主党、独立社会民主党、中央党）が勝利
	2月11日	エーベルト、大統領に選出
	6月28日	ベルサイユ講和条約調印
	8月14日	ワイマール共和国憲法発効
1920年	2月24日	国家社会主義ドイツ労働者党（ナチ党）、二十五か条綱領発表
	3月13日	極右派によるカップ一揆
1921年	7月29日	ヒトラー、ナチ党の党首に就任
1923年	11月8日	ヒトラー、クーデターを計画し失敗（ミュンヘン一揆）

作者

クラウス・コルドン [Klaus Kordon]

1943年ベルリンに生まれる。東ドイツの貿易商人として世界を巡る。1968年西側への逃亡に失敗、拘留される。その後、1977年に、インドネシアを舞台とする処女作『タダキ』を発表し、作家としてデビュー。以来、児童やヤングアダルト向けの作品を数多く発表し、国内外で数々の賞を受ける。本書をはじめ、南アジアや南米を舞台とした作品や、ベルリンを舞台とする歴史ものなどに定評がある。邦訳に、『ケストナー　ナチスに抵抗し続けた作家』(偕成社)、『一方通行』(さ・え・ら書房)、『モンスーン　あるいは白いトラ』『ベルリン1933』(ともに理論社)などがある。

訳者

酒寄進一 [さかより・しんいち]

1958年生まれ。上智大学独文学専攻博士課程修了。その後、ケルン大学などに学び、現在、和光大学教授。現代ドイツ児童文学の研究、紹介に従事。訳書に、イーザウ『盗まれた記憶の博物館』シリーズ、『ネシャン・サーガ』シリーズ(ともにあすなろ書房)、『暁の円卓』シリーズ(長崎出版)、『ファンタージエン　秘密の図書館』(ソフトバンククリエイティブ)、コルドン『ベルリン1933』(理論社)など多数。

URL：http//www.wako.ac.jp/˜michael/

ベルリン1919

NDC933
B6判 19cm 664p
2006年2月 初版
ISBN4-652-07771-8

作者 クラウス・コルドン
訳者 酒寄進一
発行 株式会社 理論社
発行者 下向 実
〒162-0056
東京都新宿区若松町15-6
電話 営業 (03)3203-5791
出版 (03)3203-2577

2007年9月第2刷発行

URL http://www.rironsha.co.jp

20世紀ドイツ
激動の時代を描く大河小説

ベルリン1933

クラウス・コルドン・作　酒寄進一・訳

1933年、ついにヒトラーが首相になる。ベルリンは歓喜と失望に引き裂かれていった。平和を求める庶民の想いとは裏腹に、街では差別と争いが繰り返される。時代の渦に巻き込まれ、さまざまな運命をたどる家族や友人たちの姿を十五歳に成長した少年ハンスの視点で綴る「ベルリン」第2部。

Die Freiheit
HOCH LEBE DIE

Frieden!